S.M.A. Goetze

Wenn dir das Leben eine Zitrone schenkt

Wolfsliebe

Roman

Die Deutsche Nationalbibliothek verzeichnet diese Publikation in der Deutschen Nationalbibliographie; detaillierte bibliographische Daten sind im Internet über dnb.dnb.de abrufbar. Die Schweizerische Nationalbibliothek (NB) verzeichnet aufgenommene Bücher unter Helveticat.ch und die Österreichische Nationalbibliothek (ÖNB) unter onb.ac.at.

S.M.A. Goetze
Wenn dir das Leben eine Zitrone schenkt
ISBN 978-3-03830-316-9

Satz und Illustration: Stefan Liefländer
Umschlagfoto: Jens Bremeyer
Umschlagsgestaltung: Stefan Liefländer

Paramon ist ein Imprint der Europäische Verlagsgesellschaft GmbH

Sie finden uns im Internet unter: www.paramon.de

Ich habe zwar längst nicht alles, was ich mir einst gewünscht habe
Und natürlich läuft in meinem Leben nicht immer alles nach Plan
Genauso wie es immer Dinge geben wird,
denen ich zweifelnd gegenüberstehe
Oder ich mir wünsche, manches wäre anders verlaufen
Aber die Wölfe schaffen es, vieles zu verändern.
In einem Moment denke ich noch,
dass ich mich in eine Sackgasse manövriert habe
Bevor mir einer von ihnen
über die im Weg liegenden Steine hinweghilft.
Mit den Wölfen zusammen zu leben
Bedeutet ein Leben voller Magie
Obwohl ich eigentlich gar nicht an Magie glaube
Trotzdem kann ich sie in einigen Momenten spüren.
Sie entsteht durch die besonderen Eigenschaften der Wölfe
Durch den unglaublichen Zusammenhalt in der Familie
Und ihre Bereitschaft, alles für diejenigen zu tun, die sie lieben.
Ich bin mir nicht sicher,
ob es so etwas auch in einer menschlichen Familie gibt
Oder ob es dafür erst den Zusammenhalt eines Rudels braucht.
Auf jeden Fall weiß ich, dass es längst nicht in jedem Rudel so ist
Deshalb bin ich dankbar dafür, ein Teil meiner Familie zu sein.
Denn obwohl ich keine Wölfin bin, habe ich dennoch verstanden
Dass Wölfe alleine nur halb so stark sind
Wie im Bund der Familie
Und da auch ich zu einem kleinen Teil wölfisch bin
Kann ich mich glücklich schätzen
All diese Menschen an meiner Seite zu haben
Denn so kann ich mit Gewissheit sagen
Dass ich trotz aller Schwierigkeiten
Alles habe, was ich brauche
Um in meinem Leben glücklich zu sein
Oder es wieder zu werden

PROLOG

Warum nur war ich anders als mein Bruder und Elijah verletzlich? Und wenn ich schon verletzlich sein musste, warum konnte ich dann nicht wenigstens besondere Heilungskräfte besitzen?

Diese Fragen beschäftigten mich schon seit Tagen, in denen ich nicht mal den Weg ins Badezimmer allein bewältigen konnte, sondern immer von Eathen getragen werden musste.

Dabei wäre die richtige Frage an mich selbst eigentlich gewesen: Warum zur Hölle hatte ich mich selbst in diese Gefahr gebracht, anstatt, wie vereinbart, in der Nähe von Eathen und Elijah zu bleiben? Und warum war ich so gutgläubig, jemandem, der eindeutige Wolfsmerkmale hatte, auf der Straße zu vertrauen? Aber diese Fragen waren im Gegensatz zu den ersten klar zu beantworten: Ich war naiv und stellte in manchen Situationen meine Angst vor Veränderungen hinter mein eigenes Wohlergehen. Außerdem hatte ich geglaubt, dass ich einfach die Augen vor der Wolfswelt verschließen konnte. Doch diese Annahme war zweifelsohne falsch.

Das war zwar nicht unbedingt eine sehr positive Antwort, aber sie war eindeutig. Wohingegen ich auf die Frage, warum Eathen und Elijah unverwundbar waren, noch keine befriedigende Antwort gefunden hatte. Aber da ich im Moment, während meine Verletzungen ausheilten, viel Zeit zum Nachdenken hatte, waren mir zumindest ein paar Theorien in den Sinn gekommen. Doch keine von ihnen konnte ich beweisen. Fest stand, dass ich inzwischen ein entscheidender Teil dieser Wolfsgeschichte war und Eathens und Elijahs Fähigkeit, sich zu verwandeln, nicht mehr nur von außen betrachtete. Ich hatte begriffen, dass daran viel mehr hing als zwei wechselbare Gestalten, also musste ich herausfinden, was es mit der Existenz der Werwölfe auf sich hatte und welche Rolle ich wirklich in dieser Geschichte spielte.

Ich habe zwar längst nicht alles, was ich mir einst gewünscht habe

Müde klappte ich das Buch zu. Mir fehlte die Energie, um weiter zu lernen. Außerdem waren Eathen und Elijah sowieso der Meinung, dass ich mich inzwischen nur noch verrückt machte, und ganz falsch lagen sie damit nicht. Zwar würde ich in den kommenden Tagen meine Abschlussklausuren schreiben, aber wenn ich jetzt nicht gut vorbereitet war, würde sich das in den nächsten zwei Stunden sicher auch nicht mehr ändern. Hinzu kam, dass mein Bruder jeden Moment aus dem Supermarkt zurückkommen musste und ich ihm versprochen hatte, den Abend mit ihm zu verbringen.

Aufs Stichwort genau hörte ich, wie in diesem Moment die Haustür zuerst geöffnet und dann wieder geschlossen wurde.

»Ich bin zurück«, rief mein Bruder aus der unteren Etage unseres Hauses zu mir hoch.

Nun legte ich meine Bücher und Notizen endgültig zur Seite und ging nach unten, um Eathen beim Verstauen der Einkäufe zu helfen.

»Hast du alles bekommen?«, fragte ich meinen Bruder und warf einen Blick in die Beutel, die er auf der Theke abgestellt hatte. Die Theke trennte unseren Hauseingang mit dem kleinen Flur von unserer offenen Küche.

»Alles, was auf deinem Zettel stand. War allerdings gar nicht so einfach. Ich hatte nicht mal die leiseste Ahnung, in welcher Abteilung ich Sahnesteif finde. Was ist das überhaupt?«

»Wölfe im Supermarkt«, murmelte ich. »Man benutzt es, damit geschlagene Sahne nicht so schnell wieder flüssig wird und du findest es bei den Backzutaten.«

»Da habe ich es auch mit der Hilfe einer ausgesprochen netten Verkäuferin gefunden«, erklärte mein Bruder grinsend und warf mir das kleine Päckchen zu.

Da ich nicht einmal annähernd so ein gutes Reaktionsvermögen wie Eathen hatte, gelang es mir nicht, das kleine Päckchen zu fangen, sondern musste es vom Boden aufheben. Daraufhin grinste mich mein Bruder amüsiert an. Doch ich gab mir alle Mühe, diesen Blick auf dem Weg zum Küchenschrank, in den ich die kleine Packung räumte, zu übersehen.

Zusammen hatten wir die anderen Einkäufe schnell in den Küchenschränken und der Speisekammer verstaut.

»Und was machen wir jetzt?«, fragte ich meinen Bruder, der für den heutigen Abend sicherlich etwas geplant hatte.

»Vertraust du mir?«, fragte Eathen.

»Das überlege ich mir, wenn ich weiß, was du mit mir vorhast«, antwortete ich. Doch als ich den enttäuschten Gesichtsausdruck meines Bruders sah, war mir klar, dass er sich eine andere Antwort erhofft hatte.

»Komm schon, Eathen. Du weißt, dass ich dir immer blind mein Leben anvertrauen würde. Nur bin ich mir nicht so sicher, ob ich heute das machen möchte, was du vorhast.«

»Deshalb könntest du mir vertrauen, dass ich dich nur zu etwas mitnehme, was dir mit Sicherheit gefällt.«

»In Ordnung«, meinte ich, weil ich spürte, wie wichtig es Eathen war, mein volles Vertrauen zu haben, und im Grunde war seine Reaktion auch verständlich. Denn spätestens mit der Prägung auf mich lag sein Leben endgültig in meinen Händen. Dabei war die Prägung genau genommen nur die logische Konsequenz aus der intensiven emotionalen Verbindung, die Eathen seit unserer Geburt zu mir hatte. Sie diente dem Zweck, mich zu beschützen, weshalb Eathen am liebsten immer wusste, wo ich gerade war, und es gern hatte, wenn ich mich in seiner Nähe aufhielt. Zwar übertrieb mein Bruder es hin und wieder ein wenig mit seiner Fürsorge, aber ganz unbegründet war seine Sorge nicht und ironischer Weise kam meine größte Bedrohung aus den Reihen unserer Familie. Denn unsere amerikanischen Verwandten hatten es darauf abgesehen, mich zu einer Schwangerschaft mit einem wölfischen Baby zu überreden, weil sie glaubten, ich sei die erste Frau, die unbeschadet Wolfskinder auf die Welt bringen konnte.

Leider gab es dafür überhaupt keine gesicherten Anhaltspunkte. Der Plan meiner Verwandten bestand also darin, experimentell herauszufinden, ob ich anders als alle anderen menschlichen Frauen in der Lage war, eine Wolfsschwangerschaft zu überleben. Aus diesem Grund hatten zwei meiner Cousins vor einigen Wochen versucht, mich zu entführen. Doch Eathen und Elijah hatten mich aus ihrem Auto befreit und nach Hause gebracht, wo ich volle zwei Wochen gebraucht hatte, um meine Verletzungen auszukurieren. Außerdem war ich in der letzten Woche endlich meinen Gips am Bein losgeworden. Und obwohl der Bruch, den ich mir bei Eathens Prägung zugezogen hatte, operativ versorgt werden musste, durfte ich schon wieder in moderatem Umfang Sport machen.

»Dann komm mit«, sagte mein Bruder mit einem geheimnisvollen Grinsen, öffnete die Haustür und trat nach draußen. Allerdings stieg er unsere Hauseingangstreppe nicht hinunter, sondern blieb auf dem Treppenabsatz stehen. Kurz schaute er zum Dach hoch, bevor er mich ansah.

»Sollte funktionieren«, verkündete er geistreich und reichte mir seine Hand.

»Was sollte funktionieren?«, fragte ich ihn, doch er streckte mir seine Hand nur noch fordernder entgegen.

»Eathen, ich dachte, diese ganzen dämlichen Kräfte-Beweis-Vorführungen sind Geschichte?«, meinte ich ein wenig genervt.

»Ich weiß, dass ich klasse bin. Das muss ich niemandem mehr beweisen. Also vertrau mir.«

Der Gesichtsausdruck meines Bruders wirkte tatsächlich einladend. Außerdem gab es keinen Menschen, in dessen Nähe ich sicherer war als in Eathens.

Sobald ich meine Hand in seine gelegt hatte, fasste er nach meiner Schulter, drehte mich unter seinem Arm hindurch und ehe ich mich versah, saß ich auf seinem Rücken.

»Atmen und festhalten«, trug er mir auf und ich versuchte beides, wobei mir das Festhalten bei Eathens folgenden Hangeleien leichter fiel als das Atmen. Aber da es mein Bruder in Windeseile auf unser Hausdach schaffte, starb ich nicht an Sauerstoffmangel. Er lief das schräge Dach noch ein Stück hinauf. Dann setzte er mich ab, hielt seine Hände aber zur Sicherheit locker über meiner Hüfte. Doch ich geriet nicht ins Straucheln, denn es war leichter als gedacht, auf Dachziegeln zu laufen.

»Setz dich«, trug mir Eathen auf, noch bevor ich zu Wort kam.

»Warum?«

»Du wirst es sehen, wenn du sitzt.«

Während ich mich vorsichtig hinsetzte, hielt Eathen meine Hand, bevor er an meiner Seite Platz nahm und sich zurücklehnte. Ich tat es ihm gleich und bemerkte erst in diesem Moment den leuchtendroten Himmel über uns. Die Tannen am Rand der Lichtung, auf der unser Haus stand, wirkten schwarz vor dem Farbenspiel aus orange, pink und rot, genauso wie der Boden, den die Schatten der Bäume schon bedeckten. Doch hier auf dem Dach war die Wärme der Sonne noch spürbar.

»Was machen wir hier?«, stellte ich nach einem langen Blick auf meine Umgebung endlich die berechtigt Frage.

»Du solltest dieses Schauspiel wenigstens einmal erlebt haben, bevor wir hier wegziehen.«

Wie üblich in dieser Diskussion wollte ich gerade mit meinem Widerspruch beginnen, als Eathen einen Brief aus der Innentasche seiner schwarzen Lederjacke hervorholte.

»Ist das *der* Brief?«, fragte ich und starrte aufgeregt auf den weißen Umschlag in seiner Hand, denn seine Finger verdeckten so geschickt den Absender, dass ich ihn beim besten Willen nicht erkennen konnte.

»Ja, das ist er«, erklärte Eathen, machte aber keine Anstalten, mir den Brief zu geben. Zwar hielt er ihn in theoretisch greifbarer Entfernung für mich, aber ich konnte mit absoluter Gewissheit sagen, dass es mir nicht gelingen würde, meinem Bruder den Brief aus der Hand zu nehmen.

»Weißt du schon, was darin steht?«, fragte ich ihn deshalb.

»Ja. Und ich weiß auch, wie gerne du in Princeton studieren würdest.«

»Nein, das weißt du nicht. Ich wollte es zu der Zeit, als ich mich für das Stipendium beworben habe, aber inzwischen möchte ich es nicht mehr.«

»Warum bist du dann so aufgeregt?«

»Weil ich wissen möchte, ob ich es geschafft hätte. Denn in Princeton angenommen zu sein, bedeutet, dass ich theoretisch an jeder Universität studieren könnte, und das hält mir alle Möglichkeiten offen.«

»Dann hast du eine Menge Möglichkeiten«, meinte Eathen und reichte mir den Brief.

Ich öffnete den Umschlag, faltete den Brief auseinander und begann zu lesen.

Sehr geehrte Miss Beneton,

wir heißen Sie für den Studiengang der Humanmedizin herzlich an der Princeton University willkommen und freuen uns, Ihnen mitteilen zu dürfen, dass wir Ihren Antrag auf das Voll-Stipendium genehmigen. Voraussetzung für ihre endgültige Zulassung ist jedoch, dass Sie Ihren Abschluss mit mindestens 95% der angeforderten Leistungen bestehen. Für Ihre bevorstehenden Abschlussprüfungen wünschen wir Ihnen daher viel Erfolg.

Das genaue Programm Ihres Studiengangs an unserer Fakultät werden wir Ihnen in Kürze mitteilen.

»Ich hätte es geschafft«, bemerkte ich und sah zu Eathen hoch.

»Du hast es geschafft. Denn ich glaube nicht, dass du deinen Abschluss mit weniger als 95 Prozent bestehen wirst. Nicht nach dem Aufwand, den du betrieben hast. Außerdem warst du schon immer eine gute Schülerin, sonst hättest du kein Stipendium an einer der renommiertesten Unis des Kontinents bekommen. Wobei es schon echt hart wird, nach Amerika zu ziehen. Amerikaner sind seltsam.«

»Die Amerikaner finden uns Kanadier genauso seltsam wie wir sie. Sie glauben, dass wir nur im Skianzug und auf Schlittschuhen unterwegs sind. Außerdem ziehe ich nicht nach Amerika. Ich bleibe hier. Das habe ich endgültig entschieden und ich möchte wirklich nicht mehr mit dir darüber diskutieren.«

»Und ich möchte nicht von dir verlangen, dass du deinen Traum vom Medizinstudium aufgibst, nur weil ich alle paar Stunden eine Berührung von dir brauche und ganz gerne im Wald herumlaufe. Ich muss zwar in deiner Nähe bleiben, aber die Entscheidung, wo du gerne leben oder studieren möchtest, solltest du unabhängig von mir treffen. Denn als du die Prägung übernommen hast, bevor du von unserer Verbindung wusstest, habe ich dir versprochen, dass ich dir nicht im Weg stehen werde, solange ich dir überall hin folgen darf. Und ich bin fest entschlossen, dieses Versprechen zu halten.«

»Aber bei meiner Entscheidung geht es doch gar nicht nur um dich. Ursprünglich wollte ich mit Elijah zusammen nach Princeton gehen. Dieser Plan ist entstanden, bevor er auf April geprägt wurde und bevor ich wusste, dass er ein Wolf ist. Elijah wird genauso wenig von hier wegziehen wie wir, also werden wir alle hier in der Nähe einen Studien- oder Ausbildungsplatz finden.«

»Das heißt, es geht nicht nur um mich?«

»Nein. Ich wollte, als ich mich in Princeton beworben habe, unbedingt ein normales, menschliches Leben führen. Doch spätestens seit der Entführung weiß ich, dass ich voll in dieser Wolfssache mit drinhänge und davor auch nicht weglaufen kann. Aber das möchte ich inzwischen auch gar nicht mehr. Es gefällt mir hier und ich finde es schön, mit dir und den Roths wieder eine Familie zu haben.«

»Dann wirst du mir also nicht irgendwann vorhalten, dass du aus übertriebener Rücksicht zu mir den Fehler gemacht hast, nicht deinen Traumberuf zu wählen?«

»Ich verspreche dir, dass ich es dir nie vorhalten werde«, sagte ich und griff nach Eathens Hand. Durch die Berührung sah er mich mit seinem Prägungslächeln an, wirkte aber auch unabhängig davon zufrieden.

»Mein Traum war es, in Princeton ein neues Leben anzufangen«, erklärte ich. »Aber ich denke, dass ich das auch hier kann, weil es noch so unendlich viel Wölfisches gibt, das ich noch nicht weiß oder gesehen habe. Zum Beispiel finde ich es toll, im Sonnenuntergang auf unserem Dach zu sitzen. Das ist etwas, das ich ohne euch nie erleben würde.«

»Soll ich das als eine Bitte verstehen, dass wir dich endlich in unsere Welt mitnehmen?«

Ich nickte, worüber sich Eathen sehr zu freuen schien.

»Dann ist das ja hier wohl ein ganz guter Anfang«, meinte er und deutete auf den rot-erleuchteten Himmel. Die Schatten der Bäume waren in der letzten halben Stunde deutlich länger geworden, sodass sie uns nun fast berührten. Außerdem hatte es sich deutlich abgekühlt. Als Eathen bemerkte, dass ich anfing zu frieren, zog er seine Lederjacke aus und gab sie mir. Zusätzlich bot er mir an, mir jederzeit eine weitere Jacke aus dem Haus zu holen. Doch vorerst war das nicht nötig, weil Eathen, vermutlich unbewusst, eine Körperhaltung eingenommen hatte, mit der er den kalten Wind fast vollständig von mir abschirmte.

Zufrieden atmete ich die kühle, reine Luft ein, die nur hier im Wald so herrlich nach Harz und feuchtem Moos roch. Dabei konnte ich mir selbst nicht mehr vorstellen, mich von diesem Ort zu verabschieden.

Während ich den Wald betrachtete, dachte ich über die Wölfe nach und all das, was ich noch nicht über sie wusste.

»Frag ruhig«, meinte Eathen unvermittelt.

»Wie bitte?«

»Auf deiner Stirn stehen ungefähr hundert Fragezeichen und ich kann dir ansehen, dass du dir gerade den Kopf über irgendetwas Wölfisches zerbrichst. Also trau dich ruhig, mich zu fragen. Die meisten Dinge werde ich dir bestimmt erklären können.«

»Bist du dir sicher?«

»Ziemlich«, bestätigte mein Bruder.

»Also schön. Wie kann es sein, dass du einfach so auf unser Hausdach klettern kannst und dann noch die nötige Kraft hast, mich mitzunehmen? Und erzähl mir bitte nichts von Magie, denn ich glaube, dass es dafür eine logische Erklärung gibt.«

»Das glaube ich auch und praktischer Weise habe ich sogar eine: Wir haben einen ziemlich effizienten Proteinstoffwechsel, der anders funktioniert als der menschliche. Menschen müssen Proteine erst in Zucker umwandeln, um daraus Energie herzustellen, aber wir gewinnen die Energie direkt aus den Proteinen. Deshalb ernähren wir uns auch nur von Fleisch und werden schwach, wenn wir zu viele Kohlenhydrate essen. Und da menschliches Essen, das wir auch nur wie Menschen verstoffwechseln können, für uns nicht sonderlich energiereich ist, schmeckt es uns nicht. Außerdem haben wir nicht unbedingt wenige Muskeln. Es ist also kein Hokus-Pokus, dass ich auf unser Hausdach klettern kann. Zumal auch ich es nicht schaffe, aus dem Stand hier hoch zu springen, sondern immer etwas zum Festhalten oder Abstoßen brauche. Außerdem darfst du nicht vergessen, dass man deutlich wagemutiger wird, wenn man weiß, dass man sich nicht verletzen kann. Hinzu kommt auch noch, dass unser Reaktionsvermögen so gut ist, dass wir, selbst wenn wir abrutschen sollten, sofort wieder irgendwo Halt finden.«

»Und wie kommt dieses gute Reaktionsvermögen zustande?«, wollte ich wissen. Mich hatte die Physiologie von Körpern schon immer interessiert und wie der Körper der Wölfe funktioniert, faszinierte mich noch um einiges mehr.

»Durch eine erhöhte Reizweiterleitung in den Nerven, die nur dann zustande kommen kann, wenn dem Körper mehr Energie zur Verfügung steht. Der Schlüssel zu allem ist also unser veränderter Energiestoffwechsel.«

»Wer hat das denn alles herausgefunden?«, wollte ich wissen, nachdem ich Eathens Erklärung noch einmal durchdacht hatte.

»Unser Vater hat ganz viel darüber geforscht, weil er glaubte, den Grund für unsere Verbindung nur verstehen zu können, wenn er weiß, wie wölfische Körper im Allgemeinen funktionieren.«

»Ist er denn dahinter gekommen?«

»Nicht vollständig. Aber das, was ich dir gerade erzählt habe, hat er herausgefunden.«

»Und wie hat er das gemacht? Ich meine, braucht man für solche Untersuchungen nicht ein Labor?«

»Hat Elijah dir nicht schon mal von dem vertrauenswürdigen Labor erzählt, zu dem unsere Familie Kontakte hatte? – Bei diesem Labor hat unser Vater so einige Untersuchung in Auftrag gegeben.«

Davon hatte mir Elijah tatsächlich erzählt und auch von den beträchtlichen Schmiergeldzahlungen, die unsere Familie geleistet hatte, um unser Geheimnis zu bewahren.

Der wolkenlose Himmel war inzwischen von einem leuchtenden Nachtblau erfüllt und die ersten Sterne zeigten sich bereits.

»Sollten wir nicht langsam reingehen?«, fragte ich Eathen und machte Anstalten aufzustehen.

»Warum denn? Ist dir kalt?«

»Nein. Aber es ist schon spät und wir schreiben morgen unsere erste Prüfung.«

»Wenn du hier einschlafen möchtest, sorge ich dafür, dass du nachher heil in deinem Bett landest und morgen pünktlich aufstehst.«

Kritisch sah ich meinen Bruder an.

»Komm schon, Cat. Als ob ich ernsthaft riskieren würde, dass du deine Prüfungen verpasst. Wenn ich das wagen würde, müsste ich mir vermutlich nur noch Gedanken darum machen, was ich in den nächsten acht Stunden tun möchte, weil ich danach ohnmächtig werde und du mich sicher erst nach allen Prüfungen wieder aufweckst. Falls du nicht sogar so sauer bist, dass du mir gleich ein paar Jahre meines Lebens nimmst.«

»Ich würde darüber nachdenken, falls du mich nicht ins Bett bringst und mir einen Wecker stellst«, bestätigte ich und legte meinen Kopf an seine Schulter.

»Du kannst dir deine Denkleistung für die Prüfung morgen aufheben, weil du heil in deinem Bett ankommen wirst«, versprach Eathen und das reichte mir, um ihm zu vertrauen.

In meinem ganzen Leben war ich erst einmal zuvor unter freiem Himmel eingeschlafen. Es war kurz vor dem Tod meines Vaters gewesen. Damals war mein Vater in einer relativ warmen, sternenklaren Sommernacht mit Eathen und mir nach draußen gegangen. Auf der Wiese hinter unserem Haus hatten sich die beiden Wölfe verwandelt und hingelegt. In eine Decke eingekuschelt, hatte ich meinen Kopf an den Bauch meines Vaters geschmiegt und den Himmel nach Sternschnuppen abgesucht, bis ich eingeschlafen war. Am nächsten Morgen war ich in meinem Bett aufgewacht, ohne eine Ahnung zu haben, wie ich dorthin gekommen war. Später hatte ich dann erfahren, dass Eathen mich ins Haus getragen hatte, und mich ewig gefragt, warum ausgerechnet er das übernommen hatte und nicht mein Vater. Denn zu dieser Zeit war Eathen tagsüber nicht sonderlich nett zu mir gewesen. Erst jetzt im Nachhinein ergab Eathens Verhalten einen Sinn.

»Habe ich zu viel versprochen, als ich meinte, dass ich dich nur an einen Ort bringen würde, der dir gefällt?«, fragte mein Bruder.

»Nein«, antwortete ich schlicht.

»Hast du dann Lust, morgen Nachmittag einen längeren Ausflug mit Elijah und mir zu machen zu einem Ort, der dir auch unter Garantie gefällt?«

»Benehmt ihr euch anständig?«, stellte ich die berechtigte Gegenfrage.

Das Verhältnis zwischen Eathen und Elijah war seltsam. Solange ich nicht dabei war, verstanden sie sich großartig. Sie verabredeten sich sogar seit Jahren, um gemeinsam durch den Wald zu laufen. Doch sobald ich dabei war, schienen sie zu vergessen, dass sie sich eigentlich mochten.

»Mustergültig«, versprach mein Bruder.

»Dann bin ich dabei.«

»Super. Es wird dir nämlich garantiert gefallen.«

Das hoffte ich.

Als das Schweigen anhielt, schloss ich meine Augen und machte es mir an Eathens Schulter bequem. Kurz darauf fand ich unter freiem Himmel auf unserem Hausdach in den Schlaf.

⚜

Und natürlich läuft in meinem Leben nicht immer alles nach Plan

Am nächsten Morgen fand ich mich tatsächlich in meinem Bett wieder und bemerkte dankbar, dass ich immer noch die Kleidung vom Vortag trug.

»Guten Morgen, Schwesterchen«, rief Eathen gut gelaunt und mal wieder fand ich es furchtbar ungerecht, dass er morgens nie müde war. Denn dank der Prägung brauchte er nur noch maximal zwei Stunden Schlaf pro Nacht. Unserer Vermutung nach löst eine Berührung bei den geprägten Wölfen einen Entspannungszustand aus, der dem Tiefschlaf ähnelt. Dadurch gelingt es dem Wolf, die Dinge, die Menschen im Traum verarbeiten, wach zu durchdenken.

»Morgen«, nuschelte ich und schloss noch einmal die Augen.

»Ich will dir ja wirklich keinen Stress machen, aber so langsam solltest du wirklich aufstehen.«

»Wie spät ist es denn?«, murmelte ich verschlafen.

»Kurz nach sieben«, antworte Eathen mit dem Effekt, dass ich ziemlich schnell sehr munter war. Ruckartig setzte ich mich im Bett auf und ein Blick auf meinen Wecker bestätigte die Zeit. Es war kurz nach sieben und um acht mussten wir in der Schule sein.

»Warum hast du mich denn nicht früher geweckt?«, warf ich meinem Bruder vor, als ich zu meinem Kleiderschrank ging. »Ist das wieder eine deiner Taktiken, mich davon abzuhalten, nervös zu werden? Denn falls du und Elijah euch das so ausgedacht habt, ist es gründlich schief gegangen, weil ich *jetzt* wirklich im Stress bin.«

»Aber du bist ausgeschlafen und hast weniger Zeit, um aufgeregt zu sein, was dir sicher gut tut«, entgegnete Eathen vollkommen gelassen, als hätte er genau mit diesem Gefühlsausbruch gerechnet. Außerdem besaß er noch die Dreistigkeit, mich anzugrinsen.

Wortlos ließ ich meinen Bruder in meinem Zimmer zurück und schloss die Badezimmertür hinter mir ab. Auf dem Weg zur Schule konnte ich mich immer noch mit ihm streiten. Jetzt musste ich mich erst einmal frisch machen.

Auch wenn ich mich wirklich beeilte, brauchte ich im Bad zwanzig Minuten. Anschließend packte ich schnell meine Sachen zusammen und stand eine halbe Stunde nach dem Aufstehen fertig im Flur.

»Weißt du, dass ich vor einer vierstündigen Prüfung gern richtig gefrühstückt hätte?«, meckerte ich, während ich mir Schuhe und Jacke anzog.

»Ja, das weiß ich«, meinte Eathen. »Deshalb habe ich auch Toast, Obst und Müsli vorbereitet, was du im Auto essen kannst.«

Überrascht betrachtete ich die drei Dosen in Eathens Hand, die er mir gleich darauf reichte, sich die Autoschlüssel schnappte und zur Garage ging. Ich nahm meine Tasche und folgte ihm.

»Und? Bist du zufrieden?«, fragte er auf dem Weg zur Schule, während ich es mir schmecken ließ.

»Außer, dass ich mich fremdbestimmt fühle, ist es ganz OK«, gab ich zu.

Eathen lächelte. »Das ist nicht so schlimm. Schlimmer wäre es, wenn es dir nicht schmecken würde.«

Aber das tat es. Mein Bruder hatte mein Frühstück wirklich gut hinbekommen. Und das, obwohl er selbst menschliche Nahrung total eklig fand.

Eathen trat so sehr aufs Gas, dass wir zu meiner Verwunderung sogar noch fünf Minuten vor acht in der Schule ankamen. Wie jeden Morgen wartete Elijah bereits vor dem Schulgebäude auf uns, heute in Gesellschaft von Owen und Alana. Eathen wählte einen Parkplatz direkt vor ihnen und parkte in einem Schwung so geschickt ein, wie ich es vermutlich nie mehr lernen würde. Elijah grinste meinen Bruder kurz an, bevor er lächelnd zu mir kam und mich umarmte.

»Wie auch immer du an dem Desaster heute Morgen beteiligt bist, ich finde das nicht lustig«, erklärte ich, aber durch meine

Freude, ihn zu sehen, und sein süffisantes Lächeln verlor meine Beschwerde an Ausdruckskraft.

»Ich weiß nicht, wovon du redest«, behauptete mein Freund und überbrückte den letzten Abstand zwischen unseren Lippen. Inzwischen ertrug Elijah einfache Küsse problemlos, ohne sich halb zu verwandeln.

»Habt ihr es jetzt endlich?«, fragte Eathen, als wir zu ihm, Alana und Owen stießen, aber Alana ersparte es mir, einen Kommentar dazu abgeben zu müssen.

»Warum seid ihr denn so spät dran? Wir warten schon eine Viertelstunde hier auf euch.«

»Tut mir leid, aber Eathen hat meinen Wecker ausgeschaltet. Denn er glaubt, dass es besser für mich ist, wenn ich vor Prüfungen nicht so viel Zeit habe, um mich verrückt zu machen. Dabei hätte ich lieber einen ruhigen Morgen gehabt.«

»Das Adrenalin, das du jetzt schon im Blut hast, wird dir bei der Prüfung helfen«, erklärte Eathen, wobei er Alana absichtlich süß anlächelte. Augenblicklich schmolz ihre Enttäuschung darüber, dass ich sie versetzt hatte, dahin.

Je näher wir dem Raum kamen, indem wir unsere Prüfungen schreiben würden, desto nervöser wurde ich. Dabei waren es im Grunde nur ganz gewöhnliche Semesterabschlussklausuren. Der einzige Unterschied bestand darin, dass wir uns mit diesem Abschlusszeugnis überall bewerben würden.

Eathen und Owen drängten sich an mir und Alana vorbei, um sich in die Anwesenheitslisten einzutragen, und als Elijah nach meinem Handgelenk griff, ging auch Alana weiter. Er zog mich in seinen Arm und schaute grinsend zu mir herunter.

»Entspann dich, Püppie. Es ist nur eine Prüfung und du bist mehr als auseichend vorbereitet.«

»Meinst du wirklich? Aber in den letzten Tagen ...« Elijah unterbrach meine Rede, in dem er mich küsste, und mir fiel mal wieder ein, warum ich diesen Jungen so sehr liebte. Er störte sich nicht an meinen Eigenheiten und brachte mich in den richtigen Momenten auf seine Art, die einfach spontan und anziehend war, zurück auf den Boden der Tatsachen.

Wir küssten uns vor unseren Lehrern und Mitschülern nicht lange, nur ausreichend, um meine Gedanken von der bevorstehenden Prüfung abzulenken. Nach dem Kuss griff Elijah meine Hand und zog mich durch das Gedränge hinter sich her zur Anmeldung. Im Gehen drehte er sich zu mir um und sagte: »Gewisse Dinge diskutiere ich nicht mit dir, Püppie.« Zusammen mit diesem strahlenden Wolfslächeln und dem Augenzwinkern, was auf diesen Kommentar folgte, war es einfach unglaublich süß.

Als ich dann allerdings allein den Prüfungsraum betrat, wurde ich doch wieder nervös. Elijah schrieb nicht im selben Raum wie ich, denn wir waren in alphabetischer Reihenfolge des Nachnamens aufgeteilt worden und Elijah war mit Roth im Gegensatz zu Eathen, mir und Alana ziemlich weit hinten im Alphabet. Dafür schrieben wir drei alle in einem Raum und Eathen winkte mich augenblicklich zu sich.

»Was ist denn?«, fragte ich meinen Bruder, nachdem ich Alana im Vorbeigehen »Viel Glück« gewünscht hatte.

»Setz dich«, erklärte er und deutete mit einem Nicken auf den Platz neben ihm.

»Müssen wir nicht alle an Einzeltischen sitzen?«

»Alle anderen müssen das, nur wir nicht. Wir sind einundsechzig Seniors und in jedem Raum gibt es nur zwanzig Doppeltische. Sie müssten also für einen Einzelnen einen Raum und eine Aufsicht organisieren, und als ich das Problem mitgekriegt habe, habe ich Mrs Harper davon überzeugt, dass ich sicher nicht bei meiner Schwester abschreiben werde. Und da wir andere Fächer schreiben und wir beide ausgezeichnete Schüler sind, die Abschreiben gar nicht nötig haben, dürfen wir nebeneinander sitzen.«

»Ist das dein Ernst?«, fragte ich ungläubig.

»Catherine, setz dich bitte«, forderte mich Mr Miller in dem Moment auf und wies auf den Platz neben Eathen, der mich daraufhin triumphierend angrinste.

»Damit ist meine Prägungsversorgung während der Prüfung geklärt«, raunte er mir zu.

Ich fasse es nicht, dass du so etwas hinbekommen hast – dachte ich, da Mr Miller bereits mit der Einführung, was alles als Betrugsversuch gewertet wurde, begonnen hatte.

Tja, ich bin halt gut. – entgegnete er selbstgefällig und lehnte unter dem Tisch sein Knie gegen meins.

Es war einfach unfassbar, dass Eathen immer seinen Willen bekam. Er war in der Lage, die unmöglichsten Dinge zu arrangieren, weil er die Menschen mit seinen Fähigkeiten wahnsinnig schnell durchschaute und sich jeden Gedankengang zunutze machen konnte. Außerdem konnte mein Bruder der Inbegriff von charmant sein.

»Ich hab Sie im Auge, Familie Beneton«, warnte uns Mr Miller, als er die Klausuraufgaben umgedreht auf unsere Tische legte.

»Ich habe es nicht nötig bei meiner Schwester abzuschreiben«, antwortete Eathen großspurig unserem Lehrer.

»Dann wünsche ich Ihnen, dass Sie genauso schlau wie vorlaut sind, Eathen«, entgegnete Mr Miller. »Die Aufschrift auf Ihrem T-Shirt zumindest lässt vermuten, dass Sie nicht allzu nervös sind.«

Mein Bruder, dem in diesem Moment die Aufmerksamkeit aller Schüler in diesem Raum galt, trug ein grünes T-Shirt mit der Aufschrift: *Keep cool, it's only a test.*

»Meine Schwester hat die Nervosität für uns beide übernommen und Ihren Wunsch erfülle ich Ihnen gerne. Schließlich bekommen wenige Menschen Ihre innigsten Wünsche erfüllt.«

»Eathen«, ermahnte ich meinen Bruder, bevor er noch unverschämter werden konnte.

»Vielen Dank, Catherine«, meinte Mr Miller und setzte seinen Weg durch die Bankreihen hinter uns fort.

Entspann dich, Püppie – sagte Eathen und legte seine kühle Hand unter dem Tisch auf meine. *Ich suche die Lösung für dich in den Gedanken der anderen, wenn du etwas nicht weißt. Also mach einfach deine Gedankensperre auf.*

Nach kurzem Zögern kam ich seiner Aufforderung nach und kurz darauf begann für uns offiziell die Bearbeitungszeit der Klausur. Sobald ich angefangen hatte, war das unangenehme Gefühl der Aufregung verschwunden. Es hatte sich in positiven Stress umgewandelt, der es mir ermöglichte, mich gut zu konzentrieren und schnell zu schreiben. Außerdem waren die Aufgaben nicht schwer und mit der Zeit kam ich gut hin. Als ich nach dreieinhalb Stunden abgab, war ich mit meiner Leistung zufrieden. Wenn ich Fehler gemacht hatte, dann wusste ich es jetzt zumindest nicht. Die große Überforderung, die ich befürchtet hatte, war auf jeden Fall nicht eingetreten.

»Ich hab doch gesagt, dass du keine Probleme haben würdest«, sagte Elijah, der mit angewinkeltem Bein an der gegenüberliegenden Wand lehnte, als ich aus dem Prüfungsraum kam. Dass er vor jedem Fachraum auf mich wartete, schien auch in unserer letzten Schulwoche nicht anders zu sein. Ohne seinen Triumph zu bestätigen, ging ich zu ihm und küsste ihn.

»Gern geschehen«, bedankte er sich, für etwas, dass ich nie gesagt hatte. »Und da es in den nächsten Tagen nicht anders laufen wird, kannst du heute auch getrost etwas mit uns unternehmen.«

»Ich weiß allerdings noch nicht, ob ich das wirklich möchte«, wandte ich ein.

»Das kannst du ja entscheiden, wenn wir unterwegs sind«, schlug Elijah vor. Ich verdrehte die Augen, als Eathen zu uns stieß.

»Wie lief's, Brüderchen?«, fragte ich.

»Meine Lerntaktik geht auf«, erwiderte er mit einem selbstzufriedenen Grinsen.

»Hast du wirklich nichts selbst gewusst, sondern dir alles aus den Gedanken der anderen rausgesucht?«, fragte ich, als wir später im Auto saßen.

»Klar. Denkst du, ich habe Ahnung von Chemie? Ich habe mir unsere drei Chemieleuchten gesucht und mir das Beste aus ihren Texten zusammengesucht. Das wird mir keine volle Punktzahl bringen, aber schlecht wird mein Ergebnis auch nicht sein. Diese Taktik ist einfach gut und sehr entspannend. Du solltest es wirklich in Erwägung ziehen.«

»Ich bin gut allein klargekommen.«

»Das stimmt und deine Lösungen sind auch alle richtig.«

»Woher willst du das wissen?«

»Alle, die Ahnung von Physik haben, hatten ähnliche Antworten. Nur du bist die einzige, die bei jeder Aufgabe etwas Plausibles hingeschrieben hat. Alle anderen haben nur manche Aufgaben richtig gelöst.«

»Hast du meine Klausur mit den anderen verglichen?«, fragte ich.

»Klar. Was denkst du, warum du die Gedankensperre öffnen solltest?«

»Was weiß ich? – Damit du dir meine Lösungen anschauen kannst?«

»Da wir andere Fächer geschrieben haben, wäre es für mich vermutlich nicht sehr sinnvoll gewesen, deine Antworten zu übernehmen.«

»Du glaubst also wirklich, dass ich alle Lösungen richtig habe?«

»Annähernd. Ob du hundert Prozent schaffst, garantiere ich dir nicht, weil ich keine Ahnung von all dem Kram habe, den du da aufgeschrieben hast, aber fünfundneunzig sollten es mindestens sein. Sonst hätte ich dich auf Fehler hingewiesen.«

Das zu hören, gab mir ein gutes Gefühl und ich empfand es als sehr nett von Eathen, meine Klausur zu kontrollieren. Wenn ich wirklich so gut gelernt hatte, dass ich alle Aufgaben richtig und allein lösen konnte, durfte ich mir heute auch den Ausflug mit den Jungs erlauben.

Direkt nachdem ich diese Entscheidung getroffen hatte, grinste mich Eathen an. Scheinbar hatte er meine Gedanken erraten, denn die Gedankensperre war sicher verschlossen.

»Zieh dir irgendetwas an, was ruhig ein bisschen dreckig werden kann, und nimm dir eine Jacke mit. Es wird heute Abend ungefähr genauso kalt wie letzte Nacht«, erklärte Eathen, als ich nach einem kurzen Snack in mein Zimmer ging.

»Seit wann schaust du denn den Wetterbericht?«

»Um das zu wissen, brauche ich keinen Schlips-tragenden Nachrichtensprecher in einem leeren Studio vor einer animierten Karte. Das kann ich fühlen.«

Inzwischen verwunderte mich eine solche Aussage nicht mehr, ich fand es eher beeindruckend.

In meinem Zimmer zog ich mir eine braune Röhrenjeans an, auf der man mögliche Erd- und Grasflecken nicht auf den ersten Blick erkennen konnte, und dazu das einzige paar Sneakers, das ich besaß. Wie ich Eathen kannte, würden wir uns bestimmt nicht in der Nähe von allzu vielen Menschen aufhalten, also war es egal, ob ich neben Eathen und Elijah lächerlich klein aussah. Außerdem würden sich die Jungs sicherlich verwandeln und dann spielte meine modische Erscheinung neben zwei Wölfen im Unterholz keine Rolle mehr. Eine lächerliche Anspannung entstand bei dem Gedanken in meiner Magengegend, denn ich hatte Elijah bisher noch nicht als Wolf gesehen – zumindest nicht von Nahem. Auch wenn ich längst kein Problem mehr damit hatte, dass er ein Wolf war, und es süß fand, wenn er sich halb verwandelte, wusste ich nicht, wie es sein würde, meinem Freund in Wolfsgestalt gegenüber zu stehen.

Als ich nach unten kam, lehnte Eathen wie in einem gerahmten Bild in der offenen Haustür. Er trug weder Schuhe noch Socken, aber immerhin eine kurze Hose und ein T-Shirt.

Sein Blick scannte mich mit einem süffisanten Grinsen von oben bis unten ab.

»Was ist?«, fragte ich.

»Nichts«, entgegnete er scheinheilig, schlug gegen den Türrahmen und sprang dann die Treppe hinunter.

»Na komm«, sagte er gut gelaunt.

Nachdem ich die Haustür abgeschlossen hatte, folgte ich meinem Bruder in den hinteren Teil unseres Gartens.

»Wo ist Elijah?«, fragte ich, während Eathen mir half, mit trockenen Füßen über unseren kleinen Bach zu klettern.

»Wir treffen ihn dort«, antwortete mein Bruder. »Er braucht mit dem Auto nach Hause in etwa so lange wie wir zu Fuß zum See.«

»Zum See?«

»Jap. Aber mehr verrate ich nicht. Außer, dass es dir gefallen wird.«

Ich ging automatisch auf den Wanderpfad zu, der auf unsere Wiese mündete, als Eathen stehen blieb.

»Hier geht's lang, Püppie«, meinte mein Bruder und deutete mitten zwischen die Tannen. Doch die querstehenden Äste genau auf Augenhöhe und der unebene Boden wirkten nicht sehr einladend.

Ich hatte gedacht, dass Eathen wenigstens nett sein und mir einen fußbreiten Trampelpfad aussuchen würde, aber offenbar wollte er mich nicht schonen.

»Warum nur hatte ich gehofft, dass es einen Weg geben würde?«

»Es gibt einen Weg und der führt da durch.« Er deutete ins Gestrüpp.

»Keine Sorge, Schwesterchen. Ich passe auf, dass du nicht auf Schlangen trittst oder in Waschbärhöhlen stürzt.«

Er bot mir seine Hand an und zuerst zögerte ich kurz, doch dann griff ich danach. Auch wenn es ein bisschen komisch war, Hand in Hand mit meinem Bruder durch den Wald zu laufen, erschien es mir doch sicherer. Allerdings gefiel es mir nur begrenzt, so abhängig von ihm zu sein, auch wenn ich Eathen blind vertrauen konnte.

»Warum nur habe ich das Gefühl, dass ihr extra ein Ziel fernab von jeglicher Zivilisation mitten in der Wildnis ausgesucht habt?«, meinte ich, nachdem wir schon eine Zeit lang gewandert waren und Eathen mir gerade den gefühlt hundertsten Ast auf diesem Weg zur Seite hielt.

»Weil es dort schön ist und die Wildnis nicht beängstigend sondern wunderbar ist«, erklärte er. An seiner Betonung erkannte ich, dass ihm das wirklich ernst war, und wartete, ob er noch weiter reden würde.

»All das hier ...«, er strich beinahe zärtlich an einem Baumstamm entlang, » ... ist für dich weitaus weniger gefährlich als eine Straßenkreuzung oder ein Chemielabor. Natürlich fehlen dir ein paar Fähigkeiten, dich hier zu orientieren oder zu wissen, wo du den nächsten Schritt hinsetzen musst.« Er lenkte mich an einem für mich unsichtbaren Hindernis auf dem Boden unter dem Laub vorbei. »Aber das verlangt ja auch niemand von dir. Schließlich bist du hier nicht wie ich aufgewachsen und vielleicht auch etwas biologisch benachteiligt.« Er grinste mich an. »Trotzdem würde es dir vielleicht gefallen, während des Laufens auch mal nach rechts und links oder nach oben zu gucken. Ich navigiere dich schon sicher und du verpasst in der Sonne glitzernde Spinnenweben, kunstvolle Pilze an den Bäumen und sonnendurchflutete Baumgipfel, wenn du immer nur auf den Boden schaust.«

Ich hätte meinen Bruder auslachen können, aber es war die Begeisterung in seiner Stimme, die mein Interesse weckte. Ich wagte den Blick in meine Umgebung und spürte kurz darauf Eathens Hand an meiner Hüfte, die mich sicher führte. Gerade wollte ich Eathen schon fragen, was er in all dem moosbewachsenen Grün sah, als ich es auch erkannte. Ich hörte die Vögel und musste zugeben, dass manche Pilze wirklich hübsch aussahen.

»Ist das da hinten der See?«, fragte ich Eathen, als ich Wasser in der Sonne glitzern sah.

»Nein«, meinte er lachend. »Das ist ein von Entengrütze durchseuchtes Planschbecken für Loons. Ich habe dir einen richtigen See versprochen. Wir befinden uns im Moment unterhalb dieses Sees. Hier ist das Wasser nicht mehr so klar wie weiter oben.«

»Aber Loons zu beobachten, ist auch cool.«

»Es gibt auch welche an dem See, wo wir hinlaufen und zurzeit tragen sie sogar gerade ihre Jungen auf dem Rücken.«

Erst einmal hatte ich in einem Wildpark, den wir mit der Schule besucht hatten, die schwarz-weißen Wasservögel mit dem gurgelnden Gesang gesehen, die ihre Küken während des Schwimmens auf dem Rücken trugen.

Wir folgten in einiger Entfernung dem Wasser, das mal schneller floss oder sich in einem Tümpel staute. Wobei das, was Eathen von der Größe her als Tümpel bezeichnete, Vorstellungen von einem wirklich großen See in mir erweckte, zu dem wir unterwegs waren.

Irgendwann wurden die Bäume lichter, sodass mehr Sonnenstrahlen auf den Boden gelangten.

»Das ist der See«, sagte mein Bruder, als ich schon einen guten Überblick über die Größe des glitzernden Gewässers hatte. Wirklich beeindruckend war es aber erst, als wir tatsächlich aus dem Wald heraustraten an den Strand mit dem groben, hellen Sand. Ein nicht allzu hoher, aber breiter Wasserfall speiste das Wasser von einem darüber gelegenen breiten Wildwasserlauf in den See. Das Wasser aus den Bergen war glasklar und die Oberfläche des Sees lag absolut ruhig vor uns. Ich hob eine noch geschlossene Muschel vom Ufer auf, wobei die kaum merkliche Brandung gegen meine Hand plätscherte. Das Wasser war eiskalt aber nicht tief, sodass ich die Steine am Grund erkennen konnte. Wäre es nicht so kalt, wäre das Wasser eine wirkliche Einladung zum Schwimmen gewesen.

»Das ist wirklich wunderschön«, gab ich zu und reichte meinem Bruder die Muschel.

»Wenigstens die offensichtliche Fotoschönheit erkennst du.«

»Tu nicht so, als würde ich mich auf nichts einlassen können.«

»Ich bin schon stolz auf dich, dass du überhaupt hier bist«, neckte er mich. »Hey, die lebt noch«, bemerkte er dann beim Betrachten der Muschel.

»Woher weißt du das?«

»Sie riecht nicht verfault«, antwortete er grinsend und warf sie so zurück in den See, dass sie wie ein flacher Stein mehrere Male über die Wasseroberfläche sprang, bevor sie weit entfernt von uns eintauchte.

Daraufhin grinste er mich großspurig an. *Eathen konnte es einfach nicht lassen!*

»Es kommt auf die Geschwindigkeit an. Dann kann man jeden Gegenstand übers Wasser hüpfen lassen«, erklärte er.

Gleich darauf griff er nach einem faustgroßen Stein und ließ ihn ebenfalls über die Wasseroberfläche springen.

»Angeber«, hustete ich und setzte mich auf einen Baumstamm am Ufer, von dem aus man genau auf den See schauen konnte.

Beeindruckt atmete ich die klare Luft ein und versuchte, das Bild meiner Umgebung in mich aufzunehmen. Der See war auf allen Seiten vom Wald begrenzt. Kleine Waldinseln ragten sogar an einige Stellen in den See hinein und es war nicht schwer, sich vorzustellen, dass auf der anderen Seite Bären und Elche von dem Wasser tranken. Außerdem konnte ich in der Mitte der Wasserfläche tatsächlich Loons erahnen. Aber sie waren viel zu weit weg, um die Kinder im Federkleid der Eltern erkennen zu können. Dafür hörte ich in Abständen ihre Rufe.

»Warum ist das nicht längst eine Wanderattraktion, so schön wie es hier ist? Eigentlich müssten sich hier doch lauter Touristen tummeln«, fragte ich meinen Bruder.

»Es führt kein einziger Weg hierher oder auch nur in die Nähe. Deshalb sind wir ja querfeldein gegangen. Diese Gegend ist ein absolutes Naturschutzgebiet, das in keinem Reiseführer erwähnt wird. Wären hier Menschen, würden hunderte von Tieren ihre Wasserquelle verlieren. Deshalb bist du wahrscheinlich der erste Mensch, der hier seit ein paar Jahren gewesen ist.«

»Du zählst dich selbst nicht hinzu?«

»Ich denke, ob meiner herausragenden Fähigkeit, hier überhaupt herzufinden und nicht auf dem Weg von einer Schlange gebissen zu werden oder mir den Fuß zu verstauchen, muss ich mich etwas von den Menschen abgrenzen. Außerdem ist dies das erste Mal, dass ich hier als Mensch hergekommen bin.«

»Warst du früher häufiger mit Dad hier?«

»Ja. Fast alles, was ich kann, hat er mir hier beigebracht.«

»Will ich wissen, wovon du redest?«

»Wettrennen, Kampfübungen. Was man als Wolf eben so können muss und was sich auf einer Freifläche hier am See besser üben lässt als im Wald zwischen Bäumen.«

»Du hast gegen Dad gekämpft? Hat er dich gewinnen lassen? Sonst hattest du doch wohl kaum eine Chance.«

»Hatte ich auch nicht. Aber genau darin bestand ja die Herausforderung.«

»Glaubst du, du würdest jetzt gegen ihn gewinnen?«

»Definitiv. Gegen Mathias gewinne ich regelmäßig und der ist genauso alt wie Dad jetzt sein würde. Und das, obwohl ich noch nicht vollständig entwickelt bin.«

Fragend sah ich meinen Bruder an, woraufhin er erklärte: »Wir werden ungefähr bis zu unserem fünfundzwanzigsten Lebensjahr kräftiger und schneller. Von dem Zeitpunkt an bis zu unserem Tod bleibt unsere Kraft dann kontinuierlich erhalten, sodass wir auch im Alter keine Muskeln abbauen oder unsere Sinne und Reflexe nachlassen.«

»Wieso kannst du Mathias dann schlagen, wenn du die fünfundzwanzig noch gar nicht erreicht hast?«

»Erstens bin ich allgemein relativ kräftig.« Zur Dokumentation schloss er kurz seine Hand zur Faust, wodurch er seinen Bizeps anspannte. »Und zweitens habe ich durch die Prägung so viel Kraft bekommen, dass Wölfe ohne Prägung da nicht mehr mithalten können. Gegen Karl, Elijahs Großvater, der schon seit zwanzig Jahren oder so geprägt ist, hätte ich vermutlich nur knapp eine Chance. Es sei denn, du bist in Lebensgefahr und diese ganze Ich-existiere-nur-um-meine-Schwester-zu-beschützen-Geschichte greift.«

»Du weißt, dass das nicht dein einziger Lebensinhalt ist?«, fragte ich ernsthaft.

»Hm, ich bin mir da nicht so sicher«, erwiderte er grinsend und ich verdrehte genervt die Augen.

»Mal abgesehen davon, dass diese Landschaft hier richtig schön ist ...«, wechselte Eathen das Thema, » ... und es eine große Freifläche gibt, ist ein entscheidender Vorteil dieses Ortes auch, dass das Wasser den ganzen Sommer über nicht wärmer als fünf Grad wird. Das ist an heißen Tagen perfekt.«

»Können Wölfe schwimmen?«, fragte ich unwissend.

»Wir gehen nicht unter, aber ein Wolfskörper eignet sich nicht so gut zum Schwimmen wie ein menschlicher. Deshalb verwandeln wir uns zum Schwimmen in der Regel zurück.«

»Dann geh doch auch jetzt schwimmen. Dir ist doch bestimmt heiß.«

»Ich bin heiß!«, entgegnete mein Bruder und zog sein T-Shirt aus, wobei er mehrmals geschickt seine Bauchmuskeln anspannte.

»Eathen«, ermahnte ich ihn.

»Sorry. Postpubertäres Aufmerksamkeitsdefizit-Syndrom ... Hey, das ist gut. Ich sollte es mir auf ein T-Shirt drucken lassen.«

Ich wandte demonstrativ den Blick von meinem Bruder ab und entdeckte dabei Elijah einige Meter von uns entfernt am Waldrand stehen.

»Ernsthaft?«, fragte ich Eathen. »Du ziehst eine Show ab, weil Elijah uns beobachtet?«

»Ich ziehe eine Show ab, weil mir unser Gespräch in seiner Gegenwart zu vertraut war und ich dringend meine Ironie zurück brauchte.«

Immerhin war mein Bruder inzwischen ehrlich.

»Geh schwimmen, Eathen«, sagte ich und deutete in Richtung See.

»Das lässt sich einrichten.« Gerade als er anfing, sich seine Hose auszuziehen, wandte ich mich ab und ging auf Elijah zu.

»Hi«, begrüßte ich ihn. Er murmelte ein »Hey« und zog mich in seinen Arm, um mich zu küssen. Bisher hatte ich ihn nur wenige Male ohne T-Shirt berührt. Erst recht nicht, während wir uns geküsst hatten. Ziemlich schnell begriff ich nun, weshalb er solche Situationen, bevor ich von seiner Existenz als Wolf erfahren hatte, konsequent gemieden war. Denn jetzt, wo er halbnackt war, konnte ich es nicht lassen, beim Küssen über seine rötlichbraune, ebenmäßige Haut zu streicheln, und überall dort, wo meine Finger ihn berührten, entstand ein schmaler, grauer Fellstreifen, der sich nach wenigen Sekunden wieder unter die Haut zurückzog.

»Stopp, Püppie, Stopp!«, bat er schnell und schob mich nur ein winziges Stück zurück. Ich löste meine Arme von seinem Hals und gab ihm ausreichend Raum, um sich zu beruhigen, wobei ich ein schlechtes Gewissen hatte, dass ich so zügellos gewesen war, nur weil er nichts außer einer Boxershorts trug. Immerhin war Eathen auch noch hier.

Ich überlegte, ob ich ihn nicht einfach bitten sollte, nicht mehr gegen die Verwandlung anzukämpfen, sondern sich bewusst zu verwandeln, damit ich ihm endlich mal als Wolf gegenüberstand. Doch dann war ich mir wieder nicht sicher, wie ich darauf reagieren sollte. Sollte ich ihn streicheln oder mit ihm reden, auch wenn er mir nicht mehr antworten konnte? Einige Sekunden später, als er sich wieder im Griff hatte und mich mit meiner Hand in seiner das Ufer hinunter führte, ärgerte ich mich, dass ich die Chance vertan hatte.

»Tut mir leid, dass ich erst so spät gekommen bin, aber April wollte für eine Berührung erst noch ein neues Computerspiel installiert haben und das hat etwas gedauert«, entschuldigte er sich.

»Wir sind auch noch nicht lange hier«, erklärte ich, als wir uns etwas weiter oberhalb des Wassers ins Gras setzten.

»Ach, stimmt ja. Mit dir dauert der Weg ja länger als sonst von euch aus.«

Ich hatte keine Ahnung, was ich darauf erwidern sollte. Irgendwie war es komisch, dass Elijah über alles, was für mich neu war, so gut Bescheid wusste. Er erkannte erst im Nachhinein, dass das, was er gesagt hatte, auf mehrere Weisen missverständlich war, obwohl er es gar nicht so gemeint hatte. Um die unangenehme Situation zu überspielen, sah ich Eathen zu, der immer wieder aus dem Wasser auftauchte und dann wieder verschwand. Für mehrere Minuten herrschte dabei eine komische Anspannung zwischen mir und Elijah. Er beobachtete all meine Regungen genau, vermutlich, um daraus ableiten zu können, ob er sich verwandeln durfte oder nicht, und ich wusste nicht, was ich denken sollte. Einerseits wollte ich ihn unbedingt als Wolf sehen und auch berühren, anderseits hatte ich keine Ahnung, ob das angebracht oder gut war. Mit Eathen war das alles viel einfacher. Er zeigte klar und deutlich, wann er gestreichelt werden wollte. Anderseits war er auch nur mein Bruder. Ihn zu berühren, hatte eine andere Bedeutung, als Elijah zu streicheln.

Wir hätten einfach nicht so lange damit warten sollen, wurde mir klar. Allerdings wäre mir das vor der Entführung alles zu schnell gegangen. Ich war in mehrfacher Hinsicht hin und her gerissen, was Elijah mit seinen feinen Sinnen leider nicht entging.

»Du kannst ruhig auch baden gehen, wenn dir zu warm ist«, erklärte ich, einfach nur um irgendetwas zu sagen, zumal Eathen gerade das einzige war, was sich in meinem Blickfeld auffällig verhielt, und deshalb Anlass zu einem Gespräch bot.

»Nein, denn erstens möchte ich dich hier nicht allein lassen, zweitens geht mir dein Bruder auf die Nerven, drittens hätte ich danach kalte Haut und viertens dachte ich ...«

Er führte den Satz nicht zu Ende, sondern sah mich einfach nur an.

»Was dachtest du?«, fragte ich.

»Ach nichts, vergiss es«, wich er aus, nahm meine Hand und streichelte darüber. Schließlich gab er mir einen Kuss auf die Stirn und zog mich mit sich auf die Wiese. Sein Arm lag um mich, er spielte mit meinen Haaren und ich schloss für einen Moment die Augen. Doch so gut, wie es hätte sein können, fühlte sich dieser Moment im Sonnenschein am See nicht an. Schließlich stützte ich mich auf den Ellenbogen und sah ihn lange hin und her gerissen an.

»Was ist?«, fragte er gegen das Sonnenlicht blinzelnd.

Fast wäre ich wieder ausgewichen und hätte mich unzufrieden zurück in seinen Arm gelegt. »Diese Sache ...«, versuchte ich zu erklären. Doch auch wenn ich lächerlich klang, verstand er, wovon ich sprach. »Es ist mir nicht unangenehm.«

»Bist du dir sicher?«, fragte er und richtete sich ebenfalls ein Stück auf.

Ich nickte. »Als ich das neulich nicht wollte, ging es mir einfach zu schnell.«

Eigentlich war es mir nie unangenehm gewesen, ich hatte nur Angst, dass es distanzierend oder entblößend für uns beide sein könnte, aber irgendwie wurde dieses Gefühl nur stärker, je länger ich mir Gedanken darum machte. In Wahrheit war ich nun so aufgeregt, dass ich nicht mehr wusste, was ich wollte und ich bezweifelte, dass Elijah mein schneller Pulsschlag verborgen blieb.

»Es ist in Ordnung, Püppie. Wir haben doch Zeit.«

»Ich möchte aber nicht mehr warten.« Er sah mich einen Moment an, dann grinste er.

»Gilt das nur für die Verwandlungsfrage oder zufällig auch für andere Themengebiete, wenn ja, dann wäre ich nicht abgeneigt.«

»Nun werde mal nicht übermütig.« Ich knuffte ihn leicht in den Oberarm, woraufhin er mich an sich zog und küsste. Erst als ich das immer stärker werdende Fell unter meinen Fingerspitzen fühlte, begriff ich, was er vorhatte: Wenn er sich schon verwandeln durfte, dann wollte er das Küssen auch so weit ausreizen, wie es möglich war.

Er hatte, halb über mich gebeugt, auf der Wiese gelegen und schneller, als ich wirklich etwas wahrnehmen konnte, war er aufgestanden, hatte es irgendwie noch geschafft, seine Hose auszuziehen, die nun vor ihm lag, und sich verwandelt. Circa zwei Meter von mir entfernt stand nun ein grauer Wolf mit einer weißen Schnauze und einem schwarzen Streifen auf dem Rücken. Er war in etwa so groß und kräftig wie Eathen und überragte mich damit stehend deutlich, wenn ich saß.

»Komm her«, bat ich ihn lächelnd und klopfte neben mir auf die Wiese. Er trottete langsam zu mir und setzte sich neben mich. Ich berührte ihn vorsichtig an der Schulter, während ich ihn ansah. Seine braunen Augen hatten mich gleichermaßen fokussiert. Innerlich erbebte ich bei der Berührung. Trotzdem war das Gefühl, ihm so nahe zu sein, gut. Es war gar nicht entscheidend, dass er ein Wolf war, die Sache wurde zu etwas Besonderem, weil er mein Freund war. Aber je länger ich ihn berührte, desto gewöhnlicher erschien es mir. Offenbar hatten mich Elijahs ganze Fast-Verwandlungen gut an den Gedanken, mit einem weiteren Wolf zusammenzuleben, gewöhnt. Schon nach kurzer Zeit wurde ich mutiger und berührte ihn auch im Gesicht und am unteren Rücken. Nur den Bauch ließ ich aus.

Elijah senkte den Kopf ganz langsam zu mir herab, während er meine Reaktion genau beobachtete. Als ich nicht zurückwich, leckte er mit der Zunge über meine Hand. Sie fühlte sich weich und warm an, was mich einen kurzen Moment verwunderte, aber dann fiel mir ein, dass Wölfe nur über ihre Zunge Wärme abgeben konnten und sie deshalb natürlich warm war. Lächelnd wischte ich mir die Wolfsspucke von der Haut. Elijah hob seinen Kopf und grinste wölfisch zurück, was ziemlich süß aussah. Ich streichelte ihm über die Wange, dann über den Hals und spielte mit seinen Ohren, was ihm, wie jedem Wolf, nicht gefiel, und woraufhin er spielerisch nach meiner Hand schnappte.

Als Eathen aus dem Wasser kam, lag Elijah immer noch mit erhobenem Kopf auf dem Bauch neben mir auf der Wiese.

»Na endlich«, bemerkte mein Bruder mit einem kurzen Blick auf uns und schaffte es irgendwie, uns beide mit kaltem Wasser zu bespritzen.

»Ih, Eathen!«, beschwerte ich mich, doch er grinste nur und legte sich zum Trocknen in die Sonne.

»Wollen wir uns auch wieder hinlegen?«, fragte ich Elijah.

Er nickte und drehte sich dann an Ort und Stelle auf die Seite. Fragend sah ich ihn an, doch er nickte nur in Richtung seines Bauches.

»Du sollst dich mit dem Kopf auf seinen Bauch legen«, erklärte mein Bruder, ohne die Augen zu öffnen. Elijah nickte, als ich unschlüssig blieb, wirkte nun aber auch etwas verunsichert, was mir wieder leidtat.

»Ist das wirklich OK?«, fragte ich. »Ich dachte, der Bauch von Wölfen ist das Allerheiligste.«

»Wenn es ihm unangenehm wäre, würde er es dir nicht anbieten, Püppie, und den Bauch zu berühren, ist nicht so schlimm. Nur den Bauch komplett zu entblößen, kostet ein bisschen Überwindung und viel Vertrauen.«

Vorsichtig legte ich meinen Kopf auf Elijahs weichen Wolfskörper. Bei Eathen und auch bei meinem Vater hatte ich das schon häufig gemacht, aber bei meinem Freund war das genauso wie die Berührung seines Fells etwas anderes. Elijah atmete hörbar aus. Ich drehte meinen Kopf so, dass ich ihn ansehen konnte, und streichelte ihm über den Hals, bis ihm sein Fell glatt anlag.

»Stört es dich, wenn ich mich auch verwandle, Püppie?«, fragte Eathen. »Es kommt mir wie Potentialverschwendung vor, hier ein Mensch zu sein.«

»Potentialverschwendung?«, hakte ich nach.

»Ja. Im Haus ist es immer schwierig, ein Wolf zu sein, auch wenn es bequemer ist. Aber als Mensch hier zu sein, wo der Wolfskörper eh der Praktischere ist, ist einfach Potentialverschwendung. Mal abgesehen davon trocknet meine Hose besser, wenn ich sie nicht am Körper trage.«

»Tu, was du nicht lassen kannst«, sagte ich zu meinem Bruder, um nicht weiter mit ihm diskutieren zu müssen. Ich schloss die Augen, während Eathen sich auszog, und öffnete sie erst wieder, als er mit der Schnauze gegen mein Bein tippte.

Kann ich mich zu dir legen?

»Natürlich bekommst du dauerhafte Berührungen, während du am See als Wolf im Sonnenschein liegst.«

Danke, entgegnete mein Bruder, indem er bewusst meine Ironie ignorierte. Mit einem zufriedenen Seufzen legte er sich auf die Seite und ließ seinen Bauch von der untergehenden Sonne bescheinen, während sein Wolfsschwanz mein Bein berührte.

»Macht es vom Gefühl her wirklich einen Unterschied, ob ihr Wölfe oder Menschen seid?«

*Allerdings. Als Wolf ist irgendwie alles bequemer, wie … wie als wäre der menschliche Körper irgendein enges Kleidungsstück. Solange du unterwegs bist, ist es OK und du denkst auch nicht dar*über *nach. Aber wenn du abends auf der Couch liegst, ist eine Jogginghose einfach bequemer.*

Andererseits gibt man so auch viel mehr von sich preis.

Dank Eathens Vergleich konnte ich mir das sogar einigermaßen vorstellen und die letzte Anspielung auf Elijahs Verwandlung überhörte ich.

»Bedeutet das, dass ihr lieber Wölfe seid als Menschen?«, fragte ich weiter.

Ich denke, eine gute Mischung aus beidem ist am besten. Ich mag meinen Wolfskörper und den Wald deutlich lieber als mein menschliches Leben. Trotzdem sind Hände und ein aufrechter Gang in einem Haus, das für Menschen gebaut wurde, deutlich praktischer als ein für den Wald geschaffener Wolfskörper. Aber es gibt menschliche Dinge wie zum Beispiel die Sprache, auf die ich niemals verzichten würde.

»Wie ist es bei dir?«, fragte ich Elijah. Meine Wange berührte sein weiches Bauchfell, als ich ihn ansah, ohne den Kopf zu heben.

Es ist schön und befreiend, durch den Wald zu laufen, aber irgendwie immer ein bisschen so, als würde ich dem tierischen Wunsch der Verwandlung einfach nachgeben, anstatt menschlich und gesittet zu sein.

Ich verstand, was er meinte, sagte aber dennoch: »Es gibt viele Menschen, die viel schlimmere Gelüste haben, da ist das Nachgeben einer Verwandlung für ein gutes Gefühl als nicht besonders schwerwiegend anzusehen.«

Meine Rede – entgegnete Eathen. *Sonst wäre die menschliche Jogginghosenindustrie nämlich nicht mehr existent.*

Nur, dass uns ja eine Jogginghose zur Entspannung nicht reicht – führte Elijah an.

Weil wir etwas Besseres haben, wofür Menschen erst Drogen brauchen.

Ich bemerkte die unterschiedliche Sichtweise der beiden auf ihr Wolfsdasein und verstand langsam, warum es Elijah von Anfang an so schwer gefallen war, mir von seiner Existenz als Wolf zu erzählen. Einerseits mochte er es zwar, ein Wolf zu sein und verabredete sich ja auch mit Eathen zum Laufen im Wald. Anderseits schien er davon überzeugt zu sein, dass er irgendwelche animalischen Triebe unter Kontrolle bringen müsste und die Verwandlung etwas war, dem er irgendwann nachgeben musste. Zum Teil hatte Elijah vielleicht auch gezögert, sich vor mir zu verwandeln, weil er damit viel mehr von sich preisgab. Eathen hingegen war einfach nur stolz darauf, ein Wolf zu sein, und fühlte sich Menschen – egal in welcher Gestalt oder Verfassung deutlich überlegen.

Als der Himmel in einem leuchtenden Rot erstrahlte, nachdem die Sonne als Feuerball hinter den schwarzen Schatten der Tannen versunken war, stand ich auf. Das Rot des Himmels spiegelte sich im Wasser, dennoch wurde es langsam kalt und ich wusste, dass es nicht mehr allzu lange hell sein würde.

Was ist los? Willst du aufbrechen? – fragte Eathen, der genau wie Elijah aufgestanden war.

»Ja, es wird langsam Zeit. Wir haben morgen Prüfungen.« Obwohl es eigentlich absurd war, das zu zwei Wölfen zu sagen, kam es mir nicht komisch vor, was ich beruhigt zur Kenntnis nahm.

Elijahs Körper fing an, sich zu verformen, woraufhin ich den Blick abwandte, damit er sich in Ruhe zurückverwandeln konnte. Ich schaute auf den See, bis sich zwei kräftige Arme von hinten um mich legten.

»Es war toll mit dir, Püppie«, hauchte er direkt neben meinem Ohr, was meine Haut kribbeln ließ. Die Gänsehaut, die ich daraufhin bekam, hatte nichts mit dem kühlen Wind zu tun, der vom See sachte zu uns hinüberwehte, denn in Elijahs Armen war mir nicht kalt. Ich lehnte meinen Hinterkopf an seine Schulter, was meinen Hals offenbarte, auf den er langsam seine Lippen senkte. Er endete mit Küssen auf meine Wange, meine Schläfe und die Stirn. Als ich auf seine Hände und Arme hinunterblickte, sah ich graues Wolfsfell. Das Knistern in diesem Moment spürte also nicht nur ich. Aber er hielt sich zurück, streichelte nur sanft meine Arme hinauf und wieder hinunter, aber artikulierte keinen seiner Wünsche, die ich dennoch zu kennen glaubte. Lange stand ich still vor ihm, spürte den Wind in meinem Gesicht und schaute auf den See, der nun ganz feine Wellen schlug und damit eine leise rauschende Uferbrandung entwickelt hatte, bis das Wolfsfell unter seine Haut zurückgewandert war. Dann drehte ich mich um und sah ihn an. Sein Mund war leicht geöffnet und er schaute mich eindringlich an, lächelte aber nicht. So nah waren wir uns noch nie zuvor gewesen. Er hatte mir sein Geheimnis anvertraut, ich hatte ihn in der Wildnis als Wolf gesehen und berührt und war so in seine Welt eingetreten.

»Ich liebe dich, Püppie«, sagte er leise und ich erkannte, wie ernst er das meinte. Als er mir gleich darauf eine Haarsträhne aus dem Gesicht streichelte, sie mir hinters Ohr klemmte und mit seiner Hand über meinen Hals und mein Dekolletee hinweg wieder meinen Arm hinabstreichelte, um nach meiner Hand zu greifen, bekam ich erneut eine Gänsehaut. Ich schob meine Finger weiter zwischen seine und flüsterte ebenfalls: »Ich liebe dich!«

Jetzt lächelte er, legte seine Hand an meine Wange und küsste mich. Meine Arme wanderten hinter seinen Hals und ich zog seinen Kopf weiter zu mir herunter, berührte seine nicht ganz sauber rasierte Wange, sein Schlüsselbein und seine nackte Brust.

»Das reicht jetzt«, unterbrach Eathens Stimme jäh unsere Romantik. Ich wich zurück und sah in das ernste Gesicht meines Bruders, der Elijah an der Schulter festhielt. Seine Halbverwandlung war ziemlich weit fortgeschritten und es dauerte einige Zeit, bis er sich wieder im Griff hatte, während Eathen auf ihn einredete: »Willst du sie ernsthaft in Gefahr bringen? Du bist noch nicht so weit. Lass die Finger von ihr oder such dir die Hilfsmittel, die dir zur Verfügung stehen.«

»Dann lerne … ich es … aber nie«, erwiderte Elijah, der mehr damit beschäftigt war, die Verwandlung zu bremsen, als sich Eathen zuzuwenden.

»Das ist mir egal. Was mir nicht egal ist, ist das, was du meiner Schwester antust. Vielleicht kannst du das nicht so gut verstehen, aber ich hänge ziemlich an ihr, weil meine Existenz an sie gebunden ist, und ich würde sie ungerne verlieren oder im Krankenhaus besuchen, weil du deine zügellosen Wünsche nicht unter Kontrolle hast.«

Es war genauso wie am Abend vor meiner Entführung. Die beiden Jungs stritten sich darum, was Elijah mir antun konnte, wenn er sich nicht im Griff hatte. Und da bei Eathen die Sicherungen mal wieder durchgebrannt waren, weil er mich in Gefahr wähnte, sagte er Dinge zu Elijah, von denen er wahrscheinlich noch besser als ich wusste, dass sie ihn kränkten. Immerhin kannte Eathen im Gegensatz zu mir Elijahs Gedanken.

Ich stand daneben und wusste kurzzeitig nicht, was ich tun sollte, entschied mich dann aber dafür, Eathen zu beruhigen. Elijah sah meinen Bruder ziemlich wütend an. Aber im selben Moment, in dem ich zu Eathen ging und ihn berührte, atmete Elijah tief durch. Das Fell verschwand daraufhin endgültig unter seiner Haut und er richtete sich auf.

»Ich habe alles im Griff«, sagte er schroff.

»Jetzt wieder«, murmelte Eathen leise, dem es durch meine Berührung am Arm auch schon wieder besser ging. Dennoch entschuldigte er sich nicht.

»Schlaf gut, Püppie«, sagte Elijah zu mir und gab mir einen Kuss auf die Stirn, was Eathen, den ich noch immer am Arm festhielt, tolerierte.

»Bis morgen früh vor der Schule«, entgegnete ich lächelnd, um die Stimmung wieder etwas aufzuhellen, und das entlockte Elijah tatsächlich ein Lächeln. »Bis morgen«, sagte er und rannte in den Wald.

»Na los, lass uns gehen«, meinte Eathen, nachdem ich ihn kurz angesehen hatte. Ich wollte wirklich nach Hause und hatte deshalb keine Einwände.

Eathen lief wieder dicht neben mir und navigierte mich so sicher durch den Wald, in dem es mittlerweile schon ziemlich dämmrig war. Jetzt brach die Zeit an, in der die ersten Tiere aus ihren Verstecken krochen, aber neben Eathen fühlte ich mich sicher.

»Tut mir leid, dass ich mein Versprechen gebrochen habe. Es fällt mir einfach unglaublich schwer, dich in seinem Arm zu sehen, wenn ich weiß, dass er kurz vor einer Verwandlung steht«, sagte Eathen nach einiger Zeit.

»Ist schon in Ordnung«, entgegnete ich seufzend. »Du kannst schließlich nicht wirklich etwas dafür, dass du hin und wieder überreagierst, und hast ihn immerhin nicht geschlagen. Das ist schon mal ein Fortschritt. Aber genauso wenig kann er etwas gegen die Halbverwandlung tun. Es wird eben nur besser, wenn wir es regelmäßig ein bisschen überreizen und ich weiß, dass du leicht nervös wirst, aber es war noch keine akute Gefahr im Verzug. Weder haben sich seine Krallen, noch seine Zähne hervorgeschoben oder sich seine Knochen verschoben und das bisschen Fell tut mir nichts.«

»Das ist auch nicht der Punkt. Mal abgesehen davon, dass ihr nur noch einen Grad davon entfernt ward, so heftig wie die Verwandlung schon war.«

»Was ist dann der Punkt?«

»Es gibt einen Haufen Methoden, die es ihm erleichtern würden, sich dir ohne Verwandlung zu nähern. Er ist schließlich nicht der erste Wolf, der dieses Problem hat. Immer wenn einer von uns Gefühle für eine Frau hat, passiert das. Also hat man relativ schnell nach Lösungen für das Problem gesucht.«

»Und was ist die Lösung?«, wollte ich wissen.

»Jeder Mythos hat einen wahren Kern. Wenn man also eine Problemlösung sucht, lohnt es sich, mal in Sagen und Legenden zu suchen. Zu Werwölfen gibt es neben den ganzen Massaker-Geschichten und diversen Vollmondberichten vor allem den Silbermythos. Doch anders als in den Berichten können wir Silber berühren, ohne dass unsere Haut verbrennt.«

Zum Beweis griff Eathen nach meiner silbernen Kette. »Aber wenn wir Silberionen essen, dann wirkt das bei uns, genauso wie bei einigen Bakterienarten, als Zellgift.«

»Als Zellgift?«, hakte ich nach.

»Ja, es schädigt uns nicht dauerhaft, aber für die Wirkdauer blockiert es die Verwandlung. Das heißt, in der Gestalt, in der wir uns gerade befinden, bleiben wir stehen. Ist die Wirkungszeit vorbei, können wir uns wieder ganz normal hin und her verwandeln. Nur an Vollmond dürfen wir das Silber nicht einnehmen. Zwar verhindert es eine Verwandlung, führt aber zu starken Schmerzen, weil der Körper aufgrund von Fremdstoffen daran gehindert wird, sich zu verwandeln. Da an Vollmond der Drang, sich zu verwandeln aber viel stärker ist, als an den anderen Tagen, kommt es zu diesen Nebenwirkungen. Eine der Nebenwirkungen ist auch die verminderte Tränenproduktion, sodass wir keine Kontaktlinsen tragen können, ohne dass diese unsere Augen schädigen. Aber an den anderen siebenundzwanzig Tagen des Monats bietet es für Wölfe die Möglichkeit, der Frau, die sie lieben, ohne Verwandlung so nah zu kommen, wie sie es möchten. Alle Kinder, die du kennst, sind unter Silberioneneinfluss gezeugt worden.«

»Warum hat Elijah mir dann noch nie davon erzählt?«

»Die Wirkdauer kann man nicht auf die Minute genau abschätzen. Die Silberionen, die wir nehmen, sind wegen der antibakteriellen Wirkung als Zusatzstoff in einem Vitaminpräparat zum Auflösen enthalten, das man als Nahrungsergänzungsmittel in der Apotheke kaufen kann. Deshalb wird die Dosis eher über die Frage nach einer halben oder ganzen Tüte definiert. Dein lieber Freund ist leider etwas unfähig darin, seinen Tag mal so zu planen, dass er sich tatsächlich einen halben oder ganzen Tag lang nicht für irgendeinen Weg verwandeln muss. Das zumindest ist seine Ausrede. In Wahrheit hat er sich in den Kopf gesetzt, dir und auch sich selbst zu beweisen, dass er sich so weit im Griff hat, es ohne Hilfsmittel zu schaffen. Aber das wird nicht funktionieren. Zumindest nicht so schnell, wie er sich das wünscht. Zwar kann man sich vorübergehend an die körperliche Nähe des Partners gewöhnen, aber das ist nicht von langer Dauer und kein sicherer Schutz vor einer Verwandlung. Natürlich ist er nicht schlecht in Selbstbeherrschungsfragen. Dass er die Prägung innerhalb von ein paar Tagen auf acht Stunden ausgedehnt hat, ist schon beeindruckend. Aber sein neues Projekt ist eine Nummer zu groß für ihn. Das will er nur leider nicht einsehen. Deshalb solltest du vielleicht euer Abschlussvorhaben noch mal überdenken.«

Es war mir unangenehm, dass Eathen von dem Versprechen, welches Elijah mir gegeben hatte, wusste. Denn meinen Bruder ging es überhaupt nichts an, wenn mein Freund mir versprach, bis zum Ende unserer Schulzeit mit mir zu schlafen. Außerdem wollte ich nicht mit Eathen über solche ein Thema reden.

»Ich weiß, du willst meine Meinung dazu nicht hören …«

»Richtig!«, fiel ich ihm ins Wort.

»… aber übermorgen ist Vollmond«, fuhr er unbeirrt fort. »Und in meinen Augen ist das eine richtig blöde Idee, die wahrscheinlich in einem Krankenhausaufenthalt oder deinem Tod endet.«

»Übertreib mal nicht. Als ob er mir die Kehle aufschlitzen würde. Selbst wenn er sich verwandeln sollte, wird er mir nicht wehtun.«

»Das habe ich auch nicht gemeint.«

Ich sah meinen Bruder fragend an, der mir erst einen Ast aus dem Weg hielt, sich dann eine Spinne vom Handrücken schnipste und schließlich fortfuhr: »Ich hoffe mal, du hast im Blick, wie das mit der Verhütung geht.«

»Ja, das habe ich, weil ich im Gegensatz zu dir nämlich in Bio aufgepasst habe. Außerdem nehme ich die Pille.«

Mein Bruder lachte. »Wenn du dich für Elijah entscheidest, kannst du sie absetzen. Es ist zwar komisch, wenn ich mit dir darüber rede, aber da mir keiner einfällt, der dich sonst aufklären könnte, fühle ich mich verantwortlich. Zumal ich gerne verhindern würde, dass du schwanger wirst und stirbst.«

Ich verdrehte genervt die Augen. Natürlich wusste ich, dass es bei der Geburt eines Wolfsbabys unweigerlich zu einer Immunabwehr des menschlichen Körpers gegen das Blut des Babys kam. Denn das menschliche Blut unterschied sich zu stark von dem Wölfischen des Embryos. Bis zur Geburt war das allerdings kein Problem, da die beiden Blutkreisläufe durch die Plazenta getrennt waren. Diese ließ nur einige Nährstoffe hindurch, verhinderte aber bei allen schwangeren Frauen den Kontakt der Blutzellen miteinander. Erst bei der Geburt berührte sich das Blut direkt. Die darauf folgende Immunreaktion des menschlichen Körpers gegen die wölfischen Zellen führte zu einer Verklumpung des Blutes, die verständlicher Weise keine Frau überlebte. Daher war bisher jeder Wolf ohne seine leibliche Mutter aufgewachsen.

Einem solchen Drama könnte ich nur entgehen, wenn sichergestellt wäre, dass mein Kind ein Mädchen wird. Sie wäre dann keine Trägerin des Wolfsgens. Allerdings kann nur eine künstliche Befruchtung gewährleisten, dass das Kind ein Mädchen wird. Diesen Weg hatten Elijahs Eltern für April gewählt, sodass sie das Glück hatte, mit ihren leiblichen Eltern aufwachsen zu können.

»Ich werde schon nicht schwanger werden«, versicherte ich Eathen. »Schließlich gibt es neben der Pille auch noch andere Optionen zu verhüten.«

»Aber es gibt nur eine Variante, die wirkungsvoll verhindert, dass du von einem Wolf schwanger wirst und das ist der mechanische Schutz durch ein Kondom. Denn wenn man einer Spezies angehört, die keine weiblichen Angehörigen hat und menschliche Frauen bei jeder Geburt eines Wolfsbabys sterben, kann es sich die Evolution nicht leisten, einen Schuss zu vergeuden. Deshalb enthält unser Sperma Hormone, die bei Frauen sofort den Eisprung auslösen. Außerdem lebt es mindestens fünf Tage und kann sich auch relativ sicher einen Weg zur Eizelle bahnen. Also kommt es mit Gewissheit zu einer Befruchtung, wenn auch nur ein Bisschen von seinem Erbgut, in dich hinein gelangt.«

»War's das? Oder gibt es noch ein paar Dinge, die du mir unbedingt erklären möchtest?«, fragte ich und wusste, dass es unfair war, sauer auf meinen Bruder zu sein. Es war wichtig, dass Eathen mir so etwas erzählte, weil Elijah es aus irgendeinem Grund bisher nicht getan hatte. Trotzdem wollte ich nicht mit meinem Bruder über solche Themen reden und es ärgerte mich, dass er überhaupt wusste, was Elijah und ich vorhatten.

»Er hat es nicht erwähnt, weil er das Gefühl hasst, für dich gefährlich zu sein, und er sich nicht sicher ist, ob du es unter all diesen Bedingungen noch mit ihm erleben möchtest.«

Wenn ich ehrlich war, war ich mir dessen nun tatsächlich noch unsicherer als vorher und unbegründet gab ich Eathen dafür die Schuld.

Genauso wie es immer Dinge geben wird, denen ich zweifelnd gegenüberstehe

Die nächste Prüfung lief genauso ab wie die Vorausgegangene. Nach dem Prüfungsende fuhr Elijah mit dem Auto zu uns, lief als Wolf nach Hause, um sich eine Berührung von April abzuholen, und kam anschließend als Wolf zu unserem Haus zurück. Wir machten zu zweit einen Sparziergang durch die Siedlung, in der Alana wohnte, und machten es uns anschließend zusammen auf der Hollywoodschaukel gemütlich. Ich wusste, dass wir eine Menge zu besprechen hatten, aber solange Eathen uns hören konnte, brachte ich die Sprache nicht darauf. Außerdem hatte ich mir immer noch keine eindeutige Meinung gebildet, sondern war nach wie vor ambivalent. Doch auch wenn es zwischen Elijah und mir ein paar ungeklärte Punkte gab, war es schön, mal einen ganz normalen Nachmittag mit ihm zu verbringen. Für mich war das etwas Besonderes.

Am dritten Prüfungstag galt meine Aufregung nicht mehr der Prüfung, sondern vielmehr Elijahs und meinem Vorhaben am Abend. Er hatte mich eingeladen, nach der Schule mit zu ihm zu kommen und unabhängig davon, was wir an diesem Tag machen würden, musste ich mindestens mit ihm darüber reden.

Als ich morgens aus dem Badezimmer kam, stand Eathen in der Küche und war damit beschäftigt, mir einen Apfel aufzuschneiden und zwar mit einem Messer, das man eigentlich zum Fleischschneiden benutzte und das dementsprechend riesig und scharf war.

Heute trug mein Bruder ein dunkelblaues T-Shirt, auf das mit weißer Schrift *Student der Besserwissenschaften* geschrieben war.

»Ich brauche noch deine Hilfe«, erklärte Eathen, nachdem ich mich mit einem trockenen Brötchen auf die Theke gesetzt hatte. Glücklicherweise war die Zeit heute etwas großzügiger berechnet, weshalb ich nicht im Auto frühstücken musste. »Um 10:11 Uhr geht der Vollmond auf.«

Er deutete auf die kleine weiße Dose, in der er seine Kontaktlinsen aufbewahrte. Diese verhinderten die Verwandlung der Wölfe auch bei direktem Mondlichteinfall ins Auge eines Wolfes. Aber sie waren nicht besonders angenehm zu tragen, da Wölfe kaum eigene Tränenflüssigkeit produzierten.

»Kannst du das immer noch nicht allein?«

»Doch. Aber wenn du es machst, tut es weniger weh.«

Seufzend griff ich nach der Kontaktlinsendose und der Flüssigkeit. Eathen packte den geschnittenen Apfel in eine Dose und stellte sich vor mich. Da ich auf der hohen Theke saß, waren unsere Gesichter nun in etwa auf gleicher Höhe. Ich präparierte die eine Kontaktlinse mit ausreichend Flüssigkeit, hielt mit der linken Hand seine Lider geöffnet und setzte die Linse mit der rechten Hand ein. Trotz der vielen Flüssigkeit, die Eathen sich auch schon vorher selbst ins Auge geträufelt hatte, knarzte sie über die Hornhaut. Daraufhin drückte ich sein Oberlid behutsam zu und ließ meine Finger ein paar Sekunden darauf liegen. Die gleiche Prozedur wiederholte ich bei seinem zweiten Auge.

»Geht's?«, fragte ich, nachdem ich fertig war und Eathen beide Augen öffnete.

»So schmerzhaft wie immer«, meinte er und blinzelte ein paar Mal, wobei noch einmal dieses kratzende Geräusch zu hören war, dann saßen sie richtig.

»Danke, Püppie.«

Mein Bruder umarmte mich, bevor er mir meine Tasche reichte. »Er wartet schon draußen.«

Als ich aus der Haustür trat, lehnte Elijah an der Motorhaube seines Autos und wirkte wie ein Filmheld. Wir begrüßten uns und ich stieg in sein Auto. Eathen fuhr den ganzen Weg über hinter uns in unserem Auto, sodass wir an der Schule nebeneinander aus den Autos stiegen. Da wir heute etwas zeitiger dran waren, warteten Alana und Owen in Gesellschaft anderer Mitschüler vor der Schule auf uns.

»Was für eine interessante Zukunftsplanung, Eathen«, sagte

Mrs Claire, die heute die Aufsicht führte, als Alana, Eathen und ich unseren Prüfungsraum betraten, mit einem Blick auf Eathens T-Shirt.

»Das ist nicht die Zukunft sondern die Gegenwart, Mrs«, erwiderte mein Bruder frech und lächelte unsere Lehrerin anzüglich an. Aber anstatt dass Mrs Claire sauer wurde, senkte sie nur beschämt den Blick, woraufhin Eathen triumphierend an ihr vorbei zu unserem Doppeltisch ging. Selbst heute durften wir nebeneinander sitzen, obwohl wir beide die gleiche Englischprüfung schrieben, und ich wollte gar nicht wissen, wie Eathen das hinbekommen hatte.

Wir bekamen einen Auszug aus Shakespeares *Romeo & Julia* und sollten es mit einem Auszug aus der Erzählung *Tristan & Isolde* vergleichen, das die gleiche Geschichte beschrieb, aber deutlich älter war als Romeo und Julia. Kurz vor dem Ende der Zeit hatte ich meinen Text schon Korrektur gelesen und massierte meine schmerzende Hand, als Eathen mich in Gedanken ansprach. Faktisch saß er, über seinen Text gebeugt, und tat so, als würde er lesen.

Ich habe eine Theorie aufgestellt. Und zwar war Romeo sicher mit uns verwandt. Er und Julia hatten exakt die gleichen Probleme wie wir: nervige Verwandte, verbotene Liebe, Prägungen, Schwüre … Woran erinnert dich das?

ROMEO:

Ich bin zu tief von seinem Pfeil durchbohrt,
Auf seinen leichten Schwingen hoch zu schweben.
Gewohnte Fesseln lassen mich nicht frei;

Das ist eine Beschreibung des Prägungsgefühls. Entweder schwebt man auf leichten Schwingen oder die gewohnten Fesseln erdrücken einen bei Berührungsentzug.

Ich glaube nicht, dass Shakespeare etwas über Wolfsprägungen sagen wollte – zweifelte ich.

Warte ab, ich habe noch mehr gefunden:

ROMEO:

Kein steinern Bollwerk kann der Liebe wehren;
Und Liebe wagt, was irgend Liebe kann,

Drum hielten deine Vettern mich nicht auf.
JULIA:
Wenn sie dich sehn, sie werden dich ermorden.
ROMEO:
Ach, deine Augen drohn mir mehr Gefahr
Als zwanzig ihrer Schwerter; blick du freundlich,
So bin ich gegen ihren Hass gestählt.

Das erinnert mich ziemlich an unsere gestörten Verwandten. Die würden mich und Elijah auch lieber tot als lebendig sehen, damit es niemanden mehr gibt, der sich schützend vor dich stellen kann. Aber leider mögen *wir dich so sehr, dass wir dich nicht einfach so hergeben, deshalb wagt ein Liebender das, was er nur kann und stürzt sich für seine Liebende in jeden Kampf gegen gestörte Verwandte. Erinnert dich das zufällig an eine Waldstraße vor ein paar Wochen?*

Das ist eine alte Liebesgeschichte, Eathen, und keine versteckte Botschaft über Werwölfe. Außerdem besteht genau darin die Kunst: Einen Text zu schreiben, in dem sich jeder wiedererkennt. Aber Shakespeare war sicher kein Anhänger von Verschwörungstheorien – lachte ich.

Warte. Einen habe ich noch:
ROMEO:
Ich schwöre, Fräulein, bei dem heilgen Mond,
Der silbern dieser Bäume Wipfel säumt

Das ist ja wohl so was von eindeutig eine Anspielung auf einen Wolfsschwur.

Nein, Eathen. Das ist ein romantisches Motiv und ich hoffe, das hast du auch geschrieben.

Ich glaube schon. Aber im Grunde ist es mir auch total egal. Ich verstehe eh nicht, warum man diesen Mist überhaupt analysieren muss. Es gibt so viel Wichtigeres auf der Welt. Ich meine, so etwas zu analysieren, ist doch keine ernst zunehmende Fähigkeit. Dadurch kann man weder überleben noch besser leben. Das ist absolut brotlose Kunst. Deshalb habe ich versucht, das Beste daraus zu holen.

Gib einfach ab, Eathen, und warte draußen auf mich. Ich lese es noch einmal durch und komme dann nach.

Mein Bruder stand auf, warf mir ein flüchtiges Lächeln zu, legte seine Klausur auf den Lehrertisch und verließ den Raum. Nachdem ich mir sicher war, dass ich keine Rechtschreib- oder Grammatikfehler mehr in meinem Text hatte, stand ich ebenfalls auf, ging zum Lehrertisch und legte die Arbeit auf den Stapel.

Geschafft!!!

Im Gehen gab ich Alana zu verstehen, dass ich draußen auf sie warten würde.

»Na, wie lief's Püppie?«, begrüßte mich Elijah, der bereits auf dem Flur neben Eathen stand.

»Gut, denke ich. Meine Hand tut ein bisschen weh, aber ich bin froh, dass es jetzt vorbei ist.«

Er grinste mich an, umarmte mich und gab mir einen Kuss auf die Stirn.

»Zeig mal deine Hand«, bat er dann und griff danach.

»Es ist nicht so schlimm. Nur ein paar verkrampfte Muskeln. Wenn ich jetzt ein paar Stunden keine langen Texte mehr schreibe, was ich nicht vorhatte, dann wird das schon von allein weggehen.«

»Und was hast du stattdessen vor?«, fragte er grinsend und sicherlich mit Absicht, um mich in Verlegenheit zu bringen, während er überraschend gut meinen rechten Handballen massierte.

Ich verdrehte die Augen, woraufhin er meine Hand losließ und im Gehen einen Arm um mich legte.

»Entspann dich, Püppie«, raunte er mir zu. »Ich erwarte gar nichts von dir, und wenn du dir nachher immer noch so unsicher bist, dann werden wir einfach nur darüber reden.«

»Mit Wölfen zusammen zu leben, ist echt schlimm. Man kann ihnen nichts verheimlichen«, stellte ich lachend fest, war aber sehr erleichtert, dass Elijah nicht enttäuscht war.

Nachdem Alana und Owen auch abgegeben hatten, war unsere kleine Gruppe komplett.

»Was haltet ihr davon, wenn wir ein paar Leute zusammentrommeln und im Jenny's etwas essen gehen?«, fragte ich in die Runde.

»Ich habe eine bessere Idee«, erklärte Elijah und grinste Eathen an, dessen Gesicht einen amüsierten Ausdruck annahm.

»Wir feiern unseren Abschluss gebührend mit allen. Schließlich haben wir viel dafür geschuftet.«

Ich konnte mir ein Husten nicht verkneifen.

»Ich trommle alle Leute zusammen, die schon gegangen sind«, fuhr Eathen unbeirrt fort. »Und ihr sagt allen anderen Bescheid, die noch schreiben. Es ist eh gleich offizielle Abgabezeit.« Das Letzte rief mein Bruder uns nur noch im Laufen zu. »Wir treffen uns auf dem Platz.«

»Was hat er vor?«, fragte ich Elijah, als Eathen die Treppen hinunterrannte.

»Eine Party.«

»Auf dem Sportplatz?«

»Klar. Wo sonst?«

»Hey, mega-cool«, meinte Owen.

Auch ich fand das keine schlechte Idee.

Alle, die aus den Räumen kamen, wiesen wir an, zum Sportplatz zu gehen, um *unsere Freiheit zu feiern* – wie Owen es formulierte. Nachdem wir auch den Letzten abgefangen hatten, legte Elijah seinen Arm um mich und führte mich nach draußen. Dort wartete er, bis Owen und Alana an uns vorbei gegangen waren, bevor er mich an sich zog.

»Soll ich dir etwas verraten?«, raunte er mir zu, wobei sein Mund nur Zentimeter von meinem Ohr entfernt war. Sein warmer Atem kitzelte die Haut an meinem Ohr und ließ mich wohlig erschaudern. »Das war unser letzter Schultag. Wir werden nie mehr an diesen viel zu kleinen Tischen sitzen und irgendeinem langweiligen Lehrer zuhören müssen.«

»Glaubst du, die Tische am College sind größer?«, fragte ich lächelnd.

»Wer weiß, ob wir das je erfahren werden«, entgegnete er und küsste mich. Diesmal mit dieser perfekten Mischung aus Verlangen und Zärtlichkeit. Innerlich war ich nun so zwiegespalten, dass ich Angst hatte, daran zu zerbrechen. Ich war ihm so gerne nah und wollte ihn auch nicht enttäuschen, auf der anderen Seite war es mir unheimlich, mit ihm zu schlafen.

Er sah mich aufmerksam an, als er sich notgedrungen von mir lösen musste, seine Hände immer noch an meiner Wange. Mit aller Mühe versuchte ich, meine Zweifel zu verstecken, aber so wie ich ihn kannte, war es mir nicht möglich, ihm etwas vorzumachen.

Auf dem Sportplatz hatte sich eine riesige Schülerschaft versammelt. – Nicht nur der Abschlussjahrgang, sondern auch viele jüngere Schüler. Wenn eine Party auf dem Schulhof stattfand, versuchten die wenigsten Lehrer noch ernsthaft vor einer halbvollen Klasse zu unterrichten, sondern gaben auch den jüngeren Schülern für den Tag frei. Eathen stand im Auge der Menge und zog wie immer alle Blicke auf sich, indem er irgendeinen Unsinn veranstaltete, der die anderen zum Lachen brachte. Doch sobald er uns entdeckt hatte, rannte er auf uns zu.

Elijah murmelte noch ein »Achtung, Püppie«, bevor er den Weg für Eathen freigab. Mein Bruder schnappte mich, hob mich wie eine Trophäe hoch und rief laut: »Wir haben es geschafft!«

Als daraufhin großer Jubel ausbrach, setzte Eathen mich wieder ab. Normalerweise wäre mir sein Auftritt total peinlich gewesen, aber gerade genoss ich die Erleichterung und Fröhlichkeit einfach nur.

»Nicht wenige andere Mädchen wären gerade gerne in deiner Rolle gewesen«, flüsterte Eathen. »Also beschwer dich nicht.«

»Das hatte ich auch nicht vor. Heute ist das erlaubt.«

»Oh wow«, meinte mein Bruder und tat sehr überrascht. »Wo bitte ist die langweilige Cat, die stundenlang über irgendwelchen öden Büchern gehangen oder tagelang das Internet ausgequetscht hat, um auch nur jedes Detail über ein Referatsthema zu finden?«

»Du übertreibst maßlos. Ich bin einfach nur gerne gut vorbereitet.«

»Nein, du bist ein Vollblutstreber, Schwesterchen. Aber das hat sich auch bezahlt gemacht. Du hast den Platz in Princeton.«

Ich verdrehte die Augen, als Coach Mate uns von hinten ansprach: »Da eure kleine Feier ja vermutlich noch etwas länger dauern wird, wollt ihr sicher meine Schlüssel für das Schulgebäude haben, oder?«, fragte sie.

»Das wäre wirklich nett«, antwortete Eathen mit großen, lieben Augen.

»Ich verlass mich darauf, dass ich sie wieder zurückkriege. Und macht bei eurer übermütigen Feier bitte nichts kaputt.«

»Selbstverständlich kriegen Sie ihre Schlüssel wieder und wir machen bestimmt nichts kaputt«, versprach mein Bruder und griff nach den Schlüsseln, die Coach Mate ihm entgegenhielt.

»Bringt sie mir morgen einfach vorbei, denn wir Lehrer fahren jetzt nach Hause und überlassen euch die Schule. Feiert aber nicht zu lange und zu laut, wegen der Nachbarn.«

Nur in unserer kleinen Stadt, die schon lange über ihre Grenze hinausgewachsen war, gab es Wohnhäuser unmittelbar neben einer Schule.

»Danke. Kommen Sie gut nach Hause«, sagte ich, als sich Eathen bereits zu den anderen Abschlussschülern umdrehte.

»Lasst uns unsere Freiheit feiern!«, rief er laut und mit erhobenen Armen. Es war einfach so unterhaltsam, Eathen zuzusehen, dass ich schon wieder lachen musste. Mein kleiner Bruder, der hin und wieder von riesigen Selbstzweifeln geplagt wurde, spielte hier in der Schule den großen Macker.

Eathen eilte zur Musikanlage, die auf einem kleinen Podium am Rande des Platzes stand, während Elijah meine Hände nahm und sich vor mich stellte. Seine Finger glitten an meinen Armen hinauf und verschränkten sich in meinem Rücken, als er mich zu sich heranzog. Mit einem unglaublich süßen Lächeln in den Augen berührte er meine Wange und führte meinen Mund zu seinem. Es war ein toller Kuss, auch wenn er nur wenige Sekunden dauerte.

»Hey, habe ich da etwa ein bisschen Leidenschaft von dir gespürt?«, fragte er provozierend. »Nein«, entgegnete ich und musste ob meiner miserablen Lüge selbst lächeln.

»Du bist so süß, Püppie«, sagte Elijah und küsste mich enttäuschend kurz ein weiteres Mal.

»Wenn du mehr haben willst, musst du es dir zur Abwechslung mal holen.« Provokativ entfernte er sich ein paar Schritte.

Zögernd blieb ich stehen, bis die Menge ihn verschluckt hatte und mich eine Sekunde später Alana ansprach. Daraufhin wurde mir klar, dass das sein Abgang gewesen war, um Alana die Chance zu geben, mit mir in Ruhe zu reden. Es bedeutete aber auch, dass ihm von vornherein klar gewesen war, dass ich ihm nicht folgen würde. Ich fand das ziemlich unverschämt von ihm. Doch irgendwie gefiel es mir auch.

»Hey, Cat!«, rief Alana. »Warum lachst du?« Scheinbar hatte sich bei dem Gedanken an Elijah ein Lächeln auf mein Gesicht gestohlen.

»Elijah«, entgegnete ich ohne nähere Ausführungen. »Was gibt's?«

»Eathen hatte die Idee, dass ihr mal ein bisschen für Stimmung sorgen könntet. Die anderen ziehen sich schon um und ich soll dir Bescheid sagen, dass du dich auch fertig machen sollst.« Natürlich kam Alana direkt von meinem Bruder, der sie offenbar als Bote losgeschickt hatte.

»Ich habe mein Trikot aber zu Hause«, wandte ich ein. »Ich wollte es noch waschen, bevor ich es abgeben muss.«

»Gehört es dir nicht?«

»Nein, es ist nur geliehen. Wir hatten nicht das Geld, es zu kaufen. Aber da mir Coach Mate eine Stelle als ihre Co-Trainerin angeboten hat, kann ich es mir dann von meinem ersten selbstverdienten Geld kaufen.«

»Und so etwas verschweigst du deiner besten Freundin?«, fragte sie vermeintlich beleidigt. »Anstatt mich gleich anzurufen?«

»Meine beste Freundin hatte keine Zeit, mit mir zu reden, weil sie damit beschäftigt war, meinen Bruder anzuhimmeln.«

»Nicht gestern Nachmittag. Da hatte ich Zeit.«

»Ja, weil Eathen mit mir zu Hause war.«

Alana war meine einzige Freundin, die nicht im Cheerleader-Team war. Sie mochte das Tanzen nicht, vermutlich weil sie von sich behauptete, zwei linke Füße zu haben. Dafür war ihre große Begabung das Malen und Zeichnen.

»Warum musst du auch so einen gut aussehenden, unverschämt süßen Bruder haben, Cat?«, fragte sie mit dem Blick zur Tribüne, wo Eathen stand, der uns ebenfalls entdeckt hatte und uns gerade zuwinkte. Alana winkte ihm sofort zurück, wohingegen ich ihn nur knapp anlächelte.

»Alana, so leid es mir tut, dir das sagen zu müssen: Aber das mit euch wird nie etwas werden und das weißt du auch. Eathen hatte mindestens sechs Jahre Zeit, um zu erkennen, dass er dich mag. Aber er hat in all den Jahren nichts unternommen und deshalb wird sich daran auch in Zukunft nichts ändern.« *Mal abgesehen davon, dass mein Bruder absolut nicht beziehungsfähig ist.*

»Ich weiß. Aber trotzdem habe ich keine Ahnung, was ich tun soll, wenn ich ihn nicht mehr jeden Tag in der Schule sehe? Ich brauche ihn einfach irgendwie. So ist es doch bei dir und Elijah auch.«

Da hatte sie recht. Ich vermisste Elijah wirklich, wenn ich ihn ein paar Tage lang nicht sah.

»Eathen und Elijah sind sich schließlich gar nicht so unähnlich«, fuhr sie fort. Womit sie wohl recht hatte. Allerdings hatte diese Ähnlichkeit einen anderen Ursprung, als sie vermutete. Sie hatten die gleichen Vorfahren und waren sich daher ähnlich. Zumal Wolfsgene in so gut wie allen Merkmalen immer dominant waren und sich der Genpool deshalb über Jahrhunderte nicht erweitert hatte.

»Du solltest einfach noch mal neu anfangen, Eathen vergessen und dir jemanden suchen, der wirklich zu dir passt.«

»Dann würde es mich nicht wundern, wenn du als alte Jungfer stirbst«, verkündete Abigail, die in diesem Moment auf ihren hohen Absätzen an uns vorbeistolzierte und offenbar unseren letzten Gesprächsfetzen aufgeschnappt hatte.

Das traf Alana sichtbar, weil sie selbst nicht selten genauso von sich dachte und das wusste auch Abigail. Wie in sehr vielen anderen, ähnlichen Situationen zuvor hatte ich das Bedürfnis, Alana zu verteidigen.

»Wenn ich mich recht entsinne, warst du für die Jungs bisher auch nur gut genug, um mit ihnen ins Bett zu steigen, aber länger hat es noch keiner mit dir ausgehalten«, entgegnete ich.

Für Abigail war es ein Sport, Jungs, vorzugsweise Jüngere, aufzureißen und sie sich ein paar Wochen als ihre Hausaufgabensklaven und Betthasen zu halten, bevor sie sie abservierte und Fotos oder Lügen über sie verbreitete.

»Immerhin weiß ich im Gegensatz zu dir, was man mit Jungs

im Bett macht und spiele mit meinem Freund nicht seit einem Jahr Katz und Maus.« Dass sie das wusste, ging wiederum nicht ganz spurlos an mir vorbei. Sie nickte leicht in Elijahs Richtung, der jetzt neben Eathen auf der Tribüne stand. In dem Moment schauten beide zu uns rüber und Abigail winkte meinem Bruder affektiert zu. Er und Elijah fehlten noch in ihrer Sammlung. Ansonsten hatte sie unseren Jahrgang weitestgehend durch. Und diejenigen, die noch nicht in ihrem Bett gelandet waren, hielt sie auch nicht für gut genug. Wenn sich also herausstellen sollte, sie hätte seit ihrer Geburt AIDS, wäre vermutlich das ganze Footballteam HIV-positiv.

»Cat, kommst du?«, fragte Eathen, der plötzlich hinter Abigail aufragte, und griff nach meinem Handgelenk. »Wir wollen anfangen.«

»Machst du etwa mit?«, fragte ich und ließ mich von ihm fortziehen, wobei ich Alana mitnahm, um sie Abigail nicht ungeschützt auszusetzen.

»Naja, ich dachte mir, ohne meine brillanten Tanzfähigkeiten werdet ihr diese Party sicher nicht zum Laufen kriegen und wer weiß, wie lange wir noch schönes Wetter haben. Deshalb sollten wir keine Zeit verschwenden.«

Wir alle wandten den Blick zum Himmel. Noch schien zwar die Sonne, aber die Wolken wurden allmählich dichter.

»Ich habe aber keine Sachen mit. Mein Trikot ist zu Hause in der Waschmaschine, weil ich nicht damit gerechnet habe, dass ich es heute noch brauchen würde.«

»Dann leihe ich dir eines meiner T-Shirts«, erklärte Eathen und änderte seinen Weg zu den Umkleiden.

»Geh am besten zu Elijah oder den anderen Mädchen, damit Abigail dir nicht wieder auf die Nerven geht, und wenn sie doch wieder ankommt, sag mir einfach Bescheid. Ich kläre das dann«, sagte er zu Alana. Sie lächelte verzückt, als Eathen mir eine Hand in den Rücken legte und mich in die menschenleere Männerumkleide schob. Ich schaute ihn fragend an und er wusste, was ich meinte.

»Gegen Abigail müssen wir alle zusammenhalten. Außerdem

mag ich Alana. Sie ist deine beste Freundin, also muss ich dafür sorgen, dass es ihr gut geht.«

»Magst du sie nur, weil ich sie mag?«

Das war das erste Mal, dass wir über Alana sprachen, seitdem ich die Wahrheit über Eathens Gefühlsleben kannte.

»Ich habe nichts gegen sie, so wie gegen Abigail. Aber du weißt doch, dass meine Welt etwas zentralisiert ist und es mir deshalb schwer fällt, andere Menschen nicht gleichgültig zu betrachten.«

»Ist dir Elijah gleichgültig? Ich hatte nämlich den Eindruck, dass ihr euch inzwischen ganz gut versteht.«

»Ich mag ihn nach dir von allen Menschen, die ich kenne, am meisten, weil ich mit ihm einfach eine Menge Spaß haben kann, so wie damals mit Dad. Und ich würde mich auch bedingungslos für ihn einsetzen, solange ich dich in Sicherheit weiß. Reicht dir das als Antwort?«

Ich nickte. »Danke, dass du dich mit ihm vertragen hast«, sagte ich zu Eathen und küsste ihn flüchtig auf die Wange.

»Mit wem muss ich noch Frieden schließen, damit ich noch einen Kuss bekomme?«

Mein Bruder sah mich mit seinem ungezügelten Geprägtenlächeln an und das, obwohl ich ihn noch nicht mal berührte.

»Ich dachte immer, du kannst nur so lächeln, wenn ich dich berühre?«, fragte ich irritiert.

Eathen verschloss seinen Blick wieder und grinste mich einfach so an. »Das waren noch die Nachwirkungen von deiner *sehr netten Berührung.*« Er betonte die Worte extra, schaute mich dabei aber nicht an, da er damit beschäftigt war, seinen Spint zu öffnen.

»Das einzige, was noch nicht getragen ist«, erklärte er und reichte mir ein T-Shirt in dem charakteristischen Rot unserer Schule.

»Äh, wie viele lagerst du denn da?«, fragte ich und schob mich an ihm vorbei. Das Fach war so hoch, dass ich auf die davorstehende Bank steigen musste, um hineinschauen zu können.

»Nur die von dieser Woche«, erklärte er und zeigte mir einen Haufen zerknüllter T-Shirts. Ich nahm eines davon aus dem Schrank, doch es roch nicht verschwitzt, nur nach meinem Bruder und seinem Deo, das er zu Hause nie benutzte.

»Weißt du eigentlich, was für eine Geldverschwendung es ist, dass du überhaupt Deo benutzt?«

»Wir werden diesen Verlust im Centbereich verkraften können. Denn das ist der Preis der Tarnung. Es kommt nämlich ganz schön komisch, wenn ich mich nach dem Training als einziger nicht mit Deo einsprühe.«

Ich schmiss das getragene T-Shirt zurück in den Spint, stieg von der Bank und zog mein Oberteil aus, um Eathens T-Shirt anzuziehen.

Solange ich noch einen BH und einen Slip anhatte, war es mir nicht unangenehm, mich vor meinem Bruder umzuziehen. Alles andere wäre auch albern gewesen. Schließlich hatte er mich eine Woche lang zu Hause gepflegt und mir auch beim Umziehen helfen müssen.

Sobald ich umgezogen war, stellte sich Eathen vor mich und knotete mir das T-Shirt knapp unter der Brust zusammen. Ich hob die Arme und ließ sie wieder fallen. Es verrutschte nicht so sehr, dass man meinen BH sehen konnte, egal wie ich mich bewegte.

»Was ist mit der Hose? Kannst du dich darin bewegen?«

»Ich denke schon.« Zur Kontrolle machte ich einen Spagat auf dem Boden und stellte beruhigt fest, dass meine Jeans verdammt elastisch war. Doch noch bevor ich selbstständig aufstehen konnte, griff mir Eathen unter die Arme und hob mich auf die Füße.

»Los«, rief er übermütig. »Wir müssen eine Party aufmischen.«

»Ich hole nur noch unsere Verstärkung«, antwortete ich.

Mit den Mädels lief ich in die Mitte des Platzes, wo Eathen bereits auf uns wartete. Die anderen Schüler hatten – vermutlich auf Eathens Anweisung hin – einen großen Kreis freigegeben und standen nun um unsere imaginäre Tanzfläche. Ich stellte mich neben meinen Bruder in die Mitte mit dem Kopf nach unten und wartete, bis sich die Musik änderte und eines der Lieder gespielt wurde, zu denen wir eine Choreografie hatten.

Irgendwelche Wünsche? – fragte mich Elijahs Stimme in Gedanken.

Ich nannte ihm zwei Titel, die wir in den letzten Wochen geübt hatten und im nächsten Moment ertönte die Musik. Die Cheerleader hinter uns tanzten die geprobte Choreografie, während Eathen und ich dazu irgendetwas improvisierten. Mein Bruder war ein ausgesprochen guter Tänzer und, solange es kein Standardtanz war, machte es ihm auch Spaß. Und da das nicht das erste Mal war, dass Eathen und ich zusammen tanzten, und wir obendrein die Telepathie hatten, um uns zu verständigen, wurde unsere Tanzshow ein Erfolg.

Wenn mir die Ideen ausgingen und es sich gerade nicht anbot, mit Eathen zu tanzen, weil er irgendwelche Akrobatikübungen machte, stieg ich wieder in die Cheerleaderchoreografie ein, bis Eathen mir erneut irgendwelche Informationen gab. Was dabei herauskam, war in der Regel eine Mischung aus Streetdance, Hip Hop, Lateintanz und Showtanzposen mit Hebefiguren. Dabei drehten wir uns mit dem ganzen Team langsam im Kreis, damit uns alle mal von vorne sehen konnten.

Zuerst klatschten die meisten Schüler nur mit und pfiffen begeistert, dann fingen einige an, auf der Stelle zu tanzen und bald auch zunehmend im Raum. Nach fünfzehn Minuten tanzten mindestens zwei Drittel der Schüler. Eathen und ich blieben noch ein bisschen auf der Fläche, doch nach einer halben Stunde unentwegtem Tanzen und unendlich vielen Saltos und anderen Figuren, die vollen Körpereinsatz abverlangten, war meine Kondition am Ende. Schnell atmend stützte ich mich auf meine Knie.

»Aufhören! Ich kann nicht mehr«, bat ich.

»Schon kaputt?«, fragte Eathen wenig mitleidig und trat grinsend an meine Seite.

»Es hat nicht jeder deine Kondition und außerdem hat es funktioniert«, japste ich und deutete auf die uns umgebende Menge.

»Na gut. Ich gönne dir eine kleine Pause«, meinte mein Bruder. »Kommst du klar?«, fragte er, als ich atemlos nach Luft schnappte.

»Ich muss etwas trinken«, keuchte ich und fächerte mir kalte Luft zu. Meine Haut klebte überall.

Eathen legte einen Arm um mich und schien sich nicht im Geringsten daran zu stören, dass ich total verschwitzt war, wohingegen seine Haut vollkommen trocken und wie immer kühl war. Aber auch ich kühlte schnell aus, was nicht besonders gut war. Als ich auf der Tribüne neben Eathen saß und in schnellen Schlucken meine Wasserflasche leerte, bekam ich bereits eine Gänsehaut.

»Das ist ja wohl nicht dein Ernst!«, rief mein Bruder entgeistert, als er es bemerkte.

»Es ist heute nicht sonderlich warm«, erklärte ich und bereute es, so schnell so viel Wasser getrunken zu haben.

»Das macht mich echt neidisch. In Menschengestalt würde ich auch gerne mal so schnell so viel Wärme abgeben können. Warum muss ich dafür entweder ewig warten oder mich verwandeln?«

»Weil du ein dickes Fell hast«, entgegnete ich, während ich ihm in die Haut am Unterarm kniff.

»Lass das, Püppie«, beschwerte er sich, während er sich Luft zufächelte.

»Wir sind halt ziemlich verschieden«, bemerkte ich schulterzuckend.

»Gegensätze ziehen sich an.«

»Das hoffe ich doch«, meinte Elijah, der gerade auf uns zukam und als er die Treppe zur Tribüne hochstieg, sah er wirklich attraktiv aus. Sobald er sich zu uns gesetzt hatte, rutschte ich in seinen Arm, denn seine Haut war wie immer wunderbar warm.

»Ich hol dir mal eine Jacke«, erklärte Eathen. »Denn keiner von euch beiden sieht gerade so aus, als würde er sich freiwillig bewegen. Aber ich will nicht, dass du krank wirst.«

»Danke«, sagte ich und rutschte auf Elijahs Schoß, sodass ich seine Haut mit einer noch größeren Fläche berühren konnte.

»Sonst hältst du aber ein bisschen länger durch«, bemerkte Elijah mit einem spöttischen Grinsen, nachdem Eathen gegangen war.

»*Sonst* muss ich auch nicht eine halbe Stunde am Stück Hochleistungssport machen, sondern nur einmal zwölf und zweimal zwei Minuten in den Pausen durchhalten. Das Spiel über hüpfen wir ja nur ein bisschen rum.«

»Das, was ihr da gerade gemacht habt, sah aber verdammt gut aus. Ich bin stolz auf meine Freundin und war fast ein bisschen eifersüchtig auf Eathen. Anderseits bin ich ihm ziemlich dankbar, dass er dich so müde gemacht hat, weil du dann so anhänglich wirst.«

Ich boxte gegen seinen Oberarm. Er ließ mich zwar treffen,

spannte aber seine Muskeln an, weshalb ihm mein Schlag rein gar nichts ausmachte.

»Ich bin vielleicht müde, aber das heißt nicht, dass du mit mir machen kannst, was du willst. Merk dir das, Wolf!«

Aber wie bei jedem meiner Autoritätsversuche brachte ihn das nur zum Lachen. »Weißt du, dass du süß bist, wenn du dich so aufregst?«, fragte er, hielt meine Hand fest und beugte sich zu mir herunter, sodass sein Gesicht unmittelbar über meinem schwebte.

»Du hast es hin und wieder mal erwähnt«, erwiderte ich.

»Und genauso meinte ich es auch«, erklärte er und überbrückte die letzte Entfernung zwischen unseren Lippen. Er küsste mich ziemlich lange und hingebungsvoll. Ich genoss es voll und ganz, während ich merkte, wie sich mein Körper immer weiter an seinen schmiegte. Es war so wunderbar warm und aufregend, dass ich fast traurig war, als wir uns voneinander lösen mussten. Nachdem ich wieder einigermaßen ruhig atmen konnte, fiel mir allerdings auf, dass Elijah für seine Verhältnisse relativ lange durchgehalten hatte.

»Gibst du zu, dass du dir vorstellen könntest, dass an einem anderen Ort noch ein bisschen weiterzuführen?«, fragte er und entfernte seinen Oberkörper ein Stück von mir, als wäre ich in gewissem Maße eine Gefahr für ihn. Da meine Hand immer noch in seinem Nacken ruhte, konnte ich spüren, wie sich die Ansätze seines Wolfsfells unter die Haut zurückzogen.

»Ich habe nie bestritten, dass ich es gut finde. Ich mache mir nur Sorgen um meine Sicherheit.«

Ich konnte ihm ansehen, dass er das nur ungern so stehen ließ, aber da Eathen gerade mit meiner Jacke zurückkam, musste er das Thema notgedrungen vertagen.

»Was hältst du davon, wenn wir jetzt ganz klassisch miteinander tanzen, so wie man das als gewöhnliches Paar auf einer Schulparty macht? Oder fühlst du dich dazu körperlich noch nicht in der Lage?«, fragte Elijah, nachdem er Eathen gebeten hatte, die Musik zu übernehmen.

»Ich passe auch auf, dass du nicht fällst«, meine Elijah, als ich aufstand, und es klang wie ein größeres Versprechen, das sich nicht nur auf diesen Tanz bezog.

»Ich mache euch ein schönes, schnulziges Liebeslied an, zu dem ihr eng umschlugen schunkeln könnt«, sagte mein Bruder, der in dem Moment mit meiner Jacke zurückkam, und zog damit mal wieder alles ins Lächerliche. Aber so war Eathen nun mal. Sobald ihm inhaltlich nichts mehr einfiel, nutzte er die Ironie.

»Tust du mir einen Gefallen?«, fragte ich ihn und boxte ihm leicht in den Bauch, um seine Aufmerksamkeit zu bekommen. Mit seinem üblichen Grinsen, das schon genauso zu seinem Gesicht gehörte wie die großen, dunklen Augen und seine Nase, schaute er mich fragend an.

»Alana kann immer noch nicht tanzen und da sie lernen muss, in Zukunft nicht mehr von dir zu schwärmen, könntest du ihr das zum Abschied schenken. So kann sie ihre Eathen-Liebschaft immerhin in schöner Erinnerung behalten.«

Sein Grinsen wurde breiter.

»Weißt du eigentlich, dass du komisch bist? Manchmal willst du unbedingt, dass ich mit Alana rummache und dann fährst du wieder alle möglichen Geschütze auf, um sie vor mir zu bewahren. Das muss ich nicht verstehen, oder?«

»Ich will nur, dass sie diese schöne Erinnerung an ihren Abschluss behält.«

»OK. Ich kümmere mich darum. Irgendwelche Vorgaben, was ich nicht machen darf?«

»Du sollst nur mit ihr tanzen, sie weder küssen, noch mit ihr schlafen.«

»Ist ja gut. Ich hab's verstanden«, behauptete Eathen und rannte die Treppe hinunter.

Kurz nachdem mein Bruder gegangen war, hob Elijah mich hoch und trug mich Stufe für Stufe nach unten.

»Nur damit du nicht gleich wieder zusammenbrichst«, erklärte er, als er mich unten auf der Tanzfläche absetzte.

»Ich bin kein Spielkartenhaus, das bei jedem kleinsten Windhauch in sich zusammenfällt.«

»Hm«, überlegte er spielerisch grinsend.

»Sei nicht albern«, konterte ich und schlang meine Arme um seinen Hals.

Passend dazu ertönte »*My Heart will go on*« aus Titanic.

Wie klischeehaft, Eathen – dachte ich.

Aber auch soooo schön!

An Elijah vorbei sah ich, wie Eathen sich unter die Menge mischte, vermutlich auf der Suche nach Alana. Zwar würde es danach umso schwerer werden, sie davon zu überzeugen, dass Eathen nichts von ihr wollte, trotzdem wünschte ich mir, dass sie heute glücklich war, bevor sie ihre Eathen-Entziehungskur startete.

Mein Bruder hatte ein langsames romantisches Lied nach dem anderen ausgesucht. Ich genoss es, einfach in Elijahs Arm zu stehen und mich langsam im Kreis zu bewegen. Wir redeten kaum miteinander. Nur hin und wieder beugte er sich zu mir herunter, um mich am Hals, den Schläfen oder der Stirn zu küssen. Irgendwann sah ich Alana und Eathen ebenso eng umschlungen tanzen und Alana strahlte mich überglücklich an.

Als ich später bei Elijah im Auto saß und auf mein Handy sah, hatte Alana mir vier SMS geschickt.

Eathen ist so unglaublich!!!!

Bist du dir sicher, dass er nichts von mir will?

Ich weiß, ich soll nicht so denken ... Wir müssen unbedingt telefonieren.

Als letztes schrieb sie: *Falls du das arrangiert hattest: Danke!!!*

Ich rufe dich morgen früh an, sobald ich zu Hause bin. Ich schlafe heute bei Elijah – antwortete ich.

Uhhhh!!! - kam daraufhin von Alana zurück, was mich zu einem unterdrückten Lachen veranlasste, das aber eher wie ein Schnauben klang.

»Was ist los?«, fragte Elijah interessiert.

»Alana denkt, wir machen heute Abend sonst was.«

»Na und? So ganz Unrecht hat sie damit ja auch gar nicht. Zumal du sie, so weit ich weiß, genauestens über alles, was wir in den letzten Wochen in meinem Schlafzimmer gemacht haben, auf dem Laufenden hältst.«

»Das macht man eben so unter Freundinnen«, erläuterte ich.

»Ich kann sie aber nicht mehr unverfänglich ansehen, wenn sie so viel weiß.«

»Warum? Sie ist total begeistert davon, dass du mir alle Zeit dieser Welt lässt.«

»Das hast du ihr erzählt?«

»Naja, mein Freund verwandelt sich in einen behaarten Höhlenmenschen, sobald ich ihm zu nah komme« hätte sie bestimmt verstört.«

»Du bist gemein, Püppie«, protestierte Elijah und kniff mir in den Oberschenkel. »Ich gebe mir ziemlich viel Mühe.«

»Das weiß ich doch«, entgegnete ich und tätschelte seinen Handrücken. »Aber leider genügt Mühe allein nicht immer.«

»Püppie«, setzte er in einem strengen Tonfall an. »Wenn du nicht gleich still bist, kannst du zusehen, wie du nach Hause kommst, nachdem ich dich bei uns im Wald ausgesetzt habe.«

Ich lachte, schwieg aber für ein paar Augenblicke. Insgesamt musste Elijah noch ein bisschen was einstecken, bis wir bei ihm zu Hause ankamen, teilte aber auch gut gegen mich aus. Das Ergebnis unserer Neckerei war die Feststellung, dass wir uns eigentlich verdammt gut kannten und nur deshalb so viel gegen den andern in der Hand hielten.

Elijah trug mich über den großen Vorplatz, über dem der Vollmond stand, ins Haus und setzte mich auf seinem Bett ab.

»Sind April, Alice und Mathias nicht da?«, fragte ich, da wir auf dem Weg nach oben niemandem von ihnen begegnet waren und das ziemlich ungewöhnlich war. Denn in der Regel begrüßten uns Elijahs Familienangehörige, wenn wir hier gemeinsam eintrafen.

»Nein, April übernachtet bei einer Freundin und ich konnte Alice und Mathias dazu überreden, heute Abend ins Kino zu gehen.«

»Das heißt, sie wissen, was wir vorhaben?«, fragte ich, während wir in Elijahs Zimmer gingen.

»Sie wussten es ohnehin, denn wie du vielleicht schon mal bemerkt hast, können wir unsere Gedanken nicht besonders gut voreinander verbergen. Aber keine Sorge, sie billigen es voll und ganz.«

Ich nickte und ließ meinen Blick aus dem Fenster schweifen, durch das weißes Vollmondlicht ins Zimmer fiel.

»Willst du dich nicht lieber verwandeln?«, fragte ich und deutete zum Fenster.

»Warum? Weil ich dich als Wolf nicht berühren kann?«

Mein Freund ließ ein sanftes Knurren in seiner Kehle ertönen, bevor er sich zu mir setzte und mich küsste.

Oder ich mir wünsche, manches wäre anders verlaufen

Elijah hielt wieder ziemlich lange durch, bevor wir uns voneinander trennen mussten.

»Warum bist du denn auf einmal so sicher?«, wollte ich wissen.

Er machte ein stolzes Gesicht.

»Es dauert zwar eine gefühlte Ewigkeit, bis wir die Verwandlung dauerhaft bei allem, was wir tun, kontrollieren können, aber wenn wir an einem Tag besonders vielen *Herausforderungen* ausgesetzt werden, sind wir am Abend ziemlich *immun* dagegen. Am nächsten Morgen fangen wir dann zwar wieder von vorne an, aber das kann uns ja heute egal sein.«

»Willst du mir damit sagen, dass du mich heute nur so oft geküsst hast, um jetzt einigermaßen sicher zu sein?«

»Natürlich nicht nur deshalb. Es ist ja nicht unbedingt so, dass ich mich zwingen muss, dich zu küssen. Eher muss ich mich zwingen, meine Hände von dir zu lassen.«

»Jaja, die Selbstbeherrschung von Wölfen war ja schon immer ziemlich mies.«

»Nicht heute Abend«, wandte Elijah ein und schaute mich ernst an. »Machst du dir wirklich nur Sorgen um deine Sicherheit oder gibt es da auch noch andere Gründe? Ich will dich nämlich zu nichts überreden, Püppie.«

»Ich vertraue dir. Außerdem kann ich inzwischen auch ganz gut einschätzen, wann wir besser aufhören sollten. Das ist vermutlich das geringere Problem.«

»Und was ist das größere Problem?«, fragte er ziemlich gelassen.

»Ich darf auf gar keinen Fall schwanger werden. Das würde meinen Tod bedeuten.«

»Da ich jetzt auch noch nicht Vater werden will, bin ich ohnehin davon ausgegangen, dass wir verhüten«, meinte er grinsend und holte ein Kondompäckchen aus seinem Nachttisch.

Aufmerksam suchten seine Augen daraufhin meine Gesichtszüge ab, bis er sich sicher war, dass auch ich wusste, wie man Wolfsbabys am besten verhütete.

»Meinst du, das ist sicher genug? Schließlich geht es hier nicht einfach nur darum, eine Schwangerschaft zu verhindern. Ich riskiere damit mein Leben und vielleicht wäre es mit Silber doch etwas einfacher.«

»Ich weiß, was du riskierst, Püppie, und ich will dich auf gar keinen Fall verlieren. Aber ich kann einschätzen, bis wohin wir gehen dürfen, also wird nichts passieren. Auch meine Eltern haben schon häufiger ohne Silber miteinander geschlafen und Alice ist nie etwas passiert. Es kann funktionieren, und falls ich mich doch verwandle, hören wir einfach auf. Ich würde es nur gerne versuchen, weil ich es dir versprochen habe.«

Sicherlich hatte Elijah recht und auch Mathias, Alice und Eathen würden uns nicht, in dem Wissen, was wir vorhatten, alleine lassen, wenn es unmöglich wäre, es ohne Silber zu schaffen.

»Hast du noch irgendwelche Bedenken, Anmerkungen, Fragen? Irgendetwas, das du mir schon immer mal sagen wolltest? Mal abgesehen davon, dass du mich abgöttisch liebst, was ich in deinen Augen sehe«, fragte er vollkommen überzogen.

Ich lächelte ihn an, doch ganz verschwunden waren meine Bedenken noch nicht. Natürlich wäre es mir mit Silber an einem anderen Tag lieber gewesen, doch ich konnte auch spüren, wie wichtig es ihm war, dass wir es heute ohne versuchten. Dieser Gedanke gab schließlich den Ausschlag, denn ich wollte ihn nicht zurückweisen oder kränken. Zumal ich wusste, wie wichtig es für Elijah war, mir auch ohne Hilfsmittel nah kommen zu können. Es bestätigte ihm, dass er auch als Wolf in der Lage war, eine normale Beziehung zu führen. Außerdem konnte auch ich ganz gut einschätzen, wie weit fortgeschritten seine Verwandlung war. Also könnte ich rechtzeitig von ihm wegrücken.

»Nein. Ich bin bereit«, erklärte ich und das Lächeln, das ich daraufhin in seinen Augen sah, war so wunderschön, dass es sich schon allein dafür gelohnt hatte. Langsam verloren wir unsere Kleidung, aber bevor es kein Zurück mehr geben würde, setzte ich mich noch einmal auf und sah ihn forschend an – unfähig, meine Bedenken noch länger zu ignorieren, obwohl er sich bisher überhaupt nicht verwandelt hatte.

»Glaubst du wirklich, du schaffst das?«, fragte ich und dachte an Eathens Warnung.

»Du wirst nicht schwanger werden, Püppie, und ich verspreche dir, dass ich aufhöre, sobald ich mich auch nur ein bisschen verwandle. Wir müssen nicht miteinander schlafen. Wenn es nicht geht, dann geht es eben nicht. Denn ich werde es in jedem Fall nicht riskieren, dich zu verletzen. Ich will es nur versuchen.«

»OK«, sagte ich, bevor er mich angrinste.

»Das war noch gar nicht das Versprechen.«

Fragend sah ich ihn an, als er sich mir gegenüber setzte und meine beiden Hände mit seinen umschloss.

»Sag jetzt nichts und sitz still«, forderte er mich auf, was ich nicht verstand, bis er mit dem Reden fortfuhr: »Catherine Beneton, ich schwöre dir, dass ich heute Abend von dir wegrücke, sobald ich die Selbstbeherrschung verliere und mich so sehr verwandle, dass es gefährlich wird.«

Er ließ mich kurz los und brach unseren Blickkontakt ab, bevor er nach meiner Hüfte griff und mich auf seinen Schoß zog.

»Das wäre nicht nötig gewesen«, erklärte ich gewohnheitsgemäß.

»Meinst du, du traust dich jetzt, wo der Schwur verhindert, dass irgendetwas schief gehen kann?«, fragte er im Flüsterton, da unsere Gesichter so nah beieinander waren, dass alles andere den Moment zerstört hätte.

»Ja«, antwortete ich und musste zugeben, dass es die Situation tatsächlich veränderte. Wir würden mit einem Kondom verhüten und der Schwur verhinderte, dass er mir wehtun konnte. Damit waren alle Dinge, vor denen Eathen mich gewarnt hatte, außer Kraft gesetzt. Mir konnte also gar nichts passieren.

»Dann war es nötig«, sagte er lächelnd.

Vorsichtig streckte er kurz darauf seine Hand aus, streichelte über meine Wange, meinen Hals hinab und ließ seine Handfläche schließlich zwischen meinen Brüsten auf meinem Herzen ruhen.

Wir beide konnten meinen beschleunigten Herzschlag hören und wussten, wie zittrig ich vor fröhlicher Aufregung war. Ich spürte eine unglaubliche, fiebrige Zuneigung zu ihm und wollte in diesem Moment tatsächlich nicht länger warten. Nun war ich so weit, dass ich es von mir aus wollte. Hinzu kam, dass ich es nicht ertragen würde, noch einmal sein enttäuschtes Gesicht zu sehen, während ich ihm die Chance verwehrte, sein Versprechen zu halten. Ich liebte ihn und, wenn es ihm so wichtig war, dass wir es heute Abend machten, würde hoffentlich alles gut gehen. Auch wenn der Zeitpunkt maximal dämlich gewählt war. Aber ich war mir sicher, dass sein Selbstwertgefühl einen unglaublichen Knacks erleiden würde, wenn ich ihn heute vertröstete, was sich bestimmt nicht positiv auf unsere Beziehung auswirken würde und ich wollte ihn nicht verlieren.

Bis zu einem gewissen Punkt war es das bekannte Spiel. Doch nach dem vierten Versuch, als er sich kaum noch verwandelte, überschritten wir die gewohnte Grenze. Das alles erinnerte mich an das Tanzen ohne Choreografie. Auf einmal fehlte der festgelegte Rahmen, in dem wir uns sonst immer bewegt hatten. Elijah zog mich ganz nah an sich. Seine Haut roch gut. Ein bisschen nach Wolf, weil sich trotz der vielen Übung ganz feine Härchen darauf abzeichneten, aber zum überwiegenden Teil roch sie nach seinem Shampoo, seinem Deo und seinem Aftershave. So wie immer. Und er war warm! Unglaublich, verführerisch warm! Den natürlichen Schmerz, als die Jungfernhaut riss, nahm ich kaum war, weil meine Sinne mit so viel anderen schönen Reizen beschäftigt waren. Ab dann gab es kein Zurück mehr. Aber es war erstaunlich leicht und einfach. Wie als würden wir die Choreografie im Innersten doch kennen. Unsere Körper bewegten sich in vollständiger Harmonie.

Außerdem hielt Elijah die ganze Zeit über meine rechte Hand, während seine andere meinen ganzen Körper berührte. Dieses Symbol, etwas gemeinsam zu erleben, ließ mich so mutig werden, dass ich jegliche Angst verlor und selbst die Initiative ergriff, was Elijah zwischen zwei Küssen zum Lächeln brachte. Doch mit einem Mal und für mich vollkommen unvorhergesehen, brachen

Elijahs mühsam errichtete Mauern aus Vergnügen und Beherrschung zusammen, woraufhin er den Wolf und die Verwandlung nicht mehr kontrollieren konnte. Und als ob das nicht schon genug gewesen wäre, griff auch noch der Schwur ein, den er mir zuvor gegeben hatte. Gewaltsam stieß er mich von sich weg und tat mir damit richtig weh. Ich biss mir auf die Lippen und drehte mich langsam von ihm weg, während ich mir meinen schmerzenden Unterleib hielt.

»Mist!«, fluchte er keuchend neben mir, als er versuchte, die Verwandlung aufzuhalten. Er saß auf der Bettkante und drehte sich mit schuldbewusster Miene zu mir um. »Es … tut mir so leid«, stotterte er und hatte deutliche Probleme, die Worte zu formulieren.

»Den Versuch war es wert«, sagte ich ruhig und berührte ihn sanft an der Schulter.

Inzwischen ließ sich der Schmerz in meinem Unterleib aushalten. In ein paar Minuten würde nur noch das Blut auf dem Laken daran erinnern.

»Nicht, Püppie«, nuschelte Elijah und schob meine Hand weg. Ich ließ sie sinken und betrachtete ihn still, als er seinen Kopf zurückfallen ließ und mühsam gegen die kaum noch aufzuhaltende Verwandlung ankämpfte. Meine Anwesenheit schien ihm das nicht zu erleichtern. Seine Ohren waren bereits die Spitzen eines Wolfes. Ansonsten war keines seiner Körperteile eindeutig wölfisch oder menschlich.

»Meinst du, ich sollte lieber gehen, damit du dich beruhigen kannst?«, fragte ich unsicher.

»Nein«, stieß er mühsam hervor und griff nach meiner Hand, um mich zurückzuhalten. Dadurch wurde es nur noch schlimmer. Seine Körperteile verbogen sich ziemlich ungesund und er schrie gepeinigt auf, als die verschobenen Knochen gegen die noch nicht veränderte Haut stießen, wobei er sich kurz aufbäumte und dann auf dem Bett zusammenkauerte.

»Gib auf«, bat ich ihn leicht panisch. »Du bleibst sonst stecken.«

»Äh ähm«, widersprach er und schüttelte heftig den Kopf, unfähig, noch Worte zu formulieren, da sein Kiefer schon viel zu verformt war.

»Bitte«, sagte ich.

Er schluckte schwer und versuchte, mir irgendetwas zu sagen, aber er brachte nur ein undeutliches Nuscheln zustande, wobei ich seine spitzen, wölfischen Eckzähne sah. So heftig hatte ich die Verwandlung noch bei keinem Wolf erlebt und ich verstand nicht, warum Elijah immer noch versuchte, menschlich zu bleiben, wenn ihm das solche Schmerzen bereitete.

Als sein Oberarmknochen sich so verschob, dass er von innen gegen die Haut drückte, schrie Elijah erneut auf und das veranlasste mich zum Handeln. Ich setzte mich nah hinter ihn und küsste sein inzwischen vollkommen deformiertes Schlüsselbein. Daraufhin verlor er seine Selbstbeherrschung und verwandelte sich endlich. Schnell rutschte ich von ihm weg in die Mitte des Bettes. Doch auch wenn ich sitzen geblieben wäre, hätte mich Elijah mit seinen Wolfskrallen nicht erwischt. Denn bei der plötzlichen Verwandlung fiel er unsanft von der Bettkante runter auf den Boden. Dort rappelte er sich aber schnell wieder auf und schaute mit traurigen Augen zu mir auf.

»Es geht mir gut«, versicherte ich ihm und rieb mir meinen Bauch. »Alles halb so schlimm. Dich hat es gerade viel heftiger erwischt als mich.«

Lautlos sprang er aufs Bett und dort, wo er stand, drückten seine Pfoten die Matratze stark zum Lattenrost. Ganz langsam kam er zu mir gelaufen und legte sich hin, bevor er vorsichtig mit dem Kopf über meinen Bauch rieb.

»Es geht mir wirklich gut«, versicherte ich ihm, stand auf und schlüpfte in meine Unterwäsche.

Dann kroch ich wieder zu ihm ins Bett und legte mich neben ihn. Zögernd bettete er seinen Kopf auf meinen Bauch, nachdem ich ihn darum gebeten hatte.

»Es ist wirklich nicht schlimm«, versicherte ich ihm. »Bis auf das etwas unglückliche Ende fand ich es überraschend gut. Und dass es nicht geklappt hat, ist kein Drama. Du warst eben noch nicht so weit. In ein paar Tagen versuchen wir es mit Silber einfach noch mal.« Er gab ein unglückseliges Geräusch von sich.

»Du hättest es nicht besser machen können«, versicherte ich ihm und küsste seine Stirn. Er schien davon nur bedingt überzeugt, als er sich niedergeschlagen in die Kissen sinken ließ. Ich streichelte seinen Kopf, seinen Hals und seine Schulter, während ich darüber nachdachte, was Elijah gerade dazu bewegt hatte, nicht einfach aufzugeben. Denn zweifelsohne musste es einen Grund dafür geben, sonst hätte er sich diese Schmerzen ja nicht angetan. Oder hatte er sich nicht verwandeln können? Das würde ich vermutlich erst rausfinden, wenn er wieder ein Mensch war, denn Eathen von dem, was gerade passiert war, zu erzählen, wäre mit Sicherheit das Ende unserer Freiheit. Mein Bruder würde absolute Panik um mein Leben kriegen und uns in Zukunft auf Schritt und Tritt kontrollieren. Deshalb hieß es für mich nun, sich in Geduld zu üben. Denn Elijah war so unruhig, dass es vermutlich noch sehr lange dauern würde, bis er sich zurückverwandeln konnte. Immer wieder versicherte ich ihm, dass es nicht so schlimm war, dass es nicht geklappt hatte, und versuchte, ihn durch Streicheln zu beruhigen, doch er blieb angespannt. Auf der Suche nach einer Erklärung für sein Verhalten, ließ ich meinen Blick durch das Zimmer schweifen und entdeckte den Vollmond vor dem Fenster. »Soll ich dir die Kontaktlinsen aus den Augen nehmen?«, fragte ich. Doch er schüttelte den Kopf.

»Warum? Es tut dir doch weh als Wolf.«

Er schüttelte ein weiteres Mal den Kopf und sprang kurze Zeit später vom Bett. Doch bevor er aus dem Zimmer ging, bedeutete er mir, ihm nicht zu folgen. Knappe zwanzig Minuten war ich allein, bevor er als Mensch zurückkam.

»Was ist los?«, fragte ich ihn, als er sich mit betretenem Blick langsam mir gegenüber auf die Bettkante setzte. Er trug nur Boxershorts und hatte den Gesichtsausdruck eines Arztes, der den Angehörigen den Todesfall eines Patienten mitteilen musste.

»Weißt du, was das ist?«, fragte er und hob ein Stück Plastik vom Boden auf, das ein bisschen schmierig aussah.

»Nein«, entgegnete ich unwissend.

»Es war mal ein Kondom. Als der Schwur gegriffen hat und ich dich von mir weggestoßen habe, ist es zerrissen.«

Er wartete einen Moment, dann rutschte er zu mir, zog mich an sich und murmelte in meine Schulter: »Es tut mir so leid, Püppie. Du kannst dir gar nicht vorstellen, wie sehr mir das leidtut. Es war so dämlich von mir zu glauben, es könnte ohne Silber funktionieren.«

Ganz langsam begriff ich, was er mir eigentlich sagen wollte, aber nicht aussprechen konnte: *Es bestand die Möglichkeit, dass ich schwanger war und zwar von ihm – einem Wolf.*

Ich hatte das Gefühl, als stecke ein riesiger Kloß in meinem Hals und erst, als ich seinen betretenen Gesichtsausdruck sah, realisierte ich, was das bedeutete.

»Bist du dir sicher? Wir waren doch noch gar nicht so weit, dass Flüssigkeit mit im Spiel war.«

»Der Vortropfen reicht schon. Zumindest bei uns.«

Er sah unglaublich unglücklich aus. Und jetzt verstand ich auch seine Unruhe und seinen Kampf gegen die Verwandlung.

Furchtbare Angst ergriff nun auch mich und trug mich mit sich fort. Im ersten Moment hatte ich das Gefühl, ich müsste gleich jetzt mein Leben aufgeben und fühlte mich furchtbar beengt. Ich hatte noch so viel vor und mir bisher keine Gedanken darüber gemacht, dass ich bald sterben könnte, weil gar kein Anlass dazu bestanden hatte. Schließlich war ich kerngesund.

Verzweifelt vergrub ich mein Gesicht an Elijahs Schulter, und als ich den Geruch seiner Haut wahrnahm, fiel mir die Tragik auf, die so vollendet war, dass sie auch hätte inszeniert sein können. Ich liebte Elijah, er liebte mich und Eathen hatte unserer Beziehung ohne Vorbehalte zugestimmt – uns stand die Welt offen. Ich hatte meinen Abschluss gemacht und konnte gehen, wohin ich wollte, lernen, was auch immer ich wollte, und zusammen sein, mit wem ich wollte. Bis eben hatte ich mich an Elijahs Seite lebendig, glücklich und frei gefühlt.

Doch jetzt fühlte ich mich von einer ungeheuren Last erdrückt. Die Aussicht auf den vorhersehbaren Tod stand in einem solch starken Gegensatz zu dem Gefühl der Lebendigkeit, das bis eben meine Brust zum Anschwellen gebracht hatte.

Dass ich weinte, bemerkte ich erst, als die Tränen in meinen Schoß tropften.

»Eathen ist schon auf dem Weg«, sagte Elijah und zog mich erneut an sich. Er wollte in jeglicher nur erdenklicher Hinsicht für mich da sein, das spürte ich. Trotzdem konnte ich meiner Trauer in seiner Gegenwart nicht vollkommen freien Lauf lassen, weil ich ihn nicht noch mehr belasten wollte. Er hatte schon ohnehin unglaubliche Schuldgefühle. Deshalb war es gut, dass Eathen auf dem Weg hierher war.

»Woher weiß er davon?«, schluchzte ich.

»Du hast es ihm selbst gesagt, Püppie. Durch deine Angst hat sich automatisch die Gedankenbarriere geöffnet.«

»Ist er sauer?«

»Er ist *stocksauer*, aber er wird mir nichts tun und dir schon gar nicht. Dazu ist er viel zu besorgt um dich und er möchte dir nicht noch mehr wehtun, als ich es ohnehin schon getan habe. Ich werde nur damit leben müssen, dass er mich für immer hasst.«

»Du musst diese Schuldgefühle nicht haben«, beteuerte ich und streichelte ihm durch die Haare.

»Doch, das muss ich. Ich wollte es so gerne ohne Hilfsmittel schaffen, anstatt einfach zu akzeptieren, dass ich noch nicht so weit bin und es möglicherweise auch nie ohne Silber hinbekommen werde.«

»Du hast nicht allein entschieden, es zu versuchen. Also trage ich selbst die Verantwortung für mein Schicksal«, beharrte ich.

»Ich wollte niemals derjenige sein, der dein Leben zerstört. Es tut mir so leid, Püppie», erklärte er zusammenhanglos. Es schien, als hätte er meine Worte gar nicht gehört.

In dem Versuch, mich zu zu trösten, griff er nach meiner Hand. Dabei sah er so aus, als würde er am liebsten weinen, aber seine Augen blieben trocken. Stattdessen wischte er mir meine Tränen aus dem Gesicht.

»Eathen ist gleich da«, erklärte er, als wäre das etwas, worauf ich sehnsüchtig wartete und was diese Situation irgendwie entschieden verbessern würde.

»Konntest du dich deshalb nicht zurückverwandeln?«, fragte ich Elijah.

»Ich habe es gleich gemerkt und wollte es dir sagen, aber all die Gefühle und Gedanken haben mich so aus der Bahn geworfen, dass ich mich nicht beruhigen konnte. Und nachdem ich mich so lange gegen die Verwandlung gewehrt hatte, ging es irgendwann weder vorwärts noch zurück. Ohne deine Hilfe wäre ich wahrscheinlich wirklich stecken geblieben. Danach konnte ich mich erstmal gar nicht zurückverwandeln, weil ich die ganze Zeit so fieberhaft überlegt habe, ob ich mich nicht doch verguckt habe. Erst als ich rausgegangen bin und versucht habe, an etwas anderes zu denken, hat es funktioniert. Und jetzt bin ich immer noch instabil.«

Wenn man das wusste, konnte man Elijah die Anstrengung, die es ihn kostete, menschlich zu bleiben, ansehen. Außerdem sah ich, dass er wieder weg wollte. Er wartete nur darauf, dass Eathen herkam und sich um mich kümmerte.

»Püppie, es tut mir so schrecklich leid. Wirklich!«, jammerte er.

»Es ist nicht allein deine Schuld. Wir beide tragen die Verantwortung für das, was wir getan haben und werden mit den Konsequenzen leben müssen. Vielleicht ist es auch gar nicht so schlimm zu sterben. Wenn man das Glück hat, in der Zeit bis zu seinem Tod mit den Menschen, die man liebt, wunderbare Dinge zu erleben, ist man vielleicht bereit zu gehen. Außerdem haben wir noch neun Monate. Das ist eine lange Zeit.«

Ich wollte nicht, dass er voller Schuldgefühle wegrannte, aber ich wusste auch, dass ich nur eine bestimmte Zeit lang so gefasst reden konnte, bevor mich der Kummer übermannte. Denn natürlich wollte ich noch lange nicht sterben. Zwar starb ich gewiss lieber in dem Bewusstsein, geliebt zu werden, aber für die nächsten Jahrzehnte wollte ich in erster Hinsicht leben.

»Vielleicht haben wir ja Glück und es wird ein Mädchen«, wagte ich einen neuen Aufmunterungsversuch, der uns beiden galt.

»Das glaube ich nicht«, bemerkte Elijah realistisch. »Bei uns ist die Geburtenrate von Jungen deutlich höher als die von Mädchen, weil die Wolfsgene die stärkeren Keimzellen sind und sie sich fast immer durchsetzen.«

Das klang nicht wirklich gut und ich merkte, wie meine Energie, Elijah aufzubauen, dahinschwand. Gedankenverloren berührte ich meinen nackten Bauch und versuchte, mir die erste Zellteilung des Babys vorzustellen, das mich später umbringen würde. Kurz darauf spürte ich, wie heiße Tränen über mein Gesicht liefen und in meinen Schoß tropften. Entschlossen wischte ich sie weg. Solange Elijah mir gegenübersaß, musste ich so tun, als wäre ich stark, um seine Schuldgefühle nicht noch zu verstärken. In Wahrheit aber fühlte ich mich innerlich total verloren. Dieses Gefühl bewies mal wieder, wie sehr Trauer, Schmerz und Angst an das Glück gebunden waren. Je mehr man riskierte, um das ganz große Glück empfinden zu können, desto stärker konnte man auch enttäuscht und verletzt werden. Aber für mich bedeutete beides zu leben. Wenn man den Einsatz fürs Glück nicht riskierte und die Trauer nicht in Kauf nahm, musste man sich abgestumpft und leblos fühlen. Deshalb wählte ich den Weg, zu dem solche Tiefpunkte dazugehörten.

Einigermaßen entschlossen stand ich auf und nahm mir meine Kleidung. Wenn Eathen gleich kam, wollte ich wenigstens ordentlich angezogen sein. Außerdem wurde mir nun, da mich Elijah nicht mehr wärmte, allmählich kalt. Ohnehin fühlte es sich an, als wäre eine riesige Eismauer zwischen uns errichtet worden, deren Kälte mich umhüllte. Von der Wärme und der Nähe, die wir gerade noch geteilt hatten, war nichts mehr zu spüren. Elijah hatte sich schon jetzt vollständig in sich zurückgezogen und starrte mit verschwommenem Blick und mit ebenso wütendem wie traurigem Gesichtsausdruck auf den Teppich vor ihm. Ich traute mich nicht, ihn zu berühren, denn das Vertraute war verschwunden, was unter anderem daran lag, dass wir beide gerade versuchten, dem anderen etwas vorzumachen. Elijah zwang sich, ruhig zu bleiben, und ich nahm mein Schicksal nicht so gelassen, wie ich versuchte vorzugeben.

»Vielleicht wird es ja gar nicht so schlimm. Schließlich haben wir dann ein Kind.« Ich versuchte mir ein Lächeln abzuringen, versagte aber kläglich, wie ich an Elijahs Gesichtsausdruck bemerkte. Er stand auf und ging im selben Moment zur Tür, in dem sie von außen geöffnet wurde. Eathen erschien im Türrahmen, und warf Elijah einen tödlichen Blick zu, der daraufhin verschwand. Mich betrachtete mein Bruder mit einer unerwarteten Erleichterung, so als hätte er erwartet, mich bereits tot vorzufinden. Dann kam er zu mir und schloss mich in seine Arme. Unter anderen Umständen wäre mir seine feste Umarmung sicher unangenehm gewesen, aber in diesem Moment wollte ich genau so von ihm gehalten werden. Es war, als würde er durch den Druck von außen verhindern, dass ich innerlich zerbrach. Als ich seinen vertrauten Duft einatmete, wurde ich an die anderen Male erinnert, in denen mich Eathen so gehalten hatte, ebenso wie an die Worte, die über meinem Bett hingen. Es würde alles gut werden, es musste einfach so sein. Diese grausame Ironie gab es in keiner Geschichte – dass eine der Hauptpersonen starb, bevor der eigentliche Kampf ausgefochten war. Anderseits, möglicherweise war ich auch gar nicht die Hauptperson und ging nur davon aus, da ich das Leben nur aus meinem Blickwinkel betrachtete. Nebenrollen wurden zum Zweck der Geschichte häufig geopfert.

Ich wusste ganz einfach nicht, was ich denken sollte und als die Verzweiflung diesmal von mir Besitz ergriff, weinte ich hemmungslos. Es brachte ohnehin nichts, Eathen etwas vorzumachen. Mal abgesehen davon, dass ich eine erbärmliche Lügnerin war und ich meinen Gefühlen ohnehin irgendwann Raum geben müsste, würde er meine Gedanken sowieso erraten.

Ich hatte lange geweint, aber nun fühlte ich mich etwas besser. Mal abgesehen davon, dass meine Augen geschwollen waren, mein Gesicht heiß war und ich einen ziemlichen Durst hatte.

Kommentarlos ging Eathen ins Bad und kam mit einem Becher voll kaltem Wasser wieder. Er reichte ihn mir und ich trank langsam, bevor ich den Becher auf Elijahs Nachttisch abstellte, auf dem noch das aufgerissene Kondompäckchen lag. Eathen war meinem Blick kurz gefolgt und betrachtete mich nun eindringlich, nicht vorwurfsvoll, wie Eltern ihre Kinder ansahen, bevor sie sie zur Rechenschaft zogen, sondern eher fragend. Er saß mir gegenüber, während ich kraftlos und nur halb sitzend gegen das Kopfende des Bettes gelehnt lag.

»Warum bist du so ruhig?«, wollte ich wissen, doch er überging meine Frage.

»Warum hast du das getan, Püppie, obwohl ich dich gewarnt

habe?«, fragte er und deutete auf die Blutflecken auf dem Laken. Dabei war seine Stimme aber nicht fordernd oder harsch, sondern ruhig und interessiert.

Es war mir furchtbar peinlich, dass er die Flecken bemerkt hatte, und erst jetzt wurde mir klar, dass wir auf Elijahs Bett saßen, wo ich kurz zuvor noch versucht hatte, mit ihm zu schlafen. Ich dachte an mein Gespräch mit Elijah und all die Dinge, die ich in den letzten Stunden empfunden hatte. Aber nichts davon wollte ich meinem Bruder erzählen, weil es mir jetzt im Nachhinein als ziemlich dumm erschien.

»Das war es auch«, sagte Eathen in dem Moment.

»Wie meinst du das?«, fragte ich.

»Du hast Angst, Püppie. Also öffnet sich die Gedankensperre.«

»Du kannst meine Gedanken immer noch hören?«, übersetzte ich. »Und ich kann nichts dagegen tun?«

»Alles Schlechte bringt auch immer etwas Gutes mit sich«, sagte mein Bruder und fügte ein bitteres Lachen hinzu. »Allerdings hätte ich die Erfahrung, ungehinderten Zugang zu deinen Gedanken zu haben, lieber auf einem anderen Weg gemacht. Zum Beispiel, weil du mir vertraust. Und eben gerade weil ich dich so gut kenne, weiß ich doch längst, dass du dir wünschst, mit ihm zu schlafen. Deshalb habe ich dich doch gewarnt.« Er atmete tief durch. »Ich habe dich mit zu ihm gehen lassen, weil ich dachte, du wärst schlau genug, ihn davon zu überzeugen, dass der einzige Tag im Monat, an dem Vollmond ist, nicht der Richtige ist, um miteinander zu schlafen und dass es überhaupt keine Schande ist, Silber zu benutzen.«

»Eathen, es tut mir leid. Ich dachte wirklich, es sei sicher.«

»Ich weiß«, seufzte mein Bruder. »Es wäre auch relativ sicher gewesen, wenn er den Schwur nicht benutzt hätte. Dann hätte er sich bei der einsetzenden Verwandlung nämlich weniger gewaltsam von dir trennen können und das Kondom wäre nicht gerissen. Aber er hat sich für viel schlauer als alle anderen Wölfe vor ihm gehalten.«

»Wie meinst du das?«

»Wenn man mit Schwüren Schwangerschaften verhindern könnte, bräuchten wir kein Silber. Aber das hat noch nie funktioniert, weil immer irgendetwas schiefgeht. Und bei euch ist so ziemlich alles schief gelaufen, was je in der Geschichte der Wölfe schief gegangen ist.«

Dankbar dafür, dass er mich noch kein einziges Mal angeschrien hatte, legte ich mein Gesicht auf seine Schulter.

»Andererseits geht die Welt davon nicht unter«, erklärte er. »Du wirst nämlich nicht sterben.«

»Wie bitte?«, fragte ich verwundert.

»Dad hat mir mal Unterlagen von einigen Untersuchungen deines Blutes gezeigt.«

Ich schaute ihn fragend an. »Dad hat mein Blut untersucht?«

»Er hat sie bei einem vertrauenswürdigen Labor in Auftrag gegeben, weil er wissen wollte, warum ich dazu geboren wurde, dich zu beschützen.«

Er machte eine winzige Pause, um meine Reaktion zu beobachten, bevor er fortfuhr.

»Bei den Untersuchungen wurde ein vollkommen unbekanntes Protein in deinem Blut gefunden, das von seiner Struktur her viele Gene im menschlichen Körper aktivieren oder deaktivieren kann. Deshalb wurde spekuliert, ob es vielleicht das Hormon sein könnte, das bei uns die Verwandlung auslöst. Nur bei dir hat es eben keine Wirkung, weil du keine Wolfsgene hast. Da in deinem Blut also bereits ein wölfisches Eiweiß natürlich vorhanden ist, und dein Blut aber nicht verklumpt, ist das für mich die logische Erklärung dafür, warum du die Geburt deines Babys überleben wirst.«

»Das heißt, ich muss nicht sterben?«, fragte ich hoffnungsvoll.

»Nein, musst du nicht.«

»Weiß Elijah schon davon?«

»Er weiß es. Gleich nachdem deine Sperre aufgegangen ist, habe ich es ihm erzählt.«

»Warum hat er es mir dann nicht sofort gesagt?«

»Er dachte, ich könnte es dir besser erklären und natürlich war er erleichtert, als er erfahren hat, dass du nicht sterben wirst. Aber er wusste bis dahin nichts von den Untersuchungen. Er kannte nur die Spekulationen unserer Verwandten. Also vermindert das seine Schuldgefühle nur ein wenig.«

»Kannst du bitte irgendetwas tun, damit es ihm besser geht? Sag ihm, dass es nach über einem Jahr Beziehung vollkommen menschlich ist, mit seiner Freundin schlafen zu wollen. Vielleicht hört er besser auf dich als auf mich.«

»Ich bin dafür definitiv der Falsche. Zumal er sowieso nie auf mich hört. Sonst hätte er das mit dem Schwur gelassen. Davor habe ich ihn nämlich gewarnt, genauso wie Mathias. Aber dein Freund dachte, er vollbringt das, was noch kein Wolf zuvor geschafft hat und diese Annahme war einfach nur dumm. Deshalb bin ich gerade ziemlich sauer auf ihn. Außerdem habe ich ihm vorher sehr deutlich klargemacht, dass er, wenn er mit dir zusammen sein will, anfangen muss, zu seiner wölfischen Hälfte zu stehen. Er hatte dir den Tag unseres Abschlusses versprochen, ohne zu wissen, dass Vollmond sein würde. Aber nachdem er es erfahren hat, hätte er sich eingestehen müssen, dass es ein ungünstiges Datum ist, weil man bei Vollmond kein Silber nehmen darf. Aber ihm kam das gerade recht. Er wollte es ja sowieso ohne schaffen und dabei hat er in Kauf genommen, dich im Zweifel umzubringen. Wieso sollte ich ihm das so schnell verzeihen?«

»Weil du ihn magst«, schlug ich vor.

»Ich mag einen Großteil an ihm. Aber diese Art, dir gegenüber immer den perfekten Freund zu mimen, ist total albern. Zumal er es im Grunde toll findet, ein Wolf zu sein. Er glaubt nur, dass du es nicht magst, weil du dich so lange gegen alles Wölfische gewehrt hast.«

»Als kleines Mädchen hat mir dieses in einer unleserlichen Sprache geschriebene, alte Buch einfach Angst gemacht und du bist mir mit deinen wölfischen Fähigkeiten tierisch auf die Nerven gegangen, aber das hättest du sicher auch als menschlicher Bruder geschafft.«

»Ja, das hätte ich«, sagte Eathen grinsend und zog mich erneut in seinen Arm.

»Glaubst du wirklich, dass ich überleben werde?«, fragte ich.

»Ja. Du hast zu hundert Prozent kein rein menschliches Blut und das ist ein eindeutiges Indiz dafür, dass du es überlebst. Also glaube ich daran. Und damit du das auch glauben kannst, habe ich das hier für dich.«

Er griff in seine Hosentasche und holte einen gefalteten Zettel heraus, den er mir überreichte. Überhaupt hatte er erstaunlich viel an, dafür dass er aller Voraussicht nach als Wolf hergekommen war. Sein T-Shirt trug heute die Aufschrift *Sex im Dunkeln, nein danke. Dafür sehe ich viel zu geil aus*. Und ich war mir ziemlich sicher, dass er dieses T-Shirt nicht ohne Grund gewählt hatte. Nur auf die Schuhe und die Socken hatte er verzichtet.

Ich faltete das Papier auseinander, auf dem in seiner geschwungenen Handschrift stand:

Wenn dir das Leben eine Zitrone schenkt, mach Limonade daraus!

»Ich freue mich schon auf die Zeit, wenn du eine riesige Kugel vor dem Bauch hast«, erklärte er, als ich mit leicht verschwommenem Blick zu ihm aufschaute. Die letzte Weisheit, die ich in einer Situation geschenkt bekommen hatte, in der ich davon überzeugt gewesen war, es würde kein Morgen mehr geben, hatte sich bewahrheitet. Also würde es diese sicher auch tun. Aber sie sprach auch von aktivem Handeln. Ich musste mein Schicksal also selbst in die Hand nehmen.

»Danke, Eathen«, murmelte ich, rutschte näher an meinen Bruder heran und gab ihm einen Kuss auf die Wange. Mein Dank galt in diesem Fall nicht nur dem Spruch sondern auch dem Umstand, dass er immer für mich da war und jede Situation unendlich verbessern konnte. Er lächelte und mir erschien die Welt in diesem Moment nicht mehr ganz so düster.

Aber die Wölfe schaffen es, vieles zu verändern

»Wo ist Elijah jetzt?«, fragte ich Eathen in der sicheren Annahme, dass er es wusste.

»Im Wald. Er läuft immer weiter Richtung Osten.«

»Das heißt, er wird in nächster Zeit nicht zurückkommen?«

»Bisher hat er den Rückweg zumindest noch nicht angetreten.«

Ich seufzte. »Es gibt überhaupt keinen Grund, warum er alle Schuld an sich reißt. Immerhin lassen sich Kinder nicht allein zeugen. Dazu gehören immer zwei Verantwortliche und ich habe mich genauso sicher gefühlt wie er. Sonst hätte ich es doch nicht gemacht und er hat mich ganz bestimmt *nicht* dazu gezwungen.«

»Aber er hat dich überredet, es heute und ohne Silber zu machen«, wandte mein Bruder mit wenig Mitgefühl ein.

»Er musste mich nicht überreden«, erklärte ich entschieden. Zweifelnd hob Eathen seine rechte Augenbraue.

»Es war so! Aber glaub doch, was du willst.«

»Selbst er weiß, dass er dich überredet hat.«

»Das hat er aber nicht. Und selbst wenn er mich überredet hätte, gäbe es keinen Grund für ihn, wegzulaufen.«

Eathen seufzte. »So ist das bei uns eben. Da wir ziemlich viel können, fällt es uns schwer zu akzeptieren, wenn etwas mal nicht sofort klappt. Und bei Wölfen folgt auf zügellosen Zorn eben siedender Selbsthass.«

»Das ist vollkommen übertrieben. Schließlich geht es mir gut und mit einer sehr hohen Wahrscheinlichkeit werde ich die Geburt überleben.«

»Und was wird danach? Er glaubt nicht nur, dass er dich beinahe umgebracht hätte, sondern auch, dass er dein Leben ruiniert hat, weil du nun mit achtzehn ein Baby bekommst.«

Es war zwar offensichtlich, aber bisher hatte ich nicht daran gedacht, dass ich nach der Geburt die Mutter eines Neugeborenen sein würde. Woher sollte ich wissen, ob *ich* das konnte?

»Wir haben neun Monate Zeit, um uns zu überlegen, wie wir unser Leben mit einem Kind organisieren können«, sagte ich und beruhigte damit vor allem meine eigenen Nerven.

»Ich schätze, es werden weniger als neun Monate sein. Wolfskinder kommen meist ein bis zwei Monate früher zur Welt.«

»Dann sind es eben sieben oder acht Monate. All diese Entscheidungen müssen wir trotzdem nicht heute treffen.«

Eathen sah mich an und schien zu verstehen, was ich dachte.

»Dass er abgehauen ist, hat alles noch viel schlimmer gemacht, oder?«

»Natürlich! Ich liebe diesen Idioten und ich dachte immer, dass unsere Beziehung ausreichend stabil ist, um gemeinsam Probleme überwinden zu können. Aber jetzt ist er einfach abgehauen. Was soll mir das sagen? Offenbar kann er seine Schuldgefühle nicht mit mir bereden. Wie soll das werden, wenn wir bald ein Baby haben? Mit deiner Nachricht, dass ich nicht sterben würde, hätten wir beide erleichtert ausatmen und uns beim Universum für meine Gene bedanken müssen. Ich weiß es wirklich zu schätzen, dass du hier bist, Eathen, weil ich ohne dich ganz allein wäre. Aber eigentlich müsste auch er hier sein, und dass er abgehauen ist, lässt irgendwie den Schluss zu, dass ich und unser zukünftiges Baby ihm nicht so viel bedeuten.«

Ich musste die Tränen wegblinzeln, denn ich fühlte mich von Elijah im Stich gelassen und Eathens Anwesenheit konnte nur zu einem gewissen Teil Elijahs Abwesenheit kompensieren.

»Püppie, ich bin zwar gerade nicht so gut auf ihn zu sprechen, aber ich weiß, dass du ihm unendlich viel bedeutest. Er würde sich für dich, auch wenn er verwundbar wäre, vor jedes Auto und jede Kugel werfen. Ihm ist es unglaublich wichtig, dass du glücklich bist. Nur gerade ist er davon überzeugt, dass er der Grund für all dein Unglück ist, und das hält er nicht aus. Er ist nicht weggelaufen, weil er dich nicht liebt oder weil er sich vor der Verantwortung drücken will. Vermutlich würde er, wenn es irgendwie möglich wäre, gerne alle Verantwortung an sich reißen und das Kind selbst austragen, nur um dich vor allen Problemen zu beschützen. Denn er glaubt, dass er als Wolf nicht gut genug für dich ist, weil das Wolfsdasein so einige Komplikationen für eine Beziehung mit sich bringt und auch euer Baby ein kleiner Wolf werden wird. Aber er ist definitiv bereit, für das Kind zu sorgen. Er zweifelt nur daran, ob du unter diesen Bedingungen je mit ihm glücklich werden wirst, weil er weiß, dass du immer von einer normalen Familie geträumt hast.«

»Wenn er jetzt da wäre, dann wäre ich glücklich! Außerdem können sich Träume und Pläne auch ändern – wie ich in den letzten Wochen ungefähr hundert Mal ausgeführt habe. Ich liebe ihn, und wenn wir nun ein Baby bekommen, dann werde ich es natürlich auch über alles lieben, weil ich immer mal eine Familie mit Kindern haben wollte.« Meine Stimme klang sehr nachdrücklich und die Tränen, die über meine Wangen liefen, verstärkten hoffentlich den Effekt, damit all die Leute, die immer glaubten, sie würden mir meine Träume zerstören, endlich begriffen, dass sich Träume auch verändern konnten. »Ich musste mich schon vor Wochen von dem Gedanken verabschieden, dass ich einfach gehen und all den Wolfskram hinter mir lassen kann. Das wird nie funktionieren, weil ich mitten drin stecke. Aber das bedeutet nicht, dass ich darüber unglücklich bin, denn diese Welt, in die wir hineingeboren wurden, bietet auch ganz viel Fantastisches, das ich ohne euch niemals erleben würde.«

Wie geplant, hatte sich auch mein Bruder angesprochen gefühlt und zog mich gerührt in seinen Arm, doch Elijah sagte nichts dazu. Vermutlich war er nicht mal umgekehrt, sondern preschte weiter durch den Wald, während er sich immer weiter von mir entfernte. Es war keine Verzweiflung, die mich daraufhin zum Weinen brachte, sondern nur Enttäuschung und die Angst vor einer ungewissen Zukunft.

In der Zwischenzeit waren Alice und Mathias aus dem Kino nach Hause gekommen. Sie waren bereits über alles informiert, hatten uns kurz ihre Hilfe angeboten und sich dann ins Wohnzimmer gesetzt, nachdem Eathen ihnen bedeutet hatte, dass wir zunächst nichts brauchten.

»Meinst du, er kommt wieder?«, fragte ich meinen Bruder.

»Ich bin mir absolut sicher. Ich kann dir nur nicht sagen, wann es sein wird«, meinte er und streichelte mir über den Rücken.

»Wenn man dabei ist, den Menschen, den man auf der Welt am meisten liebt, zu verlieren, dann hat man ganz komische Gedanken. Auf der einen Seite weiß man, wie einfach es wäre, das Problem zu lösen. Anderseits ist man davon überzeugt, dass die Situation durch das eigene Verhalten bereits so vertrackt ist, dass die Wut auf sich selbst, das Gefühl der Liebe überlagert. Deshalb läuft man weiter, tritt Nester kaputt oder zerstört andere Dinge und fühlt sich immer nur noch schuldiger. In diesem Moment stehen zu bleiben, tief durchzuatmen und sich darüber klar zu werden, dass man ohne diesen anderen Menschen nicht leben möchte, ist verdammt schwer, obwohl man es im Grunde schon wusste, als man weggelaufen ist.«

Eathen hatte in die Ferne geschaut, als er das erzählt hatte und mir war klar, dass er sich an den Mai erinnerte, als er durchgedreht und abgehauen war. Allerdings hatte ich die Vermutung, dass nicht nur ich ihm zugehört hatte. Eathen hat es mit einer solch ruhigen Stimme erzählt, als würde er versuchen, meinen sehr aufgewühlten Freund zu beruhigen, ohne sich direkt an ihn zu wenden. Zwar wusste ich nicht, ob diese Taktik Erfolg haben würde, und ich würde auch nicht danach fragen, aber ich war meinem Bruder in jedem Fall sehr dankbar, dass er es versucht hatte.

Eathen lächelte mich an, stand auf und reichte mir seine Hand.

»Jetzt gehen wir erstmal runter und besorgen dir eine Aspirin-Tablette. Ich weiß nämlich, dass du dröhnende Kopfschmerzen hast.«

Das stimmte.

»Hey, können wir vielleicht doch irgendetwas für dich tun?«, fragte Alice, als wir das Wohnzimmer betraten. Sie hatte auf der Couch gesessen und in verschiedenen Unterlagen geblättert. Mathias saß mit einem Buch in der Hand neben ihr und schaute nun ebenfalls auf. Beide hatten sich nach ihrem Kinobesuch noch nicht umgezogen. Vermutlich hatten sie uns oben nicht stören wollen, was ich sehr nett fand. Schließlich war es ihr Haus.

In den letzten Wochen war ich hier so oft ein- und ausgegangen, dass ich ein besonderes Verhältnis zu Alice und Mathias aufgebaut hatte. Sie waren Erwachsene, die da waren, wenn man einen Rat brauchte, aber die einem keine Vorschriften machten. Sie blieben immer ein wenig auf Distanz und warteten, bis ich zu ihnen kam. Dann jedoch waren sie zu jeder Art von Hilfe bereit. Deshalb war es mir nun auch nicht peinlich, mit verweintem Gesicht und halb an Eathen gelehnt, vor ihnen zu stehen.

»Hast du eine Kopfschmerztablette und ein Glas Wasser für sie?«, fragte Eathen Alice.

»Mit dem Glas Wasser kann ich dienen, aber auf die Kopfschmerztablette wird sie verzichten müssen. Schwangere Frauen dürfen keine Medikamente nehmen.«

»Oh, stimmt. Daran habe ich gar nicht gedacht. Willst du dann nur ein Glas Wasser haben, Püppie?«, fragte mein Bruder. Ich nickte, was sich nach so viel Weinen und mit den Kopfschmerzen als keine gute Idee herausstellte.

»Du solltest schlafen gehen, Cat«, erklärte Mathias, als ich mich aufs Sofa setzte und meinen dröhnenden Kopf anlehnte.

»Das mache ich, sobald wir zu Hause sind.«

»Ich lasse dich in dem Zustand doch nicht eineinhalb Stunden nach Hause fahren«, erklärte Mathias freundlich, aber bestimmt. »Ihr seid selbstverständlich heute Nacht unsere Gäste.«

»Danke für die Einladung, aber ich möchte lieber zu Hause schlafen.«

»Warum denn?«, fragte Mathias mit einer höflichen Distanz. Gleichzeitig war ich mir aber sicher, dass er auf jedes meiner Argumente ein Gegenargument finden würde.

»Weil ich gerne in meinem eigenen Bett schlafe«, versuchte ich es trotzdem.

Daraufhin zog Mathias, genau wie Eathen oder Elijah es immer taten, wenn sie mich nicht wirklich ernst nahmen, eine Augenbraue hoch und musterte mich einen Moment kritisch.

»Wir haben alles da, was du brauchst, du hast die letzten Wochen prächtig in Elijahs Bett geschlafen und ohnehin schon eine eigene Zahnbürste im Bad. Ich verstehe also nicht, wo das Problem liegt. Elijah wird sicher nichts dagegen haben, wenn du in seinem Bett schläfst. Er wird es heute Nacht sowieso nicht nutzen.«

Genau das war ja das Problem. Ich konnte nicht neben Eathen in Elijahs Bett schlafen, in dem wir wenige Stunden vorher noch rumgemacht hatten. Anderseits dröhnte mein Kopf ganz schön. Außerdem wäre ich dann hier, falls Elijah in der Nacht nach Hause zurückkehren würde.

Alice kam mit einem Glas Wasser aus der Küche und reichte es mir. In langsamen Schlucken trank ich es aus und fühlte mich danach schon besser. Das kalte Wasser hatte meinem überhitzten, ausgetrockneten Körper gutgetan.

»Es ist nicht leicht, mit so einer Schuld umzugehen, und manchmal ist die Angst davor, einen geliebten Menschen zu verlieren, zermürbender als der Verlust selbst«, erzählte Mathias. »Ich hatte Glück, dass Elijahs Mutter nur eine zufällige Bekannte für mich war, aber schon das war schwer. Mein Vater hatte das Pech, mit meiner Mutter seine große Liebe zu verlieren, und das war furchtbar für ihn.«

Mathias wirkte, als hätte er den Schmerz seines Vaters beim Verlust seiner Mutter selbst miterlebt. Anderseits hatte Mathias den Kummer von Elijahs Opa vermutlich häufig in seinen Gedanken gesehen.

»Mach dir nicht solche Sorgen um Elijah, Cat. Er ist schon sehr oft eine Nacht lang im Wald gewesen, nachdem es Streit gab, und jedes Mal war er am Morgen danach wieder wohlbehalten hier«, sagte Alice, vielleicht auch um Mathias auf andere Gedanken zu bringen. Doch mein unbehagliches Gefühl blieb. Wenn unsere Beziehung intakt wäre, hätte er nicht vor einem solchen Problem davonlaufen müssen. Wir hätten gemeinsam eine Lösung gefunden. Doch bei ihm hielt sich nach wie vor der Gedanke, er müsse mir alles recht machen. Nur so konnte das nicht funktionieren und schon gar nicht mit einem Baby.

Bevor sich das Gedankenkarussell erneut anfing zu drehen, sprach ich ein anderes Thema an: »Warum funktioniert bei Wölfen eigentlich keine Abtreibung?«

»Eine medikamentöse Abtreibung funktioniert bei Wölfen nicht, weil die Embryonen dafür zu widerstandsfähig sind. Aber natürlich könnte man den Embryo mechanisch entfernen«, erklärte Mathias. »Das macht nur keinen Sinn, weil auch bei einer Abtreibung die Zellen des Embryos durch kleinste Schleimhautverletzungen mit dem Blut der Mutter in Berührung kommen können. Dann sterben die Frauen schon früher genauso wie das Kind. Deshalb ist man dazu übergegangen, das Kind in jedem Fall auszutragen, weil so der Nachwuchs unserer Art erstens gesichert ist, der Frau zweitens noch etwas mehr Lebenszeit bleibt und der zurückbleibende Mann drittens immerhin ein lebendiges Andenken an seine Frau behält. Bei dir könnte sich die Frage allerdings neu stellen. Möchtest du denn den Fötus abtreiben lassen?«

»Nein«, sagte ich, ohne lange nachdenken zu müssen. Ich hatte mir so lange gewünscht, mit Elijah irgendwann mal ein Kind zu bekommen, dass ich mich nun nicht davon trennen wollte. Außerdem wusste ich zu viel über die Entwicklungsbiologie und die wundersamen Prozesse im Mutterleib, aus denen schließlich ein Kind wurde. Dennoch verurteilte ich niemanden, der die Entscheidung anders traf, weil ein Baby das ganze Leben auf den Kopf stellen konnte, wovor auch ich mich fürchtete.

»Falls es dich beruhigt Cat, die wenigsten Wolfskinder waren gewollt, was nicht bedeutet, dass die Eltern ihre Kinder nicht geliebt hätten. Aber wenn man einer Frau gerade anvertraut hat, was man ist, wiegt die Vorstellung, dass sie sterben könnte, definitiv gegen den Kinderwunsch.«

Ich traute mich nicht zu fragen, in welchem Verhältnis Mathias zu Elijahs Mutter gestanden hatte, weil er zu betroffen wirkte.

»Eine weitere Sache ist auch noch wichtig«, fuhr Mathias dann fort, während sich mein Bruder neben mir auf die Lehne des Sofas hockte. »Eathen hat dir ja bereits erklärt, dass ein Hormon im wölfischen Sperma den Eisprung sofort auslöst, egal in welcher Zyklusphase man gerade ist. Das bedeutet, auch wenn man bereits schwanger ist, kann man es ein zweites Mal werden. Das heißt, ihr müsst auch weiterhin verhüten. Denn beide Kinder kommen in jedem Fall zeitgleich auf die Welt, wenn die Wehen einmal ausgelöst sind. So eine Geschichte bedeutet dann in der Regel den Tod des jüngeren Kindes, weil es bei der Geburt noch nicht allein lebensfähig ist. Oder, wenn die Kinder in etwa gleichalt sind, kommen beide zu früh zur Welt, weil die Ressourcen nicht zur Versorgung beider Kinder ausreichen. Ein Wolfskind auszutragen, kostet einen menschlichen Körper eine Menge Kraft. Das wirst du auch bald bemerken, wenn dein Kreislauf schwächelt.«

»Werde ich dann ohnmächtig?«, fragte ich.

»Nein, es ist auch nicht unangenehm. Dir wird in den ersten Wochen und Monaten nur häufig kalt sein und wenn du dich zu stark anstrengst, kann es sein, dass dir ein bisschen schwindlig wird, bis sich dein Körper an die veränderten Anforderungen gewöhnt hat. Das Gute ist, dass es bei wölfischen Schwangerschaften keine Schwangerschaftsübelkeit und auch keine anderen Komplikationen gibt.« Das beruhigte mich schon mal.

Mathias und Alice wünschten mir eine gute Nacht und Eathen begleitete mich nach oben. Ich suchte mir ein T-Shirt und eine Boxershorts aus Elijahs Kleiderschrank und versuchte, nicht zu weinen, als ich seinen Geruch, der daran haftete, einatmete. Bevor ich zu sentimental wurde, huschte ich ins Bad, benetzte mein glühendes Gesicht mit kühlem Wasser, zog mich um und putzte flüchtig meine Zähne.

Als ich zurück in Elijahs Zimmer kam, lag Eathen, auf den Ellenbogen gestützt, auf dem Bett und schaute zu mir hoch.

»Soll ich heute Nacht bei dir im Bett schlafen oder wie sonst davor?«

Ich überlegte wie dringend ich in dieser Nacht Eathens Nähe brauchte, denn alle anderen Argumente sprachen definitiv dagegen, mit meinem Bruder in einem Bett zu schlafen und dann auch noch in den Laken, in denen ich kurz zuvor meine Jungfräulichkeit verloren hatte.

Schließlich saß Eathen vor dem Bett und hielt meine Hand. Diese Dosis an Nähe beruhigte mich, anstatt dass sie mir Kopfzerbrechen bereitete, weil Eathen neben mir lag anstatt Elijah.

»Du wirst schon bald von der Limonade kosten können«, flüsterte mein Bruder und ich brauchte einen Moment, bis ich verstand, dass er mir die Gewissheit auf Hoffnung schenkte. Lächelnd löste sich eine Träne aus meinem Augenwinkel, als Eathen mich auf die Stirn küsste und mir eine Gute Nacht wünschte.

Ich atmete tief ein und schloss die Augen.

In einem Moment denke ich noch, dass ich mich in eine Sackgasse manövriert habe

Letztendlich weinte ich mich doch in den Schlaf, auch wenn ich mit aller Macht versucht hatte, die negativen Gedanken zu verdrängen. Aber es hatte mir einfach nicht gelingen wollen. Eathen nahm es still zur Kenntnis.

Nachdem ich einmal in den Schlaf gefunden hatte, schlief ich ohnmachtsgleich und träumte bis zum Morgen kaum. Der Traum, den ich vor dem Aufwachen durchqueren musste, war allerdings beängstigend lebendig: *Schnee,* überall war *Schnee – nur Schnee, soweit das Auge reichte. Eine riesige Waldlichtung im Winter, über die ein eisiger Wind wehte. Ich stand dort allein und meine Glieder waren halb erfroren. Die dunklen Tannen am Rande der Lichtung streckten bedrohlich ihre Schatten nach mir aus und es gab kein Entkommen, da ich noch nicht einmal wusste, wo ich überhaupt war und wie ich hierhergekommen war. Mühsam schleppte ich mich weiter. Die beißende Kälte ließ meine Glieder schmerzen und bei jeder noch so kleinen Bewegung hatte ich das Gefühl, als würden sich Hunderte von Eissplitter von innen durch meine Haut bohren. Selbst Zittern konnte meinen Körper nicht mehr wärmen. Als ich endlich die Mitte der Lichtung erreicht hatte, brach ich endgültig zusammen.*

Du darfst nicht liegen bleiben, Cat – warnte mich mein Gehirn. Sonst erfrierst du. Aber es war so mühsam, sich wieder aufzurichten, und solange ich lag, spürte ich den stechenden Schmerz in meinen Gliedern nicht.

Als ich den Blick hob, bot sich mir eine Szene, die vor meinem Sturz noch nicht auf der Lichtung gewesen war. Ein großer grauer Wolf stand mir in einiger Entfernung gegenüber. Von ihm führte eine Blutspur zu mir und als ich ihr mit meinem Blick folgte, lag nun ein lebloser Körper vor dem Wolf. Das Adrenalin machte mich wieder bewegungsfähig, aber anstatt wegzurennen, ging ich näher. Im Schnee vor dem Wolf lag eine junge Frau mit braunen, langen Haaren. Eine Strähne davon verdeckte ihr Gesicht, doch als der Wolf in einer fast liebevollen Geste mit der Schnauze gegen ihre Wange stupste, fiel ihr Kopf schlaff zur Seite. Die Strähne rutschte von ihrem Gesicht und ich erkannte mich selbst. Angsterfüllt wich ich zurück und betrachtete den Wolf. Blut klebte an seiner Schnauze und die Kehle der Frau wurde von einer Bisswunde verunstaltet.

Du hast sie umgebracht – *warf ich ihm vor, ohne wirklich zu realisieren, dass ich selbst die Tote war.*

Der Wolf setzte sich mir gegenüber und senkte demütig den Blick. Da traf es mich wie einen Schlag ins Gesicht.

Elijah – *wisperte mein Traum-Ich mit erstickter Stimme.*

Der Wolf richtete sich wieder auf und ich schrie, weil ich nicht noch einmal in sein Gesicht sehen wollte. Schrie verzweifelt nach meinem Bruder, auch wenn ich wusste, dass er nicht in der Nähe war, sonst hätte er mich schon längst aus dieser Situation erlöst, aber dennoch in der Hoffnung, er würde auftauchen und mich retten.

Es funktionierte.

»Cat«, rief Eathen und rüttelte mich hin und her. »Cat, mach die Augen auf und sieh mich an! Ich bin hier. Es ist alles in Ordnung.«

Als sich der Schlaf langsam verzog, konnte ich die Augen öffnen und schaute in das Gesicht meines Bruders.

»Es ist alles gut«, versicherte er mir, aber der Traum steckte mir noch in allen Gliedern. Ich spürte die Kälte von außen, aber noch viel schneidender war die Kälte, die mich von innen erschaudern ließ. Wie hatte ich allen ernstes annehmen können, Elijah hätte mich so mutwillig und kaltblütig umgebracht? Zumal ich ja aller Voraussicht nach gar nicht sterben würde und das sollte eigentlich auch mein Unterbewusstsein wissen. Fest stand, dass Elijah auf gar keinen Fall von diesem Traum erfahren durfte. Sonst würde er nur noch schlimmere Schuldgefühle bekommen. – Falls er denn überhaupt zurückkommen würde. Ich ließ mich zurück in die Kissen fallen und wickelte mich in die Decke ein, um die Kälte loszuwerden.

»Frierst du etwa immer noch?«, fragte Eathen mit dem Anflug eines Lächelns.

Ich nickte und schaute mich erst jetzt richtig im Zimmer um. Draußen schien die Sonne und tauchte den Raum in gedämpftes

Licht. Über mir ragten die beiden Bettdecken aus Elijahs Bett und noch zwei dünnere Decken auf. Im Winter schlief ich auch, wenn ich kerngesund war, häufig unter zwei dicken Decken. Aber es war Juli und offensichtlich fror ich trotz all der Decken immer noch.

»Das war der Versuch, dich warm zu halten«, erklärte Eathen mit einem schiefen Grinsen und deutete auf die Decken. »Als du angefangen hast zu zittern, haben wir dich in die Decken gewickelt.«

»Kostet das Baby meinen Körper wirklich so viel Kraft?«

Als Antwort nahm Eathen meine Hand und legte sie mir unter die linke Brust, wo ich meinen Herzschlag fühlen konnte. Mein Herz raste, dabei war ich gar nicht aufgeregt. Ich fühlte mich eher matt und kraftlos.

»Jetzt wissen wir auch mit Sicherheit, dass du schwanger bist und dass es ein Junge wird. Das ist eindeutiger als jeder Schwangerschaftstest je sein wird ... Soll ich mal versuchen, dir zu helfen?«, fragte mein Bruder und wirkte übertrieben fröhlich. Ich widersprach nicht, was er als Zustimmung deutete. Liebevoll streichelte er mir mit dem Rücken seines Zeigefingers über die Wange. Seine Haut war warm – sehr angenehm warm.

»Du hast warm geduscht«, bemerkte ich geistreich.

Er nickte. »Und ich bin gerne bereit, dir etwas von meiner Wärme abzugeben.«

Es war klar, unter welcher Maßgabe Eathen seine Wärme mit mir teilen wollte.

»Na dann komm unter die Decke, Brüderchen«, sagte ich und hob sie ein Stück an.

»Darunter wird mir ja noch wärmer«, maulte er, rutschte aber zu mir.

»Dafür gibt es auch großflächige Berührungen«, entgegnete ich und schmiegte mich an ihn.

»Das ist die Hitze definitiv wert.« Er legte seinen Arm um mich und betrachtete mich dann aus wenigen Zentimetern Entfernung. Es hätte mir unangenehm sein können, meinem Bruder so nah zu sein, zumal er nichts außer einer Unterhose trug, damit ich mehr von seiner Wärme abbekam, aber es war Eathen, der hier neben mir lag. Derjenige, der schon immer dagewesen war, und an dessen Kinderbrust gekuschelt, ich auch schon früher eingeschlafen war.

»Dir deine blauen Lippen zu wärmen, übernimmt dann besser Elijah, sobald er zurück ist«, bemerkte Eathen grinsend und fuhr mir mit dem Zeigefinger über die Lippen. Wenn das nicht so eine gute Nachricht gewesen wäre, hätte ich es nach dem blöden Spruch sicher bereut, ihn unter meine Decke gelassen zu haben.

»Heißt das, er kommt nach Hause?«, fragte ich begeistert.

»Ja. Genau wie ich gesagt habe, hatte er nie die Absicht, dich im Stich zu lassen, und nachdem er begriffen hatte, wie wichtig es dir ist, dass er hier ist, hat er den Rückweg angetreten. Aber so weit, wie er gelaufen ist, wird es noch etwas dauern, bis er wieder hier ist.«

»Geht es ihm gut?«, fragte ich.

»Emotional ist er noch ein bisschen angeschlagen, denn Schuldgefühle lösen sich nicht so einfach auf, aber er möchte seine Probleme jetzt mit dir gemeinsam lösen.«

Das klang überraschend gut. Glückliche Erleichterung durchströmte mich. Außerdem war ich Eathen dankbar, weil ich immer noch den Verdacht hatte, dass seine praktischen Tipps Elijah gestern Abend letztendlich zum Umkehren motiviert hatten, aber ich sprach es nicht an, sondern freute mich einfach nur.

»Ich habe dir mal versprochen, mich nicht einzumischen, und deshalb werde ich dir auch nicht verbieten, dich weiterhin mit ihm zu treffen, aber bitte seid in Zukunft vorsichtiger.«

»Es ist doch klar, dass wir ab jetzt höllisch aufpassen werden«, versicherte ich.

»Gut. Dann hätte ich noch einen Ratschlag. Willst du ihn hören?«

Ich nickte.

»An deiner Stelle würde ich ihm von deinem Traum erzählen. Wenn er offen mit dir reden will, was ihn viel Überwindung kosten wird, solltest du auch ehrlich zu ihm sein.«

Der Gedanke an meinen Traum zerstörte meine Euphorie wieder zum Teil.

»Woher weißt du denn davon nun wieder?«, fragte ich meinen Bruder wenig begeistert.

»Du hattest Angst, Püppie. Also hat sich die Gedankensperre geöffnet.«

»Das gilt auch für Träume?«

»Ja. Jeden deiner Albträume hast du bisher mit mir geteilt, was ich übrigens nicht besonders nett fand. Denn erstes habe ich nie den Anfang des Traumes mitbekommen, sondern immer nur das Furcht einflößende Ende und zweitens wäre es netter, du würdest mich an den schönen Träumen teilhaben lassen.«

»Tut mir leid«, sagte ich lächelnd und nur wenig ernst, da ich dafür ja nicht wirklich etwas konnte.

Natürlich hätte ich jetzt aufstehen und mich anziehen können, aber da Eathen gesagt hatte, Elijah würde noch etwas Zeit brauchen, zog ich es vor, weiterhin hier zu liegen und von Eathens Körperwärme zu partizipieren.

»Ab welcher Temperatur wird es für euch eigentlich gefährlich?«, fragte ich. »Schließlich werden eure Zellen ja nicht unendlich hitzeresistent sein.«

»Das sind sie auch nicht. Da wir stabilere Zellmembranen haben als Menschen, gelangt die Wärme nicht so schnell ins Zellinnere und wir können es eine Weile in der Hitze aushalten. Aber auch unsere Proteine denaturieren bei circa 50°C und dann ist alles vorbei. Trotzdem kann ich zum Beispiel kurzzeitig in ein brennendes Haus gehen oder in kochendem Wasser baden, ohne dass meiner Haut oder meinen Zellen etwas zustößt. Außerdem ist es mir nicht unangenehm, weil meine Haut sowohl nach außen wie auch nach innen gut isoliert ist. Um meinen Körper wie jetzt auf knapp 40°C aufzuheizen, muss ich ungefähr fünf Minuten mit circa 70°C heißem Wasser duschen. Das würde ich nicht tun, wenn ich unter Menschen gehen müsste. Aber da mich heute vermutlich niemand wegen 40°C Fieber ins Krankenhaus einliefern wird und ich mir dachte, dass es dir gefallen würde, habe ich das heute mal gemacht.«

»Wenn die Sache nicht so verdammt berechnend von dir wäre, würde ich mich jetzt bei dir bedanken.«

»Du darfst dich auch so gerne bei mir bedanken. Schließlich ist es schon unangenehm, auch wenn ich gewisse Vorteile aus der

Situation ziehe. Ein Kuss wäre zum Beispiel angemessen.«

»Träum weiter, Brüderchen«, entgegnete ich.

Wir verfielen in ein längeres Schweigen, während ich darüber nachdachte, wie ich verhindern könnte, dass sich Elijah durch Schuldgefühle von mir distanzierte und schließlich doch entschied, dass er nicht gut genug für mich sei. Auch wenn er jetzt zurückkehrte und Eathen gesagt hatte, dass er mich immer noch liebte, schuf das noch lange keine gesicherte Beziehung zwischen ihm und mir.

»Wenn du aufstehen und etwas essen möchtest, kannst du das gerne tun, Püppie«, unterbrach Eathen meine Gedanken. »Ich folge dir selbstverständlich gerne als dein persönlicher Ofen auf Schritt und Tritt und außerdem«, fuhr er fort, als ich die Augen verdrehte, »ist Mathias vorhin zu uns gelaufen, hat unser Auto hierher gefahren und dir ein paar Sachen aus deinem Kleiderschrank mitgebracht, damit du etwas Warmes zum Anziehen hast.« Eathen deutete mit dem Kopf auf eine Tasche, die auf dem Boden vor dem Bett stand.

»Warum bist nicht du zu uns nach Hause gelaufen?«, hakte ich grinsend nach, da ich die Antwort zu kennen glaubte.

»Weil ich hier nicht wegwollte«, gab Eathen zu.

Ich schenkte ihm ein mitfühlendes Lächeln und das veranlasste meinen Bruder dazu, offen mit mir zu reden, obwohl er es die meiste Zeit über vermied, mich dabei anzusehen, sondern lieber an der obersten Bettdecke herumspielte. »Natürlich bist du hier bei Alice und Mathias in Sicherheit, aber nachdem du gestern Abend so geweint hast, wollte ich gerne hier sein, falls du aufwachst und dich allein fühlst.«

»Hat Eathen dir erzählt, was er für einen Aufstand gemacht hat, als ich nur angemerkt habe, dass ja auch er zu euch nach Hause fahren könnte«, fragte Mathias, nachdem ich wenig später geduscht, in zwei Schichten langärmeliger Pullover in die Küche gekommen war und mich für das Holen der Sachen bedankt hatte.

»Er hat so etwas erwähnt«, sagte ich und tätschelte Eathens Oberarm, obwohl das bei Mathias etwas anders klang, als in der Ausführung meines Bruders. Aber ich wollte das vor Elijahs Eltern nicht ausdiskutieren und Eathen lächerlich machen. Mein

Weinen gestern Abend hatte meinen Bruder ganz schön mitgenommen, weshalb ich ihn auch nur mit Mühe dazu hatte überreden können, etwas essen zu gehen, während ich duschte und nicht vor der Badezimmertür zu warten, falls mir schwindlig wurde und ich ihn brauchte. Aber Eathen konnte für dieses Verhalten nichts. Er beschrieb diese vollkommen übertriebene Sorge um mich als ein brennendes Gefühl in der Brust, einen bitteren Geschmack im Mund und eine ständige Nervosität, wenn er nicht bei mir war. Während des Duschens hatte ich überlegt, ob ich meine Tränen gestern Abend nicht doch besser hätte zügeln sollen, den Gedanken dann aber verworfen. Eathens Sorge um mich wäre sicher noch größer, wenn ich immer noch so unglücklich wäre, wie gestern Abend. Und bei mir half das Weinen tatsächlich beim Abbau von Stress und negativen Gedanken. Danach ging es mir immer besser. Jetzt musste ich nur noch hoffen, dass Eathen nicht die nächsten Monate überbesorgt sein würde.

»Möchtest du, dass wir die Heizung einschalten?«, bot Alice an, als sie sah, wie ich meine Hände in die Ärmel zog.

»Nein. Das ist doch unnötige Energieverschwendung. Außerdem schwitzt ihr dann alle. Ich habe genug angezogen.«

Eathen griff nach meinen kalten Händen und umschloss sie mit seinen warmen.

»Ansonsten wäre der Berührungsjunkie neben dir ohne die Rolle als dein persönlicher Heizofen auch arbeitslos und es wäre ja auch wirklich zu schade, wenn er nicht mehr ständig an deinem Rockzipfel hängen könnte«, neckte Mathias meinen Bruder, dessen Faust vollkommen unerwartet hervorschnellte, als Mathias an ihm vorbeiging, und ihn direkt in den Magen traf. Das ließ Mathias nicht auf sich sitzen und versuchte ebenfalls einen Schlag in Eathens Magengegend zu landen. Mein Bruder konnte zwar nicht schnell genug ausweichen, blockte den Schlag aber ab und traf Mathias ein weiteres Mal. Wer weiß, was noch passiert wäre, wenn Alice nicht zwischen die beiden sich umkreisenden Wölfe gegangen wäre.

»Jungs. Entweder ihr benehmt euch in meiner Küche wie Menschen oder ihr geht in den Wald.«

Beide richteten sich auf und Mathias grinste Eathen an. »Sehr beeindruckend. Aber du hast auch eine Prägung, die für dich arbeitet.«

»Und ich habe noch ein bisschen Zeit«, ergänzte Eathen und ich erinnerte mich an das, was er mir vorgestern am See erklärt hatte.

»Beunruhigende Vorstellung. Dann wirst du fast unschlagbar sein.«

Eathen strahlte vor Stolz.

»Das hättest du nicht sagen sollen«, richtete ich mich an Mathias. »Jetzt ist er noch selbstsicherer.«

»Das muss doch nicht schlecht sein«, entgegnete Mathias und setzte sich an den Küchentisch.

»Das ist das große Problem in dieser Familie«, wandte sich Alice an mich, während sie für mich eindeckte. »Die Arroganz und Eitelkeit von Wölfen ist unendlich. Sie halten sich echt für etwas Besseres, obwohl sie sich einmal im Monat bei Vollmond in einen Hund verwandeln.«

»*Wolf*«, verbesserte Mathias. »Ich bin kein Hund!«

Alice ignorierte seinen Einwand und fragte mich, was ich essen wollte. Ich entschied mich für frische Erdbeeren und ein Brötchen mit Marmelade. Nachdem ich es aufgegessen hatte, versuche Alice mit aller Macht, mich zu einem weiteren zu überreden, aber ich war absolut satt.

»Lass nur. Der Hunger kommt schon von ganz allein«, sagte Mathias zu seiner Frau.

»Sehr gut. Vielleicht lohnt es sich dann ausnahmsweise Mal für sie zu kochen«, freute sich Eathen.

»Dein Lohn ist doch auch jetzt schon ausreichend«, entgegnete ich, woraufhin Eathen mich angrinste und seine Hand auf meine legte. Die Berührung verstärkte die Intensität seines Lächelns noch.

»Es gibt noch ein paar wichtige Dinge, die ihr unbedingt wissen müsst«, setzte Mathias an. Eine spürbare Anspannung übertrug sich von Eathen auf mich, was mich hellhörig werden ließ.

»Hat es etwas mit unseren Verwandten zu tun?«, fragte ich und kurzzeitig wanderten meine Gedanken wieder zu der Angst, die ich im Auto meiner Verwandten gehabt hatte – von kaltem Leder festgehalten und ohne freie Sicht, nur durch die gedankliche Stimme meines Bruders daran gehindert durchzudrehen.

»Ja, in gewisser Hinsicht schon«, antwortete Mathias und tauschte einen Blick mit Eathen. »Das wird jetzt ein bisschen biologisch, ist aber sehr wichtig. Hast du gewusst, dass Bakterien beim Kontakt zu anderen, ähnlichen Bakterien plötzlich deren arzneimittelresistente Strukturen ausbilden können, indem sie die Gene der anderen Bakterien in sich aufnehmen?«, begann er. »Da bei den Untersuchungen deines Blutes dieses unbekannte Hormon gefunden wurde, das möglicherweise das Gleiche ist, das bei uns die Verwandlung auslöst, du dich aber nicht verwandeln kannst, gab es zunächst die Theorie, dass das wölfische Erbgut auf dem Y-Chromosom liegt, das dir als Mädchen logischerweise fehlt. Um diese Theorie zu überprüfen, wurde das Labor ein zweites Mal beauftragt, dein Blut mit Menschlichem zu kombinieren. Wir haben damals Alice Blut als Probe eingereicht, die ja definitiv kein Y-Chromosom trägt. Aber bei dem Kontakt mit deinem Blut haben sich ihre Zellen verändert. Die Zellmembranen wurden unglaublich stabil, sodass sie gegen Säuren und viele andere Chemikalien weitestgehend resistent waren. An dieser Stelle mussten die Experimente abgebrochen und die Zellen durch sehr starke Säure und Feuer vernichtet werden, weil kein Mensch unsere Zellen in der Hand halten sollte. Wir mussten damals hohe Schmiergelder bezahlen, damit das Labor über die Erkenntnisse Stillschweigen bewahrt. Dass deine Blutzellen menschliche Zellen in Wölfische verwandeln können, haben damals alle Mitglieder des alten Rudels mitbekommen. Also auch euer Großvater und eure Onkel. Deshalb hatte deine Entführung im Mai noch eine andere Funktion, als dich zu einer Schwangerschaft zu überreden. Sie wollten dir Blut abnehmen und schauen, ob man damit durch das Phänomen der Transformation Menschen in Wölfe verwandeln könnte.«

»Wenn mein Blut ein Bestandteil enthält, das menschliche Zellen in wölfische verwandeln kann, warum bin ich dann verletzlich und kann mich nicht verwandeln?«

»Vermutlich fehlen dir ein paar für Menschen unbedeutende Gene, die die meisten Menschen aber in sich tragen und die für eine Verwandlung nötig sind«, warf Eathen ein.

»Das heißt, unsere Verwandten würden gerne mit meinem Blut versuchen, Menschen in Wölfe zu verwandeln?«

Mathias nickte.

»Warum erzählst du mir das erst jetzt?«

»Weil es bedeutet, dass du für die Zeit deiner Schwangerschaft keine Angst mehr vor ihnen haben musst.«

Verständnislos sah ich Mathias an.

»Sie wollen keine Menschen verschwinden lassen und umbringen. Das würde auffallen. Aber für die ersten Versuche mit deinem Blut, werden sie auch keine ihrer Geprägten opfern. Denn wenn etwas schief geht, hätten sie damit ihr eigenes Todesurteil gefällt. Wenn du aber problemlos die Geburt eines Wolfes überlebst, ist klar, dass du wölfische Blutzellen hast. Dann würden sie die Experimente wagen. Aber so lange das nicht sicher ist, lassen sie dich in Ruhe.«

»Das bedeutet, wir befinden uns in der Ruhe vor dem Sturm und in jedem Fall ist mein Leben nach der Geburt meines Kindes vorbei. Entweder, weil ich es nicht überlebe oder weil unsere gestörten Verwandten nichts unversucht lassen werden, um mein Blut fließen zu lassen.«

»Püppie«, begann Eathen. »Denkst du ernsthaft, wir geben ihnen einfach so den Weg zu dir frei? Dein Leben wird nicht vorbei sein! Glaub mir. Schließlich muss es einen Sinn haben, dass ich so verkorkst auf die Welt gekommen bin, und wenn dieser Sinn darin besteht, dich zu beschützen, dann werde ich diese Bestimmung mit höchster Gewissheit erfüllen.«

Grinsend tätschelte ich Eathens Arm.

»Bestimmt, du Ninja-Ritter.«

Zufrieden sah mein Bruder zu mir herunter und bedeutete mir dann, mich umzudrehen. Hinter mir im Türrahmen der Küchentür erkannte ich Elijah. Er trug nur eine Unterhose und war überall mit Erde, Matsch und Tannennadeln besudelt. Doch das war es nicht, was mich davon abhielt, mich sofort an seinen Hals zu werfen. Er stand nicht wie sonst lässig mit einem breiten Grinsen im Gesicht an den Türrahmen gelehnt, sondern lächelte überhaupt nicht und wirkte eher so, als versuche er, sich zu verstecken.

Niemand sagte etwas, weil sowohl Alice und Mathias als auch Eathen mich und Elijah beobachteten. Schließlich stand ich auf und ging auf ihn zu.

»Wie geht's dir?«, fragte ich.

»Wie geht's dir denn?«, antwortete Elijah mit einer Gegenfrage.

»Gut. Ich habe gerade erfahren, dass ich die nächsten paar Monate keine Angst mehr vor unseren gestörten Verwandten haben muss.«

Ein winziges Lächeln zuckte um Elijahs Mundwinkel, was ihn mir gleich viel vertrauter erscheinen ließ. Menschen wurden so unendlich viel sympathischer, wenn sie lächelten.

»Das ist doch schon mal ein Anfang.« Elijahs Lächeln wurde noch intensiver. »Alles Schlechte bringt auch etwas Gutes, richtig?«

Ich nickte, da genau das meine Ansicht war, und überbrückte die letzte Distanz zwischen uns. Doch kaum hatte ich ihn am Arm berührt, trat er auch schon einen großen Schritt zurück. Als ich ihn daraufhin verwundert anschaute, erkannte ich Fell auf seiner Haut, das schon wieder verschwand, während er mit großen aufgerissenen Augen zwischen seiner Hand und mir hin und hersah. Im nächsten Augenblick waren Eathen und Mathias an unserer Seite und blickten ebenfalls verwundert zwischen ihm und mir hin und her.

»Was ist passiert?«, fragte ich besorgt, aber niemand beachtete mich. Die Wölfe tauschten mehrere Blicke und es dauerte einen Moment, bis ich über Eathens Gedanken den Zugang zu dem Gespräch fand, das sie vor mir und Alice zu verbergen versuchten.

Kann so etwas sein? Weißt du irgendetwas darüber, Eathen? – fragte Mathias gerade.

Nein, ich höre davon auch gerade zum ersten Mal und ich weiß nicht, ob mir das gefällt.

Es ist ein ziemlich eindrücklicher Beweis dafür, dass sie anders ist als alle anderen Frauen, und das vergrößert die Chance, dass ihr beide noch etwas länger am Leben bleibt. Also solltest du dich freuen.

»Was vergrößert meine Chance zu überleben?«, fragte ich. Eathen wandte den Blick von Mathias ab und schaute kurz auf den Boden, bevor seine Augen meine fanden, während Elijah einen

Kloß in der Kehle hinunterschluckte. Irgendwie schien er hin- und hergerissen zwischen Freude und Verzweiflung.

»Es sieht so aus, als könntest du Elijahs Prägung übernehmen.«

Bevor mir einer von ihnen über die im Weg liegenden Steine hinweghilft

»Ich kann seine Prägung übernehmen?«, fragte ich überrascht.

»Es sieht zumindest so aus«, erklärte Mathias. »Könnt ihr es noch mal versuchen?«

Ich streckte meine Hand nach Elijahs aus und hatte gedacht, dass er mir entgegen kommen würde. Doch er zögerte, als hätte er Angst, mich zu berühren, was ich nicht verstand.

Was ist los mit dir? – dachte ich und hoffte, dass Eathen es übermittelte. Daraufhin kam Elijah mir entgegen, und als sich meine Finger um seine schlossen, biss er die Lippen aufeinander, bevor er die Hand wegzog. Erstaunt und verletzt betrachtete ich ihn. Er machte keinen glücklichen Eindruck, was ich nicht verstand. Wenn ich ab jetzt, oder sei es auch nur für die Dauer der Schwangerschaft, seine Prägung übernehmen konnte, war das doch ein unglaubliches Glück. Wir müssten uns nicht nach spätestens acht Stunden voneinander verabschieden und könnten sogar zusammen verreisen. Es gab auf einmal so viele Möglichkeiten. Doch er schien ein anderes Szenario im Kopf zu haben. Auch Eathen wirkte nicht sonderlich begeistert. Er musterte Elijah kritisch, woraufhin der sich plötzlich umdrehte und aus der Küche lief. Ich wollte ihm nachgehen, aber mein Bruder hielt mich am Arm zurück.

»Was ist los mit euch? Wenn es einen Teil gibt, der ein Problem darstellt, den ich noch nicht verstanden habe, dann wäre es nett, wenn ihr es mir erklären würdet.«

Mathias nahm Alice Hand und führte sie aus der Küche, was ich nur noch seltsamer fand.

»Es gibt kein Problem«, beteuerte Eathen.

»Warum freust du dich dann nicht, dass ich, beziehungsweise wir, vielleicht noch etwas länger leben werden? Oder dass zumindest die Wahrscheinlichkeit dazu gerade enorm gestiegen ist.«

»Weil … Gott«, knurrte mein Bruder und fuhr sich durch die Haare. »Natürlich freue ich mich über jedes Indiz, das darauf hindeutet, dass du bei der Geburt nicht sterben wirst. Trotzdem will ich das mit der Prägung nicht.«

»Und warum nicht?«

»Weil …«, setzte mein Bruder an, schwieg dann aber.

»Sag mir die Wahrheit.«

Eathen ließ noch einmal ein helles, verzweifeltes Knurren hören, das aber auch menschlich hätte sein können.

»Mit dieser Prägung ist seine Selbstbeherrschung jetzt noch mieser. Eine Prägung auf diejenige, die man liebt, außer in meinem Fall, ist das Übelste, was einem passieren kann, wenn man versuchen will, irgendetwas ohne Silber hinzukriegen. Und ich habe versprochen, mich nicht einzumischen, aber wenn du ihm mit der Prägung zu nahe kommst, ist das nicht ungefährlich. Das schafft dann wieder nur haufenweise Probleme. Wir werden uns darüber streiten und du wirst dich mit Elijah streiten, nur weil wir alle versuchen, das Richtige zu tun.« Das zumindest erklärte Elijahs fehlende Freude. »Mal abgesehen davon, ist es einfach nur ungerecht. Er hat grade richtig großen Mist gebaut und ich bin wirklich sauer auf ihn, weil er nicht wusste, dass du eine bessere Überlebenschance hast als andere Frauen, und jetzt wird er mit dem größten Geschenk überhaupt dafür belohnt. Den allerwenigsten von uns gelingt es, die Frau, die sie lieben, als ihre Geprägte auszuwählen, weil die Frauen in der Regel vorher sterben oder das Weite suchen, sobald sie die Wahrheit kennen, und dieses Glück ist ausgerechnet ihm vergönnt?«

»Naja, du bist doch auch auf die Frau, die du liebst, geprägt worden«, wandte ich ein.

»Du solltest ja wohl am allerbesten wissen, dass das nicht annähernd vergleichbar ist«, entgegnete mein Bruder aufgebracht. »Mal abgesehen davon, dass du sowohl als Schwester wie auch als Geprägte toll bist, hab ich ja nun wirklich Pech. Ich habe nicht mal mehr die Chance, die Liebe meines Lebens zu finden.«

Ich sah meinen Bruder einen Moment lang schweigend an, bevor ich ihn in den Arm nahm.

»Du hast es wirklich nicht so einfach«, erklärte ich, als ich ihn losließ, und meinte das komplett ernst. »Trotzdem gibt es keinen Grund für dich, eifersüchtig auf Elijah zu sein. Du sagst doch, dass du alles inzwischen gar nicht mehr so schlimm findest, und falls du dir auch Sorgen machst, dass du mich an ihn verlieren könntest, jetzt wo wir mit der Prägung mehr Freiheiten haben, dann ist das unbegründet. Das zwischen dir und mir ist so eng, dass niemand je dazwischen kommen wird. Und was seine Selbstbeherrschung anbelangt, werden wir eine Lösung finden. Deshalb kannst du dich entspannen, wenn ich mit ihm zusammen bin. Er ist keine Gefahr für mich.«

Ein unbehagliches Gefühl umfing mich, als ich das sagte, weil ich nicht wusste, was Elijah im Moment überhaupt wollte. Er war zurückgekehrt, hatte dann aber jede Berührung von mir abgeblockt und erneut eine eisige Mauer zwischen uns errichtet. Eathen entging das nicht.

»Lauf ihm nach«, trug er mir auf und schob mich mit einem Lächeln sanft in Richtung Tür.

»Ich weiß nicht mal, wo er ist«, erwiderte ich verwundert.

»Im Garten.«

Einen Moment stand ich unschlüssig in der Küche. Doch Eathens und meine Unterhaltung war nun offenbar beendet, deshalb lief ich wenige Augenblicke später durchs Wohnzimmer über die Terrasse in den Garten.

Elijah saß auf einer Bank, die von hohen Staudenpflanzen umgeben halb im Beet platziert war.

»Hey«, sagte ich, als ich auf ihn zuging. Er rang sich ein falsches Lächeln ab und auch diese Zurückweisung tat weh.

»Kann ich mich setzen?«, fragte ich.

Anstatt einer Antwort rutsche er zum anderen Ende der Bank. Ohne ihn zu berühren, setzte ich mich neben ihn.

»Was ist das Problem?«, fragte ich schließlich, den Blick auf meine Füße und die Rasenfläche davor gesenkt, weil ich mich nicht traute, ihn anzusehen.

»Es hat nichts mit dir zu tun, Püppie. Das heißt, irgendwie schon. Aber du hast nichts falsch gemacht.«

Ich hatte gedacht, er würde mit einer Erklärung fortfahren, aber er schwieg.

»Zweifelst du an deiner Selbstbeherrschung? Ist es das? ... Du bist sauer auf dich, weil du denkst, du hättest mich überredet und es sei allein deine Schuld, oder? Dann kommst du wieder, kriegst die Prägung geschenkt, was du ja vermutlich eigentlich ziemlich gut findest, und glaubst, du hättest es nicht verdient. Außerdem zeigt es dir mal wieder eindrucksvoll, dass du nicht ausreichend Selbstbeherrschung hast, um mit purer Willenskraft gegen die Verwandlung anzukommen.«

»Es geht hier nicht nur darum, dass es mir zeigt, wie schlecht ich mich selbst im Griff habe und wie unfassbar ich den Wolf in mir manchmal verfluche. Es ist wirklich gefährlich – zumindest solange, wie ich noch nicht daran gewöhnt bin.«

»Was bitte ist an einer Prägung denn gefährlich? Hast du noch mal neue Kraft bekommen?«

Elijah lachte bitter. »Nein, zum Glück nicht. Wobei das gar nicht schlecht wäre, um Eathen endlich mal fertig machen zu können.«

Ich ging auf diese Stichelei nicht ein, sondern betrachtete ihn gelassen.

»Ich würde es dir ja zeigen, aber du hast deinem Bruder ja gerade versichert, vorsichtig zu sein, und ich kann nicht einschätzen, was passiert, wenn ich dich berühre. Anderseits ist es eine ziemlich teuflische Art der Folter, dir so nah zu sein und dich doch nicht berühren zu dürfen.«

»Wow, das ist ja mal ein richtig charmantes Kompliment. Schatz, in deiner Nähe zu sein, ist eine Folter!«

Jetzt lachte Elijah zum ersten Mal richtig, seit er aus dem Wald zurückgekommen war.

»Das habe ich natürlich so nicht gemeint. Es sollte tatsächlich ein Kompliment sein.«

»Das alles ist doch im Grunde ein Kompliment. Ich meine, mit jeder Berührung, bei der du dich halb verwandelst, sagt dein Körper eigentlich, wie gerne du mich berührst. Und es ist toll, eine solche Wirkung auf seinen Freund zu haben.«

Elijah lächelte nun aufgeschlossen und sah mich lange an.

»Was würdest du gerne tun, wenn du keine Angst haben müsstest, mich zu berühren, und es diese ganze Selbstkritik in deinem Kopf nicht gäbe?«

Er zögerte kurz, bevor er antwortete und etwas an meiner Miene schien ihn dazu bewogen zu haben, mir die Wahrheit zu sagen.

»Ich würde dich in den Arm nehmen, dich küssen, mich beim Universum dafür bedanken, dass ich dich nicht umgebracht habe, dir sagen, wie unglaublich ich mich auf das Baby freue und dass ich schon jetzt unendlich stolz auf unseren Sohn bin. Dann würde ich dir versichern, dass ich dich liebe und dir niemals einen Grund zum Zweifel an unserer Beziehung geben wollte, dir diese Haarsträhne aus den Augen streichen und mich beim Universum für die Prägung auf das Mädchen, was ich liebe, bedanken, weil auf diese Weise doch noch mein Wunsch in Erfüllung gegangen ist, auch wenn ich mich bei der Prägung auf April nicht getraut habe, dir die Wahrheit zu sagen, um die Prägung auf dich zu übertragen.«

Gerührt sah ich ihn an, weil das noch besser klang, als das, was ich mir gestern von ihm gewünscht hatte.

Sein Gesicht war nur wenige Zentimeter von meinem entfernt. Doch unsere Haut berührte sich an keiner Stelle, als er nach der Haarsträhne griff, die mir ins Gesicht gefallen war, und sie mir hinters Ohr klemmte. Die Luft zwischen uns flirrte beinahe vor Anspannung, während ich fieberhaft überlegte, wie ich verhindern könnte, dass er im nächsten Moment mit resigniertem Blick von mir wegrutschen würde.

Ganz langsam streckte ich meine Hand nach seiner aus.

»Püppie, ich bin ein Wolf. Mein peripheres Sehen ist ziemlich gut, also sehe ich deine Hand und ich sage dir, dass es eine dumme Idee ist. Schau dir mal meine Haut an«, forderte er mich auf, aber es war schwer, unter dem ganzen Dreck, der ihn immer noch bedeckte, irgendetwas zu erkennen.

»Siehst du das?«, fragte er und deutete auf seine Unterarme. Klar hatte Elijah als Mann mehr Körperbehaarung als ich, aber im Allgemeinen nicht so sonderlich viel und die Behaarung, die jetzt auf seinen Unterarmen schimmerte, war nicht schwarz, wie seine übrigen Haare, sondern grau.

»Ist das Fell?«, fragte ich.

Er nickte. »Ich bin immer noch so aufgewühlt, dass ich mich nicht hundertprozentig zurückverwandeln kann. Deshalb kann ich auch kein Silber nehmen. Allerdings wird es auch nicht besser, wenn ich neben dir sitze und dich die ganze Zeit küssen will.«

»Es gibt noch eine andere Möglichkeit neben dem Silber«, erklärte ich und führte meine Hand langsam näher zu seiner. Als ich sie fast erreicht hatte, zog er seine Finger ein Stück zurück.

»Ich kann es mit der Prägung wirklich nicht kontrollieren, Püppie«, sagte er kläglich.

»Dann vertrau mir doch einfach«, bat ich.

Wir beide schauten auf unsere Hände, als ich vorsichtig die Fingerkuppe seines Ringfingers mit meinem Zeigefinger berührte.

»Gott, bist du schlau«, sagte er glücklich und griff nach meiner Hand. »Daran hatte ich gar nicht gedacht.«

Lächelnd streichelte ich mit dem Daumen über seinen Handrücken, bevor er mich auf seinen Schoß hob und seinen Kopf in meiner Schulter vergrub. Ich streichelte ihm durch die Haare und war einfach nur froh, ihn wieder in meinem Arm halten zu dürfen.

»Denkst du, küssen ist auch in Ordnung?«, fragte ich, als er mich lächelnd ansah.

»Mit der Prägungssperre ist es genauso wie vorher«, antwortete er.

Der darauffolgende Kuss war ähnlich besonders wie unser Allererster. Zwar würden wir über all unsere Zweifel und Ängste noch reden müssen, aber erstmal sagte dieser Kuss: *Ich liebe dich und das wird auch immer so bleiben!*

Nach dem Kuss hob Elijah mich von seinem Schoß und musterte meine Kleidung, die jetzt ähnlich dreckig war wie er, aber das war vollkommen nebensächlich.

»Ich bin dir so dankbar, dass ich dich habe, Püppie, und dieser Kuss hat mich definitiv davon überzeugt, dass du mich immer noch gern hast. Aber ich weiß auch, dass du das inzwischen besser kannst. Deshalb würde ich gerne etwas versuchen.«

Erst jetzt bemerkte ich, wie er mich platziert hatte. Es berührten sich wieder nur unsere Hände.

»Nimm die Prägungssperre raus«, forderte er mich liebevoll auf.

»Ich dachte, du kannst es nicht kontrollieren.«

»Kontrollieren konnte ich eine Verwandlung noch nie und ich kann bei der Prägung nicht einschätzen, welche Berührung zu welcher Reaktion führt, aber was ich in jedem Fall kann, ist, in die richtige Richtung zu fallen, falls ich mich wirklich verwandeln sollte. Außerdem passt Eathen auf dich auf.«

Elijah deutete zur Terrasse, wo Eathen möglichst unauffällig an der Hauswand lehnte.

Ich atmete einmal tief durch und öffnete dann die Prägungssperre.

Sofort entstand ein leichter Flaum auf seinen Armen und am Oberkörper, der sich aber rasch wieder unter die Haut zurückzog. Außerdem hatte er den Kopf gesenkt und biss sich auf die Lippen, als sich seine Mundwinkel zu einem Lächeln heben wollten.

»Ach, komm schon. Das ist mit das Beste an der Sache«, forderte ich ihn auf. Kurz darauf hob er den Blick und sah mich zum ersten Mal mit seinem Geprägtenlächeln an. Alles Glück der Welt schien aus diesem Lächeln zu sprechen. Flüssiges Gold waberte in seinen Augen und tauchte flackernd alles in einen glitzernden Schimmer. Es war genial, eine solche Wirkung auf seinen Freund zu haben. Das Pulsieren, das gefühlt von ihm ausging, übertrug sich auf mich. Ich liebte ihn in diesem Moment unglaublich, einfach nur, weil er da war und weil er Elijah war. Ganz vorsichtig rutschte ich immer näher zu ihm, legte meine Hand an seine Wange und wartete, wie er reagieren würde. Er schloss die Augen und schmiegte sich an meine Hand, bevor er sie wieder öffnete und den Kopf hob.

»Und? Wie ist es?«, wollte ich wissen.

»Der Hammer!«, sagte er und das würde ihm jeder glauben, der ihn in diesem Moment sah. »Ich will unbedingt mehr davon. Aber ich kann nicht sagen, was die Verwandlung stärker provoziert: Wenn ich dich umarme und dich dabei mit einer ziemlich großen Fläche berühre oder wenn ich dich küsse.«

»Wollen wir es ausprobieren?«

Statt einer Antwort zog er mich ganz behutsam in seinen Arm.

Einfach war es zwar nicht, meine Hand still auf seinem Rücken ruhen zu lassen und nicht über seine Haut zu streicheln, seine Muskeln darunter zu spüren oder seine Haare zu berühren, aber ich schaffte es und er blieb menschlich.

»Dir ist schon klar, dass ich das nie wieder auflösen werde, oder? Das heißt, wenn du keine Lust mehr hast oder mein Kopf dir zu schwer wird, musst du mich wegschieben«, raunte er mir zu.

Ich lachte. »Wir könnten es an einen bequemeren Ort verlagern«, schlug ich vor, als ich spürte, wie sich die Streben der Gartenbank unangenehm in meinen Rücken bohrten.

»Klingt gut«, murmelte Elijah, während er sich nun doch ein Stück von mir löste. »Wäre ein Bett in Ordnung?«

»Ja, hätte was«, bemerkte ich.

Ohne meine Hand loszulassen, stand er auf, zog mich auf die Beine und führte mich an Eathen vorbei in sein Zimmer. Ich versicherte meinem Bruder noch einmal, dass wir vorsichtig sein würden, woraufhin er nickte und in die Küche ging, was ihm sichtbar nicht leicht fiel. Wenn man wusste, wie sehr er innerlich durchdrehte, musste man es ihm hoch anrechnen, dass er äußerlich so gelassen blieb.

»Ich bin in zwei Minuten wieder da«, sagte Elijah, als wir in seinem Zimmer ankamen, nahm sich eine frische Boxershorts aus dem Kleiderschrank und verschwand im Bad.

Unschlüssig betrachtete ich das zerwühlte Bett, das Laken mit den Blutflecken und stellte mir vor, was hier in den letzten paar Stunden alles passiert war.

»Vielleicht sollten wir es frisch beziehen«, schlug Elijah unvorhergesehen vor. Sauber, mit feuchten Haaren stand er nur wenige Zentimeter hinter mir, berührte mich aber nicht und hatte einen ernsten, fast schon traurigen Gesichtsausdruck.

»Hey«, bemerkte ich und griff nach seiner Hand. »Es ist nicht so schlimm.«

»Es ist nicht *sooo* schlimm«, wiederholte er. »Wie schlimm ist es denn?« Er holte einmal tief Luft, bevor er fortfuhr: »Genau das meine ich. Auf der einen Seite ist da diese riesige Euphorie der Prägung, die sich ja bemerkenswerter Weise auch auf dich überträgt. Aber all das wird irgendwie von dem hier überlagert.« Mit einem Nicken deutete er auf das zerwühlte Bett.

»Das ist doch nicht so schlimm.«

»Du sagst es schon wieder und implizierst damit irgendwie, dass es doch schlimm ist und natürlich ist es das auch.« Er seufzte. »Vielleicht sollten wir mal eine Zeit lang einen Gang runter schalten. Das Baby in deinem Bauch zu haben, macht dir doch schon genug Sorgen.«

Ich wollte wirklich widersprechen, doch das wäre wohl kaum glaubhaft, weil ich natürlich Angst davor hatte, schon jetzt Mutter zu werden.

»Außerdem trifft sich das hervorragend mit meiner momentanen Unfähigkeit, dich überhaupt vernünftig zu berühren. Es kommt also quasi wie bestellt.«

Elijah sah erst mich einen kurzen Moment an und betrachtete dann seine Arme. »Oh, mit dir zu diskutieren, bewirkt bei mir eine Rückverwandlung. Ich gehe das mal kurz mit Silber blockieren, bevor das Fell wieder zurückkommt.«

»Nein, Elijah. Bitte geh nicht«, bat ich ihn, woraufhin er in der Tür stehen blieb und sich traurig zu mir umwandte.

»Gott, was habe ich nur getan, dass du jetzt schon panisch wirst, wenn ich nur in die Küche gehen will? Ich laufe nicht noch mal weg, Püppie. Versprochen!«

Mit zwei großen Schritten war er bei mir, schneller als ich die Prägung blockieren konnte, und schloss mich in seinen Arm. Ich legte meinen Kopf auf seine Brust und spürte, wie meinen Augen zwei Tränen entrannen. Es war versöhnlich, von ihm gehalten zu werden, und um es ihm leichter zu machen, setzte ich die Prägungssperre ein.

»Du musst das nicht machen, Püppie. Es ist OK so. Wenn ich dich umarme, um dich zu trösten, denke ich dabei nicht an etwas Zweifelhaftes. In manchen Situationen gibt es einfach wichtigere Dinge, die das geniale Gefühl der Prägung in den Hintergrund rücken. So ist es einfach nur ein beständiges, angenehmes Flämmchen, anstatt einer überbordenden Glückswelle. Deshalb ist das Fell auch noch nicht wiedergekommen.«

Er streichelte mir über die Haare und ich öffnete die Berührungssperre wieder.

»Willst du kurz mit in die Küche kommen?«, fragte er nach einem tiefen Atemzug, den er nicht unterdrücken konnte. »Mir wäre das ganz lieb, weil ich dich dann nicht hier allein lassen muss«, fügte er hinzu, als ich nicht antwortete. Daraufhin löste ich mich aus seiner Umarmung, er gab mir einen Kuss auf die Stirn und legte einen Arm um mich, in dem er mich aus dem Zimmer führte. Allein in dieser Geste lag so viel tiefe ehrliche Liebe, dass ich nicht verstand, wie er ständig bereit sein konnte, das aufzugeben, in dem er weglief oder andere dumme Dinge machte.

»Wo sind Eathen, Alice und Mathias?«, wollte ich wissen, während sich Elijah ein halbes Tütchen Pulver in einem Wasserglas auflöste.

»Eathen ist im Wald und meine Eltern sind in Mathias Arbeitszimmer. Dein Bruder hat sich mit meinem Vater gestritten, woraufhin er in den Wald gestürmt ist.«

»Geht's ihm gut?«

»Keine Sorge, Püppie. Er kommt wieder. Du musst nicht nochmal auf einen durchgedrehten Wolf warten, der mit Selbstkomplexen im Wald verschwunden ist. Bis Eathen an irgendetwas zweifelt, dauert es ganz schön lange.«

»Worüber haben sie sich denn gestritten?«

»Eathen hat dir doch von Laborunterlagen erzählt, die sich Mathias gerne anschauen wollte. Aber Eathen behauptet, er habe sie nur einmal kurz gesehen und dann nie wieder. Doch Mathias glaubt ihm das nicht. Genauso wie mein Vater davon überzeugt ist, dass Eathen noch viel mehr weiß, als er zugibt. Wir sind uns ziemlich sicher, dass er von deiner Fähigkeit, Prägungen zu übernehmen schon vorher wusste. Aber er leugnet das alles und läuft jedes Mal weg, wenn mein Vater versucht, mit ihm zu reden. Also ist das hier nichts Besonderes. In einer Stunde steht er garantiert wieder auf der Matte, und solange Mathias nicht nochmal mit dem Thema anfängt, ist alles in Ordnung.«

In meinen Ohren klang das wie ein Streit zwischen einem pubertierenden Sohn und seinem Vater, und da Mathias die einzige männliche, erwachsene Person in unserem Umfeld war, sah Eathen ihn vielleicht auch entfernt als Vaterfigur. Und selbst wenn dem nicht so war, ließ sich Eathen von niemandem gerne Vorschriften machen.

Nach einem kurzen Schweigen kam Elijah langsam auf mich zu, streichelte mir eine Haarsträhne hinters Ohr und küsste mich auf die Stirn. Daraufhin fuhr ich mit meiner Hand über seine nackte Schulter, in seinen Nacken und zog schließlich seinen Kopf zu mir herunter. Doch bevor wir uns küssen konnten, griff er mir in die Taille und hob mich auf den Küchentisch.

Einen Moment legte er seine Stirn an meine, wobei ihm ein paar schwarze Locken in die Augen fielen, die ich ihm lächelnd aus dem Gesicht strich. Ein paar Sekunden später öffnete er zärtlich meine Lippen mit seinen. Der Kuss wurde nicht leidenschaftlich, sondern blieb ruhig. Doch als wir uns lösten, hatte ich trotzdem das Gefühl, die Küche würde in helleren Farben als zuvor schimmern und genau das sagte auch Elijahs Gesichtsausdruck.

»Ich liebe dich, Püppie«, flüsterte er und streichelte mir eine weitere Strähne hinters Ohr. »Und ich freue mich auf das Baby. Ich will für euch beide dasein.«

»Du sollst aber nicht nur aus einem Pflichtbewusstsein heraus bei mir bleiben, sondern nur, wenn du das wirklich willst. Immerhin wird es dich eine Menge kosten. Du kannst dann nicht zum Studieren wegziehen.«

»Niemand hat behauptet, dass ich das je wollte. Hier ist es doch perfekt. Ich habe mehr als ich brauche, um glücklich zu sein. Also denk bitte nicht, dass ich aus irgendeinem Pflichtgefühl oder aus schlechtem Gewissen bei dir bleibe. Ich bleibe hier, weil ich dich am liebsten immer in meiner Nähe haben möchte.«

»Meinst du, an diesen alten Geschichten über die Partnerin fürs Leben ist wirklich etwas dran?«

»Ich bin mir sogar ziemlich sicher, und wenn man sich in unserem Umfeld umsieht, ist das die eindeutige Bestätigung dafür. Jeder Wolf in den Chronikbüchern hatte nur eine Frau, die er wirklich geliebt hat, und wenn er sie durch eine Schwangerschaft umgebracht hat, ohne auf sie geprägt worden zu sein, dann war sein Herz danach gebrochen. Das Ganze hat sicher nichts mit dem Schicksal zu tun. Es gibt nicht nur die eine Frau für uns. Wir verlieben uns ganz normal in jemanden. Aber wenn das passiert ist, dann nehmen wir das so intensiv wahr, dass wir über den Kummer des Verlustes danach nicht mehr hinwegkommen … Viel wichtiger ist deshalb die Frage, ob du auch mich wählst, weil es mit mir nie einfach sein wird.«

»Perfektion ist *immer* der sicherste Weg ins Unglück. Und jemanden zu lieben, bedeutet auch nicht, dass es immer einfach ist, sondern dass es die Anstrengungen wert ist. Und du bist all die Mühe und all den Stress definitiv wert.«

Elijah sah über alle Maßen glücklich aus, bevor er mich küsste, wieder liebevoll und vorsichtig, was in diesem Moment wunderschön war.

»Möglicherweise ist es ja bei mir ähnlich. Denn wenn ich tatsächlich die Erste wäre, die eine Wolfsschwangerschaft überlebt, dann glaube ich irgendwie nicht daran, dass ich mir den einzigen Wolf in meiner Umgebung, mit dem ich nicht direkt verwandt bin, durch Zufall ausgesucht habe.«

Elijah grinste mich an. »Natürlich ist das kein Zufall. Ich bin heiß und jeder möchte mit mir zusammen sein!«

»Ach, jetzt bist du wieder in der Phase, in der alle Wölfe den Menschen klar überlegen sind und die Menschen ihnen zu Füßen liegen?«

»Jap. Und da es meinem Selbstwertgefühl gut tut, hin und wieder ein bisschen überheblich zu sein, wirst du mir das jetzt auch nicht kaputt machen.«

Elijah tippte mir auf die Nase, küsste mich flüchtig und ging zur Küchentür.

»Na komm«, bat er. »Wir müssen da oben mal Klar-Schiff machen.«

Ich sprang vom Küchentisch und folgte ihm.

»Na endlich«, stöhnte Eathen, als ich nur mit geringfügiger Verspätung das Haus der Roths verließ.

»Was hast du denn da noch so lange gemacht?«, wollte er wissen, als ich zu ihm ins Auto stieg und er den Motor anließ.

»Ich habe mich von ihm verabschiedet.«

»Fünfzehn Minuten lang?«

»Ja. Mal abgesehen davon, geht es dich nichts an, was ich mit meinem Freund mache.«

Als er daraufhin nichts entgegnete und ich mich zum Fenster wandte, wusste ich, dass es unfair gewesen war, ihn so anzufahren. Schließlich hatte mein Bruder fünfzehn Minuten lang auf mich warten müssen.

Lange Zeit war das einzige Geräusch, die leise Musik aus dem Radio. Erst nachdem Eathen den Wagen in unserer Garage geparkt hatte, brach er das Schweigen. Der Motor war zwar ausgeschaltet, aber der Schlüssel steckte noch, weshalb die leise Hintergrundmusik immer noch nicht verstummt war.

»Wie soll es jetzt weitergehen, Püppie?«, fragte mich Eathen und ich verstand die Frage absichtlich falsch.

»Ich bin gerade nicht in der Stimmung für Hausarbeit, also werde ich mich vielleicht auf die Terrasse setzen und lesen.«

Eathen betrachtete mich einen Moment und sein Blick sagte eindeutig: *Du weißt, dass ich das nicht gemeint habe.* Aber da er es nicht laut aussprach, ließ er mir wieder die Möglichkeit, seinen Blick absichtlich zu missdeuten.

»Ich weiß nicht, was ich machen soll«, gestand ich schließlich mit gedämpfter Stimme. »Natürlich bin ich froh, dass ich aller Voraussicht nach nicht sterben werde. Anderseits müsste ich mir, wenn es so wäre, nicht so furchtbar viele Gedanken machen: Soll ich mich auf das Baby vorbereiten? Soll ich Alana von der ganzen Sache erzählen? Und was ist mit all den anderen Leuten? Wo soll ich mich bewerben, wenn ich weiß, dass ich kurze Zeit später in die Mutterschutzfrist gehe? Ich hatte immer einen Plan für meine Zukunft, aber irgendwie hat sich mit einem Mal alles in Luft aufgelöst.«

»Ach, Püppie«, seufzte Eathen und legte seinen Arm um mich. »Ich denke, du solltest Alana unbedingt von der Schwangerschaft erzählen, weil sie in dieser Situation die beste Freundin sein wird, die du dir nur vorstellen kannst. Und ansonsten folgt ein Tag auf den anderen. Du brauchst nicht immer den perfekten Plan. Manchmal reicht es auch, einfach das zu machen, was einem in diesem Moment als richtig erscheint.«

Seufzend legte ich meinen Kopf auf die Schulter meines Bruders und stellte fest, dass Autos sehr unbequem waren.

»Ich bin mir nicht sicher, ob ich für so eine Lebenseinstellung gemacht bin«, wandte ich ein.

»Nein, bist du nicht.«

»Warum rätst du mir dann so etwas?«

»Weil es ein vernünftiger Plan ist, wenn man vor einer ungewissen Zukunft steht. Bevor man total durchdreht, ist es schlau, sich immer nur einen Tag nach dem anderen vorzustellen, bis man sich an all die Veränderungen gewöhnt hat. Und somit hast du für die nächsten paar Wochen erstmal einen guten Plan. Danach wird sich alles finden.«

Ich bedankte mich bei meinem Bruder und war richtig stolz auf ihn, dass er zumindest teilweise so vernünftige und konstruktive Ratschläge geben konnte.

»Du hast schon so vielen Menschen Hoffnung gegeben, Püppie, da ist es das Mindeste, dir ein bisschen davon zurückzugeben«, antwortete er auf meinen Gesichtsausdruck. »Außerdem weiß ich, dass es dich beruhigt, einen Plan zu haben.«

»Wie meinst du das?«

Eathen grinste, weil er mit dieser Frage offensichtlich versucht hatte, mich zu provozieren und es ihm gelungen war.

»Dass Wölfe nur eine Frau im Leben wählen, stimmt tatsächlich. Wenn wir unser Herz verschenken, dann immer bedingungslos und alles andere ist nur Spaß ohne Gefühle. Wir zweifeln auch nicht daran, ob Sie die Richtige für uns sein könnte. Wenn sie uns gegenübersteht, dann wissen wir das. Schlimm wird es, wenn sie stirbt oder den Wolf verlässt. Daraufhin fällt er in ein schreckliches Loch. Es gibt diejenigen, die dann zu den totalen Adrenalin-Junkies mutieren, oder diejenigen, die sich komplett in den Wald zurückziehen und sich meist einem echten Wolfsrudel anschließen. Das sind alle, die sich nicht plötzlich um ein Kind kümmern müssen. Die anderen müssen für ein Kind sorgen, das sie jeden einzelnen Tag an ihre verstorbene Frau erinnert. So ging es auch Dad. Nach Anns Tod war er innerlich zerbrochen, obwohl er uns über alle Maße geliebt hat. Und je älter du wurdest, desto ähnlicher sahst du Ann. Aber deine fröhliche, freundliche Art hat Dad vollkommen neue Hoffnung gegeben. Wenn er sich später an Ann erinnert hat, dann hat er keinen Verlust mehr gespürt, sondern immer nur tiefe Dankbarkeit, dass es ihm vergönnt war, seine große Liebe zu treffen. Außerdem war er dankbar dafür, dass sie ihn so, wie er war, geliebt hat, und ihm zwei wunderbare Kinder geschenkt hat. Was ich damit sagen will, ist: Du hast diese riesige allumfassende Liebe und Zuversicht in dir. Du hast es nicht nur geschafft, mir Hoffnung zu schenken, sondern auch Peter und Mathias und es wird dir auch noch bei vielen anderen Leuten in deinem langen Leben gelingen. Zu guter Letzt hoffentlich auch bei Elijah, der wirklich ein harter Brocken ist.« Eathen lachte schnaubend. »Das Schlimmste daran ist, dass ich ihn in all seinem dämlichen Verhalten sogar verstehen kann, obwohl ich ihn jedes Mal am liebsten zusammenschlagen würde.«

Diesmal musste ich lachen. »Ich glaube, du hast gerade die besseren Fähigkeiten zur Motivation als ich. Und was Elijah angeht, habt ihr ein sehr zweifelhaftes Verhältnis. Einerseits versteht ihr euch gegenseitig, anderseits wollt ihr euch aber ständig den Kopf einschlagen.«

Eathen grinste mich an. »Wie Brüder eben – wir sind ja quasi zusammen aufgewachsen. Und wenn du mal genau hinschaust, kommt dieses ganze Psychogequatsche nicht von mir. Ich spiegle nur dein Verhalten und dein Denken, in dem ich dir deine eigenen Sätze, Gedanken, Gesten und alles, was mir sonst so an dir auffällt, gerade vor die Nase halte, um dich daran zu erinnern, dass du die Waffen gegen alles Grau in dir selbst in der Hand hältst. So wie ich auch weiß, dass du noch nie wirklich in ein Loch gefallen bist. Natürlich gab es traurige Tage in deinem Leben, aber schon während du geweint hast, hast du daran gedacht, dass es noch viel Schlimmeres gibt, hast dich daran erinnert, was dir noch alles im Leben bleibt und wie viel mehr das im Vergleich zu dem wiegt, was dir genommen wurde. Menschen, die an irgendetwas glauben, und das muss keine Religion sein, leben länger als Menschen, die aus nichts Zuversicht schöpfen können. Deshalb bin ich mir ziemlich sicher, dass wir beide hundert werden.«

Er grinste mich an.

»Warum hast du gerade Mathias erwähnt?«, fragte ich nach einer kurzen Phase der Erleichterung, in der ich tatsächlich zuversichtlich auf meine Zukunft geblickt hatte.

Eathen seufzte. »Mathias ist Alice in einer Bar begegnet, hat sich in sie verliebt, sie noch zwei Mal getroffen und sich dann nicht getraut, ihr die Wahrheit zu sagen und eine anständige Beziehung mit ihr zu führen. Er wollte es nicht versauen und dachte, zu warten wäre eine gute Idee. Blöd an der Sache war nur, dass Alice in der Zeit jemand anderen kennen gelernt hatte und nun mit ihm zusammen war. Daraufhin hat Mathias angefangen, hin und wieder zu trinken, was für uns eine richtig dumme Idee ist, da Alkohol bei uns quasi sofort eine Verwandlung auslöst und wir richtig schnell betrunken werden. Auf den Alkohol folgten dann viele Frauen und das sonstige Programm eines unglücklich Verliebten. Als Elijahs Mutter, eine zufällige Barbekanntschaft, ungewollt schwanger wurde, hat er ihr bis zum Schluss nicht gesagt, was das für ihr Leben bedeuten würde und sie nur zu einer Hausgeburt überredet. Nachdem die Frau gestorben war, ist Mathias mit Elijah zu Peter und Ann gekommen, weil er nicht wusste, was er mit dem Baby machen sollte. Peter hatte Mathias in den ganzen Monaten zuvor schon hundert Mal zusammengeschissen, ihm gesagt, dass Selbstmitleid keine Lösung sei und sein Lebensstil in einem Desaster enden würde. An dem Abend ist unserem Dad dann der Kragen geplatzt, er hat gegen Mathias im Kampf gewonnen und konnte danach bestimmen, was er tun und lassen sollte. Peter hat Mathias Leben in Ordnung gebracht, ihm mit gefälschten Papieren einen Job und eine vernünftige Wohnung besorgt. Auf diese Weise hat er ihm und Elijah eine Perspektive ermöglicht.«

»Was ist mit Elijahs Mutter passiert?«, fragte ich.

»Der Notarzt kam, hat festgestellt, dass sie gestorben war, sie mitgenommen, die Familie benachrichtigt und sie wurde bestattet. Als der Notarzt eintraf, hatte Elijah bereits das erste Mal mit nur wenigen Minuten Silber bekommen, damit er sich nicht verwandeln konnte. Also weiß ich beim besten Willen nicht, warum er sich jetzt so aufführt. Sein Leben hat quasi mit einer blockierten Verwandlung begonnen.«

»Und wann sind Mathias und Alice dann zusammen gekommen?«

»Fast ein Jahr nach Elijahs Geburt hat er sich dann endlich getraut, mit Alice zu reden und ihr die Wahrheit zu sagen. Alice hat ihn ganz schön zappeln lassen, weil sie sich eine Bedenkzeit von einer Woche ausgesprochen hatte, nachdem Mathias ihr die Verwandlung gezeigt hatte – übrigens nicht seine, sondern Elijahs. Doch letztendlich hatte er Glück, wie du ja weißt.«

Ich dachte daran, wie Mathias mit jeder seiner flüchtigen Berührungen zu sagen schien, wie sehr er Alice liebte und wie kostbar sie für ihn war. Die beiden wirkten immer noch wie frisch verliebt und ganz so, als wäre die Liebe immer einfach. Da war es beruhigend zu hören, dass der Anfang ihrer Beziehung auch nicht so leicht gewesen war, was für Elijah und mich noch Hoffnung ließ.

Seufzend stieg ich aus dem Auto.

»Willst du Alana gleich anrufen?«, fragte mein Bruder, während er die Tasche mit meiner Kleidung ins Haus trug und im Flur abstellte.

»Nein, weil man in den ersten vierundzwanzig Stunden noch die Pille danach nehmen kann und sie mich sonst dazu überreden würde. Außerdem ist es unter normalen Bedingungen quasi unmöglich von einem gescheiterten Versuch schwanger zu werden. Um das einigermaßen glaubwürdig zu machen, bräuchte ich einen positiven Schwangerschaftstest und den kann man eigentlich erst nach mehreren Wochen machen. Im Einzelfall auch schon früher.«

»Dann bist du halt dieser Einzelfall.«

»Wer weiß, ob das funktioniert. Das müsste ich dann wenigstens mal ausprobieren.«

»Naja, so ein Ding zu besorgen, ist ja nun keine Schwierigkeit.« Er grinste mich an.

»Sehr erwachsen von dir. Wirklich. Du bist eine große Hilfe.«

»Ich weiß«, entgegnete mein Bruder und stand kurz davor, wirklich in ein Lachen auszubrechen. »Sorry, nachdem wir jetzt die Tragik der Sache überwunden haben, ist die Situation ganz schön lustig und ziemlich klischeehaft, denn so schwer ist es eigentlich nicht zu verhüten. Das nicht hinzukriegen, ist schon ziemlich dämlich.«

»Du machst mir wirklich Mut, es irgendwem zu erzählen«, meinte ich und setzte mich aufs Sofa. Eathen lehnte sich daraufhin gegen die Lehne des Sessels.

»Muss doch keiner wissen, dass ihr nicht mal richtig miteinander geschlafen habt, und ein gerissenes Kondom ist gar nicht *so* selten. Fakt ist, dass man die Schwangerschaft irgendwann sehen wird, und wenn wir nicht wegziehen wollen, müssen wir uns eine Geschichte ausdenken, die glaubwürdig aber für dich nicht allzu herabwürdigend ist.«

Mein Bruder hatte wieder sichtbare Mühe, sich ein Grinsen zu verkneifen.

»Es reicht, Eathen. Du bist echt keine Hilfe«, meinte ich und sprang vom Sofa auf – allerdings etwas zu schwungvoll, sodass mir ziemlich schwindlig wurde. Mehrere Sekunden konnte ich nichts sehen und merkte, wie ich schwankte. Doch augenblicklich spürte ich die Arme meines Bruders, die mich langsam zurück zum Sofa führten.

»War das …?«

»Ein schwacher Kreislauf, ausgelöst durch eine Wolfsschwangerschaft. Dass ich dich heute Morgen unter der heißen Dusche ungern allein lassen wollte, hatte schon eine gewisse Berechtigung. Sei einfach ein bisschen vorsichtiger.«

Ein paar Sekunden sah ich meinen Bruder nur an, bis mir wieder einfiel, wie sauer ich eigentlich gerade auf ihn war.

»Weißt du, wie bescheuert das für mich ist?«, fragte ich ihn wütend. »Nur weil ihr so unfassbar attraktiv seid, hab ich mich in einen von euch verliebt und die dumme Idee gehabt, eine normale Beziehung mit ihm führen zu können. Mit dem Ergebnis, dass mich alle Leute aus meiner Art jetzt für ein dämliches Flittchen halten werden und du mich auslachst, obwohl es meinem Körper alles abverlangt, deine dumme Spezies zu erhalten, was du, nebenbei bemerkt, nie machen wirst. Denn keine Frau der Welt würde sich je auf dich einlassen, wenn sie die komplette Wahrheit über dich kennen würde.«

Jegliches Lächeln war aus dem Gesicht meines Bruders gewichen. »OK, das hat gesessen. Ich hör auf.«

»Gut«, sagte ich und bekam im nächsten Moment ein schlechtes Gewissen. Ich griff nach Eathens Hand und verschränkte meine Finger mit seinen, entschuldigte mich aber nicht verbal. Trotzdem gab mir mein Bruder einen Kuss auf die Haare.

»Überlegen wir uns jetzt eine Geschichte?«, fragte ich schließlich.

Eathen nickte und sein Gesichtsausdruck wirkte wieder freundlicher.

Nachdem wir uns in Absprache mit Mathias und Elijah eine Version der Wahrheit zurechtgebaut hatten, sah ich auf meinem Handy mehrere Nachrichten von Alana, die mich fragte, wie es mit Elijah gelaufen war. Das nahm ich zum Anlass, zu ihr zu fahren, nachdem der von Eathen zuvor besorgte Schwangerschaftstest tatsächlich positiv ausgefallen war. Offenbar ging die Hormonproduktion im Körper bei einer wölfischen Schwangerschaft rasend schnell im Vergleich zu einer menschlichen. Das erklärte dann auch eindeutig, warum mein Kreislauf gerade so angeschlagen war.

Mein Bruder hatte, was Alana betraf, recht behalten. Sie verhielt sich wie die absolute Bilderbuchfreundin und das veranlasste mich dazu, ihr die Wahrheit zu erzählen – mit Ausnahme von Elijahs Halbverwandlung und der Bedeutung der Schwangerschaft für mein Leben. Ich erzählte ihr sogar, dass die Schwangerschaft irgendwie meinen Kreislauf beeinflussen musste und mir deshalb ständig kalt war, sodass sie sich nicht wunderte, wenn ich im Hochsommer langärmelige T-Shirts trug. Zusammengefasst sprachen wir über alles, was passiert war und ich bemühte mich, nur die Details, die ich ihr nicht erzählen konnte, wegzulassen, aber nicht zu lügen.

Auch Sven – meinem Tanzpartner musste ich erklären, dass ich mit dem Tanzen aufhören würde, weil das weder während einer Schwangerschaft noch mit einem Kleinkind zu leisten war. Also ging ich am Montag zu unserem offiziellen Tanz-Training, auch wenn ich mich bereits auf dem Weg dorthin darauf einstellte, nicht lange zu bleiben. Sven würde zwar nicht sauer auf mich sein, aber manchmal war das Gefühl, jemanden, den man mochte, enttäuschen zu müssen, viel schlimmer.

»Hey Cat«, begrüßte er mich, als ich das Tanzstudio betrat, mit einem Kuss auf die Wange.

Er hatte bereits seine schwarze Tanzhose, die entsprechenden Schuhe und ein enges, schwarzes T-Shirt an.

»Was ist los mit dir? Normalerweise freust du dich mehr, wenn du hierher kommst.«

Ich betrachtete ihn kurz und entschied, dass es keinen Sinn machte, dieses Gespräch noch länger aufzuschieben. Also erzählte ich ihm gerade heraus, was mir passiert war und was das für Konsequenzen hatte. Er saß mir ruhig gegenüber, während ich redete, und nachdem ich geendet hatte, lächelte er mich an.

»Darf ich jetzt auch etwas sagen, nachdem du dich gefühlt hundert Mal entschuldigt hast?«

»Tut mir leid. Ich wollte nicht reden wie ein Wasserfall.«

»Das war jetzt das hundertunderste Mal.«

»Tu…«, setzte ich an, aber er unterbrach mich.

»Nicht schon wieder. Ich weiß wirklich nicht, warum du dich so oft entschuldigst.«

»Weil ich dir versprochen hatte, dass ich mit dir tanze und wir erfolgreich werden.«

»Den Erfolg konntest du mir gar nicht versprechen. Außerdem waren wir in den letzten Jahren doch gar nicht so unerfolgreich.« Er deutete auf eine Vitrine mit Pokalen, die in dem lang gestreckten Flur des Studios ziemlich viel Platz einnahm. In nahezu jeden dieser Pokale waren unsere Namen eingraviert.

»Außerdem habe ich von deinen Plänen gehört, nach Princeton zu gehen. Da ist es mir lieber, du bleibst hier und wir können uns noch hin und wieder sehen, als dass du Hunderte von Kilometern weit weg im Süden hockst.«

»Wer hat dir denn davon erzählt?«, wollte ich mit einem Stirnrunzeln wissen, weil kaum jemand von diesem Plan gewusst hatte.

»In dieser Stadt spricht sich alles über die berühmten Waisenzwillinge herum, was auch nur annähernd in die Öffentlichkeit gerät.« – Das war der Grund, warum wir so verdammt vorsichtig sein mussten.

»Aber mir wäre es lieber gewesen, ich hätte es von dir erfahren«, fügte er hinzu.

»Ich dachte nicht, dass ich eine realistische Chance hätte, angenommen zu werden. Ich habe mich mehr auf gut Glück dort beworben.«

»Und jetzt bist du angenommen worden?«, fragte er.

»Ja. Aber das spielt keine Rolle mehr. Das Schicksal hat mir die Entscheidung, ob ich hier bleibe oder weggehen möchte, abgenommen.« Dabei dachte ich nicht nur an die ungeplante Schwangerschaft sondern auch an Eathen und Elijah.

»Dann weiß ich nicht, warum ich sauer auf dich sein sollte. Ich verstehe es, dass du mit dem regelmäßigen Training aufhören willst, wenn du Mutter wirst. Aber wir können uns trotzdem hin und wieder treffen, wenn du dich für kurze Zeit von deinem Baby trennen kannst. Immerhin musst du nach der Entbindung wieder eine Bikinifigur bekommen«, sagte er und zwickte mich liebevoll in die Seite.

»Es ist wirklich nett von dir, dass du dir solche Sorgen um meine Figur machst«, versicherte ich ihm.

»Natürlich. Schließlich möchte ich eine attraktive Freundin haben.« Er spielte darauf an, dass ich das Aushängeschild dieser Tanzschule war. Zwar wussten alle unter der Hand, dass er einen festen Freund hatte, aber das störte keinen, solange sich die beiden nicht öffentlich als Paar zeigten. Deshalb war ich die Frau, die ihn zu allen offiziellen Terminen begleitete und so boomte die Tanzschule.

»Also, ich hoffe, du hast nichts dagegen, wenn ich mir eine neue Turnierpartnerin suche? Trotzdem können wir aus meiner Sicht etwas lockerer weitertrainieren.«

»Nein, natürlich habe ich nichts dagegen. Ich fände das toll.«

»Na dann zieh dich um, damit wir anfangen können und ich erwarte von dir, dass du mich über alles, was dein Baby betrifft, auf dem Laufenden hältst. Ich hoffe ja, dass es ein Mädchen wird, das das Tanzen genauso liebt wie du.« Er grinste mich an und ich erwiderte sein Lächeln. Das war besser gelaufen, als ich gedacht hatte.

»Ich glaube, es wird ein Junge«, entgegnete ich. »Es fühlt sich irgendwie so an.«

»Ich habe noch von keiner Mutter gehört, die das Geschlecht ihres Kindes *fühlen* konnte«, sagte er und zog fragend eine Augenbraue hoch, grinste dabei aber.

Das war ziemlich schlecht gelogen, Püppie – meinte Eathen, der mit meiner Erlaubnis und aus reiner Neugier das Gespräch verfolgt hatte.

Halt die Klappe und lass uns in Ruhe arbeiten. – sagte ich streng und kontrollierte, dass er Svens Gedanken auch wirklich verließ.

»Vielleicht ist es weibliche Intuition.«

»Womöglich.«

Das Tanzen lief heute so gut, dass es mich daran erinnerte, warum ich diesen Sport so sehr liebte, dass ich die wunden Füße nach eineinhalb Stunden Training bedingungslos in Kauf nahm. Das, was Sven und ich heute einfach nur zum Spaß machten, war ein spontan choreografierter Showtanz.

»Was bitte war das denn?«, fragte am Ende des Trainings eine vertraute Stimme. Wir waren gerade fertig und ich lag am Boden, während Sven sich über mich gebeugt hatte und so tat, als würde er mich küssen. Erleichtert stellte ich fest, dass ich offenbar nicht der einzige normale Mensch war, der das Anschleichen von Wölfen generell nie mitbekam, als Svens Kopf ebenso wie meiner zur Tür schnellte. Dort lehnte Eathen – wie immer sehr lässig. Sven stand auf, streckte mir eine Hand entgegnen und zog mich auf die Füße.

»Hallo Eathen«, begrüßte er meinen Bruder. »Hat es dir gefallen?«

»Naja, wenn ich ehrlich bin, weiß ich nicht recht, was ich dazu sagen soll. Für mich sah das nicht wie unverfängliches Tanzen aus sondern eher wie getanzter Sex.«

»Das ist Kunst, Eathen!«, erklärte ich. »Eine Show. Nichts davon ist echt.«

»Das weiß ich. Schließlich bist du ja im normalen Leben nicht unbedingt bekannt dafür, dass du einfach zu haben bist.«

»Eathen«, ermahnte ich meinen Bruder mit scharfer Stimme.

»Warte einfach schon mal draußen im Auto. Ich komme gleich raus.«

»Ich bin schon weg. Aber lass mich nicht wie gestern ewig warten.« Damit ließ mein Bruder uns zum Glück allein und ich warf Sven einen entschuldigenden Blick zu.

»Ist schon OK«, meinte er und klopfte mir aufmunternd auf die Schulter. »Ich würde wahrscheinlich auch so ein wachsames Auge auf meine Schwester haben, wenn ich eine hätte. Außerdem hat er mir vermutlich immer noch nicht verziehen, dass ich dich mal als Versuchsobjekt benutzt habe.«

Damit lag Sven vermutlich richtig, denn Eathen hatte schon mehrmals zugegeben, dass er wenig begeistert gewesen war, als ich mir ausgerechnet Sven als ersten Freund ausgesucht hatte. Denn eigentlich hatte Sven bereits vor dem Beginn unserer Beziehung gewusst, dass er auf Männer stand. Nur bei mir war er sich auf einmal nicht mehr sicher gewesen. Dabei müsste eigentlich gerade mein Bruder für eine solche Verzweiflung, die dazu führte, dass man, weil es gesellschaftlich einfacher war, etwas mit anderen Mädchen anfing, ganz gut nachvollziehen können. – Konnte oder wollte er aber nicht.

Wir verabschiedeten uns und ich stieg nach einer Viertelstunde Wartezeit, die ich zum Umziehen gebraucht hatte, in unser Auto. Eathen kommentierte die Verspätung mit einem entsprechenden Blick, sagte aber nichts, genauso wie ich, um nicht mit ihm diskutieren zu müssen.

»Geht's dir gut?«, fragte er schließlich.

»Ja, es ist nur irgendwie schade, das Tanzen aufgeben zu müssen.«

»Das meinte ich gar nicht«, sagte Eathen und berührte vorsichtig meine Hand, die auf meinem Bauch lag. Vollkommen unterbewusst hatte ich sie dorthin gelegt.

»Solange das noch nicht alle wissen, solltest du dir diese typische Schwangerschaftshaltung noch nicht angewöhnen.«

Da meine beiden Hände kühl waren, schob ich sie zwischen meine Knie, wo Eathen die rechte aber schnell wieder herauszog und sie zurück auf meinen Bauch legte.

»Wenn wir zusammen sind, musst du nicht die natürlichen

Schutzinstinkte für dein Baby unterdrücken. Deine Hand dort hat schließlich einen biologischen Sinn.«

Ich schenkte ihm ein dankbares Lächeln und schaute dann durchs Fenster auf all die Leute, die durch die von Werbung hell erleuchteten Straßen gingen. Sven hatte recht gehabt, Eathen und ich – die Zwillinge ohne Eltern, die die beiden entscheidenden High-School-Teams anführten, kannte jeder in dieser Stadt und jeder würde bald wissen, dass ich ein Kind erwartete. Es war nur noch eine Frage der Zeit, wie schnell sich diese Neuigkeit verbreitete, nachdem Eathen vor drei Tagen den Schwangerschaftstest gekauft hatte.

Zuhause fand ich eine Nachricht von Elijah auf dem Anrufbeantworter, der mich fragte, ob er heute Abend kurz vorbeikommen dürfte. Höflichkeitshalber fragte ich Eathen, ob es OK war, wenn er mich besuchte.

»Aber er bleibt nicht über Nacht«, war seine einzige Bedingung.

»Hey Wolf«, begrüßte ich meinen Freund und öffnete ihm die Terrassentür. Seine Augen leuchteten hell-gelb, als mir der graue Wolf zur Begrüßung über die Hand leckte, bevor er ins Haus trat und das Klackern der Wolfskrallen auf dem Parkett den Raum erfüllte.

»Ich gehe dann wohl besser mal«, erklärte Eathen und begann, sich auszuziehen. »Du kannst die Sachen gleich anziehen, wenn du willst«, sagte er zu Elijah und ließ T-Shirt und Hose auf links gedreht vor ihm auf den Boden fallen. Als Eathen ansetzte, sich seine Unterhose auszuziehen, entschied ich, dass das der richtige Zeitpunkt für mich war, um in die Küche zu gehen und die Jungs für einen Moment allein zu lassen.

»Hey Püppie«, begrüßte mich Elijah ein zweites Mal, als er zu mir in die Küche kam. Er nahm mich in den Arm, küsste mich und vergrub sein Gesicht in meinen Haaren, als das Fell zum Vorschein kam, nachdem ein, auch für mich spürbarer Schauer, durch seinen Körper gelaufen war.

»Sorry«, murmelte ich und legte die Berührungssperre ein.

»Mach es wieder auf«, bat Elijah daraufhin. »Schließlich weiß ich, was ich verpasse.«

Ich kam seiner Bitte nach und ließ meine Hand vorsichtig in seinen Nacken fahren. Dann schlüpfte ich gewohnheitsgemäß mit den Fingerspitzen unter den Kragen seines T-Shirts und zog langsam seinen Kopf zu mir herunter. Doch noch bevor wir uns küssen konnten, wurde das Fell wieder zu stark.

»Gott, verdammt«, fluchte Elijah, was mich unglaublich zum Lachen brachte.

»Moment, hast du das absichtlich gemacht? Spielst du mit mir? Ich fasse es nicht.«

»Och, komm schon. Das ist wirklich lustig.«

»Für dich vielleicht.«

»Also so wie du grinsen musst«, meinte ich und streichelte über seinen Handrücken, was ihn sofort zum Lächeln brachte. Er wandte den Blick ab, schaute kurz aus dem Fenster und biss sich auf die Lippe, um das Lächeln zu unterdrücken. Doch als das nicht gelang, schnappte er sich meinen Arm und legte mich wie einen nassen Sack über seine Schulter. Ich kreischte, konnte meinen Oberkörper aber zum Glück sofort wieder aufrichten. Allerdings stand Elijah schon auf der Treppe zu meinem Zimmer. Dass ich mit dem Kopf gegen die Decke stoßen würde, wenn er noch zwei Stufen weiterging, erkannte auch er und so wirbelte er mich ein weiteres Mal durch die Gegend. Ich flog einen kurzen Moment durch die Luft, bevor er mich mit einem Arm unter meiner Schulter und einem Arm in meiner Kniekehle wieder auffing. Pures Adrenalin pulsierte durch meine Adern, was ein hysterisches Kichern bei mir auslöste.

»So etwas kannst du doch nicht machen«, beschwerte ich mich, als er mich in meinem Zimmer absetzte. »Du hättest mich umbringen können.«

»Hab ich aber nicht und ich wusste zu jeder Zeit, was ich tue. Deine fünfundvierzig Kilo zu managen, ist nicht sonderlich schwierig.«

»Siebenundvierzig«, korrigierte ich.

»Das macht vom Gefühl her überhaupt keinen Unterschied. Selbst für normale Menschen bist du lächerlich leicht und Wölfe können ein kleines bisschen mehr heben.«

»Angeber«, bemerkte ich.

»Ich bin mir sicher, du findest einen geeigneten Weg, dich zu rächen«, meinte er grinsend, was einer Einladung, die Prägung mit Berührungen zu überreizen, gleichkam.

»Ziehst du dann das T-Shirt aus?«, fragte ich. »Es riecht nach meinem Bruder und das ist irritierend.«

»Ich kann mir auch ein frisch gewaschenes T-Shirt holen«, bot Elijah an.

»Hör auf damit.«

»Dann lass du doch die fadenscheinigen Begründungen und gib zu, dass du mich lieber ohne T-Shirt siehst als mit«, entgegnete er, während er sich Eathens grünes T-Shirt über den Kopf zog, auf dem in schwarzen Buchstaben *Ich bin nicht gestört, sondern verhaltensoriginell* stand.

»Was ist mit deinem Oberteil?«, fragte Elijah danach und zog vorsichtig am Saum meines obersten Sweatshirts.

»Mir wird kalt, wenn ich es ausziehe«, behauptete ich.

»Soll ich kurz duschen gehen, um dich noch besser wärmen zu können? Du kannst auch gerne mitkommen.«

Ich musste lachen. »Was ist denn heute los mit dir?«

»Du machst mich unfassbar nervös, weshalb mein Blut nicht mehr in meinem Hirn ist.«

»Oh Mann«, sagte ich grinsend, ging zu ihm und küsste ihn, während ich ihn langsam zu meinem Bett drängte. Meine Finger ruhten dabei still auf seiner Brust und trotzdem bildete sich ganz weicher Flaum darunter. Elijah legte sich auf den Rücken und ich beugte mich über ihn, während wir uns küssten. Allerdings waren wir uns beide darüber bewusst, dass wir es nicht allzu sehr übertreiben durften.

»Hast du noch ausreichend Blut im Kopf, um zu wissen, wann es genug ist?«, fragte ich. Zwar hatte er sich nur ein bisschen verwandelt, aber es war nun schon einige Male passiert, dass die Verwandlung unvorhergesehen schneller geworden war. Die Prägung machte es wirklich ein bisschen unberechenbar.

»Vom Grundsatz her schon, sonst wäre ich nicht hier. Nur hin und wieder, wenn es an zu vielen Stellen gleichzeitig kribbelt, potenziert sich das Ganze und schießt mir dann als so eine Art Glückswelle durch die Adern. Das kann man sogar sichtbar machen.«

Er nahm meinen Zeigefinger und malte damit drei lange Linien auf seinen Bauch, die sich in der Mitte zu einem Dreieck trafen. Meinem Finger folgte bei jeder Linie ein schmaler grauer Fellstreifen und nachdem die letzte Linie die erste gekreuzt hatte, entstand auch in dem Dreieck Fell. Grinsend schaute ich Elijah an, der mit seiner Hand über die Stelle rieb, wodurch sich das Fell zurückzog.

»Ja, du darfst es ausprobieren. Aber leg dich mal bitte neben mich und berühre meine Beine nicht. Dann ist es einfacher.« Ich kam seiner Aufforderung nach und hatte die nächsten paar Minuten einen riesigen Spaß damit, auf der Haut meines Freundes Muster, Bilder und Formen aus Fell zu malen. Löschen konnte nur er die Bilder, in dem er darüber rieb und, wenn ich die Motive zu nah aneinander setzte, verbanden sie sich. Ebenso musste ich, um zum Beispiel das Innere einer Sonne *»auszumalen«*, nur einen Punkt in den Kreis setzen, woraufhin sich im ganzen Kreis das Fell ausbreitete. Elijah lag die ganze Zeit mit geschlossenen Augen und einem breiten Lächeln im Gesicht da, bis ich ihn küsste.

»Ich liebe dich, Püppie«, flüsterte er, während seine Hand zärtlich an meiner Wange ruhte.

»Ich liebe dich auch«, entgegnete ich und küsste ihn wieder.

»Reagierst du für immer so sensibel auf meine Berührungen?«, fragte ich dann.

»Nein. Das wird weniger werden, wenn ich mich an das Gefühl gewöhnt habe. Selbst bei Eathen war es doch anfangs so, dass er sich ein bisschen verwandelt hat, wenn du ihn auf zu nette Art berührt hast. Bilder, auf meinem Bauch zu malen, wird nicht ewig funktionieren.«

»Das ist sehr schade«, meinte ich lächelnd und zeichnete ein Herz auf seine Brust. Er grinste mich an und küsste mich vorsichtig.

»Du kannst das Silber nicht so dosieren, dass es nur noch ungefähr eine Stunde wirkt, oder?«, fragte ich.

»Ich fühle mich sehr geschmeichelt, dass du gerne mehr rummachen würdest, aber ich kann es wirklich nicht so genau dosieren. Hinzu kommt, dass man Silber immer mit ein bisschen Überstand nehmen muss, denn wenn man sich auf die Wirkung verlässt und sie plötzlich weg ist, kann das ganz schön ins Auge gehen. Eigentlich würde ich zwar denken, dass ich rechtzeitig ausreichend Abstand zwischen uns bringen könnte, aber das haben diejenigen von uns, die ihre Freundinnen verletzt haben, bestimmt auch gedacht. Und wenn ich in der letzten Woche eine Sache gelernt habe, dann ist das die Erkenntnis, dass ich kein Stück begabter bin als all meine Vorfahren. Aber wenn ich über Nacht bleiben dürfte, wäre das kein Problem.«

Liebevoll streichelte mir Elijah über den Bauch und ich sah, wie sich feines graues Fell langsam über seinen Arm ausbreitete, während er daran dachte, dass unter seiner Hand gerade unser Baby seine ersten Zellteilungen vollführte. Wieder küsste ich ihn liebevoll und war einfach nur dankbar dafür, dass er mich und das Baby so gern hatte und vor allem dafür, dass er da war.

Am Ende der Woche hatte ich den Termin bei unserem Pastor und ziemliche Angst davor. Immerhin grenzte es in unserer absolut konservativen Kleinstadt an einen Skandal, dass eine unverheiratete Frau ein Kind bekam. Elijah hatte zwar angeboten, mich auf der Stelle zu heiraten, aber ich wollte keine Ehe eingehen, nur weil das irgendwer von mir verlangte, sondern weil ich mich bewusst dafür entschied. Mal abgesehen davon, war ich mir nicht sicher, ob Elijahs und meine Beziehung wirklich schon für die Ewigkeit gemacht war. Natürlich liebten wir uns und wollten beide nicht ohne einander sein, aber eine sichere Bindung war etwas anderes. Unterschwellig war ich davon überzeugt, dass das nächste Drama, bei dem er wieder weglief, kommen würde. Außerdem war ich schlicht zu jung zum Heiraten und Elijah hatte mir das auch nur, von Schuldgefühlen getrieben, angeboten.

Mit einen mulmigen Gefühl betrat ich Pfarrer Malts Büro. Wir hatten immer ein gutes Verhältnis gehabt und ich hoffte, dass er mich nicht verurteilen würde, da er als Pfarrer in unserer Stadt recht einflussreich war. Alana, Eathen und Elijah hatten mir sogar angeboten, bei dem Gespräch dabei zu sein, aber ich wollte die Sache allein regeln.

Ich redete sehr lange mit Sir Malt und das Ergebnis war, dass er schon immer der Auffassung gewesen war, jedes Kind sei ein Geschenk Gottes. Er zweifelte auch nicht an Elijah und mir als Eltern, auch wenn es ihm lieb wäre, wenn wir noch vor der Niederkunft heiraten würden. Denn er glaubte, dass es für ein Kind besser sei, in einer klassischen Familie aufzuwachsen. Ich hingegen war – mit den paar Informationen, die er nicht hatte – davon überzeugt, dass wir ohnehin niemals eine klassische Familie sein würden. Und wahrscheinlich würde sich mein Kind in einer klassischen Familie auch gar nicht wohlfühlen. Wölfe brauchten Freiräume, keine geregelten Mahlzeiten, mehrere Häuser, in denen sie beliebig aus und eingehen konnten, und möglichst viele andere Wölfe als Gesellschaft.

Obwohl ich an meinem Entschluss festhielt, noch nicht zu heiraten, akzeptierte der ruhige, gemütliche Mann das. Er kam mir sogar noch weiter entgegen, indem er versprach, potenziellen Vorurteilen und schlechtem Gerede entgegenzuwirken. Ich war schon vollkommen zufrieden und entspannte mich allmählich, als er mich auf ein anderes heikles Thema ansprach: Er hatte in der Nähe unseres Grundstücks einen Grabstein mit den Daten meines Vaters entdeckt und an der Stelle hatte sein Hund angeschlagen, weshalb er schlussfolgerte, dass unter der Erde ein Kadaver lag. Gleichzeitig war er der einzige Mensch außerhalb unserer Familie, der wusste, dass der Sarg bei der Beerdigung unseres Vaters leer gewesen war. Ich hielt an Eathens und meiner Version fest, dass unser Vater beim Holzsägen nach einem Funkenwurf Feuer gefangen hatte und sein Körper vollkommen verbrannt war, ehe Eathen und ich ihm hatten helfen können. Deshalb gab es von ihm keine Leiche und das, was sein Hund gewittert hatte, waren die Kadaver der verendeten Tiere, die wir regelmäßig an unserer Wasserstelle fanden und die wir dort vergruben. Von diesen Gruben hatten wir im Umkreis des Hauses tatsächlich einige, aber sie lagen alle weit genug vom Wasserlauf entfernt, sodass das Leichengift dem Wasser nichts anhaben konnte. Genauso wie das Grab meines Vaters, in dem seine Wolfsleiche ruhte. Was den Stein betraf, konnte ich ihm die uneingeschränkte Wahrheit erzählen. Eathen hatte ihn graviert, direkt nachdem mein Vater gestorben war. Es war ein Findling, den er im Wald gesucht und zu uns getragen hatte, was ich natürlich wegließ, da der Stein für einen vierzehnjährigen Jungen definitiv zu schwer gewesen wäre. Das war seine Form von Trauerarbeit gewesen. Außerdem hatte er für uns ein richtiges Grab mit einem Stein schaffen wollen. Sir Malt ließ sich leicht überzeugen und wahrscheinlich gab ich mir viel zu viel Mühe, ihm mit meiner Körpersprache die Gefühle zu zeigen, die ich empfunden hätte, wenn das tatsächlich die Wahrheit gewesen wäre. Aber ich wollte mir sicher sein, dass er mir glaubte. Anderseits wäre das Einzige, was er finden würde, wenn er tatsächlich nachschaute, der halb verweste Körper eines Wolfes, den er nicht mit meinem Vater in Verbindung bringen würde.

»Es tut mir leid, dass ich Ihnen diese Fragen gestellt habe. Es ist sicher noch schwer für Sie über Peters Tod zu reden.«

Absichtlich versuchte ich, meine vermeintliche Betroffenheit zu kaschieren. Dabei fiel es mir tatsächlich bei solchen Dingen nicht sonderlich schwer, über meinen Vater zu reden. Andere Dinge belasteten mich viel mehr.

»Kommen Sie, Catherine. Ich segne Sie und das Kind noch, wenn Sie das möchten.«

Wir gingen hinüber in die leere Kirche und Sir Malt segnete mich und das Baby, indem er meinen Kopf und meinen nackten Bauch mit etwas Taufwasser berührte und die Segensformel sprach. Danach fühlte ich mich schon wesentlich besser und zum ersten Mal überwog meine Vorfreude die Angst.

Ich verabschiedete mich von ihm, dankte ihm für das Gespräch und ging raus zu Eathen. Er lehnte an der Motorhaube und winkte Pfarrer Malt zu, als er zurück ins Pfarrhaus ging.

»Das lief doch ganz gut«, bemerkte er mit einem schrecklich überheblichen Grinsen. Ich befreite mich aus seinem Arm, nachdem ich ihm eine kurze Berührung gegönnt hatte.

»Die Nummer, die du gerade abgezogen hast, war übrigens

bewundernswert. Ich wusste gar nicht, dass du so gut mit Körpersprache spielen kannst«, sagte Eathen, sobald wir im Auto saßen.

»Wir müssen aufpassen, dass sich nicht zu viele merkwürdige Dinge im Bezug auf uns in den Köpfen der Leute festsetzen«, meinte ich ernst, ohne auf Eathens Lob weiter einzugehen. Professionell lügen zu können, gehörte einfach dazu, meine Familie zu schützen.

»Das machen wir doch bereits. Und zum Glück kommt niemand auf die Idee, dass wir uns von Zeit zu Zeit in Wölfe verwandeln. Darüber würden sich die Leute noch viel mehr die Münder zerreißen als über deine Schwangerschaft.« Mein Bruder grinste arrogant und startete den Motor.

Bei der Vorstellung, wie die ganze Gemeinde auf die Nachricht, dass ich schwanger war, reagieren würde, wurde mir schon jetzt übel. Vermutlich würden sie mich wie eine Aussätzige behandeln, die es kaum verdiente, weiterhin zur Kirche zu gehen. Wäre ich irgendein Mädchen gewesen, wäre das sicher kein Problem. Aber durch unsere tragische Geschichte kannte uns wirklich jeder in dieser Stadt wenigstens vom sehen. Dabei war das gerade für uns eher hinderlich, so sehr im Fokus der Öffentlichkeit zu stehen, weil wir so viel verbergen mussten. Anderseits entstanden keine Gerüchte, wenn man sich allen gegenüber normal und freundlich präsentierte.

Mit den Wölfen zusammen zu leben

»Alec, könntest du bitte noch die letzten Stühle aufstellen?«, bat ich ihn.

»Klar«, rief er und machte sich sofort an die Arbeit.

»Kannst du ihm helfen, Eathen?«, fragte ich meinen Bruder.

»Sorry Püppie. Elijah und ich haben ein Problem mit der Technik. Frag jemand anderen.«

Das musste ich nicht, da Alec sich bereits Hilfe gesucht hatte.

»Danke!«, rief ich ihm zu, als sich plötzlich zwei kräftige Arme von hinten um mich legten. Ein Blick auf seine Hände verriet ihn allerdings sofort.

»Owen«, begrüßte ich ihn.

»Wie geht's dir? Ich habe dich seit Sonntag nicht mehr gesehen und da sahst du nicht besonders glücklich aus.«

Wie sollte ich auch? Pfarrer Malt hatte aus meiner Schwangerschaft kein Geheimnis gemacht und mir damit immerhin erspart, es selbst allen sagen zu müssen. Aber die Reaktionen waren genauso gewesen, wie ich befürchtet hatte.

»Warum seid ihr Sonntag so schnell weggefahren?«, fragte Owen.

»Weil Eathen drauf und dran war, irgendetwas Peinliches zu machen, damit mich die Leute nicht mehr so anstarren.«

In Wahrheit hatte Eathen sich nur mühsam zusammenreißen können, sich nicht zu verwandeln und allen die Kehle durchzubeißen. Zwar waren einige meiner Freundinnen nach dem Gottesdienst zu mir gekommen und hatten mir alles Gute gewünscht, aber die meisten Älteren, die in unserer Gemeinde deutlich überwogen, hatten mich mit unverhohlener Missbilligung gemustert.

»Mach dir nicht so einen Kopf darüber, was die Leute denken. Wenn du dich auf dein Baby freust, werden das alle sehen und dann hat niemand mehr einen Grund, schlecht darüber zu reden. Sie können dir nur etwas anhaben, wenn du es zulässt und alle, die dich wirklich gern haben, wie zum Beispiel ich, freuen sich für dich.«

»Du redest wie Eathen«, sagte ich und musste nun doch lächeln.

»Oh, Gott! Daran muss ich arbeiten. Aber nochmal zurück zum Thema: Unter denen, die heute ihren Abschluss feiern, gibt es kaum noch eine, die noch unschuldig ist. Die meisten haben ihre Jungfräulichkeit an eine Eintagsfliege verloren und du warst über ein Jahr mit Elijah zusammen, bevor ihr euch getraut habt. Ich denke, das ist ziemlich anständig. Wenn dich also das nächste Mal jemand blöd anschaut, sagst du einfach, dass es in den meisten Teilen der Welt vollkommen normal ist, mit achtzehn ein Kind zu bekommen. Übermorgen fliege ich nach Hause. Ich kann dich mitnehmen, wenn du willst. Dort wirst du sicher nicht auffallen, weil du ein Kind bekommst, sondern eher weil du ein Bleichgesicht bist und glatte Haare hast. In Kenia würdest du genauso angestarrt werden wie ich, als gefühlt einziger Schwarzer, in dieser Stadt. Deshalb kann ich es kaum erwarten, heute jedem Idioten hier meinen hoffentlich richtig guten Abschluss unter die Nase zu reiben.«

»Klar wird dein Abschluss gut«, sagte ich und war ihm dankbar für die aufmunternden Worte.

»Wenn nicht, wird auf jeden Fall die Party gut. Bist du zufrieden mit deinem Werk?« Owen deutete auf das Footballfeld.

»Ich finde, es kann sich sehen lassen«, meinte ich grinsend in dem Moment, in dem die Lichter und die Musik angingen. Eathen und Elijah hatten es also geschafft. Nun konnten die Gäste kommen. Noch bevor ich mich zu den beiden umdrehen konnte, legten sich zwei etwas zu warme Hände von hinten auf meine Hüfte.

»Es ist genauso wie ich es mir vorgestellt hatte. Das habt ihr super gemacht«, lobte ich beide und küsste Elijah auf die Wange. Eathen stand neben Owen und hielt sich ausnahmsweise mal im Hintergrund.

»Hmhm. Sieht auch nach einer echten Cat-Aktion aus«, meinte Elijah.

»Das bedeutet ja dann wohl, dass es gut ist«, schlussfolgerte ich. Hier in seinen Armen fühlte ich mich sicher. Nur wenn ich allein war, fand ich mich bloßgestellt und den anderen schutzlos ausgeliefert.

»Wenn du fast übertriebenen Perfektionismus als *gut* bezeichnest«, ließ er mir die Wahl.

»Ich finde, es sieht super aus«, sagte ich zufrieden.

Elijah streichelte liebevoll über den Stoff meines pinken Sommerkleides direkt über meinem Bauchnabel. Mir gefiel es, wenn er das machte, und fast freute ich mich schon auf die Zeit mit einer Kugel vor dem Bauch, auch wenn es bestimmt in vielen Fällen sehr hinderlich sein würde.

»Komm, das ist unser Hinweis zu verschwinden«, meinte Eathen zu Owen.

Ich schlang meine Arme um Elijahs Hals. »Ist das zu viel?«

»Nein. Es ist perfekt. Die Prägung, das Kind, unser Abschluss. Heute erfahre ich endlich, warum ich zwölf Jahre lang morgens früh aufgestanden bin. Und ich hoffe, es hat sich gelohnt.«

»Natürlich hat es sich gelohnt und ich werde die Schule definitiv vermissen.«

Elijah grinste mich an. »Ich hatte nichts anderes erwartet und freue mich schon darauf, nachher deine Abschiedstränen zu trocknen.«

Mit einem liebevollen Ausdruck schaute er zu mir herunter.

»Sieh es doch mal so: Die Schulzeit muss irgendwann enden, weil sie sonst keinen Sinn machen würde. Wenn wir ewig zur Schule gehen würden, hätten wir nichts, worauf wir hinarbeiten könnten.«

Wortlos streckte ich mich zu ihm hoch und küsste ihn. Allerdings hatten sich unsere Lippen kaum berührt, als er sich auch schon geringfügig aufrichtete.

»Ich habe nichts zum Verstecken an«, erklärte er grinsend, was wohl stimmte, da er nur ein weißes T-Shirt zu einer schwarzen Anzughose trug. Diese Kombination machte ihn allerdings sehr attraktiv. Es war die richtige Mischung aus Eleganz und Sportlichkeit.

»Ist es so schlimm?«, fragte ich amüsiert.

»Ja. Es kribbelt überall.«

Er rieb sich über die Arme, an denen ich rein gar keine Veränderung sah. »Ziemlich unangenehm.«

»Geprägte Wölfe«, murmelte ich kopfschüttelnd und lächelte Elijah an. Mit Eathens Hilfe hatte er mir das Gefühl gezeigt, dass meine Küsse und Berührungen zurzeit bei ihm auslösten, und es war überwältigend. Der reinste Hormoncocktail wurde durch seine Adern gepumpt. Ich war zwar schon häufig wirklich glücklich oder zutiefst zufrieden gewesen, aber dieses Gefühl überstieg vermutlich alle menschenmöglichen Empfindungen.

»Entweder wir warten, bis wir zu Hause sind, wo wir uns ein bisschen Silber zur Hilfe nehmen können, oder wir verschwinden von hier?«

Elijah deutete mit dem Kopf zur Turnhalle. Als ich grinsend nickte, nahm er meine Hand und rannte mit mir in den schmalen Spalt zwischen der Schule und der Sporthalle, der von keiner Seite aus einsehbar war. Hier hatten sich vermutlich Generationen von Schülern getroffen, um in der Pause in Ruhe knutschen zu können.

Lachend schaute ich mich um. »An meinem allerletzten Tag als Schülerin dieser Schule komme ich endlich dazu, das zu tun, was auch alle anderen mit ihrem High-School-Freund hier gemacht haben.«

»Tut mir leid, dass das vorher nicht geklappt hat. Aber ich bin bereit, den verpassten Stoff nachzuarbeiten«, erklärte Elijah und führte meine Lippen langsam zu seinen. Ich stand an die Wand gelehnt und während wir uns küssten, schmiegte sich sein ganzer Körper an meinen. Da uns hier sowieso niemand sehen konnte, mussten wir auch nicht sofort aufhören, sobald die Verwandlung einsetzte. Und da das Knutschen in diesem Spalt unglaublich berauschend war, traten wir erst auseinander, als es schon fast zu spät war. Elijah lehnte sich an die mir gegenüberliegende Wand der Schule, die aber nur fünfzig Zentimeter von mir entfernt war – was immer noch zu nah war – und versuchte, sich mit mäßigem Erfolg zu beruhigen.

»Kann ich dir irgendwie helfen?«, fragte ich, ohne mir eine wirkliche Antwort zu erhoffen.

»Geh … schon mal … Du wirst … nämlich gesucht.«

»Bist du dir sicher?«

Er nickte. »Das … macht es einfacher.«

»OK, dann bis gleich. Sag Bescheid, wenn es nicht klappen sollte. Dann finden wir eine Lösung. Und es hat mich sehr gefreut, hier mit dir rumzumachen, Elijah Roth. Jetzt fühle ich mich wie eine richtige High-School-Absolventin.«

Mit leicht hervorstehenden Eckzähnen grinste er mich an, bevor ich aus dem engen Spalt hervortrat.

»Musste das sein?«, fragte Eathen, der gleich darauf neben mir stand.

»Ja, das musste es«, erklärte ich ihm und fühlte nicht mal einen geringen Anflug von Scham. Mein Bruder verdrehte die Augen, was ich zu übersehen versuchte.

»Mrs Harper sucht dich übrigens und gleich werden die Roben und die Hüte verteilt. Vermutlich solltest du mal mit ihr sprechen.«

Eathen deutete auf unsere Schulleiterin, die nicht weit entfernt von uns stand, und sich in diesem Moment zu uns umdrehte. Sie winkte mir zu, verabschiedete sich von ihrem vorherigen Gesprächspartner und kam zu uns.

»Catherine, da bist du ja!«, rief unsere Schulleiterin, als sie mich erreichte. Ich schaute mich nach Eathen um, aber der war verschwunden.

»Ich wollte dir herzlich für die hervorragende Organisation danken«, fuhr Mrs Harper fort. »Das hast du mal wieder umwerfend hinbekommen. Außerdem wollte ich die Gelegenheit nutzen und dir noch mal persönlich alles Gute für die Zukunft zu wünschen, da das nachher in dem Trubel sicherlich untergehen wird.«

Sie berührte mich an der Schulter und ich empfand das als wirklich nette Geste. Dass sie mich trotz der Schwangerschaft, die ihr bestimmt schon zu Ohren gekommen war, immer noch schätzte, bedeutete mir viel.

Nachdem Mrs Harper gegangen war, stand ich kurz allein auf dem Hof und suchte nach meinen Freunden, zu denen ich mich gesellen konnte, als mir von hinten eine bittersüße Stimme das Wort »Schlampe« ins Ohr flüsterte.

Als ich mich zu ihr umdrehte, versuchte ich, mich für weitere

Gemeinheiten zu wappnen, aber so schutzlos wie ich mich fühlte, bot ich ihr vermutlich die optimale Angriffsfläche.

Abigail schaute bösartig lächelnd auf mich herab, und das nicht nur im übertragenen Sinne, da sie ein ganzes Stück größer war als ich.

»So schnell können Engel fallen, wer hätte das gedacht? Everybody's Darling und Bio-Streberin Nummer eins ist zu dumm, ein Kondom zu benutzen. So wird das aber nichts mit Medizin in Princeton. Ach warte kurz, das wird ja eh nichts mehr, weil du schon bald nur noch Windeln wechselnd zu Hause sitzt. Das Einkaufen im Supermarkt wird in Zukunft wohl das Highlight deiner Woche sein, und nicht mal dort wird man dich noch groß beachten, während wir anderen in der ganzen Welt unterwegs sein werden und etwas aus unserem Leben machen. Solch ein riesiges Potential – einfach verschenkt. Aber das geschieht dir absolut recht, Miststück! Wie konntest du auch glauben, dass man im Leben etwas erreicht, wenn man immer nur nett ist. So funktioniert die Welt nicht. Aber das wirst du auch noch lernen. Und da heute unser Abschluss ist, wünsche ich dir, dass du irgendwann aus deiner rosa Traumwelt aufwachst und dich an die Worte deiner guten alten Freundin Abigail erinnerst. Ach und das Beste daran ist: Ich kann selbst viel für die Erfüllung dieses Wunsches tun. Wenn die Gerüchteküche erst mal kocht, ist es leicht, sie zum Brodeln zu bringen, bis du dich irgendwann gar nicht mehr aus deinem Hexenhaus im Wald heraustraust und niemand mehr dich und deinen Mr Perfect trauen wird. Außerdem bezweifle ich ohnehin, dass er bei dir bleiben wird. – Vielleicht noch in den ersten Jahren aus einem Pflichtgefühl heraus, aber dann wird auch er studieren wollen und du sitzt ohne irgendjemanden mit deinem Balg allein zu Hause. Denn ich glaube kaum, dass sich Eathen das Studentenleben entgehen lassen wird. Dazu hätte er viel zu viel Spaß auf all den Uni-Partys, die du alle verpassen wirst. Das ist die wahre Gerechtigkeit. Ist das nicht schön?«, fragte sie und umarmte mich.

»Hau ab, du Giftschlange«, rief in dem Moment Elijah und schubste sie unsanft von mir weg, während sich Eathen vor ihr aufbaute.

»Ohne deine persönlichen Bodyguards bist du doch verloren! Aber sie werden nicht immer da sein. Denk an meine Worte.«

Sie grinste fies, drehte sich auf dem Absatz um und stolzierte davon. Eathen wollte ihr nachsetzen und wer weiß was veranstalten, aber ich hielt ihn zurück. Er atmete tief durch und auch Elijahs Brust hob und senkte sich stark.

»Tut mir leid, dass wir nicht früher da waren. Wir haben es nicht rechtzeitig mitbekommen«, entschuldigte sich Elijah.

»Schon OK. Es ist ja nicht eure Schuld und im Grunde hat sie ja sogar recht.«

»Püppie«, mahnte Elijah eindringlich und hob mein Kinn an, sodass ich ihn anschauen musste. »Sie liegt mit nichts von dem, was sie gesagt hat, richtig. Sie ist nur feinfühlig genug, um die Schwächen und Ängste von anderen aufzuspüren, und macht sich dann einen Spaß daraus, sie zu verletzen. Bei ihr sitzt einfach jeder Schuss und über das, was sie zu unserer Zukunft gesagt hat, können wir nachher gerne in Ruhe reden, aber jetzt sollten wir uns erst mal unsere Roben holen und uns zu den anderen setzen. Sonst verpassen wir nämlich unsere Zeugnisvergabe. Ist das in Ordnung für dich?«

Ich nickte, als Eathen mir eine der Roben reichte, die er netterweise für uns drei geholt hatte.

Die Aufregung pochte mir bis zum Hals, als ich zwischen Eathen und Elijah auf den Klappstühlen vor der Bühne saß. Seit den Prüfungen war die Frage, ob und wie gut ich bestanden hatte, von vielen anderen Fragen verdrängt worden. Aber nun war sie vollkommen präsent. Zuerst wurden die Schüler aufgerufen, die nicht bestanden hatten, und nachdem nur noch Zeugnisse vergeben wurden, wusste ich immerhin, dass Eathen, Elijah, Alana, Owen und ich definitiv nicht durchgefallen waren. Jetzt stellte sich nur noch die Frage, ob ich gut genug gewesen wäre, um nach Princeton zu gehen. Denn auch wenn das nun unmöglich geworden war, war es immer noch mein persönlicher Anspruch. Außerdem hielt mir ein Abschluss, der gut genug war, um damit in Princeton angenommen zu werden, alle Türen offen. Und das war wichtig, denn mich machte der Gedanke, dass meine Zukunft vollkommen in den Sternen stand, ohnehin schon wahnsinnig.

»Beruhige dich, Püppie«, sagte Eathen, der meine Anspannung spürte und zog mich in seinen Arm.

Alana, die direkt vor mir saß, drehte sich zu mir um: »Ich bin auch so schrecklich aufgeregt«, flüsterte sie. »Glaubst du, ich schaffe fünfundsiebzig Prozent?«

»Klar. Das schaffst du locker. Ich wette sogar mit dir, dass du achtzig hast.«

»Wirklich? Das wäre super. Meine Mutter ist übrigens immer noch sauer, dass ich ihre Firma später nicht übernehmen will. Aber ich habe ihr einen anderen Vorschlag gemacht.«

»Echt? Welchen denn?«

Alana stritt sich schon seit Wochen mit ihrer Mutter, weil sie nicht Management studieren wollte sondern Kunst. Aber da Alana bereits achtzehn war, konnte ihre Mutter ihr nichts mehr vorschreiben.

»Erzähle ich dir nachher.« Alana wurde aufgerufen. »Drück mir die Daumen«, raunte sie.

»Mach ich«, sagte ich und zeigte ihr meine gedrückten Daumen.

»Alana Crab. Zweiundachtzig Prozent. Herzlichen Glückwunsch.«

Mrs Harper überreichte meiner besten Freundin ihr Zeugnis, die glücklich über das ganze Gesicht strahlte. Stehend applaudierten wir für sie. Danach dauerte es eine gefühlte Ewigkeit bis Eathen aufgerufen wurde.

»Bin gleich wieder da, um deine Nerven zu beruhigen«, sagte er grinsend, als er aufstand und nach vorne ging.

»Du bleibst vorne«, entschied ich.

»Was, wenn nicht?«

»Eathen Beneton. Zweiundneunzig Prozent. Herzlichen Glückwunsch und einen besonderen Dank für den Aufbau unseres Footballteams. Sie haben unserer Schule viel mitgegeben.«

Kopfschüttelnd lächelte ich meinen Bruder an, der seien Blick mit seinem üblichen Grinsen auf mich gerichtet hielt.

Danke, dass du mich nicht verpfeifst und sei mir nicht böse, weil ich ab und zu ein bisschen betrogen habe. Ich bin ja schlechter als du.

Du hättest eigentlich unter den ersten zehn sein müssen, die aufgerufen wurden.

Hey, meinen Abschluss hätte ich auch ohne Hilfe geschafft – beharrte mein Bruder.

Alle Schüler, die bereits ihre Zeugnisse bekommen hatten, standen zu beiden Seiten der Bühne. Sie alle trugen die weinroten Abschlussroben unserer Schule mit dem aufgestickten Schulemblem auf der rechten Brust – ein blauer Adler. Wie sehr würde ich den Anblick dieses riesigen Adlers im Foyer unserer Schule vermissen.

Owen wurde kurz nach Eathen aufgerufen und hatte mit dreiundneunzig Prozent definitiv sein Ziel, einen sehr guten Abschluss zu machen, erreicht. Gleich darauf war Elijah an der Reihe. Er hatte mit sechsundneunzig Prozent bestanden und auch ihm dankte Mrs Harper für seinen Einsatz für das Footballteam, als sie ihm das Zeugnis überreichte. Mathias, Alice und ich standen auf und applaudierten für ihn.

Ich muss mich auch bei dir bedanken, dass du mich nicht verpfeifst – meinte Elijah, als er sich zu Owen und Eathen stellte.

Es bleibt mir gar nichts anderes übrig.

Danke. Ich verspreche dir auch, dass dein Abschluss unter den Top drei ist.

Ihr wisst es schon?

Klar. Schon ewig.

Jetzt saßen nur noch Evelin, Sarah, Jessica, Lucas und ich auf den Stühlen vor der Tribüne.

Sarah: ebenfalls sechsundneunzig Prozent. Lucas: auch sechsundneunzig.

Ich wollte schon aufstehen, aber es war Jessica, die aufgerufen wurde.

Ihr habt doch gesagt, ich bin unter den Top drei.

Eben. Das bedeutet doch nicht automatisch, dass du die Drittbeste bist.

Alles, was jetzt noch besser war, war einfach gigantisch. Innerlich jubelte ich bereits und es war mir vollkommen egal, ob ich die Beste oder nur die Zweitbeste war. Das Ticket nach Princeton hätte ich mit diesem Schnitt sicher gehabt.

»Nun kommen wir zur zweitbesten Abschlussschülerin dieses

Jahrgangs«, verkündete Mrs Harper. »Wir haben sie insgesamt vier Mal auf der Bühne bewundern dürfen. Evelin Skotch. Siebenundneunzig Prozent.«

Evelin stand auf und ging nach vorne, während ich es kaum fassen konnte.

Ich habe den besten Abschluss? – fragte ich vollkommen entgeistert.

Äh, entschuldige Mal, du hast vier Wochen vorher angefangen zu lernen und per Gedankenübertragung mit allen anderen Schülern deine Arbeiten verglichen.

Ja, aber das habt ihr doch auch gemacht.

Nur du wusstest im Gegensatz zu uns auch, wonach du suchen musstest, während wir keine Ahnung hatten.

Hey, ich hatte immerhin ein bisschen Ahnung – korrigierte Elijah.

»Und nun darf ich Ihnen die beste Abschlussschülerin des Jahrgangs und damit auch der letzten zwölf Jahre vorstellen«, verkündete Mrs Harper vollkommen übertrieben. »Catherine Beneton.« Sie streckte ihre Hand in meine Richtung. Ich stand auf, verhedderte mich mit meinen Schuhen in meiner Robe und wäre beinahe gestolpert, wenn Mathias mich nicht aufgefangen hätte, der bereits für den Applaus aufgestanden war.

Ich konnte es immer noch nicht glauben. Beste Schülerin der letzten zwölf Jahre!

»Sie haben 98,7% erreicht. Damit gebührt Ihnen ein sehr großes Lob. Und ich möchte mich bei Ihnen im Namen der ganzen Schüler- und Lehrerschaft bedanken, für alles, was Sie für diese Schule getan haben. Sie haben das Cheerleaderteam entscheidend geprägt und viele Veranstaltungen der Schule wären ohne Ihre Ideen und Ihr Engagement sicher nicht so gut geworden, wie sie waren. Unter anderem hätte auch diese Feier ohne Sie in der stickigen, nicht einmal ansatzweise so schön dekorierten Aula stattgefunden.«

Mrs Harper überreichte mir mein Zeugnis – eine mit einem roten Band zusammengehaltene Rolle Papier. Ich dankte ihr ebenfalls, dass sie mir immer so viel Gestaltungsfreiraum gewährt hatte, als sie mir die Hand schüttelte, und stellte mich dann in die Reihe der übrigen Schüler. Alana drückte mich gerade an sich und gratulierte mir, als mein Name gerufen wurde.

»Catherine«, wiederholte Coach Mate noch einmal. »Cat, komm doch bitte noch einmal auf die Bühne.«

Verwirrt stieg ich noch einmal die Stufen empor.

»Catherine hat unser Cheerleaderteam so positiv beeinflusst, dass ich mir die Arbeit ohne sie nicht mehr vorstellen kann. Da sie sich entschieden hat, die Stadt zum Studieren vorerst nicht zu verlassen, habe ich ihr angeboten, mich weiterhin als Coach zu unterstützen. Sie hat eingewilligt. Und an unserer Schule gibt es den Brauch, dass besondere Schüler mit einem Geschenk der Schule geehrt werden.«

Mrs Harper trat vor und überreichte mir eine rote Schachtel. Vorsichtig hob ich den Deckel ab und staunte nicht schlecht. Denn in der Schachtel lag ordentlich gefaltet mein Trikot, das ich vor wenigen Tagen in der Schule abgegeben hatte.

Und heult sie? Oder steht sie nur kurz davor? – fragte Eathen Elijah in meinem Kopf.

Natürlich weint sie.

Zum Glück. Ich hätte mir Sorgen um sie gemacht, wenn sie den heutigen Tag überstanden hätte, ohne zu heulen.

Ich widerstand dem Drang, mir die Tränen wegzuwischen. Vielleicht hatte es ja niemand bemerkt. Alle anderen feierten das Ende ihrer Schulzeit. Ich hingegen ging mit einem lachenden und einem weinenden Auge.

Wie es sich gehörte, trat ich ans Mikrofon und bedankte mich mit fester Stimme bei Coach Mate, Mrs Harper und meinem ganzen Jahrgang. Erst als ich wieder neben Alana stand, trocknete ich meine Wangen.

Ich stand in der ersten Reihe und fühlte die Blicke vieler Leute auf mir, aber in diesem Moment war mir nicht unwohl. Die meisten Leute lächelten und wirkten damit viel wohlwollender als noch vor ein paar Tagen in der Kirche. Vielleicht hatte Owen tatsächlich recht, dass die Leute aufhörten, hinter dem Rücken über einen zu reden, wenn man sich weiterhin als sympathisch zeigte.

»Ich beglückwünsche euch alle zu dieser tollen Leistung und wünsche euch viel Erfolg für die Zukunft«, wandte sich Mrs Harper nun an den ganzen Jahrgang. »Meine Damen und Herren, der Abschlussjahrgang der Eagle High School.«

Erneuter Applaus folgte. Dann ertönte unsere Schulhymne wie auch nach jedem Baseballspiel. Wir klatschten und sangen mit und für einen Moment war der einzige Gedanke, den ich hatte, dass das hier tatsächlich mein Abschluss war. Dennoch war die Geschichte zwischen mir und dieser Schule noch nicht vorbei. Ich konnte wiederkommen. Auf diese Weise war es mir möglich, das, was mir Spaß machte, weiterzuführen, bis ich irgendwo einen Job gefunden hatte.

»Herzlichen Glückwunsch zum Abschluss, Schwesterherz«, sagte Eathen, nachdem sich unsere Formation neben der Bühne aufgelöst hatte und jeder zu seinen Verwandten gegangen war. Er hob mich hoch und drehte mich einmal im Kreis.

»Herzlichen Glückwunsch, Brüderchen«, erwiderte ich und drückte ihn an mich, nachdem er mich runter gelassen hatte. Eathen küsste mich auf die Stirn und ich löste mich von ihm.

»Es war mal wieder so klar, dass er dich als erster küssen darf«, sagte Elijah grinsend. Vorsichtig legte ich ihm meine Hände um den Hals.

»Dafür darfst du mich auf den Mund küssen.«

Er nahm dieses Angebot nur zu gerne an, doch nach wenigen Sekunden beendete ich unseren Kuss.

»Du musst mich nicht wie ein rohes Ei behandeln«, beschwerte er sich. »Ich hab wieder etwas zum Verstecken an.« Er zupfte an seiner Robe.

»Sicher ist sicher. Für heute waren es schon ausreichend Halbverwandlungen.«

Er schaute mich bemüht traurig an, was durch das Dauergrinsen um seine Augen allerdings komplett an Wirkung verlor.

»Ich dachte, nachher, wenn wir allein sind …«

Als Antwort hauchte ich bewusst verführerisch einen Kuss auf seine Lippen, wich aber, bevor er ihn erwidern konnte, zurück.

»Herzlichen Glückwunsch zum Abschluss«, meinte ich grinsend.

Er nahm meine Hand. »Ebenso«, entgegnete er. »Coach Mate hat mir übrigens meine Geschenkidee vorweggenommen. Aber keine Sorge, du bekommst etwas anderes.«

»Wir haben gesagt, es gibt keine Geschenke«, protestierte ich.

»Nein, du hast das gesagt.«

»Ich habe aber gar nichts für dich.«

»Püppie, glaub mir, da gibt es eine Menge, was du mir schenken könntest.« Liebevoll gab er mir einen Kuss auf die Haare und raunte mir dann ins Ohr: »Für Wölfe sind materielle Dinge nur von geringer Bedeutung. Aber im Kreis der Menschen zu sein, die man liebt, und von diesen Menschen ebenfalls geliebt zu werden, auf die Frau, die man liebt, geprägt zu sein, diese Liebe trotz aller Probleme erwidert zu bekommen und mit dieser Frau ein Kind zu erwarten, das ist mehr, als ich mir je zu wünschen erlaubt habe. Das mag ein bisschen kitschig klingen, aber es ist eine Wolfssache. Materielles hat für mich kaum einen Wert, ganz im Gegensatz zu einer Berührung, die einem ein echtes, tiefes Gefühl von Liebe entgegen ruft. Aber dafür ist nachher noch Zeit. Das ertrage ich im Moment nämlich nicht ohne Silber.«

Ich liebe dich – formte ich mit den Lippen, weil ich sah, wie Elijahs Familie einschließlich Eathen und einem mir unbekannten Mann auf uns zukam.

»Ich liebe dich auch«, murmelte Elijah.

Mathias gratulierte seinem Sohn und Alice umarmte mich. »Herzlichen Glückwunsch, Cat«, sagte sie freudig. »Die Beste seit zwölf Jahren mit fast hundert Prozent. Das ist wirklich beeindruckend.« Ich bedankte mich sowohl bei Alice wie auch anschließend bei Mathias für die Glückwünsche und gerade, als ich den Blick hob und den unbekannten Mann genauer betrachten wollte, kam April zu mir.

»Alles Gute«, sagte Elijahs kleine Schwester und überreichte mir eine gelbe Rose.

»Danke schön«, entgegnete ich gerührt, woraufhin sie verschmitzt lächelte.

»Als sie mitbekommen hat, wie sich Elijah um dein Geschenk bemüht hat, wollte sie dir auch unbedingt etwas schenken und am liebsten hätte sie dir die Rose schon geben, als du noch oben auf der Bühne standst«, erklärte Alice.

»Ich hab sie selbst im Geschäft ausgesucht. Gelb ist nämlich meine Lieblingsfarbe und rosa.«

»Vielen lieben Dank. Das ist wirklich lieb von dir«, bedankte ich mich und strich ihr über die Haare.

»Ey«, beschwerte sie sich daraufhin, zog ihren Haarreif aus ihren blonden Löckchen und setzte ihn wieder neu ein. Sie sah unglaublich süß aus in ihrem rosa Sommerkleid mit dem farblich passenden Haarreif.

»Wenn *ich* das gemacht hätte, wäre sie erstmal einen Moment lang beleidigt gewesen, aber bei dir empfindet sie es als freundliches Necken. Dir schenkt sie ja auch etwas zum Abschluss, mir hat sie nicht mal gratuliert«, beschwerte sich Elijah.

»Du bist jeden Tag da. Mich sieht sie nicht so oft«, entgegnete ich.

»Außerdem bin ich kein großes Mädchen, sondern *nur* ihr Bruder.«

»Komm schon. Du weißt, dass sie dich lieb hat.«

»Ja, das weiß ich. Ich kenne ja ihre Gedanken und die sind gerade nur mit dir befasst, kleiner Satansbraten.«

Mit einem schnaubenden Lachen wandte ich meine Aufmerksamkeit nun wieder dem unbekannten Mann zu, der in dem Moment einen Schritt hinter Mathias hervortrat und Elijah zum Abschluss gratulierte.

»Cat, darf ich dir meinen Großvater Karl vorstellen. Mathias Vater«, sagte Elijah anschließend zu mir.

Erst als er mich mit einem offenherzigen Lächeln freundlich begrüßte, das ihn mir sofort sympathisch machte, und ich merkte, wie er auf meine Berührung reagierte, als ich ihm die Hand reichte, fielen bei mir die Groschen. Er war groß, breitschultrig, muskulös und hatte in jeder Hinsicht Wolfsmerkmale mit dem einzigen Unterschied zu den jüngeren Wölfen, dass seine Haare inzwischen grau waren. Ich schätzte ihn auf Mitte sechzig und hatte mit Sicherheit noch nie einen attraktiveren älteren Mann gesehen als ihn. Außerdem verriet das Prägungslächeln, dass sich bei meiner Berührung auf seinem Gesicht ausbreitete, dass er bereits geprägt worden war und dass ich offenbar die Prägung von jedem anderen Wolf übernehmen konnte.

»Es freut mich riesig, dich endlich kennen zu lernen, Cat. Ich habe schon viel von dir gehört und du bist mir schon in Mathias und Elijahs Berichten immer durch und durch sympathisch gewesen, aber nun habe ich dich definitiv sofort ins Herz geschlossen.«

Er drückte meine Hand ein winziges bisschen stärker und es war klar, dass er die Berührung meinte.

»Wirklich sehr beeindruckend«, meinte er, nachdem er meine Hand losgelassen hatte und ich konnte nicht fassen, dass sich alle Wölfe in ihrer Art so ähnlich waren. Offenbar wurden sie nie richtig erwachsen und legten diesen gewissen Charme, den sie alle versprühten, niemals ab.

»Jetzt geht es mir besser«, fuhr er fort, während er April hochhob, die sich von meiner Seite gelöst hatte und zu ihm gelaufen war. Mühelos hielt er sie in seinem Arm und es war ihr anzumerken, wie gern sie ihren Opa hatte.

»Es freut mich, wenn ich helfen konnte«, sagte ich und war mir durchaus bewusst, dass ich ihn jetzt schon eine ganze Weile lang ansah. Doch er war der erste Wolf, den ich in diesem Alter kennenlernte und ich fragte mich, ob Elijah und Eathen auch eines Tages so sein würden. Außerdem überlegte ich, ob meinen Vater die gleichen Verhaltensweisen ausgezeichnet hatten, die auch alle anderen Wölfe vereinten. Mir war dieser Hang zur Unverschämtheit nie an ihm aufgefallen. Anderseits war ich auch noch zu jung gewesen, als er gestorben war, mal abgesehen davon, dass er eben mein Vater gewesen war und man so etwas in der Gegenwart seiner Kinder vielleicht nicht zeigte.

»Es ist irritierend, keinen Zugang zu deinen Gedanken zu haben. Das Meiste steht dir zwar auf die Stirn geschrieben, aber da gibt es etwas, dass du gerade gedacht hast, das würde mich interessieren.«

»Sie hat an unseren Dad gedacht und die Eigenschaften von allen Wölfen in den verschiedenen Altersspannen verglichen«, erklärte Eathen.

Verwundert sah ich meinen Bruder an.

Du weißt doch, dass ich immer mehr mitkriege, als du glaubst. Und gerade wenn du an Dad denkst, ist dein Gesichtsausdruck eindeutig. Ich kann zwar nur versuchen zu erraten, was du gedacht hast, aber ich tippe darauf, dass du überlegt hast, ob Dad auch die typisch wölfischen Eigenheiten hatte. – Und ja, er war genauso wie wir. Aber Dad hat sich so irrsinnig viel Mühe gegeben, dir als menschlichem Mädchen ein guter Vater zu sein, dass er diese Eigenarten in deiner Gegenwart vollständig abgelegt hat. Sie kamen erst wieder in der Gesellschaft anderer Wölfe zum Vorschein. Außerdem muss ein Vater nicht versuchen, in dem Sinne Eindruck vor seinen Kindern zu schinden. Das müssen nur alle anderen Wölfe, die du so kennst. Mich eingeschlossen.

Ich hätte Eathen dazu gerne noch ein paar Fragen gestellt, aber Karl fuhr bereits fort: »Das zweite hätte ich auch herausgefunden, aber auf das erste wäre ich nicht gekommen. Ich hoffe, ich habe keine traurigen Erinnerungen bei dir geweckt.« Das Bedauern in seiner Stimme war wirklich echt und nun begriff ich auch, was Eathen gerade gemeint hatte. Wölfe flachsten nur herum, wenn ihnen die Leute entweder egal waren oder sie Eindruck schinden wollten. Scheinbar war das Karls Absicht. Doch es war mir nicht unsympathisch. Wenn er mich beeindrucken wollte, hatte er ein Interesse daran, dass ich ihn nett fand und das war eine gute Basis.

»Nein, es war keine traurige Erinnerung«, entgegnete ich ehrlich. Zwar kannte ich Elijahs Großvater erst seit wenigen Minuten, aber gerade weil er ein Wolf war, hatte ich trotzdem ein vertrautes Gefühl, wenn ich ihn ansah, und fühlte mich wohl in seiner Nähe.

Er wirkte beruhigt. »Na dann lasst uns mal nach Hause fahren und etwas essen.«

»Kann ich vielleicht noch kurz hierbleiben und Eathen und ich kommen dann nach? Ich muss noch mit jemandem reden.«

»Ja, natürlich. Lasst euch Zeit«, sagte Alice. »Wir warten auf euch.«

»Wenn Cat hierbleibt, dann will ich auch hierbleiben«, protestierte April und drückte gegen Karls Arm, der sie daraufhin absetzte. Sie lief an meine Seite und hielt sich an meiner Robe fest.

»Nein, Schatz, du kommst mit nach Hause. Cat und Eathen kommen gleich nach, versprochen«, versuchte Alice ihre Tochter zu überzeugen.

»Wenn ich nicht hierbleiben darf, darf Elijah mich nicht mehr berühren«, entschied sie und zog einen Schmollmund.

»Sag ich doch. Kleiner Satansbraten«, murmelte Elijah, woraufhin April ihm die Zunge herausstreckte.

»Zum Glück bist du schon etwas älter«, raunte mir Eathen zu und klang wirklich dankbar.

»April«, meinte ich und hockte mich hin, obwohl sie mich jetzt stehend deutlich überragte. »Du weißt doch, dass Blumen Wasser brauchen, um zu leben. Die Rose, die du mir geschenkt hast, ist jetzt schon viele Stunden ohne Wasser und sie ist wirklich wunderschön, aber sie muss dringend in eine Vase gestellt werden, damit sie nicht stirbt. Kannst du mir den Gefallen tun und ihr zu Hause ein bisschen Wasser geben. Damit würdest du mir und der Blume wirklich helfen.«

Ich hielt ihr die Rose entgegen und sie überlegte nur einen winzigen Moment, bevor sie die Blume mit einem »Na gut«, entgegennahm, an die Hand von Karl huschte und ihm erzählte, dass Pflanzen Wasser brauchten, um zu leben, und sie die Rose, die sie mir geschenkt hatte, nun unbedingt zu Hause in eine Vase stellen musste.

»Danke«, formte Alice mit ihren Lippen und machte sich mit ihrer Familie auf den Weg zum Parkplatz vor der Schule. Elijah verabschiedete sich von mir und folgte ihnen.

»Sie ist dahinten«, meinte Eathen, ohne dass ich ihn gefragt hatte und deutete auf Alanas Familie.

»Ich bin gleich wieder da«, verabschiedete ich mich.

»Gleich ist ein Wort, dass einen kurzen Zeitraum impliziert, Püppie. Ich hab mich darauf eingestellt, hier die nächste halbe Stunde auf dich zu warten, also versprich nichts, was du nicht halten kannst«, rief Eathen mir nach und möglicherweise lag er damit nicht allzu falsch.

Selbstverständlich begrüßte ich Alanas Familie und dann machte ihre Mutter einige Abschlussbilder von uns. Eathens Zeitkalkulation wurde damit immer realistischer.

»Sag mal, war das da vorhin Elijahs Opa?«, fragte Alana, als wir kurz darauf ein paar Schritte abseits von ihrer Familie auf dem sich leerenden Schulhof standen.

»Ja, ich habe ihn auch gerade erst kennengelernt. Aber er ist total sympathisch.«

»Und sieht verdammt heiß aus. Also nicht, dass ich auf ältere Männer stehe, aber wie kann es sein, dass es eine Familie gibt, in der ausnahmslos jedes Familienmitglied zum *Sexiest Man alive* gekrönt werden könnte. Oder *Woman*. Alice ist auch wunderschön und April hat definitiv riesiges Potential, so süß wie sie jetzt schon ist.«

»Aber sie hat es faustdick hinter den Ohren«, bemerkte ich.

»Das ist ja ein ganz anderer Punkt. Aber mal ehrlich, wie geht das? Ich meine, auch deine Familie ist über alle Maßen attraktiv. Aber gut, ihr seid ja auch entfernt mit ihnen verwandt.«

Diesen Fakt hatte ich Alana nicht verschwiegen, weil ich ihre Meinung hatte hören wollen, ob es komisch war, wenn ich unter diesen Gesichtspunkten mit Elijah zusammen war. Außerdem konnte sie ruhig wissen, dass Mathias mit seiner Familie hergezogen war, um ein besseres Auge auf Eathen und mich werfen zu können, nachdem Tante Tilney gestorben war.

»Was soll ich denn dazu sagen? Das sind die Veranlagungen.«

»Schon. Aber es ist nicht fair.«

»Du bist auch hübsch«, konterte ich.

»Nicht hübsch genug für Eathen«, bemerkte sie traurig.

»Ach daher weht der Wind. Jetzt mit dem Abschlusszeugnis in der Hand wird dir vollends bewusst, dass das mit Eathen und dir nichts mehr wird.«

Sie nickte. »Ich weiß, du hast es mir immer schon gesagt, aber er ist einfach heiß und er hat so ein gewisses Etwas.«

Tatsächlich wusste ich, was sie meinte. Es war diese Art von allen Wölfen, der sich kaum jemand entziehen konnte, mich eingeschlossen. – Dieses Unverschämt-Verführerische und Liebevolle zugleich. – Das Versprechen, wenn man die Richtige war, alles für einen zu tun und der Hauch von Gefahr, der einem das Herz brechen konnte, wenn man es nicht war. Mit dieser Art sprachen sie Mädchen an, die sich einen Prinzen wünschten oder einen Bad Boy und das Ganze war reine Evolution. Eine Spezies, die jede Frau umbrachte, mit der sie ein Kind zeugte, musste zum Überleben in der Lage sein, problemlos weitere Frauen zu finden, mit denen sie Nachwuchs zeugen konnten. Deshalb hatten sich weniger attraktive Wölfe, ebenso wie welche, deren Sperma nicht sofort den Eisprung auslöste, nicht fortpflanzen können und über Generationen hatte sich diese unfassbare

Attraktivität in der Population manifestiert.

»Ich weiß, was du meinst. Mit ihrer charmanten Art lernen sie schon früh, ihr hübsches Äußeres sehr geschickt zu nutzen. Aber es gibt auch noch haufenweise andere Jungs, die auch das gewisse Etwas haben und die im Gegensatz zu Eathen auch an einer ernsthaften Beziehung interessiert sind. Mein Bruder will sich nämlich niemandem gegenüber verpflichten, sondern nur seinen Spaß haben, wenn er gerade Lust dazu hat. Ansonsten ist er viel zu sehr mit sich selbst beschäftigt und du hast jemand ganz anderen verdient. Eathen hat mal gesagt, er mag dich zu sehr, um dir das anzutun, was er mit anderen Mädchen macht.« Das stimmte vollumfänglich.

Ein winziges Lächeln huschte über ihr Gesicht.

»Auf dem College wirst du einen Haufen Jungs kennenlernen, auch ältere Jungs, die vielleicht eher an einer Beziehung interessiert sind und du wirst dich neu verlieben. Apropos College, wie hast du dich denn jetzt mit deiner Mutter geeinigt?«

Ein richtiges Lächeln erfüllte Alanas Gesicht, als sie mir begeistert ihren Plan präsentierte.

»Meine Mutter hat eingesehen, dass ich meinen eigenen Weg gehen muss und dass es falsch wäre, etwas zu studieren, was ich nicht leiden kann. Aber meine Mum braucht natürlich immer noch jemanden, der ihr in der Firma zur Hand geht und sie vielleicht eines Tages auch übernehmen wird und da dachten wir an dich. Durch die Schwangerschaft wirst du ja jetzt hierbleiben, aber du brauchst trotzdem einen richtigen Job und meine Mum würde dir gerne alles beibringen, was du für die Leitung der Firma brauchst. So hättest du einen Job, eine gesicherte Zukunft und meine Mum hat als alleinerziehende Mutter vollkommendes Verständnis für Mutterschutzfristen, Probleme, die Kinder aufwerfen und so weiter. Also was sagst du dazu? Du könntest Businesskleider und Blaser tragen, ständig geschäftlich schick essen gehen ... Das ist doch genau dein Ding. Außerdem kannst du potentielle Geschäftspartner gut überzeugen und es macht dir Spaß, Dinge zu organisieren.«

Glücklich betrachtete ich Alana. Nicht mal heute zu unserem Abschluss hatte sie ihre Sneakers ausgezogen, die sie zu einer ordentlichen schwarzen Röhrenjeans trug mit einem mintgrünen T-Shirt dazu und einem sommerlichen Cardigan darüber. Es sah edler aus als alles, was sie sonst trug, aber noch lange nicht förmlich. Alana konnte eben gut lässige Kleidung tragen, wohingegen ich mich in flachen Schuhen wie zwölf Jahre alt fühlte und auch so aussah. Aber sie würde sicher nie eine Businessdame werden. Sie war einfach eine Künstlerin mit ihrem ganz eigenen Sinn für Mode, denn einfallslos war ihre Kleidung nie.

»Also, was sagst du?«, fragte Alana erneut und wirkte ziemlich überdreht. »Komm schon, der Plan ist doch wirklich perfekt und macht uns alle glücklich.«

Damit hatte sie wohl recht, und dass meine Zukunft nicht mehr in den Sternen stand, war sehr erleichternd.

Kate, Alanas Mutter, war Eigentümerin und Geschäftsführerin einer großen Firma, die Abrechnungen für Rechtsanwaltskanzleien, Arztpraxen und andere Unternehmen übernahm und bei jedem Vertrag mit einem neuen Kunden ging es darum, möglichst gute Bedingungen für beide Seiten auszuhandeln. In all den Jahren, in denen ich ständig bei Alana gewesen war, hatte ich einiges von der Firma mitbekommen, zumal das Firmengebäude direkt hinter Alanas Wohnhaus lag, sodass Kates Arbeitsweg sehr kurz war. So konnte sie zur Mittagszeit nach Hause kommen, mit ihren Kindern essen und dann wieder arbeiten gehen. In diesen Ablauf, der mir ohnehin schon vertraut war, einzusteigen, machte ich nur zu gerne.

Je länger ich darüber nachdachte, desto begeisterter war ich von der Idee. Ich redete bestimmt noch zehn Minuten mit Kate darüber, die sich riesig über meine Zusage freute, aber darauf bestand, dass ich erstmal den Sommer über meine wohlverdiente Freizeit genoss, bevor wir uns im September über meinen Ausbildungsvertrag und alle andere Einzelheiten unterhielten. Ich bedankte mich mehrmals bei ihr, bis wir uns schließlich verabschiedeten und ich freudig zurück zu Eathen ging, der an unserem Auto auf mich wartete.

»*‚Ich bin gleich wieder da‘* beläuft sich auf exakt zweiundvierzig Minuten«, bemerkte Eathen, als ich zum Auto kam und wir beide einstiegen.

»Dafür gibt es gute Neuigkeiten«, erklärte ich.

»Das nennt man wohl die glückliche Wendung des Schicksals.«

Natürlich wusste mein Bruder bereits, was Alana mir gesagt hatte. Wieso nur hatte ich einen kurzen Moment lang gedacht, ich könnte meinem Bruder ganz normal von Neuigkeiten erzählen?

»Wie lange weißt du es schon?«, fragte ich stattdessen seufzend, während Eathen vom Parkplatz fuhr.

»Noch nicht sehr lange. Erst seit Alana heute während der Verleihung daran gedacht hat.«

Das war eine einigermaßen akzeptable Antwort. Mein Bruder betrachtete mich kurz und schien zu erkennen, wie erleichtert ich nun war, weshalb er nicht nachfragen musste. Stattdessen gab er beim Einfädeln in die Hauptverkehrsstraße unerwartet Gas, um sich in eine winzige Lücke zwischen zwei Autos zu quetschen, sodass ich bei dem scharfen, schnellen Abbiegen hart gegen die Autotür knallte.

»Aua! Musste das sein?«, beschwerte ich mich. Doch er grinste nur selbstgefällig, weil er genau wusste, dass mir nichts wehtat.

»Jap. Ich hab nämlich Hunger und bei Elijah wartet sehr leckeres Essen auf mich.«

»Und was gibt es für alle, die sich nicht auf rohes Fleisch freuen?«, fragte ich mit einem leicht genervten Ton in der Stimme.

»Das gleiche Fleisch, nur gegrillt und jede Menge Salate, Gemüse und was weiß ich, was Menschen so alles gerne essen.« Überrascht sah ich ihn an, als Eathen bereits hinzufügte: »Alice wollte gerne, dass wir feierlich alle zusammen essen, also hat sie sich für eine Grillparty entschieden. Wir essen das Fleisch roh und ihr natürlich gegrillt.«

Zugegebenermaßen war die Aussicht, mit allen Wölfen zusammen an einem Tisch sitzend bei Alice im Garten zu essen, ziemlich gut, denn ich hatte noch nie mit auch nur einem von ihnen wirklich zusammen gegessen.

Bedeutet ein Leben voller Magie

Noch immer in unseren Roben kamen Eathen und ich in den Garten der Roths, wo Mathias wie ein ganz gewöhnlicher Ehemann am Grill stand und sich mit Karl unterhielt, der hin und wieder an einem Glas nippte, in dem mit Sicherheit Wasser war. Die Szene wirkte fast beängstigend normal und sofort hatte ich das Gefühl, dass etwas fehlte. Als hätte jemand meinem ganzen Leben das Besondere genommen. Zum Glück war Elijah, der in diesem Moment aus dem Haus kam, sofort zur Stelle, um mich wieder daran zu erinnern, dass mein Leben zum Glück nicht normal war. Er umarmte mich und während wir uns küssten, streichelte ich gewohnheitsgemäß mit den Fingerkuppen über seine Haut im Nacken. Unvorhergesehener Weise breite sich daraufhin Fell an seinem ganzen Körper aus. Sachte schob er mich von sich weg und betrachtete genervt seine Haut.

»Ich hab dir gesagt, dass das passieren kann«, meinte Eathen schadenfroh und klopfte Elijah im Vorbeigehen auf die Schulter. Schneller als ich schauen konnte, hatte Elijah meinem Bruder daraufhin in den Magen geboxt. Das ließ Eathen natürlich nicht auf sich sitzen, woraufhin die beiden Wölfe anfingen, Schläge gegeneinander auszuteilen, sich mit konzentriertem Blick, aber einem Lachen in den Augen zu umkreisen und sich gegenseitig durch die Gegend zu werfen. Aus Rücksicht auf Alice Garten verhielten sie sich recht moderat, trotzdem landeten sie irgendwann im Rosenbeet.

»Jungs, aufhören!«, rief Alice, die gerade mit einer Schale in der Hand aus dem Haus kam. »Ich will keine balgenden Teenager zwischen meinen Rosen haben. Außerdem sollt ihr noch einigermaßen vernünftig auf den Fotos aussehen.«

Eathen und Elijah hatten voneinander abgelassen und grinsten sich jetzt wie zwei Sechsjährige an, die gerade einen Anschiss bekommen hatten, der ihnen aber gar nichts ausmachte. Sobald sich Alice umgedreht hatte, schlug Eathen Elijah noch einmal in den Magen, woraufhin Elijah erneut versuchte, Eathens Gesicht zu treffen.

»Schluss jetzt!«, rief Alice genervt aber nicht wirklich wütend. »Himmel Herr Gott nochmal! Werden die denn nie erwachsen?«

»Ich glaube nicht«, bemerkte ich, während die Jungs lachend auf mich zukamen, Eathen immer noch in seiner roten Robe, die nun ein paar Erd- und Grasflecken zierten.

Elijah griff nach der Wasserkaraffe, die auf dem Terrassentisch stand, und füllte sich ein Glas.

»Heute gar nicht aus irgendeinem Bach?«, fragte ich grinsend. »Das muss ungewohnt für dich sein.«

»Möchtest du mich provozieren?«, entgegnete er und trank einen kleinen Schluck.

»Nein.« Grinsend schob ich ihn zu einem der Gartenstühle, wo ich mich auf seinen Schoß setzte und ihn küsste. Diese nicht komplett ernste Balgerei zwischen den beiden hatte eine gewisse Faszination auf mich ausgeübt, die Elijah in diesem Moment für mich noch anziehender machte. Es war zwar keine wilde Knutscherei, auch wenn ich mich dagegen gerade nicht gewehrt hätte, aber Elijah hielt sich gut.

»Hab ich gern gemacht«, sagte Eathen zu Elijah und ich hatte das ungute Gefühl, dass mein Bruder wusste, dass mich balgende Jungs genauso wie sportlich aktive bis zu einem gewissen Grad scharf machten. Doch mir blieb kaum die Gelegenheit, mich dafür zu schämen, weil bei Elijah unvorhergesehen wieder das Fell überall ausbrach. Irritiert stand ich auf und im nächsten Moment trat Elijah nach Eathen. »Kannst du das mal lassen? Das ist nicht witzig.«

»Finde ich schon«, sagte Eathen mit einem grässlich selbstsicheren und über alle Maßen amüsierten Lächeln.

»Was macht er denn?«, wollte ich wissen und setzte mich, ohne meinen Freund zu berühren, auf die Armlehne des Stuhls. Ungefähr genauso schnell, wie das Fell gekommen war, zog es sich auch wieder unter seine Haut zurück. Trotzdem betrachtete er Eathen, der nun bei Karl und Mathias stand, immer noch mit einem wütenden Gesichtsausdruck, bevor er seinen Arm um mich legte.

»Dein Bruder ist einfach ein Idiot.«

»Das wusste ich bereits. Aber was hat er diesmal gemacht?«

»Je mehr Wölfe gemeinsam auf engem Raum sind, desto mehr zieht es jeden einzelnen von uns in unsere Wolfsgestalt. Normalerweise sind vier Wölfe überhaupt kein Problem, wir merken es eigentlich erst ab zehn anderen Wölfen, aber dann kann man auch noch gut dagegen steuern. Bei den wirklich großen Rudeln, die es früher gab, mussten sich bei Zusammenkünften aber immer alle verwandeln. Dreißig Wölfe auf einem Raum erträgt keiner von uns. Wir sind zwar gerade nur zu viert, aber bei mir reicht das im Moment schon aus, um die Kontrolle zu verlieren, wenn er in meine Nähe kommt.«

»Ich würde ja sagen, dass das ganz schön gemein von ihm ist, aber erstens weiß ich, dass Eathen es niemals übertreiben würde, solange ich in deiner Nähe bin und zweitens macht es wirklich Spaß.«

Sehr verführerisch begann ich, seinen Hals entlang zu streicheln, kaute dabei auf meiner Unterlippe, lächelte und setzte meine Haare in Szene. Nichts davon war übertrieben und noch in dem Maße, in dem es auch hätte Zufall sein können, dennoch konnte er dem nicht standhalten.

»Du kleines, fieses Ding«, sagte er grinsend und versuchte mich zu packen, doch ich sprang schnell auf und lief durch den Garten. Mit ein paar schnellen Schritten folgte er mir, bis er mich in die Ecke mit der Bank zwischen den Beeten getrieben hatte und nur noch provozierend langsam näher kam.

»Und, wie versuchst du dir jetzt zu helfen?«, fragte er interessiert. »Ohne Berührung schaffst du es nicht, mich so sehr zu betören, dass ich vergesse, wie du mich gerade manipuliert hast.«

Da hatte er wohl oder übel recht und ich erkannte in diesem Moment, wie wölfisch mein Freund doch war. Er schlich sich langsam näher an seine in die Enge getriebene Beute und das hätte mir wahrscheinlich wirklich Angst gemacht, wenn sein Gesichtsausdruck dabei nicht absolut entwaffnend gewesen wäre. Schließlich kam er zu mir, griff nach meiner Hand, legte sie sich um den Hals, streichelte meinen anderen Arm hinauf und platzierte meine zweite Hand ebenfalls auf seiner Schulter. Liebevoll fuhr er mit dem Daumen meinen Wangenknochen nach, küsste mich erst auf die Stirn und hob anschließend mein Kinn an, um meine Lippen vorsichtig mit seinen zu öffnen.

»Zum Glück weiß ich auch, welche Tasten ich bei dir drücken muss, um dich zu verführen«, erklärte er mit einem zärtlichen Gesichtsausdruck. »Und deine Erregung ist für mich mindestens genauso sicht- und spürbar wie meine Erregung für dich.« Er betrachtete kurz seine Arme, auf denen schon wieder graues Wolfsfell glänzte, und legte dann seine Hand auf mein Herz, mit seinen Fingern halb auf meiner linken Brust. Selbst ich konnte spüren, wie es gegen seine Handfläche schlug, und bemerkte meinen beschleunigten, vor Aufregung und Liebe leicht zittrigen Atem. Ich wollte nicht, dass er seine Hand von meiner Brust nahm. Mein Herz sollte weiterhin stark und kräftig gegen seine Handfläche schlagen und ihm auf direktem Weg mitteilen, wie gern ich ihn hatte. Dieser Augenblick war unglaublich romantisch und ich war ihm sehr dankbar, dass er mir immer wieder solche Momente ermöglichte.

»Ich liebe dich, Püppie. Dafür dass du mich so voller Zuneigung anschaust, wie du es gerade tust und für all deine anderen großartigen Eigenschaften.«

Ich erwiderte darauf keine Liebeserklärung, sondern hoffte, dass meine Lippen, mein Herzschlag, meine Atemfrequenz, mein Blutdruck und der gesamte Rest meines Körpers ihm in dem darauffolgenden Kuss mitteilten, wie sehr ich ihn ebenfalls liebte.

Hand in Hand kehrten wir zurück auf die Terrasse, wo Alice bereits mit einem Fotoapparat in der Hand auf uns wartete.

»Was haltet ihr davon, wenn wir jetzt noch ein paar ganz klassische Abschlussbilder von euch machen?«

Das war eindeutig keine Frage sondern eine Aufforderung. Elijah schnappte sich seine Robe und seinen Hut und zuerst stellten wir uns einfach nur vor die Blumen im Garten – ich zwischen den beiden Jungs, was wie immer lustig aussah. Erwartungsgemäß dauerte es aber nicht lange, bis sie mich erst zwischen sich hochhoben, mich liegend vor sich hielten, mich liegend mit gestreckten Armen über ihre Köpfe hielten, jeder mit einer Hand, die andere zu einer James-Bond-Pistole geformt und anderen Quatsch veranstalteten. Mathias und Karl hatten viel Spaß beim Zusehen, wohingegen April es total langweilig fand und knaudelte, Karl solle mit ihr spielen. Anstatt mich einfach herunter zu lassen, versetzte Elijah meinem liegenden Oberkörper, den er bis eben über seinem Kopf gehalten hatte, einen kräftigen Stoß, sodass ich mich aufrichtete und zum Glück gewohnheitsgemäß meinen Körper anspannte. Stehend landete ich auf Eathens Schultern und zur Sicherheit umfasste er mit seinen Händen meine Knöchel.

»Ein oder zwei?«, fragte mein Bruder.

»Zwei«, entgegnete ich, woraufhin mich mein Bruder in die Luft schleuderte und ich nach zwei Saltos sicher stehend auf der Rasenfläche landete. So etwas ohne Matte darunter traute ich mich auch nur, weil Eathen unmittelbar daneben stand, und er nicht zulassen würde, dass ich mir den Kopf aufschlug.

»Jetzt verstehe ich auch, warum ihr das Fotoshooting nicht in der Schule gemacht habt und warum euch drei die ganze Stadt kennt«, meinte Karl. »Sehr beeindruckender Abgang, Cat.«

Übertrieben deutete ich einen kleinen Knicks an, was Elijahs Großvater sehr zu gefallen schien, weil er es mit einem *Oho* kommentierte. Dann halfen wir Alice, die Platten mit dem Fleisch, die Salatschüsseln, Gemüseteller, Soßen und Dips rauszutragen. Es sah nach Unmengen an Lebensmitteln aus und zumindest bei dem menschlichen Essen war ich mir sicher, dass unwahrscheinlich viel übrig bleiben würde, obwohl alles verdammt lecker aussah.

Als Alice gerade, gefolgt von Elijah, mit zwei Fleischplatten zum Grill kam, schnappte sich Eathen eine rohe ziemlich durchwachsene Scheibe und biss hinein.

»Finger weg von dem Fleisch«, tadelte ihn Alice. »Wir essen alle zusammen. Und heute gibt es für euch zur Abwechslung mal angegrilltes Fleisch, damit es immerhin etwas besser aussieht.«

»Du willst doch jetzt aber bestimmt nicht, dass ich die Scheibe wieder zurücklege, oder?«, fragte Eathen kauend.

»Nein, die kannst du behalten. Aber das war das letzte ungegrillte Stück, das du dir genommen hast.«

»Versprochen«, sagte Eathen leichtfertig.

»An deiner Stelle würde ich mir das von ihnen allen schwören lassen«, schlug ich Alice vor.

»Das mache ich, falls ich noch jemanden mit ungegrilltem Fleisch erwische.«

»Also ich schwöre bestimmt nichts«, erklärte Elijah grinsend und stützte sich mit dem Unterarm auf meiner Schulter ab.

»Ich auch nicht«, meinte Eathen entschieden.

Elijah wollte gerade ebenfalls nach einer Scheibe rohem Fleisch greifen, nachdem Alice wieder ins Haus gegangen war, als Mathias ihn zurückhielt.

»Tut ihr bitte den Gefallen«, bat er seinen Sohn. »Alice hat sich mit dem Essen wirklich viel Mühe gegeben und ich finde es auch mal ganz schön, wenn wir alle zusammen essen können.«

Elijah sah das ein.

»Gibst du mir davon ein Stück ab?«, fragte er Eathen stattdessen. An Stelle einer Antwort riss mein Bruder den Rest der Fleischscheibe auseinander und gab Elijah einen Teil.

»Ich glaube, ich werde mal schauen, ob Alice noch Hilfe braucht«, sagte ich, als sie beide anfingen, das rohe, blutige Zeug zu kauen.

Wenig später saßen wir am Tisch und ich war ernsthaft beeindruckt, dass die Wölfe das Fleisch mit Besteck aßen. Es war zwar innen noch total roh, sah aber durch die äußerliche Färbung fast aus wie sehr blutiges Steak.

»Das sollten wir zu Hause auch mal einführen«, schlug ich Eathen vor und deutete auf seinen Teller. »Es gefällt mir, dich mit Besteck essen zu sehen.«

»Vergiss es.« Mein Bruder lächelte mich liebenswürdig an. »Ich werde weiterhin die Kadaver ausnehmen, bevor ich sie begrabe.«

»Eathen, wir essen«, tadelte ihn Alice.

»Eben. Deshalb ja«, entgegnete mein Bruder.

Das Fleisch für die Wölfe war vollkommen ungewürzt und nicht eingelegt, so wie das Fleisch für April, Alice und mich, was im

Vergleich zu den Mengen für die Wölfe gar nichts zu sein schien. Außerdem hatte Alice unverkennbar die zartesten und fettfreisten Stücke für uns rausgesucht.

»Seid ihr euch sicher, dass ihr das alles schafft?« Mit skeptischem Blick deutete ich auf die riesigen Mengen, die sich teils auf dem Grill und teils daneben türmten.

»Da du, glaube ich, noch nie wirklich dabei gewesen bist, wenn ich gegessen habe, verzeihe ich dir mal, dass du mich so schlecht kennst«, meinte Eathen.

Das ließ sich als überzeugtes *Ja* werten.

»Die Verwandlung und unsere sonstigen Fähigkeiten kosten uns eine Menge Energie. Und es scheint, als wäre unser Stoffwechsel nur in der Lage, diese Energie aus den Eiweißen im Fleisch zu ziehen«, begann Karl zu erklären. »Wenn wir pflanzliche Stoffe essen, schadet uns das zwar nicht, aber wir werden mit der Zeit immer schwächer. Offenbar können die Nährstoffe aus Pflanzen nicht vom Darm in unser Blut übertreten oder uns fehlen einfach Verdauungsenzyme. Deshalb brechen wir dieses energiearme Grünzeug auch wieder aus, wenn wir es notgedrungen mal essen mussten, um den Platz im Magen wieder für das frei zu haben, woraus wir Energie ziehen können.«

»Aber können echte Wölfe nicht eigentlich große Mengen auf einmal essen?«

»Wir könnten das auch, aber es ist unangenehm, so viel auf einmal im Magen zu haben. Theoretisch müssen wir nicht mal jeden Tag etwas essen. Aber wenn wir auf einmal eine große Menge an Nahrung zu uns nehmen, müssen wir danach erstmal schlafen und das macht es immer kompliziert. Da ist es viel einfacher, unseren Energiebedarf in Form der drei typisch menschlichen Mahlzeiten zu decken.«

»Wie viel Kalorien benötigt ihr denn ungefähr pro Tag?«, fragte ich Karl interessiert.

»Circa 10.000, wenn man einen für uns normalen Tag mit ungefähr zwei Stunden im Wald laufen und ansonsten normaler Aktivität als Beispiel nimmt.«

Ich staunte nicht schlecht. Menschen hatten bei normaler Aktivität vielleicht einen Umsatz an 2500 Kalorien.

»Dann müsstet ihr ja eigentlich ständig essen.«

»Da wir das augenscheinlich nicht müssen, ist davon auszugehen, dass wir einen ziemlich effizienten Energieumsatz haben. Deshalb sollten wir dieses geniale Prinzip, das die Natur da geschaffen hat, auch nicht mit pflanzlicher Nahrung durcheinander bringen. Außerdem schmeckt es uns einfach nicht. Aber das ist ja wiederum nur so, weil es nicht gut für uns ist.«

Als im Biologieunterricht die fünf Geschmacksrichtungen Thema gewesen waren, hatte unsere Lehrerin erklärt, dass süße Sachen den Menschen nur schmeckten, weil Zucker für uns der beste Energielieferant war. Sehr Salziges oder Bitteres hingegen empfinden wir als unangenehm, weil es in zu hoher Dosis schädlich für unseren Körper sein konnte.

»Richtig interessant wird die ganze Sache bei geprägten Wölfen«, fuhr Karl fort, der mein Interesse offenbar bemerkt hatte. »Obwohl wir eigentlich so viel Energie verbrauchen, können geprägte Wölfe vollkommen leistungsfähig ungefähr eine Woche komplett ohne Nahrung auskommen. Sie nehmen dabei nicht mal ab, was bedeutet, dass kein Fettgewebe abgebaut wird. Allerdings verringert sich der Abstand, in dem der Wolf eine Berührung braucht. Ein ähnliches Phänomen zeigt sich bei geprägten Wölfen auch beim Schlafen. Um ihre Geprägten bei Bedarf rund um die Uhr schützen zu können, müssen sie wochenlang überhaupt nicht schlafen, aber auch dabei verkleinern sich die Berührungsabstände erheblich.«

»Da bekommt die Redewendung *'Von Luft und Liebe leben,* eine ganz neue Bedeutung«, bemerkte Eathen. »Ich wette diese Redensart wurde von Wölfen *geprägt*.«

Es dauerte einen kurzen Moment, bis mir der Wortwitz auffiel, und dann musste ich schmunzeln.

»Außerdem können wir grundsätzlich nicht verhungern«, erklärte Karl. »Egal, wie lange wir in Nahrungskarenz treten, führt das bei uns nicht zum Tod. Wir werden höchstens ohnmächtig.«

Seitdem ich angefangen hatte, mich für Wölfe zu interessieren, hatte ich mir schon haufenweise Gedanken um ihre evolutionäre Entstehung und ihre vom menschlichen Körper abweichende Biologie gemacht. Und Karl schien endlich jemand zu sein, der mir meine vielen Fragen beantworten konnte. In dem Moment, als ich das dachte, lehnte sich Eathen schmunzelnd zurück. Er hatte mir mein Interesse angesehen.

»Weißt du, wie eine Prägung funktioniert oder was sie im Körper bewirkt?«

Karl warf Eathen ein winziges Lächeln zu, was bezeugte, dass Eathen Karl bereits von meinem Interesse für Wolfsbiologie erzählt hatte.

»Ich denke, es ist irgendeine spezielle Strahlung, die beim Kontakt mit unserer Netzhaut im Auge die Reaktion der Prägung in Gang setzt. Deshalb ist auch diese Mond-Jupiter-Konstellation so wichtig. Daraufhin laufen haufenweise Umbauprozesse im Körper ab. Was das genau ist, kann ich dir nicht sagen. Aber ich denke, dass uns die Berührung nur deshalb so gut gefällt, weil sie unserem Körper guttut. So wie man auch nach einem guten Essen zufrieden ist. Scheinbar reichen dafür die winzigen elektrischen Potentiale, die sich von der Haut der Geprägten auf den Wolf übertragen, aber es ist keine Liebe. Wir können die Person auch verabscheuen. Dennoch ist unser Körper nach der ersten Berührung so abhängig von dem Gefühl, das die Prägung bei uns auslöst, dass wir sterben, wenn keine Berührung mehr möglich ist. Vielleicht ist die Prägung vergleichbar mit der Wirkung von Liebestränken in alten Geschichten. – Eine Verbindung, die nicht auf echter Liebe beruht, aber dennoch ist man für immer miteinander verbunden. Menschen können etwas Ähnliches übrigens auch spüren, nur nicht ganz so stark. Ich habe das schon häufig in den Gedanken von Leuten nach gescheiterten Beziehungen gefunden. Man ist wütend auf den anderen, obwohl man sicher weiß, warum es nicht geklappt hat. Man ist enttäuscht und verletzt. Trotzdem bleibt bei vielen dieses Band bestehen, selbst wenn sie keinen Kontakt mehr pflegen. Also machen wir uns im Grunde nur etwas vor, wenn wir denken, unsere Geprägte würde uns nichts bedeuten.«

»Ich habe sicher nicht geglaubt, dass ich Abigail mag«, widersprach Eathen.

»Die Prägung war ja auch noch nicht bestätigt. Zu dem Zeitpunkt kanntest du das Glücksgefühl also noch nicht. Wenn du von Abigail deine erste Berührung bekommen hättest, hättest du es so gut gefunden, dass du für den Rest deines Lebens davon abhängig gewesen wärst. Aus diesem Grund kann man eine Prägung auch nur vor der ersten Berührung übertragen. Außerdem lässt sich eine Prägung nur auf jemanden übertragen, der einen liebt, weil das Gefühl der Prägung viel weniger intensiv ist als echte Liebe und das bestätigt meine Theorie.«

»Nein, das tut es nicht. Die Bedingung mit der Liebe ist nur eine Legende, die verbreitet wurde, um nicht noch eine dämliche Prägung vorzunehmen. Sie erfüllt einzig und allein den Zweck, das Leben der Betroffenen zu verlängern«, erklärte Eathen. »Und deshalb muss sie auch weiterhin verbreitet werden, denn nur wenn die Geprägte die Wahrheit kennt und immer noch bereit ist, die Prägung zu übernehmen, macht es Sinn, sie zu übertragen.«

»Das ist eine Lüge?«, fragte ich überrascht und war damit nicht die Einzige, die meinen Bruder verwundert ansah.

»Natürlich ist das eine Lüge. Es funktioniert auch bei jeder anderen Frau. Aber es ist sinnvoll, die Prägung nur unter diesen Bedingungen zu übertragen, weil die Geprägte danach sowieso alles erfahren muss. Und wenn sie dann schreiend wegrennt, hat man gar nichts gewonnen.«

Elijah schaute nachdenklich auf seinen Teller, Mathias sah Eathen mit einem leicht sauren Gesichtsausdruck an, woraufhin Alice seine Hand nahm und beruhigend darüber strich. Karl schien diese Neuigkeit nicht so stark zu verwundern und mein Bruder betrachtete mich mit forschendem Blick.

Ich habe dir bei meiner Prägung diese Geschichte erzählt, weil sie sinnvoll ist – dachte er.

Tatsächlich hatte ich gerade an Eathens Prägung gedacht und kam zu dem Entschluss, dass dieser ausgedachte Irrglaube vermutlich wirklich seinen Sinn hatte. Denn hätte ich die Prägung damals leichtfertig übernommen, wäre das alles sicher noch viel dramatischer geworden, als es ohnehin schon war.

»Ach kommt schon Leute, nicht alles, was in diesem Buch steht, ist wahr. Das müsste euch doch auch klar sein. Angefangen mit dieser Entstehungslegende. Anderseits ist nichts, was darin steht, willkürlich ausgedacht. Es baut auf jahrtausendealter Erfahrung auf.«

»Welche Entstehungslegende?«, fragte ich. Gleichzeitig murmelte Mathias: »Die Frage ist, woher du schon wieder so genau weißt, dass es nicht wahr ist.«

Eathen überhörte Mathias Kommentar, während Alice versuchte, diese ewige Streitdiskussion zwischen ihrem Mann und meinem Bruder nicht erneut aufkommen zu lassen.

»Es gibt da so eine nette, kleine Legende, wie unsere Art angeblichen entstanden sein soll. Die ist meiner Meinung nach noch absurder als die biblische Schöpfungsgeschichte, weil sie nicht mal ein bisschen die Evolution berücksichtigt.«

»Warum kenne ich sie dann nicht?«

»Weil sie verschwunden ist und Eathen sie dir offenbar nie erzählt hat«, meinte Karl.

»Du hörst sie später, Püppie. Wir wollen nachher noch ein Lagerfeuer machen und da passt das gut.«

Zunächst ließ ich mich darauf ein, aber ich würde sicher noch einmal danach fragen.

»Glaubst du daran, dass Wölfe im Leben nur eine Frau wirklich lieben können?«, fragte ich Karl, nachdem Elijah unter dem Tisch nach meiner Hand gegriffen hatte.

Karl lachte. »Alles andere, was ich dir erzählen kann, sind immer nur Theorien, Cat. Theorien, die in meinen Augen logisch klingen, weil sie gewissen natürlichen Gesetzen folgen und in Geschichten verankert sind. Aber das ist die einzige Frage, die ich dir mit Gewissheit beantworten kann. Jeder Wolf, den ich kennengelernt habe, und jeder Wolf, von dem ich in den Chronikbüchern gelesen habe, hatte diese eine Frau in seinem Leben. Und wenn sie stirbt, erholt er sich nie mehr davon. Genau deshalb fürchten wir uns so davor, diese eine Chance, die wir haben, zu versauen oder nicht gut genug für Sie zu sein.«

Karl sah nur einen wirklich kurzen Moment zu Elijah neben mir und ich hätte es sicher nicht bemerkt, wenn sich sein Körper daraufhin nicht angespannt und er mir einen Kuss auf die Haare gegeben hätte, während seine Fingerspitzen zärtlich über meinen

Handrücken streichelten. Es war eine Geste voller Liebe und ich beschloss, mir meine Antwort darauf, für einen intimeren Moment aufzuheben. Außerdem musste ich wieder an Mathias und Alice Liebesgeschichte denken. Elijahs Vater hatte sich Ewigkeiten lang nicht getraut, Alice anzusprechen. Aber so kitschig der Gedanke auch war, letztendlich hatte die wahre Liebe gesiegt. Dieses Wissen gab mir Hoffnung für Elijahs und meine Beziehung.

»Weißt du, warum sich Wölfe ohne Schutz im Mondlicht verwandeln müssen?«, fragte ich Karl, der den Kopf gesenkt hatte und auf seine Hände mit einem Ehering am rechten Ringfinger sah. Er wirkte nicht traurig, sondern eher nachdenklich, als hätte die Zeit den Kummer versiegen lassen, aber die Narben erinnerten trotzdem jeden Tag an den Schmerz.

»Ich glaube, dass wir generell sehr intensiv auf unsere Umwelt reagieren. – Auf die Natur, auf unsere Mitmenschen und ziemlich stark auf andere Wölfe. Das Vollmondlicht fühlt sich auf unserem Fell angenehm an, weil der wölfische Teil von uns dämmerungsaktiv ist und beim Vollmond durch die bessere Sicht, einen größeren Jagerfolg hat. Deshalb sind Wölfe zu diesen Gegebenheiten automatisch wach und fühlen sich wohl. Wölfe heulen übrigens auch nicht den Mond an. Sie heulen, um sich bei der Jagd zu verständigen, und jagen besonders gern im Vollmondlicht. Aber das nur am Rande ... Bei uns sind alle Empfindungen unglaublich verstärkt. Deshalb ist das Vollmondlicht für uns auch sehr angenehm und bei angenehmen Dingen verwandeln wir uns bekanntlich. So lange, wie es nur auf unsere menschliche Haut gelangt, hat es keinen Einfluss auf unseren Körper. Aber wenn es auf unsere Netzhaut trifft, werden vermutlich so viele Verwandlungshormone im Auge freigesetzt, dass wir dem nicht mehr standhalten können.«

»Das klingt wirklich logisch«, meinte ich. »Fast so, als hätten wir es im Biokurs besprochen.«

»Wolfsbiologie wird wohl nie ein Unterrichtsfach werden, aber ich vermute, diese Gedankengänge kommen dir so bekannt vor, weil sie allgemeinen evolutionären und biologischen Prinzipien folgen: Es überlebt immer derjenige, der am besten an alle Umweltbedingungen angepasst ist, das Prinzip, das am energieärmsten und gleichzeitig leistungsfähigsten ist, setzt sich ebenfalls durch und außerdem ist es extrem günstig, feine Sinne für seine Umgebung zu haben. Ich nehme an, dass wir nur deshalb meinen, die Gedanken unserer Mitmenschen hören zu können, weil wir sie nach der ersten Begegnung so gut in ihren Denkmustern durchschaut haben, dass es uns danach leichtfällt, wie sie zu denken, und wir uns dabei logischerweise ihre Stimme vorstellen. Außerdem haben echte Wölfe ähnliche Fähigkeiten. Sie können sich selbst über eine große Entfernung noch ohne Worte verständigen. Hinzu kommt, dass Eathen und du diese Theorie meiner Auffassung nach bestätigt. Du bist ein Mensch und hast deshalb keine feinen Wolfssinne. Trotzdem kannst du durch Eathens und deine Verbindung seine Gedanken hören. Eathen hingegen hat keinen Zugang zu deinen Gedanken, solange du nicht die Sperre öffnest, ist aber dennoch so feinfühlig, dass er immer erraten kann, woran du gerade denkst oder wie es dir geht.«

Eathen zuckte mit den Schultern, nippte an seinem Glas und grinste mich an, als er es zurückstellte. So wie es aussah, hatte mein Bruder tatsächlich eine unglaublich Begabung dafür, meine Gedanken zu erraten. Und die Tatsache, dass eine geschlossene Gedankensperre meine Gedanken vor ihm verbarg, war wohl nichts weiter als eine Illusion.

Keine Sorge, Schwesterchen. Ich behalte deine kleinen Geheimnisse für mich – dachte er gehässig, woraufhin ich ihm unter dem Tisch gegen das Schienbein trat, was ihm nicht mal ein bisschen wehtat. Außerdem bekam er dadurch eine kurze Berührung, die sein selbstgefälliges Grinsen nun noch verstärkte.

Karl hatte zwar viele Antworten auf Fragen, die ich mir schon häufig gestellt hatte. Aber während ich meinen Bruder so ansah, beschlich mich plötzlich das Gefühl, dass im Grunde Eathen derjenige war, der nicht nur Theorien zu ihrer Biologie und Entstehungsgeschichte kannte, sondern vermutlich sogar gesicherte Beweise dafür hatte. Natürlich könnte ich ihn danach fragen, doch ich glaubte nicht, dass ich darauf irgendeine Antwort von ihm erhalten würde. Wenn er mit Mathias nicht darüber reden wollte, dann würde er mir sicher ebenso wenig erzählen. Außerdem musste man ja vielleicht auch nicht immer alles wissen. Womöglich war es auch ganz schön, an ein bisschen Magie zu glauben. Doch im selben Moment, in dem ich das dachte, wusste ich, dass ich mir damit etwas vormachte. Ich hatte mich schon immer für die Vorgänge im menschlichen Körper begeistert und fand wölfische Biologie noch faszinierender.

Ich glaubte, dass es nicht möglich war, auf alles eine Antwort zu finden, da die Welt aus mehr als der Summe ihrer Teile bestand. Trotzdem war es gut und hilfreich, viel wissen zu wollen. Doch dort, wo man ein paar Gesetze einfach als naturgegeben feststellen musste, ließ sich das *Warum* vermutlich nur in dem Glauben an eine göttliche Macht erklären. Schon Albert Einstein hatte gesagt, dass das Wissen begrenzt sei und sich alles, was dahinter liege, nur durch Phantasie erklären ließ. Außerdem gefiel mir zum Beispiel der Gedanke, dass unser Charakter und unser Denken aus mehr als nur elektrischen Strömungen bestand.

Bei diesen Gedanken fiel mir auf, wie meine Hand zu meinem Bauch wanderte und ich versuchte, mir vorzustellen, wie das Herz meines Babys bereits schlug. Es besaß nun nach drei Wochen schon alle Teile eines wölfischen oder menschlichen Körpers in der Anlage und gerne hätte ich gewusst, wie Werwölfe heranwuchsen. Bildeten sie zuerst den menschlichen oder erst den wölfischen Körper aus, oder beide gleichzeitig? – Dies wäre ein Geheimnis, was ich in Zukunft versuchen würde zu lüften und was mit einem Ultraschallgerät recht einfach zu schaffen sein sollte.

Auf einmal hatte ich keine Lust mehr, in der großen Gesellschaft am Tisch zu sitzen. Ich wollte mit Elijah und unserem Baby allein sein. Der Gedanke an Elijahs Nähe verursachte mir eine Gänsehaut.

»Bring sie mal rein«, bat Eathen daraufhin Elijah. »Jetzt nach dem Essen sinkt ihr Kreislauf wieder ab und mit dem Baby ist das zu viel für sie.«

Elijah stand auf und nahm meine Hand, als wir ins Haus gingen. Jeder am Tisch hatte dafür Verständnis. Dennoch war ich mir sicher, dass Eathen erneut meine Gedanken erraten hatte, und ich fand es ungeheuer nett von ihm, mir und Elijah auf diesem Weg ein bisschen Privatsphäre zu verschaffen.

Obwohl ich eigentlich gar nicht an Magie glaube

»Willst du einen Pulli von mir haben oder willst du dich mit mir zusammen eher leicht bekleidet unter die Decke kuscheln, um viel von meiner Körperwärme abzubekommen?«, fragte Elijah, als wir sein Zimmer betraten.

Diese Wahl war wirklich schwierig und ich stellte fest, dass ich im Grunde beides wollte, es sich aber schwer vereinen ließ. Elijah grinste mich verständnisvoll an, bevor er mich küsste. Und da er vor dem Essen Silber eingenommen hatte, waren wir auch nicht dazu gezwungen, schnell wieder aufzuhören.

Während wir uns küssten, raffte er meinen Rock, hob mich hoch und legte sich mit mir zusammen aufs Bett. Gleich darauf öffnete er verführerisch langsam den Reißverschluss meines Kleides und den BH-Verschluss darunter. Dann strich er allen überflüssigen Stoff von meinem Körper ab und legte somit die *interessanten* Stellen, wie er es gerne formulierte, frei. Ich half ihm dabei, sein T-Shirt ausziehen und er schlüpfte aus seiner Hose. Wir berührten und küssten uns, ließen die Unterhosen aber an, auch wenn das nicht bedeutete, dass die darunter verborgenen *interessanten* Stellen, nicht zugänglich wurden. Irgendwann lag Elijah unglaublich zufrieden und mit einem Prägungslächeln in meinem Arm und lobte die schöne Panoramaaussicht, die er von meinem Schlüsselbein aus genoss. Lachend küsste ich ihn auf die Haare, streichelte ihm eine schwarze Locke aus der Stirn und hatte ihn in diesem Moment unendlich gern. Als ich zu frieren begann, deckte Elijah mich behutsam zu und schaute mich, auf den Ellenbogen gestützt, lange an, bevor er mich zärtlich und ein bisschen traurig küsste.

»Was ist los?«, fragte ich ihn und fuhr ihm erneut durch die Haare, weil es schwer war, die Finger von ihm zu lassen, wenn er so unendlich süß aussah.

Kurzzeitig schmiegte er seine Wange mit geschlossenen Augen in meine Handfläche.

»Kannst du es dir nicht denken?«, antwortete er mit einer Gegenfrage.

»Du wärst gerne weitergegangen.«

»Ja, wenn ich ein normaler Junge wäre. Aber schon allein die Vorstellung, dir noch einmal wehzutun oder ein weiteres Kind in die Welt zu setzen, das die Geburt vermutlich nicht überleben würde, ist schrecklich.«

»Und was bedeutet das?«

»Mindestens bis zur Entbindung gibt es keinen Sex mehr.«

»Weil das ja genau das ist, was du willst?«

»Nein, weil es das ist, was vernünftig ist. Solltest du mit dem Kind, das du gerade im Bauch trägst, noch einmal schwanger werden, bin ich am Ende vielleicht für den Tod von drei Lebewesen verantwortlich.«

»Ich werde nicht sterben!«, erinnerte ich ihn.

»Vielleicht nicht an einer Blutvergiftung. Aber schon ein Kind auszutragen, ist für deinen Körper so anstrengend, dass er deinen Blutdruck kaum noch aufrecht erhalten kann. Deshalb habe ich erhebliche Zweifel daran, ob du es schaffen würdest, gleichzeitig zwei Kinder auszutragen.«

»Meine Mutter ist während der Schwangerschaft von Eathen und mir auch nicht gestorben«, wandte ich ein.

»Aber auch nur, weil du durch Zufall ein Mädchen warst. Eine Schwangerschaft mit zwei Wölfen, schafft keine menschliche Frau. Das ist bisher keiner, die im Buch erwähnt wird, geglückt, weil das ein menschlicher Körper nicht aushält. Natürlich bist du jemand ganz Besonderes – und das nicht nur für mich – aber ich will das Schicksal nicht noch stärker herausfordern.«

»Dann darf ich eben unter gar keinen Umständen noch mal schwanger werden. Aber gilt dieser Grundsatz nicht ebenso bei allen anderen? Alice stirbt doch auch, wenn sie schwanger wird und trotzdem leben deine Eltern nicht in Abstinenz.«

»Alice kann nicht mehr schwanger werden. Direkt nach Aprils Geburt hat sie sich die Eierstöcke und die Gebärmutter entfernen lassen, um jede Schwangerschaft zu verhindern. Und vorher waren die beiden unendlich vorsichtig.«

»So eine Maßnahme macht es vielleicht einfacher, trotzdem gibt es auch noch ziemlich zuverlässige andere Möglichkeiten. Deshalb verstehe ich nicht, wo das Problem liegt.«

»Das Problem ist, dass wir, solange du noch schwanger bist, nicht nur nicht miteinander schlafen dürfen, sondern dass wir, wenn wir rummachen, auch höllisch aufpassen müssen, was wir an den Händen haben. Denn leider sind meine Keimzellen dein Todesurteil. Und dieses Wissen ist nicht gerade schön.«

Wenn Wölfe weinen könnten, wäre er jetzt vermutlich in Tränen ausgebrochen, so unglaublich unglücklich wie er aussah. Tröstend zog ich ihn in meinen Arm und streichelte ihm über den Kopf und den Rücken.

»Püppie«, begann er, als er mich wieder ansah. »Ich liebe dich über alle Maßen und das bedeutet, dass ich nicht aus einem Pflichtgefühl heraus bei dir bleibe. Auch nicht auf Grund eines schlechten Gewissens oder was auch immer Abigail vorhin zu dir gesagt hat. Genauso wenig wegen der Prägung, sondern einfach nur, weil ich dich gern habe und am liebsten jede Stunde meines Lebens mit dir verbringen würde. Ich freue mich unglaublich auf unser Baby, weil ich immer gerne eine Familie mit dir haben wollte. Und damit meine ich nicht eine weit in der Zukunft liegende Familie, sondern es gefällt mir, dass wir schon jetzt ein Baby bekommen.«

Aufmerksam sah er mich an und ich schaffte es nicht rechtzeitig, meine Überraschung zu verbergen.

»Das ist so ein Wolfsding und wenn ich nicht glauben würde, dass es dich im Moment beruhigt, hätte ich dir das auch nicht erzählt oder es mir vermutlich gar nicht selbst eingestanden. Aber uns ist das, was man in der Natur vielleicht als Rudel bezeichnen würde, einfach am Wichtigsten. Ich weiß, du hättest lieber noch etwas gewartet, bevor du ein Baby bekommst, aber ich wollte dir versichern, dass mir das Baby bei keinem meiner Zukunftspläne im Weg steht. Denn eine Familie zu gründen, war immer mein Zukunftsplan mit der obersten Priorität.«

Einerseits beruhigte es mich tatsächlich, anderseits befürchtete ich nun, dass sich Elijah doch eine richtige Familie wünschte. Doch das wollte ich nicht, weil ich dafür viel zu jung war.

»Keine Sorge, Püppie«, sagte er mit einem aufmunternden Lächeln. »Ich erwarte gar nichts von dir. Bei mir ist das in dem Punkt ein bisschen wie bei Eathen. Ich will, dass du glücklich bist und deshalb nehme ich deine Wünsche und Vorstellungen als meine an. Mal abgesehen davon, dass ich selbst überhaupt keine Lust habe, ein klassischer, menschlicher Familienvater zu sein, denn im Gegensatz zu dir bin ich für so ein perfektes Leben nicht geschaffen.«

Zweifelnd sah ich ihn an.

»Püppie«, meinte er daraufhin gedehnt und betrachtete mich mit gesenktem Kopf. »Was denkst du denn, warum Abigail dich so sehr hasst? – Weil du so perfekt bist, wie Menschen eben perfekt sein können. Du hast optisch den Wolfsbonus bekommen, wenn auch die kleine, zierliche Version mit blasser Haut und du bist aus deinem Herzen heraus, ohne dich zu verstellen, der Moralapostel schlechthin. Du weißt immer, wie man sich richtig verhält und willst das auch tatsächlich. Ich glaube, du hast noch nie für jemanden Hass empfunden, höchstens Mitleid. Außerdem glaubst du ernsthaft selbst bei Menschen wie Abigail daran, dass sie eigentlich gut sind und nur durch äußere Einflüsse einen psychologischen Knacks bekommen haben. Das ist echt beängstigend.«

»Du bist beängstigend, wenn du so redest«, entgegnete ich und fand es schade, dass er nach dem Versprechen, dass er immer bei mir bleiben würde, nicht einfach aufgehört hatte zu reden. Sondern unbedingt auf den Knackpunkt hinweisen musste, der das einzige war, was unsere Beziehung zerstören konnte.

»Ich darf auch ruhig ein bisschen beängstigend sein«, entgegnete er. »Schließlich bin ich ein Wolf.«

Er ließ ein sanftes Knurren hören, schubste mich rückwärts auf die Matratze und beugte sich über mich. Freudig zog ich ihn zu mir herunter und küsste ihn.

»Ich dachte, wir sollten zurück auf unsere Party gehen?«, meinte Elijah.

»Sollten wir ja auch. Außerdem wird mir langsam kalt, aber trotzdem …«

»… hat das mit dem Silber etwas, wenn wir nicht ständig aufhören müssen, weil ich mich in den Hauptdarsteller von *‚Die Schöne und das Biest‘* verwandle. Wobei dich ja Halbverwandlungen tatsächlich nicht stören, was ich absolut nicht nachvollziehen kann.«

»*Die Schöne und das Biest* war schon immer mein Lieblingsmärchen. Frag Eathen, wenn du mir nicht glaubst.«

»Ich glaube dir«, seufzte Elijah und streichelte mir die Haare hinter die Schulter, die vorher gut platziert meinen BH ersetzt hatten.

»Außerdem gehört es zu dir und ich liebe alles an dir, weil das der Deal ist, um mit jemanden zusammen zu sein. Schließlich ist es keine Kunst, das offensichtlich Schöne an jemandem zu mögen, sondern seine Makel, Schwächen und schlechten Angewohnheiten nicht nur zu tolerieren, sondern das zu mögen, was andere vielleicht stören würde. Und wenn du dich vor mir verwandelst, dann ist das nicht nur ein Liebesbeweis, weil ich die Verwandlung durch meine Nähe ausgelöst habe, sondern auch ein Vertrauenszugeständnis, weil du mich etwas sehen lässt, was dir eigentlich unangenehm ist.«

Kurzzeitig sah er mich an und war wirklich berührt, doch dann schlichen sich wieder die Zweifel in seinen Blick. Ich konnte förmlich hören, wie er sich fragte, wie lange ich wohl noch so denken würde und ob mir nicht doch irgendwann alles Wölfische an ihm zu viel werden würde. Dabei wünschte ich mir so sehr, er würde mir endlich glauben, wie gern ich ihn hatte. Deshalb beugte ich mich vor und küsste ihn. Tatsächlich schien er meine Liebe spüren zu können und zog mich dankbar lächelnd auf seinen Schoß. Ich legte meinen Kopf auf seine Brust und hörte seinen Herzschlag, während ich das Spiel seiner Rückenmuskulatur unter meinen Fingern genoss, als er mir seinerseits zärtlich über meinen nackten Rücken streichelte. Kurz darauf stand er mit mir zusammen auf und stelle mich gleich darauf auf meine eigenen Füße, bevor er mir meinen BH zuwarf.

»Möchtest du dir jetzt einen meiner Pullis ausleihen?«, fragte er, während er mir, selber schon fertig angezogen, dabei zusah, wie ich in meine Kleidung schlüpfte.

Ich nickte begeistert und im nächsten Moment half er mir in

einen unglaublich plüschigen Pulli, den ich noch nie an ihm gesehen hatte, der aber trotzdem seinen Duft trug.

»Hattest du den jemals getragen?«, fragte ich. »Er fühlt sich nämlich so an, als sei er noch nie gewaschen worden.«

Elijah schmunzelte verhalten. »Er wurde auch noch nie gewaschen, weil ich ihn tatsächlich noch nie getragen habe.«

»Aber dein Geruch haftet an ihm«, bemerkte ich und roch noch einmal am oberen Saum.

Wieder schmunzelte er. »Richtig. Das kann man aber auch erreichen, ohne dass ich mit meiner ohnehin erwärmten Haut einen dicken Pulli anziehen muss.«

Fragend sah ich ihn an, bis er seufzend erklärte: »Ich habe ihn gekauft, als wir zusammen gekommen sind, um dir wie ein klischeehafter Freund, meinen Pulli leihen zu können, falls dir kalt wird. Es gab nur zwei Probleme. Erstens halte ich es in einem dicken Pulli nicht lange aus, bevor ich gefühlt vor Hitze sterbe, und zweitens konnte ich dir nichts geben, was nach Wolf roch. In der ganzen Zeit, in der du nicht wusstest, wer ich war, hab ich immer versucht, meinen natürlichen Geruch abzuwaschen, damit dir die Parallelität zu Eathen nicht auffällt. Oder ihn mit Deo zu überdecken. Nur das wollte ich nicht an den Pulli machen, weil ich es selbst nicht ausstehen kann.«

Erst in diesem Moment fiel mir auf, dass Elijah, seitdem ich die Wahrheit kannte, keine duftenden Produkte mehr aufgetragen hatte. Aber das gefiel mir gut, weil ich seinen Wolfsgeruch gerne hatte.

»Und seitdem du es weißt, haben wir Sommer. Da brauchtest du nichts Warmes zum Anziehen. Oder du hast dich von mir wärmen lassen, was ich natürlich besser fand, als dir einen Pulli anzubieten. Trotzdem habe ich hin und wieder nachts mit dem Ding im Arm geschlafen, um meinen Geruch auf den Stoff zu übertragen, und ich finde, jetzt ist der richtige Moment gekommen, ihn dir zu geben.«

Erneut empfand ich eine unglaubliche Zuneigung ihm gegenüber. Er machte sich über so viele Dinge Gedanken, aber hatte sich aus Angst, mich zu verlieren, nie getraut, mir die Wahrheit zu sagen. Er sah die Zuneigung in meinen Augen und lächelte, bevor ich mich in seinem Pulli zu ihm hochreckte und ihn küsste.

»Das Ding ist unpraktisch«, meinte er nach unserem Kuss. »Es ist so dick, dass da kaum noch Berührungen durchkommen.«

»Apropos Berührungen«, entgegnete ich. »Wir müssen mit April reden und ihr erzählen, dass ich deine Berührungen übernehmen kann. Wenn wir ihr das nicht so verkaufen, als wäre sie überflüssig, dann wird sie dir in Zukunft auch keine Berührungen verweigern.«

»Da wäre ich mir nicht so sicher. Du hast doch heute erlebt, was für ein kleines Monster sie ist.«

»Aber sie mag dich und sie mag mich.«

»Letzteres mehr als Ersteres.«

»Sag mal, stört es dich ernsthaft, dass sie mich mag?«, fragte ich ihn und setzte mich auf Elijahs Bettkante, wo ich meine Hände in die viel zu langen Ärmel seines Pullis zog, um sie zu wärmen.

»Es stört mich nicht, dass sie dich so gern hat, schließlich hab ich dich ja auch gern.« Er zwinkerte mir zu und setzte sich neben mich. »Ich würde mich nur freuen, wenn ich ihr als ihr Bruder ein bisschen mehr bedeuten würde. Außerdem hast du Karl doch vorhin gehört: Unsere Geprägten bedeuten uns immer etwas, weil wir von ihnen abhängig sind und weil sie das Potential haben, uns ständig unfassbar glücklich zu machen. April berührt mich nicht wirklich häufig von sich aus. Sondern nur, wenn ich sie darum bitte und dann auch häufig nur, wenn ich vorher irgendetwas für sie getan habe. Dir hingegen wirft sie sich permanent in die Arme, hält ständig deine Hand und will dich am liebsten gar nicht loslassen. Ich finde, da ist es berechtigt, ein bisschen eifersüchtig zu sein.«

»OK. Ich glaube, ich muss dir mal etwas erklären. April ist zwar erst sieben Jahre alt, aber manche Dinge sind bei Mädchen in allen Altersstufen gleich. Einen älteren oder auch nur gleichaltrigen, aber körperlich und entwicklungstechnisch immer überlegenen Wolf zum Bruder zu haben, ist schrecklich, weil er alles kann, alles macht und man selbst sich immer irgendwie schlecht fühlt. Um da ein klein wenig zu betonen, dass man auch jemand

Besonderes ist, fängt man entweder wie ich an, seinen Bruder zu meiden oder wie April über die Berührungen daran zu erinnern, dass man auch wichtig ist und ein Teil dieser besonderen Welt sein möchte. Warum denkst du, versteht sich April so gut mit Karl? – weil er sie herumwirbelt und all die anderen wölfischen Fähigkeiten benutzt, um sie glücklich zu machen. Von dir und vielleicht auch ein bisschen von deinen Eltern wird sie aus allem Wölfischen herausgehalten, weil ihr illusorischer Weise denkt, sie wäre zu klein, um es zu verstehen. Oder weil ihr versucht, ihr ein Leben in einer *normalen* Familie zu ermöglichen. Dabei ist sie im Grunde genauso Teil des Ganzen wie Alice oder ich. Trotzdem muss sie ständig zusehen, wie du all die coolen Dinge mit mir machst. Wir treffen uns am See, während du wahrscheinlich noch nie als Wolf mit April im Wald warst, oder?«

»Nein, natürlich nicht. Sie hat mich aber auch nie danach gefragt.«

»Vielleicht ist sie unsicher. Immerhin kennt sie den Wald nicht. Und nach deiner Verwandlung kannst du auch nicht mehr mit ihr sprechen, anders als Eathen und ich. Aber euer Verhältnis wird sicher besser werden, wenn du sie einfach nicht mehr ausschließt. Hast du dich überhaupt schon mal vor ihr verwandelt?«

Er dachte kurz nach. »Also sie weiß, wie ich als Wolf aussehe, weil sie bei Dingen wie der Prägung oder Streitigkeiten mit meinen Eltern, wenn es meine Selbstbeherrschung zerbröckelt hat, natürlich dabei war, aber bewusst noch nicht wirklich.«

»Und warum nicht? Sie ist deine kleine Schwester. Vor ihr muss es dir definitiv nicht unangenehm sein. Denn in ihren Augen bist du nur ein Hund zum Stöckchenwerfen, Kuscheln und Gassigehen. Nebenbei bemerkt macht es einen riesigen Spaß, seinen Bruder als Hund auszuführen. Zumindest solange, er brav mitspielt.«

»Hat Eathen mitgemacht?«

»Beim Stöckchenwerfen schon. Aber er hat sich geweigert, sich von mir dressieren und an die Leine nehmen zu lassen.«

»Eathen hat es wirklich nicht immer leicht gehabt.«

»Er hat dafür einen Haufen an Berührungen bekommen, die er auch schon vor der Prägung toll fand.«

»Das musst du mir nicht sagen. Ich kenne seine Gedanken schon eine ganze Weile. Und Danke für deinen Rat mit April. Ich werde es versuchen und dann erzähle ich ihr von der zweiten Prägung.«

Ganz behutsam streichelte mir Elijah mit nur einem Finger über die Wange, während er mich mit seinem Geprägtenlächeln ansah.

»Wenn du Hilfe brauchst, sag Bescheid«, meinte ich, als mir nach dieser sehr liebevollen Berührung unser Gesprächsthema wieder einfiel. »Für psychologische Beratungen von Wölfen stehe ich immer bereit. Und ich kann das gut.«

»Das kannst du tatsächlich prima«, bestätigte Elijah. Kurzzeitig dachte ich daran, wie schwer Wölfe es im Grunde hatten, obwohl sie all diese hammermäßigen Fähigkeiten besaßen. Doch die emotionalen Hindernisse erleichterten sie ihnen auch nicht. Eher machten die besonderen Umstände alles nur noch viel komplizierter. Während ich das dachte, kam mir das Bild, wie Karl vorhin seinen Ehering betrachtet hatte, in den Sinn.

»Was ist Karls Geschichte?«, fragte ich Elijah, der genau wie ich kurzzeitig seinen eigenen Gedanken nachgehangen hatte.

»Du meinst, wen er mal geliebt hat und wie er sich geprägt hat?«

Ich nickte.

»Karl war in seiner Jungend dank seines netten Aussehens und der guten Finanzlage seiner Eltern ein ziemlicher Haudegen, hat nichts anbrennen lassen und genau wie viele andere Wölfe auch Jura studiert. Der Job als Anwalt oder Richter ist einfach perfekt für uns, weil wir per Gedankenlesen leicht die Wahrheit herausfinden und dann die richtigen Fragen stellen können. Sein Vater, also mein Urgroßvater Lucas, hatte sich ziemlich früh auf seine Frau Grace geprägt. Sie war zwar nicht Karls leibliche Mutter, aber sie war ihm genauso wichtig wie Alice mir. Als Karl gerade im zweiten Jahr seines Studiums war, ist Grace von einer Straßenbahn schwer verletzt worden und nur zwei Tage später an den Folgen gestorben. Lucas wurde mit ihr aus dem Leben gerissen und somit standen Karl und sein vier Jahre älterer Bruder Max allein da. Laut Karls Erzählungen war Max, dein Großvater, schon immer ein ziemlicher Idiot gewesen, was schon allein darin bestätigt liegt, was er mit dir und Eathen vorhatte oder noch vorhat. Damals war es ihm egal, was aus Karl wurde. Er hat das Haus seiner Eltern verkauft, sich seinen Teil des Geldes geschnappt und es beim Pokerspielen – was Wölfe auch gut können – vermehrt. Karl hat sich ziemlich im Stich gelassen gefühlt, weil Wölfe andere Wölfe in ihrer Nähe brauchen. Aber sein Bruder hat seine Wolfshälfte schon vorher immer gehasst und wollte damit abschließen. Mein Großvater hat sein Studium damals nur fortgesetzt, weil er Mia – meine Oma, die sechs Jahre jünger war als er, bereits vom Sehen kannte. Sie war die richtige für ihn, und dass sie ihn toll fand, hat die ganze Sache ziemlich einfach gemacht. Selbst die Wahrheit über alles Wolfsartige fand sie toll und hat ihn ermutigt, wieder als Wolf in den Wald zu gehen. Sie war in jeder Hinsicht eine klasse Frau.«

»Ist sie gestorben?«

»Ja. Vor dreiundvierzig Jahren.« Die Zahl klang verdächtig.

»Mathias Geburt?«

»Der Klassiker! Sie hatten vier schöne Jahre in einem wunderschönen Haus im Wald, das dir umwerfend gefallen würde, weil es richtig alt ist, waren wohlhabend und glücklich. Diesen vier Jahren trauert Karl immer noch nach und weiß, dass er nie wieder so glücklich sein wird wie damals. Aber immerhin hat er mit Mathias wieder einen zweiten Wolf an seiner Seite gehabt und als Max Kinder älter wurden, haben sie den Kontakt zu unserer Familie auch wieder aufgenommen. So gab es, als wir klein waren, für circa fünf Jahre tatsächlich mal ein echtes Rudel, in dem alle Wölfe, die es gibt, vereint waren.«

»Und wer ist Karls Geprägte?«, wollte ich wissen.

»Rosie, seine Haushälterin. Ziemlich genau nach Mias Tod hat er sich mit ihrem Einverständnis auf sie geprägt. Es war seine Form von Selbstbestrafung. Dabei ist sie fünfundzwanzig Jahre jünger als er, und wird deshalb aller Vorrausicht nach nicht in naher Zukunft sterben.«

»Aber Karl wirkt gar nicht so unglücklich, als würde er gerne sterben wollen. Eher als hätte er sich längst mit seinem Schicksal abgefunden und würde nun mit freudiger Erwartung in die Zukunft blicken.«

»Ja, aber ich habe ihn auch noch nie so fröhlich gesehen wie heute. Ich schätze, das ist deine Alles-wird-gut-Aura, die eine übernatürlich starke Wirkung auf alle Wölfe hat.«

Es freute mich, jemand anderem Hoffnung schenken zu können, und als wir ins Wohnzimmer kamen, wo inzwischen alle beisammen saßen, wirkte Karl immer noch sehr gut gelaunt.

»Wir sind vor den Mücken geflohen«, erklärte Mathias. »Ich hatte zwar keine Angst vor diesen Blutsaugern, aber April und Alice sind etwas nervös geworden.«

»Wir haben auch keine schnitt- und bissfeste Haut«, entgegnete Alice und bat uns dann freundlich: »Setzt euch doch.«

»Ist das eigentlich bei toten Wölfen auch noch so?«

»Wie kommst du denn darauf?«, wunderte sich Mathias. Doch er sprach gleich weiter, sodass mir erspart blieb, meinen Gedankengang zu erläutern. »Wir haben die Theorie, dass eine besonders starke Muskelschicht in unserer Haut für die Schnittfestigkeit sorgt. Wenn die Muskelspannung nach unserem Tod also wegfällt, können unsere Körper ganz normal von Mikroorganismen zersetzt werden. Und falls das deine eigentliche Frage war: Vermutlich können die Mücken auch in unsere oberste Hautschicht hineinstecken. Doch es gelingt ihnen nicht, unser Blut zu saugen, und unser Körper reagiert auf den Stich auch nicht allergisch mit einer Schwellung so wie der menschliche Organismus.«

Das ergab Sinn.

»Spielst du jetzt mit mir?«, fragte April und stand vom Sofa auf, wobei man ihr die Müdigkeit deutlich ansah. Es war schon nach neun. Also wunderte mich das nicht.

»Du gehst jetzt ins Bett, kleine Dame«, erklärte Mathias und streichelte seiner Tochter über den Kopf.

»Ich bin aber noch gar nicht müde und will jetzt mit Cat spielen«, quengelte sie.

»Dann gehst du eben ins Bett, ohne dass du müde bist«, entschied Mathias.

»Neeiin!«, beschwerte sich April.

»Sollen wir dich ins Bett bringen?«, bot ich an. »Wir können ja dabei noch etwas spielen.«

»Ja. Wir spielen Mutter, Vater, Kind. Du bist meine Mama,

Elijah ist mein Papa und ich bin eure große Tochter. Wollen wir sagen, dass ich im Spiel heute meinen High-School-Abschluss gemacht habe?«

Grinsend sah ich Elijah an, der April seine Hand entgegenstreckte. *Bedank dich später für die kostenlose Berührung.*

Sein Lächeln wurde noch intensiver.

»Na komm, Kleine«, bat Elijah April und erntete daraufhin einen bösen Blick von seiner kleinen Schwester.

»Ich bin schon groß – über achtzehn.«

»Oh, natürlich. Ich bin ja so stolz auf dich, meine Große.«

April griff mit der anderen Hand nach meiner und so gingen wir mit ihr in unserer Mitte zur Treppe.

»Schaffst du ein *Engelchen flieg?*«, fragte mich Elijah. Ich nickte und dann hoben wir April immer zwei Stufen hoch, in dem jeder an einem Arm zog. Jauchzend vor Glück kam sie oben an und ging freiwillig ins Badezimmer zum Zähneputzen.

Wie ein absolut großes Mädchen machte sie sich allein fertig und las dann uns beiden eine Gute-Nacht-Geschichte aus einem Kinderbuch vor, das sie auswendig kannte. Sowohl Elijah als auch ich gaben ihr einen Kuss, steckten ihr Nachtlicht in die Steckdose und gingen aus ihrem Zimmer.

»Du solltest über einen Abschluss in Diplompsychologie nachdenken, Püppie. April hat noch nie ohne Berührungssperre mit mir gespielt.«

»Weil sie weiß, dass du gehst, sobald du die Berührung hast. Spiel mal Hund mit ihr. Das wird sie lieben.«

Er nickte. »Dafür hattest du jetzt die Berührungssperre drin.«

»Ja, ich wusste nicht, ob zwei Prägungsberührungen nicht vielleicht zu viel für dich sind.«

»Ich habe noch immer Silber im Körper. Es hätte also gar nichts passieren können.«

»Nein, aber vielleicht hättest du dann sabbernd vor Glück auf dem Boden gelegen«, entgegnete ich.

Das hätte ich besser nicht sagen sollen, denn eine Sekunde später hatte mich Elijah schon über seine Schulter geworfen und trug mich die Treppe hinunter.

»Kleines, freches Ding«, bemerkte Elijah, als er mich, unten angekommen wieder absetzte. Grinsend küsste ich ihn.

Die Familie war in der Zwischenzeit wieder in den Garten gegangen und hatte dort das versprochene Lagerfeuer entzündet. Als Elijah und ich hinzustießen, saß Alice in eine Decke gewickelt in Mathias Arm. Eathen warf mir sofort über das Feuer hinweg eine weitere Decke zu und ich machte es mir in Elijahs Arm bequem, als Karl zu erzählen begann.

»Die Legende zu unserer Herkunft stand ursprünglich mal in dem Buch, dass Eathen jetzt hat, aber im Zuge der ganzen Streitigkeiten nach eurer Geburt, muss irgendwer die Seiten herausgerissen und mitgenommen haben, denn zumindest in schriftlicher Form gibt es sie nun nicht mehr. Aber ich habe sie in meiner Jugend so oft gehört, dass ich sie nicht mehr vergessen werde.«

Die Situation hier am Lagerfeuer mit einer alten Legende, die der Familienälteste erzählte, erinnerte mich unglaublich an ein Stammestreffen in einem Indianerreservat oder zumindest daran, wie ich mir so eines vorstellte. Ich war gespannt auf die Geschichte und fand es gleichzeitig unglaublich gemütlich, ohne zu frieren, in Elijahs Arm den Flammen zuzuschauen, in denen Karls Erzählung lebendig zu werden schien.

»Im Grunde ist es nicht nur die Legende zu der Entstehung unserer Art, sondern auch zur Entstehung des Mondzyklus. Nach Gottes Schöpfung gab es zunächst noch keine Mondphasen. Es war also dauerhaft Vollmond. Und der Mond und die Sonne waren Geschwister, die so gegensätzlich waren wie Tag und Nacht. Die Sonne war der große, kräftige Bruder, der deshalb in der Lage war, viel Licht auszustrahlen, und der Mond war seine zierliche, kleine Schwester, die gerade so viel Licht bereitstellte, um die Nacht zu erhellen. Allerdings war das Verhältnis der beiden noch etwas komplizierter, denn die Sonne liebte seine Schwester und deshalb war es ihm ein Dorn im Auge, dass sie niemals zusammen sein konnten, weil sie zu anderen Zeiten am Firmament standen. Noch schlimmer erging es dem armen Kerl, als der Jupiter zum ersten Mal nah an der Erde vorbeikam und sich in den Mond verliebte. Die Sonne wollte die beiden glücklich Verliebten auseinander bringen. Denn wenn er seine Schwester schon nicht haben konnte, dann sollte sie auch mit niemand anderem zusammen sein. Also forderte er seine Schwester zu einem Wettkampf heraus. Ihr Einsatz war das jeweilige Licht und die Aufgabe war es, das stärkste, schnellste und geschickteste Tier der Erde aufzuspüren und zu besiegen. Das war natürlich der Wolf.« Karl lächelte ein wenig selbstgefällig.

»Der Sonne gelang es im Tageslicht ziemlich schnell, einen Wolf zu finden und ihn mit ihren Strahlen zu töten. Dem Mond fiel es, wie ihr Bruder vorausgesehen hatte, schwerer, ein Tier zu finden und es dann auch noch zu töten. Als der Wolf, den der Mond ausgewählt hatte, im Sterben lag, ertrug der Mond den Anblick nicht mehr und entschloss sich, ihm ein neues Leben zu schenken. Durch einen Fehler erlangte der Wolf dabei Unsterblichkeit, was nicht sein durfte, weil jede Kreatur auf der Erde dem Zyklus von Leben und Sterben untergeordnet sein muss, um nach dem Tod Platz für neues Leben zu schaffen. Außerdem erhielt der Wolf einen geschärften Verstand, der eigentlich allein dem Menschen von Gott gegeben worden war. Die Wette galt damit als verloren und seitdem verliert der Mond in rhythmischen Phasen sein Licht, gewinnt es aber auch immer wieder, sodass sie nur einmal im Monat in ihrer vollen alten Pracht erstrahlt. Der Plan der Sonne ging mit der gewonnenen Wette trotzdem nicht auf, denn der Jupiter erkannte seine Geliebte zwar zu Neumond gar nicht und in den anderen Phasen nur sehr schwach, aber wenn Vollmond und er in der Nähe war, liebten sie sich immer noch. Der Wolf lebte indessen ziemlich lange glücklich im Wald. Er alterte zwar, aber er verlor weder an Kraft noch wurde er krank. Doch über die Jahre sehnte er sich mit seinem geschärften Verstand immer mehr nach Größerem als seinem Wolfsrudel, bis er sich schließlich von seinen Artgenossen trennte und allein durch die Lande zog. Irgendwann begegnete er Menschen auf der Jagd und bemerkte, dass er ihre Sprache verstand. Immer, wenn nun Menschen seinen Weg kreuzten, beobachtete er sie, trotzdem liebte er die Freiheit der Natur und konnte sich nicht vorstellen, in ihren Häusern zu leben, bis ihm irgendwann eine Adlige begegnete, die gerade mit ihren Zofen durch den Wald ritt. Der Wolf war beeindruckt von ihrer Schönheit, und wie es in solchen Geschichten immer ist, verliebte er sich mit seinem menschlichen Verstand sofort in sie. Er beobachtete und verfolgte sie lange im Verborgenen, bis er irgendwann beschloss, sich ihr zu offenbaren. Die Pferde, mit denen sie und ihre Begleitungen unterwegs waren, scheuten natürlich, als plötzlich ein riesiger Wolf vor ihnen auftauchte, und die Adlige wurde abgeworfen. Die anderen Reiter einschließlich ihres Pferdes galoppierten davon, sodass die schöne Frau allein im Wald zurückblieb. Natürlich hatte auch die Frau panische Angst vor dem Wolf, zumal sie sich beim Sturz verletzt hatte und offen blutete. Aber der Wolf hatte keinesfalls die Absicht, sie zu verletzen. Stattdessen leckte er ihre Wunde sauber und beschützte sie in der Nacht vor anderen wilden Tieren, die von dem Blutgeruch angelockt wurden. Als sie wieder gehen konnte, ging sie zurück in ihre Welt und der Wolf begriff, dass sie von da an unerreichbar für ihn sein würde. Die Mondherrin, die seit ihrem Missgeschick über den Wolf wachte, machte ihm daraufhin ein Angebot. Um ihren eigenen Fehler zu begleichen, bevor es dem Schöpfer auffallen konnte, bot sie dem Wolf an, zeitweise eine menschliche Gestalt anzunehmen, um dauerhaft mit seiner Geliebten zusammen zu sein. Im Gegenzug musste er sein Leben an ihres binden, sodass er mit ihr zusammen sterben würde. Der Wolf willigte ein und konnte tatsächlich mit seiner Geliebten zusammen sein, auch wenn er sich alle achtundzwanzig Tage bei Vollmond zu Ehren seiner Erschafferin in einen Wolf zurückverwandeln musste. Allerdings währte das Glück des Paares nur so lange, bis die Frau des Wolfes ihr erstes Kind bekam. Sie starb bei der Geburt und der Wolf starb mit ihr, weil nur Gott in der Lage ist, Arten zu schaffen, die sich problemlos vermehren können. Das Kind der beiden überlebte und wurde von Menschen aufgezogen. Sie erzählten ihm die Geschichte seiner Eltern und auch er bemerkte, dass er sich, wann immer er wollte, in einen Wolf verwandeln konnte. Nur bei Vollmond, wenn der Mond seine ehemalige Schönheit hatte, *musste* er ein Wolf sein und an dem Tag, an dem der Mond mit ihrem Geliebten vereint sein konnte, band er sein Leben ebenfalls an das

Leben einer menschlichen Frau.«

Karl lächelte mich an, während ich zurück in die Realität fand. Die Erzählung hatte mich sehr berührt, weil sie genau das richtige Maß aus Tragik, Lehre und Liebe enthielt.

»Glaubst du, dass an dieser Geschichte etwas Wahres dran ist?«, fragte ich ihn.

»Naja, einen wahren Kern hat sie ohne Frage wie jede Geschichte. Es lässt sich nur darüber streiten, wie weit dieser reicht. Schließlich ist das ein Entstehungsmythos. Er hat sicher genauso viel Wahrheitsgehalt wie alle anderen seiner Art. Es sind alles mehr oder weniger gesicherte Theorien und Geschichten. Nur mehr haben wir nicht.«

Ich nickte, auch wenn ich unglaublich gerne mehr gewusst hätte.

»Vielleicht wären wir schlauer, wenn wir die Originalfassung der Sage noch mal lesen könnten, aber die ist ja leider verschollen.«

»Weiß man wirklich nicht, wo sie sein könnte? Ich meine, ihr könnt doch die Gedanken aller anderen Wölfe lesen, da sollte doch derjenige, der sie genommen hat, leicht zu finden sein.«

»Könnte man meinen, leider ist es bisher nicht so. Ich glaube ja, dass die Amerikaner sie mitgenommen haben, um darauf ihre Forschungen über euch zu begründen.«

»Aber in der Geschichte geht es doch gar nicht um uns.«

»Nein, aber um die Entstehung männlicher Wölfe. Vielleicht hatten sie die Hoffnung, darin einen Hinweis auf die Entstehung weiblicher Wölfe zu finden, um die Theorie über die Verwandlungskraft deines Blutes zu bestätigen oder zumindest etwas abzusichern.«

»Sie wollten also tatsächlich mit dem Leben von unschuldigen Frauen herumexperimentieren?«, fragte ich entgeistert.

»Ihrer Meinung nach ist es gerechtfertigt, ein paar Unschuldige umzubringen, um das endlose Dilemma mit den sterbenden Frauen in unserer Fortpflanzung zu lösen – zumal die Wahrscheinlichkeit, dass die Verwandlung klappt, recht hoch ist. Und zu einem Teil kann ich ihren Wunsch, keine Frauen mehr umbringen zu wollen, auch verstehen, denn es ist wirklich ein ewiges Drama. Inzwischen kann man ja wenigstens verhüten, aber in den ganzen Jahrhunderten ohne Verhütungsmöglichkeiten blieb einem nur totale Enthaltsamkeit oder gezählte Tage des Glückes. Deshalb hat sich unsere Population auch nie stark vermehrt. Und es würde mich unglaublich glücklich machen, zu wissen, dass kein Wolf mehr das durchmachen muss, was ich ertragen musste. Daher wünsche ich dir von ganzem Herzen, dass du die Geburt eures Sohnes überlebst und danach Frauen, die das wollen, durch dein Blut in Wölfinnen verwandeln kannst, die todesfrei Nachwuchs zur Welt bringen können.«

Ich dachte an Karls Geschichte und konnte den Frust aller Wölfe über dieses Dilemma nachvollziehen. Nur wählten unsere amerikanischen Verwandten den falschen Weg.

»Aber wenn sie mein Blut so dringend haben wollen, warum haben sie mir denn nicht gleich im Mai Blut abgenommen?«

»Weil sie sich zu siegessicher gefühlt haben. Sie dachten, ihnen könnte nichts dazwischen kommen«, antwortete mein Bruder.

»Wie konnten sie sich dessen denn so sicher sein? Sie waren doch nur zu zweit.«

»Ja, aber Aiden und Nathan sind älter als wir und haben damit mehr Kraft. Außerdem waren sie erfahrener im Kämpfen«, erklärte Elijah.

Zum ersten Mal hörte ich die Namen meiner Cousins, die mich im Frühsommer bedroht und verschleppt hatten. Mein Blick traf sich mit Eathens und darin lag sein stilles Versprechen, dass er mich immer verteidigen würde, egal was passierte, so wie er es schon einmal erfolgreich gemacht hatte.

»Schluss jetzt mit den Schauergeschichten«, rief Mathias, klatschte in die Hände und unterbrach damit meinen Blickkontakt zu Eathen. »Mittlerweile fühle ich mich wie ein Monster, weil ich mit diesen Menschen verwandt bin. Außerdem wolltet ihr Jungs doch noch etwas erledigen.«

»Na dann gehen wir jetzt wohl zum offiziellen Teil über«, sagte Eathen, stand auf und ging ins Haus. Fragend sah ich Elijah an, der genau zu wissen schien, was jetzt kam, aber sehr geheimnisvoll schauend, nichts davon preisgeben wollte.

Gerade überlegte ich, ob ich mir Eathens Gedanken anschauen sollte, um zu erfahren, was sie vorhatten, als mein Bruder mit hinter dem Rücken versteckter Hand zurückkam.

»Vergiss es, Püppie. Du willst dir doch selbst nicht die Magie einer Überraschung kaputt machen.«

Wie konnte mein Bruder davon wissen? Die Gedankensperre war geschlossen. Und warum musste er genau die richtigen Worte finden, um mich davon abzuhalten, mir seine Gedanken anzusehen?

»Schließ mal bitte die Augen, Püppie«, bat Elijah mit einer sehr melodischen Variante seiner Stimme, die mir einen wohligen Schauer durch den Körper jagte, woraufhin ich seiner Aufforderung sofort nachkam. – Um Gotteswillen war ich manipulierbar! Ich musste dringend daran arbeiten, mich nicht von den beiden durch ein paar geschickt gewählte Worte und ein Säuseln in der Stimme beeinflussen zu lassen.

Mit geschlossenen Augen wartete ich nun eher gespannt als misstrauisch. Einer der beiden drehte meine Handfläche nach oben und legte ein Stück Papier hinein. Doch als ich meine Augen wieder öffnen durfte, hielt ich eine riesige Rosenblüte in meiner Handfläche. Solch eine große Rosenblüte hatte ich noch nirgends gesehen und mindestens genauso beeindruckend wie die Größe der Blüte war die Farbgebung der Blütenblätter. In der Mitte waren sie von einem tiefen Weinrot, das sich zum äußeren Rand hin in ein Pink verwandelte. So etwas Schönes und Außergewöhnliches hatte ich noch nie gesehen.

»Ist die echt?«, fragte ich und befühlte fasziniert die Blütenblätter.

»Natürlich ist sie echt. Riech mal daran.«

Sie roch exakt genauso wie das Haarshampoo, das ich benutzte.

»Die musste es einfach sein«, meinte Elijah. Dankbar küsste ich ihn auf die Wange.

»Schau mal, was darunter liegt«, forderte mich Eathen auf. »Das ist das eigentliche Geschenk.«

Ich legte die Blüte in meinen Schoß und faltete den Zettel, der darunter lag, auseinander. Darauf standen nur drei Sätze, die unverkennbar Eathen geschrieben hatte.

Gutschein

für eine Reise nach Florida, wo wohlige 38°C auf dich warten.

Keine Widerrede!!!

Am 24. Juli geht es los und wir kommen alle mit!

»Ist das euer Ernst? Florida? Bei achtunddreißig Grad? Das ist nicht gerade Wohlfühlurlaub für Wölfe.«

»Das stimmt. Aber du wirst es dort klasse finden und wir sind hitzeunempfindlich.«

Eathen hockte sich vor mir auf den Boden, sodass er mir bequem in die Augen schauen konnte.

»Das ist eine tolle Idee und wirklich süß von euch, aber wir geben doch keine tausend Dollar, oder wer weiß wie viel das kostet, aus, um irgendwo hinzufahren, wo es euch nicht gefällt.«

»Püppie«, mahnte Eathen und deutete auf das *Keine Widerrede.*

»Die Reise ist so gebucht, dass man sie nicht stornieren kann. Wir könnten sie nur nicht antreten und das ist ja wohl dämlich.«

»Das ist ein riesiges Geschenk und es ist albern.«

»Albern? Ich dachte, es war dein Traum, mal in einem warmen Meer zu schwimmen, am Strand durch die Brandung zu spazieren, ganz gemütlich unter Palmen ein Buch zu lesen und nie frieren zu müssen. Gerade in deinem momentanen Zustand ist es der perfekte Zeitpunkt für diese Reise. Und ob wir unseren Körper hier künstlich mit warmem Wasser aufheizen, um dich zu wärmen, oder das dort durch die Sonne erledigen lassen mit der Option, jederzeit in ein kühlendes Meer zu springen, macht für uns kein Unterschied. Außerdem gibt es in Florida überall Klimaanlagen. Jetzt ist die perfekte Zeit für diese Reise. Schließlich weiß niemand, was die Zukunft für uns bereithält.«

»Ist es doch nicht ganz sicher, dass ich überlebe? Wollt ihr mir deshalb meinen Traum erfüllen, bevor es möglicherweise zu spät ist?«

»Nein, Püppie, du wirst überleben. Dessen bin ich mir absolut sicher.«

Ich sah im Augenwinkel, wie Mathias die Augen verdrehte und Alice ihn erneut beschwichtigte, Eathen nicht wieder zu fragen, warum er nicht den geringsten Zweifel daran hatte.

»Es lohnt sich ganz einfach nicht, Träume aufzuschieben«, erklärte mein Bruder. »Zumal wir nicht wissen, wie unser Leben nach der Geburt aussieht. Wir müssen dann ein Kleinkind versorgen, das keine Lust auf eine Flugreise zum Meer in die Sonne haben wird, und ich glaube nicht, dass uns unsere Verwandten nach der Geburt, so schnell die Gelegenheit geben werden, unbekümmert in den Urlaub zu fahren. Möglicherweise ist dann alles ganz anders. Deshalb ist jetzt die perfekte Zeit für diese Reise und jeder verdient einen unvergesslichen achtzehnten Geburtstag. Gleichzeitig ist das nämlich dein Geburtstagsgeschenk.«

Eathen hatte es geschafft, mich zu überzeugen.

»Dann vielen Dank dafür«, sagte ich in erster Linie zu Alice und Mathias, weil ich davon ausging, dass sie die Reise bezahlt hatten.

»Gern geschehen«, entgegnete Mathias und tauschte einen vielsagenden Blick mit Eathen.

»Was ist?«, fragte ich misstrauisch.

»Es gibt noch ein viertes Ticket«, erklärte mein Bruder.

»Ein viertes? Für wen denn?«

»Alana bekommt es als Abschlussgeschenk von ihrer Mutter.«

»Alana kommt auch mit? Hältst du das für eine gute Idee? Ich und Elijah und du und Alana? Da ist das Drama doch schon vorprogrammiert.«

»Ja. Aber manchmal braucht es ein Drama, um etwas abzuschließen und sich etwas Neuem zuwenden zu können.«

Als mein Bruder das sagte, hatte er einen komischen Ausdruck im Gesicht, der mal wieder erahnen ließ, dass er unglaublich viel wusste. Seltsamerweise beruhigte mich das.

Wir blieben noch eine Weile im Garten am Feuer sitzen und unterhielten uns, bis Eathen und ich uns irgendwann weit nach Mitternacht verabschiedeten. Im Auto lag ich halb auf dem zurückgestellten Beifahrersitz mit einem Kissen unter meinem Kopf und noch immer in Elijahs Pullover, der wunderbar nach ihm duftete. Als Eathen sah, wie ich daran roch, grinste er kurz und schaute dann wieder nach vorne auf den Verkehr.

»Hey, das hab ich gesehen. Ich schlafe noch nicht.«

»Das weiß ich.«

»Dann hör auf, mich wie ein kleines verliebtes Mädchen zu belächeln.«

»Püppie, du willst diesen Pullover nicht mehr ausziehen, seit du ihn bekommen hast und riechst permanent daran oder streichelst über den Stoff. Du bist ein verliebtes Mädchen. Nebenbei bemerkt, stinkt schon unser ganzes Auto nach fremdem Wolf.«

»Er ist definitiv kein fremder Wolf und ich verhalte mich nicht albern.«

»Nein. Nur verliebt und es ist beruhigend zu wissen, dass man Frauen seit Anbeginn der Zeit mit den gleichen Dingen glücklich machen kann.«

»Bei uns hat das nochmal einen anderen Stellenwert«, erklärte ich nach kurzem Zögern. Eigentlich hatte ich Eathen die Geschichte über die Bedeutung des Pullis anvertrauen wollen, aber da er nicht nachfragte, wusste ich, was das bedeutete.

»Du weißt auch das schon«, seufzte ich und war fast beleidigt.

»Es tut mir leid. Es ist einfach so.« Die Stimme meines Bruders bebte leicht. »Ist das ein großes Problem für dich?«

Er wirkte wirklich angespannt, was mich dazu veranlasste, meine Bedenken sanft zu formulieren.

»Es ist halt nicht so leicht, wenn du immer alles weist. Außerdem ist es peinlich. Aber hin und wieder hat es ja auch etwas Gutes … Danke, dass du mir und Elijah vorhin ein bisschen Zeit zu zweit ermöglicht hast.«

»Keine Ursache. Ich wusste, dass ihr noch ein paar Dinge zu besprechen hattet und das konnte nicht warten. Sonst wärst du jetzt unzufrieden und es sollte ein schöner Abend für dich sein. Außerdem hat dein Gesichtsausdruck am Tisch verraten, dass du nicht nur mit ihm reden wolltest.«

Ich schlug nach meinem Bruder, doch er fing noch in der Luft meine Faust auf.

»Ich fahre, Püppie. Und auch wenn auf dieser Straße gerade rein gar nichts los ist, darfst du mich nicht schlagen.«

»Du hast es aber verdient.«

»Warum?«, wollte er wissen und es klang tatsächlich nach einer ernstgemeinten Frage.

»Weil ich nicht will, dass du wie ein Puppenspieler die Fäden in meinem Leben ziehst. Du sollst dein eigenes Leben haben.«

»Das habe ich aber nicht und hatte es auch noch nie.« Jetzt klang seine Stimme bitter und er schaute beängstigend konzentriert geradeaus. Ich erinnerte mich an die Fahrt von der Schule nach Hause, als ich Eathen gefragt hatte, warum er sich immer in Elijahs und meine Beziehung einmischte und schließlich erfahren hatte, dass mich mein Bruder seit unserer Geburt liebte. Damals hatte er mit so viel Kraft das Lenkrad umklammert, dass sich das harte Gummi unter dem Druck seiner Finger verschoben hatte und auch jetzt traten seine Knöchel weiß hervor.

»Natürlich hast du ein eigenes Leben.«

»Nein, das habe ich nicht, aber das ist auch nicht weiter schlimm, solange du nicht das Gefühl hast, ich würde mich zu sehr in dein Leben einmischen. Denn ich weiß *wirklich* nicht, wie ich es besser machen soll. Ich sehe dich an und weiß, was du denkst oder fühlst. Außerdem schaue ich mir häufig Elijahs Gedanken an. Also ist mir klar, was ihr euch wünscht oder was zum Problem werden könnte und dann möchte ich helfen, weil ihr mir beide nicht egal seid. Außerdem weiß ich, wie hilfreich es manchmal sein kann, zu einem Gespräch gezwungen zu werden. Vor zwei Monaten war ich genau dort, wo er jetzt ist und bin ihm immer noch dankbar dafür, dass er mich dazu genötigt hat, ein längst überfälliges Gespräch mit dir zu führen. Häufig ist es einfach nicht so leicht, ein wichtiges Thema anzusprechen. Du sagst, ich solle nicht der Puppenspieler in deinem Leben sein, aber du und Elijah könnt vollkommen frei entscheiden, was ihr tut oder lasst. Ich sorge nur für den Rahmen.«

Ich widersprach nicht, weil ich genau wusste, dass Eathen es nur gut meinte und häufig half es tatsächlich. Eathen fasste mein Schweigen als Zustimmung auf, bevor er einen Gang höher schaltete und nun deutlich schneller, als erlaubt war, weiter fuhr. Doch es war egal. Heute Nacht würde uns niemand kontrollieren und Eathen war als Wolf einer der sichersten Fahrer, die es gab. Er wusste, was er tat.

»Wir beide finden es klasse, ein Wolf zu sein. Aber all die Fähigkeiten, die Freiheit, die Chance auf übermenschlich starkes Glück, sowohl bei der Prägung wie auch in der Liebe, haben ihren Preis. Und es gibt eine Seite, mit der will keiner von uns ein Wolf sein. Wenn man Angst bekommt, die paar geliebten Menschen in seinem Leben zu verlieren, dann ist das furchtbar. Wölfe brauchen ihr Rudel. Den Kummer, den Karl empfunden hat, als sein Bruder Max ihn nach dem Tod seiner Eltern im Stich gelassen hat, der kommt menschlichem Liebeskummer gleich. Wäre Mia nicht gewesen, hätte Karl vielleicht gar nicht weitergemacht. Er hat das Studium nur fortgesetzt, weil er sie vom Sehen auf dem Campus kannte und sie unbedingt kennen lernen wollte. Allerdings hat er sich auch nur getraut, sie anzusprechen, weil er ganz allein war. So gesehen hatten der Tod seiner Eltern und das dumme Verhalten seines Bruders auch etwas Gutes. Andernfalls hätte er vielleicht ein ähnliches Drama veranstaltet wie Mathias oder wie Elijah dabei ist, mit dir aufzuführen.«

»Ganz ehrlich, Eathen, denkst du, unsere Beziehung hat eine Zukunft?«, fragte ich und fürchtete mich unglaublich vor der Antwort.

»Ich glaube, dass ihr eine strahlende Zukunft vor euch habt, aber ich kann keine größeren Dramen ausschließen. Ich kann dir nur versprechen, dass du mal in seinen Armen sterben wirst ... Wenn deine Beziehung zu Elijah ein Gebäude wäre, dann hättet ihr ein stabiles Betonfundament, aber alles, was ihr darüber errichtet habt, ist zerfressen von der Angst zweier Personen, die an den tragenden Balken nagt. Aber wenn so starke Gefühle im Spiel sind, wie bei euch, dann ist Angst, aus der maßlose Unsicherheit und teilweise auch absolut idiotisches Verhalten von euch beiden folgt, komplett verständlich. Du und ich haben sechzehn Jahre lang ein Drama aufgeführt, bevor wir das ganze verkorkste Haus eingerissen und neu gebaut haben. Und um ein Haar wäre es nie dazu gekommen, weil ich vorher abgehauen wäre. Ich weiß nicht warum das so ist, aber wenn wir das Gefühl haben, das Mädchen, das uns alles bedeutet, zu verlieren, dann hauen wir ab, anstatt zu kämpfen. Vielleicht liegt es daran, dass wir glauben, ein Leben mit ihr nicht verdient zu haben. Womöglich ist es auch etwas anderes.

Ich kann es dir nicht sagen. Aber ich weiß, dass deine unglaublich charismatische Alles-ist-gut-Ausstrahlung damals verhindert hat, dass ich weggelaufen bin. Doch selbst wenn ich gegangen wäre, wäre ich auch ohne die Prägung wiedergekommen. Vielleicht hätte ich ein halbes Jahr im Wald gelebt und mich gezwungen, nicht zu dir zurückzulaufen. Doch irgendwann hätte ich dich schrecklich vermisst und angefangen, dich aus dem Verborgenen heraus zu beobachten. Hin und wieder wäre ich vielleicht in eine Bar gegangen, um wenigstens ein bisschen Kontakt zu Frauen zu haben und mir einzureden, dass ich nicht nur meine Schwester liebe – so wie ich es gemacht habe, bevor ich dir die Wahrheit gesagt habe. Mit Sicherheit wäre mir dort nach einigen Jahren mal ein Mädchen begegnet, das mir neuen Mut gegeben hätte. Daraufhin hätte ich an deiner Tür geklingelt, du wärst mir in die Arme gefallen und überglücklich gewesen, mich wiederzusehen. Dann hättest du mich reingebeten, mir deine Familie vorgestellt und mir versichert, dass wir irgendeine Lösung finden werden, so wie du es ja auch ohne dieses ganze Drama gemacht hast. Deshalb kann ich dir nicht versichern, dass er nicht noch einmal abhauen wird. Aber ich garantiere dir, dass er immer wiederkommt, weil du das Beste bist, was ihm je wiederfahren ist. Aber natürlich würde ich solch ein Drama gerne verhindern und wenn ich das schaffe, in dem ich nur mit zwei geschickten Sätzen dafür sorge, dass ihr ein bisschen Zeit zu zweit habt, dann hoffe ich, dass du es nicht als Bevormundung empfindest.«

»Tut mir leid«, entschuldigte ich mich und griff nach Eathens rechter Hand. Er umschloss meine Finger mit seinen und wärmte meine Hand.

»Also, gehst du immer noch hin und wieder in eine Bar, um Frauen aufzureißen?«, fragte ich mit bewusst lockerem Tonfall.

»Ja – immer wenn du bei Elijah schläfst. Und da das Millionen Jungs in meinem Alter so machen, ist daran auch nichts verwerflich.«

»Nimmst du diese bemitleidenswerten Mädchen dann auch mit zu uns?«

»Erstens dürfen sie sich glücklich schätzen, den Abend mit mir zu verbringen, und zweitens kannst du dir sicher sein, dass du immer die einzige sein wirst, die unser schönes Haus durch unzüchtige Taten besudelt.«

Das zumindest beruhigte mich, denn ich mochte mir wirklich nicht vorstellen, wie sich Eathen in seinem Bett oder noch schlimmer in meinem, weil es breiter war, mit einer Frau amüsierte.

»Was bitte ist daran so schlimm?«, antwortete Eathen auf meine Gedanken und, als ich ihn fragend ansah, fügte er hinzu: »Komm schon. Das *Bähhh* hat man quasi gehört und ich bin mir sicher, dass du dich fast schütteln musstest.«

»Kann ich dir dazu eine Frage stellen?«, begann ich.

»Klar. Ich hab schon vieles ausprobiert. Weißt du, es gibt ...« Mein Bruder grinste mich an. »Schieß los.«

»Wenn du all diese Dinge weißt und so viel mitkriegst, warum hast du mich dann nicht aufgehalten, als ich an Vollmond mit zu Elijah gegangen bin? Du kanntest doch unser Versprechen. Außerdem haben Elijah und ich auf der Party mehrmals über den Abend gesprochen und sicher hat er noch viel öfter daran gedacht. Hinzu kommt, dass selbst Alana, Alice und Mathias wussten, was wir vorhatten. Warum also hast du mich an Vollmond, wo er kein Silber nehmen kann, mit zu ihm gehen lassen?«

Ich sah meinen Bruder an und wartete auf eine Antwort, doch er starrte nur stumm geradeaus.

»Warum hast du nicht versucht, uns aufzuhalten?«

»Weil du das Recht auf ein eigenes Leben hast. Ihr kanntet die Risiken und es gibt gewisse Dinge, die weiß ich zwar, aber weil ich sie nicht wissen darf, existieren sie für mich quasi nicht.«

Wirklich beeindruckt von meinem Bruder, schaute ich ihn einen Moment lang von der Seite an.

»Du wusstest schon lange vorher, dass ich nicht sterben würde, oder? Aber warum hast du in Kauf genommen, dass Elijah mich verletzen könnte? Wolltest du, dass ich ein Baby bekomme?« Eathen antwortete wieder nicht. Er sah nur stumm geradeaus und ich meinte, ein winziges Lächeln auf seinem Gesicht zu sehen.

Trotzdem kann ich sie in einigen Momenten spüren

»Ms, Ihr Ticket und Ihren Pass, bitte«, forderte der Kontrolleur mich auf, als wir vier Tage später durch die Kontrollen am Flughafen in Toronto gingen. Ich reichte ihm mein Ticket und für einen Moment ließ mich die Aufregung vor meinem ersten Flug die Aufregung vor dem unbekannten Ort vergessen.

»Bist du dir sicher, dass ich keine Flugangst habe?«, fragte ich Elijah noch einmal.

»Ja, warum solltest du denn Flugangst haben?«

»Ich weiß es nicht. Ich bin nur noch nie geflogen.«

»Du wirst gar nicht erst dazu kommen, Flugangst zu kriegen, weil du nämlich eingeschlafen bist, sobald wir vom Boden abgehoben haben«, meinte Eathen.

Das könnte tatsächlich gut möglich sein, da mich alle Verkehrsmittel, die ich bisher genutzt hatte, immer schläfrig gemacht hatten. Daher widersprach ich meinem Bruder nicht, woraufhin er mich triumphierend anlächelte, als wir in unserer Sitzreihe Platz nahmen. Elijah und ich nebeneinander und Alana und Eathen hinter uns. Eathen hielt es für eine gute Idee, den Kontakt zu Alana nicht zu meiden, weil sie, nach seiner Theorie, nur so wirklich von ihm loskommen konnte. Als das Flugzeug startete, machte mein Magen einen Satz, aber es war nicht unangenehm. Auf Eathens Aufforderung hin schluckte ich ein paar Mal gegen den Unterdruck an, schaute noch eine halbe Stunde fasziniert aus dem Fenster und schlief dann an Elijahs Schulter ohne Flugangst ein.

»Püppie, wir landen«, säuselte die Stimme meines Freundes direkt in mein Ohr. Das war eine so schöne Art, geweckt zu werden, dass ich mich nicht rühren wollte.

»Ich weiß, meine Schulter eignet sich hervorragend, um darauf ewig zu liegen, aber zum Landen musst du dich aufrecht hinsetzen.« Er schob mich behutsam in die Senkrechte und ich öffnete notgedrungen die Augen.

»So viel wie du jetzt geschlafen hast, verspricht das ja eine interessante Nacht zu werden. Zumal ich mit vielen Berührungen auch ohne Schlaf auskomme.«

Mein Gehirn war noch zu schläfrig, um sich schnell eine passende Antwort zu überlegen, deshalb lächelte ich einfach nur, was Elijah mit einem Kuss auf meine Stirn kommentierte. Aus jeder seiner Berührungen sprach spürbare Liebe und es war ein tolles Gefühl, von jemandem so gemocht zu werden.

»Cat, schau mal raus! Man kann das Meer sehen«, rief Alana begeistert.

Es waren keine Wolken am Himmel und unter uns glitzerte der strahlend blaue Atlantik. Davor lag ein breiter, weißer Sandstrand und ich konnte es kaum erwarten, zum ersten Mal die salzige Meeresluft zu atmen und die Wellen des Wassers zu spüren.

Als wir aus der Flughafenhalle heraustraten, konnten wir das Meer weder sehen noch riechen, was natürlich nicht weiter verwunderlich war. Dafür war die Lufttemperatur versöhnlich warm.

»32°C«, stellte ich glücklich fest. »So lässt es sich leben.«

»Ich weiß nicht«, meinte Alana. »Ohne das Meer und den Wind ist mir das schon fast zu heiß.«

»Mir auch«, bestätigte Eathen. »Also lasst uns zusehen, dass wir schnell dorthin kommen. Ich glaube, das Wasser wird in den nächsten Tagen mein bester Freund.«

Ich warf ihm einen Ich-hab's-dir-doch-gesagt-Blick zu. »Du wusstest doch, wie warm es hier ist.«

»Ja. Trotzdem darf ich es doch noch mal feststellen oder?« – *Außerdem ist mein Körper immer noch künstlich aufgewärmt und das macht es wirklich zu warm. Aber schon allein, um dich mal wieder mit gesenkten Schultern zu sehen, weil du zur Abwechslung mal nicht frierst, war es mir das wert.*

Ich verdrehte die Augen und konzentrierte mich darauf, mein Gepäck zu managen.

»Cat, bist du dir sicher, dass es dir gut geht?«, fragte Alana, nachdem wir die Flughafenhalle verlassen und sie ihr T-Shirt ausgezogen hatte. Darunter trug sie nur ein Top und ihre kurzen Hosen hatte sie bereits im Flugzeug angezogen. Ich hingegen trug noch immer mein langärmliges Oberteil und wärmte mich gerade erst auf.

»Ja. *Jetzt* geht es mir gut. Ich habe dir doch schon erzählt, dass mein Kreislauf im Moment häufig versagt. Deshalb machen wir ja jetzt diese Reise und nicht erst später.«

»Wir machen die Reise *jetzt*, damit du dich traust, einen Bikini anzuziehen, ohne ständig darüber nachzudenken, was die Leute wohl denken könnten. Und weil du dir *jetzt* einen Urlaub verdient hast. Ich verspreche dir nämlich, dass die nächsten Monate oder Jahre mit dem Schreihals furchtbar anstrengend werden«, bemerkte Eathen.

»Könnten wir diese negativen Dinge vielleicht einfach vergessen, solange wir hier sind?«, fragte ich.

»Einverstanden«, entgegnete Eathen, Alana sagte nichts, während Elijah kurzzeitig niedergeschlagen aussah und mich dann bemüht fröhlich anlächelte. In dem Moment wurde mir klar, was für ein schlechtes Gefühl ich ihm gerade gegeben hatte. Er freute sich auf das Baby. Außerdem steigerte es seine Schuldgefühle, wenn ich das Baby als etwas Negatives bezeichnete.

»Was haltet ihr davon, wenn wir kurz ins Hotel fahren, unsere Koffer abstellen und dann zum Strand gehen?«, schlug Alana vor, um die unangenehme Situation zu überspielen.

Keiner von uns hatte etwas dagegen.

Auf Eathens Wunsch hin fuhr der Taxifahrer eine Route am Meer entlang. Die Straße folgte lange der Steilküste und der Blick von dort auf den Atlantik war wirklich beeindruckend. Trotzdem konnte ich mich nicht richtig daran erfreuen, weil mir meine unbedachte Aussage immer noch durch den Kopf geisterte. Für mich war es nicht schlimm, schon jetzt ein Baby zu bekommen, da ich mir immer eins gewünscht hatte. Doch wäre ich erst mit dreißig und vor allem geplant schwanger geworden, gäbe es sicher nicht so viele Dinge, die mir Sorgen machen würden. Deshalb hatte ich mich entschieden, Eathens Rat anzunehmen. Da ich den Vorgang der Geburt ohnehin nicht vorher planen konnte und es unmöglich war, mir schon jetzt vorzustellen, wie es mit einem Baby war, musste ich mir erst Gedanken darum machen, wenn es so weit war. An diesen guten Vorsatz versuchte ich mich zwar immer wieder zu erinnern, aber es klappte längst nicht immer, die Gedanken zu verbannen. Deshalb wollte ich auf gar keinen Fall mit meinen Freunden darüber reden.

»Könnten Sie vielleicht die Klimaanlage ausschalten?«, bat Elijah den Fahrer.

Bis zu diesem Zeitpunkt war ich so sehr in meinen Gedanken versunken gewesen, dass mir gar nicht aufgefallen war, wie ich die Schultern frierend angezogen hatte. Ebenso bemerkte ich, dass meine Hand schon wieder schützend vor meinem Bauch lag. Bewusst griff ich damit nach Elijahs und sofort umschloss er meine Finger mit seinen.

Mach dir keine Sorgen, Püppie. Ich bin nicht gekränkt und ich weiß auch, wie du das gemeint hast. Also lass uns die Zeit hier genießen. Ich liebe dich!

Während er das dachte, sah er mich an, wirkte aber trotzdem nicht glücklich. *Es tut mir leid. Ich wollte nicht schon wieder alles so kompliziert machen* – fügte er hinzu.

Ich drückte seine Hand, was so viel heißen sollte wie »Ist nicht schlimm. Ich liebe dich auch so – oder gerade deshalb.«

Tatsächlich machten Elijahs Selbstzweifel und Schuldgefühle natürlich vieles erheblich schwieriger. Anderseits waren sie auch absolut menschlich und liebenswürdig.

Was mir bisher niemand gesagt hatte, war, dass wir ein übertrieben luxuriöses Appartement mit Blick aufs Meer gemietet hatten. Und das nicht nur von der Dachterrasse aus, die natürlich einen privaten Pool besaß, sondern auch von beiden Schlafzimmern. Darüber hinaus gab es in diesem Appartement einen Wohn- und einen Essbereich. Insgesamt waren es also drei große Zimmer plus zwei Badezimmer, die sich an die Schlafzimmer anschlossen. Dabei hatte das eine Schlafzimmer, das Eathen und Alana bezogen, zwei Einzelbetten. Das andere war mit einem Doppelbett ausgestattet, in dem Elijah und ich schlafen würden. Allgemein schien dieses Appartement mit seiner Raumaufteilung für eine vierköpfige Familie konzipiert zu sein.

»Und dieses Appartement soll nicht teuer gewesen sein?«, fragte ich, doch wartete die Antwort gar nicht erst ab. »Es ist doch absurd, so viel Geld für eine so kurze Zeit …« Mein Satz blieb unbeendet, weil Elijah meinen Protest in einem Kuss erstickte und gerade, als er mich freigegeben hatte und ich erneut ansetzte, küsste er mich wieder. Einerseits gefiel es mir, anderseits war es ein stückweit unverschämt, mich einfach so zu unterbrechen, und deshalb beschloss ich, ihm den Kuss ein bisschen zu angenehm zu machen. In der sicheren Erwartung, dass er kein Silber genommen hatte. Nur wenige Sekunden, nachdem ich mich enger an ihn geschmiegt und zärtlich angefangen hatte, an seiner Unterlippe zu knabbern, schob er mich mit einem breiten Grinsen von sich weg. *Das ist nicht fair* stand ihm deutlich ins Gesicht geschrieben, doch allzu sehr schien es ihn nicht zu stören, wenn ich seine Wolfsinstinkte auf diese Weise gegen ihn benutzte.

Da Alana jederzeit reinkommen konnte, hatte er aufgehört, bevor sich sichtbares Fell auf seiner Haut bilden konnte, doch auch jetzt biss er sich demonstrativ auf die Lippe. Eine Angewohnheit, die er immer machte, wenn er um Beherrschung rang, die mich aber eher verführte, als von ihm abhielt. Schnell überbrückte ich den Abstand zwischen uns und küsste ihn erneut. Er hob mich hoch, ging mit mir auf dem Arm rückwärts zur Zimmertür und lehnte sich dagegen, sodass niemand reinkommen konnte. Keuchend hörten wir auf, als es schon fast zu spät war. Elijah ließ mich runter und wandte sein Gesicht ab, sodass ich die Halbverwandlung dort nicht sehen konnte. Doch vorsichtig legte ich einen Finger unter sein Kinn und zog sein Gesicht zu mir zurück. Er hielt nicht dagegen.

»Ich liebe dich, als Wolf, als Mensch und in jeder Form dazwischen mit allen Konsequenzen, die es mit sich bringt«, gestand ich mit eindringlicher Stimme und küsste ihn behutsam. Er war schlau genug, den Kuss nicht zu erwidern, weil er mich sonst sicher mit seinen Wolfszähnen verletzt hätte. Stattdessen strich er mir mit seinen etwas zu langen, krallenartigen Fingernägeln eine

Haarsträhne aus dem Gesicht, bevor ich ihm ein bisschen mehr Raum gab, um sich wieder zu fangen.

»Was hältst du davon, das hier heute Abend mit ein bisschen Silber fortzusetzen? Schließlich haben wir einen Pool vor der Tür, der nur von diesem Zimmer aus zugänglich und vom Meer aus einsehbar ist. Ich finde, das sollten wir ausnutzen.«

Sitzend an die Tür gelehnt, grinste er mich an und ich konnte zuschauen, wie seine Eckzähne wuchsen, was nun wirklich ein wenig unheimlich aussah. Er bemerkte es ebenfalls und im nächsten Moment lief eine Woge durch seinen Körper, woraufhin er sich komplett verwandelte. Schnell rannte ich zur Tür und schloss hinter uns ab, dann betrachtete ich den Wolf, der mitten im edlen Appartement stand, und nicht recht zu wissen schien, ob er lieber grinsen oder entschuldigend schauen sollte. Ich versuchte, ihm die Entscheidung abzunehmen, indem ich anfing zu lachen.

»Offenbar war diese Ankündigung nicht ganz so hilfreich, wie ich gedacht hatte.«

Er nickte und entblößte bei seinem Wolfsgrinsen eine Reihe weißer spitzer Zähne.

»Naja, wir müssen das ja auch nicht machen. Das war nur so ein Gedanke und vielleicht eine blöde Idee«, ruderte ich zurück.

Ohne große Mühe konnte ich mir vorstellen, was er jetzt sagen würde, wenn er sprechen könnte oder Eathen seine Gedanken weiterleiten würde: Er fände es eigentlich eine tolle Idee, würde aber daran erinnern, dass wir vorsichtig sein müssten und diese Warnung war so ziemlich bei allem hinderlich. Also war es wohl besser, wir würden es gleich sein lassen.

»Sieh mal zu, dass du wieder menschlich wirst. Eathen und Alana warten sicher schon auf uns.«

»Allerdings. Wir wollen los«, hörte ich Alana nebenan und bekam einen Schreck, wie hellhörig die Wände hier waren.

»Elijah braucht noch einen Moment im Bad. Wir sind gleich da«, versuchte ich die Situation zu retten. *Sich zum Menschen zu machen* konnte ja auch bedeuten, sich im Bad herzurichten, also fand ich das gar nicht so unglaubwürdig.

Es dauerte nur wenige Sekunden, bis Elijah sich zurückverwandelt hatte. Doch dieses Mal schaute ich nicht anstandshalber weg. Inzwischen hatte ich ihn schon so oft nackt gesehen, dass ich mir erlauben konnte, auch jetzt zuzuschauen, wie sich seine Gliedmaßen veränderten und er sich schließlich aus dem Vierfüßlerstand aufrichtete und seine Badehose anzog. Ich beeilte mich, ebenfalls in andere Kleidung zu schlüpfen, während Elijah den kaputten Rest seiner Hose und seines T-Shirts vom Fußboden aufsammelte.

»Zumindest Alana hat nur das gehört, worauf sie geantwortet hat. Vorher waren die beiden selbst in ein Gespräch vertieft und über alles andere reden wir heute Abend. Mir gefällt dein Vorschlag, aber ich überrede dich zu nichts mehr«, raunte mir Elijah zu, bevor wir unser Schlafzimmer verließen.

Es war ein wunderbares Gefühl, endlich mal am Meer zu sein, barfuß durch den Sand zu laufen, die Brandung nicht nur im Fernsehen zu hören und die salzige Luft einzuatmen. Die meisten Leute erlebten das vermutlich, bevor sie ihren Schulabschluss in der Tasche hatten und es war daher nichts Besonderes für sie. Doch für mich war es die Erfüllung eines Kindheitstraums. Ich fühlte mich so frei, als ich den Wind im Gesicht spürte, schloss die Augen, breitete die Arme aus und wandte mein Gesicht direkt der Sonne zu, als mich zwei Hände packten und mich der Sonne noch weiter entgegen hoben. Alle Anspannung und Sorgen der letzten Wochen fielen endlich von mir ab. Stattdessen hatte ich das Gefühl, diesen Augenblick in meine Seele aufzunehmen und von innen heraus zu pulsieren. Ich dachte nicht nur an den nächsten Tag oder die nächste Woche, arbeitete auf nichts mehr hin, sondern war einfach nur im Hier und Jetzt, wo ich förmlich die Weite des Universums und all die Möglichkeiten, die mir offen standen, spüren konnte. Als Eathen mich absetzte, erschien es mir, als wäre ich noch nie glücklicher gewesen. Alles in diesem Moment war klasse. Ich war mit den drei Menschen, die ich am meisten liebte, an einem Ort, von dem ich früher immer geträumt hatte.

»Du bist echt süß, wenn du das Meer so staunend anschaust«, bemerkte Alana grinsend.

»Ich sehe es heute zum ersten Mal. Vorher hatten wir nie die Gelegenheit, in den Urlaub zu fliegen.« Und eigentlich hatte ich auch gedacht, dass es mit Eathens Prägung nie mehr dazu kommen würde, doch nun stand sie uns kein Stück im Weg.

»Genau so fühlt es sich für uns an, durch den Wald zu laufen«, raunte mir Elijah zu und zum ersten Mal konnte ich ihre Begeisterung dafür nicht nur nachvollziehen sondern auch wirklich nachfühlen.

»Gehen wir baden?«, fragte Eathen dann.

»Unbedingt«, antwortete ich und zog mir das Top über den Kopf. Unbeachtet ließen wir unsere Kleidung im Sand liegen. Wir gingen nicht davon aus, dass sie geklaut würden, und Wertgegenstände hatten wir keine dabei.

Eathen lief voraus ins Meer und wir anderen folgten ihm etwas langsamer.

Als meinem Bruder das Wasser bis knapp übers Knie reichte, machte mein Bruder einen Kopfsprung, war einen kurzen Moment nicht mehr zu sehen und tauchte dann fünfzig Meter weiter draußen auf. Ich verdrehte die Augen und betrachtete kurz Alana, die Eathen ziemlich überrascht betrachtete.

»Wie hat er .. wie kann man denn …?«, stotterte sie.

»Er war jahrelang im Schwimmverein«, versuchte ich eine logische Erklärung für das zu finden, was Eathen da gerade veranstaltete.

»Kannst du etwa auch so schnell so weit tauchen?«

»Nein, kann ich nicht. Wenn Eathen einen Zug macht, muss ich zwei machen. Außerdem kann ich längst nicht solange die Luft anhalten wie er.«

»Versuchs doch mal«, ermunterte mich Elijah. Kurz sah ich ihn verwundert an, weil ich zwar mal im Schwimmverein gewesen war, aber sicher nicht mit Eathen mithalten konnte, bevor ich in die nächste Welle sprang. Schon früher im Verein war Tauchen meine Lieblingsdisziplin gewesen, doch im Meer, mit einer Brandung, gewelltem Sand unter mir und der Sonne über mir war das noch mal etwas ganz anderes. Ich beeilte mich, schnell in tieferes Wasser zu kommen, weil man dort mehr Bewegungsfreiheit und nicht die Gefahr hatte, über den Sandboden zu scheuern. Doch bis ich bei Eathen war, musste ich noch zwei Mal auftauchen und Luft holen.

»Was war das denn gerade?«, fragte ich meinen Bruder, als ich bei ihm ankam und er mich festhielt.

»Ich will hier auch ein bisschen Spaß haben.«

»Ja, aber Alana versteht das nicht. Außerdem beeindruckt es sie zu sehr.«

»Wenn sie begreifen würde, wer ich bin und was mit mir los ist, würde sie mich nicht mehr so toll finden. Uns allen wäre damit geholfen.«

»Moment mal, hast du etwa vor, ihr die Wahrheit zu sagen? Hier? Damit sie leichter von dir loskommt?«

»Püppie, sie ist deine beste Freundin, ich mag sie auch und irgendwie gehört sie dazu. Deshalb haben wir über kurz oder lang genau zwei Möglichkeiten: Entweder wir brechen den Kontakt zu ihr ab oder wir weihen sie in alles ein. Da du bei Kate arbeiten wirst und sie als Freundin nicht verlieren willst, fällt die erste Möglichkeit aus. Damit bleibt nur die zweite übrig.«

»Ich werde sie auch verlieren, wenn ich ihr die Wahrheit sage.«

»Das glaube ich nicht. Vielleicht wird sie sich am Anfang etwas schwer tun, aber sie vertraut dir zu sehr und hat dich zu gerne, um wirklich Angst zu bekommen. Sie wird damit klarkommen und sie wird auch verstehen, warum wir es so lange vor ihr geheim gehalten haben, wenn wir es ihr erklären. Außerdem müsstest du ja inzwischen ausreichend Geschichten kennen, in denen die Wahrheit – kurz, bündig und ohne Drama erklärt – der beste Weg war beziehungsweise gewesen wäre.«

Es ärgerte mich, dass mein Bruder so häufig recht haben musste.

»Wir haben jetzt circa ein halbes Jahr Zeit, ihr die Wahrheit zu sagen, bevor dein Baby zur Welt kommt. Danach wird es echt schwierig, es vor ihr zu verbergen. Außerdem hättest du eine Freundin, mit der du offen über all deine Sorgen bezüglich der Geburt reden könntest, wenn sie es vorher wüsste. Und ich glaube, so jemand könnte dir guttun.«

»OK, ich werde ihr die Wahrheit erzählen, aber nicht auf dieser Reise. Sie soll die Freiheit haben, nach Hause fahren zu können und nicht gezwungen sein, mit uns auf engstem Raum in einem fremden Staat auskommen zu müssen.«

»Püppie, wann wir ihr die Wahrheit erzählen, ist allein deine Entscheidung. Ich denke nur, es wird für dich einfacher, es ihr zu erklären, wenn sie vorher schon mal ein paar Fragen stellt. Außerdem wird es ihr leichter fallen zu akzeptieren, was wir sind, wenn ihr schon vorher ein paar Ungereimtheiten an uns aufgefallen sind. Dann verändert sich nämlich nicht alles. Deshalb halte ich mich nicht mehr so sehr zurück wie früher.«

»Womöglich ist das tatsächlich eine gute Idee, aber bis sie die Wahrheit kennt, muss ich jeden Quatsch, den du machst, mit irgendeiner halbwegs glaubwürdigen Begründung erklären.«

»Genau darum geht es doch. Du gibst ihr eine halbwegs glaubwürdige Begründung und falls dir mal nichts einfällt, benutzt du einfach eine deiner Lieblingsfloskeln wie: *‚So ist mein dämlicher Bruder eben. Ich kommentiere so ein dummes Verhalten nicht weiter‘* – oder Ähnliches. Du hast da ja bereits ein großes Repertoire. In der Situation wird sie dann nicht weiter nachfragen, aber wenn sie später die Wahrheit kennt, kann sie sich plötzlich all diese Situationen erklären. Dadurch verändert sich nicht alles, verstehst du?«

Mein Bruder betrachtete mich eindringlich, bevor er sich nach Alana und Elijah umsah, die schwimmend auf dem Weg zu uns waren.

»Vertrau mir einfach, dass das der beste Weg ist.«

Es fiel mir nicht schwer, Eathen in dem Punkt zu vertrauen, weil es mal wieder so wirkte, als wäre er sich seiner Sache unglaublich sicher. Inzwischen war es immer mehr so, dass ich einfach blindlings seinen Aussagen glaubte, ohne auch nur eine Idee zu haben, woher er seine Gewissheit nahm.

»Hey, da seid ihr ja endlich«, meinte Eathen, als Alana und Elijah zu uns stießen. »Cat braucht noch ein bisschen, bis sie bei uns ist.« Erst im nächsten Moment, als er mich hochhob und ungefähr zehn Meter weiter ins Wasser warf, verstand ich seine Aussage. Ich war gerade wieder aufgetaucht, als Elijah auch schon bei mir war.

»Er ist so ein Vollidiot!«, fluchte ich, während Eathen uns freudig winkte und schließlich mit Alana zurück in flacheres Wasser schwamm.

»Ich werde keinen Widerspruch einlegen«, erklärte Elijah, als ich ihn erwartungsvoll ansah.

»Musst du auch nicht«, meinte ich und küsste ihn.

Auch wenn sein ganzer Körper mit Wasser bedeckt war, wollte er es nicht zu sehr übertreiben, was ich ein bisschen schade fand, da es toll war, sich im Wasser zu küssen. Die Haut glitt so mühelos übereinander und das salzige Wasser machte jede Berührung weicher.

»Was hältst du davon, zu der Boje dort hinten zu schwimmen?«, fragte Elijah.

»Klingt gut. Unter normalen Bedingungen würde ich ja vorschlagen, ein Wettschwimmen zu machen, aber für das Ego ist es nicht sonderlich förderlich, wenn man von vornherein weiß, dass man keine Chance hat.«

»Schwimm schon! Ich lass dich gewinnen«, forderte mich Elijah mit einem Nicken Richtung Boje auf.

Fast den ganzen Weg schwammen wir Hand in Hand, und weil ich einhändig nicht sonderlich gut vorankam, bedeutete das, dass er mich ein bisschen zog. Kurz bevor wir die Boje dann erreichten, tauchte er plötzlich unter, woraufhin ich demonstrativ als Erste anschlug. Als ich gerade nach ihm suchen wollte, zog eine Hand vorsichtig an meinem Fuß. Ich atmete noch einmal aus und wieder ein, bevor ich untertauchte. Elijah griff wieder nach meiner Hand und schwamm mit mir circa drei Meter unter die Wasseroberfläche, wo uns schätzungsweise noch weitere drei Meter vom Boden trennten. Überall um uns herum war sonnendurchflutetes, schwereloses Blau. Mein Freund lächelte mich unter Wasser an und küsste mich dann auf die Stirn. Ich erwiderte sein Lächeln und genoss den Moment unter Wasser solange, bis ich auftauchen und wieder Luft holen musste. Er folgte mir, obwohl er vermutlich noch Ewigkeiten ohne zusätzlichen Sauerstoff ausgekommen wäre.

»Wenn du mit einer Flasche tauchen könntest, müssten wir stundenlang gar nicht mehr auftauchen«, meinte er.

»Als ob du stundenlang die Luft anhalten könntest«, entgegnete ich.

»Ich brauche überhaupt gar keinen Sauerstoff, solange ich dich berühren kann, und das gefällt mir gerade richtig gut.«

Mit zwei Fingern fuhr er zärtlich die Kontur meines Schlüsselbeins nach. Gerne hätte ich ihn geküsst, doch im nächsten Moment war er untergetaucht. Irritiert entdeckte ich seinen Kopf nur eine Sekunde später zehn Meter weiter draußen.

»Warum könnt ihr Wölfe so gut schwimmen?«, fluchte ich, als ich bei ihm ankam.

»Unsere Haut wird vom Wasserdruck nicht verformt. Damit müssen wir gegen einen viel geringeren Widerstand anschwimmen.«

Dieses Phänomen kannte ich bereits, weil ich mit Eathen jahrelang in einem Schwimmverein gewesen war. Bis mein Bruder beschlossen hatte, dass das Training für ihn überhaupt gar keine Herausforderung mehr darstellte, und ich mit dem Cheerleading angefangen hatte.

»Das hat aber keinen wirklichen evolutiven Vorteil, oder? Denn eigentlich müssen Wölfe doch gar keine großen Strecken schwimmen können.«

»Nein. Das ist ein netter Nebeneffekt, wenn man ziemlich stabile Haut hat und es könnte nützlich sein, falls man seine Geprägte mal aus dem Meer fischen muss.«

Bei meinem erneuten Versuch, ihn zu küssen, tauchte er nicht unter, sondern erwiderte meinen Kuss.

Als wir kurz darauf aus dem Meer kamen, zitterte ich zwar und hatte angeblich blaue Lippen sowie vom Salzwasser gerötete Augen, war aber unglaublich glücklich. Inzwischen glaubte auch ich daran, dass dies genau der richtige Zeitpunkt für diese Reise gewesen war. Außerdem war ich der Sonne sehr dankbar, dass es sie gab, als sie mich in den darauffolgenden Minuten wieder aufwärmte, während ich in Elijahs Arm auf unseren Handtüchern lag. Auch seine Haut erwärmte sich in der Sonne schnell wieder und sobald seine Lippen wieder warm genug waren, begann er, mir meine mit seinen zu wärmen.

Später am Abend lag ich erneut in seinem Arm auf unserer Terrasse, während wir beide in den Nachthimmel schauten. Eathen und Alana hatten sich gerade verabschiedet, um ins Bett zu gehen.

Nun strich Elijah zärtlich meinen Pullover von meiner Schulter und küsste mein Schlüsselbein sowie meinen Hals. Ich wandte meinen Kopf zu ihm hoch und er deutete in Richtung Pool.

»Nein, das war eine blöde Idee«, erwiderte ich leise.

»Mir hat sie gefallen und wir haben hier voll und ganz unsere Ruhe.«

»Du vergisst, dass Eathen nur eine Wand von uns trennt und ich hab mir sagen lassen, dass Wölfe ein recht gutes Gehör haben.«

Elijah wirkte ein wenig enttäuscht, was mir sofort leidtat. »Dein Bruder bekommt sowieso vieles mit. Aber für ihn ist es nicht schlimm.«

»Aber mir ist es unangenehm.«

»Püppie, komm schon. Du hast es selbst vorgeschlagen.«

»Ja, aber es war eine blöde Idee.«

»Warum denn?«

»Weil es zu nichts führt.«

Elijah verstand sofort, was ich meinte.

»Wir müssen doch nur ein bisschen vorsichtig sein. Das ist doch aber kein absoluter Hinderungsgrund.«

»Ist es das auf einmal nicht mehr?«, erwiderte ich zickig und hatte selbst keine Ahnung, warum ich das sagte. Aber aus irgendeinem Grund war ich beleidigt. Beleidigt, weil ich all diese Vorsichtsmaßnahmen übertrieben fand, und beleidigt weil Elijah nicht mit mir schlafen wollte.

Gerade erst hatte ich meine Angst überwunden und war auf den Geschmack gekommen, da strich er es zumindest für die nächsten paar Monate komplett von der Liste der möglichen Dinge. Außerdem war mir nicht klar, ob er seine Meinung zu dem Thema je ändern würde. Solange er sich selbst als Gefahr für mich sah, würde er es sich sicher auch nach der Geburt unseres Kindes nicht anders überlegen.

»Püppie, ich muss auf deine Nähe nicht körperlich reagieren, schon vergessen? Ich kann es verhindern und außerdem darf man Kondome auch benutzen, wenn man nicht miteinander schläft.«

»Ich habe aber so keine Lust darauf.«

Ich bereute den Satz, sobald ich ihn ausgesprochen hatte, als ich sah, wie sehr er Elijah verletzte.

»Es tut mir leid«, entschuldigte ich mich sofort.

»Du hast doch vollkommen Recht. Es ist immer nur der Versuch, alles so normal wie möglich hinzubekommen. Und es wird auch nie etwas anderes sein.«

Er stand auf und ging zurück ins Zimmer. Ich folgte ihm und sah ihn unschlüssig mitten im Zimmer stehen, wie er die Fäuste immer wieder öffnete und erneut zusammenballte, um seiner Wut irgendeinen Raum zu geben. Nach kurzem Zögern ging ich zu ihm und umarmte ihn. Dankbar schloss er mich ebenfalls in seine Arme und erinnerte mich dabei an Eathen, der sich nach seinen Beschützeranfällen auch immer an mich klammerte wie ein Ertrinkender.

»Ich weiß wirklich nicht, wie ich es besser machen soll«, begann Elijah, woraufhin ich mich ein Stück aus seiner Umarmung löste, um ihn ansehen zu können. »Ich will dir ein guter Freund sein und ich rede mir immer wieder ein, dass ich es schaffe, mit dir rumzumachen, ohne mit dir schlafen zu wollen. Aber letztendlich ist das reiner Selbstbetrug. Meine Selbstbeherrschung hat arge Grenzen, und solange du es nicht wolltest, war es definitiv einfacher als jetzt.«

»Was ich daran nicht verstehe, ist, was sich mit der Schwangerschaft verändert hat? Verhüten müssen wir jetzt und auch später.«

»Aber jetzt ist es noch wichtiger als später.« Er atmete tief ein. »Ich hatte wahnsinniges Glück, dass du anders bist. Andernfalls hätte ich dich bereits umgebracht und ich will mein Glück kein zweites Mal herausfordern.«

»Wir beide waren leichtsinnig, als wir es an Vollmond ohne Silber versucht haben. Das heißt doch nicht, dass wir es in Zukunft nicht besser machen können.«

»Natürlich können wir es besser machen und das werden wir auch. Aber es bleiben viele mögliche ungünstige Zufälle. Schließlich sind alle Frauen, von denen das Buch berichtet nicht schwanger geworden, weil sie gerne ihr Schicksal herausfordern wollten. Und irgendwie habe ich, nachdem ich mich immer noch schuldig fühle, jetzt den Anspruch, dich und das Baby nicht mal mehr in die Nähe einer Gefahr zu bringen.«

»Wolltest du es deshalb im Meer vorhin nicht übertreiben?«

Er nickte. »Im Wasser ist einfach besondere Vorsicht geboten, weil Wolfskeimzellen auch chlor- und salzresistent sind.«

»Warum hast du dann gerade vorgeschlagen, in den Pool zu gehen?«

»Weil ich mir immer noch wünsche, eine ganz normale Beziehung mit dir führen zu können.«

»Wie kommst du denn darauf, dass ich das möchte?«

Die Frage schien ihn zu überraschen. »Naja, du wolltest doch gerne einen Freund haben, mit dem du im Pool rummachen kannst.«

»Ich möchte einen Freund haben, der mich so gerne berührt, dass er sich dabei halb verwandelt und der sich darüber freut, dass er durch eine Prägung, keinen Sauerstoff mehr zum Atmen braucht.« Gerührt sah er mich an.

»Bist du dir sicher?«

»Ja! Ich will mit dir zusammen sein, egal wie schwierig es ist und wir kriegen das hin.«

»Warum wählst du ausgerechnet mich, wenn du es mit jedem anderen so viel einfacher haben könntest?«

»Weil es cool ist, einen Freund zu haben, der einfach auf Hausdächer klettern kann, der in zwanzig Minuten eine Strecke durch den Wald zurücklegen kann, für die man mit dem Auto eineinhalb Stunden braucht, und der bei jeder meiner Berührungen lächeln muss. Außerdem gibt es da noch einen Haufen anderer Vorteile.«

Ich krempelte sein T-Shirt hoch und streichelte über die sechs Linien auf seinem Bauch.

Grinsend sah er mich an. »Ich liebe dich auch und ich bin der Natur unendlich dankbar, dass ich dich höchstwahrscheinlich noch eine ganze Weile behalten darf. Und wo wir gerade beim Thema Ehrlichkeit sind: Das, was ich dir über die Prägungsberührungen im Garten erzählt habe, war nichts als ein Wunschgedanke. Die Prägung macht alles nur noch besser und auch noch schwieriger.« Nun hatte sein Gesichtsausdruck wieder etwas Melancholisches. »Alle denken, es sei das ganz große Glück, auf das Mädchen, das man liebt, geprägt zu sein und wortwörtlich ist es das auch, aber es ist auch eine riesige Herausforderung und ich kann noch nicht allzu gut damit umgehen.«

Er löste unsere Umarmung und setzte sich auf die Bettkante.

Nun verstand ich ihn zwar besser, aber auch ich hatte keine Idee, wie wir das Problem lösen könnten.

»Wie war das denn bei anderen Wölfen?« fragte ich deshalb.

»Es war schon immer ein riesiges Drama. In den Jahrhunderten, wo der Geschlechtsverkehr nötig war, um die Ehe gültig zu machen, und Kinder erwartet wurden, sind viele Ehen einfach als ungültig wieder aufgelöst worden. Die Frau musste dann erneut heiraten und der Wolf hat sowohl seine Frau wie auch seine Geprägte verloren. Und da sich Frauen und Männer damals nicht einfach treffen durften, bedeutete das für den Wolf in der Regel, ohnmächtig auf seinen Tod zu warten. Alle, die darauf hoffen, dass sich das Problem mit dir endlich lösen wird, sind also vollkommen im Recht. Und ich kann nur mehr als dankbar sein, dich gefunden zu haben und von dir ebenfalls ausgewählt worden zu sein. Aber selbst wenn du diejenige bist, für die wir alle dich halten, löst das akut nicht unser Problem. Wir tun nur all unseren Nachfahren etwas Gutes.«

»Na, das ist doch schon mal etwas«, meinte ich bemüht fröhlich und setzte mich zu ihm.

Er lächelte schwach, bevor er seinen Kopf auf meinen legte. Lange schwiegen wir. In der Zeit überlegte ich hin und her, wie ich ihm ein sicheres Gefühl geben könnte, wenn wir miteinander schlafen würden, aber all die Unbekannten, die wir nicht beeinflussen konnten, blieben natürlich. Resigniert schlug ich schließlich vor, schlafen zu gehen, wogegen er nichts einzuwenden hatte.

Während ich mir wenige Augenblicke später die Zähne putzte, ärgerte ich mich furchtbar darüber, dass ich einen wirklich schönen Abend gerade erfolgreich kaputt gemacht hatte. Anderseits stand das Problem schon seit Wochen zwischen uns. Ich überlegte sogar, ob ich nicht einfach in den Pool springen sollte, aber das würde rein gar nichts ändern. Es würde ihn nur noch unglücklicher machen, weil er mich gerne berühren wollte, es sich aber selbst nicht erlaubte.

»Schlaf gut, Püppie«, sagte Elijah, als ich mich zu ihm legte. Er hatte sich mir zwar zugewandt, aber er wirkte immer noch niedergeschlagen. Gerne hätte ich etwas Aufmunterndes gesagt, aber leider fiel mir rein gar nichts ein. Schließlich wünschte ich ihm ebenfalls eine Gute Nacht, gab ihm einen Kuss auf die Stirn und schloss für einen Moment die Augen.

Die nächste halbe Stunde verbrachte ich damit, an die Decke zu starren, immer wieder die gleichen Gedanken zu durchdenken und mich darüber zu ärgern, dass es so kompliziert war, eine Beziehung mit einem Wolf zu führen. Anderseits ärgerte ich mich auch über mich selbst, dass mir nicht einfiel, wie ich sicher verhindern konnte, ein zweites Mal schwanger zu werden. Sollte ich tatsächlich die erste Frau sein, die Wolfsgeburten überlebte, was half mir das, wenn ich quasi schon vom Angucken meines Freundes jedes Mal schwanger wurde? Ich wollte ungern ins Guinnessbuch der Rekorde als die Frau mit den meisten Kindern auf der Welt eingetragen werden. Als meine Gedanken noch abstruser wurden, bremste ich mich selbst und erinnerte mich daran, dass es erstmal nur um die nächsten neun Monate ging. Danach könnten wir mit der entsprechenden Verhütungsmethode und unter Silbereinfluss problemlos miteinander schlafen. Oder ich machte es wie Alice und ließ mir alle weiblichen Geschlechtsorgane entfernen. Wo es keine Eizellen mehr gab, konnten schließlich auch keine mehr befruchtet werden.

Immer wieder sagte ich mir, dass es ja wohl kein Problem sei, neun Monate enthaltsam zu leben, schließlich hatte ich es ja die letzten siebzehn Jahre auch geschafft. Zumal mein erstes Mal auch nicht so gut gewesen war, dass ich dieses Erlebnis unbedingt wiederholen wollte. Doch irgendwann begriff ich, dass ich mir nur etwas vormachte. Irgendwie gehörte es zu einer richtigen Beziehung dazu, und weil ich Elijah liebte, wollte ich ihm gerne so nah wie möglich sein. Doch genau mit dieser Einstellung gab ich ihm das Gefühl, nicht gut genug für mich zu sein, und die Gedankenmühle begann von vorne.

Als ich Elijah schließlich betrachtete, hatte er die Augen geschlossen und atmete ruhig, doch ich konnte nicht glauben, dass er tatsächlich schlief.

»Hey, bist du noch wach?«, fragte ich und strich ihm behutsam durch die Haare.

»Ja«, antwortete er und öffnete seine in der Dunkelheit leuchtenden Augen. »Warum kannst du nicht schlafen?«, fragte er dann und ließ mich unter seine Decke schlüpfen. Inzwischen war seine Haut wieder kühl und ich erschauderte leicht, woraufhin er die Decke zwischen uns legte.

»So bekommst du aber keine Berührungen mehr ab«, stellte ich fest und breitete die Decke wieder über uns beiden aus.

»Das ist doch gerade vollkommen egal. Wir haben wichtigeren Diskussionsbedarf«, erklärte Elijah und legte beide Decken über uns.

»Jetzt wird dir aber zu warm«, meinte ich, woraufhin ich einen bösen Blick von meinem Freund erntete.

»Püppie, wir können deinen *Ich-muss-die-Welt-unbedingt-doppelt-so-kompliziert-machen-wie-sie-tatsächlich-ist-Modus* gerade echt nicht gebrauchen. Also lass die Decke einfach so liegen, wie sie jetzt liegt, und erklär mir lieber, wie wir unsere Beziehung in den nächsten paar Monaten so auf die Reihe bekommen, dass wir beide glücklich sind?«

»Ich weiß es nicht«, gab ich zu.

»Kann ich dir dann eine Frage stellen?«

Ich nickte.

»Warum ist es dir auf einmal so wichtig, mit mir zu schlafen?«

Es dauerte einen Moment, bis ich mich traute, wahrheitsgemäß zu antworten: »Bevor du abgehauen bist, dachte ich, dass wir in unserer Beziehung schon weiter wären, als wir es sind. Ich hatte geglaubt, wir wären eine Art Einheit, die auch mit Problemen umgehen kann.«

Zu meiner Überraschung lächelte Elijah. »Du willst gerne mit mir schlafen, um dich mit mir zu verbinden und eine Einheit zu bilden?«

»Ja. Außerdem hätte ich nichts dagegen, mein erstes Mal in meiner Erinnerung ein wenig zu korrigieren, denn im Moment verbinde ich damit nur Schmerzen und das Gefühl, dich zu verlieren, was ich danach hatte. Das ist nicht unbedingt schön.«

Am Klang meiner Stimme erkannte ich selbst, wie sehr mich dieses Gespräch mitnahm. Es war nicht einfach, mir und ihm all diese Dinge einzugestehen.

»Meinst du nicht, es gibt einen anderen Weg als Sex, dein Vertrauen in unsere Beziehung wieder herzustellen?«, fragte er mit melodischer Stimme. Gleichzeitig setzte er sich auf und zog mich in seinen Arm. Behutsam streichelte er über mein Schlüsselbein, bevor er schließlich seine Hand auf die Stelle legte, wo mein Herz darunter kräftig schlug. Unsere Blicke trafen sich und er entfesselte all die Liebe, die er für mich empfand. Flackernde, tiefe Gefühle sprachen aus seinem Blick, gepaart mit dem Wunsch, mir möglichst immer nah sein zu wollen. Es dauerte einen Augenblick, bis ich begriff, dass er mir gerade den Blick in seine Seele eröffnet hatte, was ihm sicher nicht leicht gefallen war. Ich hatte das Gefühl, er würde mir jeden peinlichen Augenblick seines Lebens und jeden Gedanken erzählen, den er bisher gut verborgen gehütet hatte. Dabei bekam ich zwar faktisch keine neuen Informationen. Viel mehr war es nur die Möglichkeit, einen Blick auf seine Gefühle zu werfen. In dem Moment verstand ich die Redensart *'Jemandem durch die Augen in die Seele zu blicken,*. Außerdem war ich mir absolut sicher, dass ich so etwas mit einem normalen Jungen nicht erlebt hätte.

»Wie machst du das?«, flüsterte ich fasziniert.

Er schloss seinen Blick wieder und grinste mich an.

»Das ist so eine komische Art der wortlosen Kommunikation, die in schwächerer Form auch echte Wölfe verwenden. Dein Bruder hat es mir beigebracht.«

»Das gefällt mir«, bemerkte ich beeindruckt.

»Und? Hatte es den gewünschten Effekt? Fühlst du dich jetzt besser?«

»Auf jeden Fall«, bestätigte ich, ohne überlegen zu müssen.

Tatsächlich fühlte ich mich ihm nun emotional viel näher, als bei unserem missglückten Versuch, miteinander zu schlafen, und das war richtig gut.

»Ich liebe dich, Püppie«, flüsterte er und küsste mich auf die Stirn, bevor er mich liebevoll zudeckte und ich in seinem Arm einschlief.

Sie entsteht durch die besonderen Eigenschaften der Wölfe

»Du siehst ja ganz schön müde aus, Schwesterchen. Habt ihr gestern Abend noch zu lange zu intensiv an eurer Beziehung gearbeitet?«, begrüßte uns mein Bruder, als Elijah und ich um elf zum Frühstück in unsere kleine Appartementküche kamen.

Alana verstand das als eindeutig zweideutige Anspielung, mir hingegen gefiel Eathens Kommentar gar nicht. Unter Garantie wusste er, wie unser gestriger Abend gelaufen war, da konnte er auch einfach mal die Klappe halten. Außerdem hatte ich den Verdacht, dass sein T-Shirt mit der Aufschrift: *Das sind keine Augenringe, sondern Schatten großer Taten* nicht zufällig gewählt war, womit er noch zusätzliches Öl ins Feuer goss. Trotzdem war ich entschlossen, mir den bis zu diesem Moment wunderbaren Morgen nicht von ihm kaputt machen zu lassen. Wann wachte man schließlich schon mal im Arm seines Freundes in einem edlen Hotelzimmer auf, während man aus den von wehenden Vorhängen eingerahmten Fenstern aufs Meer schaute? Für so etwas konnte jedes Frühstück der Welt warten. Auch wenn das Frühstück, das nun vor mir stand, eines der Besten war, die mein Bruder je für mich aufgetischt hatte. Es bestand aus Joghurt, Knuspermüsli und frischem Obst und all diese Zutaten sahen unglaublich lecker aus.

»Willst du nichts essen?«, fragte Alana Elijah, als er sich gewohnheitsgemäß nur dazu setzte.

»Es ist noch was da«, erklärte Eathen.

Einen winzigen Moment überlegte Elijah, dann ließ er sich von Eathen einen Teller mit halb angebratenem Fleisch und Rührei geben, den ich bis dahin gar nicht auf der Küchenzeile wahrgenommen hatte. Vollkommen entspannt fing Elijah an zu essen und Alana kommentierte das mit keinem Wort, so als wäre es kein bisschen komisch.

Was ist denn hier los? – fragte ich meinen Bruder.

Ich habe ihr gestern Abend erzählt, dass sie sich nicht wundern soll, was Elijah und ich essen. Ich habe es ihr als besondere Diät verkauft, die uns hilft, unsere Muskulatur auszubilden. So wie andere Leute flüssige Eier zum Muskelaufbau trinken. Außerdem habe ich ihr gesagt, dass wir uns beide immer schwach und ausgelaugt fühlen, wenn wir uns vegetarisch oder von zu viel Grünzug ernähren. Sie hat noch ein paar Fragen gestellt und es dann hingenommen.

Es ist ihr nicht komisch vorgekommen?

Komisch findet sie es definitiv. Aber nicht wolfs-verdächtig. Und solange sie die Verwandlung nicht mit eigenen Augen sieht, kommt sie auch nicht darauf. Schließlich bist selbst du, die bereits wusste, dass es Wölfe gibt, bei Elijah nicht darauf gekommen. Dir sind nur ein paar Ungereimtheiten an ihm aufgefallen und das ist es ja gerade, was es ihr psychologisch irgendwann erleichtern wird, mit der Wahrheit klarzukommen. Auf diese Weise verhindern wir, dass wir ihr irgendwann fremd erscheinen. Sie hat dann nur eine logische Erklärung für all die Dinge, die ihr schon immer seltsam erschienen sind.

Auch wenn es mir nicht gefiel, wenn Alana in die Wolfsgeschichte mit hineingezogen wurde, konnte ich es wohl nicht verhindern, und Eathens Plan könnte so tatsächlich funktionieren.

Außerdem können wir nicht die gesamten nächsten zwei Wochen für sie sichtbar nichts essen oder alles menschliche Essen wieder ausbrechen. Das wäre wirklich komisch und dann würde sie sicher zurecht über Bulimie recherchieren.

Ein winziges Schmunzeln huschte über mein Gesicht, das Alana komischer Weise erwiderte, als ich den Blick hob.

Da du gerade zwei Minuten lang mit leerem Blick scheinbar vor dich hin geträumt hast, glaubt sie, du hättest an deine wirklich nette Nacht mit Elijah zurückgedacht. Und sie freut sich, dass es bei euch beiden jetzt besser läuft, ist aber gleichzeitig ein bisschen traurig, dass sie niemanden hat, mit dem sie so eine Liebesgeschichte erleben kann.

Musst du ewig ihre Gedanken auswendig lernen?

Ja, hin und wieder ist das tatsächlich eine gute Idee. So weiß ich zum Beispiel, dass mein Plan, sie mit der Wahrheit davon zu überzeugen, dass ich nicht ihr absoluter Traummann bin, aufgeht. Dass wir nur Fleisch essen, findet sie absurd und abstoßend.

Scheinbar wusste mein Bruder tatsächlich, was er tat und ich beschloss, mich zunächst nicht mehr in seine Vorhaben einzumischen. Vielleicht war die Zeit, in der ich Alana vor Eathen beschützen musste, endgültig vorbei.

Eine angenehme Entspannung durchströmte mich und jetzt, wo ich mir zunächst um nichts mehr Sorgen machen musste, hatte ich endlich das Gefühl, im Urlaub angekommen zu sein.

»Eincremen!«, rief Eathen, als wir vom Frühstückstisch aufstanden, um uns für den Strand fertig zu machen, und warf mir ohne Vorwarnung eine Sonnencremeflasche zu, die ich natürlich nicht fing. Ich sah sie schon auf den Boden fallen, als Elijahs Hand vorschnellte und er aus der Luft mühelos danach griff, wobei er übrigens ziemlich gut aussah.

»Wow, hast du super Reflexe«, stellte Alana anerkennend fest, während ich mich kurz daran erinnerte, dass ich keines dieser albernen Mädchen sein wollte, die ihren Freund anschmachteten. Erst kommentierte Elijah meine Gedanken mit einem selbstgefälligen Grinsen, bevor er sich an Alana wandte: »Ich bin Footballspieler. Ich muss das können«, erklärte er bemerkenswert souverän, wenn man bedachte, dass das komplett gelogen war. Auch er schien von Eathens Plan überzeugt zu sein, was mein Gefühl, das Richtige zu tun, noch verstärkte.

»Bist du schon eingecremt?«, fragte ich Alana, um zu verhindern, dass sie weitere Fragen zu Elijahs hervorragendem Reaktionsvermögen stellen konnte.

Sie nickte. »Außer am Rücken. Das müsstest du noch mal machen.«

Hast du abgelehnt, das zu machen, oder hat sie dich tatsächlich nicht darum gebeten? – fragte ich meinen Bruder, nachdem ich Alana mit einem »Ja, gleich«, geantwortet hatte.

Sie hat mich nicht gefragt.

Erstaunt nahm ich das zur Kenntnis und bemerkte, dass mein Bruder zwar einige Probleme zu haben schien, andere Leute in sein Herz zu schließen, aber er definitiv empathisch genug war, um die

Gefühle anderer wahrzunehmen. Außerdem besaß er scheinbar ungeahnte Fähigkeiten, Gefühle durch geschickte Äußerungen und Situationen zu manipulieren.

Und ich hab ihr schon erklärt, dass wir uns nicht eincremen müssen, weil wir natürlich bräunliche Haut haben und deshalb keinen Sonnenbrand bekommen können – fügte Eathen hinzu.

Sich mit dem Begleitschutz von Eathen und Elijah irgendwo blicken zu lassen, wo uns nicht jeder als die beiden Waisenkinder plus Freund kannte, war nicht gerade unanstrengend. Zuhause wusste jeder, wer wir waren und in welcher Konstellation wir zueinander standen, doch hier sah man deutlich, wie die Leute überlegten, wer mit wem verwandt oder zusammen war. Diese Frage schien ein gewisses Interesse zu wecken, weshalb uns den Tag über nicht wenig Leute in unserem Alter ansprachen, und nachdem wir uns mit unseren Namen vorgestellt hatten, wurden wir jedes Mal gefragt, in welchem Verhältnis wir alle zueinander standen. Nachdem klar war, dass Eathen Single war, dauerte es nicht lange, bis er von Verehrerinnen umzingelt war. Aber auch Alana weckte das Interesse eines Jungen, der auf den ersten Blick zwar sympathisch aber auch ein wenig oberflächlich wirkte. Doch vermutlich sollte man auch nicht erwarten, seine große Liebe am Strand in Florida zu treffen. Geschickter war es da, seine große Liebe bereits mitzubringen, dessen war ich mir sicher, während ich mit Elijah am Strand in der Sonne lag, wir baden gingen und selbst beim Beachvolleyballspielen.

Wir sahen Alana und Eathen den halben Nachmittag lang nicht und vergewisserten uns nur ein paar Mal per Gedanken, dass sie noch am Leben waren, bis sie irgendwann gegen Abend auftauchten und Alana uns begeistert von ihrer Bekanntschaft, Jason, erzählte. Eathen hingegen holte sich nur eine Berührung ab, vergewisserte sich, dass es Elijah und mir gut ging und wollte dann wieder los.

»Wo willst du denn hin?«, fragte ich meinen Bruder verwundert.

»Ich hab jemanden kennengelernt. Sie ist nett und ich treffe sie dort hinten an der Bar.«

»Kennst du wenigstens ihren Namen?«

»Sally. Sie war vorhin beim Beachvolleyball dabei.«

»Ich war das einzige Mädchen, das mitgespielt hat.« Alana hatte sich leider nicht getraut, auch wenn ich ihr versichert hatte, dass Eathen und Elijah die besten Vorlagen der Welt machten und sie sich nicht blamieren würde.

»Sie stand am Rand. Hast du noch weitere Fragen? Körbchengröße? Beininnenmaße? – beides größer als bei dir.«

»Das wollte ich überhaupt nicht wissen. Und jetzt hau ab und amüsiere dich. Aber komm nicht zu spät nach Hause. Noch bist du nicht volljährig.«

Belustigt betrachtete mich mein Bruder. »Das ist ab dem nächsten Wochenende zum Glück anders«, bemerkte er, bevor er endgültig verschwand. Auch Alana blieb nicht lange bei uns, weil sie sich an der gleichen Bar, nur etwas später noch mit Jason traf.

»Passt du ein bisschen per Gedanken auf sie auf«, bat ich Elijah. »Ich will nicht, dass ihr der Typ wehtut.«

»Ich kann darauf aufpassen, dass ihr nichts passiert, aber ich kann nicht verhindern, dass er ihr wehtut. Das hier ist eine Ferienbekanntschaft. Sie ist nicht darauf ausgerichtet, ewig zu halten, und das weiß auch Alana.«

Auch wenn ich beim Volleyballspielen im Wasser am nächsten Tag Jason immer noch sympathisch fand, gefiel es mir nun nicht mehr so gut, ihn mit Alana zusammen zu erleben, weil das Drama, mit dem diese Geschichte enden würde, bereits vorprogrammiert war. Weniger Sorgen machte ich mir um Eathens Gefühle, dafür aber um seinen Verstand, weil ich nun die Ehre hatte, Sally kennen zu lernen. Mein Bruder hatte nicht übertrieben, was ihre Oberweite anging, auch wenn davon sicher nur der kleinste Anteil natürlich war. Über ihrer sonnenstudiogebräunten Haut trug sie einen winzigen weißen Bikini, der gefühlt nur ihre Brustwarzen bedeckte und ihren Hintern quasi komplett zeigte. Außerdem hielt sie von festen Beziehung gar nichts, sondern brüstete sich damit, welche X-Prominenten, die definitiv keiner kannte, sie schon alles getroffen hatte. Darüber hinaus quengelte sie die ganze Zeit herum, dass sportliche Aktivität doof war und das Wasser ihr

Styling ruinierte. Spätestens nach dieser Äußerung hätte ich von meinem Bruder erwartet, dass er sie mindestens gehörig nassspritzen oder sie gleich zehn Meter weiter ins Wasser werfen würde, so wie er es mit mir gemacht hätte. Aber er hörte tatsächlich auf, mit uns Volleyball zu spielen, was im Wasser übrigens echt lustig war, weil man ständig hinfiel, wenn man versuchte zu rennen. Stattdessen trug er sie ein Stück ins tiefe Wasser, setzte sie dort haarfreundlich ab und fing an, mit ihr rumzumachen. Das war das erste Mal, dass ich sah, wie mein Bruder ein Mädchen küsste, und auch wenn ich kein Recht dazu hatte, störte mich irgendetwas an dem Bild. Ich schob es auf Sally an sich, die mir per se unsympathisch war, konnte aber nicht ausschließen, ob ich mir damit nicht etwas vormachte.

»Na, wo hast du denn deine Freundin gelassen?«, fragte ich Eathen, als er allein aus dem Wasser zurückkam.

»Höre ich da einen kleinen Stachel der Eifersucht?«, fragte er grinsend und fügte dann unbeschwert hinzu: »Sie ist nicht meine Freundin. Nur ein Bekannte.«

»Eine Bekannte, mit der du schläfst«, ergänzte ich.

Eathens Grinsen wurde noch breiter und er wirkte nun ernsthaft amüsiert, was mir eindeutig sagte, dass ich zu viel von meinem Unbehagen preisgegeben hatte. Ich hörte mich wirklich ganz schön eifersüchtig an, dabei gab es dafür gar keinen Grund. Außerdem war ich bereits in einer Beziehung mit dem tollsten Jungen der Welt, wie ich fand.

»Wir können gerne später darüber reden. Jetzt wollte ich erstmal fragen, ob ihr nochmal unser Team beim Volleyball ergänzen würdet?«

Ich schluckte die nächste bissige Bemerkung, dass ich gerade keine Lust hatte, Sally zu treffen, gerade noch rechtzeitig runter und sah stattdessen Elijah an.

»Dein Bruder hat gewettet, dass wir gewinnen. Also braucht er meine Hilfe«, erklärte Elijah. »Und danach gehen wir schwimmen, denn ich koche eigentlich schon jetzt.«

Das war ein akzeptables Angebot. Also folgte ich den beiden, stellte mich diesmal aber zu Alana an den Rand.

»Ist er nicht heiß?«, fragte Alana, die Jason beim Spielen anschmachtete. Schlecht sah er definitiv nicht aus, weil auch er muskulös und gebräunt war. Doch wenn ich Elijah beim Spielen zusah, empfand ich eine tiefe Zuneigung und war jedes Mal ein bisschen stolz auf ihn. Das einzige, was mich davon abhielt, zu ihm zu rennen und mich in seinen Arm zu schmeißen, war Alana, mit der ich als gute Freundin unbedingt über Jason reden musste.

»Er ist definitiv heiß«, gab ich zu. »Aber versuch bitte, dein Herz nicht an ihn zu verlieren. Dass du nun jemanden für den Urlaub hast, ist toll und du hast es wirklich verdient, dass er dich begehrenswert findet, aber versuch im Hinterkopf zu behalten, dass er schon allein wegen der räumlichen Entfernung nicht derjenige ist, den du dir als Freund wünschst. Das heißt nicht, dass du dich nicht mit ihm treffen solltest. Nur, sei einfach vorsichtig.«

»Ja, ich hab's verstanden und ich bin realistisch genug, um zu wissen, dass das mit ihm in spätestens eineinhalb Wochen, wenn wir abreisen, wieder vorbei ist. Aber im Moment gefällt es mir. Und ich finde es süß, dass du dir Sorgen um mich machst. Aber das hier ist nicht wie damals bei Eathen. Übrigens ist meine Schwärmerei für deinen Bruder Geschichte.«

»Das freut mich«, sagte ich und umarmte sie.

Alana setzte gerade an, um noch etwas zu sagen, als sich Sally zu uns gesellte.

»Hey, ich hatte noch gar nicht die Gelegenheit, dir *hallo* zu sagen«, meinte sie und lehnte sich an meine Schulter, was ich irgendwie seltsam fand. Aber vermutlich wollte sie auf diese Weise nur eine gute Figur machen oder dokumentieren, dass sie ein deutliches Stück großer war als ich. Ich tat so, als würde ich mich bei Alana einhaken wollen, sodass ihre Pose kaputt ging. Schließlich war ich kein Darbietungsgegenstand für die dumme Bekanntschaft meines Bruders.

»Eathen hat mir vorhin erzählt, dass du noch nie am Meer warst. Deshalb bist du also so blass.«

»Bei uns im Norden sind alle so blass«, erwiderte ich, weil mir sonst nichts Besseres einfiel.

»Außer Eathen und dein Freund. Gott dein Bruder ist so heiß

und er hat es voll drauf. Bist du dir sicher, dass ihr die gleichen Eltern habt?«

Entweder war das eine unverschämte Beleidigung oder sie war zu dumm, um zu begreifen, was sie da gerade gesagt hatte und redete immer noch von Eathens und meiner Hautfarbe. ‚*In dubio pro reo*' hoffte ich auf das Zweite.

»Ich bin mir ziemlich sicher, da wir Zwillinge sind. Aber ich komme eher nach unserer Mutter und er nach unserem Vater.«

Um in dieser Konversation nicht ganz den Verstand zu verlieren, stellte ich mir vor, wie Sally von Eathens Verwandlung und all seinen sonstigen Besonderheiten erfuhr, woraufhin ich schmunzeln musste. Alana neben mir sah allerdings nicht sehr glücklich aus, was Sally in diesem Moment leider auch auffiel.

»Du hast mit Jason einen echt guten Fang gemacht. Ich war auch mal mit ihm im Bett. Es war OK. Nicht so gut wie mit Cats Bruder aber *OK*.«

Kurz überlegte ich, ob ich nicht doch etwas Schwangerschaftsübelkeit empfand, aber mein Magen fühlte sich nach wie vor gut an.

»Könntest du vielleicht aufhören, mir zu erzählen, was du alles mit meinem Bruder machst, wenn ihr allein seid?«, fragte ich mit leicht erhobener Stimme, doch sie verstand es einfach nicht.

»Hä? Bist du doof, oder was? Das habe ich doch noch gar nicht gemacht. Außerdem gibt es da viel zu viel zu erzählen. Dein Bruder hat nämlich …«

»Sally«, ermahnte ich sie, woraufhin sie mich kurz verdattert ansah und dann mit einem enormen Hüftschwung davon stolzierte.

»Um Gotteswillen ist die blöd«, stellte ich fest.

»Allerdings«, bestätigte Alana, wirkte aber nicht so sonderlich amüsiert, was sich in dem Moment änderte, als Eathen und Elijah haushoch gewannen und auf dem Feld jubelten. Jason und sein Partner, die auf der anderen Seite gespielt hatten, wirkten hingegen ziemlich niedergeschlagen. Alana lief sofort zu ihm, woraufhin er sie dankbar küsste.

Auch Sally rannte augenblicklich, albern tippelnd, zu Eathen und warf sich ihm lauthals johlend in den Arm.

»Oh mein Gott. Rette mich vor dieser Barbiepuppe«, meinte

ich mit einem Blick auf Eathen zu Elijah, bevor ich ihm ebenfalls gratulierte.

Er grinste. »Dafür hat sie bestimmt andere Qualitäten.«

»Sicherlich. Und leider kennt sie den Begriff *Diskretion* noch weniger als mein Bruder. In der Hinsicht passen sie hervorragend zusammen.«

Rechtzeitig tippte mich Elijah an, als beide auf uns zukamen. Ob Eathen das hörte, war mir im Grunde egal, aber Sally musste ich ja nicht verärgern, wenn es sich vermeiden ließ.

»Was machen wir jetzt, *Schahatz?*«, fragte sie meinen Bruder drei Oktaven zu hoch, womit sie offenbar versuchte, süß zu sein.

»Ich will schwimmen gehen. Aber mit meinen Freunden. Wir sehen uns dann morgen am Strand.« Sally machte einen enttäuschten Gesichtsausdruck, wobei sie etwas albern die Unterlippe vorschob. Doch auch nach wiederholtem Wimpernklimpern ließ sich mein Bruder nicht umstimmen, woraufhin sie mir fast ein wenig leidtat.

»Da hast du deine Freundin ja ganz schön enttäuscht«, bemerkte ich, als ich wenig später mit Eathen im brusthohen Wasser stand. Elijah war allein weiter rausgeschwommen, um sich richtig abzukühlen und vermutlich auch, um Eathen und mir ein bisschen Zeit zum Reden zu geben.

Doch mein Bruder grinste mich nur an und motivierte mich dann, mit ihm Cheerleadersprünge im Wasser zu üben. Je weiter wir reingingen, desto mehr Schwung konnte Eathen mir geben, wenn er mich hochwarf, weil ich mein Gewicht ja nicht selbst abfangen musste, sondern einfach mit einem Kopfsprung ins Wasser eintauchen konnte. So traute ich mich auch, Schrauben und Saltos hintereinander zu setzen, was ich sonst nicht machen würde, weil ich mit so viel Schwung nicht heil landen konnte. Es machte unglaublich viel Spaß, besonders, als Elijah auch noch hinzukam. Eathen gab mir Schwung und schickte mich in einem Bogen so, dass ich mit meinen Händen auf Elijahs Unterarmen drei Meter weiter landete, der mich wieder zurückschickte, wo ich mit den Füßen erneut auf Eathens Händen aufkam. Als ich genug davon hatte, stieg ich in der Mitte mit einem Salto aus. Nach dieser Vorführung schaute uns beim Weg aus dem Wasser scheinbar der ganze Strand an.

»Vielleicht war das ein bisschen zu viel für einen öffentlichen Strand«, überlegte ich, als ich mich abtrocknete. Die Jungs verzichteten generell darauf, während ich mir nach dem Baden sogar einen trockenen Bikini anzog, um schneller wieder warm zu werden.

»Quatsch. Das war alles noch im menschenmöglichen Bereich. Chinesische Akrobaten können so etwas auch.«

»Ja, aber die haben dafür auch Ewigkeiten geübt. Meine Aufgabe ist einfach nur, meinen Körper anzuspannen oder mich kontrolliert nach vorne, zurück oder zur Seite zu drehen. Und ich brauche keine Angst vorm Fallen zu haben oder nur doof aufzukommen, weil du mich fängst, wenn ich auf die schiefe Bahn gerate.«

»Das mache ich bestimmt«, sagte Eathen auf die Doppeldeutigkeit bezogen. »Laufen wir noch ein Stück?«

Fragend sah ich Elijah an, doch der nickte nur. »Macht ruhig. Man kann mich allein lassen. Im Gegensatz zu euch beiden bin ich nämlich schon volljährig.«

»Wir holen bald auf«, versicherte ich ihm.

»Was gibt's?«, fragte ich meinen Bruder, nachdem wir eine kurze Weile schweigend durch die Brandung spaziert waren und ich sein dämliches Grinsen nicht mehr ertrug.

»Ich wollte mal wieder Zeit mit jemandem verbringen, den ich mag.«

»Die meisten Menschen verbringen in ihrer Freizeit überhaupt keine Zeit mit unsympathischen Leuten.«

Mein Bruder wirkte sehr amüsiert. »Du kannst das mit Sally kein Stück verstehen, oder?«

»Psychologisch gesehen ist es für mich ein eindeutiger Hilfeschrei«, erklärte ich, woraufhin sein Grinsen noch breiter wurde.

»OK, was ist es genau, was dich so stört? Ist es, weil du zum ersten Mal mitbekommst, dass ich etwas mit einem Mädchen am Laufen habe? Dass ich nicht mehr die ganze Zeit bei euch bin und sich die Gruppe dadurch ein bisschen verstreut oder dass du eine Affäre als Angriff auf die wahre Liebe siehst?«

Ich musste einen Moment darüber nachdenken. »Vermutlich ist es ein bisschen von allem«, gab ich dann zu.

»Oh, Püppie. Du bist so süß!« Er drückte mich an sich, bevor er mich auf die Stirn küsste.

»Glaub mir, ich bin der Letzte, der nicht an die wahre Liebe glauben würde, weil ich sie bedingungsloser und reiner fühle als vermutlich jeder andere auf dieser Welt. Nur meine Liebe – und du weißt, wie ich das meine – gilt jemandem, mit dem ich nie das haben werde, was Elijah und du habt. Da ist es einfach schön, mit jemandem rummachen und schlafen zu können, auch wenn es mir nichts bedeutet.«

»Das ist ja auch vollkommen legitim. Nur warum suchst du dir ausgerechnet *sie* aus?«

»Weil sie scharf ist.«

»Eathen, schau sie dir doch mal an. Fünfzig Prozent ihres Körpers ist Fake. Die Haare, die Oberweite, die Schminke. Das ist eine ganz schön komische Auswahl für jemanden, der am liebsten draußen im Einklang mit der Natur lebt.«

»Aber genau darum geht es doch. Frauen wie Sally sind perfekt für eine schnelle Nummer. Das Mädchen hatte noch nie einen festen Freund, aber immer mehrere Optionen, die Nacht zu verbringen. Sie weiß selbst, wer sie ist und möchte genau so sein, weil sie es für Erfolg hält, mit vielen Jungs zu schlafen. Deshalb ist sie künstlich, zu allem bereit und das ziemliche Gegenteil von dem, was *man* eigentlich will. – Und damit spreche ich für sämtliche männliche Wesen dieser Welt. Aber nur deshalb ist der bedeutungslose Sex mit ihr auch so einfach. Jeder Mann, der so eine Frau zur Freundin nimmt, ist eigentlich in eine andere Frau verliebt oder hat sonstige emotionale Probleme, weil mit jemandem wie Sally der emotionale Teil einer Beziehung gar nicht möglich ist. Andererseits muss man auch kein schlechtes Gewissen haben, wenn man sie abserviert. Sei dir sicher, dass, wenn ich wählen könnte, ich mir immer ein süßes, hübsches, natürliches Mädchen als Freundin aussuchen würde, die einfach vor Lebensfreude strahlt. – Scheiße!«, fluchte Eathen.

»Was ist?«

»Such in meiner Beschreibung mal den Fehler.«

Verständnislos sah ich ihn an.

»Ich habe gesagt: *Wenn ich frei wählen könnte …* Und dann habe ich dich beschrieben oder zumindest hatte ich ziemlich genau das Bild von dir im Kopf. – Das nennt man Ironie des Schicksals. Aber darin siehst du hoffentlich, dass ich nicht unglücklich darüber bin, wie es ist. Ich kompensiere auch nichts und das mit Sally ist kein psychologischer Schrei nach Hilfe. Wenn ich die Wahl hätte, mich, so wie ich bin, aufzugeben und stattdessen wie jeder normale Wolf irgendwann die Liebe meines Lebens zu finden, würde ich den Tausch inzwischen nicht mehr eingehen. Und möglicherweise resultiert diese Entscheidung wieder aus dem, was ich eben für dich empfinde. Aber egal, wie rum der Kreis läuft, bin ich nicht unglücklich. Und falls du dir mal wieder Sorgen um meinen freien Willen machst, niemand kann willentlich seine Gefühle beeinflussen – Wölfe schon gar nicht. In dem Punkt entscheiden die archetypischen Muster des Wolfes vollkommen abseits vom Bewusstsein. Ein Mädchen kann noch so lieb und süß sein, wenn bei uns der unterbewusste Teil nicht zustimmt, wird das noch viel weniger etwas als bei normalen Menschen.«

Sofort musste ich an Elijah denken und fragte mich, was er wohl unterbewusst für mich empfand.

»Komm schon. Ist das dein Ernst? Er liebt dich mit jeder Faser seines Körpers, sonst hätte er nicht so paranoide Angst, dich zu verlieren.«

Zwar beruhigte es mich, das zu hören, aber eigentlich wollte ich nicht schon wieder mit Eathen über Elijah reden.

»Könntest du bitte einfach versuchen, Sally nicht allzu viel von uns zu erzählen? Sie muss nicht wissen, dass wir keine Eltern mehr haben und schon gar nicht, dass ich … ein Baby bekomme.«

Das Wort *schwanger* auszusprechen, fiel mir immer noch schwer. Mal abgesehen davon, dass ich mit niemandem außer Elijah gerne über dieses Thema sprach. Und bei ihm war es mir auch nur so einfach möglich, weil er sich so sehr auf das Baby freute.

»Ich weiß, dass du es nicht gerne an die große Glocke hängen möchtest …« Nach Eathens Betonung war dieser Satz trotz seiner Pause noch nicht beendet.

»Aber?«, fragte ich deshalb.

»Ist dir schon aufgefallen, dass sich dein Bauch ein Stückchen wölbt?«, fragte er nach kurzem Zögern.

Entgeistert sah ich an mir herunter und bemerkte, dass er Recht hatte. Noch konnte niemand darauf kommen, dass ich schwanger war, ich könnte auch einfach viel gegessen haben, aber ich sah die Veränderung und Eathen ja offensichtlich auch. Auf einmal kam ich mir in meinem Bikini furchtbar entblößt vor und hätte gerne etwas zum Anziehen gehabt.

»Hey, es ist alles OK. Es sieht niemand«, versuchte Eathen mich zu beruhigen. »Entspann dich, Püppie. Wir sind noch eine Woche hier und die kannst du dich getrost im Bikini sehen lassen.«

Diese Beruhigung erfüllte nur eingeschränkt ihren Zweck, denn auf einmal wollte ich unglaublich gerne entweder mit Eathen oder mit Elijah allein sein und nicht mehr exponiert an diesem Strand stehen.

»Hey, es tut mir leid, dass ich das gesagt habe. Ich wusste nicht, dass es dich so sehr mitnehmen würde. Ich finde es eher süß.«

»Es ist nicht deine Schuld. Nur, wenn man jetzt etwas sieht, macht das alles viel realer und das ist nicht so leicht ...«

»Sollen wir zurückgehen?«

»Nein, es geht schon.«

»Du siehst aber nicht so aus, als würdest du dich unglaublich wohlfühlen.«

Letztendlich traten Eathen und ich doch recht schnell den Rückweg am Strand entlang an, und da es schon früher Abend war, beschloss ich, hoch ins Hotelzimmer zu gehen. Elijah begleitete mich, nachdem er mir, sofort als wir bei unserem Liegeplatz ankamen, mein Top gegeben hatte, in dem ich mich schon etwas wohler fühlte.

»Zeigst du mir das Drama auch mal«, bat er mit einem unendlich liebevollen Lächeln in unserem Schlafzimmer und zupfte an meinem Top. Bereitwillig ließ ich es mir von ihm über den Kopf ziehen. Wir standen mitten im Zimmer und mit nur zwei Fingern streichelte er über meinen nackten Bauch, doch auf einmal entstand Fell auf seiner Haut. Erst ganz fein, dann wurde es langsam stärker. Irritiert sah ich ihn an, doch er hielt seinen Blick auf meinen Bauch gerichtet. Unendlich dankbar für diese Geste, die nicht viele Worte bedurfte, küsste ich ihn. Das Baby musste ihm wirklich viel bedeuten, wenn er sich ohne Scheu am helllichten Tag mitten im Hotelzimmer aus Begeisterung halb verwandelte.

»Es muss dir nicht peinlich sein, Püppie. Erstens weiß niemand von unseren erschwerten Anforderungen und zweitens ist es so, wie Owen gesagt hat: Wenn jemand Freude für sein Baby in die Welt hinausträgt, wird das auch niemand anzweifeln.«

Ich bedankte mich für seine aufmunternden Worte und nahm mir vor, mir in Zukunft weniger Sorgen zu machen.

»Alana und Eathen sind auf dem Weg hierher, weil Eathen ihr erzählt hat, dass du Schwangerschaftskomplexe hast. Möchtest du mit ihr reden?«, fragte Elijah, ohne unsere Umarmung zu lösen.

»Ja, ich glaube schon«, entgegnete ich und brachte nun so viel Abstand zwischen uns, dass ich ihn ansehen konnte.

Wenige Minuten später saß ich mit Alana auf meinem Bett.

»Ich weiß auch nicht, wie ich mich fühlen würde, wenn ich jetzt ein Kind erwarten würde. Aber wenn ich jemanden wie Elijah hätte, dann würde ich es mir gar nicht so schlimm vorstellen. Ich hätte mehr Angst davor, plötzlich ein Baby versorgen zu müssen.«

»So weit denke ich noch gar nicht. Mir ist es erstmal einfach nur peinlich und …« Kurz überlegte ich, ob ich ihr das wirklich erzählen sollte, doch dann kamen mir Eathens Worte wieder in den Sinn.

»Elijah freut sich zwar auf das Baby, aber er hat auch Angst davor, dass mir bei der Geburt etwas passieren könnte, wofür er dann die Verantwortung tragen würde.«

»Was sollte denn bei der Geburt schiefgehen?«

»Meine Mutter ist bei meiner Geburt gestorben und Elijahs Mutter bei seiner. Alice ist nicht seine leibliche Mutter.«

Alana sah mich sehr mitfühlend an.

»Oh, Cat! Ich glaube, so langsam verstehe ich, worum es hier überhaupt geht.«

Mein schlechtes Gewissen meldete sich mal wieder, denn in Wirklichkeit hatte sie keine Ahnung, worum es hier eigentlich ging. Auch in diesem Punkt hatte Eathen recht: So konnte das nicht ewig weitergehen. Wenn ich meine Freundschaft zu ihr nicht aufgeben wollte, müsste ich ihr irgendwann die volle Wahrheit erzählen.

»Aber wenn du dein Baby im Krankenhaus zur Welt bringst, wird sicher alles gut gehen. Ich meine, es vererbt sich ja kein Merkmal, das Frauen bei der Geburt ihrer Kinder umbringt.«

Ich atmete tief durch und bereute es ein Stück weit, das Thema überhaupt angesprochen zu haben.

»Natürlich ist es unwahrscheinlich, dass mir etwas passiert. Aber Elijah hat trotzdem Schuldgefühle. Er glaubt, er hätte mich zum Sex überredet, zu leichtsinnig verhütet und sei nun Schuld daran, wenn ich mit dem Baby nicht glücklich werde. Außerdem ist es zwar unwahrscheinlich, dass mir bei der Geburt etwas zustößt, aber da wir ja entfernt miteinander verwandt sind, könnte eine genetische Komponente schon eine Rolle spielen.«

Alana tat das einzig richtige und führte diese Diskussion nicht weiter, sondern nahm mich in den Arm. Diese Geste empfand ich als so tröstend, dass ich es auf einmal nicht mehr bereute, ihr einen Teil der Wahrheit erzählt zu haben.

Durch den unglaublichen Zusammenhalt in der Familie

Für unseren Geburtstag war nichts Außergewöhnliches geplant gewesen. Das hätte mich eigentlich misstrauisch machen müssen, aber naiv, wie ich war, dachte ich, dass diese Reise eine ausreichend große Überraschung darstellte. Dieser Irrglaube hielt so lange an, bis ich in der Nacht zu meinem Geburtstag überraschend geweckt wurde. Mit einem verschlafenen Blick auf den Wecker erkannte ich die Uhrzeit auf dem leuchtenden Display: 3:15 Uhr.

»Bitte sagt mir, dass ihr einen richtig guten Grund habt, mich jetzt zu wecken«, murmelte ich.

»Haben wir. Zieh dir einen Bikini an und irgendetwas darüber, sodass du nicht frierst, wenn wir mehrere Stunden draußen sind«, trug mir Eathen auf. Normale Menschen hätten vermutlich einfach nur ein T-Shirt angezogen und mein Kälteempfinden war auch schon nicht mehr ganz so sensibel wie zum Beginn der Schwangerschaft, trotzdem wählte ich in Gedanken einen langärmlichen Pullover aus. Schlaftrunken setzte ich mich dann auf und war dankbar, mich noch einmal kurz mit geschlossenen Augen an Elijahs Schulter anlehnen zu dürfen.

»Ihr wisst aber schon, dass ich nicht geprägt bin und meinen Schlaf wirklich brauche?«, fragte ich, als ich endgültig aufstand.

»Du kannst ihn bei Gelegenheit nachhohlen. Aber glaub mir, das, was wir jetzt vorhaben, willst du nicht verpassen«, antwortete Elijah.

»Was ist mit Alana?«, fragte ich, als ich nur mit halb geöffneten Augen auf den kleinen Korridor in unserem Apartment trat.

»Wir können Sie nicht mitnehmen«, meinte Eathen nur schulterzuckend, eine Hand bereits an der Türklinke.

»Und was ist, wenn sie aufwacht? Sollten wir ihr nicht wenigstens einen Zettel hinlegen?«

»Sie wird nicht aufwachen«, versicherte mir Eathen und das klang verdächtig gewiss.

»Wie kannst du dir denn da so sicher sein?«

»Ich weiß es einfach«, wich er meiner Frage aus.

Misstrauisch betrachtete ich meinen Bruder, der, als ich nicht sofort weiter bohrte, mit einem selbstzufriedenen Grinsen im nächsten Moment zur Tür hinaus war. Wenig später saß ich in Elijahs Arm auf der Rückbank in einem Mietwagen, den Eathen ohne mein Wissen heute Nachmittag angeblich legal – obwohl keiner von uns einundzwanzig war – organisiert hatte. Doch erst als wir auf die Panoramastraße bogen, die wir auch auf dem Hinweg an der Küste entlang gefahren waren, fiel mir das gleißend weiße Licht auf.

»Heute ist Vollmond«, stellte ich überrascht fest und wunderte mich, wie mir dieser Termin entfallen sein konnte. Eigentlich wusste ich immer, wann der nächste Vollmond war, weil es eine elementare Bedeutung hatte, wenn man mit Wölfen zusammenlebte. Im Rückspiegel sah ich Eathen, der mir ein zufriedenes Lächeln schenkte.

»Wo fahren wir hin?«, fragte ich.

Mein Bruder tat so, als hätte er die Frage nicht gehört, und auch Elijah machte keine Anstalten, sie mir zu beantworten. Kurz spielte ich mit dem Gedanken, ein größeres Drama zu veranstalten, ihnen die nächsten Berührungen zu versagen oder zu drohen, auf der Stelle auszusteigen. Aber wozu das Ganze? Eathen und Elijah würden mich niemals irgendwo hinbringen, wo es mir nicht gefallen würde. Die beiden hatten im Mai die Freiheit ihrer Seelen gefährdet, um mich zu retten und darüber hinaus war Eathen genetisch darauf programmiert, mich zu beschützen. Ich musste mich also nicht fürchten und würde noch früh genug herausfinden, wohin der Weg an der Küste entlang führte.

Schließlich verließ Eathen die Panoramastraße und fuhr noch ein ganzes Stück durch einen Wald aus kleinen Palmen und hohen kiefernartigen Nadelbäumen, bis er das Auto irgendwann einfach vor einer Kurve am Straßenrand parkte.

»Wir sind da«, verkündete er und ich startete einen weiteren Versuch: »Und wo sind wir?«

»Schau dich doch um«, antwortete mein Bruder nichtssagend,

zumal ich ohne das Scheinwerferlicht von meiner unbeleuchteten Umgebung rein gar nichts erkennen konnte. Immer noch sehr geheimniskrämerisch führten mich die Jungs ein Stück durch den Wald, bis wir an einen nicht allzu hohen Abhang kamen, wie ich mit einem Blick durch die Augen meines Bruders herausfand. Allerdings schätzte Eathen es nicht besonders, wenn ich durch seine Augen sah, und gönnte mir deshalb nur einen kurzen Blick auf meine Umgebung, bevor er mich nur noch demonstrativ anstarrte. Sich selbst, durch die Augen von jemand anderem zu sehen, war irritierend, zumal mir Eathens Gedanken zu dem, was er sah, zu greifbar waren und so musste ich mich wieder auf meine eigenen nicht besonders feinen Sinne verlassen.

»Du schaffst es auch blind zu klettern«, meinte mein Bruder.

»Klettern?«, hakte ich wenig begeistert nach, doch da war mein Bruder schon über den Abhang gesprungen und verschwunden. Weil ich die Kante beim besten Willen nicht sehen konnte, lief ich ihm nicht nach, zumal er keine drei Sekunden später nach Elijah und mir rief.

»Kann eigentlich irgendwer nachvollziehen, dass ich diese Art von Eathen, mir nie zu sagen, worum es geht, mich grundsätzlich vor vollendete Tatsachen zu stellen und dann immer absurde Dinge von mir zu verlangen, nicht leiden kann? Plus seine neue Eigenart, die mir permanent das Gefühl gibt, dass er alles genau so geplant und eingefädelt hätte.«

»Ein Stück weit beruhigt es dich auch. Das musst du zugeben. Außerdem hast du eine Schwäche für Typen, über die du dich künstlich aufregen darfst, sonst wärst du nicht mit mir zusammen.«

Ich biss mir auf die Lippen und fragte mich, wie ich wohl gerade durch Elijahs Augen aussah. Doch an seine Gedanken kam ich ohne Eathens Hilfe nicht heran, mal abgesehen davon, dass ich meinen Freund sicher nicht ausspionieren würde.

»Ich werde nichts davon je zugeben, also hilf mir jetzt hinunter, bevor Eathen gleich nach uns ruft.«

Elijah grinste. »Er hatte schon Luft geholt, um uns zu sagen, dass wir wann anders turteln sollen.«

»Richtig. Nämlich wenn ihr hier unten seid«, rief Eathen und seine Stimme klang nur wenige Meter entfernt. »Also macht hinne.«

Ein wenig stolz, dass ich Eathens Verhalten so zielsicher vorhersehen konnte, folgte ich Elijahs Anweisungen, kletterte einige große Findlinge hinunter und spürte schließlich Sand unter meinen Füßen.

»Und, wie findest du es?«, fragte mich Eathen.

»Ich kann immer noch nichts sehen«, erinnerte ich meinen Bruder. »Sind wir an einem Strand?«

»Wenn das so ist, müssen wir wohl bis zur Morgendämmerung hierbleiben«, erklärte er vergnügt.

»Dir macht das ziemlichen Spaß, oder?«, fragte ich, nachdem ich beschlossen hatte, mich nicht über ihn aufzuregen.

»Allerdings. Aber ich habe etwas für dich.« Augenblicklich ging ein Licht direkt neben mir an. Mein Bruder hielt die kleine Lampe so, dass sie ihn von unten beleuchtete und seine Silhouette zusätzlich auf dem Gestein dahinter einen wirklich beängstigend geformten, riesigen Schatten zeichnete. Das musste man erst mal schaffen, auch wenn es nicht sonderlich zum Fürchten war.

»Eine Taschenlampe? Du hattest die ganze Zeit eine Taschenlampe dabei und hast mich ohne Licht über die Felsen klettern lassen?«

»Es schadet nicht, etwas Vertrauen zu haben, oder?«

Wie so häufig in letzter Zeit hatte ich auch jetzt das Gefühl, dass Eathen mich trotz des ganzen Spaßes auf etwas vorbereitete. Nichts, was uns im nächsten Moment und schon gar nicht hier in Florida begegnen würde, sondern etwas, das noch fern in der Zukunft lag, aber doch mit einer feststehenden Gewissheit kommen würde. Gerade als ich Angst bekam, erinnerte ich mich daran, dass ich Eathen wirklich vertrauen konnte. Er würde alles tun, um unser Glück zu beschützen. Außerdem lohnte es sich nicht, vor einem weit entfernten Schatten Angst zu haben. Auch nicht vor dem nahen Schatten meines Bruders, weshalb ich ihm die Taschenlampe abnahm.

Nun mit dem Licht konnte ich unsere Umgebung besser einordnen. Umgeben von glattgeschliffenen Felsbrocken, die rechts und links von uns weit ins Wasser hineinragten, waren wir an einem kleinen Strand, in einer Bucht, die nur vom Meer aus einsehbar war. Dieser Ort war definitiv nicht touristisch erschlossen und hier waren auch schon lange keine Besucher mehr gewesen, denn die einzigen Fußspuren im Sand stammten von Vögeln.

»Ein verborgener Strand?«, fragte ich die Jungs, die meine Reaktion aufmerksam beobachteten.

Beide nickten.

»Wie habt ihr diesen Ort gefunden?«

»Es gibt etwas, das nennt sich Google«, sagte Elijah, der lässig mit einem angewinkelten Bein an einem Stein lehnte.

»Es ist wirklich schön hier! Aber warum konnten wir nicht tagsüber zusammen mit Alana herkommen?«

»Weil es tagsüber keinen Mond gibt. Und außerdem sind dann zu viele Wassersportler unterwegs.«

»Ihr wollt euch verwandeln«, schlussfolgerte ich.

»Natürlich. Niemand weiß, wann wir wieder die Gelegenheit haben, als Wolf am Meer zu sein.«

»Na dann los«, forderte ich sie auf, in dem vollkommenen Vertrauen, dass sie rechtzeitig merkten, wenn uns jemand beobachtete.

Meinen Bruder musste man zu einer Verwandlung nicht auffordern. Schneller, als ich schauen konnte, hatte er sich bis auf die Unterhose ausgezogen.

»Hilfst du mir mit den Linsen?«, fragte er dann, woraufhin ich ihn ein wenig genervt ansah.

»Komm schon, ich habe hier keinen Spiegel und es tut weniger weh, wenn du es machst.«

Mein Bruder zog mich zu einem nahe gelegenen Felsen und setzte sich darauf. Als er mir die Linsenschachtel reichte, kam ich seiner Aufforderung doch nach.

Hier unter dem direkten Einfluss des Mondlichts löste das Herausnehmen einer Kontaktlinse jedes Mal beinahe eine Verwandlung aus, die sich aber sofort zurückbildete, sobald er das Auge schloss.

Blindlings brachte mein Bruder ein paar Meter Entfernung zwischen uns und streifte seine Unterhose ab, woraufhin ich die Taschenlampe ausschaltete. Ich sah, wie seine geöffneten Augen das Mondlicht reflektierten, bevor er sie während der Verwandlung schloss und eine Sekunde später wieder auf Wolfshöhe öffnete. Ich hatte die Taschenlampe noch nicht wieder eingeschaltet, als sich von hinten behutsam zwei nackte Arme um mich legten. Entspannt lehnte ich meinen Kopf zurück und genoss Elijahs Nähe, während ich das Meer rauschen hörte und einen frischen Wind im Gesicht spürte, der mir die Haare aus der Stirn wehte.

»Hilfst du mir auch?«, bat er mit verführerischer Stimme und streichelte mir über die Arme, bevor er mich am Hals küsste. Ich musste mich unglaublich bemühen, um mich nicht sofort zu ihm umzudrehen, ihn zu küssen und mir ein ungewisses Ende von uns im Sand auszumalen. Zumal ich wusste, dass er bereits nackt war. Außerdem wäre dieser Ort perfekt dafür, alles, was bei unserem ersten Mal schief gelaufen war, zu korrigieren. Doch wir hatten verabredet, zu warten, bis das Kind da war. Außerdem war Eathen hier und deshalb musste ich jetzt aufhören zu träumen.

»Na dann komm mit«, erklärte ich bemüht sachlich und führte ihn, ohne ihn noch einmal anzusehen, zu dem Stein.

Ich erwartete, Eathen irgendwo zu sehen, doch im Lichtkegel der Lampe war nichts von meinem Bruder zu sehen.

Elijah setzte sich, nahm mir die Lampe aus der Hand und schaltete sie aus, bevor er mich auf seinen Schoß zog. Durch die Kontaktlinsen, die er immer noch in den Augen trug, konnte ich nicht mal seine Augen erkennen. Ich konnte ihn nur spüren und das jagte mir einen Schauer durch den Körper. Ich wollte ihn nicht loslassen. Ich wollte seine Haut auf meiner spüren und von seiner verführerischen Hitze mitgerissen werden.

»Ich liebe dich, Püppie«, flüsterte er, während ich gerade versuchte, meinen Atem zu verlangsamen, nachdem er sich verdächtig beschleunigt hatte.

»Ich liebe dich auch«, erwiderte ich und meine Stimme klang brüchig, weil ich vor lauter Trauer über meine unterdrückten Gefühle und unsere ungewisse Zukunft fast angefangen hätte zu weinen. Elijah streichelte mir durch die Haare, bevor er mich erneut küsste. Dabei konnte er sicher meine bebenden Lippen spüren und auch die salzigen Tränen schmecken, die ich nun doch vergoss.

»Ich will dir und unserem Baby nicht wehtun, Püppie, weil ich euch beide unter gar keinen Umständen verlieren möchte. Kannst du das verstehen?«

»Ja«, log ich, schluckte die Tränen hinunter und nahm auch ihm die Linsen aus den Augen. Noch während ich auf seinem Schoß saß, öffnete er die Augen und gab mir einen unendlich liebevollen, herzzerreißenden Kuss auf die Stirn. Gleich darauf setzte er mich ab, wobei ich das Fell schon auf seiner Haut spürte, ging einen Schritt zurück und verwandelte sich.

Jemand, der unter dem Einfluss einer Prägung auf das Mädchen, das er liebte, im Vollmondlicht noch so beherrscht sein konnte, musste keine Angst davor haben, seine Freundin mit den nötigen Hilfsmitteln ein weiteres Mal zu schwängern – schoss es mir durch den Kopf. Aber es war irrelevant, was ich dachte.

Elijah kam als Wolf zu mir, leckte mir über die Hand und rieb dann kurz seinen Kopf an meinem Bauch, bevor er ein paar Schritte vorausging. Im Licht der Taschenlampe folgte ich ihm und gleich darauf stießen wir auf meinen Bruder.

»Was machen wir jetzt?«, fragte ich bemüht um einen fröhlichen Tonfall, dabei wusste ein kleiner Teil von mir, dass ich weder Eathen noch Elijah etwas vormachen musste.

Würdest du mit uns schwimmen gehen? – dachte Eathen. Kurz zögerte ich, doch dann entschied ich, dass es an diesem Morgen nicht zu kühl zum Schwimmen im Meer war. Außerdem konnte ich nicht wissen, wann sich mal wieder die Chance ergeben würde, in einer einsamen Bucht zusammen mit meinen zwei Lieblingswölfen schwimmen zu gehen.

Ins Wasser konnte ich die Taschenlampe nicht mitnehmen, deshalb wagte ich mich nur vorsichtig hinein, doch nachdem ich das erste Mal untergetaucht war, fand ich es toll. Das weiße Mondlicht brach sich im Wasser und war dort so hell, dass ich die Struktur des Bodens erahnen konnte. Später lagen wir zu dritt am Strand – ich mit dem Kopf auf Elijahs Bauch und Eathen mit seinem Kopf auf meinem Bauch. Ich lauschte dem Geräusch der Brandung des schwarzen Ozeans, spürte meine Füße im kühlen Sand und fühlte den Wind, der langsam meine Haare trocknete.

»Wir sollten uns auf den Rückweg machen«, beschloss ich, als es dämmerte. »Wir können Alana nicht so lange allein lassen.«

Sie merkt nicht, dass wir weg sind – behauptete Eathen und es klang erneut ziemlich gewiss.

»Woher willst du wissen, dass sie nicht doch irgendwann wach wird?«

Er hat ihr Baldrian gegeben – erklärte Elijah.

»Wie bitte? Du hast ihr gegen ihren Willen Baldrian eingeflößt? Eathen, wenn das nicht etwas rein Pflanzliches wäre, dann wäre das Körperverletzung.«

Ich habe ihr nichts gegen ihren Willen gegeben. Ich habe sie gestern Abend auf einen Kaffee eingeladen, daraufhin konnte sie nicht schlafen und ich habe ihr Baldrian angeboten, den sie freiwillig genommen hat. Deshalb wird sie heute ewig schlafen und du kannst dich, ohne dass wir in Erklärungsnot kommen, auch noch für ein paar Stunden hinlegen, wenn wir zurück sind.

Es war zwar unmöglich von Eathen, Menschen so zu manipulieren, aber ich konnte ihm keinen richtigen Vorwurf machen – was er vermutlich genauso beabsichtigt hatte.

»Dann sollten wir jetzt trotzdem los. Es dämmert schließlich schon.«

Wenn du jetzt gehst, verpasst du aber den Sonnenaufgang – meinte Eathen gelassen. Er öffnete nicht mal seine Augen, so sicher schien er sich zu sein, dass ich in der Ankündigung eines Sonnenaufgangs nicht gehen würde. Kurz spielte ich mit dem Gedanken, die doppelte Prägungssperre einzusetzen, nur weil ich nicht bereit war, mich so dirigieren zu lassen. Anderseits wusste ich genau, wie schrecklich es für meinen Bruder war, mich nicht berühren zu *können*.

Sobald es heller wurde und tatsächlich erste Segler auf dem Meer zu sehen waren, verwandelten sich die Jungs zurück. Elijah setzte sich hinter mich und Eathen streckte sich neben uns aus, so dass sein Bein meins berührte. Mein Bruder konnte einem Sonnenaufgang nichts abgewinnen, zumal es für ihn ganz sicher nicht der erste war, den er beobachtete. Dennoch wirkte er unendlich sorgenfrei.

Elijah und ich sprachen kein Wort miteinander, während wir das Farbenspiel am Himmel beobachteten, bis um kurz nach sechs Uhr morgens die Sonne in voller Größe am Himmel stand: »Happy Birthday, Püppie«, flüsterte Elijah nur wenige Millimeter von meinem Ohr entfernt. Meinen Geburtstag hatte ich schon ganz vergessen. Mit einem Kuss bedankte ich mich bei ihm. Sicher hatte ich schon tolle Geburtstagsmorgen erlebt, aber dieser war unvergleichlich schön. Nachdem ich einen kurzen Moment versucht hatte, die Situation zu verinnerlichen, wollte ich Eathen ebenfalls gratulieren, aber er reagierte nicht.

»Er ist eingeschlafen«, bemerkte Elijah auf meinen fragenden Blick hin. Interessiert beobachtete ich meinen Bruder und konnte mich nicht erinnern, wann ich ihn zuletzt schlafend gesehen hatte. Er sah unglaublich friedlich aus, zumal er mit einem Geprägtenlächeln auf dem Gesicht eingeschlafen war.

»Was würde passieren, wenn ich jetzt einmal laut um Hilfe schreien würde?«, fragte ich Elijah.

»Er würde sofort kampfbereit aufspringen«, entgegnete er lachend.

»Und was wäre, wenn ich nur in Gedanken nach ihm rufen würde?«

»Oh, das ist richtig fies. Wenn dir jemand in deinen Traum quatscht, dann hast du das Gefühl, als würdest du eine körperlose, unendlich laute Stimme hören. Das ist noch viel schlimmer, als wenn du echte Geräusche hörst. Aber es ist nicht so einfach, im Schlaf mit jemandem zu reden, weil sich derjenige währenddessen nicht fragt, was du gerade denkst. Das klappt nur bei Leuten, die sich um dich sorgen. Deren schlafendes Bewusstsein ist auch noch empfänglich für deine Stimme. Genauso wie du die Stimme dieser Leute auch nicht einfach ignorieren kannst, wenn du sie nicht mehr hören willst. Also würde es dir bei Eathen vermutlich gelingen.«

»Könntest du es auch?«

»Ja, inzwischen schon. Seitdem du mit deinem Bruder reinen Tisch gemacht hast, ist unser Verhältnis viel besser geworden. Er redet inzwischen sogar über Persönliches mit mir.«

»Du auch mit ihm?«

»Nicht, wenn es sich vermeiden lässt«, antwortete er grinsend.

Schließlich weckte ich Eathen ganz normal und gratulierte ihm zum Geburtstag. Er behauptete noch Jahre später, dass er nie zuvor einen schöneren Morgen gehabt hatte.

Alana hatte unsere Abwesenheit tatsächlich nicht bemerkt und ich versuchte kein allzu schlechtes Gewissen zu haben, weil wir uns heimlich weggeschlichen hatten, insbesondere als sie mir zum späten Frühstück einen Kuchen mit brennenden Wunderkerzen darauf überreichte.

Eathen schenkte ich ein T-Shirt mit der Aufschrift: *Ich bin volljährig* auf der Brust stehend *und entscheide selbst* auf dem Rücken. Er freute sich tatsächlich darüber und das, obwohl es nicht leicht war, meinen Bruder zu beschenken. Von Elijah bekam ich einen unglaublich rührenden Brief, den ich später auf dem Zimmer las, zusammen mit einer roten Rose.

Am Abend mussten wir dann notgedrungen mit Sally und Jason etwas trinken gehen und es war für Alana und mich eine echte Herausforderung, sie gleich mehrere Stunden am Stück zu ertragen. Ich konnte beim besten Willen nicht verstehen, wie mein Bruder ihre Nähe aushielt, aber um das nachvollziehen zu können, fehlte mir vermutlich ein Y-Chromosom.

In den nächsten Tagen versuchte ich daher meinen Kontakt zu Sally und ihren ähnlich dämlichen Freundinnen so gering wie möglich zu halten, was zum Glück nicht sonderlich schwer war, da sie sich als Kellnerin in einer Bar ihren Lebensunterhalt verdiente und so den halben Tag arbeiten musste. Während ihrer wechselnden Schichten verbrachten wir die Zeit zu viert. Die übrige Zeit waren Elijah und ich allein, weil sich Alana immer dann mit Jason traf, wenn sich Eathen mit Sally vergnügte.

Als wir am letzten Abend noch einmal alle zusammen in einer Bar am Strand saßen, konnte ich es kaum glauben, dass schon zwei Wochen vergangen waren, seitdem ich zum ersten Mal das Meer gesehen hatte.

Alanas Affäre mit Jason endete an diesem Abend überraschend harmonisch. Die beiden verabschiedeten sich und beschlossen, locker in Kontakt zu bleiben. Eathen hingegen gab sich überhaupt keine Mühe, Sally zu verabschieden. Er wünschte ihr nicht mal

Lebewohl, sondern ging einfach mit uns zurück ins Hotelzimmer, was ich ein bisschen ungehörig fand. Noch merkwürdiger allerdings war, dass Sally sich nicht darüber beschwerte. Ich beschloss, dass ich beide vermutlich nie verstehen würde und ließ es einfach darauf bewenden.

Nachdem Eathen und Alana in dieser Nacht schlafen gegangen waren, beschlossen Elijah und ich doch endlich gemeinsam in dem Pool auf unserer Terrasse zu schwimmen, was mit dem Blick auf die hell erleuchtete Strandpromenade und mit den leuchtenden Augen meines Freundes ein richtig runder Abschluss des Urlaubs war.

Während ich tags darauf auf dem Rückflug in seinem Arm schlief, konnte ich mir nicht mehr vorstellen, die Nächte in Zukunft wieder ohne ihn an meiner Seite zu verbringen. Dazu war es einfach viel zu schön gewesen, abends in seinem Arm einzuschlafen und morgens neben ihm aufzuwachen. Aber vielleicht war es ja möglich, dass Elijah und ich häufiger beieinander übernachten könnten, denn eigentlich sprach inzwischen gar nichts mehr dagegen.

Und ihre Bereitschaft, alles für diejenigen zu tun, die sie lieben

Nachdem wir gefühlte fünf Kilometer über Rollbänder durch endlose Flughafenhallen gelaufen waren, erwarteten uns Alice, Mathias und April. Als wir sie sahen, riss sich April von Mathias Hand los und rannte auf uns zu. Mal wieder gedanklich einen Schritt weiter als ich, nahm mir Elijah meine Jacke und meine Tasche aus der Hand, bevor sich im nächsten Moment April in meinen Arm warf.

»Hey, kleine Maus«, sagte Elijah zu ihr und streichelte über ihre Haare, woraufhin April ihm erst einen bösen Blick zuwarf, ihn dann aber ebenfalls umarmte. Er stellte die Sachen ab und wirbelte sie über den Köpfen der Leute herum.

Auch Alice und Mathias begrüßten uns und freuten sich, uns wiederzusehen.

Auf der Rückfahrt vom Flughafen in Toronto hatten wir dann einige Stunden Zeit, ihnen von unserer Reise zu erzählen, wobei ich verbal das berichtete, was auch Alana hören durfte, und Eathen und Elijah per Gedanken Weiteres hinzufügten. Zwar konnte nur Mathias diese Einfügungen hören, aber ich war mir sicher, dass er Alice in einer ungestörten Minute davon berichten würde. Nach meiner ersten wirklichen Reise war es ein schönes Gefühl, wieder zu Hause zu sein, und mir wurde klar, wie gerne ich im Grunde in unserem kleinen Haus im Wald lebte. Hier roch es immer frisch und ich hatte das Gefühl, das Leben des Waldes pulsieren zu fühlen. Eathen beobachtete grinsend wie ich vor unserer Haustür tief einatmete, bis ich nach ihm schlug, er mühelos auswich und ich in meinem Zimmer verschwand.

Am nächsten Morgen wachte ich im Vergleich zu den letzten beiden Wochen ungewohnt früh auf.

»Guten Morgen, Püppie«, begrüßte mich mein Bruder, als ich in die Küche kam.

Er saß auf der Theke und neben ihm stand eine leere Plastikschale, deren Wände innen noch rot vom Blut seines Frühstücks waren.

»Kann ich das abräumen?«, fragte ich und deutete auf die Schale.

»Nee, das mach ich gleich. Dein Frühstück steht im Kühlschrank.«

Interessiert schaute ich nach und entdeckte einen riesigen Teller mit geschnittenem Obst. Es waren verschiedene Früchte – kunstvoll angerichtet.

»Willst du mich bestechen?«, fragte ich.

»Ja, möchte ich«, gab er zu. »Setz dich und iss. Der Zucker hilft sicher deiner Auffassungsgabe.«

»Was ist passiert?«, fragte ich aufmerksam, probierte aber dennoch das Obst.

»Wir haben heute Nacht Besuch bekommen.«

»Besuch? Von wem?«

Kurz rang Eathen mit sich, doch dann brachte er es auf den Punkt: »Nathan!«

»Nathan?«, fragte ich ungläubig und kämpfte gegen das unbehagliche Gefühl in meiner Magengegend an. »Unser Cousin Nathan? Der Typ, der mich im Mai entführt hat, um mich zu schwängern und um obskure Experimente mit meinem Blut durchzuführen? Nicht zu vergessen, dass er mir Prellungen am ganzen Körper zugefügt hat.«

»Jap, exakt der!«, bestätigte Eathen.

»Aber warum? Meintest du nicht, sie werden erst wieder aktiv, wenn klar ist, ob ich unbeschadet Wolfsnachwuchs zur Welt bringen kann?«

Die Angst war in dem Moment verschwunden, in dem mir klar geworden war, dass Eathen erstens direkt neben mir stand und dass er mir zweitens nicht so entspannt von Nathans Besuch erzählen würde, wenn dieser irgendeine akute Gefahr für mich darstellen würde. Eathen war, was meine Sicherheit anging, so furchtbar überbesorgt, dass ich nichts zu befürchten hatte, wenn er zu dem Entschluss gekommen war, sich keine Sorgen zu machen.

»Er ist auch nicht hier, um dir etwas anzutun. Denn erstens konnte er sich dir überhaupt nicht nähern, bevor ich den Schwur nicht aufgehoben habe, den ich ihm im Mai abgenommen habe – was irgendeinen Plan, uns zu schaden, ergebnislos machen würde. Zweitens hat er mir in allen möglichen Variationen geschworen, dir und auch sonst niemandem Schaden zuzufügen, und drittens ist er hier, um sich bei dir zu entschuldigen.«

»Um sich bei mir zu entschuldigen?«, fragte ich aufgebracht und empfand das als eine ziemliche Unverschämtheit. »Er hat mich so schwer verletzt, dass ich zwei Wochen lang nicht mal allein duschen gehen konnte. Und jetzt will er sich entschuldigen? Vielleicht hätte er sich das mal ein bisschen früher überlegen können.«

Eathen blieb vollkommen gelassen. »So sehr in Rage habe ich dich schon lange nicht mehr erlebt. Wo ist denn dein *Jeder-hat-eine-zweite-Chance-verdient?*«

Seine Argumentation steigerte meine Wut nur noch, weil er meine eigenen Argumente nun gegen mich verwendete.

»Prinzipiell stimmt das auch. Aber eine zweite Chance muss man sich verdienen.«

»Dann komm mit und rede mit ihm«, schlug mein Bruder auf dem Weg zur Haustür vor.

»Soll das heißen, er ist immer noch hier?«

»Ja, er möchte gerne mit dir reden und meint es wirklich ernst.«

Gerade als ich ein schnippisches *‚Ich rede aber nicht mit ihm'* entgegnen wollte, fiel mir auf, wie albern das klingen würde, woraufhin ich schwieg.

»Komm schon, Püppie. Du weißt, dass jede Geschichte und jede Entscheidung immer Hintergründe hat, und es keine per se bösen Menschen gibt.«

Das hatte ich tatsächlich das eine oder andere Mal zu Eathen und anderen Freunden gesagt, in der Absicht, einen Streit zu schlichten. Und da ich gegen meine eigenen Argumente, von denen ich ja eigentlich überzeugt war, nicht ankommen konnte, sprang ich von der Theke, zog mir die Jacke an, die Eathen mir reichte, und schlüpfte in meine Schuhe.

Mein Entschluss, wenigstens ein bisschen unnachgiebig zu bleiben, erlosch, als ich ihn auf dem Weg vor unserer Eingangstreppe stehen sah. Zwar wusste ich nicht recht, was ich erwartet hatte, aber sicherlich nicht das. Dabei sah er im Grunde noch genauso aus, wie ich ihn in Erinnerung hatte: Typisch wölfisch. Groß, kräftig, mit schwarzen Haaren und dunklen Augen. Außerdem trug er noch immer diese Lederjacke, an deren Gefühl auf meiner Haut ich mich noch zu gut erinnerte. Der Unterschied bestand darin, dass er jetzt eine ungesunde, graue Gesichtsfarbe hatte, seine Haut fiebrig glänzte, er tiefe Ringe unter den Augen hatte und sich nur schwankend auf uns zu bewegen konnte. Obwohl ich wusste, wie stark er war, sah er nicht so aus, als könne er sich noch lange auf den Beinen halten, sondern eher, als würde er sich jeden Moment übergeben.

»Hallo Cat«, sagte er freundlich und versuchte ein Lächeln, das aber nicht so richtig glücklich wirkte. Ich konnte es ihm nicht verübeln. Wer so aussah, fühlte sich wahrscheinlich auch entsprechend.

Das Grinsen, das auf sein Lächeln folgte, gelang ihm etwas besser und wirkte so typisch wölfisch, dass es mir gleich sympathisch war. Dabei sollte er mir eigentlich gar nicht sympathisch sein. Er war der Böse – oder war es zumindest mal gewesen, denn gerade versuchte er ja offenbar zu den Guten überzutreten, auch wenn es ihn fast umbrachte.

»Ich schätze mal, bei unserer letzten Begegnung fandst du mich attraktiver«, höhnte er, sodass ich mich allen Ernstes fragte, wie ich damals nicht auf den ersten Blick erkennen konnte, dass er ein Wolf war.

»Was ist mit dir?«, fragte ich nicht wirklich diskret und überlegte kurz, ob ich mich dafür schämen sollte, ihn anzustarren.

»Knapp dreiundzwanzig Stunden Berührungsentzug«, entgegnete er seufzend.

Eigentlich hätte ich darauf auch von selbst kommen können – schließlich konnten Wölfe praktisch nicht krank werden. Dass die Reaktion ihres Körpers auf den Berührungsentzug allerdings so heftig war, hätte ich nicht für möglich gehalten.

»Heißt das, du kommst jetzt hierher, damit ich dich am Leben erhalte, und denkst ernsthaft, ich würde das tun?«

Erst nachdem es gesagt war, bemerkte ich, wie zickig ich klang.

»Ich bin nicht in der sicheren Erwartung, dass du mich hier aufnimmst, hergekommen«, entgegnete er ruhig, als hätte er mit genau dieser Reaktion gerechnet. »Mir ist das Risiko durchaus bewusst, dass ich vermutlich in einer Stunde ohnmächtig bin und bei meiner Geprägten nicht mehr um Gnade betteln brauche, nachdem ich mich auf den Weg hierher gemacht habe. Trotzdem war es mir wichtig, mich bei dir zu entschuldigen. Denn es tut mir wirklich leid, dass ich meine Familie bei ihrem dämlichen Plan unterstützt und dich verletzt habe. Ich weiß, es rechtfertigt nicht das, was ich getan habe, aber wenn man jung ist, tut man einiges dafür, um regelmäßig Berührungen zu bekommen. Der Leidensdruck ist nicht ganz unerheblich und die Aussicht, mit dreiundzwanzig quasi ins Koma zu fallen, ist nicht sonderlich zufriedenstellend. Ich brauchte diese Berührungen und hab deshalb gemacht, was sie wollte. Mein Plan war, dich zwar zu entführen, aber dann dafür zu sorgen, dass es dir bei uns gut geht, oder Eathen wenigstens zu helfen, dich zu befreien, denn das hätte er ohne …«

Nathan hielt mitten im Redefluss inne und ich hatte schon Angst, er würde zusammenbrechen, als ihm etwas einzufallen schien und er seinen Satz neu begann.

»Was vielleicht auch noch hinzukam, war, dass Wölfe die Gesellschaft anderer Wölfe brauchen. Auch deshalb habe ich es lange nicht über mich gebracht zu gehen. Aber jetzt, wo du die Prägung von anderen übernehmen kannst, bietet sich mir eine zweite Chance und ich wollte nichts unversucht lassen.«

Verfolgt er wirklich keinen anderen Plan? – fragte ich meinen Bruder.

Nein, Püppie. Er kann dir nicht wehtun. Außerdem bin ich immer noch hier und er steht lebenslänglich unter dem Einfluss meines Befehls.

Zwar war ich immer noch misstrauisch und würde ihm die Prellungen auch nicht so schnell verzeihen, aber in erster Linie empfand ich Mitgefühl für ihn. Deshalb stieg ich kurzerhand die Treppe hinunter und bot ihm meine Hand an. Nach einem kurzen Blick hinter mir zu Eathen legte Nathan seine Fingerspitzen auf meine und atmete mit geschlossenen Augen erleichtert durch, während seine Haut innerhalb von Sekunden eine rosige Farbe annahm, die Augenringe verschwanden und er sich aufrecht hinstellte. Als er mit einem Geprägtenlächeln seine Finger von meinen nahm, wischte er sich den kalten Schweiß aus dem Gesicht und lächelte mich an.

»Danke«, sagte er schlicht, aber dennoch mit ehrlicher Dankbarkeit in der Stimme.

»Bilde dir darauf ja nichts ein«, erklärte ich mit einem feinen Lächeln.

»Das hatte ich nicht vor. Darf ich denn wiederkommen?«

Was mir bisher nicht in den Sinn gekommen war, war der Umstand, dass ich Nathan, wenn ich ihn am Leben halten wollte, dreimal täglich alle acht Stunden sehen musste, worauf ich eigentlich keine Lust hatte. Anderseits wäre ich sonst dafür verantwortlich, wenn es ihm wieder so schlecht ging wie gerade eben.

»Komm von mir aus alle acht Stunden vorbei. Aber du klingelst und kommst nicht ins Haus. Ach so, und falls ich schlafe, hast du Pech gehabt.«

»Kein Problem. Vielen Dank.«

Er wollte sich schon zum Gehen abwenden, als ich ihn nochmal zurückrief.

»Nathan, was hat deine Familie vor? Worauf warten sie und was hat das mit meinem Baby zu tun?«

Nathan sah fragend zu Eathen.

»Ich kann dir das nicht erklären, Cat«, entgegnete er schließlich mit einem Blick auf meinen Bruder.

Diesmal begriff ich ziemlich schnell.

»Hast du ihn ernsthaft schwören lassen, mir nichts zu erzählen?«, wandte ich mich an Eathen.

»Ja. Und das ist auch mein gutes Recht.«

»Das ist es überhaupt nicht. Jeder hat das Recht auf eine freie Meinungsäußerung und du kannst ihm dieses Recht mit deinen Machtspielchen nicht einfach nehmen.«

»Menschen haben ein Recht auf freie Meinungsäußerung«, korrigierte mich Eathen. »Aber er ist kein Mensch und deshalb gilt für ihn eine gewisse Rangordnung, in der ich über ihm stehe. Damit ist es mein Recht, zu entscheiden, was er tut oder lässt.«

»Du spinnst doch!«, rief ich wütend. »Lass dieses Marionetten-Spieler-Gehabe oder ich setze dich mal ein paar Stunden auf Berührungsentzug.« Entschlossen aktivierte ich beide Berührungssperren, was Eathen sofort bemerkte, obwohl er nicht versucht hatte, Körperkontakt zu mir aufzunehmen. Mein Bruder biss sich auf die Lippe und starrte mich mit großen Augen an.

»Kannst du nicht verstehen, dass ich versuche, dich vor etwas zu beschützen, was dir nur Angst machen würde und bisher total inkonkret ist?« Er sprach jetzt noch ruhiger als vorher, doch nun lag etwas Flehendes in seiner Stimme. Das Wissen, mich gar nicht anfassen zu können, machte Eathen wahnsinnig, aber ich blendete mein Mitgefühl für ihn, so gut es ging, aus. Hier ging es um etwas Generelles, was mir seit Wochen auf den Geist ging, auch wenn er es nur gut meinte.

»Ich weiß nur, dass ich gerne wissen möchte, was jemand mit mir, mit meinem Kind oder mit den Mitgliedern meiner Familie vorhat. Und ich möchte selbst entscheiden dürfen, was ich will, und mir nicht die Entscheidung von dir aufzwingen lassen. Außerdem weiß ich, dass mir etwas Unbekanntes viel größere Angst macht, als etwas klar Formuliertes. Hinzu kommt, dass mich diese Rangordnungsspiele nerven. Ich bin ein Mensch und solange ihr mit mir in Menschengestalt zusammen in einem Haus leben wollt, habt ihr euch auch wie Menschen zu benehmen – zumindest annähernd.«

»Wie gütig von dir, dass du uns nicht auch noch unsere Ernährung verbietest«, entgegnete Eathen schnippisch. Ich konnte seine Angst, die in Wut umschlug, spüren und ich konnte sie in seinen Augen sehen. Das war mein Teil der Verbindung zu ihm und der Grund, weshalb ich seine Gedanken lesen konnte.

»Werde nicht albern, Eathen.«

»Ich bin albern? Weißt du, was ich Nathan noch vor ein paar Stunden erzählt habe? – Ich habe gesagt, dass du mich noch kein einziges Mal mit der Prägung erpresst hast und du das auch nie machen würdest. Aber offenbar hab ich mich getäuscht. Wobei im Grunde ist das ja gar nicht die Prägung. Trotzdem weißt du genau, wie fertig es mich macht, dich nicht berühren zu können. Mir sagt jede deiner Berührung, dass ich bei dir bin und dass es dir gut geht, was blöder Weise mein Lebenssinn ist. Aber gerade ist es für mich nicht mal möglich, dich zu berühren, obwohl du direkt neben mir stehst. Das ist ein furchtbares Gefühl und das weißt du ganz genau. Ich dachte immer, dass wir uns streiten könnten, ohne dass es unfair wird, aber scheinbar ist das nicht so. Wenn du sauer auf mich bist, musst du mich nicht mit einer Prägungsberührung belohnen, dafür habe ich Verständnis. Mal abgesehen davon, dass ich nicht mit dir diskutieren kann, wenn ich so glücklich bin, aber dass du die andere Sperre benutzt, ist einfach nicht fair. Du versetzt mich damit in Existenzängste und in diesem Zustand würde ich alles tun, damit du die dumme Sperre wieder aufhebst.«

Mir war das Ganze so unangenehm, dass ich mich am liebsten auf der Stelle in Luft aufgelöst hätte – zumal Nathan auch so aussah, als hätte er das lieber nicht mitbekommen und obwohl er mich im Grunde gar nicht kannte, wirkte er enttäuscht.

Ich hob beide Berührungssperren auf, ging zu meinem Bruder und umarmte ihn. Als ich meinen Kopf auf seine Brust legte, konnte ich seinen beschleunigten Herzschlag hören und spürte, dass er leicht zitterte, so als wäre ihm kalt. Während er tief einatmete, zog er mich fest an sich.

»Es tut mir leid, Eathen. Ich wollte nicht, dass du solche Angst bekommst.«

Er verstärkte noch einmal den Druck seiner Arme, bevor er mich freigab. Etwas betreten schaute ich zu Nathan und war verwundert, als ich ihn lächeln sah. Kurz darauf verschwamm sein Blick ebenso wie Eathens. Gerade als ich ihnen bei ihrem gedanklichen Gespräch zuhören wollte, reichte Nathan meinem Bruder seine Hand, schaute ihm in die Augen und sagte etwas so leise und unverständlich, dass ich es nicht verstehen konnte.

»Wie war deine Frage doch gleich?«, wollte Nathan mit einem Grinsen wissen, nachdem er den Schwur beendet hatte.

»Ich wollte wissen, was sie vorhaben«, erklärte ich, nachdem ich mich mit Eathen an meiner Seite auf unsere Hauseingangstreppe gesetzt hatte.

»Laurel, meine Geprägte, ist besessen von der Macht, die uns unsere wölfischen Fähigkeiten verleihen, aber sie hasst genauso wie mein Großvater all die Konsequenzen, die es mit sich bringt. Sie hat unsere Prägungen übernommen, um uns unter Kontrolle zu haben. Trotzdem würde sie gerne zur Wölfin werden. Denn sie glaubt, dass ihr bei der Verwandlung nur die körperlichen Fertigkeiten übertragen werden und sie ihre menschlichen Gefühle behält. Sie träumt davon, mit ihren wölfischen Fähigkeiten als erfolgreiche Unternehmerin im Hintergrund die Weltwirtschaft zu kontrollieren. Laurel wäre nicht nur gerne körperlich unverwundbar, sondern wünscht sich auch darüber hinaus, sich vor nichts mehr fürchten zu müssen und alles zu bekommen, was sie will. Sie möchte immer am längeren Hebel sitzen. Doch ich denke nicht, dass ihr Plan funktioniert, weil ich mir nicht vorstellen kann, dass ein Mensch bei einer Verwandlung in einen Wolf, nur zum Teil wölfisch wird. Ich denke, dass man nur Wolf oder Mensch sein kann und wenn sich ein Mensch für ein Leben als Wolf entscheidet, erhält er auch unsere stärkeren Emotionen und die Bindung an andere Wölfe. Doch damit ist sie wieder abhängig, verwundbar und muss sich unterwerfen. Meinem Großvater hingegen geht es nicht allzu sehr um Macht. Er wünscht sich nichts sehnlicher, als ein großes Rudel unter seiner Führung zu vereinen. Außerdem würde er gerne das Problem mit den sterbenden Frauen lösen.«

»Wenn er dein Großvater ist und du mein Cousin bist, dann ist er auch Eathens und mein Großvater, oder?«

»Äh, ja. Sorry, das hatte ich einen Moment lang vergessen. Max ist auch dein Großvater und mal abgesehen davon, dass er sich eine riesige Familie wünscht, hat er das Problem, dass meine Oma, auf die er geprägt ist und die er, obwohl er sie häufig schlecht behandelt, wirklich liebt, schon vor Jahren an Brustkrebs erkrankt ist. Er hofft, sie retten zu können, in dem er sie verwandelt. Und nebenbei würde er sich über haufenweise starke Wolfsenkelkinder, die er nach seinen Wünschen zu *‚starken Jungs'* erziehen kann, sehr freuen. Aber das ist nichts, was man sich für seine Kinder wünscht. Unser Großvater ist von der alten Schule und glaubt, dass Frauen ohne Meinung hinter den Herd gehören, um die Hausarbeit zu erledigen, während sich Männer als *echte Kerle* behaupten müssen. Er war zwar nie beim Militär und ich weiß auch nicht aus eigener

Erfahrung, wie es dort zugeht, aber so wie er uns drillt, stelle ich es mir in etwa vor. Und da er der Rudelanführer ist, kann er uns scheuchen, so viel er will.«

»Wieso hat er dich dann nicht zurückgehalten, als du gegangen bist?«

»Er hat es versucht. Aber da Max und Eathen noch nie gegeneinander angetreten sind, stehen sie in der Rangordnung auf gleicher Höhe. Das bedeutet, wenn Max mir verbietet zu gehen, und Eathen es mir nicht untersagt zu kommen, kann ich frei entscheiden, wem ich mich anschließen möchte.«

»Das sind Zustände wie zur Zeit der Sklavenhaltung in der Antike oder wie in noch vergangeneren Zeiten, als überall das Recht des Stärkeren galt. Sind Wölfe ernsthaft auf diesem Stand hängengeblieben?«

Die Frage galt im Grunde eher Eathen als Nathan.

»Püppie, wenn ich meine Macht nicht ein bisschen gegen ihn einsetzen würde, hätte ich ihm und Aiden nicht verbieten können, dir keinen Schaden mehr zuzufügen und könnte dir jetzt nicht garantieren, dass er dir nichts tun *kann.*«

Das war in unserem Fall zwar gut und auch der einzige Grund, weshalb ich mit Nathan sprach, dennoch fand ich es nicht richtig.

»Die bindenden Schwüre und die Rangordnung sind unsere Möglichkeit, in einer koordinierten Gesellschaft miteinander zu leben. Wölfe werden sich nie an Verträge oder Vereinbarungen halten, weil wir nichts verlieren können. Wir brauchen nur den Wald, um glücklich zu sein, die Berührung einer Geprägten und die Liebe einer Frau und unsere Familie. Aber den Wert dieser Dinge erkennt man erst, wenn man sie gefunden hat. Damit also die jungen Wölfe nicht vollkommen durchdrehen, ist es sinnvoll, dass die älteren in der Rangordnung über ihnen stehen. Dir mag das archaisch erscheinen, weil man diese Macht, wie auch jede andere, natürlich missbrauchen kann, aber im Grunde ist es ein bewährtes Prinzip aus der Natur, das ein geordnetes Leben in einer Gruppe überhaupt erst möglich macht.«

Nathans Erklärung war so schlüssig, dass mir keine Gegenargumente mehr einfielen.

»Also gut. Hin und wieder mag eine Rangordnung vielleicht

hilfreich sein, aber ich finde, dass es häufig zu weit geht.«

Eathen warf mir einen kurzen entschuldigenden Blick zu, woraufhin ich meine Hand auf sein Knie legte, um mich ebenfalls bei ihm für das Einsetzen der Berührungssperre zu entschuldigen.

»Ich denke, das ist jetzt allen Anwesenden klar«, meinte mein Bruder und schloss damit sowohl sich wie auch mich ein.

»Cat, glaube nicht, dass ich nach der Sache jetzt ein schlechtes Bild von dir habe«, wandte sich Nathan an mich. »Ich denke, es ist ganz normal, dass man, wenn man sauer auf jemanden ist, demjenigen nicht auch noch einen Gefallen tun möchte. Und es ist doch klar, dass dir deine Prägungssperre eine gewisse Macht verleiht. Ich kenne niemanden, der so sauer, wie du vorhin warst, nicht beide Schranken geschlossen hätte. Nur unendlich viele Menschen hätten die Sperren nicht wieder geöffnet, sondern Eathen so lange leiden lassen, bis er sich deiner Meinung beugt. Du hingegen kannst ihn keine fünf Minuten leiden sehen, selbst wenn dich seit Wochen eine bestimmte Sache an ihm ärgert. Das macht dich definitiv zu jemand Besonderem.«

Seine Worte waren wirklich freundlich und in dem Moment kam er mir sehr vertraut vor. Doch im Grund kannten wir uns gar nicht und wenn ich daran zurückdachte, wie wir uns kennen gelernt hatten, dann war er nicht derjenige, mit dem ich über mein Verhältnis zu Eathen reden wollte.

»Tu nicht so, als würdest du mich kennen«, sagte ich, doch es klang nicht so scharf wie von mir beabsichtigt. Daraufhin verabschiedete er sich und joggte in großen Schritten unsere Straße hinunter.

»Denkst du, du müsstest den Umstand, dass er dir sympathisch ist, kompensieren, in dem du gemein zu ihm bist?«, fragte Eathen, nachdem er mich kurz schweigend angesehen hatte, gerade als ich ihn fragen wollte, wo Nathan hinlief.

»Vielleicht. Ich finde es einfach nicht so angemessen, mich erst in einen Pflegefall zu verwandeln, und dann zu erwarten, dass ich ihn mit offenen Armen in Empfang nehme.«

Eathen grinste mich an. »Das hat er ja auch nicht gemacht. Aber von mir aus darfst du noch ein paar Wochen schmollen. Es gibt sowieso niemanden, dem du lange böse sein kannst.«

Jeglicher Erfahrungswert bestätigte das leider. Für mich war sauer oder beleidigt zu sein, nach kurzer Zeit so anstrengend, dass ich es nicht lange durchhielt. Außerdem konnte ich es kaum ertragen, wenn jemand sauer auf mich war, was aber zwangsläufig die Konsequenz war, wenn man jemanden durch sein Verhalten verärgerte.

»Warum bist du eigentlich so sehr auf seiner Seite, wo du doch sonst immer total am Rad drehst, wenn es um meine Sicherheit geht?«

»Weil ich Mitleid mit ihm hab. Er wurde zu etwas gezwungen, was er nie wollte. Ich weiß, dass er dich verletzt hat, und damals, als wir dich aus dem Auto befreit haben, war ich auch unglaublich wütend auf ihn, aber er hat dir nicht bewusst wehgetan. Er musste dich festhalten, als du dich gewehrt hast, und hat dabei ein bisschen zu fest zugepackt. Das hat er schon damals im Auto gemerkt und versucht, dich zu trösten. Außerdem hatte er beschlossen, mit mir zusammenzuarbeiten, um dich da raus zu holen und dich zu beschützen, bis ich bei dir bin. Er ist kein schlechter Mensch. Er wollte nur sein Leben nicht verlieren, und ich denke, das kann man niemandem verübeln. Deshalb würde ich mich freuen, wenn du ihn dauerhaft am Leben erhalten würdest und vielleicht irgendwann auch nett zu ihm sein kannst. Aber letzten Endes ist es deine Entscheidung. Er hat *dir* damals wehgetan und *du* musst ihm verzeihen ... Außerdem habe ich vollstes Verständnis dafür, dass du es als sehr demütigend empfunden hast, als ich dich zur Toilette tragen musste«, fügte er grinsend hinzu.

»Es war schrecklich«, gab ich zu.

»Ich weiß. – Da gibt es diese Bruder-Schwester-Sache zwischen uns. Und mal abgesehen davon, dass mein Unterbewusstsein Alarm schlägt, wenn du dich unwohl fühlst, merke ich es auch, wenn du Kopfschmerzen bekommst, weil du dich weigerst, etwas zu trinken, um ja nicht auf die Toilette zu müssen.«

Sein Grinsen wurde noch schiefer.

»Tut mir leid, dass ich das mit der Sperre vorhin gemacht habe«, entschuldigte ich mich noch einmal bei ihm.

»Mach es einfach nie wieder. Es ist nämlich schrecklich und im

Grunde ist es das Gleiche, was Laurel mit Nathan gemacht hat. Du entziehst mir etwas Überlebenswichtiges um deinen Willen durchzusetzen. Auf diese Weise wirst du jeden Streit gewinnen, aber du kannst dir sicher sein, dass es nicht meine freie Wahl ist.«

»Ich mache es nicht noch einmal. Das verspreche ich dir.«

»Danke, Schwesterchen. Im Gegenzug werde ich auch versuchen, dir nicht mehr das Gefühl zu geben, dich zu bevormunden. Du behältst deine Autonomie. Das habe ich dir versprochen, als du meine Prägung übernommen hast. Ich hatte es nur kurzzeitig vergessen.«

Dankbar für alles, was er gesagt und getan hatte, legte ich meinen Kopf an seine Schulter, bevor wir kurz darauf gemeinsam ins Haus gingen.

»Wusstest du schon, dass du heute einen Friseurtermin hast?«, fragte ich meinen Bruder, als ich meine Jacke aufhängte.

»Nein. Bitte nicht. Muss das sein?«, fragte er genervt.

»Allerdings. Du siehst furchtbar aus«, entgegnete ich und deutete auf seine langen Haarsträhnen, die inzwischen schon in leichten Locken knapp bis zu seinem Kinn reichten. Mein Bruder hasste es, zum Friseur zu gehen und sich dort in die Obhut von Menschen zu begeben. Deshalb wehrte er sich gefühlte Ewigkeiten dagegen oder schnitt sich die Haare im Zweifel selbst ab.

»Wen interessiert es denn bitte, wie ich aussehe?«

»Ich will nicht mit einem Höhlentroll zusammenleben.«

»Kannst du sie mir nicht schneiden? Das ist wirklich herausgeschmissenes Geld und außerdem fliegen Mädchen total auf den leicht verwegenen Look.«

»Ich werde dir sicher nicht die Haare schneiden. Schließlich will ich nicht die Verantwortung dafür tragen, wenn du total bescheuert aussiehst.«

»Ich bin immer scharf, egal wie meine Haare aussehen und ich bin überzeugt davon, dass du es großartig machen wirst.«

»Versuchst du mit Bauchpinseleien einen Friseurbesuch zu umgehen? Wenn ja, dann werde ich dich wohl aus pädagogischen Gründen noch dahinschleifen müssen.«

Als wir wenig später im Bad standen, ärgerte ich mich, dass ich mich doch noch von ihm hatte überreden lassen, ihm die Haare zu schneiden. Das Gute war nur, dass Eathens Haare ohnehin immer wirr aussahen und deshalb niemand erkennen konnte, ob sie an einer Stelle zu lang waren oder irgendwo eine Ecke fehlte. Nach meinem unprofessionellen Geschnippel sah er immerhin deutlich besser aus und konnte zur Abwechslung mal wieder etwas sehen. Außerdem musste er danach das Badezimmer sauber machen, was er zu meiner Überraschung gewissenhaft erledigte.

Um kurz nach eins kam Elijah vorbei. Ich stand gerade in der Küche und hatte angefangen, mir das Mittagessen zu kochen. Eathen saß auf dem Barhocker vor der Theke, um mir Gesellschaft zu leisten, beziehungsweise achtete er eigentlich darauf, dass ich mir nicht versehentlich die Finger mit dem Gemüsemesser abschnitt.

»Hey, Püppie«, begrüßte mich Elijah.

»Hey«, sagte ich und legte das Messer beiseite, um ihn zu küssen.

Als ich mich von Elijah löste, war Eathen bereits aufgesprungen und hatte das Schneiden der Pilze übernommen.

»Mein Bruder ist paranoid«, erklärte ich Elijah. »Er behauptet, ich würde mich mit einem stumpfen Gemüsemesser umbringen.«

Eathen drehte sich grinsend zu uns um. »Nein, ich habe gesagt, dass du dir problemlos einen Finger abschneiden könntest, wenn du abrutscht, da deine Koordination so verdammt mies ist.«

»Meine Koordination ist vollkommen ausreichend. Millionen andere Menschen können Gemüse schneiden oder Auto fahren, ohne Wolfssinne zu haben.«

»Ist das auch der Grund, warum am meisten Unfälle im Haushalt passieren und gleich danach die ganzen Verkehrstoten kommen?«, mischte sich Elijah ein.

»Du sollst mich unterstützen und mir nicht in den Rücken fallen«, beschwerte ich mich. »Können wir die Szene vielleicht noch mal drehen? – Hey Elijah, es ist schön, dich zu sehen.«

»Hey, Püppie«, entgegnete er und ließ sich die Gelegenheit, noch einen zweiten Begrüßungskuss abzustauben, nicht entgehen.

Während ich aß, leisteten mir die Jungs Gesellschaft und als sie anschließend Eathens Privatkühlschrank plünderten, nutzte ich die Gelegenheit, um Alana anzurufen und ihr von Nathans Auftauchen zu erzählen. Dabei musste ich ihr den genauen Wortlaut seiner Entschuldigung wiedergeben. Statt von der Prägung erzählte ich, dass Nathan in Laurel verliebt gewesen war und in der Hoffnung auf die Erwiderung dieser Liebe so dämlich gehandelt hatte.

Alana war nur wenig davon überzeugt und wollte sich gerne selbst ein Bild von Nathan machen. Ich erklärte, dass er ohnehin morgen wieder vorbeikommen würde und lud sie ein.

Als Nathan am frühen Abend klingelte, war Elijah schon wieder zu Hause. Verabredungsgemäß wartete mein Cousin draußen neben einem Motorrad, das Eathen bereits begeistert inspizierte.

»Er hat ein Motorrad, Cat. Ist das nicht abgefahren?«, freute sich mein Bruder. Ich hatte ihn selten so außer sich erlebt.

»Ja, total«, meinte ich weniger begeistert.

»Motorräder sind nicht so deins, oder?«, fragte Nathan und streckte mir seine Hand ein Stück entgegen. »Nein, eher nicht so«, bestätigte ich, als sich unsere Finger kurz berührten. Währenddessen mit ihm zu reden, half, die Situation weniger komisch erscheinen zu lassen. »Ich schätze, das ist eher so ein Wolfsding. Mich begeistert Geschwindigkeit nicht so sehr. Außerdem sind Elijahs Großeltern bei einem Motorradunfall ums Leben gekommen.«

»Das tut mir leid. Trotzdem glaube ich dir nicht so recht, dass du keine Geschwindigkeit magst. Das begeistert jeden. Natürlich ist es klar, dass du dich nicht so leichtsinnig verhältst wie wir. Mal abgesehen davon, dass wir dir dabei nicht zuschauen könnten, weil unser Leben an deinem hängt. Aber jeder spürt diesen Geschwindigkeitskick mit einem Hauch von Gefahr. – Sorry, das war nicht das, was du hören wolltest, richtig?«

»Sie mag es nicht, wenn man ihr die Verantwortung, die sie für unser Leben trägt, so unter die Nase reibt«, antwortete Eathen an meiner Stelle und schaute dabei noch nicht mal auf. Er inspizierte gerade irgendetwas halb unter der Maschine und verbog sich dabei ziemlich den Kopf.

»Sind Motorräder für Wölfe so wie Technomusik oder Thriller – etwas, das immer garantiert für Begeisterung sorgt?«, wollte ich wissen, vorrangig um das Thema zu wechseln.

Nathan lachte. »Ja, ich glaube schon.«

»Motorräder kommen noch vor den Thrillern«, korrigierte Eathen. »Aber Technomusik toppt einfach alles.«

Nathan grinste meinen Bruder an. »Was hältst du davon, wenn wir einen Deal machen? Ich darf das Motorrad bei euch in der Garage unterstellen und du darfst damit fahren, wann immer du willst.«

Eathen zögerte keine Sekunde, sondern besiegelte den Deal sofort mit einem Handschlag.

»Du hast keinen Führerschein«, erinnerte ich ihn.

»Das macht nichts. Ich kann trotzdem fahren.«

»Um dich mache ich mir auch keine Sorgen. Aber es gibt noch andere Verkehrsteilnehmer, die verletzlich sind. Was ist, wenn du es geringfügig übertreibst und das Ding plötzlich nicht mehr kontrollieren kannst? Mal abgesehen davon, dass du für das Fahren ohne Führerschein in den Knast kommen kannst und du dort ein ziemliches Problem mit deiner Prägung haben würdest. Die Knastaufsicht wird die Besuchszeiten für geprägte Wölfe sicher nicht verlängern.«

»Reg dich ab, Püppie. So weit wird es nie kommen. Ich kann wirklich fahren und mich kontrolliert niemand, weil ich Kontrollen durch meine wunderbare Fähigkeit des Gedankenlesens umfahren kann.«

»Versprichst du mir, dass du nicht wie ein Vollidiot über eine öffentliche, befahrene Straße bretterst?«

»Ich verspreche es. Es gibt ja zum Glück noch ein paar abgelegene Straßen im Wald, wo man das Schätzchen mal testen kann.« Fast zärtlich streichelte er über die Verkleidung des Motorrads und ich entschied, dass jede weitere Diskussion zu diesem Thema unnötig war.

Als Elijah von Nathans Motorrad hörte, war er ebenfalls Feuer und Flamme und ignorierte Alice Besorgnis komplett mit dem Hinweis, er sei ja unverletzlich. Mathias wäre vermutlich auch gerne gefahren, wollte das seiner Frau aber nicht antun.

So kam es, dass ich mich am nächsten Tag gegen Mittag mit

drei Wölfen und einem Motorrad auf einer langen, geraden Straße im Wald wiederfand. Mit Alana war ich erst für vier Uhr verabredet, also blieb mir noch etwas Zeit. Eathen, Elijah und ich fuhren im Auto vorneweg, um Nathan, der uns auf dem Motorrad folgte, den Weg zu weisen.

Sobald Eathen unser Auto am Straßenrand geparkt hatte, knallte er die Tür hinter sich zu und lief zu Nathan, der mitten auf der verlassenen Straße angehalten hatte. Nathan warf Eathen den Schlüssel zu und mein Bruder stieg begeistert auf. Ohne zu zögern, startete er den Motor und düste los – ohne Helm wohlgemerkt. Ich tolerierte das nur, weil ich wusste, dass ihm als Wolf nichts passieren konnte.

Nachdem er die Straße einmal rauf und wieder runter gebrettert war, übergab er die Maschine nur widerwillig an Elijah, der inzwischen mit Nathan den Deal ausgehandelt hatte, dass er und sein Vater den Sprit bezahlen würden, wenn auch sie hin und wieder damit fahren dürften. Da Nathan kein Geld hatte und das Fahrzeug ohnehin nicht oft brauchen würde, stimmte er dem Vorschlag zu. Elijah stieg auf, beschleunigte lautstark und riss dann den Lenker hoch. Er fuhr ein Stück nur auf dem Hinterreifen und das ebenfalls ohne Helm.

»Bist du bescheuert?«, rief ich ihm nach, als er nur noch ein daumengroßer Fleck in der Ferne war. Vermutlich konnte er mich über den Motorenlärm und die Entfernung hinweg zwar nicht hören, aber ich konnte es mir trotzdem nicht verkneifen.

»Angeber«, murmelte ich, als er vor unserer kleinen Gruppe zum Stillstand kam und die Maschine an Eathen weiterreichte.

»Ich kann verstehen, dass dich das beeindruckt hat, Püppie«, entgegnete er und küsste mich, nachdem er sich gekonnt die Haare aus der Stirn gestrichen hatte. Ich schwieg, weil ich genau wusste, *wie* beeindruckt ich war, das aber nicht zugeben wollte.

Natürlich konnte es Eathen nicht auf sich sitzen lassen, dass Elijah so einen Stunt hingelegt hatte und er nicht. Deshalb musste er sofort gleichziehen, beziehungsweise ihn übertrumpfen. Und da die beiden von allein noch nicht auf genug Ideen zu halsbrecherischen Manövern kamen, zeigte Nathan ihnen auch noch so einiges, was sie sofort nachmachten. Zu meinem Erstaunen gelang ihnen jeder Quatsch, den sie mit diesem Motorrad veranstalteten, auf Anhieb, was mich zu gleichen Teilen faszinierte, wie mir auf die Nerven ging. Ich wurde Zuschauer einer kostenlosen Motorradstuntshow mitten im Wald, die nur einmal unterbrochen wurde, als Waldarbeiter mit ihrer Lastwagenkolonne vorbeikamen. Die Wölfe verhielten sich vollkommen natürlich, doch sobald die Waldarbeiter von der Straße abgebogen waren, setzten sie ihr Wetteifern fort.

Es machte mir Spaß, ihnen zuzusehen und es machte mich glücklich, sie so unbeschwert zu erleben.

»Willst du auch mal fahren?«, fragte Nathan mich nach einer ganzen Weile, in der ich, auf der Motorhaube unseres Autos sitzend, still zugesehen hatte.

»Kommt nicht in Frage«, antwortete Eathen, bevor ich auch nur einen Gedanken fassen konnte.

»Ich habe aber sie gefragt«, entgegnete Nathan.

»Und ich werde das nicht zulassen.« Sie standen sich jetzt dicht gegenüber und schienen ihre Diskussion im Stillen weiterzuführen, bis Nathan schließlich einknickte und den Blick abwandte. Etwas an der Art, wie er das tat, gefiel mir gar nicht.

»Was Eathen sagt, spielt keine Rolle. Ich möchte sowieso nicht.«

»Da hast du's«, setzte Eathen noch einmal nach, was vollkommen unnötig war, da Nathan seine Niederlage sowieso schon akzeptiert hatte.

Ich warf meinem Bruder einen bösen Blick zu und er verstand, was ich meinte, wollte es aber nicht akzeptieren.

»Ist das schwer?«, fragte ich Nathan schließlich, im Grunde nur, um Eathen zu zeigen, dass er kein Recht hatte, so mit Nathan oder mir umzugehen. Das Angebot war schließlich nett gemeint gewesen.

»Für dich schon«, entgegnete mein Bruder erneut, bevor Nathan etwas sagen konnte. »Du hast zu wenig Kraft und einen zu schlechten Gleichgewichtssinn, um das auf Anhieb koordinieren zu können. Außerdem ist die Verletzungsgefahr für dich einfach zu hoch und wir haben nicht mal Motorradkleidung oder einen wirklich passenden Helm für dich. Wenn ich oder Elijah stürzen sollten, können wir das Motorrad immer noch gewaltsam hochreißen, um es dann wieder auszubalancieren. Und selbst wenn uns das nicht gelingen sollte, ist der einzige Verlust ein Blechschaden. Du hingegen verwirkst im schlimmsten Fall dein Leben und das von drei anderen Menschen.«

Er brauchte nicht in die Runde zu schauen, um mir begreifbar zu machen, von welchen drei Menschen er sprach.

»Hör einfach auf, dich in solche Dinge immer sofort einzumischen. Ich kann selbst antworten und selbstständig Entscheidungen treffen«, erklärte ich ruhig, nach einem kurzen Blickduell zwischen meinem Bruder und mir, bei dem es keinen Gewinner gab.

Es war wieder, als würde Eathen erst jetzt klar werden, wie bescheuert er sich gerade verhielt und warum er das tat.

»Tut mir leid, Püppie. Ich … ich habe mal wieder überreagiert«, entschuldigte er sich. Ich hatte inzwischen Verständnis dafür, da er es im Grunde ja nur gut meinte und ihn seine wölfischen Beschützerinstinkte in solchen Momenten einfach übermannten.

»Willst du wirklich fahren oder hast du das gerade nur gesagt, um mir Konter zu bieten?«

»Nein«, antwortete ich. »Im Grunde hast du ja recht mit deinen Bedenken und außerdem glaube ich nicht, dass es mir Spaß machen würde.«

»Nathan hat es dir doch gestern schon erklärt. Jeder ist von Geschwindigkeit begeistert.«

»Ich muss das wirklich nicht haben«, entgegnete ich.

»Nicht mal mit mir zusammen, wenn ich fahre und dich festhalte? Komm schon, ich würde mein überbesorgtes Verhalten gerne wieder gut machen. Schließlich will ich dich nicht bemuttern und, da du von alleine schon ein Angsthase bist, sollte ich dich wohl eher ermutigen, als dich einzuschränken.«

»Du bist bereits überbesorgte Mutter und schwieriger Vater in einem für sie«, bemerkte Elijah gerade so laut, dass auch ich es hören konnte.

Eathen sah nicht mal zu ihm hinüber und kommentiere seine Bemerkung auch auf keine andere Weise.

»Ich will wirklich nicht, Eathen. Außerdem glaube ich, dass das

Motorrad nur für eine Person gedacht ist.«

»Ich bin schon oft mit meinem Bruder zu zweit auf dem Ding gefahren«, erklärte Nathan mit einem ehrlichen Lächeln. Und obwohl ich ihn nicht gut kannte, wusste ich, dass dieses Lächeln etwas Besonderes war.

Mein Bruder rutschte wortlos ein Stück zurück, sodass ich mich bequem vor ihn setzten konnte.

»Sitzt der Mitfahrer nicht eigentlich immer hinten?«, fragte ich verwirrt.

»Eathen hat Angst, dass du dich nicht richtig festhalten kannst und doch runterfällst, deshalb will er dich lieber vor sich und zwischen seinen Armen haben«, erklärte Elijah. Das klang verdächtig nach meinem Bruder.

»Du bist also vollkommen entspannt, wenn ich mich auf so ein Ding setze, ja?«, fragte ich Eathen grinsend und knuffte ihn in den Oberarm.

»Mach dich ruhig lustig, aber steig auf.« Nathan reichte mir seinen Helm, ich setzte ihn auf und Elijah kontrollierte, ob ich ihn richtig verschlossen hatte. Er war um einiges zu zu groß für mich, aber da ich vor Eathen sitzend, sowieso nicht fallen und mich verletzen würde, war das vollkommen egal. Hätte auf dieser Maschine irgendwer anderes als mein Bruder gesessen, wäre ich in normaler Straßenkleidung und ohne passenden Helm nicht aufgestiegen. Aber unter diesen Umständen lag mein Leben in den sichersten Händen.

Unter Elijahs ermutigendem Blick schwang ich mein Bein über die Maschine und setzte mich vor meinen Bruder. Eathen rutschte so nah an mich heran, dass ich mit meinem Rücken seine gesamte Brust spüren konnte und balancierte unser beider Gewicht aus. Als Eathen zündete, ergriff eine kurze Aufregung von mir Besitz, aber ich hatte keine Angst, obwohl ich die Energie des pulsierenden Motors unter mir spüren konnte.

»Keine Manöver und keine Wettrennen mit dem Wind«, bat ich eindringlich.

»Versprochen«, bekräftigte er und gab Gas.

Ich bin mir nicht sicher, ob es so etwas auch in einer menschlichen Familie gibt

Natürlich beschleunigte Eathen nicht langsam sondern innerhalb weniger Sekunden von Null auf Hundert. Mein erster Impuls war, die Augen zu schließen. Doch als ich mich nach wenigen Sekunden daran erinnerte, dass mein Bruder hinter mir saß und mir deshalb rein gar nichts passieren konnte, riss ich sie auf.

Wir waren schnell – ziemlich schnell. Die Bäume flogen an uns vorbei und der Wind wirbelte mir ins Gesicht. Meine Haare, die nicht unter dem Helm steckten, wehten im Fahrtwind und ich stützte mich mit angespannten Armen auf dem Tank ab.

»Lehn dich gegen meinen Arm«, trug Eathen mir auf, als er am Ende der asphaltierten Straße abbremste, um sich in die Kurve zu legen und so zu wenden. Die Jungs hatten hier hinten immer nur minimal abgebremst und sich weit in die Kurve gelegt, aber jetzt drosselte Eathen mir zuliebe das Tempo ein wenig. Trotzdem spürte ich die enorme Zentripetalkraft, die meinen Körper nach innen gegen Eathens Arm drückte. Ich hatte wirklich das Gefühl, dass das Motorrad jeden Moment kippen und aus der Bahn geworfen werden könnte. Allein hätte ich die Maschine niemals halten können. Aber Eathen schaffte es problemlos, auch wenn die Reifen protestierend quietschten und garantiert schwarze Abdrücke auf der Fahrbahn hinterließen.

Auf dem geraden Rückweg beschleunigte Eathen noch einmal kräftig, wobei der Motor laut aufheulte und ich den Kick der Geschwindigkeit nun auch selbst fühlen konnte. Als Eathen am Ende der Strecke bremste und das Motorrad diesmal in einem größeren Bogen wendete, war ich fast enttäuscht. Doch nachdem mein Bruder den Motor ausgeschaltet hatte, konnte ich nicht sofort absteigen, sondern musste erstmal warten, bis sich meine verkrampften Muskeln wieder entspannten und sich mein Herzschlag annähernd beruhigt hatte.

»Das war toll!«, rief ich schließlich mit einem hysterischen Kichern und schaute in zwei lachende Wolfsgesichter, die eine ähnliche Reaktion wohl schon erwartet hatten. Elijah half mir beim Absteigen, umarmte mich kurz und flüsterte mir zu, wie schön er es finde, dass ich noch lebe.

Als ich mich danach zu Eathen umdrehte, um mich bei ihm zu bedanken, lächelte er ebenfalls, aber nicht amüsiert sondern voll grenzenloser Liebe. Er starrte mich förmlich an und ich konnte den Blick kurzzeitig nicht von ihm abwenden, obwohl es mich gleichzeitig verwirrte und ängstigte. Später fragte ich mich, ob ich mir das nur eingebildet hatte, denn einen Moment darauf grinste er mich vollkommen normal an.

»Es gibt eine neue Erkenntnis: Die Gedankensperre in deinem Kopf geht auch auf, wenn du in einen Adrenalinrausch gerätst, auch wenn du dabei keine Angst hast. Und ich sehe es als ziemliches Kompliment an, dass du mir ohne Angst dein Leben anvertraust. Außerdem war es schön, mal wieder uneingeschränkten Zugang zu deinen Gedanken zu haben.«

»Zum Glück ist das kein Dauerzustand«, bemerkte ich und schloss die Sperre wieder. »Und du hättest mir ruhig mal sagen können, dass die Sperre aufgegangen ist«, sagte ich zu Elijah und umarmte ihn, während Eathen eine weitere Runde drehte.

»Ich wollte aber nicht, dass du sie wieder schließt. Es gefällt mir, auf die Frage, was du gerade denkst, eine Antwort zu bekommen, weil ich mir diese Frage ziemlich häufig stelle.«

»Dann frag mich doch das nächste Mal einfach.«

»Du erzählst mir aber immer nur Teilwahrheiten«, entgegnete er und drücke seine Stirn an meine, bevor er meine Arme um seinen Hals legte und sich zu mir herunterbeugte, als würde er mich küssen wollen. Ich hatte bereits die Augen geschlossen, in der sicheren Erwartung im nächsten Moment seine Lippen auf meinen zu spüren, als ich plötzlich bewegt wurde, einen riesigen Schreck bekam und dann Metall unter mir spürte. Einen Moment später registrierte ich, dass Elijah mich auf das Dach unseres Autos gehoben hatte und zwar nicht normal mit seinen Händen an meiner

Hüfte, sondern er mich zuvor noch einmal in Windeseile unter seinem Arm hindurchgedreht hatte. Kaum dass ich meine Orientierung wiedergefunden hatte, saß er auch schon neben mir und ich musste mal wieder zugeben, dass mich der Sprung, den er dazu gemacht hatte, beeindruckte.

»Und sie ist wieder offen«, sagte er zufrieden und grinste mich breit an.

Ich schloss die Sperre und schlug nach ihm. »Du bist so ein Idiot. Und das Spiel ist nicht witzig. Frag Eathen. Der kann dir bestätigen, dass mich das ganz schön sauer macht.«

»Dafür, dass du es gar nicht witzig findest, lachst du aber ganz schön viel«, bemerkte Elijah wieder.

»Ja, man, das ist nur, weil du so doof bist«, erklärte ich und kicherte immer noch. Schließlich ließ ich mich in Elijahs Schoß sinken und kurz darauf lag ich in seinen Armen auf unserem Autodach.

»Wo bringst du mich eigentlich noch alles hin, Wolf? Auf das Dach unserer Schule, an verborgene Strände und Seen und auf das Dach unseres Autos.«

»Lass dich überraschen«, meinte Elijah und stütze sich auf seinen Ellenbogen, um mich ansehen zu können.

»Ich liebe dich, mein Wolf«, bemerkte ich, nachdem wir uns kurz schweigend in die Augen gesehen hatten, und fuhr ihm mit der Hand durch seine wunderbaren schwarzen Haare. Er beugte sich zu mir herunter und küsste mich voll spürbarer Liebe.

Ein weiteres Mal an diesem Tag erschrak ich furchtbar, als Eathen wie ein Idiot auf die Hupe drückte.

»Auf unserem Auto rumzumachen ist abartig und würdest du mir niemals erlauben, also gilt dasselbe auch für dich. Abgesehen davon wartet Alana auf dich.«

Elijah sprang sofort vom Dach, bevor er mich herunterhob. Dabei hätte ich auch springen können.

Eathen und Nathan blieben noch im Wald, während Elijah mich nach Hause fuhr.

Alana traf kurz nach uns ein, woraufhin sich Elijah verabschiedete. Wir setzten uns ins Wohnzimmer und konnten uns zum ersten Mal seit Jahren in unserem Haus ungestört unterhalten.

Allerdings währte dieses Erlebnis nur eine knappe Stunde, bis die Jungs zurückkamen.

»Na, ist der Tank leer?«, fragte ich Eathen.

»Nein, aber ohne Zuschauer ist es nur halb so gut«, sagte er grinsend und das passte hervorragend zu der Aufschrift auf seinem T-Shirt. Dort stand schwarz auf weiß das schlichte Wort *Shootingstar*, doch so banal, wie es schien, hatte es an Eathen einen riesigen Effekt. Es unterstrich seine Arroganz perfekt.

»Wo ist Nathan?«, wollte ich wissen.

»Vor der Tür. Er hat doch Hausverbot.«

Das hatte ich Alana bereits erzählt und ihr Gesichtsausdruck, verriet mir, dass sie diese Reglung gut fand. Ihre Abneigung gegenüber Nathan schien sich allerdings in Luft aufzulösen, sobald sie ihm gegenüberstand. Sie starrte ihn überrascht an, während ich sie einander vorstellte. Er erwiderte ihren Blick mit einem offenherzigen Lächeln. Doch nach einem kurzen Moment schien sich Alana daran zu erinnern, wem sie gegenüberstand. Abrupt fielen ihre Mundwinkel nach unten und sie betrachtete Nathan mit einem finsteren Gesichtsausdruck, als müsse sie die erste offensichtliche Begeisterung, ihn zu treffen, wieder korrigieren.

»Du weißt also auch Bescheid«, meinte Nathan daraufhin und wirkte resigniert.

»Cat ist meine beste Freundin. Natürlich weiß ich da über alles Bescheid.«

Alles? – fragte mich Nathan in Gedanken. *Ich dachte …*

Von der Wolfssache ahnt sie nichts.

Sie weiß nicht, dass wir Wölfe sind, aber dass ich dich entführen wollte? Was denkt sie denn, warum ich das getan habe?

Ich habe ihr erzählt, dass es sich um einen alten Familienstreit handelt, und dass ich bis heute nicht richtig begriffen habe, was ich damit zu tun habe. Ich habe behauptet, dass ihr unbedingt mit mir allein etwas besprechen wolltet, und da Eathen das niemals zugelassen hätte, habt ihr mich allein abgepasst und entführt. Was ihr mit mir besprechen wolltet, weiß ich logischer Weise nicht, weil Eathen mich aus eurem Auto befreit hat und wir danach keinen Kontakt mehr hatten. Ihr war vor allem wichtig, dass es mir wieder gut geht. Da hat sie nicht weiter nachgefragt. Außer-

dem denkt sie, dass du in Laurel verliebt warst und mich entführt hast, um ihr zu gefallen. Das musste ich sagen, weil ich ihr von der Prägung ja nicht erzählen konnte. Aber es dauert nicht mehr allzu lange, bis wir ihr die Wahrheit erzählen werden. Nur wenn es so weit ist, würde ich sie gerne selbst einweihen.

OK. Ich verspreche, ihr nichts zu erzählen.

»Hey, es tut mir leid, dass ich …« fing Alana an, als ihr unser kurzes Schweigen unangenehm wurde.

»Er wird es verkraften«, unterbrach ich sie. Bevor sie ihre Entschuldigung beenden konnte, hakte ich mich bei ihr ein und führte sie zurück ins Haus.

»Lass mich raten: Du findest ihn heiß? Eine andere Erklärung gibt es nämlich nicht dafür, warum sich dein ganzes Misstrauen innerhalb von Millisekunden in Luft aufgelöst hat und dann auf einmal wieder da war, als du dich daran erinnert hast, wer er ist.«

Alana ging zum Küchenfenster und warf einen vermeintlich unauffälligen Blick auf Nathan.

»Ja, OK, ich finde ihn scharf. Aber warum sehen auch alle bei euch in der Familie so unfassbar gut aus? Eathen, Elijah, Elijahs Vater, selbst Elijahs Grandpa. Ich habe noch nie einen so gut aussehenden Opa getroffen. Und jetzt auch noch dein Cousin.« Sie machte eine Geste in Richtung Fenster.

»Was hattest du denn erwartet, wie er aussieht? Ich meine, du weißt doch bereits, dass sich in unserer Familie ein paar optische Merkmale vererben.«

»Ich hatte nicht darüber nachgedacht. Aber jetzt, nachdem ich ihn getroffen habe, glaube ich, dass es ihm ehrlich leidtut, dich verletzt und entführt zu haben. Er weiß, dass er Mist gebaut hat, und ich finde, es gehört schon einiges an Mut dazu, seiner Familie den Rücken zuzukehren, um sich bei dir zu entschuldigen.«

Es gehörte noch viel mehr Mut dazu, wenn man wusste, wie viel Wölfen die eigene Familie bedeutete und dass Nathan bereits geprägt war.

»Glaubst du nicht, dass du nur versuchst, das Gute in ihm zu sehen, weil er so wunderschöne schwarze Haare und einen tollen Bizeps hat? Ich meine, vielleicht tut er auch nur so, als würde es ihm leidtun.«

Noch während ich das sagte, wusste ich bereits, dass es nicht so war. Nathan bereute es wirklich, mir wehgetan zu haben, und eigentlich verstand ich auch, warum er das gemacht hatte. Wenn er sich schon im Mai gegen Laurel gewehrt hätte, wäre er in Ohnmacht gefallen und einer seiner Brüder wäre an seiner Stelle hergekommen. Im Grunde hatte mich Nathan vielleicht sogar vor schweren Verletzungen beschützt. Und sobald er von meiner Fähigkeit, Prägungen zu übernehmen, erfahren hatte, war er hergekommen. Wohl gemerkt, ohne zu wissen, ob ich ihn wirklich am Leben erhalten würde. Vermutlich hatte mein Unterbewusstsein also recht, wenn es mir in seiner Gegenwart immer wieder zurief, dass Nathan mir sympathisch war. Doch da war ein Teil in mir, der immer noch beleidigt war.

»Vielleicht hast du recht«, gab ich dennoch zu. Alana schaute noch einmal verstohlen aus dem Fenster, doch als Nathan zu uns hinübersah, duckte sie sich schnell.

Wenn man die Jungs ganz genau beobachtete, konnte man sehen, dass sie sich nur scheinbar unterhielten. Der Großteil ihrer Aufmerksamkeit galt unserem Gespräch.

»Ich weiß zwar nicht, ob Nathan eigentlich ein netter Kerl ist. Dazu kenne ich ihn zu wenig. Aber Eathen mag ihn und vertraut ihm. Also dulde ich ihn fürs erste, bis ich mir selbst eine Meinung bilden kann.«

»Ist das aber nicht im Grunde immer so, wenn man jemanden kennenlernt? Man gibt demjenigen ohne Anhaltspunkte einen Vertrauensvorschuss.«

Auch damit hatte sie recht.

Zwei Tage später kam Alana wieder vorbei und brachte diesmal ihre Mutter mit, die mit mir den Ausbildungsvertrag durchgehen wollte. Kate trug einen beigen Hosenanzug, der ihre große, schlanke Gestalt hervorragend betonte, und schob sich die Sonnenbrille in ihre wohl frisierten Haare, als sie aus dem Auto stieg. Sie schien direkt aus dem Büro zu kommen und hatte heute offenbar etwas früher Schluss gemacht. Normalerweise war sie nicht vor acht zu Hause und jetzt war es gerade mal halb sieben.

»Tu mir bitte den Gefallen und unterschreib das blöde Ding, sonst kann ich mein Kunststudium vergessen«, bat mich Alana, als wir uns gerade ins Wohnzimmer gesetzt hatten. Eathen war *unterwegs* und hatte mir das Feld überlassen, in dem Moment als der blaue BMW von Alanas Mutter auf unsere Straße eingebogen war.

Kate lachte darüber und breitete ihre Unterlagen auf dem Wohnzimmertisch aus, während ich uns etwas zu trinken holte und Kekse auf den Tisch stellte. Die Fakten waren schnell geklärt und ich unterschrieb den fünfjährigen Ausbildungsvertrag zur *Leitenden Firmenangestellten für internationales Management*. Der Titel zumindest klang sehr vielversprechend und wenn ich jeden Tag Businesskleidung tragen durfte, gefiel mir der Job schon, ohne dass ich meine Aufgabenfelder im Detail oder meine Kollegen kannte. Aber Kate war eben nicht nur meine neue Vorgesetzte, sondern auch die Mutter meiner besten Freundin und deshalb erkundigte sie sich natürlich nach meinem Wohlbefinden und dem Baby. Ich versicherte ihr, dass es mir gut ging und sie sich keine Sorgen machen musste. Allerdings wählte ich die Formulierung so, dass es klang, als wäre ich beim Arzt gewesen, ich sie aber nicht direkt anlog. Alles, was ich sagte, schien sie zu beruhigen und wir wechselten bald das Thema. Lange redeten wir noch über alles Mögliche, bis das Gespräch irgendwann auf Nathan kam.

»Ich wusste gar nicht, dass ihr noch andere Verwandtschaft habt. Warum haben sie euch dann nicht aufgenommen, als dein Vater gestorben ist?« Kate wusste weder von der Entführung noch davon, dass ich im Grunde auch mit Elijah verwandt war. Das hatte Alana alles für sich behalten.

»Mein Vater hatte kein gutes Verhältnis zu ihnen und bis Nathan hier aufgetaucht ist, hatten Eathen und ich keinen Kontakt zu dem anderen Teil der Familie. Deshalb hat mein Vater in seinem Testament verfügt, dass wir in unserem gewohnten Umfeld bei Tante Tilney bleiben sollen, anstatt zu Fremden in ein anderes Land zu ziehen.«

Als Eathen nach Hause kam, war es schon nach neun Uhr.

»Na, hast du dich über den Tisch ziehen lassen, Püppie?«, fragte er und nahm mich in den Arm. Während der Berührung konnte ich spüren, wie der Prägungsdruck von ihm abfiel.

»Natürlich nicht«, antwortete ich schlicht und schob seine Hand unauffällig von meiner Schulter, als ich entschied, dass er fürs Erste genug hatte. Er begrüßte Alana liebevoll unter den aufmerksamen Blicken ihrer Mutter und reichte zum Schluss Kate die Hand. Auch ihr war Alanas Interesse, das über so viele Jahre meinem Bruder gegolten hatte, natürlich nicht verborgen geblieben. Kurz darauf verabschiedeten sich die beiden.

»Gehen wir diese Woche noch mal shoppen?«, fragte Alana, als wir schon in der Tür standen. »Ich habe nächste Woche das Vorstellungsgespräch für die Kunsthochschule und da brauche ich etwas Vernünftiges zum Anziehen. Mum will es sogar sponsern.«

Sie grinste ihre Mutter an, die sich nun scheinbar doch noch mit den Zukunftsplänen ihrer Tochter abgefunden hatte, nachdem der Fortbestand ihrer Firma geregelt war.

»Ich finde, shoppen zu gehen, ist eine gute Idee, weil ich vermute, dass meine Kleidung in ein paar Wochen anfangen wird zu spannen. Aber wir dürfen nicht allzu lange wegbleiben, weil mein Kreislauf noch etwas schwach ist. Dafür können wir gerne mehrmals losziehen. Diese Woche habe ich ja noch frei.«

Ich lächelte beide an, vermied aber Eathens Blick, weil ich befürchtete, ansonsten über die Lüge zu stolpern.

»Das ist kein Problem. Nach spätestens vier Stunden habe ich sowieso keine Lust mehr. Willst du danach vielleicht bei mir schlafen? Schließlich ist es schon eine Ewigkeit her, seit du das letzte Mal bei mir übernachtet hast.«

»Das überlege ich mir noch. Immerhin ziehe ich dann ab der nächsten Woche quasi bei euch ein«, wich ich aus.

»Wir können das ja per Telefon klären«, entgegnete Alana, bevor wir uns in den Arm nahmen und uns voneinander verabschiedeten.

Nachdem ich die Tür hinter ihr und ihrer Mutter geschlossen hatte, traute ich mich endlich, zu Eathen hochzuschauen. Er musterte mich mit diesem interessierten Grinsen, in dem deutlich sichtbar war, wie sehr er mich mochte. Auf diese Weise schaute er mich schon seit Jahren an. Doch lange hatte ich es für ein aufgesetztes Lachen und damit für eine Beleidigung gehalten. Ich hatte immer gedacht, dass er sich über mich lustig machte, bis ich eine Erklärung für sein Verhalten bekommen hatte.

»Worüber denkst du nach?«, fragte er schließlich. Wir hatten lange stumm den Blick des anderen erwidert.

»Dass ein *Danke* durchaus angemessen wäre, nachdem ich gerade deine regelmäßigen Berührungen sicher gestellt habe.«

»Wenn du bei ihr schlafen möchtest oder Lust auf ewig lange Shoppingtouren hast, kannst du das gerne machen. Nathan und ich kommen schon damit klar. Ob ich mich nun eine Woche früher oder später daran gewöhne, den Tag ohne dich zu verbringen, ist wirklich egal. Und im Zweifel kommen wir nachts kurz vorbei oder du musst noch mal schnell nach Hause, weil du irgendetwas Wichtiges vergessen hast. Nathan hat neulich dreiundzwanzig Stunden ausgehalten und ist allgemein fast besser trainiert als Elijah. Um ihn brauchst du dir also gar keine Gedanken zu machen. Und bei mir wird es wirklich Zeit, dass ich mich an die acht Stunden gewöhne. Außerdem will ich dich nicht einschränken. Selbst wenn es mir dann mal kurzzeitig nicht so gut geht, ist das doch egal.«

»Nein, es ist nicht egal. Ich kann mich nicht mit meiner Freundin amüsieren, wenn ich weiß, dass es dir und Nathan schlecht geht.«

»Du machst dir also Sorgen um ihn?«, fragte Eathen provozierend.

»Ich mache mir in erster Linie Sorgen um dich«, stellte ich klar. »Mal abgesehen davon, haben wir noch nie darüber geredet, was du jetzt nach unserem Abschluss eigentlich mit deinem Leben anfangen willst.«

»Geld verdienen natürlich«, antwortete mein Bruder, ging ins Wohnzimmer und schmiss sich auf die Couch.

»Das sieht eher nach Nichts-Tun aus«, erklärte ich und setzte mich ihm gegenüber in den Sessel, weil er meinen Platz auf dem Sofa eingenommen hatte.

»Ich arbeite immer mal zwischendurch für eine halbe Stunde und das vor allem nachts.« Mein fragender Blick animierte meinen Bruder, mit seiner Erklärung fortzufahren.

»Ich bin jetzt achtzehn und Mathias bringt mir gerade bei, unsere Aktien an der Börse selbst zu verwalten.«

»Du willst von Beruf Börsenmakler sein? Das halte ich für eine richtig dumme Idee.«

»Warum? Ich bin ein Wolf. Ich kenne die Gedanken von allen wichtigen beteiligen Menschen und Mathias wird noch eine ganze Weile ein Auge auf das haben, was ich mache. Außerdem habe ich so die Chance, viel Geld zu verdienen und du müsstest dich endlich nicht mehr schlecht fühlen, weil wir fremdes Geld ausgeben.«

»Nein, dann wirst du das wenige Geld, was ich bei Kate verdiene, verspekulieren.«

»Das werde ich nicht. Mathias hat mir sein Konto, von dem er monatlich auf unseres überwiesen hat, überschrieben. Deine Einkünfte sind also nicht beteiligt und ich fülle dein Konto weiterhin regelmäßig auf. Nur dann mit mehr Geld, weil wir ja jetzt nicht mehr so tun müssen, als würde es von der Kirche kommen und weil es keine ‚*Almosen*' mehr von Mathias sind.«

»Wann genau hattest du vor, mir das zu sagen?«, fragte ich mit ein wenig Wut in der Stimme, weil ich die Idee für dämlich hielt und es obendrein nicht gut fand, davon nur nebenbei zu erfahren.

»Bei irgendeiner Gelegenheit, die sich aber noch nicht geboten hat. Schließlich bin ich vor noch nicht mal einer Woche erst achtzehn geworden. Und Mathias und ich haben uns erst zweimal getroffen.«

»Wann denn? Wir waren die letzten drei Tage permanent zusammen.«

»Nachts. Sagte ich doch bereits. Tagsüber muss ich ja auf dich aufpassen.«

»Sollte das gerade der Versuch gewesen sein, mich zu besänftigen, ist er voll nach hinten losgegangen.«

»Ich wollte dich nicht besänftigen. Außerdem werde ich meinen Lebensunterhalt an der Börse verdienen, unabhängig davon, wie du das findest, weil ich das gut kann und es mir Spaß macht. Beschweren darfst du dich erst, wenn du einen Nachteil daraus ziehst.«

»Wenn unser Geld weg ist, ist es zu spät.«

»Das wird aber nicht passieren.«

»Wie kannst du dir denn da so sicher sein? Ich meine, dass du dich für klasse hältst, weiß ich, aber die Leute, die sonst an der Börse spekulieren, haben das studiert. All das nötige Wissen wird Mathias dir nicht beibringen können.«

»Püppie, du weißt, dass Elijahs Familie steinreich ist. Sie haben ein riesiges Haus, jeder von ihnen fährt ein richtig teures Auto und du weißt, was Elijah für Klamotten trägt. Mathias hat unsere Reise einfach mal so aus der Haushaltskasse bezahlt. Was denkst du, wo das ganze Geld herkommt? Klar, Mathias ist ein erfolgreicher Anwalt, aber er hat als Anwalt nicht mal eine volle Stelle. Er arbeitet nur, weil es ihm Spaß macht und weil er es richtig findet, für das Recht anderer einzutreten. Er vertritt nämlich grundsätzlich nur Unschuldige. So etwas kann man sich aber nicht leisten, wenn man sehr gut davon leben möchte. Das Geld kommt von der Börse und das hat er auch nie studiert. Wir können das einfach. Wir haben das im Gefühl und er bringt mir und Elijah bei, worauf es ankommt und was es zu beachten gilt.«

»Elijah macht das auch?«

»Klar«, sagte Eathen, als wäre das selbstverständlich.

»Warum erzählt ihr mir so etwas nicht?«

»Das mache ich doch gerade. Es ist schließlich kein Geheimnis.«

Mein Bruder begriff überhaupt nicht, was mein Punkt war.

»Mach doch, was du willst, Eathen«, entschied ich, stand auf und wollte nach oben in mein Zimmer gehen, doch er schnappte sich blitzschnell meinen Arm und hielt mich fest.

»Was soll das?«, fragte ich, als er mich nicht losließ, aber auch nichts sagte. Zwar sah ich, dass er mit sich rang, aber gerade war ich sauer auf ihn und das dämpfte mein Einfühlungsvermögen.

»Spuck's endlich aus«, meinte ich und setzte mich neben ihn.

»Och komm schon, Eathen. Wenn es dir so schwerfällt, etwas auszusprechen, dann steht da immer irgendein Wolfszeug dahinter. Was ist es dieses Mal?«

»Du bist gut«, erklärte mein Bruder lächelnd.

Ich wartete. Doch erst kurz bevor meine Geduld komplett verschwunden war, fing er endlich an zu reden: »Dass ich auf dich aufpassen muss, war vorhin kein Witz. Natürlich war es unverschämt, so wie ich das gesagt habe, aber du weißt ja, dass mir das hilft, mit … mit all dem klar zu kommen.« Er machte eine uns beide verbindende Geste. »Es ist einfach so, dass ich während der Schwangerschaft unbedingt in deiner Nähe sein möchte. Und da ich nicht weiß, was danach noch alles auf uns zukommt, ist es besser, wenn ich mir keinen richtigen Job suche. Außerdem interessiert mich einfach mal nichts. Das hängt vermutlich auch damit zusammen, was du mir bedeutest. Denn jeder andere Wolf hatte immer irgendeine Leidenschaft. Etwas, dass er unbedingt studieren wollte. Aber mir ist alles vollkommen gleichgültig. Ich würde es höchstens machen, um Geld zu verdienen. Nur das kann ich auch an der Börse. Und du musst dir wirklich keine Sorgen machen, dass ich irgendwelches Geld verspiele. Ich weiß, was ich tue.«

»Hoffentlich!«, entgegnete ich schlicht.

Einen kurzen Moment forschte mein Bruder in meinem Blick.

»OK, es macht dir Angst. Warum?«

»Warum? Hast du dir gerade selbst zugehört? Erst war es nur die soziale Gleichgültigkeit und jetzt weitet es sich auch noch auf allgemeine Interessengebiete aus.«

»Eigentlich war es schon immer so«, entgegnete Eathen und versuchte ein Lächeln. »Du weißt doch schon seit Jahren, dass mir die Schule egal ist.«

Damit hatte er Recht und auf einmal erschien mir die Vorstellung, dass Eathen niemals irgendetwas studieren würde, nicht mehr so absurd.

»Das ist die Taktik, die du auch bei Alana geplant hast«, meinte ich und rutschte in seinen Arm.

»Ja. Und sie funktioniert«, meinte Eathen mit einem Blick auf mich. »Sogar ziemlich gut. Denn gerade hätte ich dich nicht anfassen dürfen, weil du Angst hattest, und jetzt kommst du zu mir.«

»Woher …?«, begann ich, doch dann wurde mir bewusst, dass ich die Antwort auf die Frage schon kannte. »Kann es sein, dass die Gedankensperre bei dir total sinnlos ist? Ich meine, macht es wirklich irgendeinen Unterschied, ob ich sie aufmache, oder nicht?«

»Es macht einen Unterschied«, meinte Eathen mit einem Lächeln. »Mit geschlossener Sperre kann ich nur etwas präziser als die anderen deine Gefühle einschätzen, weil ich dich ganz gut kenne. Ich muss dir zum Beispiel nicht ins Gesicht schauen, sondern kann deine Gefühle auch an deiner Körperhaltung ablesen.

Ich kann sehen, wenn du über etwas nachdenkst und was du bei diesen Gedanken fühlst, aber ich kann dir nicht sagen, was du denkst. Das kann ich nur erraten, was häufig recht leicht ist. Wenn du zum Beispiel an Elijah denkst, hältst du deine Hände und deinen Kopf immer in einer bestimmten Position und je nachdem, was du dabei fühlst, kann ich mir zusammenreimen, was passiert ist. Oder ich schaue es in seinen Gedanken nach. Aber für mich ist es genauso toll wie für alle andere Wölfe zu wissen, was du tatsächlich in Worten formuliert denkst. Nathan zum Beispiel macht es im Moment wahnsinnig, deine Gedanken nicht zu hören. Auch er kann in etwa einschätzen, was du fühlst, weil dich deine Körpersprache verrät und du eine Mimik wie ein offenes Buch hast. Aber manchmal schafft er es nicht, das, was du fühlst, und das, was du sagst, in Einklang zu bringen. Zum Beispiel weiß er, dass du manchmal vergisst, sauer auf ihn zu sein, und er dir eigentlich sympathisch ist. Aber er weiß nicht, wie du das kognitiv bewertest, und welche Schlussfolgerungen du daraus ziehst. Doch genau das würde er gerne wissen, weil es ihm wichtig ist. Genauso geht es uns anderen auch. Erinnerst du dich noch daran, wie Mathias dich mal eine ganze Zeit lang immer sehr eindringlich angeschaut hat, noch bevor zu wusstest, dass er ein Wolf ist? – Er hat versucht, an deine Gedanken heranzukommen und eine Erklärung für deine wechselnden Emotionen in seiner Nähe zu finden, aber er ist nicht darauf gekommen, dass er dich manchmal an unseren Dad erinnert.«

»Wenn das Gedankenlesen tatsächlich so funktioniert, dass Wölfe die Gefühle von anderen spüren und sich daraus deren gedachte Wörter zusammen reimen können, wie funktioniert dann meine Sperre?«

»Deine Sperre ist eine winzig kleine Veränderung deiner Mimik. Dessen bin ich mir ziemlich sicher, weil bildlich gesprochen dein Gesicht aufgeht, wenn du die Sperre rausnimmst. Du unterdrückst automatisch winzige Muskelbewegungen, die für Menschen gar nicht sichtbar sind. Während du ein Wort denkst, verknüpfst du damit unterbewusste Emotionen, die sich in deiner Mimik unglaublich fein wiederfinden. Es ist quasi ein Code aus elektrischen Potentialen, den jeder Mensch individuell für ein Wort entwirft und den wir verstehen, wenn wir denjenigen kennen. Richtige Gefühle hingegen sind so mächtig, dass du das Sichtbarwerden nicht verhindern kannst. Richtig süß ist es übrigens, wenn du dir Mühe gibst, deine Gefühle zu unterdrücken, weil du das überhaupt nicht schaffen kannst. Wir sehen das immer.«

»Ich bin nicht süß«, wiedersprach ich.

»Du bist der Inbegriff von süß, Püppie, und das wird jeder, der dich auf der Straße sieht, sofort bestätigen.«

»Von wegen. Hast du auch eine Idee, wie das mit der Berührungssperre funktioniert?«

»Bei der normalen Prägungsberührungssperre, die jede Geprägte hat, nimmst du die elektrischen Potentiale aus deiner Haut. Diese winzigen Potentiale, die von deiner Haut auf meine überspringen, bewirken bei uns über komplexe Stoffwechselvorgänge, dass wir jede Menge Energie herstellen können. Das ist viel effektiver als Essen, verdauen, den Zucker abzubauen und mit Sauerstoff zu oxidieren. Deshalb sind wir auch mit unserer Geprägten zusammen in der Lage, gut und gerne fünf Stunden ohne Sauerstoff auszukommen und sie, wenn es nötig ist, auch noch zu beatmen. Da wir aber auch keine magischen Wesen sind, geht das nur für eine begrenzte Zeit. Genauso wie wir circa eine Woche ohne Essen auskommen können, ohne an Körpermasse abzubauen, und auch in etwa eine Woche lang auf Schlaf verzichten können, wenn wir regelmäßig Berührungen bekommen.«

»Das ist schon irgendwie cool«, bemerkte ich, woraufhin Eathen mir durch die Haare wuschelte.

»Natürlich. Es gibt schließlich einen Grund, warum Laurel das auch gerne möchte.«

»Ich versuche zu verhindern, dass sie es bekommt. Was ist mit unserer speziellen Berührungssperre?«

»Da wir die ersten sind, die dieses Phänomen haben, hat das noch niemand untersucht. Also kann ich es dir nicht erklären. Aber es ist definitiv interessant, weil dieses Vakuum zwischen uns eine Menge Kraft aushält. Auch wenn ich mich mit meinem ganzen Gewicht dagegen lehne, kann ich dich nicht berühren ... Aber das werden wir jetzt nicht ausprobieren«, fügte Eathen hinzu und umschloss eilig meinen Unterarm mit seiner Hand.

»Keine Sorge. Ich habe verstanden, dass es dich fertig macht«, meinte ich sanft. Er lächelte sein Prägungslächeln, während er mich noch berührte und es erlosch, als er die Hand von meiner Haut löste.

»Wieso macht euch die Prägung so glücklich?«, wollte ich wissen.

»Die Frage müsstest du dir eigentlich selbst beantworten können. Schließlich bist du hier die Bio-Streberin und das ist reine Evolution. Die Berührung versorgt uns zeitlich maximal effektiv und wirklich langanhaltend mit allem, was wir zum Leben brauchen. Also macht es uns glücklich, damit wir es uns immer wieder holen. In abgeschwächter Form findest du das überall: Man ist nach dem Essen glücklich und nach dem Sex, weil beides für den Fortbestand des eigenen Individuums oder der Art recht hilfreich ist. Die Prägung ist nur etwas stärker, sodass es richtig wehtut, wenn wir keine Berührung bekommen.«

»Was zählt denn alles zu den Symptomen bei Berührungsentzug?«

»Alles, was bei einem normalen Entzug auch auftritt: Kopfschmerzen, Übelkeit, Schweißausbrüche, keine Leistungsfähigkeit, zittrige Hände – wobei wir das unterdrücken können. Du hast es doch jetzt schon ein paar Mal gesehen. Bei mir direkt nach meiner Prägung, nach der Schule in Ansätzen bei Elijah und neulich bei Nathan.«

»Woher weißt du all diese Dinge überhaupt?«

»Von Dad«, antwortete Eathen, als würde es auf der Hand liegen. »Und Prägungsnebenwirkungen durfte ich am eigenen Leib erfahren.«

Ich erinnerte mich wieder daran, wie schlecht es Eathen direkt nach der Prägung auf Abigail ergangen war.

»Es tut mir übrigens leid, dass ich damals so lange gezögert habe.«

»Du hast dich inzwischen schon oft genug dafür entschuldigt. Außerdem ist es vollständig nachvollziehbar, dass dir die Prägung Angst gemacht hat. Mir hat es ja auch eine Scheiß-Angst eingejagt, zumindest, bis ich sie auf dich übertragen hatte … Hinzu kommt, dass es nicht unbedingt schlecht ist, wenn du dich vor der Macht, die du durch die Prägung über mich hast, fürchtest. Dann wirst du sie nämlich nie einsetzen. Und du bist eine richtig gute Geprägte.«

Er umschloss meine Finger mit seinen, und sah mich dabei mit seinem Prägungslächeln an.

»Ich mag die Prägung. Seitdem muss ich nur noch die Hälfte im Haushalt machen.«

Eathen grinste mich an. »Dir ist klar, dass das nichts mit der Prägung zu tun hatte, sondern mit unserem Bruder-Schwester-Ding? Es gibt zwei Möglichkeiten, deine Aufmerksamkeit zu bekommen: Wenn du mich anmeckerst, weil ich nichts tue, oder wenn du mich lobst, weil ich dir geholfen habe. Letzteres konnte ich aber erst unter dem Vorwand der Prägung anwenden. Denn so konnte ich jede Freude über deine Nähe auf die Prägung schieben. Wenn du vorher herausgefunden hättest, wie gerne ich in deiner Nähe bin, wärst du womöglich auf mein Geheimnis gekommen, das ich ja aus bekannten Gründen unbedingt für mich behalten wollte.«

Kopfschüttelnd betrachtete ich meinen Bruder. »Du machst schon wieder genau das mit mir, was wir mit Alana vorhaben. Im Nachhinein bekomme ich Erklärungen für alle seltsamen Verhaltensangewohnheiten von dir oder Elijah. Wie viele dieser Geschichten gibt es eigentlich noch?«

»Keine Ahnung. Das sind für mich keine großen Sachen, deshalb kann ich dir das nicht aus dem Stehgreif aufzählen.«

Oder ob es dafür erst den Zusammenhalt eines Rudels braucht

Die nächste Woche begann mit meinem ersten Arbeitstag bei Kate. Und obwohl es keinen Grund dazu gab, war ich aufgeregt, als ich den gewohnten Weg zu Alana fuhr. Bei ihr angekommen, fand ich dann auch nicht gleich den offiziellen Eingang zu dem Bürogebäude. Ich kannte nur den internen Verbindungsweg zwischen dem Bürogebäude und Alanas Haus durch den Garten.

Kate erwartete mich bereits, um mir zuerst das ganze Gebäude zu zeigen und mir dann alle Mitarbeiter vorzustellen. Einige kannte ich bereits vom Sehen und auch das Gebäude war mir nicht vollkommen fremd. Ich war schon öfter mit Alana hier gewesen. Deshalb fand ich mich auch gleich überraschend gut in dem riesigen Gebäude mit den hohen Decken und der sehr modernen Inneneinrichtung zu recht. In dem ganzen Haus musste man keine der Türen auf den Fluren manuell öffnen. Zudem gab es keine Schlüssel sondern nur Chipkarten, die die Türen öffneten und auf denen automatisch gespeichert wurde, wann man mit der Arbeit begann und wann man aufhörte.

Die anderen Mitarbeiter nahmen mich freundlich auf und einige versicherten mir noch einmal persönlich, dass ich sie jederzeit um Hilfe fragen könnte. So fühlte ich mich auf Anhieb sehr willkommen.

»Diese Angebote solltest du unbedingt wahrnehmen. Denn ich werde nicht immer für dich Zeit haben«, erklärte Kate auf dem Weg zu ihrem Büro und erzählte mir noch einzelne Details zu manchen Mitarbeitern.

Der Bürobereich von Alanas Mutter gliederte sich in drei Zimmer. Eines, das als reines Empfangszimmer für Gäste diente, eine Aktenkammer, die bis oben hin mit Papier in riesigen Schränken gefüllt war, und ein großer Raum, in dem sich zwei Schreibtische gegenüberstanden.

»Nimm Platz. Es geht los«, bat sie freundlich lächelnd und schob den Stuhl des hinteren Tisches für mich zurück. In den folgenden Stunden schaffte Kate so gut wie nichts von ihrer eigenen Arbeit, weil sie mir am laufenden Band etwas erklären musste. Doch trotz meiner riesigen Wissenslücken gefiel mir die Arbeit sofort.

Die Mittagspause verbrachte ich von diesem ersten Tag an immer asynchron zu Kate, sodass theoretisch immer jemand für die Mitarbeiter als Ansprechpartner in der Firma blieb. Nur befürchtete ich, dass ich noch eine ganze Weile niemandem helfen könnte, sondern eher selbst jede Menge Hilfe brauchte.

In meiner Pause aßen Alana und ich zusammen das Essen, das Nelly, ihre Haushälterin, für uns gekocht hatte. Ich erzählte Alana von meinen ersten Aufgaben in der Firma, doch das schien sie kaum zu interessieren. Stattdessen fragte sie mich lieber ziemlich direkt über Nathan aus. Leider wusste ich selbst kaum etwas über ihn und konnte ihr demnach nicht viele ihrer Fragen beantworten. Eigentlich hatte ich mich riesig darauf gefreut, zumindest für die Zeit, bis Alana ihren Studienplatz antrat, jeden Mittag mit ihr zusammen zu essen, aber das Gerede über Nathan ging mir schnell auf die Nerven. Zumal ich bereits jetzt erkannte, dass meine Freundin gerade dabei war, sich in den nächsten Wolf zu vergucken, und ich mich ernsthaft fragte, warum sie sich nicht einfach einen Jungen aus ihrer Art anlachen konnte. Allerdings war auch ich gegen den Charme von Wölfen nicht immun. Schließlich hatte ich genau eine halbe Stunde gebraucht, um mich in Elijah zu verlieben, und vielleicht hatten Nathan und Alana ja wirklich eine gemeinsame Zukunft vor sich.

Der Nachmittag im Büro verging schnell und nach getaner Arbeit ließ mich Kate sogar etwas früher gehen.

»Ich bin wieder da«, rief ich euphorisch, als ich nach Hause kam, legte meine Sachen auf der Theke ab und machte mich auf die Suche nach Eathen.

»Ich bin im Wohnzimmer«, rief er. Dort lag er mit schweißfeuchter Stirn und blasser Gesichtsfarbe auf dem Sofa.

»Kann ich dir zufällig helfen?«, fragte ich grinsend und setzte mich neben ihn auf die Couch. Gleich darauf legte ich meine

Hand an seine Wange und beobachtete immer noch fasziniert, wie sich innerhalb von circa zehn Sekunden all die sichtbaren Prägungsnebenwirkungen zurückbildeten.

»Schön, dass du wieder da bist«, meinte er schließlich lächelnd und setzte sich auf, wobei er mich in seinen Arm zog. »Wie war's denn?«

Ich erzählte ihm ziemlich lange, wie es mir an meinem ersten Arbeitstag ergangen war und er hörte ernsthaft interessiert zu.

»Und was hast du heute so gemacht?«, fragte ich ihn schließlich.

»Ich war bei Elijah und Mathias hat uns ungefähr eine Stunde lang unterrichtet. Danach waren Elijah und ich im Wald, bis es mir dann irgendwann nicht mehr so gut ging.«

»Sind neun Stunden für den Anfang doch zu viel?«, fragte ich. »Du warst jetzt drei Stunden drüber und sahst ziemlich schlecht aus.«

»Danke für das Kompliment, Schwesterchen. Nein, das passt schon. In einer Woche kann ich es auf acht Stunden ausdehnen und dann ist nur noch die letzte Stunde doof. Aber es lässt sich in jedem Fall aushalten.«

»Aber ist das wirklich eine Dauerlösung?«

»Püppie, Nathan stand mit dreiundzwanzig Stunden Berührungsentzug noch aufrecht vor uns und Elijah hatte jeden gewöhnlichen Schultag, wenn er nach Hause kam, zehn Stunden. Das ist alles machbar. Apropos Nathan, er bräuchte dich auch mal. Er wartet draußen, weil er sich nicht traut zu klingeln. Er will dich nämlich nicht verärgern und dein Verbot, dass er das Haus nicht betreten darf, hat ihn ganz schön verängstigt.«

»Mich hat es damals auch ganz schön verängstigt, als er mir eine Wollmütze über den Kopf gezogen und mich in ein Auto verfrachtet hat«, entgegnete ich, woraufhin Eathen nur in Richtung Tür nickte.

In der letzten Woche hatte ich herausgefunden, dass es sehr komisch war, wenn ich nur rausging, um Nathan eine Berührung zu geben, und dann wieder verschwand. Deshalb fing ich jedes Mal ein kurzes Gespräch mit ihm an. Außerdem war es einfach, sich mit ihm zu unterhalten. Heute fragte er auch gleich, nachdem er die Berührung bekommen hatte, wie mein erster Arbeitstag gewesen war und hörte mir bei meiner Bürogeschichte genauso aufmerksam zu wie Eathen. Anschließend erzählte er mir, dass er nun auch einen Job gefunden hatte. Er arbeitete jetzt nachts im Supermarkt.

»Für mich ist das ideal, weil ich nachts nicht müde bin und sie einen Zuschlag zahlen. Ich hoffe, dann kann ich mir bald eine Wohnung leisten.«

»Wo wohnst du denn bisher?«, fragte ich und wunderte mich fast ein bisschen, dass ich mir diese Frage noch nie gestellt hatte. Nach seinem Wohnort hatte mich selbst Alana heute nicht ausgefragt.

»Im Wald«, entgegnete er grinsend, wobei er interessiert meine Reaktion beobachtete.

»Im Wald?«, wiederholte ich. »Warum das denn?«

»Weil es mir nichts ausmacht und ich kein Geld habe. Wir hatten immer ein gemeinsames Familienkonto und es hat genau zwei Stunden gedauert, in denen ich auf dem Weg hierher war, bis meine Familie den Zugang für mich gesperrt hatte. Also blieben mir nur die zwanzig Dollar und ein paar Münzen, die ich in meinem Portemonnaie hatte. Aber von diesem Geld lässt sich keine Miete bezahlen.«

»Du hättest uns fragen können, ob wir dir etwas leihen.«

»Du lässt mich nicht mal in euer Haus, aber willst mir von dem wenigen Geld, das ihr habt, noch etwas abgeben. Das ist ziemlich nett von dir und auch ein bisschen inkonsequent. Aber du musst mir nicht helfen. Ich komme klar.«

»Wie kommt man denn bitte selbst als Wolf ohne Wohnung aus? Ich meine, natürlich könnt ihr nicht erfrieren und euch im Wald auch ernähren, aber wie duschst du, oder wäschst Wäsche?«

»Es gibt nicht wenig Seen hier in der Gegend und warum sollte ich Wäsche waschen? Ich schwitze doch nicht und wenn ich mal irgendwo einen Fleck habe, wasche ich ihn im See aus.«

Ebenfalls erst jetzt fiel mir auf, dass er immer die gleich Jeans mit immer den gleichen Schuhen, einem weißen T-Shirt und seiner Lederjacke darüber trug.

»Willst du dir nicht wenigstens ein paar T-Shirts von Eathen ausleihen?«

»Kannst du das denn so einfach bestimmen?«

»Eathen weiß nie, wo seine Kleidung ist. Er zieht einfach das an, was er gerade findet. Außerdem ist die Hälfte seiner T-Shirts sowieso bei Elijah. Ihm wird es also nicht mal auffallen, wenn ich dir welche gebe.«

»Dein Bruder bekommt alles mit. Aber er hat zum Glück nichts dagegen.«

Ich lief ins Haus, ging zu Eathens Kleiderschrank und nahm drei T-Shirts mit nicht allzu schlimmen Sprüchen darauf raus.

»Was ist das jetzt für ein Samariterkomplex?«, fragte mein Bruder, der mir, im Türrahmen lehnend, den Weg versperrte.

»Er ist mein Cousin und er hat nichts zum Anziehen«, sagte ich und versuchte, an Eathen vorbeizukommen. Doch er ließ mich nicht durch.

»Du leihst ihm meine Kleidung, aber lässt ihn trotzdem nicht ins Haus?«, hakte Eathen nach.

»Nein. Das hier ist meine Privatsphäre. Hier will ich mich sicher fühlen und er gibt mir nicht unbedingt ein Gefühl von Sicherheit.« Das war noch nicht mal gelogen und wahrscheinlich ließ mich Eathen nur deshalb gehen.

»Hier«, sagte ich, als ich Nathan die T-Shirts reichte. Dabei übergab ich sie ihm absichtlich so, dass sich unsere Finger noch einmal berührten. Er bedankte sich dafür mit einem Geprägtenlächeln.

»Lies dir einfach nicht zu aufmerksam durch, was auf den T-Shirts steht. Mein Bruder hat ein Faible für so etwas.«

Daraufhin las er sich die drei Sprüche natürlich durch. Auf einem grünen T-Shirt stand: *Lass mich, ich muss mich da jetzt reinsteigern.* Auf einem weißen stand: *Ich hab das schon verstanden, es ist mir nur egal.* Und auf einem blauen stand in weißer Schrift: *Ich habe keine Macken, das sind Special Effects.*

»Ich dachte mir, dass du die vielleicht am ehesten tragen würdest«, erklärte ich, als Nathan mich angrinste.

»Ich mag alle T-Shirts von Eathen. Auch die, die du mir absichtlich nicht rausgesucht hast. Sie sind originell und definitiv nicht so langweilig wie einfarbige T-Shirts.«

»Das scheint dann wohl auch so ein Wolfsding zu sein«, bemerkte ich. »Elijah fährt nämlich auch voll auf Eathens T-Shirts ab, obwohl er eigentlich selbst viel hochwertigere Kleidung hat.«

»Vielleicht ist es ein Wolfsding. Auf jeden Fall vielen Dank dafür.«

Er wollte sich schon verabschieden, aber ich hielt ihn zurück, indem ich ihm eine weitere Frage stellte: »Du hast Alana neulich nicht zum ersten Mal gesehen, oder?«

»Nein, habe ich nicht«, bestätigte er, schien aber nicht sonderlich erpicht darauf zu sein, mir die Geschichte seiner ersten Begegnung mit ihr zu erzählen.

»Was hättet ihr im Mai gemacht, wenn ich zu Alana gefahren wäre?«

Er sah nicht besonders glücklich aus. »Ich denke nicht, dass du das wissen möchtest.«

»Ich hätte nicht gefragt, wenn ich es nicht hätte wissen wollen.«

»Also schön«, lenkte er ein, setzte sich auf unsere Treppe und bedeutete mir, mich neben ihn zu setzen. Mit einem deutlichen Abstand zwischen uns kam ich dieser Bitte nach.

»Wir hätten keine Rücksicht auf Alana genommen, genauso wenig auf ihre Familie. Alana war die einzige Person, zu der du dich ohne den Geleitschutz von Eathen, Elijah und Mathias bewegt hast, und es war klar, dass du sie früher oder später besuchen würdest. Deshalb hatten wir sie von Anfang an im Blick.«

»Das beantwortet meine Frage immer noch nicht: Was hattet ihr mit ihr vor?«

»Du willst ihr das erzählen, damit sie sich nicht in mich verliebt, richtig?«

»Ich will es ihr erzählen, damit sie weiß, mit wem sie es zu tun hat, und es schafft, durch deine offensichtlich schöne Fassade hindurch zu blicken.«

»Ich bin kein boshafter Racheengel oder irgendein Elf, der Spaß daran hat, Menschen zu quälen. Ich habe dir erklärt, warum ich dir damals wehgetan habe. Es ging um mein Leben, an dem ich sehr hänge.«

»Manchmal ist es besser, für eine gute Sache zu sterben.«

»Das gilt zwar als sehr edel, aber ich finde es ganz schön dämlich. Außerdem hätte dann einer meiner Brüder die Aufgabe übernommen, wenn ich gegangen wäre, und ich weiß nicht, ob die so vorsichtig mit dir umgegangen wären.«

»Ja, weil du auch so unglaublich vorsichtig mit mir umgegangen bist«, bestätigte ich ironisch. Dabei hatte ich selbst keine Ahnung, warum mich Nathans Aussage so sauer machte. Denn eigentlich konnte ich sein Handeln ganz gut verstehen und hatte ihm im Grunde auch längst verziehen.

»Offenbar hast du keine Ahnung, wie zerbrechlich du bist, und wie sehr du in meinem Arm rumgezappelt hast. Ich habe dich nur festgehalten, aber dir keinen einzigen Knochen gebrochen. Dabei hätte es nicht viel bedurft, um deine Knochen komplett zu zerquetschen.«

»Dann hätte Laurel dich aber geköpft.«

»Das mag sein. Aber schon wenn Aiden und ich die Rollen getauscht hätten, wärst du nicht so glimpflich davon gekommen. Ich habe freiwillig die Drecksarbeit übernommen, um auf dich aufpassen zu können, und ich hoffe, du wirst mir irgendwann verzeihen.«

Der Satz berührte mich, trotzdem fiel es mir schwer, mit den Vorwürfen aufzuhören.

»Wenn du uns wirklich hättest helfen wollen, warum musstest du dann gegen Eathen und Elijah kämpfen? Du wusstest doch, dass die beiden keine Erfahrung hatten und euch außerdem kräftemäßig unterlegen waren, weil sie jünger sind als ihr.«

»Scheinbar hast du echt keine Ahnung, wie es ist, gegen jemanden zu kämpfen. Wenn wir gegen einen anderen Wolf verlieren, stehen wir für den Rest unseres Lebens unter dessen Kommando. Das ist kein schönes Gefühl. Deshalb lässt man sich das auch nicht so einfach gefallen. Ich hatte ähnliche Angst um mein Leben wie du, als ich dir diese Mütze über den Kopf gezogen habe, weil ich wusste, dass ich gegen Eathen und Elijah kämpfen müsste.«

Eigentlich trug alles, was er sagte, dazu bei, dass ich immer mehr Verständnis für ihn entwickelte, aber ich konnte das noch nicht zugeben.

»Du hast meine ursprüngliche Frage noch nicht beantwortet«, erinnerte ich ihn und gab mir Mühe, meine Stimme nicht allzu weich klingen zu lassen.

Er seufzte. »Was denkst du denn, was wir mit ihr gemacht hätten? Sie wusste nichts von all dem und hätte sicher die Polizei verständigt, die wir in dem Kampf gegen Eathen und Elijah nicht gebrauchen konnten.«

»Wolltet ihr sie wirklich umbringen?«, fragte ich angewidert.

»Das war der Plan meiner Familie. Aber ich konnte sie davon überzeugen, dass es hinderlich wäre, wenn einer von uns wegen Mordes vor Gericht kommen würde. Deshalb haben wir uns auf ein Narkosemittel geeinigt, das das Kurzzeitgedächtnis auslöscht. Sie wäre also ohnmächtig geworden, aber irgendwann wieder aufgewacht und hätte nie gewusst, dass du bei ihr gewesen wärst.«

Diese Antwort hatte eine solch positive Wirkung auf mich, dass ich mir vornahm, in Zukunft netter zu Nathan zu sein.

Er schien mir meinen Entschluss vom Gesicht ablesen zu können und atmete erleichtert aus.

»Ich hoffe wirklich, dass du mir irgendwann vertrauen kannst, Cousinchen.«

Als er aufstand, reichte er mir seine Hand, um mich auf die Füße zu ziehen. Ich griff danach, weil ich ihm noch eine letzte Berührung für heute gönnen wollte. Sanft zog er mich auf die Füße, wünschte mir noch einen schönen Abend und joggte dann, ohne sich nochmal umzudrehen, mit Eathens T-Shirts unter dem Arm die Straße hinunter.

Am nächsten Tag erzählte ich Alana wahrheitsgemäß von meinem Gespräch mit Nathan, weil ich ihr die Freiheit lassen wollte, ihre eigenen Schlüsse zu ziehen.

»Betäuben ist immerhin besser als umbringen«, sagte sie schließlich mit einem schwachen Lächeln. »Mal angesehen davon: Was hast du eigentlich für grausame Verwandte? Also nicht Nathan, sondern all deine anderen Cousins. Die müssen doch echt einen Knall haben! Zum Glück hat dein Dad damals verfügt, dass ihr für den Fall seines Todes zu Tante Tilney kommt.«

»Ich weiß auch nicht, was passiert wäre, wenn Eathen und ich bei diesen Leuten aufgewachsen wären.« Das wollte ich mir auch tatsächlich gar nicht ausmalen.

Wir spekulierten noch eine Weile über die Bosheit meiner Verwandten, obwohl ich Alana ja nur den kleinsten Teil erzählen konnte. Aber sie bezog noch keine eindeutige Meinung zu Nathan und ich drängte sie auch nicht. Wenn sie darüber erst einmal nachdenken wollte, ließ ich ihr die Zeit dazu.

Eathen ging es genauso schlecht wie am Tag zuvor, als ich von der Arbeit kam. Sein Körper hatte sich offensichtlich noch nicht an die verlängerte Berührungsabstinenz gewöhnt. Aber er beteuerte, dass das vollkommen normal sei und es noch ein paar Tage dauern würde, bis ihm acht Stunden nichts mehr ausmachten. Weil mir mein Bruder leidtat und mir seine Nähe ein vertrautes Gefühl gab, blieb ich auch an diesem Abend noch einige Zeit in seinem Arm sitzen. Aber da wir uns bald nichts mehr zu erzählen hatten, schaltete ich den Fernseher an. Eathen machte mir dann freundlicher Weise etwas zu essen und bereitete sein Essen so zu, dass er es von einem Teller mit einer Gabel essen konnte, sodass mir bei dem Anblick nicht gleich der Appetit verging. Ich war wirklich beeindruckt von meinem Bruder, erst recht, als er danach unaufgefordert anfing, Kaugummi zu kauen, um den Geruch des Blutes zu überdecken. Schließlich wurde aus dem Abend ein spontaner Fernsehabend mit Eathen, den er in Menschengestalt sicher nur ertrug, weil er unentwegt Berührungen bekam.

»Kann ich dich etwas fragen?«, begann Eathen irgendwann und schaute mich fast schüchtern an.

Ich setzte mich aufrechter hin und betrachtete ihn erwartungsvoll.

»Es ist eine dieser Geschichten, bei der du mir versprechen musst, dass du mir erst vollständig zuhörst, bevor du durchdrehst.«

Ich nickte. Gleichzeitig wappnete ich mich für das, was jetzt kommen würde.

»Denkst du … also ist es vielleicht möglich … ach, verdammt«, fluchte mein Bruder und war so süß, wenn er nicht wusste, wie er etwas formulieren sollte. Ich legte meine Hand auf seine und streichelte mit dem Daumen über seinen Handrücken.

Er sammelte sich, atmete tief durch und begann noch einmal.

»Meinst du, irgendwann könnte ich dich einmal wie ein richtiges Mädchen berühren? Nur ein einziges Mal. Denn ich sehe permanent in Elijah Gedanken, wie glücklich es ihn macht, dich zu berühren. Nur ich werde das niemals haben. Das ist irgendwie frustrierend. Verstehe das nicht falsch, wenn ich dich berühre, fühlt sich das immer richtig gut an, aber eher neutral und ich würde zumindest gerne wissen, ob ich das, was Elijah hat, auch haben kann, oder ob es vollkommen unmöglich ist – also biologisch.«

Ich musste mich ziemlich beherrschen, um einigermaßen rational zu bleiben und nicht gleich wütend aufzuspringen.

»Du willst mich küssen?«, fragte ich bemüht gelassen, doch Eathen durchschaute meine Panik sofort und grinste mich an.

»Du schlägst dich gut«, entschied er grinsend, was nun ein bisschen zu viel für mich war.

»Sag mal tickst du noch ganz sauber? Du fragst mich hier so abartiges Zeug und machst dich dann auch noch über mich lustig. Und ja, Eathen, es ist abartig! Bruder und Schwester küssen sich nicht. Und ja, ich kann verstehen, dass es dich interessiert. Aber bist du dir sicher, dass da nicht doch mehr dahintersteckt?«

»Ja! Das habe ich doch gerade versucht zu erklären. Wenn ich mit dir zusammen bin, ist das das Natürlichste auf der Welt. Schließlich habe ich ja auch keine romantischen Gefühle für meine Atemluft oder so. Ich brauche sie einfach nur in meiner Lunge und genauso brauche ich dich in meiner Nähe – oder vielleicht auch noch etwas mehr, weil ich ja mit deiner Hilfe auf die Atemluft verzichten kann. Wenn wir zusammen sind, dann denke ich an nichts, was du abartig finden würdest, sondern nur daran, wie angenehm und gut sich deine Berührung anfühlt und wie zufrieden es mich macht. Selbst in den Nächten, in denen wir in einem Bett geschlafen haben, oder als ich dir beim Duschen geholfen habe, habe ich nie an so etwas gedacht und das weißt du auch. Wenn es so gewesen wäre, hättest du das nämlich gespürt, weil ich so etwas nicht vor dir verbergen könnte. Und in gewisser Hinsicht bin ich sogar dankbar dafür, dass ich dich einfach nur gern habe, und dich nicht *begehre*. Anderseits geht mir dadurch etwas verloren, was jeder andere Mensch in seinem Leben irgendwann erlebt, wenn er sich verliebt.«

Eathen sah mich lange eindringlich an und ich wusste, dass er das, was ich dachte, in meinen Augen sehen konnte: Ich entschuldigte mich bei ihm, für meine voreiligen Schlüsse, sagte ihm aber auch, dass ich mir nicht vorstellen konnte, meinen Bruder zu küssen, zumal ich mit Elijah zusammen war und der das verständlicherweise nicht gut finden würde.

»OK«, meinte er anschließend schlicht und wollte aufstehen, doch ich hielt ihn zurück.

»Wieso kommst du ausgerechnet jetzt auf den Gedanken, dass dir etwas fehlen würde?«

Seufzend wandte er sich mir wieder zu.

»Elijah hat mich eben gefragt, was wir gerade machen. Ich habe es ihm gezeigt und dann dachte er daran, dass er auch gern mal zusammen mit dir den Abend vor dem Fernseher verbringen würde. Aber ich kenne seine Gefühle und er empfindet es anders als ich.«

Da ich nicht sofort etwas entgegnete, ging mein Bruder in die Küche.

»Aber solltest du nicht eigentlich dankbar dafür sein, dass du nicht mehr von mir willst?«, fragte ich ihn, als ich ihm folgte. »Ich meine, sonst könnten wir nicht so zusammenleben. Außerdem musst du mich wahrscheinlich auf diese Weise gern haben, um deiner Rolle als mein Beschützer optimal gerecht zu werden.«

»Verdammt!«, fluchte er und schlug so hart auf die Arbeitsfläche, dass der Marmor zersprang. Dann ballte er immer abwechselnd seine Hände zu Fäusten und öffnete sie wieder, wobei seine Adern an den Armen und dem Hals deutlich hervortraten. Dabei wanderte er unruhig durch die Küche und versuchte, gegen die einsetzende Verwandlung anzukämpfen. Ich beeilte mich, zu ihm zu kommen und ihn in den Arm zu nehmen, bevor er sich vor Wut komplett verwandelte. Erst hielt mich Eathen nur im Arm. Doch dann hob er mich hoch, setzte mich auf die Theke und vergrub seinen Kopf in meiner Halsbeuge. Ich streichelte meinem Bruder über den Rücken und musste ihn nicht mal fragen, was ihn so wütend gemacht hatte. Ihm war bewusst geworden, dass ich Recht hatte. Wenn er romantische Gefühle für mich hätte, würde das seine Rolle als meinen Beschützer beeinflussen. Aber aus irgendeinem Grund war er gerade wieder unzufrieden mit seinem Schicksal.

»Es ist noch mehr«, antwortete Eathen auf meine Gedanken. Er hob den Kopf, ließ mich aber nicht los. »Es war klar, dass du dich in den ersten Wolf verlieben würdest, der dir über den Weg läuft, weil du dazu geschaffen bist, Wolfsnachwuchs zu bekommen. Und dabei dürfen dir meine Gefühle nicht im Weg stehen. Deshalb bin ich so, wie ich bin.«

»Aber meintest du nicht, dass du inzwischen in deiner Haut eigentlich ganz zufrieden bist?«

»Ich vermisse gar nichts und eigentlich liebe ich mein Leben auch so, wie es ist. Trotzdem frage ich mich manchmal, ob ich nicht irgendetwas verpasse. Alle Wölfe, die ich kenne, und alle, die vor uns gelebt haben, hatten ihre eine große Liebe. Nur ich werde sie nie finden. Vielleicht ist das nicht richtig so.«

»Eathen, wir beide sind ein Meisterwerk der Natur. Dass wir so zusammen existieren, ist ein riesengroßer Zufall oder möglicherweise göttliche Fügung – je nachdem, woran man glauben möchte. Du empfindest die reinste und ehrlichste Liebe für mich, die vermutlich je irgendwer gespürt hat. Du stellst überhaupt keine Bedingungen und würdest vermutlich alles tun, um mich glücklich zu machen. Diese Gefühle sind nicht dämlich, sondern es ist das, was die Welt im Innersten zusammenhält. Also wenn du nicht das Gefühl hast, dir würde etwas fehlen, dann rede dir das doch nicht ein. Sondern sei froh, dass du deine große Liebe schon gefunden hast, und es verhältnismäßig undramatisch war.«

Er lachte bitter. »Du weißt doch selbst, dass es nicht das Gleiche ist, wie bei allen anderen.«

»Ja, natürlich weiß ich das. Aber warum vergleichst du dich auf einmal so sehr mit den anderen Wölfen? Wenn du eigentlich zufrieden bist, dann erlaube dir doch, zufrieden zu sein.«

»Aber was ist, wenn es dir irgendwann doch zu viel wird und du mich nicht mehr erträgst? Glaubst du wirklich, dass wir ewig so zusammenleben werden wie jetzt?«

»Ich kann dir nicht versprechen, dass wir für immer gemeinsam in diesem Haus wohnen, aber ich kann dir versichern, dass wir uns bis in alle Ewigkeit jeden Tag sehen werden, weil ich mir etwas anderes nicht vorstellen könnte. Du bist die eine absolute Konstante in meinem Leben und ich kann mir nicht vorstellen, wie es wäre, wenn ich nicht mehr wüsste, dass du hinter mir stehst. Denn es ist ein wunderbares Gefühl, seit dem ersten Tag auf dieser Welt jemanden an seiner Seite gehabt zu haben. Jemanden, der einem das Laufen beigebracht hat, jemanden, der an jedem einzelnen Schultag auf mich aufgepasst hat, der mich jedes Mal aufgefangen hat, ob ich nur gestolpert bin oder eine Lebenskrise hatte. Immer wenn ich krank war, saßt du an meinem Bett und hast versucht, mich zum Lachen zu bringen. Ohne dich hätte ich mich sicher nie getraut, meinen ersten Salto zu springen. Denn auch bevor ich den Grund dafür kannte, wusste ich instinktiv, dass ich mir nicht wehtun würde, solange du daneben stehst. Wir haben so unendlich viel zusammen erlebt, Eathen! Und wenn einem jemand so eine Liebe entgegenbringt, wie du mir, dann empfindet man auch eine tiefe Liebe für diese Person. Blut ist dicker als Wasser und ich würde für nichts auf der Welt unser gutes Verhältnis aufs Spiel setzen. Selbst in der Zeit, in der wir kein allzu gutes Verhältnis zueinander hatten, weil du mich immer geärgert hast, hat mich die Gewissheit, dass du da bist, und wenn es drauf ankommt, ein netter Bruder sein kannst, unglaublich beruhigt. Also kannst du dir absolut sicher sein, dass ich niemals gehen werde – und das nicht nur, weil ich es unserem Vater versprochen habe.«

Mein Bruder sah mich gerührt an, wirkte aber immer noch nicht vollständig überzeugt. Dabei wusste ich wirklich nicht, warum er mir nicht glaubte, denn genauso wie ich es eben beschrieben hatte, fühlte es sich an. Ich brauchte die Gewissheit, dass Eathen bei mir war, um irgendetwas tun zu können. Das war scheinbar mein Teil der Verbindung zu ihm. Und auch wenn ich ihm nur menschliche Gefühle bieten konnte, waren sie doch so stark, dass sie sich mit absoluter Gewissheit nicht verändern würden.

»Püppie, das ist unglaublich süß von dir und es freut mich zu hören, dass ich dir soviel bedeute, aber du hast keine Ahnung, was noch alles auf uns zukommen wird. Ich hoffe wirklich, dass unsere Verbindung stabil genug ist, um das zu überstehen, nur du kannst mir das nicht versprechen. Zumal menschliche Versprechen so leicht zu lösen sind wie ein einfacher Knoten. Genauso wie menschliche Gefühle so leicht wandelbar sind.«

Jetzt hatte er es definitiv geschafft, mich zu verärgern. Nicht nur, dass er mir nicht glaubte, wenn ich ihm mein Herz ausschüttete, sondern er gab auch nichts auf meine Versprechen und hielt meine menschlichen Gefühle für vergänglich.

»Ich wollte dich nicht beleidigen«, behauptete er und hielt mich fest, als ich von der Theke springen wollte.

»Ach nein? Es ist dir aber trotzdem gelungen. Und weißt du, vielleicht habe ich alle wölfischen Dinge wirklich satt. Du gibst mir eine wage Andeutung nach der nächsten, was uns in Zukunft alles droht, meine Beziehung zu Elijah ist unendlich kompliziert und es wäre ein Leichtes für mich, euch allen den Rücken zuzuwenden, nachdem ich das Baby auf die Welt gebracht habe.«

»Das würdest du aber nie tun, weil du mich genauso sehr brauchst wie ich dich und weil du Elijah liebst.«

»Richtig«, bestätigte ich lächelnd.

Eathen brauchte einen Moment länger, bis er verstanden hatte.

»Umkehrpsychologie. Raffiniert Schwesterchen. Das werde ich mir merken«, entgegnete mein Bruder mit einem strahlenden Lächeln und wirkte auf einmal gar nicht mehr niedergeschlagen, sondern glücklich und erleichtert. »Wirklich brillant«, lobte er mich. »Scheinbar weiß mein Innerstes besser als mein Verstand, dass ich mich immer auf dich verlassen kann.«

»Das kannst du«, bestätigte ich, zog ihn in meinen Arm und gab ihm zum ersten Mal in unserem Leben einen Kuss auf die Stirn. Ich hatte erwartet, dass er mich daraufhin freudig anlächeln und fragen würde, was er für einen weiteren Kuss tun müsste, aber Eathen reagierte vollkommen anders. Statt eines schiefen Grinsens, trat er mit gesenktem Kopf einen Schritt zurück. Ich wollte gerade von der Theke springen und fragen, was passiert sei, als er den Kopf hob und ich Tränen in seinen Augen stehen sah.

Fassungslos betrachtete ich meinen Bruder.

Das ist das erste Mal – dachte er. *Das erste Mal, dass ich Tränen in den Augen habe.*

»Warum? Was ist denn los?«, fragte ich verständnislos.

Statt einer Erklärung deutete er auf seine Stirn und ich wagte einen Blick in seine Gedanken. Wäre ich an Eathens Stelle gewesen, hätte ich vor Schluchzern vermutlich nicht mehr atmen können, so überwältigend waren seine Gefühle. All das, was ich vorher versucht hatte, in Worte zu fassen, war in dieser einfachen Geste endlich bei ihm angekommen. Und er freute sich unglaublich darüber, genauso wie es ihn sehr erleichterte, endlich zu wissen, wie viel er mir bedeutete.

»Wölfe sind halt doch eher gefühlsbetonte Wesen«, stellte ich fest, nachdem ich ihm seine Gedanken wieder überlassen hatte.

Scheint so. – bestätigte er. *Es tut mir leid, dass ich dir vorher nicht geglaubt habe. Ich dachte, du willst mich nur aufmuntern. Außerdem kann ich mir in etwa ausmalen, welchen Psychoterror Laurel veranstalten wird, nachdem das Baby auf der Welt ist. Aber jetzt glaube ich daran, dass du nicht abhauen oder aufgeben wirst.*

Er wischte sich die Tränen aus den Augen und blinzelte mich an. Liebevoll betrachtete ich meinen Bruder, bevor ich von der Theke sprang.

»Warte mal Püppie«, rief Eathen, als ich aus der Küche gehen wollte. »Zuerst einmal danke! Das war mehr als ich gebraucht habe. Jetzt bin ich nicht mehr eifersüchtig auf das, was ich nicht haben kann und bin in der Lage, dir den neusten Klatsch zu erzählen. Dass ich mich plötzlich auch unbedingt verlieben wollte, hing vielleicht ein bisschen damit zusammen, dass Nathan sich gerade verliebt hat.« Er machte eine kurze Kunstpause, in der er sich einen Rührbesen schnappte und ihn sich als Mikro vor den Mund hielt. »Es berichtet live im Klatschkanal:«, fuhr er übertrieben fort. Er hatte exzellente Laune und war ziemlich überdreht. »Nathan findet Alana mehr als nur nett. Aber er glaubt, dass diese Beziehung so gut wie keine Chance hat, weil du dagegen bist und Alana wohl kaum gerne mit einem Wolf zusammen sein wird.«

»Wenn er sich mustergültig benimmt, wird sie ihn sicher mögen. Sie fährt ohnehin schon jetzt auf ihn ab, und was ich davon halte, spielt keine Rolle.«

»Naja. Eigentlich spielt es schon eine Rolle, denn Nathan braucht dich zum Überleben.«

»Als ob ich die Prägung dazu benutzen würde, ihn davon abzuhalten, etwas mit Alana anzufangen. Wenn sich Nathan in

Alana verliebt hat, dann kommen sie ohnehin mal zusammen, weil Nathan, um ihr zu gefallen, zu genau dem Menschen werden wird, den sie sich wünscht. Außerdem wird sie es mir, sobald sie Bescheid weiß, wohl kaum verzeihen, wenn ich über die Prägung verhindere, dass sich Nathan mit ihr trifft. Es ist also vollkommen egal, ob ich das gut oder schlecht finde, weil die beiden sowieso mal zusammenkommen werden.«

»Findest du es denn eher gut oder eher schlecht?«

»Ich weiß es nicht. Einerseits wäre es mir lieber, wenn sich Alana in einen menschlichen Mann verlieben würde, weil es einfacher wäre. Anderseits kann ich die Faszination, die von Wölfen ausgeht, total nachvollziehen, und trotz aller Komplikationen weiß ich, was für ein tolles Gefühl es ist, von einem Wolf geliebt zu werden.«

Eathen grinste mich an.

»Heißt das, dass du Alana nicht alles Schlechte über Nathan verraten wirst – oder zumindest noch nicht gleich?«

»Ich denke, dass Alana sowieso irgendwann erfahren wird, was Nathan aus welchem Grund getan hat. Und wenn sie ihn gern hat, dann wird sie es ihm verzeihen.«

Unerwartet grinste Eathen mich an. »So wie du?«

Ich antwortete darauf nicht, sondern ging endgültig aus dem Zimmer. Was Alanas und Nathans mögliche Beziehung betraf, war ich sehr gespaltener Meinung. Doch tief in mir vermutete ich, dass Nathan eigentlich ein netter Kerl war, der Alana sicher glücklich machen würde. Nur war ich immer noch nicht bereit, das zuzugeben.

Für Eathen war die Debatte scheinbar noch nicht beendet, denn er folgte mir die Treppe hoch in mein Zimmer.

»Püppie, Nathan geht mir auf die Nerven: Darf er Alana *umwerben* oder nicht?«

Jetzt musste ich doch wieder lachen.

»Die Formulierung stammt von dir, oder? Das hat er so sicher nicht gesagt.«

»Natürlich nicht«, bestätigte mein Bruder.

»Sag ihm, dass er freie Hand hat, aber lass dir von ihm schwören, sie nicht zu schwängern. Sonst kann er sich seine Berührungen für den Rest seines Lebens klemmen.«

Eathens Gesichtsausdruck wurde noch genervter.

»Was ist?«, fragte ich mitfühlend, da ich mir gut vorstellen konnte, welche Debatten er gerade in seinem Kopf führen musste.

»Elijah hat das mitangehört und es hat ihn mal wieder getroffen.«

Das wiederum gefiel mir jetzt gar nicht.

»Können sich diese ganzen dummen Wölfe nicht einfach mal um ihren eigenen Kram kümmern«, fluchte ich, ging in mein Zimmer und schloss die Tür hinter mir. Doch wenige Sekunden später hatte ich ein schlechtes Gewissen, suchte mein Handy und rief meinen Freund an.

»Hey, das, was ich über Nathan und Alana gesagt habe, betrifft mich nicht, weil mich eine Wolfsschwangerschaft nicht umbringen wird. Also fühl dich bitte nicht schon wieder schuldig deshalb«, erklärte ich, nachdem er abgehoben und mich begrüßt hatte.

»Püppie, ich weiß, wie du das gemeint hast. Du wolltest Alana nur beschützen und Nathan klar machen, dass er vorsichtig mit ihr umgehen soll. Inzwischen hast du mir häufig genug erklärt, dass ich mich nicht schuldig fühlen muss, obwohl ich dich beinahe umgebracht habe. Aber ich kann trotzdem nicht verhindern, dass dieser Gedanke immer wieder auftaucht. Dann erinnere ich mich daran, wie du über die Sache denkst, und fühle mich besser. Das wird so sicher bis zur Geburt weitergehen, aber du musst dir keine Sorgen um mich machen.«

»In Ordnung. Aber melde dich bitte, wenn du mal wieder jemanden brauchst, der dir sagt, dass du deine Freundin nicht ermordet hast. Apropos, ich könnte jemanden gebrauchen, der mir sagt, dass mein Babybauch toll ist. Denn wenn ich keine Kleidung trage, sieht man inzwischen schon richtig viel.«

»Das Stichwort *keine Kleidung* war definitiv ausschlaggebend. Bis gleich, Püppie«, sagte er scherzhaft, bevor er auflegte.

Als er zwanzig Minuten später in mein Zimmer kam, lag ich schon in meiner Schlafkleidung im Bett. Er hingegen trug eines von Eathens T-Shirts mit der provokanten Aufschrift: *Kann ich so nicht beurteilen, müsste ich nackt sehen.*

Das war so unverschämt, dass ich es schon wieder gut fand.

»Ich muss dich noch etwas fragen«, begann Elijah, als wir später im Dunkeln zusammen unter der Decke lagen. Eigentlich war ich todmüde, aber es schien ihm sehr wichtig zu sein. Also wandte ich mich ihm zu, stellte aber bald fest, dass ich zu müde war, um meine Augen offen zu halten.

»Wäre es dir lieber, ich würde studieren oder ist es OK, wenn ich auf Eathens Weise Geld verdiene?«

Zwar hatte ich Elijah nichts von meiner Abneigung gegen Eathens Art zu arbeiten erzählt, aber es überraschte mich kein bisschen, dass er davon wusste. Ich kuschelte mich enger an seine Brust, bevor ich antwortete: »Ich denke, du solltest das machen, worauf du größere Lust hast.«

Ich hörte Elijah schmunzeln, bevor er meinen Haaransatz küsste.

»Das Problem ist, dass ich nicht weiß, was ich möchte. Deshalb wollte ich wissen, was du denkst. Oder bist du zu müde? Wir können auch morgen weiterreden. Ich bin auch noch hier, wenn du aufwachst.«

Das war ein so wundervolles Versprechen, dass ich das Angebot gerne annahm.

Auf jeden Fall weiß ich, dass es längst nicht in jedem Rudel so ist

Am nächsten Morgen erwachte ich in Elijahs Arm. Mein Wunsch, wenigstens hin und wieder wie auf unserer Reise neben ihm aufzuwachen, schien also in Erfüllung zu gehen. Das Beste war allerdings, dass wir noch ein bisschen Zeit hatten, bevor ich aufstehen musste, um zur Arbeit zu gehen.

»Erinnerst du dich noch an meine Frage von gestern Abend?«, fragte er mich, nachdem er mich geküsst hatte.

Ich nickte. »Was würdest du denn gerne studieren und welche Universitäten bieten diesen Studiengang an?«

Bevor er antworten konnte, hatte ich auf einmal den Drang, ihn zu berühren, und streichelte ihm fein über Kinn und Wange. Auf seiner nun am Morgen unsauber rasierten Haut folgte eine feine Fellspur der Bewegung meiner Finger. Schmunzelnd sah er mich an und ich ließ meine Hände sinken.

»Was war noch mal die Frage? … Ach ja, wenn ich mich an einer Uni einschreibe, dann würde ich gerne Informatik studieren. Das wollte ich schon die ganze Schulzeit über und die Universität in Toronto bietet es auch als Fernstudium an. Alle Vorlesungen und Seminare gibt es auf Video aufgezeichnet und die Hausaufgaben kann ich von Zuhause aus machen. Ich müsste nur einmal im Jahr für zwei Tage nach Toronto fahren, um die Klausuren zu schreiben. Aber ich dachte mir, dass du gerne mitkommst, wenn du in der Zeit, in der ich meine Klausuren schreibe, einkaufen gehen darfst.«

»Natürlich komme ich gerne mit nach Toronto. Ich liebe diese Stadt.«

Elijah grinste mich an. »Das kann ich absolut nicht nachvollziehen, aber diese Diskussion haben wir schon mehrmals geführt.«

»Du hast in der Schule extra Japanisch gewählt, um dich besser auf Informatik vorzubereiten und das, obwohl wir dann gar keinen Kurs mehr zusammen hatten ...«

»Ich habe Japanisch gewählt, um keinen Kurs mehr mit dir zusammen zu haben«, korrigierte Elijah. »Ich konnte es nämlich nicht mehr ertragen, dich eineinhalb Stunden lang direkt neben mir zu wissen, deine Hand in meiner zu halten, dich die ganze Zeit zu beobachten und zu wissen, was ich alles nicht mit dir machen kann. Und ich dachte mir, bevor ich laut anfange, mit den Zähnen zu knirschen, wähle ich lieber um.«

»Du hast einen Kurs gewechselt, um deine Freundin nicht mehr sehen zu müssen? Das klingt nicht besonders gut.«

Zwar wusste ich, dass er mich immer gemocht hatte, dennoch hätte es nie so weit kommen sollen. Und es sprach mal wieder nicht für die Qualität unserer Beziehung.

»Püppie«, begann Elijah mit ruhiger Stimme. »Ich bin nie vor dir geflohen. Ich wollte nur nicht unentwegt daran denken, was für ein mieser Freund ich dir gegenüber war.«

»Warum hast du dann nicht einfach Silber genommen? Damit wäre doch alles viel leichter gewesen und mir wäre nie etwas komisch an dir aufgefallen. Es wäre die perfekte Lüge gewesen.«

»Aber genau das wollte ich nicht. Ich wollte dich nicht anlügen, sondern dir unbedingt die Wahrheit sagen. Es ist nämlich ein schreckliches Gefühl, wenn man weiß, dass sich das Mädchen seiner Träume in jemanden verliebt hat, den es gar nicht gibt. Aber wie du bereits weißt, habe ich mich nie getraut, mit dir reinen Tisch zu machen. Außerdem wollte ich dir gerne ohne Silber nah kommen können, um mir selbst zu beweisen, dass ich ein ganz normaler Junge bin, der kein Tütenpulver braucht, um mit seiner Freundin rumzumachen.«

Mit zwei Fingern streichelte er über meinen leicht gewölbten Bauch, bevor er mich kurz ernst ansah, gleich darauf aber lächelte.

Ich streckte mich zu ihm hoch und küsste ihn.

»Mit der Prägung habe ich allerdings keine Chance mehr, es ohne Silber hinzubekommen. Gott, ich hasse diese Haare.« Er schaute an sich herab, was mich amüsierte. Jedes Mal war es erneut ein Kompliment für mich. Gleich darauf war der Ansatz des

Fells schon wieder unter seiner Haut verschwunden.

»Gut, dann nochmal zur ursprünglichen Frage«, griff ich das Thema wieder auf. »Was spricht denn gegen ein Studium?«

»Ein Fernstudium bedeutet eine Menge Arbeit. Natürlich kann ich mich in etwas hineinknien, aber ich bin mir nicht sicher, ob ich das wirklich möchte. Der menschliche Teil in mir rät mir dazu, um später mal einen guten Job zu bekommen. Aber der wölfische Teil in mir möchte lieber viel Zeit mit meiner Freundin verbringen oder im Wald herumlaufen. Außerdem weiß ich, dass ich mit meinen Fähigkeiten auch auf anderem Wege meinen Lebensunterhalt verdienen kann. Wofür sollte ich also sehr zeitaufwendig studieren? Trotzdem kann ich mich nicht entscheiden. Und deshalb wollte ich gerne wissen, was dir lieber wäre.«

»Es ist dein Leben, Elijah. Letztendlich musst du also entscheiden, womit du deine Zeit verbringen möchtest. Aber ich glaube, dass du einen falschen Blickwinkel auf die Frage hast. Du stellst es so dar, als gäbe es wirklich zwei Teile in dir, aber das ist vollkommener Schwachsinn. Du hast als Wolf und als Mensch die gleiche Persönlichkeit. Und die Frage, die du dir stellst, beschäftigt im Moment haufenweise Schulabgänger in ganz Kanada. Gerade weil man eben auch auf anderem Wege Geld verdienen kann, fangen ja so viele nach der Highschool an zu jobben. Ihr Wölfe könnt mit euren Fähigkeiten zwar mehr Geld verdienen als eine Kellnerin in einer Bar, aber bei Wölfen ist ja alles immer extremer.«

Grinsend sah ich ihn an.

»Letztendlich ist es mir egal, womit du dein Geld verdienst. Du musst entscheiden, ob du Lust auf das Studium hast. Aber bitte mach es nicht, weil du glaubst, dass es mir lieber wäre, wenn du einen Universitätsabschluss hast. Dann bist du nur wieder unendlich frustriert, falls es dir nicht allzu leicht von der Hand geht, und schiebst die ganze Schuld auf den wölfischen Teil in dir, der sich nicht disziplinieren kann. Aber das ist alles riesiger Blödsinn und ich würde dich selbst noch als armen Schlucker nehmen.«

»Danke, Püppie«, meinte Elijah. »Du hast mir sehr geholfen. Außerdem wollte ich dich gerne an meinem Leben teilhaben lassen.«

»Das ist dir auch geglückt, Wolf«, meinte ich, fuhr ihm einmal durch die Haare und küsste ihn, bevor ich aufstand.

Nach zwei Wochen war die Arbeit bei Alanas Mutter schon ein fester Bestandteil meines Alltags. Außerdem kam ich gut zurecht, auch wenn ich noch nichts ohne Erläuterungen selbstständig erledigen konnte. In der Zwischenzeit hatte sich Alana bei der Kunsthochschule zwei Orte weiter vorgestellt und war angenommen worden. Also würde sie dort im Januar mit dem Studium beginnen. Bis dahin konnten wir jeden Mittag zusammen essen, wobei Nathan immer häufiger das Gesprächsthema war. Das Geheimnis, wie viel Alana Nathan bedeutete, behielt ich allerdings für mich. Er sollte selbst die Chance haben, ihr als erster von seinen Gefühlen zu erzählen.

Genauso wie an die Arbeit hatte ich mich inzwischen auch daran gewöhnt, dass ich Nathan nun drei Mal täglich sah. Und auch Eathen ging es mittlerweile besser, wenn ich abends nach Hause kam. Er hatte sich schon nach einer Woche an den verlängerten Berührungsentzug gewöhnt und zeigte nur noch leichte Prägungsnebenwirkungen, wenn ich nach neun Stunden von der Arbeit kam. Elijah hatte sich nach langem Überlegen letztendlich doch für ein Fernstudium entschieden, das wirklich sehr zeitaufwendig war. Aber da er ein Wolf war, brauchte er zum Glück nicht allzu viel Schlaf, sodass wir uns mindestens alle zwei Tage sehen konnten. Dabei hatte er sich angewöhnt, vorher kaum noch zu fragen, ob er vorbeikommen durfte. Er stand einfach unangemeldet in der Tür oder war schon bei uns, wenn ich nach Hause kam. Zwar hatte ich dann nicht immer Zeit für ihn, doch das erwartete er auch gar nicht. Er freute sich auch, wenn er mir im Haushalt oder beim Kochen helfen konnte, und auch mir gefiel es, wenn er spontan vorbeikam. Es war so ungezwungen und vertraut. Eathen hatte nie irgendwelche Einwände, sondern freute sich ebenfalls, wenn Elijah da war, genauso wie wenn Nathan vorbeikam.

Außerdem hatte das Schuljahr wieder angefangen und ich fuhr jeden Samstagmorgen in die Schule, um Coach Mate beim Training der Cheerleader zu helfen.

Als ich in meiner sechsten Woche in der Firma von Alanas Mutter am Mittwoch von der Arbeit nach Hause kam, war Elijah mal wieder bei uns.

»Gut, dass du kommst«, meinte Eathen und stand schwungvoll auf. »Wir wollen nämlich los.«

»Wohin denn?«, fragte ich, nachdem mich Eathen zur Begrüßung umarmt und Elijah mir einen Kuss gegeben hatte.

»Der Indian Summer hat angefangen und ich habe das schon jahrelang nicht mehr gesehen«, antwortete mein Bruder.

»Wo gibt es denn hier in der Nähe große Laubwaldgebiete?«, wollte ich wissen.

»Ein Stück weiter östlich.«

»Ein Stück?«

»Naja, ein paar Kilometer.«

»OK. Wann kommt ihr dann zurück?«

»Wenn es dunkel wird, machen wir uns auf den Rückweg. Ich schätze, wir sind so gegen zehn zurück.«

»Ist es in Ordnung, wenn du solange allein bist?«

»Klar. Immerhin bin ich erwachsen. Man kann mich somit allein lassen. Also viel Spaß mit dem Indian Summer.«

Die Wölfe verabschiedeten sich von mir, pellten sich aus ihrer Kleidung, verwandelten sich und liefen nach draußen.

Nachdem die Beide weg waren, ging ich in die Küche, um aus dem Fenster zu schauen, ob Nathan schon da war. Es war noch nichts von ihm zu sehen, aber ich bemerkte, wie dreckig die Gardinen waren. Der Bratendunst und der Staub hatten sich deutlich sichtbar in den beiden langen Gardinen an den Seiten des Küchenfensters festgesetzt. Und da ich jetzt ohnehin einige Stunden allein sein würde, beschloss ich, sie zu waschen. Das einzige Problem war nur, dass Eathen sie bisher immer abgenommen hatte, der die Haken mühelos stehend aus der Gardinenstange an der Decke lösen konnte. Da ich aber nicht warten wollte, bis mir mein großer Bruder half, holte ich einen Stuhl aus dem Wohnzimmer und stieg darauf. Doch selbst auf dem Stuhl stehend, fehlten mir ein paar Zentimeter bis zur Gardinenführung. Entschlossen sah ich mich in der Küche nach einer Lösung um. Dabei blieb mein Blick an den oberen Küchenschränken hängen. Auch auf den Hängeschränken lag der Dreck von circa einem halben Jahr, was mir ein deutlicher Dorn im Auge war. Ich musste das dringend mal wieder wischen.

Leider war unsere Küche komplett auf die Größe meines Vaters ausgerichtet, weshalb die oberen Schränke ziemlich hoch hingen. Nur aus einiger Entfernung konnte ich, auf dem Stuhl stehend, den Staub überhaupt sehen. Trotzdem wollte ich nicht auf meinen Bruder warten müssen. Deshalb ging ich in mein Zimmer, holte ein paar schwere, große Bücher und stapelte sie auf den Stuhl. Eathen hätte mich für eine solche Konstruktion umgebracht und auch mir war bewusst, dass das nicht unbedingt stabil oder ungefährlich war, aber mir fiel nichts Besseres ein und ich wollte nicht warten. Außerdem hatte mich ein bisschen die Begeisterung des Verbotenen gepackt, jetzt wo niemand in meiner Nähe war, der mich von leichtsinnigen Dingen abhalten konnte. Deshalb kletterte ich vorsichtig auf den Bücherstapel und streckte mich auf den Zehenspitzen der Gardinenstange entgegen, um die Haken zu lösen. Leider hatte ich die Bücher nicht zu hundert Prozent gerade übereinander gestapelt und als ich mein Gewicht nun nach vorne lehnte, passierte das, was ohnehin kaum vermeidbar gewesen war. Die Bücher rutschten weg, fielen laut krachend auf den Boden und ich fiel vom Stuhl. Während ich stürzte, schabte ich mit der Haut am Fensterbrett entlang und schlug mir beim Landen das Knie an der Stuhlkante auf. Zum Glück waren in der Schürfwunde am Arm keine Splitter, aber beide Verletzungen fingen sofort an zu bluten.

»Verdammt«, fluchte ich und wischte mit dem Finger über die blutigen Stellen. Die Stellen mit der abgeschürften Haut brannten, aber der Schmerz erschien mir als gerechte Strafe für meine Unvernunft. Außerdem war ich erleichtert, dass ich mich nicht schwerer verletzt hatte.

»Cat?«, hörte ich plötzlich Nathans Stimme hinter mir. »Was ist passiert? Geht's dir gut?«

Er war ins Haus gekommen und hatte sich neben mich auf den Boden gehockt, wo ich immer noch kauerte.

»Nur ein bisschen Blut. Es ist nichts Schlimmes«, beruhigte ich ihn.

»Na, dann komm«, meinte er und half mir beim Aufstehen.

Mein Knie schmerzte etwas, wenn ich es streckte. Genauso wie auch mein Hintern, auf dem ich gelandet war, ein wenig wehtat.

»Was sollte das denn werden?«, fragte Nathan vollkommen entspannt, während ich das Blut mit einem Taschentuch von meinem Knie abtupfte. »Wolltest du fliegen lernen?«

»Hahaha«, murrte ich. »Sehr witzig!« Blöd war nur, dass ich doch lachen musste, als ich sein Grinsen sah, was mich nicht sonderlich glaubwürdig machte. Bevor Nathan darauf irgendwie eingehen konnte, erklärte ich ihm deshalb mein Vorhaben, die Gardinen abzunehmen und die Küchenschränke zu wischen. Nathan beäugte die Bücher, während ich über mein Knie pustete, damit das Blut schneller trocknete. Wahrscheinlich war der enge schwarze Rock, aus edlem Stoff, den ich zu einer hellblauen Bluse trug, auch nicht unbedingt die richtige Kleidung für einen halsbrecherischen Hausputz.

»Naja, da dein Bruder mich umbringt, wenn er erfährt, dass ich dich mit diesem Vorhaben allein gelassen habe, werde ich dir jetzt wohl helfen müssen, falls das in Ordnung ist?«

»Eigentlich wollte ich mal irgendetwas ohne wölfische Hilfe schaffen«, wandte ich ein.

»Ich glaube, dass du dein Leben auch ziemlich gut ohne wölfische Hilfe auf die Reihe bekommst, und das musst du dir nicht mit Gardinen beweisen«, entgegnete Nathan immer noch lächelnd, woraufhin ich ihm schließlich nickend gestattete, mir zu helfen. Zuerst brachte er den Stuhl zurück ins Wohnzimmer, bevor er seine Arme ausstreckte und die Gardinen einfach abhahm.

»Ich mache das nicht zum ersten Mal«, erklärte er, nachdem ihm mein aufmerksamer Blick aufgefallen war. Tatsächlich hatte ich gerade überlegt, woher er wusste, wie man Gardinen von der Stange löste. Denn eigentlich legten Wölfe keinen Wert auf Dekoration. »Meine Oma, also unsere Oma, brauchte dabei auch häufiger mal Unterstützung, und da ich ein braver Enkelsohn bin, war ich jedes Mal zur Stelle.«

Nathan reichte mir die erste Gardine und ich legte sie in einen Wäschekorb.

»Ist sie wirklich so schwer krank?«, wollte ich wissen, nachdem die Sprache auf unsere Großmutter gekommen war.

»Krebs eben. Sie ist schwach, aber Schmerzen hat sie keine. Trotzdem können ihr die Ärzte nicht mehr helfen.«

»Was würde denn passieren, wenn deine Verwandten mein Blut bekommen würden?«

»Ein Drama«, antwortete er schlicht, als er mir die andere Gardine reichte, und lächelte auf einmal nicht mehr.

Sein Gesichtsausdruck hielt mich davon ab, weitere Fragen zu stellen. Außerdem bemühte er sich, schnell das Thema zu wechseln.

»Wo sind Eathen und Elijah eigentlich?«, wollte er wissen und vermutlich kannte er die Antwort bereits, aber ich wollte nicht unhöflich sein.

»Sie sind irgendwo im Wald, um sich den Indian Summer anzuschauen.«

Nathan nickte. »Hast du das schon mal gesehen?«

»Nur auf Bildern und im Fernsehen, denn hier in der Nähe gibt es praktisch überhaupt keine Laubbäume.«

»Dann solltest du es dir unbedingt mal anschauen.«

»Hast du es schon mal gesehen?«

»Klar. Als ich noch ein Kind war, sind wir immer in den Norden gefahren, um durch den bunten Wald zu laufen.« Die Erinnerung daran schien ihm viel zu bedeuten, aber sie wurde von etwas Dunklem überschattet, nachdem ich vermutlich besser nicht fragen sollte. Stattdessen hob ich den Wäschekorb von der Theke und ging zum Kellereingang.

»Willst du mitkommen – jetzt, wo du eh schon im Haus bist?«

Das war meine Form eines weiteren Entgegenkommens, was Nathan als solches erkannte und mir die Treppe hinunter folgte. Erst setzte ich die Waschmaschine mit den Gardinen auf und zeigte ihm dann die restlichen Räume des Kellers.

»Warum nutzt ihr die Fläche nicht?«, wollte er wissen. »Man könnte hier doch noch zwei weitere riesige Zimmer einrichten.«

»Das eine Zimmer nutzen wir als Wäschekammer, und wenn die Wäscheständer dort stehen, bleibt in dem Raum gerade noch ausreichend Platz zum Treten. Und den anderen Raum brauchen wir nicht. Außerdem trauen sich weder Eathen noch ich, den Inhalt der Kisten wegzuschmeißen. Es sind nämlich irgendwelche Dinge, die meinem Vater mal sehr wichtig waren.«

»Weißt du, was genau in den ganzen Kisten ist?«, wollte Nathan wissen.

»Ich habe keine Ahnung«, entgegnete ich wahrheitsgemäß.

Ich beendete den Rundgang durch unseren Keller, und als er hinter mir die Treppe hochstieg, fiel mir auf, dass er peinlich genau darauf achtete, mich nicht zufällig zu berühren.

Weil ich ihn nach seiner netten Hilfe nicht sofort wieder rausschmeißen wollte, setzte ich die Hausführung im Erdgeschoss fort, bis wir schließlich wieder in der Küche standen.

»Was ist dort oben für ein Raum?«, fragte Nathan und deutete die Treppe hoch. Von unten konnte man meine weiße Zimmertür sehen.

»Da ist mein Zimmer. Aber das bleibt vorläufig noch tabu für dich. Ansonsten darfst du in Zukunft gerne ins Haus kommen. Aber klingle bitte. Sonst erschreckst du mich.«

»Das sollte zu machen sein«, meinte er und schaute mich kurzzeitig sehr eindringlich an. Ich erinnerte mich daran, was Eathen über diesen Blick gesagt hatte. Dass Nathan offenbar gerade versuchte, meine Gedanken zu erraten, machte mich nervös. Als ich unsicher von einem Fuß auf den anderen trat, wandte er seinen Blick schnell ab, der gleich darauf an der Tür zur Garage hängenblieb.

»Und was ist hinter der Tür?«, fragte er, vermutlich nur, um wieder ein Gespräch zu beginnen. Denn sicherlich kannte er sich durch Eathens Gedanken bestens in unserem Haus aus. Er hatte schließlich auch den Stuhl zurück an seinen Platz gebracht, ohne mich fragen zu müssen.

»Unsere Garage, in der dein Motorrad steht und Eathens Kühlschrank.«

»Ihr habt getrennte Kühlschränke?«, fragte Nathan und klang amüsiert. »Ich meine, wir hatten auch immer mehrere, aber einfach, weil der Platz sonst nicht reicht. Schließlich waren wir fünfzehn Personen.«

»Ich hab mich eine Zeit lang immer mit Eathen darüber gestritten, dass mir der Appetit vergeht, wenn mir beim Öffnen des Kühlschranks blutiger Geruch entgegensteigt. Außerdem fand ich die Vorstellung, die Organe eines toten Rehs in meinem Kühlschrank zu haben, nicht so angenehm.« Zuerst wunderte ich mich, warum ich Nathan das alles erzählte. Bis ich erkannte, dass ich so darauf hoffte, auch etwas Persönliches von ihm zu erfahren. Nathan war mir gegenüber immer freundlich und fröhlich. Auf der anderen Seite hatte er etwas Tieftrauriges an sich. Er wirkte, als würde er viele Jahre aufgestauter Wut und Enttäuschung mit sich umhertragen. Dabei fürchtete ich mich nicht vor einem plötzlichen Gefühlsausbruch. Eher befürchtete ich, dass er all diese gut gehüteten Emotionen nie ans Tageslicht lassen würde.

Wir standen uns in unserem Hausflur gegenüber und sahen einander an. Ich, mit dem Rücken an die Wand gelehnt, und unbeabsichtigt die Hand auf meinem Bauch und er typisch wölfisch im Türrahmen. Zwar trennte uns ein guter Meter, dennoch hatte ich das Gefühl, ihm emotional so nah zu sein, wie vermutlich kaum ein Mensch je zuvor. Kurz überlegte ich, ob ich ihn nicht einfach bitten sollte, mir beim Wischen der Schränke zu helfen, doch ich wollte unbedingt mehr über ihn und den amerikanischen Teil unserer Familie wissen. Leider hatte ich so wenige Anhaltspunkte, dass ich nicht auf Anhieb die richtigen Fragen stellen konnte.

»Hat Laurel oder deine Oma das rohe Fleisch nicht gestört?«, begann ich schließlich mit der einfachsten Frage, die mir in den Sinn kam.

»Meine Oma ist eine der liebenswürdigsten Personen, die ich kenne. Sie hatte nie ein Problem mit Wolfsdingen. Wir durften uns als kleine Wölfe auf ihren Schoß legen und sie hatte überhaupt keine Angst, dass wir sie verletzen könnten. Hin und wieder hat sie sogar mit uns herumgebalgt, aber es ist nie etwas passiert, und bis Aiden Laurel angeschleppt hat, war es auch selbstverständlich, dass wir alle zusammen gegessen haben. Erst Laurel hatte etwas gegen alle wölfischen Eigenheiten und hat uns ständig erklärt, wie animalisch und instinktgesteuert wir sind. Leider ist sie mit dieser Einstellung bei meinem Großvater auf vollstes Verständnis gestoßen. Die beiden haben sich gegenseitig hochgeschaukelt und ab diesem Zeitpunkt war es vorbei mit dem gemeinsamen Essen und den Verwandlungen im Haus.«

»Durftet ihr euch dann gar nicht mehr verwandeln?«

»Zuerst nur nicht im Haus und dann nach den ganzen Prägungen auch generell nur noch auf Laurels Erlaubnis hin.«

»Und das klappt? Ich meine hattet ihr nie Halbverwandlungen oder Wutausbrüche? Gerade wenn so viele Wölfe auf engem Raum zusammenleben, müsste das doch eigentlich ständig passieren.«

Nathan lachte bitter. »Wenn man durch die Schule von Laurel und Max gegangen ist, dann passieren einem keine Halbverwandlungen mehr.«

Als er das sagte, spiegelten sich so viele Emotionen auf seinem Gesicht, dass ich mich nicht traute, weitere Fragen in diese Richtung zu stellen, obwohl mich brennend interessierte, was er damit genau meinte.

»Warum genau tanzen denn alle nach Laurels Pfeife?«, fragte ich stattdessen und das Unverständnis war meiner Stimme deutlich anzuhören.

»Das ist eigentlich leicht zu erklären. Max ist unser Rudelanführer und nutzt diese Rolle total aus. Also hat er uns alle dazu gebracht, uns auf Laurel zu prägen. Ohne Max Unterstützung könnte sie uns allerdings nicht so herumkommandieren, weil sie – und das ist nicht generell abwertend gemeint – nur ein verletzlicher Mensch ist. Wenn Max sie nicht beschützen würde, könnten wir uns also im Zweifel durch Gewalt eine Berührung holen. Das ist nicht schön und sicher nicht richtig, aber das, was sie mit uns macht, ist auch nicht ethisch korrekt. Aber ein Haufen an Schwüren, die wir leisten mussten, verhindert, dass wir Laurel wehtun können, ihr Schaden zufügen können oder sie auch nur von uns aus anfassen können. Ich kann Laurel genauso wenig von mir aus berühren, wie Eathen dich, wenn du die zweite Berührungssperre geschlossen hast.«

»Aber was erhofft sich Max denn von Laurel?«

Nathan atmete tief ein, bevor er fortfuhr. »Max hat sich nach dem Tod seiner Eltern von der ganzen Welt im Stich gelassen gefühlt. Er ist durchgedreht, abgehauen und hat seinen kleinen Bruder Karl allein gelassen, obwohl er natürlich wusste, dass das falsch war. Das ist dieser komische Instinkt, den viele Wölfe in den unterschiedlichsten Situationen bekommen. Irgendetwas setzt dann im Gehirn aus. Aber Max hat es erst sehr spät geschafft, sein Leben wieder in geordnete Bahnen zu lenken. Nach dem Tod seiner Eltern ist er beispielhaft auf die schiefe Bahn geraten, hat krumme Geschäfte gemacht, um damit seinen Lebensunterhalt zu verdienen, und viele weitere Fehler. Außerdem hat er drei Frauen geschwängert, um mit drei Söhnen wieder die Gesellschaft von anderen Wölfen zu haben. Aber die ganze Zeit über wusste er, dass das, was er tat, falsch war. Die Schuld an all seinen falschen Entscheidungen hat er seinem wölfischen Teil gegeben. Über die Jahre hat er so einen riesigen Hass auf sich selbst entwickelt und den Irrglauben, dass ihm ohne seine Fähigkeit, sich verwandeln zu können, das alles nie passiert wäre. Als ihm dann Charlotte begegnet ist, war er bereits Mitte dreißig. Er hat seinen Lebensstil vom einen Tag auf den anderen für sie geändert, aber auch wenn sie sich unglaublich viel Mühe gegeben hat, ihm zu zeigen, welche Vorteile es mit sich bringt, ein Wolf zu sein, hat er sich nie davon überzeugen lassen. Da unsere Großmutter aber immer alle wölfischen Dinge gut gefunden hat, hat er uns vollkommen frei aufwachsen lassen. Erst als Laurel vor drei Jahren in unser Leben getreten ist, kam seine ganze Wut wieder zum Vorschein und damit auch all die Verbote. Er glaubt ganz einfach, dass ihn Laurels Strategien, mit denen man Verwandlungen genauso willentlich beeinflussen kann wie unsere anderen Körperfunktionen, zu einem besseren Menschen machen. Dabei sieht er gar nicht, zu welchem Monster er wird, während er uns nur etwas Gutes tun möchte.«

Diese Geschichte zeigte mir einmal mehr, wie wichtig es war, dass Elijah lernte, sich so zu akzeptieren, wie er war.

»Hat er euch denn alle zu den Prägungen auf Laurel gezwungen?«

»Nicht alle. Einige von uns mussten nicht gewaltsam gezwungen werden.« Er schaute auf den Boden, als er das sagte.

»Hast du dich freiwillig dafür entschieden?«, fragte ich vorsichtig und mit gesenkter Stimme.

»Ja. Sie hatte einen Haufen guter Argumente – zumindest glaubte ich das damals. Außerdem ist die Frau eine begnadete

Rednerin. Sie würde es vermutlich sogar schaffen, uns alle davon zu überzeugen, dass der Himmel eigentlich rot ist. Laurel ist unglaublich feinfühlig. Auf diese Weise gelingt es ihr mühelos, die eigenen Ängste aufzuspüren und für ihre Argumentation zu nutzen. Das ist reine psychologische Manipulation. Aber es funktioniert. Sie haben mir glaubhaft vermittelt, dass ich meine große Liebe sowieso umbringen werde, sobald ich einmal mit ihr schlafe und wenn ich mich dann auf Laurel geprägt habe, werde ich immerhin nicht mit ihr sterben, sondern kann mich um das Kind kümmern. Nach der Geschichte war ich davon überzeugt, dass ich mit der Prägung auf Laurel immerhin schon mal eine Sache in meinem Leben richtig gemacht hätte. Dass sie die Prägung, schneller als wir gucken können, gegen uns verwendet, war ja nicht vorherzusehen, und eigentlich hätten wir auf ihre Erpressungen auch nicht eingehen müssen, wenn nicht mein Großvater als Rudelführer ihrer Meinung gewesen wäre.«

Mir wurde klar, dass ich mit meiner Maßgabe, Alana nicht umzubringen, vermutlich genau in die Wunde getroffen hatte, die Laurel Jahre zuvor aufgerissen hatte.

»Hast du damals wirklich geglaubt, dass jede Frau, mit der du zusammen sein wirst, gleich sterben würde?«, fragte ich so einfühlsam, wie ich konnte.

»Ja. Ausreichend Geschichten berichten davon. Außerdem gab es in meinem Umfeld ein paar lebendige Beweise. Und wenn ich schon dabei zusehen müsste, wie meine große Liebe meinetwegen sterben würde, dann wollte ich mich wenigstens um unser Kind kümmern können. Zumal ich dachte, es würde nur noch komplizierter, wenn ich einer weiteren Frau die Wahrheit erzählen müsste, auf die ich mich dann irgendwann prägen könnte. Laurel wusste immerhin schon Bescheid und hat uns versprochen, uns immer regelmäßig Berührungen zu geben. Leider sind menschliche Versprechen nicht so bindend wie unsere.«

Das erinnerte mich an die Debatte mit Eathen zu dem Thema.

»Natürlich weiß ich jetzt drei Jahre später, wie dämlich ich damals war, aber im Nachhinein ist man immer schlauer«, meinte Nathan.

All diese Geschichten machten es noch leichter, Nathan zu verzeihen, und sie bewirkten, dass ich ein gewisses Mitgefühl für Max entwickelte.

Nathan erriet meine Gedanken richtig.

»Cat, es gibt sicher gute Gründe dafür, weshalb Max so geworden ist, aber das, was er mit dir vorhatte oder noch vorhat, ist eine Sauerei. Also vergiss das nicht. Und wir prägen uns auch nur, um irgendwann sterben zu können. Wenn Charlotte also stirbt und Max ihr folgt, ist es der ganz normale Lauf der Welt. Deshalb musst du ihr dein Blut nicht geben, um sie zu retten. Ansonsten müsstest du alle kranken Menschen auf dieser Welt mit deinem Blut in unverwundbare Wölfe verwandeln, die sich wiederum wieder auf verwundbare Menschen prägen müssten. Vorausgesetzt natürlich, du hast wirklich diese Fähigkeiten.«

»Du glaubst also, dass eine Verwandlung in einen Wolf Krebs heilen kann?«

»Ich würde stark davon ausgehen, da wir keinen Krebs bekommen können.«

»Wenn mein Blut dafür verantwortlich ist, heißt das dann, dass ich auch nicht an Krebs erkranken kann?«

»Niemand weiß, welche Wirkung dein Blut auf dich hat. Unverletzlich bist du ja nicht. Also kannst du vielleicht auch jede Krankheit bekommen«, sagte Nathan, während er grinsend meine Schürfwunden betrachtete, bevor er endgültig das Thema wechselte. »Willst du immer noch die Schränke wischen?«

Bereitwillig ließ ich mich darauf ein. Schließlich hatte er mir wirklich viel anvertraut. Allerdings war ich mir nicht sicher, was ich auf die Frage antworten sollte, weil ich vermutete, dass er mir seine Hilfe anbieten würde, wenn ich *Ja* sagte. Aber es war mir unangenehm, wenn er sich verpflichtet fühlte, unsere Küchenschränke zu wischen, nur weil er von Eathen Ärger kriegen würde, falls ich noch einmal auf einen Stapel Bücher klettern sollte.

Nathan wartete meine Antwort gar nicht erst ab, sondern schnappte sich einen Lappen von der Theke und begann, die Schränke zu wischen. Beeindruckt davon, dass er kein einziges Staubkörnchen herunterrieseln ließ, setzte ich mich auf die Theke und versuchte mir einzureden, dass es mir nicht unangenehm war, seine Hilfe anzunehmen.

Es dauert nicht lange, bis er fertig war. Ich bedankte mich bei ihm, woraufhin wir uns kurz schweigend in der Küche gegenüberstanden.

»Na, frag schon«, meinte er schließlich. »Meine Familiengeschichte scheint dich ja brennend zu interessieren.«

»Naja, irgendwie betrifft es mich in der Folge ja auch und außer dir erklärt mir niemand etwas.«

Offensichtlich fühlte sich Nathan geschmeichelt.

Ich überlegte mir eine Frage, die nicht so tiefgründig war, wie die Dinge, die er mir vorhin erzählt hatte.

»Gibt es noch andere Wölfe in deiner Familie, die an Max und Laurels Überzeugungen zweifeln?«

»Außer mir gibt es nur noch meinen jüngsten Bruder, Jamie. Aber bei ihm hat das andere Gründe. Er ist erst dreizehn und wird in die Pläne der Erwachsenen gar nicht eingeweiht. Aber er ist trotzdem total unglücklich, weil er sich schon mit elf, zum frühstmöglichen Zeitpunkt, auf Laurel prägen musste. Es ist in dem Alter zwar möglich, aber es ist viel zu früh.«

Fragend sah ich Nathan an.

»Kannst du dir vorstellen, wie schwer es für einen Elfjährigen ist, immer gesagt zu kriegen, dass er gefährlich für seine menschlichen Freunde ist und er sich auch nie mit jemanden treffen kann, weil er alle paar Stunden eine Berührung von der Freundin seines dreizehn Jahre älteren Bruders baucht? Das bleibt nicht ohne Folgen.«

Ich wollte gerade fragen, was mit ihm passiert war, als Nathan die Frage schon beantwortete.

»Er hat sich nach der Prägung total zurückgezogen und irgendwann angefangen zu stottern. Bis dahin wussten wir gar nicht, dass das bei Wölfen überhaupt möglich ist. Jetzt nennt Laurel ihn nur noch den *Psycho-Wolf.*«

Das klang schaurig und ich empfand so wahnsinniges Mitgefühl für diesen kleinen Jungen, dass ich nur kurz nachdachte.

»Hol ihn her«, bot ich dann an.

»Was?«, fragte Nathan irritiert.

»Frag ihn, ob er hier leben möchte. Wenn er Eathen schwört, dass er mir nichts tut, übernehme ich auch seine Prägung.«

»Cat, ich habe keine Wohnung, kein Geld und selbst haufenweise Probleme. Mal abgesehen davon, dass du mich immer noch skeptisch von der Seite anschaust, kann ich mich nicht um ein Kind kümmern. Außerdem würde ich ihn irgendwie entführen, wenn ich ihn einfach so herhole. Zwar würden sie nie die Polizei einschalten, aber es wäre trotzdem falsch.«

»Aber wir könnten für ihn sorgen.«

»Warum vertraust du ihm, den du gar nicht kennst, so viel mehr als mir?«

»Weil ich mir einen kleinen, verstörten, dreizehnjährigen Jungen unter der Obhut einer tyrannischen, manipulativen Hexe vorstelle, der dringend Hilfe braucht.«

»Das ist eine gelungene Beschreibung für Laurel«, sagte Nathan grinsend, bevor er ernster fortfuhr. »Es ist wirklich ein nettes Angebot, aber was passiert, wenn die Prägungsübertragung nicht hält?«

Daran hatte ich schon gar nicht mehr gedacht. Im Grunde riskierte Nathan also immer noch sein Leben und vielleicht könnten Elijah und ich nicht ewig zusammen verreisen. Dann müsste er April für jede Klausur mit nach Toronto nehmen.

»Das weiß ich nicht«, gab ich zu. »Aber Eathen meint, Prägungen sind etwas für die ganze Lebenszeit.«

»Und du vertraust deinem Bruder in dem Punkt?«

»Ich vertraue ihm in *jedem* Punkt und er hat mein Vertrauen noch nie enttäuscht.«

»Gibt es für mich zufällig die Möglichkeit, einen ähnlichen Status zu erreichen?«, fragte Nathan scherzhaft.

»Nein, ich denke nicht. Aber vielleicht ändere ich meine Meinung noch einmal.«

Bestimmt würde ich ihm irgendwann mein Vertrauen schenken, aber es würde nie so sein wie mit Eathen. Mein Bruder hatte eine Menge Geheimnisse und im Grunde wusste ich nicht mal, was er den ganzen Tag über machte, oder in den Nächten, während ich schlief. Aber ich konnte mit Sicherheit sagen, dass Eathen nie irgendetwas tun würde, was mir schadete, und ich ihm, ohne die Zusammenhänge zu verstehen, immer blindlings folgen konnte.

»Püppie?«, rief Eathen, als ich abends vor dem Fernseher lag und kam dicht gefolgt von Elijah ins Wohnzimmer.

»Wir haben dir was mitgebracht«, erklärte mein Bruder und wollte sich gerade zu Elijah umwenden, der einen riesigen Strauß an wunderschönen, farbigen Blättern in der Hand hielt, als er meine Schrammen sah. Ich hatte mir nicht die Mühe gemacht, die kaputte Hose auszuziehen, weil Eathen das Blut eh gerochen hätte und es im Grunde ja keine große Sache war.

»Was ist dir denn passiert?«, fragte mein Bruder bemüht gelassen, doch seine Stimme war ein wenig zu schrill und er schluckte einen Kloß hinunter. Trotzdem rechnete ich es ihm hoch an, dass er sich friedlich auf die Sofalehne setzte. Auch Elijah sah beunruhigt aus und ließ den Blätterstrauß sinken.

»Ich wollte die Gardinen waschen und bin beim Abnehmen gestolpert. Aber Nathan war sofort da und hat mir geholfen.«

»Du hast ihn ins Haus gelassen?«, fragte Elijah verwundert, während Eathens Mundwinkel ein winziges zufriedenes Lächeln umspielte.

»Er hat sich selbst den Zutritt verschafft. Außerdem hat er behauptet, dass ihr beide ihn umbringt, wenn er mir nicht hilft und ich nochmal auf einen Stuhl mit Büchern steige, also musste er bleiben. Und da er nicht versucht hat, mich zu entführen oder mir Blut abzunehmen, habe ich ihn geduldet.«

»Das kann er ja auch gar nicht«, meinte Eathen und fast zeitgleich fragte Elijah: »Du bist auf einen Stuhl mit Büchern gestiegen? Da war es doch absehbar, wie das endet.«

»Ich hatte mir überlegt, dass es eine fünfzig-fünfzig Chance gibt, in der ich nicht runterfalle und außerdem gibt es ja bekanntlich den Charme des Verbotenen.«

Während ich das sagte, war ich aufgestanden und hatte mich vor Elijah gestellt, um ihn zur Begrüßung zu küssen. Dass Eathen uns dabei zusah, war mir inzwischen egal.

»Ich kann das voll und ganz verstehen«, murmelte Elijah mit

einem süffisanten Lächeln nach unserem Kuss und überreichte mir dann den Blätterstrauß.

»Wow, sind die schön! … Und sie sind genauso dreckig und nass wie ihr beide. Ihr solltet mal duschen gehen.«

»Kommst du mit?«, fragte Elijah übermütig.

Ich machte den Fehler, wenige Sekunden tatsächlich darüber nachzudenken, mit ins Badezimmer zu kommen. Als ich dann schließlich ablehnte, klang es nicht mehr freundlich, sondern wie eine Zurückweisung. Elijah versuchte daraufhin, seinen enttäuschten Gesichtsausdruck mit einem Lächeln zu kaschieren, bevor er alleine ins Badezimmer ging.

Schuldbewusst sah ich Eathen an, der mich voller Mitgefühl betrachtete.

»Ich wollte doch nur …«, begann ich.

»Ich weiß, was du gedacht hast, und er weiß es auch.«

Eathen ging in die Küche, um die Blätter abzuwaschen.

Schließlich half ich meinem Bruder, bis er ins Bad ging und Elijah in die Küche kam. Er wirkte kein bisschen niedergeschlagen, woraufhin ich beschloss, das Thema nicht nochmal anzuschneiden. Wenn er wusste, was ich gedacht hatte, dann war ihm sicher klargeworden, dass es nie meine Absicht gewesen war, ihn zurückzuweisen.

»Wie habt ihr die denn transportiert?«, fragte ich Elijah, nachdem ich die Blätter abgetrocknet hatte.

»In der Hand. Einer von uns ist immer als Mensch gelaufen«, antwortete er und setzte sich auf die Theke. »Hast du schon gegessen?«

Ich nickte.

»Wollen wir dann schlafen gehen?«

»Bist du etwa müde, mein Wolf?«, fragte ich und ging zu ihm im selben Moment, in dem er von der Theke sprang, um mich in den Arm zu nehmen.

»Ein bisschen. Außerdem siehst du in diesem Schlafanzug unendlich süß aus.«

Er grinste mich an, hob mich dann hoch und trug mich ins Bett.

»Hast du schon eine Idee, wie er heißen soll?«, fragte mich Elijah während seine Hand auf meinem Bauch lag.

»Ich finde Sam schön«, erklärte ich.

»Sam?«, fragte er irritiert und stützte sich auf seinen Ellenbogen, um mich besser ansehen zu können. Nicht zum ersten Mal fiel mir dabei auf, wie gerne ich in seine leuchtenden Augen sah, und konnte mir gar nicht mehr vorstellen, wie es gewesen war, als er immer in der Dunkelheit Kontaktlinsen getragen hatte.

»Wenn ich ihn mir vorstelle, gebe ich ihm diesen Namen. Magst du ihn nicht?«

»Nein, nicht wirklich.«

»Welcher Name gefällt dir denn?«

»Daniel oder James – irgendetwas, das ein bisschen cooler klingt.«

»James ist aber nicht unbedingt cool, sondern eher ziemlich altmodisch.«

»Findest du? Mir gefällt es. ‚*Mein Name ist Beneton, James Beneton.*'«

Lachend sah ich ihn an.

»Du willst unser Kind wirklich nach James Bond benennen?«

»Naja, bei dem Temperament, dass er von uns beiden erben wird und der Risikobereitschaft seiner Mutter, auf Bücher zu klettern …«

Er lächelte und küsste mich dann.

Zu einer Einigung kamen wir an diesem Abend nicht mehr. Allerdings hatten wir auch noch einige Monate Zeit, diese Frage zu klären. Obwohl Eathen behauptete, dass Wölfe auch gerne mal zwischen dem sechsten und siebten Monat auf die Welt kamen, sobald der mütterliche Organismus nicht mehr ausreichte, um sie bei ihrem enormen Wachstumsprozess mit Energie zu versorgen.

Wenn ich Nathan in den nächsten zwei Wochen traf, redeten wir deutlich mehr miteinander. Da ich ihn so immer besser kennenlernte, vergaß ich zunehmend, wer er eigentlich war, bis ich ihn irgendwann fast ausschließlich als Familienmitglied sah, dem ich mit der Prägung half. Es war so, als würde Nathan regelmäßig vorbeikommen. Aber wir sprachen nicht noch einmal über seine Familie. Dafür beauftragte er mich jeden Morgen, Alana zu grüßen. Auch sie richtete ihm jeden Tag Grüße aus, die ich ihm am Nachmittag überbrachte, wobei ich mich jedes Mal wie eine Brieftaube fühlte.

Am Dienstag in der nächsten Woche beschloss Eathen überraschend, von sich aus einkaufen zu gehen. Allerdings fuhr er mit dem Motorrad, das zum Einkaufen eigentlich ziemlich unpraktisch war. Misstrauisch sah ich daraufhin in der Garage nach dem Auto, und begriff schnell, warum er das Motorrad genommen hatte. Unser Auto war innen vollkommen verdreckt. Überall lag getrocknete Erde und verstreut sogar einige Blätter.

Wie hast du das denn geschafft? – fragte ich meinen Bruder in Gedanken.

Tut mir leid, Püppie. Das war so nicht geplant.

Was hast du denn da transportiert? Und warum hast du es noch nicht sauber gemacht?

Doch Eathen antwortete nicht mehr.

Dann machst du es eben heute Nacht sauber – entschied ich.

Als ich gerade zurück ins Haus gegen wollte, kam Nathan in die Garage.

»Hey«, begrüßte er mich lächelnd. »Was machst du denn hier?«

Er sah ganz schön furchtbar aus und ich reichte ihm zuerst meine Hand.

»Warum kommst du jetzt erst?«, fragte ich, während bei ihm die sichtbaren Prägungsnebenwirkungen allmählich verschwanden.

»Weil Eathen es mir aufgetragen hat und jetzt weiß ich auch, warum er das gemacht hat.«

Er schaute bedeutungsvoll zu unserem Auto.

»OK, ich werde meinen Bruder umbringen«, erklärte ich, als ich begriff, was Eathen vorhatte. »Nur weil du mir einmal in der Küche geholfen hast, bedeutet das nicht, dass wir jetzt immer zusammen putzen.«

»Das war aber Eathens Intention und vielleicht bin ich daran nicht ganz unschuldig.«

»Was hast du denn damit zu tun?«

»Ich wollte dich fragen, ob ich mich mit Alana treffen darf, wusste aber nicht, wie ich das ansprechen soll. Zwar hab ich Eathen davon nichts erzählt, aber in dieser Familie ist das mit den Geheimnissen ja bekanntlich ein Problem. Schätzungsweise ist das Eathens Art, mir eine Geprächsplattform zu schaffen. Aber das kann nicht ewig so weitergehen. Deshalb denke ich, dass dein Bruder das Auto alleine sauber machen sollte und wir beide uns stattdessen ins Wohnzimmer setzen.«

Damit war ich mehr als einverstanden und teilte meinem Bruder per Gedanken mit, welche Aufgabe auf ihn in der Garage wartete. Er sagte dazu gar nichts und ich wandte mich wieder Nathan zu. Auch auf dem Weg ins Haus, achtete er darauf, mich nicht zufällig zu berühren.

»Wenn du dich mit ihr treffen willst, warum fragst du sie dann nicht einfach, ob sie Lust dazu hat?«, eröffnete ich das Gespräch, als wir beide mit einem Glas Wasser in der Hand auf unserem Sofa saßen.

»Es ist ungewohnt, aus einem Glas zu trinken«, bemerkte er, nachdem er an dem Wasser genippt hatte, und stellte das Glas dann auf den Couchtisch, wobei er es vorher unten trockenwischte, was mich sehr beeindruckte. Irgendwer in seiner Familie hatte bei seiner Erziehung ganze Arbeit geleistet.

»Ich weiß nicht, wie ich das am besten anstellen soll«, erklärte er bezogen auf meine Frage. »Deshalb dachte ich mir, dass du mir vielleicht helfen kannst.«

Nathan war wie alle anderen Wölfe tough, überheblich und unverschämt, aber in diesem Moment wirkte er sehr unsicher und fast ein wenig verzweifelt.

»Was ist?«, fragte er, als ich ihn angrinste.

»Du bist der erste, bei dem ich den Part des Jungen wirklich mitbekomme und das ist echt süß. Ich weiß, dass das bei euch Wölfen immer eine große Sache ist, aber letztendlich musst du sie doch nur auf ein Treffen einladen.«

»Aber ich habe überhaupt gar keine Erfahrung damit. Ich weiß nicht, wohin ich sie einladen soll, wie man sich dort verhält und worüber man spricht und ich will es nicht versauen.«

»Alana mag dich. Da ist es nahezu egal, was du sagst oder tust. Außerdem denke ich, dass du instinktiv das richtige tun wirst, wenn du dich ein bisschen entspannst.«

»Das ist viel leichter gesagt, als getan«, meinte er und wirkte schon jetzt nervös. »Außerdem bist du dir wirklich sicher, dass sie mich mag? Ich weiß, ich soll mich aus ihren Gedanken fern halten, aber hin und wieder muss ich einfach wissen, was sie denkt. Einerseits fragt sie sich, warum ich sie noch nie eingeladen habe, sondern ihr immer nur Grüße ausrichten lasse. Anderseits hat sie noch nicht abschließend entschieden, ob sie mir verzeihen soll, was wir mit dir und auch mit ihr vorhatten, und das, obwohl sie längst nicht alles weiß. Ich kann inzwischen jeden Wolf verstehen, der bei so einem Gefühl vollkommen durchdreht und das Mädchen vor Angst nie anspricht. Aber ich würde gerne klüger sein. Doch dafür brauche ich deine Hilfe.«

»Wie soll ich dir denn helfen?«, fragte ich und versuchte, mir nicht anmerken zu lassen, wie süß ich ihn fand, wenn er sich solche Gedanken machte. Außerdem konnte ich mir nun in etwa vorstellen, wie sich Elijah oder Mathias gefühlt hatten.

»Ich bin nicht dafür geschaffen, mich mit jemandem in einem Café oder einer Bar zu treffen. Deshalb würde ich mich lieber erstmal ungezwungen irgendwo mit ihr unterhalten. Doch ich kann nicht einfach bei ihr vorbeifahren. Aber ich könnte meine Cousine von der Arbeit abholen und zufällig ein bisschen zu früh kommen. Wäre das für dich in Ordnung?«

»Wenn es nur das ist, dann ist das überhaupt kein Problem. Natürlich kannst du mich von der Arbeit abholen. Aber du könntest mich auch morgens hinbringen. Dann kannst du, wenn es gut läuft, länger bleiben und falls euch die Gesprächsthemen ausgehen, erfindest du einfach eine Ausrede und gehst.«

So viele Gedanken wie sich Nathan machte, war es unmöglich, ihn im Stich zu lassen.

»Das wäre klasse. Und ich hoffe, es geht dir nicht allzu sehr auf die Nerven. Im Moment bist du einfach meine einzige Verbindung zu Alana. Wenn wir uns bald besser kennen und ich ihre Handynummer habe, musst du auch keine Grüße mehr ausrichten.«

»Es hat mich bisher nicht sonderlich gestört«, beteuerte ich, obwohl das nur zur Hälfte der Wahrheit entsprach.

»Danke«, entgegnete Nathan, als mich ein wirklich lautes Klatschen erschreckte. Nathan neben mir zuckte natürlich nicht zusammen, als mein Bruder applaudierend den Raum betrat.

»Bravo!«, rief er. »Das klingt doch schon fast nach einer Versöhnung. Ich würde mal sagen, mit der einen wichtigen Frau in deinem Leben hast du alles wieder hingebogen. Da können wir gespannt sein, wie es mit der zweiten läuft?«

»Musst du so ätzend sein?«, fragte ich meinen Bruder gar nicht begeistert von seinem Auftritt. Dies war einer der Momente, in dem ich ihn trotz unserer Verbindung gerne für unbestimmte Zeit auf den Mond geschossen hätte.

Höflich bedeutete ich Nathan, dass er sich jetzt besser auf den Weg machte, wenn er das Streitgespräch mit meinem Bruder nicht miterleben wollte.

Unter Eathens dummen Grinsen umarmte ich Nathan zum ersten Mal zum Abschied, woraufhin er dankbar lächelnd zur Tür ging.

Erwartungsvoll sah mein Bruder mich an, als würde er sich auf meinen Anschiss richtig freuen, und auf einmal hatte ich gar keine Lust mehr, überhaupt mit ihm zu reden. Er benahm sich wie früher und ich hatte keine Ahnung, warum er auf einmal wieder damit anfing.

»Du bist zu weit gegangen!«, sagte ich schlicht, als ich an ihm vorbeiging. In der sicheren Erwartung, dass er mich festhalten würde, hatte ich die reine Prägungssperre schon eingesetzt, als er mich, wie vorhergesehen, am Unterarm aufhielt.

»Was habe ich denn gemacht?«

»Du traust mir und Nathan offenbar nicht zu, dass wir auch miteinander reden können, ohne unser Auto zu putzen und machst dich über alles lustig. Es ist in Ordnung, wenn du nicht nachvollziehen kannst, wie es ist, sich zu verlieben, nur dann lach auch nicht darüber.«

»Jetzt verteidigst du ihn schon?«, fragte er überheblich.

»Ich beschwere mich über dich«, entgegnete ich und zog an meinem Arm. Da er nicht sofort nachgab, erinnerte ich mich an meine Befreiungstaktik aus Kindertagen. Ich überdrehte mein Ellenbogengelenk so viel, bis es anfing, wehzutun. Spätestens an diesem Punkt ließ Eathen immer los, weil er mir keine Schmerzen zufügen konnte.

Eathen sah erst auf seine Hand und lächelte mich dann an, woraufhin ich nicht sofort in mein Zimmer stürmte.

»Ich habe sogar Bohnenkraut bekommen«, erklärte er scheinbar zusammenhangslos. Doch wer meinen Bruder kannte, wusste, dass das einer Entschuldigung gleichkam, nachdem er seinen Fehler eingesehen hatte. Außerdem durchbrach es die Kindheitsatmosphäre. Wenn er sogar spezielle menschliche Lebensmittel für mich einkaufte, dann waren wir auch wieder offensichtlich erkennbar das Team, das wir im Verborgenen schon immer gewesen waren.

Deshalb bin ich dankbar, ein Teil meiner Familie zu sein

»Hey Püppie«, begrüßte mich Elijah, als er am Samstag unangekündigt in mein Zimmer kam.

»Was machst du denn hier?«, fragte ich, als er mich in den Arm nahm. »Ich dachte, du bist mit den anderen im Wald.«

»Nein, bin ich nicht«, entgegnete er, obwohl das offensichtlich war. »Ist es in Ordnung für dich, wenn ich bleibe?«

»Klar«, meinte ich und freute mich sehr, ihn so unverhofft zu sehen.

»OK, dann hab ich einen Vorschlag, wie wir unseren Tag organisieren. Wie ich gerade unten in der Küche gesehen habe, hast du bereits gegessen. Damit müssen wir also keine Zeit verschwenden. Sonst wäre das der erste Punkt auf meiner Liste gewesen. So höre ich dir bei Punkt eins zu, während du mir alle wichtigen Neuigkeiten aus deinem Leben erzählst. Dann erzähle ich dir, dass mich die Uni umbringt, was hiermit erledigt ist. Anschließend werden wir ein bisschen rummachen – so gut, wie das ohne Silber eben geht. Denn da heute Vollmond ist, kann ich keins nehmen. Punkt vier der Tagesordnung sieht vor, dass du diese geniale Lasagne kochst, auf die Alice so abfährt, weil sie und April nachher unter einem Vorwand hierherkommen werden, da sich Mathias fünftens nachher auf Alice prägen wird. Die letzte Übereinstimmung von Mond und Jupiter ist zwar erst ein paar Monate her, aber Eathen behauptet steif und fest, mit Sicherheit zu wissen, dass die Prägung auch funktioniert, wenn der Jupiter an Vollmond der Erde nur sehr nah ist. Man muss dann zwar direkt zum Himmel schauen und es dauert wohl ein bisschen länger, aber es soll angeblich funktionieren und mein Vater möchte endlich in den Club der Geprägten aufgenommen werden. Außerdem will er die Chance nutzen, sich auch auf dich zu prägen. All diese Ereignisse werden wir heute Abend als siebten Punkt auf meiner Liste feiern und dafür brauchen wir die Lasagne.«

Belustigt sah ich meinen Freund an und liebte ihn unendlich für diese spontane Überraschung.

»Soll ich mich beschweren, weil ich nicht früher eingeweiht wurde, oder wollen wir gleich anfangen, deine Liste abzuarbeiten?«

»Ich hätte nichts dagegen, gleich mit der Liste anzufangen«, sagte Elijah grinsend und küsste mich.

»Hey, der erste Punkt auf deiner Liste war reine Kommunikation und ich habe ein paar Fragen zu Mathias Prägung.«

»Die stellst du ihm am besten nachher selbst. Jetzt kannst du mir gerne von der Arbeit bei Kate erzählen, und wie es so zwischen Alana und Nathan läuft.«

Nachdem ich ihn kurz in allen möglichen Punkten auf den neusten Stand gebracht hatte, versanken wir in den Kissen meines Bettes. Als wir schließlich aufstanden, um die Lasagne vorzubereiten, trug er nur Boxershorts. Ich hingegen hatte mir wenigstens Mühe gegeben, mich wieder anständig anzuziehen. Wobei ich inzwischen dankbar war, dass ich nicht mehr so schnell fror und es deshalb auch wieder längere Zeit im Top aushielt.

Die Soße für die Lasagne zuzubereiten, dauerte ewig, da Elijah unaufhörlich mein Kochen kommentierte, woraufhin ich alle paar Sekunden einen Lachanfall bekam. Dennoch waren wir fertig, bevor Nathan, der das Hackfleisch vom Supermarkt mitbringen sollte, hier war. Also hob mich Elijah auf die Theke und wir fingen wieder an rumzuknutschen.

Cat – rief Eathen irgendwann vollkommen unerwartet in meinen Gedanken, woraufhin ich tierisch erschrak. *Wir sind gleich da. Lässt du uns rein oder seid ihr grade beschäftigt?* Er dachte ein anzügliches Grinsen.

In fünf Minuten könnt ihr kommen – erklärte ich, sprang von der Theke und lief in mein Zimmer, wo ich mich ordentlich anzog.

Eathen schickte ein gedachtes Schmunzeln. *Also ward ihr doch gerade beschäftigt.*

Ich wüsste nicht, was dich das angeht. Also verhalte dich erwachsen.

Auf meinen Wunsch hin, zog sich Elijah ebenfalls vollständig an, wobei er eines der übelsten T-Shirts aus Eathens Kleiderschrank auswählte.

Auf der Brust stand: *I am Nobody* und auf dem Rücken: *And nobody is perfect.*

»Ich wollte das nur noch mal betonen«, erklärte er, als er sah, wie ich seine T-Shirtauswahl musterte. »Du weißt das ja sowieso schon.«

»Ich habe erhebliche Zweifel«, konterte ich, bevor ich mit Elijah gemeinsam runterging und meinem Bruder die Tür öffnete. Tatsächlich standen dort aber nicht nur drei große Wölfe direkt auf der Schwelle, sondern auch Nathan als Mensch, der mehrere Kilo Hackfleisch in den Händen hielt. Mein Bruder grinste mich albern an, während seine Zunge seitlich aus seinem Maul heraushing und er laut hechelte, um sich abzukühlen. Es war nicht schwer, die beiden anderen zu unterscheiden. Der von ihnen, der nach Eathen am dunkelsten war, hatte an der Schnauze schon leicht graues Fell, das definitiv mal dunkel gewesen war. Das musste also Karl sein. Demnach zur Folge war der hellgraue Wolf, der nur einen schmalen dunklen Streifen auf dem Rücken hatte, Mathias - zumal er Elijah nicht unähnlich sah.

»Ihr könnt reinkommen, wenn ihr nachher den Boden wischt«, meinte ich mit einem Blick auf ihre dreckigen Pfoten.

Wir machen sauber, sobald wir etwas zum Anziehen haben – versprach Karl.

»Ich verlass mich darauf«, erklärte ich und gab die Tür frei. Wie selbstverständlich trotteten sie in Eathens Zimmer und zogen drei braune Pfotenspuren hinter sich her.

»Darf ich auch reinkommen?«, fragte Nathan.

»Klar«, antwortete ich. Zuerst stellte Nathan die Einkäufe auf der Theke ab, bevor er mich zur Begrüßung umarmte. Auf diese Weise war es noch weniger seltsam, ihn zu berühren.

Ich hatte Nathan gerade begrüßt, als die drei anderen Wölfe ins Zimmer kamen. Sie hatten sich nur notdürftig mit Handtüchern den gröbsten Schmutz von der Haut gerieben und trugen alle drei nichts außer Eathens Boxershorts.

»Wir duschen, sobald wir alles geklärt haben«, meinte Eathen, als ich sie kritisch beobachtete. Dabei störte mich der Dreck auf ihrer Haut nicht. Eher fand ich es seltsam, Karl und Mathias in den Unterhosen meines Bruders zu sehen. Zumal ich noch nie zuvor einem Siebzigjährigen mit Six-Pack begegnet war. Galant versuchte ich, darüber hinwegzublicken, doch keinem der Wölfe waren meine Gefühle verborgen geblieben.

»Also, wie ist der Plan für heute?«, fragte ich Mathias, bevor irgendwer doofe Kommentare abgeben konnte, wobei ich ihm nur ins Gesicht schaute. »Und seit wann überlegst du, dich auf Alice zu prägen?«

Mein Bruder grinste Mathias vielsagend an. »Ich würde sagen, das war ein Treffer.«

Mathias erwiderte das Grinsen und auf meinen fragenden Blick hin erklärte Eathen: »Ich wusste, dass du so etwas fragen würdest und ich lag sogar mit deiner Formulierung fast richtig.«

»Ah ja«, bemerkte ich, während ich Mathias erwartungsvoll ansah.

»Ursprünglich wollte ich Alice die Prägung zur Silberhochzeit schenken. In neun Jahren ist nämlich genau solch eine Übereinstimmung wie heute. Das hätte terminlich genau gepasst. Aber als Eathen mich heute Morgen vor dem besonderen Mond gewarnt hat, ist mir bewusst geworden, dass es keinen Grund gibt, noch länger zu warten. Ich mache so gut wie gar keine Dienstreisen mehr und außerdem besteht im Moment die Option, sich zusätzlich auf dich zu prägen. Wenn du nichts dagegen hast, würde ich diese Möglichkeit gerne nutzen. Zwar wird mich Alice nie im Stich lassen, aber ich habe bei den anderen gesehen, wie praktisch es ist, zwei Geprägte zu haben, und niemand von uns weiß, ob und wann du ein zweites Kind bekommen wirst. Außerdem steht meine Entscheidung, Alice die Prägung zu schenken, schon lange fest. Hinzu kommt, dass ich die zusätzliche Kraft, die ich mit der Prägung bekomme, brauchen werde, falls es demnächst zu einer Auseinandersetzung mit unseren Verwandten kommt. Also ist jetzt der beste Zeitpunkt dafür.«

»Das bedeutete, Alice ahnt absolut nichts davon?«

»Nein. Sie kann es gar nicht wissen und es soll auch bis zum letzten Moment eine Überraschung bleiben. Dann wird sie begeistert sein.«

»Ja, wenn man mit Wölfen zusammenlebt, sollte man mit Überraschungen klarkommen«, murmelte ich und umarmte Elijah, der mich daraufhin auf die Stirn küsste.

Wir besprachen noch kurz den weiteren Ablauf. Ich sollte einen Teil des Hackfleischs für die Lasagne nutzen und dann die weiteren Kilos, die auf der Theke lagen, für die Wölfe leicht anbraten. Außerdem mussten wir eine Festatmosphäre schaffen.

Als sich schließlich unsere kleine Besprechungsrunde auflöste, ging Karl ins Badezimmer, Elijah und Nathan machten sich auf die Suche nach der Deko und Eathen verschwand in seinem Zimmer. Ich wollte mich gerade dem Hackfleisch zuwenden, als Mathias mich leise ansprach.

»Cat, vielen Dank dafür, dass du das Essen zubereitest und mir spontan euer Haus zur Verfügung stellst und ich hoffe, dass sich Alice über die Prägung freuen wird.«

»Selbstverständlich wird sie sich darüber freuen. Schließlich vertraust du ihr damit in gewisser Hinsicht dein Leben an.«

Mathias schmunzelte. »Kennst du den alten Hochzeitsbrauch unserer Familie?«

Ich verneinte.

»Über Jahrhunderte war es üblich, dass die Wölfe ihrer zukünftigen Frau ewige Liebe geschworen haben. Das war vor allem nötig, als noch nicht jede Eheschließung eine Liebeshochzeit war. Auf diesem Weg konnte garantiert werden, dass die Ehe auch noch gültig ist, falls der Wolf in den Jahren danach seine große Liebe trifft. Der Schwur überschattet dann die eigentlichen Gefühle, weil das Wohl des Rudels jedem einzelnen Wolf wichtiger ist als die eigene Fortpflanzung. Wenn also jeder Schwur zur Ordnung im Rudel beiträgt, ist er dem Wolf wichtiger, als seine persönlichen Gefühle. Aus Tradition wurde dieser Schwur auch noch viele Jahrzehnte lang bei jeder Hochzeit gesprochen. Alice war die erste, die nicht wollte, dass ich ihr bei unserer Hochzeit meine ewige Liebe schwöre. Sie wollte, dass ich meinen freien Willen behalte und im Zweifel gehen kann, wann immer ich will. Dabei würde ich sie niemals verlassen, eben gerade weil sie meine große Liebe ist. Deshalb bin ich mir nicht sicher, ob sie sich über meine

Prägung wirklich freuen wird.«

Ich fühlte mich sehr geschmeichelt, dass Mathias mir solch private Dinge erzählte. Außerdem wollte er augenscheinlich meine Meinung dazu hören.

»Ich kann verstehen, dass Alice bei eurer Hochzeit gegen den Schwur war. Ich würde mir so etwas von Elijah auch nicht gerne schwören lassen, weil man dann nie weiß, ob derjenige noch aus freiem Herzenswunsch heraus bei einem bleibt, oder weil er es mal mit bindender Wirkung versprochen hat. Aber ich kann von mir sagen, dass ich mich unglaublich über eine Prägung freuen würde, denn es ist ein riesiger Vertrauensbeweis. Also vermute ich, dass sich Alice ebenfalls riesig darüber freuen wird.«

»Das hoffe ich, denn mir bedeutet die Prägung in etwa so viel wie unsere Hochzeit vor sechzehn Jahren.«

So wie Mathias das schilderte, klang es sehr romantisch und fast war ich ein bisschen traurig, dass Elijah bereits geprägt war.

Gerade weil Mathias dieser Abend so wichtig war, ging ich, nachdem Mathias im Bad verschwunden war, in das Zimmer meines Bruders.

»Was gibt's, Püppie?«, fragte Eathen, nachdem ich seine Zimmertür hinter mir geschlossen hatte. »Was willst du so dringend mit mir bereden?«

»Warte, wusstest du das schon und bist deshalb noch nicht duschen gegangen.«

»Klar. Ich hab die anderen auch schon gebeten, uns nicht zuzuhören. Also? Was gibt's?«

Eathen setzte sich auf sein Bett und ich nahm neben ihm Platz.

»Ich muss wissen, ob du dir mit dem Mond heute sicher bist? Für Mathias ist die Prägung eine große Sache und ich will nicht, dass Alice und er am Ende enttäuscht sind.«

»Ich bin mir zu hundert Prozent sicher, dass heute eine Prägung möglich ist«, versprach mein Bruder mit einem ehrlichen Lächeln.

»Aber wie kommst du denn darauf? Gibt es nicht eigentlich seit Jahrhunderten die Regel, dass Mond und Jupiter auf einer Linie stehen müssen, damit eine Prägung möglich ist. Bist du nicht deshalb extra bei deiner Prägung auf unser Hausdach geklettert?«

»Ich bin auf unser Dach geklettert, weil du es so unbedingt wolltest, aber es war bereits zu spät. Beide Himmelskörper standen deutlich sichtbar nebeneinander. Doch ich wollte nicht aufgeben und habe ein bisschen herumprobiert. Ich habe immer wieder zwischen beiden Himmelskörpern hin und her gesehen, bis ich erneut geprägt wurde. Nachdem du wieder gesund warst, habe ich angefangen zu recherchieren. In unserem Buch gibt es eine Geschichte, in der von einer Prägung berichtet wird, obwohl beide Himmelskörper nicht auf einer Linie standen. In der Geschichte war es die Mondgöttin, die dem Wolf geholfen hat, als er sich unbedingt prägen wollte, aber mir fehlt der Glaube an die Mondgöttin. Also musste es eine logische Erklärung dafür geben und ich habe tatsächlich eine schlüssige gefunden. Die Nähe der Himmelskörper ist entscheidend, aber sie müssen nicht exakt nebeneinander stehen. Es kommt nur auf die Intensität des Lichts an. Jeder Himmelskörper reflektiert andere Teile des Sonnenlichts und die charakteristischen Wellenlängen vom Jupiter lösen auf unserer Netzhaut die Prägungsreaktion aus, aber nur, wenn er in der Nähe der Erde ist, sodass die Lichtintensität entsprechend hoch ist. Daraufhin wird quasi unser kompletter Stoffwechsel umgebaut, sodass wir ab diesem Zeitpunkt in der Lage sind, Energie ohne Sauerstoff und Nahrung nur berührungsabhängig herzustellen. Damit unser Körper diese enorme Leistung bewältigen kann, müssen wir uns zum einen verwandeln und brauchen zum anderen das Licht des Vollmondes. Denn auf irgendeine Weise gibt uns das Mondlicht Kraft. Aber ich befürchte, das passiert eher auf einer emotionalen Ebene als auf einer biologischen und ist daher schwer zu untersuchen. Auf jeden Fall kommt es ohne den Vollmond nicht zu der abgeschlossenen Prägungsreaktion. Viel interessanter ist, dass wir die erste Berührung definitiv sofort danach brauchen, um unsere Energiespeicher wieder aufzufüllen. Deshalb haben wir auch nahezu sofort den Prägungsdruck. Und wir bekommen die neue Kraft bei der Prägung nur durch die zusätzliche Energie, die uns die Berührungen liefern. Interessant oder?«

Mein Bruder streichelte mit zwei Fingern über meinen Handrücken, während er mich mit seinem Prägungslächeln ansah. Ich zog meine Hand zurück, musste aber zugeben, dass das alles wirklich sehr interessant klang.

»Das bedeutet, du bist dir sicher, dass sich Mathias heute Abend prägen kann und dieses Ritual, wo man wann hinsehen muss, auch nicht zu kompliziert ist?«

»Wenn ich das geschafft habe, nachdem ich schon drei Stunden massiven Berührungsentzug hatte, dann bekommt er das auch hin.«

»Ok«, meinte ich.

Mein Bruder sah mich dankbar an und für einen Moment saßen wir schweigend auf seinem Bett.

»Für dich gibt es heute Abend auch noch etwas zu bestaunen«, meinte Eathen dann.

»Was denn?«

»Du kannst sehen, was wir theoretisch alles durch reine Selbstbeherrschung erreichen können. Es gibt nämlich Wölfe, die es eine begrenzte Zeit ohne Kontaktlinsen im Vollmondlicht aushalten können.«

»Wirklich?«

»Ja, frag mal Nathan. Er schafft es eine halbe Stunde lang. Der Typ hat eine noch hundertmal bessere Selbstbeherrschung als Elijah. Aber er hat auch einen hundert Mal größeren Knacks als dein Freund. Wobei das nicht Nathans Schuld im eigentlichen Sinne ist. Das ist Laurels und Max Hexenwerk.«

»OK, Moment«, unterbrach ich meinen Bruder, weil mir das nun alles zu schnell ging. »Wie macht Nathan das? Ich dachte, sich im Mondlicht zu verwandeln, ist ein wölfischer Instinkt.«

»Ach Püppie«, meinte Eathen seufzend. »Ich glaube, ich muss da mal etwas Grundlagenunterricht einfügen: Auch wir haben keine Verbindung von willentlich ansteuerbaren Nerven zu unseren inneren Organen. Wenn wir etwas Schlechtes gegessen haben, wird uns genauso übel wie allen anderen Lebewesen. Aber wir sind richtig gut in Autosuggestion, ähnlich wie die asiatischen Mönche, die ihren Körper auch unendlich gut kontrollieren können. Wenn wir uns einreden, dass wir nicht erbrechen wollen, dann klappt das auch. Würde ich mir nun immer wieder sagen oder gesagt bekommen, dass mir Mondlicht nicht gefällt, wäre es mir irgendwann tatsächlich unangenehm, auch wenn ich es eigentlich von Geburt an super finde. In diesem Stadium schafft man es vielleicht eine Minute lang, ins Mondlicht zu schauen, ohne sich zu verwandeln. Verstärken kann man diese Selbstbeherrschung durch klassische und operante Konditionierung. Hat man zum Beispiel langen Berührungsentzug und bekommt für jede weitere dreißig Sekunden ohne Verwandlung im Mondlicht eine Berührung, dann schafft man es bald länger. Nur hat man dann auch keinen Spaß mehr im Mondlicht, weil man seinen Körper ja darauf trainiert hat, es unangenehm zu finden. Also wäre es mir das niemals wert.«

»Warum haben sie nicht einfach Kontaktlinsen benutzt, sondern sich solch eine Mühe gemacht?«

»Weil Max etwas gegen alle wölfischen Instinkte hat und Laurel sie damit weichkneten wollte.«

Das klang alles sehr beunruhigend und mir tat Nathan ehrlich leid.

»Du bist so süß, Püppie. Immer wenn du solch eine Geschichte hörst, kommst du danach in meinen Arm gekrochen, wie um mir zu versichern, dass du mir so etwas nie antun würdest. Aber das weiß ich doch längst.« Eathen streichelte mir über den Rücken und küsste mich auf die Stirn, während mein Kopf an seiner Schulter lag. Dass mein Bruder immer noch nicht mehr als eine Unterhose trug und auch noch Erdflecken auf dem Oberkörper hatte, war mir in diesem Moment egal.

Als wir aus Eathens Zimmer kamen, tauchten die Lichterketten, die Elijah und Nathan aufgehängt hatten, die Wohnung bereits in eine festliche Atmosphäre. Ich machte mich in der Küche erneut an die Arbeit, während mein Bruder endlich duschen ging.

»Kann ich dir irgendwie helfen?«, fragte Mathias. Ich drehte mich zuerst flüchtig zu ihm um, bevor ich ihn näher betrachtete. Elijahs Vater hatte sich richtig herausgeputzt. Zu einer dunkelblauen Jeans trug er ein weißes Hemd, dessen Ärmel er hochgekrempelt hatte.

»Eigentlich kannst du mir nicht wirklich helfen«, erklärte ich mit einem Lächeln. »Außerdem hantiere ich hier mit Tomatensoße und die Flecken machen sich nicht sonderlich gut auf deinem Hemd.«

»Da hast du vermutlich recht. Es ist nur so, dass ich langsam nervös werde und nichts zu tun habe. Und in der Nähe der anderen wird es nicht unbedingt besser.«

»Bist du so aufgeregt, dass du dich verwandelst, sobald du in ihre Nähe kommst?«, fragte ich gleichzeitig amüsiert und mitfühlend.

»Ja. Zwar verwandle ich mich nicht komplett, aber es fängt an und besonders vor Nathan ist mir das unangenehm. Er muss sich schließlich nie verwandeln.«

»So wie Eathen mir das gerade erklärt hat, schafft er es aber nicht in jeder Situation unbegrenzt, die Verwandlung zu verhindern.«

»Aber in meiner jetzigen Situation würde er es hinbekommen.«

»Warum bist du denn so aufgeregt?«, fragte ich, während Mathias mühsam versuchte, still an der Theke zu lehnen.

»Es ist ein lebensverändernder Schritt und ich bin mir nicht sicher, ob sich Alice wirklich darüber freut.«

»Sie wird sich in jedem Fall darüber freuen. Außerdem ahnt sie doch bestimmt, dass du vorhast, dich irgendwann auf sie zu prägen.«

»Natürlich weiß sie das. Wir haben auch schon häufiger darüber geredet, aber im Moment denkt sie, dass wir heute einen netten Abend zu Hause verbringen werden. Nur ich bin in etwa so nervös wie vor meinem Heiratsantrag.«

»Aber dem hat sie doch auch zugestimmt. Also verlangsame jetzt deinen Pulsschlag, reguliere deinen Blutdruck herunter und entspann deine Muskeln.«

Mathias grinste mich an und kam meiner Aufforderung nach, indem er sich sichtbar entspannte.

In gewisser Hinsicht war es schon komisch. Eigentlich wirkte Elijahs Vater immer sehr lebenserfahren, als wüsste er mit jeder Situation umzugehen. Aber gerade erschien er mir wie ein unsicherer Teenager. Er verhielt sich genauso wie Nathan, der viel Mut gebraucht hatte, um überhaupt das erste Gespräch mit Alana zu beginnen. Doch dann war es richtig gut gelaufen. Nathan war den ganzen Tag bei Alana geblieben und hatte sie zumindest beim Mittagessen unentwegt zum Lachen gebracht. Auf dem Weg nach Hause war er an diesem erfolgreichen Tag so übermütig gewesen, dass er Schlangenlinien gefahren war und laut gehupt hatte. Denn während ihrer gemeinsamen Zeit hatte Alana in Gedanken entschieden, dass sie Nathan das ganze Entführungsdrama vergab und es bei der Frage, wie gern sie ihn hatte, keine Rolle mehr spielte.

»Na, beschwert er sich gerade darüber, dass ich bei seinem Junggesellenabschied nicht dabei war?«, fragte Elijah, der unerwartet in die Küche kam und sich eine Handvoll des rohen Hackfleischs in den Mund schob.

»Finger weg«, ermahnte ich meinen Freund, als er den Bissen hinunterschluckte.

»Nein, das hat mich gar nicht gestört. Vermutlich hätte ich in deinem Alter auch lieber ein bisschen Zeit mit meiner Freundin verbracht, als mit meinem alten Vater durch den Wald zu laufen. Und deshalb lasse ich euch jetzt auch mal alleine. Danke für deine Aufmunterung, Cat, und sag Bescheid, wenn du Hilfe brauchst.«

»Mach ich«, versicherte ich Mathias. »War das heute Morgen wirklich so etwas wie ein Junggesellenabschied?«, fragte ich Elijah anschließend.

»Nein, Quatsch. Sie waren einfach nur ganz normal im Wald unterwegs. Eathen hat es nur auf dem Weg hierher in seiner üblichen Belustigung über alle Leute, die sich verlieben können, so getauft.«

Ich konnte mir sehr gut vorstellen, wie ätzend mein Bruder war, wenn er in dieser Stimmung zu Höchstformen auflief. Auch wenn ich immer noch nicht verstand, wie er es auf der einen Seite schade finden konnte, dass er sich nie verlieben würde, und sich auf der anderen Seite über das Verhalten Verliebter lustig machte. Aber auch Elijah hatte diesen merkwürdigen Zwiespalt. In manchen Situationen prahlte er unglaublich mit seinen wölfischen Eigenschaften und manchmal wollte er unbedingt absolut menschlich sein. Vermutlich war also auch dieser fliegende Wechsel der Emotionen eine wölfische Eigenart.

»Kann ich dir irgendwie helfen, Püppie? – Außer indem ich schon mal ein bisschen von dem Fleisch vernichte, damit du weniger anbraten musst.«

Scheinbar war mein Freund gerade in der Phase, in der die wölfische Überheblichkeit auf der Tagesordnung stand. Doch trotz seines Machogehabes sah er mich genauso liebevoll an wie immer und deshalb war ich bereit, ihm alles zu verzeihen.

»Seid ihr mit dem Schmücken fertig?«, stellte ich eine Gegenfrage.

»Es ist alles erledigt. Eathen bügelt nur noch die Tischdecke. Danach können wir decken.«

Inzwischen konnte man meinen Bruder mit einem Bügeleisen alleine lassen, ohne davon auszugehen zu müssen, dass er alle Wäsche ruinierte.

»Die Lasagne ist schon fertig vorbereitet. Sie muss dann nur noch in den Ofen, sobald Alice und April hier sind, und mit dem Hackfleisch für euch bin ich fast fertig«, berichtete ich.

»Soll ich dann schon mal anfangen, die Küche aufzuräumen?«, fragte Elijah, während er die Arbeitsplatten betrachtete.

»Das wäre klasse«, entgegnete ich.

»Ich bin klasse«, meinte Elijah, griff nach meiner Hand und drehte mich in seinen Arm.

»Willst du mich verführen?«, fragte ich ihn, als sein Gesicht nur noch wenige Zentimeter von meinem entfernt war.

»Bist du denn verführbar?«

»Vielleicht ein bisschen«, gab ich zu, denn ich wusste ganz genau, wie sehr ich manchmal ins Schwärmen geriet, wenn ich meinen Freund ansah oder berührte.

»Gut zu wissen«, meinte er. Liebevoll berührte er nun endlich meine Lippen mit seinen. Doch das feine Fell wurde erst sichtbar, als ich gegen seine Haut ausatmete, nachdem wir uns geküsst hatten.

»Du hältst dich gut«, lobte ich ihn.

»Ja. Und das sogar bei Vollmond.« Er deutete in die Dämmerung vor dem Küchenfenster, die tatsächlich vom weißen Licht des Vollmondes erhellt wurde. Ein kurzer Blick in Elijahs Augen verriet mir, dass er Kontaktlinsen trug und sich deshalb nicht verwandelte.

»Warum darf man Silber eigentlich nicht im Vollmond nehmen?«, fragte ich, während ich das Hackfleisch in der Pfanne wendete.

»Das Silber kann die Verwandlung zwar aufhalten, aber im

Vollmondlicht leitet unser Körper die Verwandlung trotzdem ein. Das heißt, die Verwandlung beginnt, kann aber nicht vollendet werden und das führt dann zu ziemlich schmerzhaften Krämpfen. Du kannst es dir so ähnlich vorstellen wie meine Halbverwandlung nach unserem ersten Mal. So etwas wäre vermeidbar, wenn wir auch unter Silbereinfluss Kontaktlinsen benutzen könnten, aber das geht leider nicht, weil das Silber unsere Tränenflüssigkeit noch zusätzlich reduziert. Mit so wenig Tränenflüssigkeit reizen die Kontaktlinsen die Augen so stark, dass die Augen sogar beschädigt werden können. Abgesehen davon, tut es natürlich weh. Das einzige, was bei anhaltender Silberwirkung im Vollmondlicht hilft, ist, die Augen zu schließen und sie auch geschlossen zu halten. Das war und ist immer die wirksamste Methode, um eine Verwandlung bei Vollmond zu verhindern.«

»Kennst du jemanden, der an Vollmond mal zu viel Silber genommen hat.«

»Nicht direkt, denn wir wurden immer alle davor gewarnt. Aber in Eathens Chronikbuch gibt es ein paar anschauliche Beschreibungen zu dem Thema.«

»Gibt es eigentlich einen Grund dafür, warum wir das Chronikbuch haben und es nicht bei euch steht?«

»Dein Vater brauchte es für seine Nachforschungen, und als sich die Familie zerstritten hat, hat er es behalten. Nach seinem Tod hat Eathen es geerbt. Seitdem achtet Eathen darauf, dass es bei euch bleibt. Wir können zwar alle jederzeit einen Blick hineinwerfen, aber er leiht es niemanden aus.«

Dieses Verhalten meines Bruders fand ich zwar merkwürdig, aber sicher gab es irgendeinen Grund dafür, der mit all den anderen Geheimnissen, die er hütete, in Zusammenhang stand.

Alice und April waren ziemlich überrascht, als sie, unter einem Vorwand hergelockt, um acht Uhr bei uns eintrafen.

»Gibt es etwas zu feiern?«, fragte Alice mit einem Blick auf die Deko und den gedeckten Tisch.

»Allerdings«, erklärte Mathias, woraufhin Alice ihn fragend ansah.

»Komm mal her, April«, rief ich halb laut. Strahlend kam sie zu mir und stellte sich vor mich. April, ich und Elijah mussten von vorne sicher ein seltsames Bild abgeben, denn Elijah und ich hatten in etwa den gleichen Größenunterschied wie April und ich. Doch das bemerkte niemand, weil alle Augenpaare auf Alice und Mathias gerichtet waren.

Sie standen in der Mitte des Wohnzimmers im gedimmten Licht, und während Mathias nach Worten suchte, war das Ticken der Eieruhr, die ankündigte, wann die Lasagne fertig sein würde, für einen Moment das einzige Geräusch.

»Heute ist ein besonderer Tag und deshalb muss ich dich jetzt etwas fragen.« Mathias löste sich aus Alice Umarmung und fiel wie bei einem Heiratsantrag vor ihr auf die Knie, woraufhin Alice überrascht nach Luft schnappte.

»Vor sechzehn Jahren habe ich mich schon einmal vor dich gekniet, und da ich dich unendlich liebe, mein Schatz, möchte ich dir heute alles schenken, was ich dir je geben kann. Ich will mein Ehegelübde hiermit erneuern und verspreche dir ewige Treue. Ich hoffe, dass es mir immer gelingen wird, dich zum Lachen zu bringen, wenn es dir mal schlecht geht, und wünsche mir, dass du dich bei mir immer geborgen fühlst. Ich liebe dich und würde dir gerne mein Leben anvertrauen.«

Er machte eine kurze Pause, bevor er sich mit diesem typischen, ironischen Wolfsgrinsen zu ihr hochwandte. Gleichzeitig lag unendlich viel Liebe in seinem Blick. »Darf ich mich heute Nacht auf dich prägen und damit unserer Liebe noch ein weiteres Siegel geben?«

»Was?«, hauchte Alice perplex, während zwei einzelne Tränen über ihre Wangen rannen, die im Kerzenlicht schimmerten.

Ein ewiger Moment der Stille entstand und ich hoffte sehr, dass Alice zustimmen würde.

»Willst du das wirklich?«, fragte sie schließlich und zog ihren Mann auf die Füße.

»Ja! Ich habe mir das gut überlegt. Du bist die Frau, mit der ich zusammen alt werden und sterben möchte. Also gibt es keinen Grund, noch länger zu warten.«

»Dann freue ich mich unglaublich darüber!« Stürmisch umarmte sie ihn, woraufhin er sie hochhob und sein Gesicht in ihren Haaren vergrub. Als er sie absetzte, küssten sich die beiden innig, woraufhin ich diskret wegsah, genauso wie Elijah.

»Das ist ja wirklich eine Überraschung«, rief Alice, als sich die beiden uns wieder zuwandten. Mathias schien sein Glück kaum fassen zu können und ich fragte mich, wie ihm wohl erst das Prägungslächeln stehen würde.

Sie küssten sich noch einmal und ich ging zusammen mit April in die Küche, um nach der Lasagne zu sehen, als die Eieruhr klingelte. Außerdem wollte ich Elijahs Eltern einen Moment der Privatsphäre gönnen. Auch wenn ich wahrscheinlich die einzige war, die diese Einstellung vertrat. Doch vermutlich hatte sich Alice inzwischen genauso wie ich damit abgefunden, dass in einer Wolfsfamilie sowieso jeder alles mitbekam. Also konnten sie wohl auch alle unmittelbar zusehen.

»Das Essen ist fertig«, verkündete ich, ganz wölfisch an die Wand zwischen Küche und Wohnzimmer gelehnt.

»Zur Feier des Tages gibt es Lasagne«, erklärte Mathias, woraufhin sich Alice mit einem Kuss auf die Wange bei ihm bedankte. Dann liefen sie wie verliebte Teenager Arm in Arm zum Esstisch, während ich die Backform ins Zimmer trug. Eathen und Elijah holten die beiden großen Schüsseln mit dem ungebratenen Hackfleisch für die Wölfe aus dem Kühlschrank und stellten sie jeweils auf eine Seite des Tisches.

April bestand darauf, neben mir zu sitzen. Elijah nahm auf meiner anderen Seite Platz und legte die linke Hand, die er nicht zum Essen brauchte, auf meinen Oberschenkel, während Eathen mir gegenüber saß und sein Bein unter dem Tisch beiläufig an meines legte.

»Sieht so aus, als hätten wir noch ein Essen gefunden, dass wir alle zusammen essen können«, sagte Alice und wirkte glücklich. »Und es ist sogar mein Lieblingsessen.«

Mathias drückte ihre Hand, die er die ganze Zeit nicht losgelassen hatte, und lächelte sie ebenso glücklich an. »Lass dir doch mal von Cat zeigen, wie man es zubereitet«, schlug er vor.

»Nein, ich komme lieber hierher zum Essen, wenn ich darf. Für drei Leute lohnt es sich wenigstens zu kochen.«

»Ihr seid jederzeit herzlich willkommen«, meinte ich daraufhin.

Nach dem Essen blieben wir noch lange am Tisch sitzen. Die Wölfe hatten beide Schalen bis auf die letzte Fleischfaser geleert. Von der Lasagne war allerdings noch einiges übrig.

»Zeig mir mal bitte, wie euer Hackfleisch schmeckt«, bat Elijah und deutete auf die Auflaufform. »Es riecht nämlich gar nicht so übel.«

»Hast du etwa immer noch Hunger?«

»Naja, ich will ja nicht, dass etwas Genießbares verkommt.«

»Da ist aber Soße dran«, warnte ich ihn, als ich ihm nur Hackfleisch auf meine Gabel machte.

»Ich werde schon nicht daran sterben.«

Ich reichte ihm die Gabel und als er nicht danach griff, schob ich ihm den Bissen in den Mund.

Er kaute kurz und verzog dann angewidert das Gesicht. »Es ist ekelhaft«, urteilte er und trank etwas Wasser nach.

»Mir hat's sehr gut geschmeckt«, erklärte Alice.

Um Viertel nach neun räumten wir den Tisch ab, um nach draußen zu gehen.

»Wollt ihr euch auch verwandeln?«, fragte ich die Wölfe.

»Klar«, entgegnete Elijah und umarmte mich.

»Was müssen wir denn eigentlich genau machen?«, fragte Alice, während ich Eathen und Elijah dabei half, die Kontaktlinsen aus den Augen zu nehmen.

»Ich muss ein paarmal zwischen dem Mond und dem Jupiter hin und herschauen, bevor wir uns ansehen. Der einzige Haken daran ist, dass ich mich sofort verwandle, wenn ich ohne Schutz ins Mondlicht schaue und dich dann nicht mehr küssen kann, wenn es geklappt hat.«

»Wenn du die Augen direkt nach der Prägung schließt, kannst du dich sofort zurückverwandeln«, erklärte mein Bruder mit geschlossenen Augen, um sich nicht schon im Flur zu verwandeln. »Da die Verwandlung aber bei allen, die nicht vollkommen mondlichtresistent sind, während der Prägung einsetzt, solltest du dir vorher dein schickes Hemd ausziehen – beziehungsweise ist es ja genau genommen meins.«

»Nein, eigentlich gehört es mir. Du hast es dir für den Abschluss ausgeliehen und es mir nie wiedergegeben«, bemerkte Elijah. Ich fasste sowohl Elijah wie auch Eathen an der Hand und führte beide Wölfe nach draußen. Vor unserem Haus stehend, konnte man direkt in den Vollmond schauen. Daneben am Himmel erkannte ich einen kleineren Himmelskörper. Dies musste der Jupiter sein.

Vor dem Haus blieben wir stehen, und ohne meine Hände loszulassen, öffneten beide Wölfe die Augen, schauten hoch zum Mond, traten einen Schritt vor und verwandelten sich synchron. Diese Szene hätte ich gerne von außen betrachtet und konnte mir vorstellen, dass ich sie in einem Film gemocht hätte.

Beide Wölfe blieben an meiner Seite, als wir uns umdrehten, um Mathias und Alice zu beobachten.

Karl, der April auf dem Arm hatte, blieb in einiger Entfernung zu den beiden stehen, genauso wie Nathan. Beide waren durch Kontaktlinsen geschützt.

Mach die Augen zu, Cat – diktierte Eathen, während er als Wolf zu mir hochschaute. *Und halte sie geschlossen, bis wir dir Bescheid geben. Sonst prägt sich Mathias möglicherweise auf dich.*

Ich sah noch, wie Karl Aprils Kopf auf seine Schulter drückte und ihr so sicher die Augen zuhielt, bevor ich meine schloss. Es vergingen nur wenige Sekunden, bis Elijah mir erlaubte, die Augen wieder zu öffnen. Mathias war bereits wieder ein Mensch und küsste Alice mit einem Geprägtenlächeln im Gesicht.

»Sieht so aus, als hätte es geklappt«, bemerkte ich.

Ja, das hat es – bestätigte Elijah und schmiegte seinen Kopf an meinen Bauch. Ich streichelte meinem Freund über den Kopf und tätschelte Eathens Flanke, als April sich von Karl losriss und auf ihre Eltern zustürmte.

»Daddy, bist du jetzt auch auf Mummy geprägt?«, fragte April, als Mathias sie mit einer Hand und noch immer geschlossenen Augen auf den Arm nahm. Mit der anderen Hand hielt er Alice im

Arm. »Ja, mein Schatz«, bestätigte er und klang sehr zufrieden.

»Dann sind wir jetzt alle aufeinander geprägt«, erläuterte April. »Du auf Mummy, Elijah auf mich, Eathen auf Cat, Opa auf Rose und Nathan ... Auf wen bist du geprägt?«

April hatte damals nichts von der Entführung mitbekommen, weshalb sie auch keine Angst vor Nathan hatte. Für sie war er so etwas wie der lustige Onkel, den sie gerade erst kennengelernt hatte.

»Auf Cat«, antwortete Nathan und ich war ein bisschen stolz, dass er das schon als Selbstverständlichkeit hinnahm.

Man konnte April ansehen, wie sie darüber nachdachte. »Aber Eathen ist doch schon auf Cat geprägt.«

»Ja, aber jede Frau kann mehrere Prägungen bekommen.«

»Und warum hast du dich dann ausgerechnet auf Cat geprägt? Bist du auch in sie verliebt?«

Nathan lachte. »Nein. Sie ist meine Cousine und in Cousinen kann man sich nicht verlieben. Aber ich hab sie gern und deshalb durfte ich mich auf sie prägen.«

Wieder dachte April kurz darüber nach. »Und bist du in jemand anderen verliebt?«

Mathias und Alice lachten beide. Dann setzte Mathias April ab und trug ihr auf, nicht so neugierig zu sein, doch Nathan schienen Aprils Fragen nicht zu stören. Er nahm sie an die Hand und führte sie ein Stück von Mathias weg, damit er Platz hatte, um sich zu verwandeln.

»Sag mal, ob du verliebt bist?«, fragte April weiter und schien das unglaublich interessant zu finden. »Du bist doch groß, also musst du doch verliebt sein.«

»Müssen alle großen Leute verliebt sein?«, fragte Nathan weiter und setzte sich schließlich zusammen mit April auf die Wiese. Ich fand dieses Gespräch so interessant, dass ich mich zu ihnen gesellte. Eathen und Elijah folgten mir und auch Karl stieß wenige Augenblicke später als Wolf zu uns. Wie selbstverständlich legte er seinen Kopf auf Aprils Beine, woraufhin Elijahs kleine Schwester ihren Opa wie einen Hund umarmte. Während sie anschließend Nathan antwortete, streichelte sie die ganze Zeit über Karls Fell.

»Ja, Elijah hat sich auch in Cat verliebt, als er erwachsen geworden ist. Mummy und Daddy sind verliebt und Opa war in Oma verliebt, bevor sie gestorben ist.«

»Und was ist mit Eathen?«, fragte Nathan, der diese Unterhaltung hochinteressant zu finden schien.

»Eathen ist auch in Cat verliebt. Aber er will sie nicht küssen, sondern nur auf sie aufpassen, denn Cat kann als einzige Wolfsbabys bekommen, ohne zu sterben. Deshalb werde ich bald Tante.«

Beeindruckt sah Nathan April an. »Du bist ja gut informiert.«

Sie lächelte stolz, als hätte sie in der Schule etwas richtig erklärt und sei dafür gelobt worden.

»Sie ist Teil des Ganzen. Da mussten wir ihr die Wahrheit sagen und sie weiß, dass sie es niemandem erzählen darf.«

Was weiß sie noch? – wollte Nathan in Gedanken wissen.

Sie weiß nur, dass du mein Cousin bist. Aber von der Entführung hat sie damals nichts mitbekommen und von Laurel weiß sie auch nichts – antwortete ich, da Eathen und Elijah zu sehr damit beschäftigt waren, meine Berührungen und den Mondschein zu genießen.

»Also, in wen bist du verliebt?«, wollte April erneut wissen und zerrte an Nathans T-Shirt, um seine Aufmerksamkeit wiederzuerlangen.

»Ich mag Alana«, gab er schließlich zu, woraufhin sich ein zufriedenes Lächeln auf Aprils Gesicht stahl, bevor ihr etwas einfiel: »Aber Alana ist doch in Eathen verliebt. Bist du dann traurig?«

Es war Nathan anzusehen, wie sehr ihn Aprils Fürsorge rührte, obwohl sie sich kaum kannten.

»Nein, ich muss nicht traurig sein, weil Alana nicht mehr in Eathen verliebt ist.«

»Ist sie denn jetzt in dich verliebt?«

»Das weiß ich nicht so genau«, gestand Nathan.

»Also bist du doch traurig?«

»Nein, weil ich hoffe, dass sich Alana mal in mich verlieben wird. Aber das braucht noch etwas Zeit.«

»Bei Mummy und Daddy hat das auch lange gedauert, haben sie erzählt, und Elijah hat Cat ganz lange angelogen, weil er Angst hatte, dass sie ihn nicht mehr mag, wenn sie weiß, dass er sich verwandeln kann. Daddy sagt manchmal immer noch, dass sich

Elijah dumm verhält. Deshalb ist er manchmal stinkwütend und schmeißt mit Dingen. Neulich hat er Mummys Lieblingsvase kaputtgemacht. Da war sie richtig sauer auf ihn. Daddy sagt, dass bei Wölfen immer alles kompliziert ist. Und ich finde verliebt sein doof und Jungs sowieso.«

Nathan lachte über Aprils Bemerkung, doch dann sah er zu mir und Elijah hinüber. Elijah hatte den Kopf gehoben und sah mich entschuldigend an.

Was war das denn für eine Geschichte? – fragte ich.

Nachdem du zu Nathan gesagt hast, dass er Alana auf gar keinen Fall schwängern darf, hatte ich einen kleinen Wutanfall und da stand dummerweise diese Vase im Weg.

Seufzend streichelte ich ihm über den Kopf.

Als ich meinen Blick wieder hob, fiel mir Nathans sehnsüchtiger Gesichtsausdruck auf. Doch er schaute sofort woanders hin.

»Willst du dich nicht auch verwandeln?«, fragte ich ihn dennoch vorsichtig, wohl bewusst, dass ich möglicherweise einen wunden Punkt treffen könnte.

»Nein. Lieber nicht.«

»Warum denn nicht?«, fragte April. »Wölfe sind so süß!« Sie tätschelte Karl, der ihr daraufhin über die Hand schlabberte, woraufhin sie laut »Ihhhh!« rief und Karl schmunzelte.

April schien mit ihrer Antwort tatsächlich etwas in Nathan bewegt zu haben. Unschlüssig suchte er meinen Blick und ich versuchte, ihm aufmunternd zuzulächeln.

»Es ist sicher schon eine Weile her, dass du im Mondschein auf einer Wiese neben deiner Geprägten lagst. Das wäre die Gelegenheit!«

»Ja, bitte verwandle dich. Ich will wissen, welche Farbe du hast«, rief April aufgeregt.

»Hellbraun«, antwortete Nathan. »Ohne dunklen Streifen auf dem Rücken.«

»Hellbraun?«, fragte ich. »Ich dachte, alle kanadischen Timberwölfe seien grau-schwarz.« Ich versuchte mich an das Bild zu erinnern, dass ich bei dem Kampf im Mai durch Eathens Augen gesehen hatte. Damals hatten zwei dunkle Wölfe gegeneinander gekämpft und ein heller gegen meinen Bruder. Doch da

Wölfe keine Farben sehen konnten, war es gut möglich, dass mir Nathans hellbraunes Fell als grau erschienen war.

»In unserer Familie gibt es alle Fellfarben. Von hellbraun und hellgrau bis hin zu schwarz. Aiden zum Beispiel ist vollkommen schwarz«, antwortete Nathan auf meine Frage.

»Ich mag es sehen«, rief April aufgeregt, woraufhin Nathan erneut meinen Blick suchte.

»Ich auch«, bemerkte ich lächelnd. »Vor allem kann ich nicht glauben, dass du im Vollmondlicht stehen kannst, ohne dich zu verwandeln.«

»Doch das kann ich«, erklärte Nathan, stand auf und ging ins Haus.

Wenn er sich tatsächlich verwandelt, dann hast du ein wahres Wunder vollbracht. Freiwillig hat er sich schon jahrelang nicht mehr verwandelt – erklärte Elijah. Eathen hingegen schien ganz woanders zu sein, dennoch war ich mir sicher, dass er trotz seiner geschlossenen Augen vermutlich mehr mitbekam als wir alle zusammen.

Während ich auf Nathan wartete, beobachtete ich Alice und Mathias. Sie saßen beide im Gras und tauschten so selbstverständlich Zärtlichkeiten aus, dass es kein bisschen komisch wirkte, sondern total rührend war. Elijah und ich hatten uns noch nie so liebevoll berührt, während er ein Wolf gewesen war.

Nathan brauchte nicht lange im Haus und als er in Boxershorts zurück auf die Wiese kam, trug er tatsächlich keine Kontaktlinsen mehr.

»Beeindruckend«, bemerkte ich anerkennend.

»Es hatte seinen Preis«, erklärte er und nach Eathens Erzählungen konnte ich mir in etwa vorstellen, wie viel Überwindung es ihn gekostet hatte, sich überhaupt zu einer Verwandlung bereit zu erklären.

»Brauchst du vielleicht Hilfe?«, fragte ich, stand auf und reichte ihm meine Hand.

Dankbar griff er danach, beschwor die Verwandlung herauf und drehte sich rechtzeitig von mir weg, bevor er vorne überfiel. Danach wandte er sich als hellbrauner, großer Wolf unsicher zu mir um. Ohne Scheu ging ich zu ihm, hockte mich neben ihn und berührte ihn am Hals. Der Wolf atmete tief ein, ließ dann die Zunge seitlich aus dem Maul heraushängen und grinste mich an.

Danke – sagte seine Stimme in meinem Kopf.

»Keine Ursache. Du gehörst ja jetzt zur Familie«, erklärte ich.

Auch April wollte Nathan unbedingt streicheln und gab ihm schließlich sogar einen Kuss auf die Stirn, was Elijah, der uns zusammen mit Karl beobachtete, kopfschüttelnd zur Kenntnis nahm. Ich setzte mich wieder neben ihn und küsste ihn ebenfalls auf die Stirn, was ihm ein Lächeln entlockte.

Eathen erhob sich erst, als Alice und Mathias zu unserer kleinen Gruppe dazustießen.

»Wie geht es jetzt weiter?«, fragte ich als einzige, die sich sowohl mit den Wölfen wie auch mit den anwesenden Menschen unterhalten konnte.

Nathan, Karl und Elijah gehen in den Wald, Mathias bringt Alice und April nach Hause und ich bleibe bei dir.

Ich wiederholte die Planung für Alice und April, woraufhin sich unsere kleine Gruppe auflöste. Nathan und Karl verabschiedete ich mit einer einfachen Berührung, Elijah umarmte ich, während Mathias und Eathen uns ins Haus folgten.

»Viel Spaß«, rief ich den anderen Wölfen nach. Sie hatten den Waldrand an der Grundstücksgrenze schon fast erreicht, trotzdem drehten sich alle drei im Laufen noch einmal um.

»Cat?«, sprach mich Mathias an, als ich ins Haus kam. Er war wieder menschlich und hielt vollkommen angezogen Alice im Arm. »Darf ich mich auch noch auf dich prägen?«, fragte er und öffnete seine Hand.

»Klar«, meinte ich und berührte seine Finger. Er sah mich mit seinem Geprägtenlächeln an, bevor er mich wie üblich mit einer Umarmung verabschiedete. Dabei fand ich es sehr nett, dass er mich nicht einfach beiläufig berührt, sondern mich um Erlaubnis gebeten hatte.

Alice dankte mir überschwänglich für die Vorbereitungen, während April am liebsten hier schlafen wollte. Um sie dazu zu überreden, doch mit ihren Eltern nach Hause zu fahren, musste ich sie noch zum Auto begleiten.

»Was passiert mit Mathias, Elijah und Nathan, wenn ich sterbe?«, fragte ich meinen Bruder, als ich ins Haus kam, wo er schon, im Türrahmen der Wohnzimmertür lehnend, auf mich wartete.

»Sie werden in jedem Fall nicht sterben. Ansonsten kann ich dir die Frage nicht beantworten.«

Kurz betrachtete ich meinen Bruder, bevor ich mir sicher war. »Das ist gelogen. Du weißt, was passiert.«

Eathen sah mich ruhig an und entschied dann sichtbar, mich nicht anzulügen. »Ja, ich weiß, was passiert. Aber ich werde es weder dir noch irgendwem anders erzählen.«

»Und Dad wusste es auch«, stellte ich schlicht fest. Das Dämmerlicht, das aus dem Wohnzimmer in den Flur schien, schaffte eine ganz besondere Atmosphäre für dieses Gespräch.

»Ja«, bestätigte mein Bruder.

»Wie habt ihr es dann geschafft, all diese Geheimnisse vor der restlichen Familie zu verbergen?«

»Auch das bleibt mein Geheimnis«, entgegnete Eathen mit warmherziger Stimme und blinzelte zum ersten Mal in diesem Gespräch, was er mit den Kontaktlinsen in den Augen häufiger tat als gewöhnlich.

»Ich werde auf all die Fragen, die ich habe, keine Antworten bekommen, oder?«

»Nein.«

»Schaffst du es denn, allein all die Dinge zu tun, die nötig sind?«

»Ich bin nicht allein. Du weißt zwar nichts, aber du hilfst mir trotzdem – mehr als du denkst.«

Nach diesem Satz wollte ich nichts sehnlicher, als meinen Bruder zu umarmen, und er hielt mich lange fest, bevor er mich in mein Zimmer begleitete und ich wie in unserer frühen Kindheit neben einem Wolf einschlief, der vor meinem Bett lag.

Denn obwohl ich keine Wölfin bin, habe ich dennoch verstanden

Während mein Bauch sichtbar runder wurde, wurde das Wetter immer trüber und kälter. Es regnete häufig, so wie es für den Oktober üblich war.

Je mehr ich bei Kate in der Firma selbstständig erledigen konnte, desto mehr Gefallen fand ich an der Arbeit. Auch im Umgang mit den anderen Mitarbeitern wurde ich immer routinierter. Zudem gefiel mir die lockere Arbeitsatmosphäre in der Firma und insbesondere die Zusammenarbeit mit Kate. Sie fragte mich oft, wie es mir und dem Baby ging, doch dabei war sie nie aufdringlich und ich bewunderte sie für ihre Herzlichkeit, aber gleichzeitig auch für das Vermögen, eine gute Vorgesetzte und Geschäftsfrau zu sein. Außerdem lag in jeder ihrer Gesten ein stilles Angebot zur Hilfe.

Alana arbeitete in diesen Wochen viel an ihrer Kunstmappe. Zwar war sie an der Uni in der Nachbarstadt bereits angenommen worden, aber sie hatten ihr nun zusätzlich ein Stipendium angeboten, das an besonders begabte Studierende vergeben wurde. Alana wollte dieses Stipendium unbedingt haben, um Kate nicht mit den Studienkosten auf der Tasche zu liegen. Ihr Zimmer war schon in der Schulzeit immer ein Atelier mit einem Bett, einem Kleiderschrank und einem Schreibtisch gewesen. Doch nun standen nicht nur in einigen Ecken bemalte Leinwände, sondern nahezu an jedem freien Fleck. Außerdem roch es fast immer nach frischer Farbe. Es sei denn, sie fertigte gerade eine Bleistiftzeichnung an. Jede einzelne Arbeit von ihr war ein wahres Kunstwerk, weshalb ich einige ihrer Bilder auch schon in unserem Haus aufgehängt hatte. Begeistert sah ich mir jeden Tag in meiner Mittagspause Alanas neue Schöpfungen an und war immer wieder aufs Neue beeindruckt, wie sie innerhalb eines Tages so schöne Dinge fertigen konnte.

»Schau mal. Ich hab etwas für dich«, meinte sie, als ich gerade eine Kreidezeichnung betrachtete. Sie reichte mir ein Bild, das sie mit Acrylfarbe gemalt hatte. Darauf war die Büste eines Mädchens zu sehen, das mir sehr ähnlich sah und von Blätterranken umgeben wurde. Es schien so, als würde sie den Betrachter durch einen Rahmen aus Blättern ansehen.

»Das ist wunderschön«, meinte ich und strich vorsichtig über die getrocknete Farbe.

»Ich hatte ja auch ein hübsches Modell.«

Ich lächelte sie an. »Hast du nicht inzwischen ausreichend Werke, die du einreichen könntest?«

»Das Problem ist, dass wir Themen bekommen haben, zu denen wir Bilder einreichen sollen, und das ist teilweise nicht so leicht. Ich brauche zum Beispiel noch ein Bild, in dem atemberaubende Gefühle stecken. Aber das ist verdammt schwer. Ich hab es mit Landschaften versucht, die ich mag, Orte, die mir wichtig sind, aber ich kann das Thema einfach nicht darstellen.«

»Wenn ich dir ein Bild gebe, das du abzeichnen kannst und das genau diese Art von Gefühlen enthält, versprichst du mir, mich nicht zu fragen, wie es entstanden ist? Und du darfst auch nicht versuchen, das auf einem anderen Weg herauszufinden? Denn es ist eine einzigartige Freundschaft zwischen Tier und Mensch, die ich nicht erklären kann.«

Noch bevor ich Alana dieses Angebot gemacht hatte, hatte mein Bruder bereits sein Einverständnis dazu gegeben, Alana das Kinderfoto von Eathen und mir zu geben, auf dem er mich so unglaublich liebevoll als Wolf ansah.

Als ich ihr das Foto am nächsten Tag zeigte, war sie überwältigt von der Tiefe der Emotionen, so sehr, dass sie gar nicht daran dachte, mich nach der Quelle des Bildes zu fragen, oder sie erinnerte sich an ihr Versprechen. Stattdessen setzte sie sich gleich an ihren Schreibtisch, riss die obersten Blätter von ihrem Skizzenblock ab und begann mit einem Entwurf. Schon auf dieser ersten Bleistiftzeichnung, die zunächst nur aus ein paar Strichen bestand, erkannte man Eathen und mich sofort wieder.

»Das wird nicht ganz einfach. Aber ich kriege das hin«, erklärte

Alana, ohne aufzuschauen, während ich durch einen anderen Skizzenblock blätterte und an einem Bild von Nathan hängenblieb. Das erste zeigte ihn in Lederjacke mit T-Shirt, so wie er immer umherlief, doch danach folgten Bilder, in denen Alana Nathan als Engel mit nacktem Oberkörper und Flügeln und schließlich als griechischen Gott vollkommen nackt gezeichnet hatte.

»Ähm, hast du das vom lebenden Modell abgezeichnet?«, fragte ich und hielt ihr die Zeichnung unter die Nase. Mit roten Wangen sah sie mich an.

»Natürlich nicht. Wir haben uns noch nicht mal geküsst oder wenigstens Händchen gehalten. Bisher haben wir immer nur geredet. Das Bild ist entstanden, weil ich spontan Lust hatte, so etwas zu zeichnen, und genau genommen ist es auch nur Nathans Gesicht. Der Körper ist der des Davids von Michaelangelo, und da Nathans Haare ihm ähnlich sehen, dachte ich, ich könnte der guten alten Marmorfigur mal ein neues Gesicht geben.«

Alana klang wirklich frustriert.

»Heißt das, dass es nicht so gut bei euch läuft?«

»Es läuft gar nichts«, erklärte Alana. »Wir treffen uns zwar hin und wieder und es ist immer lustig mit ihm, aber das war es dann auch schon.«

»Aber du wünschst dir, dass da mehr wäre?«

»Natürlich wünsche ich mir das. Er ist einfach klasse – der netteste, warmherzigste und lustigste Mensch, der mir je begegnet ist. Aber ich sage mir immer wieder, dass ich realistisch bleiben muss und mich nicht in ihn verlieben darf, weil ich sicher nicht die einzige bin, die ihn toll findet. Und wie wahrscheinlich ist es, dass sich jemand wie Nathan ausgerechnet in mich verliebt?«

»Gar nicht so unwahrscheinlich. Schließlich bist du die einzige, mit der er sich trifft.«

»So weit du weißt«, wandte Alana ein. »Es kann gut möglich sein, dass er sich nachmittags mit mir trifft, weil man so nett mit mir reden kann, und sich abends in einer Bar eine heiße Blondine aufreißt.«

»Du bist eine heiße Blondine, also hör auf, dich so klein zu machen, und Nathan hat dich sehr gerne.«

»Hat er das gesagt?«

Kurz war ich unschlüssig, ob ich aus dem Nähkästchen plaudern durfte, doch dann entschied ich, dass es für Nathan eigentlich nur hilfreich sein konnte.

»Ja, das hat er gesagt.«

»Was hat er denn genau gesagt?«, fragte sie aufgeregt.

»Er hat mich gefragt, ob ich etwas dagegen habe, wenn er sich mit dir trifft, weil er dich toll findet. Ich habe ihm gesagt, dass du alleine entscheiden kannst, mit wem du deine Zeit verbringst, und er sich einfach trauen soll, mal mit hierher zu kommen.«

Zuerst hellte sich ihr Blick auf, doch dann wurde ihre Miene wieder dunkel.

»Das heißt, dass er mich erst mochte und ich ihn dann mit meinen Kunsterzählungen so sehr gelangweilt habe, dass er jetzt eher den Kumpel-Typ in mir sieht.«

Streng und ein kleines bisschen genervt sah ich sie an.

»Hör auf damit. Ich kann dir garantieren, dass Nathan dich nicht als Kumpel sieht und vielleicht hat er dich auch einfach noch nicht geküsst, weil es ihm mit dir ernst ist und er dich zuerst besser kennenlernen möchte. Also bitte gestatte es dir, dich in Nathan zu verlieben, und sei nicht enttäuscht, wenn er nicht sofort deine körperliche Nähe sucht.«

Als ich Nathan am Abend von dem Gespräch mit Alana erzählte, stürzte ihn das in eine mittelschwere Verzweiflung, weil er nun glaubte, dass Alana enttäuscht von ihm sei. Anderseits wollte er sie auch nicht küssen, bevor sie nicht die vollständige Wahrheit über ihn kannte. Dieses Dilemma bewies eindrucksvoll, wie kompliziert selbst die verhältnismäßig einfachen Beziehungen von Wölfen sein konnten. Das war der große Nachteil, wenn man sich nur einmal im Leben verlieben konnte.

Nathan nahm sich vor, mit Alana zu reden, und so kam es, dass die beiden am nächsten Tag händchenhaltend die Treppe hinunterkamen. Nathan verabschiedete sich sogar mit einem Kuss auf die Wange bei Alana. Später erfuhr ich dann am Telefon, welche Geschichte Nathan ihr erzählt hatte, um ihr zu versichern, dass er sie mehr als nur freundschaftlich gern hatte, aber trotzdem noch keine Beziehung mit ihr führen konnte. Alana hatte sich jedoch nur für eine begrenzte Zeit auf dieses Zwischenstadium eingelassen, weil sie sich nicht ewig hinhalten lassen wollte. Das bedeutete, dass wir Alana in naher Zukunft in alles einweihen mussten, wenn wir nicht ihre Beziehung zu Nathan gefährden wollten.

Als ich an einem Novemberabend nach Hause kam, wartete Eathen wie so häufig auf mich, um mit mir den Abend zu verbringen. Ich machte mir etwas zu essen, er verwandelte sich und wir setzten uns gemeinsam vor den Fernseher. Doch an diesem Abend war das Programm so schlecht, dass ich den Fernseher schon nach kurzer Zeit wieder ausschaltete.

»Was wollen wir jetzt machen?«, fragte ich meinen Bruder.

Er blickte aus seinen dunklen Wolfsaugen zu mir hoch und kurz darauf tat er etwas, dass ich nie für möglich gehalten hatte. In einer schnellen Bewegung drehte er sich auf den Rücken und verharrte mit angewinkelten Beinen regungslos.

»Was tust du denn da?«, fragte ich verwundert.

Wonach sieht es denn aus?

»Du wirkst irgendwie hilfsbedürftig«, antwortete ich spontan.

Dann weißt du ja auch, warum uns diese Position eine Menge Vertrauen kostet. Und es ist nicht fair, absolutes Vertrauen von dir zu verlangen, obwohl ich dir nichts erkläre, wenn ich dir nicht wenigstens zeige, dass ich dir auch vertraue. Wobei das genau genommen nicht so richtig miteinander vergleichbar ist, denn ich wurde mit dem Vertrauen zu dir bereits geboren.

Tatsächlich schenkte mir mein Bruder also eine Geste des absoluten Vertrauens, in dem er mir seinen verletzlichen Bauch offenbarte. Gerührt streckte ich meine Hand aus und legte sie vorsichtig auf seinen Brustkorb an die Stelle, wo ich sein Herz vermutete. Augenblicklich schlug es kräftig gegen meine Handfläche. Außerdem konnte ich seine tiefen Atemzüge spüren.

Während meine Hand auf seiner Brust ruhte, lag mein Bruder bewegungslos und mit geschlossenen Augen neben mir auf dem Sofa. Bei genauerem Betrachten wirkte er nun nicht mehr so hilfsbedürftig, sondern sehr zufrieden. Deshalb erlaubte ich mir bald, mutiger über sein Bauchfell zu streicheln, das dort viel lichter war als am Rücken. Außerdem war es so hellgrau, dass es schon fast weiß erschien.

Als ich ihn unterhalb seines Brustkorbs am weichen Bauch berührte, spürte ich die Verletzlichkeit der normalen Wölfe an dieser Stelle und konnte nachvollziehen, weshalb sie ihren Bauch ungern entblößten. Anderseits wusste ich auch, dass Eathen an dieser Stelle, ebenso wie an jedem anderen Punkt seines Körpers, eine so starke Muskulatur unter der obersten Hautschicht hatte, dass er problemlos Pistolenkugeln standhalten konnte. Schließlich legte ich meine Hand an die Wange meines Bruders und einen Moment später öffnete er die Augen.

Als wir klein waren, hab ich mich ein Dutzend Mal neben dir auf den Rücken gelegt, bis es dir irgendwann unangenehm wurde … War es jetzt in Ordnung?

»Natürlich«, versicherte ich ihm und wagte einen kurzen Blick zwischen seine Hinterbeine, nur um dann erleichtert festzustellen, dass sein Fell ausreichend lang war, um dort alles zu verbergen, was ich nicht sehen wollte.

»Es war …«, begann ich auf der Suche nach Worten, als ich ihn wieder ansah. »Ich denke, dass es ein Privileg ist, und darüber freue ich mich.«

Ich weiß, was du fühlst – bestätigte Eathen.

Auch auf diese Besonderheit unseres Bruder-Schwester-Verhältnisses war ich in mancher Hinsicht stolz.

»War es dir denn unangenehm?«, wollte ich wissen.

Nein. Unangenehm ist es nur, wenn man es unfreiwillig machen muss. Da aber sowieso mein ganzes Leben seit unserer Geburt in deinen Händen liegt, wäre es irgendwie albern, wenn ich es nicht ertragen würde, mich vor dir auf den Rücken zu legen.

»Statt es unangenehm zu finden, findest du es klasse, richtig?«, fragte ich und war mir schon vor seiner Antwort ziemlich sicher.

Klar. Die Prägung, deine positive Reaktion – was soll es Besseres geben? Außerdem bin ich Berührungen am Bauch nicht gewohnt, daher fühlt es sich ziemlich gut an.

Kopfschüttelnd betrachtete ich meinen Bruder, während ich eine tiefe Zuneigung zu ihm empfand.

Einen kurzen Moment später, drehte er sich auf die Seite, blieb aber faul auf dem Sofa liegen. Wir redeten noch eine Weile über Nathan und Alana, über Mathias und Alice, aber auch über alte Schulkameraden wie zum Beispiel Owen, der mir neulich erst geschrieben hatte, dass er über Weihnachten und Silvester aus seiner Heimat Kenia zurückkommen würde.

»Schau mal, wie spät es ist«, sagte ich irgendwann und zeigte Eathen meine Armbanduhr.

Püppie, ich kann das nicht lesen. Du musst mir sagen, wie spät es ist.

»Warum kannst du es nicht lesen?«, fragte ich verständnislos und betrachtete meine Uhr, die vollkommen unverändert aussah.

Als Wolf erkenne ich weder Zahlen noch Buchstaben. Ich kann in meiner Wolfsgestalt auch nichts in Gedanken buchstabieren. Dieser Teil des Gehirns verändert sich bei der Verwandlung, weil all das rein menschliche Fähigkeiten sind. Im Gegenzug sind meine wölfischen Sinne nach der Verwandlung feiner als vorher. Zum Beispiel ist es für mich in Menschengestalt nicht so leicht, sich im Wald auf unbekannten Wegen zu orientieren oder Beutetiere zu verfolgen wie als Wolf. Das musste Nathan schmerzlich begreifen, als er versucht hat, sich beim Jagen erst auf den letzten paar Metern zu verwandeln.

»Nathan ist als Mensch jagen gegangen?«

Naja, wie sollte er sich ohne Geld sonst ernähren? Außerdem läuft für uns da draußen ein Buffet umher. Und die Populationen der Grasfresser haben nicht so viele natürliche Fressfeinde, dass sie untergehen, wenn wir uns auch hin und wieder mal bedienen. Aber für Nathan, der sich nicht so gerne verwandelt, war das zuerst ein Problem.

»Warum hat er dann nichts gesagt? Wir hätten ihm doch Geld geliehen, damit er sich etwas zu essen kaufen kann. So wie wir ihm auch deine T-Shirts geliehen haben.«

Es hat ihm aber gutgetan, sich verwandeln zu müssen und mal ein paar Wochen lang wirklich in der Wildnis zu leben, nachdem er Laurels überzogener Etikette entkommen war. Sonst hätte er sich bei Mathias Prägung sicher nicht so bereitwillig verwandelt.

»Fällt es ihm denn inzwischen leichter.«

Inzwischen beginnt er, es zu mögen – erklärte Eathen. *Er war jetzt schon ein paar Mal mit Elijah und mir im Wald unterwegs und lernt langsam das gute Gefühl der Freiheit kennen. Aber es wird noch ein bisschen dauern, bis er vollständig darin aufgeht.*

Das waren definitiv gute Neuigkeiten.

»Gibt es noch andere Dinge, die Wölfe nach der Verwandlung nicht mehr können?«, griff ich das ursprüngliche Thema noch mal auf.

Bei einer kurzen Verwandlung von mehreren Stunden bis einigen Tagen verlieren wir nur so etwas wie die Lese- und Schreibfähigkeit. Rechnen können wir komischer Weise auch nach der Verwandlung noch. Und natürlich kann Elijah als Wolf nicht mehr programmieren. Er kann sich erst nach der Rückverwandlung wieder an die Zeichenkombinationen für die verschiedenen Befehle erinnern. Schwierig wird es, wenn wir uns Monate lang nicht zurückverwandeln. Dann vergessen wir nach und nach alles ausschließlich Menschliche. Zum Beispiel verlernen wir die Bedeutung von Gegenständen. Es gibt Wölfe, die haben nach dem Tod ihrer Frau das Baby bei der Familie gelassen, sind abgehauen und haben jahrelang als Wolf im Wald gelebt. Diese Leute haben viele Worte für menschliche Alltagsgegenstände verlernt, aber die allgemeine Sprachfähigkeit bleibt uns erhalten, egal wie lange wir als Wölfe leben. Genauso wie wir die Namen der Leute, die wir lieben, niemals vergessen. Eathen grinste mich an. *Verrätst du mir jetzt, wie spät es ist?*

»Kurz vor elf«, antwortete ich. »Und ich glaube, so langsam sollte ich schlafen gehen.«

»Ja, das denke ich auch«, sagte völlig unerwartet Elijahs Stimme in meinem Rücken und ich fuhr herum. Zwar würde unsere Haustür, selbst wenn wir sie abschließen würden, kein unüberwindbares Hindernis für Wölfe darstellen, aber ich hatte mich immer noch nicht vollständig daran gewöhnt, dass sie einfach unvorhergesehen im Zimmer standen. In Elijahs Fall allerdings freute ich mich jedes Mal, wenn er unerwartet vorbeikam.

»Was machst du denn hier?«, fragte ich, als ich ihn begrüßte.

»Ich hoffe, dass ich in deinem Bett schlafen darf«, erklärte er, wogegen ich absolut nichts einzuwenden hatte.

Während der letzten fünf Monate hatte ich zwar gemerkt, dass mein Bauchumfang wuchs und ich auch regelmäßig schwerer wurde, doch quasi von einem Tag auf den anderen kam mir mit dem dicken Bauch plötzlich alles sehr beschwerlich vor. Es war ein Freitagmorgen, an dem ich wie, gewöhnlich auf der Theke sitzend, frühstücken wollte. Doch auf einmal konnte ich nicht mehr hochspringen. Eathen half mir natürlich bereitwillig, aber ich fand es gar nicht lustig, nun so unselbstständig zu sein. Hinzu kam noch, dass ich an diesem Morgen eine meiner Lieblingsblusen nicht mehr zubekam. Frustriert fuhr ich ins Büro und brachte erstmal meinen Arbeitstag hinter mich. Doch als ich am Abend nach Hause fuhr, war ich immer noch in einer Stimmung, in der ich die ganze Schwangerschaft verfluchte. Allerdings ohne dabei sauer auf Elijah zu sein.

Doch als ich nach Hause kam, wartete dort der Beweis auf mich, dass ich die beste Familie aller Zeiten hatte.

Haufenweise Pakete standen in unserem Wohnzimmer mit Oberteilen, die Elijah im Internet bestellt hatte und die genauso eng anlagen wie meine anderen Kleidungsstücke, nur eben auch Platz für den Bauch boten. Außerdem hatte Alice normale Röhrenjeans gekauft, die Bündchen abgeschnitten und durch einen Gummizug ersetzt.

»Wir waren uns ziemlich sicher, dass der Tag, an dem du diese Krise bekommst, kommen würde und deshalb haben Eathen und ich schon mal vorgesorgt«, erklärte Elijah, der in mitten der Pakete stand. Gerührt ging ich zu ihm und küsste ihn.

Dass Wölfe allein nur halb so stark sind

»Hey, Cat«, rief Nathan am Samstagmorgen, als ich gerade die Post reinholen wollte und stieg von seinem Motorrad. Von der Haustür aus, rief ich ihm zu, die Post gleich mitzubringen, während ich die Tür anlehnte und zurück in die warme Küche ging. Über Nacht war der erste Schnee gefallen und es war bitterkalt draußen.

»Wow, sieht das beeindruckend aus«, sagte er mit einem Blick auf meinen Bauch, während er mir die Werbeflyer und Briefe reichte.

»Da ich heute nicht geplant habe, vor die Tür zu gehen, wollte ich mal versuchen, meine alten Sachen anzuziehen. Es spannt ganz schön und Eathen hat schon Wetten abgeschlossen, wann das T-Shirt seinen Geist aufgibt.«

»Ich sage, dass es noch zwei Stunden dauert, bevor die erste Naht reißt«, rief Eathen aus dem hinteren Teil des Hauses. »Was denkst du?«

Da Wölfe einen Faible für Wetten hatten, konnte Nathan meinen Bruder natürlich nicht ignorieren.

»Ich denke, dass es echt schade darum wäre«, sagte er, und schaute grinsend auf meinen Bauch. Da mir das T-Shirt eigentlich nicht mehr passte, rutschte es bei jeder Bewegung ein Stück hoch, sodass man auch jetzt einen Streifen meiner nackten Haut sehen konnte. Demonstrativ zog ich den Stoff wieder runter, ohne zu bedenken, dass so mein Ausschnitt tiefer wurde. Ungeniert sah Nathan nun dorthin, bevor er mich erneut angrinste. »Ich bleibe dabei. Es gefällt mir.«

»Benimm dich! Ich schätze, du willst noch etwas von mir«, ermahnte ich ihn.

»Allerdings«, meinte er und zog mich in seinen Arm. Doch nachdem er unsere Umarmung gelöst hatte, betrachtete er mich erneut.

»Es ist schon komisch. Ich sehe dich jeden Tag und trotzdem habe ich das Gefühl, dass du seit gestern wesentlich dicker geworden bist.«

»Sag das bitte nie irgendeiner anderen Frau. Das könnte zu Problemen führen.«

»Ach was. Ich lächle einmal und schon liegen mir alle Frauen zu Füßen«, erklärte er großspurig. »Das hat bisher geklappt und so wird es auch weitergehen.«

»Dann erklär das mal Alana«, entgegnete ich mit weicher Stimme.

»Ok, du hast gewonnen«, gab er zu. »Das gilt für jede Frau außer Alana.« Nathan war genau diese zwei Sätze in der Defensive, bevor er den Spieß umdrehte, indem er mich gehässig fragte: »Hast du denn schon die fünfzig Kilo überschritten?«

Ich schlug nach ihm, bevor ich ernsthaft antwortete. »Schon lange und ich bewege mich auf die sechzig zu. Ich möchte echt mal wissen, woher das ganze Gewicht kommt.«

»Naja, erstens wiegt dein Baby etwas, und das Fruchtwasser hat auch sein Gewicht. Außerdem verdicken sich einige Organwände, wie zum Beispiel die der Gebärmutter, die ja selbst auch noch mal wesentlich größer wird. Der Mutterkuchen wächst, ebenso wie dein Busen.« Als er das sagte, grinste er dämlich. »Außerdem bekommst du mehr Blut, weil du das Baby mitversorgen musst und lagerst Fettreserven ein, die du später fürs Stillen brauchst. – Wobei das vermutlich kaum reichen wird, denn der kleine Schreihals wird unentwegt Hunger haben oder schlafen.«

»Wirklich?«

»Ja. Die Verwandlung, genauso wie die ganzen Wachstumsprozesse kosten ihn unglaublich viel Energie. Schließlich muss er zwei Körper aufbauen. Wusstest du, dass er sich jetzt schon verwandeln kann?«

»Ehrlich?«, fragte ich und berührte nachdenklich meinen Bauch. »Woher weißt du das?«

Das Grinsen verschwand von seinem Gesicht. »Sagen wir es mal so: Ich war optimal auf deine Ankunft bei uns vorbereitet und es gibt Berichte von Wolfsmüttern, die ab dem sechsten Monat sowohl Wolfstatzen wie auch menschliche Füße oder Hände auf ihrer Bauchoberfläche gesehen haben, wenn der Kleine dagegen drückt.«

Das stellte ich mir sehr süß vor und wünschte mir, so etwas auch mal zu erleben. Seitdem mein Kleidungsproblem geklärt war, war es für mich wieder in Ordnung, schwanger zu sein. Nur bisher hatte ich noch keine intensive Verbindung zu dem Baby entwickelt. Aber ich hoffte, dass sich diese Muttergefühle bald entwickeln würden. Denn ich wollte endlich, dass es bald so weit war. Ich wollte endlich wirklich begreifen, dass in meinem Bauch tatsächlich mein Baby heranwuchs.

»Vielleicht ist es die ganze Sache doch wert, dass ich nicht mehr in meine Sachen passe, gestern beim Cheerleadertraining nur doof rumstand und ich nicht mehr auf die Theke springen kann«, dachte ich laut und nur halb ernst.

»Das ist es definitiv wert«, antwortete Nathan hingegen ernsthaft. »Auch wenn es dir jetzt noch Angst macht, ein Baby zu bekommen, wird es dir bestimmt gefallen. Wolfsbabys sind im ersten Jahr nämlich unkompliziert und dankbar. Außerdem wird es in dieser Familie ausreichend überengagierte, freiwillige Helfer geben, denen du dein Baby vermutlich aus der Hand reißen musst, wenn du es auch mal halten willst.«

Dankend legte ich ihm meine Hand auf den Arm. Sobald ich meine Hand zurückgezogen hatte, erlosch das Geprägtenlächeln auf seinem Gesicht.

»Ich muss dich noch etwas fragen«, begann er ernsthaft. »Gilt dein Angebot noch, Jamie hier aufzunehmen? Zuhause geht es nicht mehr.«

»Was ist denn passiert?«

»Jamie hat in meinen Gedanken von deinem Angebot gehört und war begeistert. Dadurch haben es auch die anderen erfahren. Doch Max und Laurel finden es ganz und gar nicht lustig, wenn ein weiterer Wolf zu unserer Seite übertritt. Sie haben Jamie natürlich verboten herzukommen, aber er muss diesem Verbot nicht gehorchen, weil Eathen ihm gleichzeitig angeboten hat, herzukommen. So kann er frei entscheiden, welchem Rudel er sich anschließen möchte. Da Max das aber auf gar keinen Fall möchte, bestrafen sie ihn mit Berührungsentzug und Zwangsverwandlungen. Ihm geht es zur Zeit so schlecht, dass sie ihn in der Schule krank melden mussten.«

»Was sind denn Zwangsverwandlungen?«, fragte ich, nur um zu verstehen, wovon Nathan da sprach.

»Eine große Gruppe an Wölfen zusammen mit einer Geprägten schaffen es, einen jungen Wolf wie Jamie zu einer Verwandlung zu zwingen, oder sie schlagen ihn, bis er sich vor Wut verwandelt. Er trägt zwar keine körperlichen Wunden davon, aber es tut ihm trotzdem weh. Danach lassen sie ihn Silber trinken, damit er sich nicht zurückverwandeln kann. Für Eathen wäre das nicht allzu schlimm, aber wenn man es gewohnt ist, Verwandlungen unangenehm zu finden, dann ist das schrecklich. Es ist wirklich so etwas wie Kindesmisshandlung, und auch wenn ich mich hier eigentlich nicht um ein Kind kümmern kann, hat er es bei mir im Wald immer noch besser als bei uns zu Hause.«

Dem konnte ich nur zustimmen.

»Glaubst du denn, dass du ihn so einfach da rausholen kannst?«

»Sie wissen zwar von deinem Angebot, aber ich habe Jamie ziemlich deutlich gesagt, dass ich ihn hier nicht gebrauchen kann. Und da ich das in dem Moment ernst meinte, werden sie unsere Gedanken nicht weiter danach durchsuchen. Außerdem haben sie gerade noch eine Menge anderen Ärger am Hals, wobei sie zusehen müssen, dass sie nicht auffliegen. Mein lieber Cousin Caleb hat nämlich jemanden verprügelt und sich dabei vor Wut halb verwandelt, was der Junge gesehen hat, woraufhin Caleb ihm das Genick gebrochen hat. Deshalb müssen sie sich jetzt aus einem Mordfall rausreden. Laurel und Max kriegen das zwar hin, aber es bedeutet erstmal eine Menge Stress.«

Mit diesen schaurigen Leuten war ich also verwandt – dachte ich und wünschte mir, dass ich niemals jemandem von ihnen über den Weg lief.

»Hat vor ihm schon mal einer von euch einen Menschen umgebracht?«, fragte ich argwöhnisch.

»Ja«, gab Nathan sichtbar ungern zu. »Aber bisher waren es nie absichtliche Morde, sondern immer nur Totschlag.«

»Hast du etwa auch mal jemanden umgebracht?« Ich selbst hörte, wie schrill meine Stimme nun klang, als ich diese Frage stellte. »Steht das bei euch auf der Tagesordnung?«

»Nein, das Schlimmste, was ich bisher einem Menschen angetan habe, war meiner Cousine Hämatome, Gelenkergüsse und Quetschungen zuzufügen.«

»Woher weißt du so genau, wie das heißt?«, fragte ich überrascht und gleichermaßen erleichtert über seine Antwort.

Nathan seufzte. »Ich wollte mal Medizin studieren, um etwas Sinnvolles mit meinem Leben anzufangen, aber bisher ist aus diesem Plan leider noch nichts geworden. Denn ähnlich wie bei dir sind mir einige Dinge dazwischen gekommen: Eine Prägung, ein bisschen Familienärger, nur keine Schwangerschaft.«

Er versuchte ein Lächeln, doch es wirkte wenig überzeugend. Außerdem wunderte es mich nicht, dass er von meinem ursprünglichen Berufswunsch wusste, den ich insgeheim auch noch nicht aufgegeben hatte, auch wenn es vorläufig unmöglich war, an eine Uni zu gehen.

»Wann willst du Jamie denn abholen?«, fragte ich, nachdem ich eine Entscheidung getroffen hatte.

»Am Montag müssen sie ihn wieder zur Schule schicken, weil er da eine Arbeit schreibt und nicht fehlen darf. Also war mein Plan, ihn nach der zweiten Stunde an der Schule aufzugabeln. In der Öffentlichkeit können sie keinen Aufstand machen und ich darf Jamie als meinen Bruder ohne Ärger von der Schule abholen.«

»Falls Eathen einverstanden ist, und es nicht zu gefährlich für mich ist, würde ich gerne mitkommen, um ihm gleich eine Berührung zu geben. Außerdem braucht ihr ein richtiges Zuhause.«

»Wem sagst du das. Das Problem ist, dass ich innerhalb von zwei Tagen am Wochenende keine Wohnung finden werde.«

»Vielleicht schon«, meinte ich lächelnd. »Wenn du möchtest, könntet ihr in den Keller einziehen. Du bist ohnehin die meiste Zeit hier und ich vertraue dir inzwischen, dass du mich nicht umbringen willst.«

Ein Lächeln stahl sich auf Nathans Gesicht, während er mich gleichzeitig ungläubig ansah.

»Du möchtest wirklich, dass wir in dein Haus einziehen?«, hakte Nathan nach.

»Wenn ich es nicht wollen würde, hätte ich es dir nicht angeboten.«

»Und was sagt Eathen dazu?«, fragte er begeistert.

»Ich find's super«, sagte mein Bruder, der im selben Moment im Flur erschien.

»Und dir ist das wirklich nicht zu nah?«, fragte Nathan noch einmal.

»Nein. Es gibt schließlich so etwas wie Türen, und da unsere Kellerdecke aus massiven Beton besteht, ist sie, glaube ich, selbst für Wölfe ganz gut schallisoliert.«

Fragend sah ich Eathen an. »Wenn man sich nicht auf ein Gespräch konzentriert, kann man es gut überhören.«

Das genügte mir. Denn wenn sich ein Wolf wirklich für ein Gespräch interessierte, hatte er sowieso die Möglichkeit, es über Gedanken mitanzuhören. Da war die räumliche Entfernung vollkommen egal.

»Also bleibt unsere Privatsphäre erhalten«, schlussfolgerte ich. »Nur ihr habt es mit den Berührungen einfacher, Jamie kann seinen Freunden in der Schule eine richtige Adresse nennen und ihr könnt ein richtiges Badezimmer benutzen, das wir uns allerdings teilen müssen. Aber da geprägte Wölfe nicht allzu lange schlafen müssen, duscht ihr eben, bevor ich morgens aufwache.«

»Das wird sich definitiv einrichten lassen«, versprach Nathan freudig lächelnd.

»Der einzige Haken an der Sache ist, dass wir da unten aufräumen und renovieren müssen.«

»Falsch, Püppie«, mischte sich Eathen ein. »Wir renovieren und räumen auf. Du sitzt brav hier oben auf der Ersatzbank.«

»Nein, Eathen. Ich kann …«

»Wirst du aber nicht«, fiel mir mein Bruder ins Wort.

Mir war bewusst, dass Eathen nur seinem Beschützerdrang folgte und dass ich schon vor der Schwangerschaft nicht die Begabteste in körperlicher Arbeit gewesen war, aber er traf damit leider auch einen wunden Punkt bei mir. Im Moment veränderte sich alles so rasend schnell und es erschien mir, als müsste ich schon jetzt für das Baby auf sehr viel verzichten – selbst wenn es in diesem Fall nur um lästige Aufräumarbeiten ging.

Nach einem kurzen Blickduell mit meinem Bruder, bei dem er vollkommen unnachgiebig blieb, verschwand ich in meinem Zimmer.

Gerade hatte ich auf meinem Bett das Gesicht in den Kissen verkrochen, als Eathen bereits an meiner Tür klopfte.

»Darf ich reinkommen, Püppie?«, bat er.

Ich antwortete nicht, woraufhin er wenige Sekunden später sanft die Tür öffnete und sich neben mich aufs Bett setzte.

»Hey, es tut mir leid, wenn ich dir ein schlechtes Gefühl gegeben habe.«

Mein Bruder legte seine Hand auf meinen Oberarm und ich setzte mich auf, um ihn ansehen zu können. Dabei platzierte ich unbewusst meine Hand auf meinem Bauch und zwang mich sofort, als ich es bemerkte, sie einfach nur in meinen Schoß zu legen. Aber auch diese Position war unbequem.

»Was kann ich machen, damit du anfängst, dich wirklich auf das Baby zu freuen?«, fragte Eathen gelassen.

»Ich freue mich doch eigentlich. Es ist unglaublich, dass da ein kleines, magisches Wolfs-Baby in meinem Bauch heranwächst. Und ich finde es toll, dass es Elijahs Baby ist. Trotzdem habe ich das Gefühl, dass ich für das Baby schon jetzt und auch in Zukunft auf vieles verzichten muss. Aber ich will in meinem Leben nichts verpassen. Außerdem habe ich eine unglaubliche Angst davor, wie es nach der Geburt weitergeht. Im Moment verändert sich alles so rasend schnell. Ich möchte unbedingt, dass Jamie herkommt und ich freue mich auch, wenn Nathan und Jamie hier einziehen, sonst hätte ich das nicht vorgeschlagen, aber vielleicht verändert das mehr, als ich möchte.«

»Nein. Es wird nur genau so viel verändern, wie du möchtest. Denn jeder von uns kann spüren, wenn es dir nicht gut geht oder du dich unwohl fühlst, und wir alle sind daran interessiert, dass es dir gut geht. Wenn sie dir also auf die Nerven gehen, werden sie sich von alleine in den Keller verabschieden und die Tür hinter sich verschließen … Püppie, ich verstehe, wie du dich fühlst, weil ich es auch fühlen kann, aber du machst dir zu viele Sorgen. Vielleicht wären das Dinge, über die du dir in einer menschlichen Familie Gedanken machen musst, aber manche Dinge, sind mit uns auch viel einfacher.«

Mein Bruder sah mich mit einem offenherzigen Blick an.

»Trau dich endlich, dich auf dein Baby zu freuen, denn du wirst nicht enttäuscht werden, weil wir alle dafür sorgen werden, dass es dir nicht zu viel wird und du nie das Gefühl bekommst, etwas zu verpassen … Erinnerst du dich noch daran, wie ich dir am Anfang der Schwangerschaft gesagt habe, dass ich mich schon auf die Zeit freue, wenn du eine riesige Kugel vor dem Bauch hast. Im Moment ist das die Gelegenheit für mich genauso wie für Elijah, dir durch unsere Hilfe wenigstens ein bisschen von dem zurückzugeben, was du schon alles für uns getan hast, und es fühlt sich gut an, hin und wieder gebraucht zu werden. Wenn du möchtest, kann ich dir das auch zeigen. Dafür müsstest du allerdings mit mir in den Garten gehen.«

»Was hast du denn im Garten vor?«, fragte ich mit leichter Neugier.

»Komm mit raus, dann siehst du es«, erklärte er und nach einem Seufzen folgte ich ihm.

»Es ist Samstagvormittag, ich bin ungeschminkt und ich hab keine Lust auf große Aktivitäten«, erklärte ich, als wir die Treppe hinuntergingen. Nathan war offenbar gegangen, weshalb ich ein schlechtes Gewissen verspürte, ihn nicht mal verabschiedet zu haben.

»Wir gehen nur in den Garten und ich denke nicht, dass die Vögel aus den Bäumen fliehen werden, nur weil du keine Wimperntusche aufgetragen hast.«

Mitten auf der Rasenfläche hinter unserem Haus blieb Eathen stehen und sah mich erwartungsvoll an.

Es war ein trüber Tag. Über der Wiese hing auch jetzt am späten Vormittag noch der Nebel und der Himmel war grau. Doch der Wald verbreitete bei dem feuchten Wetter einen unglaublich frischen, harzigen Duft. Die Luft war hier so kalt und klar, wie sie es nur mitten in der Wildnis sein konnte. Ich atmete tief ein, bevor ich meinen Bruder erwartungsvoll ansah.

»Weißt du noch, wie du Saltos gelernt hast?«, fragte er mich.

»Klar. Du hast dich hinter mich gestellt, mich am Bauch festgehalten und wir sind zusammen abgesprungen.«

»Das waren nur die ersten paar Male, als du noch gar keine Ahnung hattest, wie du abspringen musstest, und dich gar nichts getraut hast. Was haben wir danach gemacht?«

»Ich bin allein gesprungen und du hast es irgendwie geschafft, zur richtigen Zeit deinen Arm an meinen Rücken zu legen, um mich rumzudrehen, sodass ich jedes Mal auf den Füßen gelandet bin.«

»Genau. Und das machen wir jetzt auch.«

»Nein, das ist doch absurd. Ich muss im Moment nicht zwangsläufig Saltos springen.«

»Natürlich musst du das nicht. Aber es ist Samstagvormittag und eigentlich wärst du gerade beim Cheerleadertraining in der Schule. Denkst du, ich weiß nicht, wie gerne du jetzt dort wärst. Aber nachdem du letzte Woche gemerkt hast, dass du nicht mehr richtig mitmachen kannst, hast du für heute abgesagt und das heute Morgen bereits bedauert.«

Das stimmte und wenn ich ehrlich war, vermisste ich den Sport auch. Nur es war mit dem Babybauch einfach unmöglich geworden.

»Püppie, das Spiel, was wir hier spielen, heißt gegenseitiges Geben und Nehmen. Ich helfe dir genauso gerne, wie du mir gerne hilfst. Wir beide müssen nur lernen, dass es uns nicht unangenehm ist, diese Hilfe anzunehmen.«

Eathen stand nur mit einer Jeans und einem kurzärmligen T-Shirt bekleidet barfuß im Schnee, während er mich aufmunternd ansah. Unentschlossen betrachtete ich meinen Bruder, wobei mein Blick an dem Spruch auf seinem T-Shirt hängenblieb. *Ich bin nicht faul. Sondern im Energiesparmodus* stand dort. Bis vor einigen Monaten hatte ich angenommen, dass Eathen diese Einstellung tatsächlich dauerhaft vertrat, doch inzwischen war ich davon überzeugt, dass er viele Aufgaben wahrnahm, von denen ich nur nichts wusste.

Schließlich nahm ich zwei Schritte Anlauf, sprang ab und fühlte in der nächsten Sekunde Eathens Hand in meinem Rücken, die mir den nötigen Schwung gab, um trotz meines durch den Bauch vergrößerten Radius die Drehung in der Zeit bis zum Boden zu schaffen.

Er hatte mit dem Schwung nicht gerade gespart und nach der sicheren Landung stolperte ich einige Schritte vorwärts. Doch das Adrenalin wirkte wie ein Befreiungsschlag. Ich musste unbedingt noch mal springen und Eathen grinste zufrieden.

Lachend, vollkommen außer Atem und mit einem leichten Schwindelgefühl fiel ich nach zehn Minuten und vielen weiteren Sprüngen in die Arme meines Bruders.

»Na das war doch gar nicht so schlecht«, sagte er und hielt mich, bis ich die Welt wieder klar sehen konnte.

»Das war richtig gut«, gab ich zu. »Danke, Eathen.«

»Keine Ursache. Schließlich tue ich das nicht nur für dich, sondern auch für mich selbst, denn mein Glück ist ja bekanntlich an deins gekoppelt. Und ich kann dir mit Sicherheit sagen, dass du die beste Mutter sein wirst, die ein Wolf je hatte.«

»Scherzkeks«, sagte ich.

»Nein, ernsthaft Püppie. Du wirst jemand ganz Besonderes für dein Baby sein. Nebenbei bemerkt, bringst du einen kleinen Wolf zur Welt, den es überhaupt nicht kümmert, ob du ihn mal ein paar Stunden schlafend irgendwo liegen lässt. Er ist dafür gemacht, im Wald zu überleben, also wird es ihm in einem menschlichen Haus mit einem Rudel, das ihn liebt, prächtig ergehen.«

Das klang wirklich überzeugend.

»Kleinen Ausflug auf unser Hausdach gefällig?«, fragte Eathen, bevor ich mir weitere Gedanken machen konnte.

Ich nickte.

»Dann halt dich fest«, trug er mir auf, während er mich an einem Arm auf seinen Rücken zog. Ich schlang meine Beine um seine Hüfte und verschränkte meine Finger vor seiner Brust. Genauso wie im Sommer sprang er zuerst auf unser Treppengeländer, stieß sich dort ab und landete oberhalb der Regenrinne auf den beschneiten Ziegeln. Ich hatte Angst, dass der Schnee durch unser Gewicht ins Rutschen geraten könnte, doch er war so hart gefroren, dass er absolut stabil und griffig war. Ich konnte gut darauf laufen und Eathen blieb nur neben mir, hielt mich aber nicht dauerhaft fest. Am Dachfirst angekommen, schauten wir über die Wiese, auf der immer noch der Nebel lag. Doch er hing so tief, dass wir freie Sicht auf die Bäume am Waldrand hatten. Außerdem brach hier oben dezent die Sonne durch die Wolken. Es war also eine gute Idee gewesen, auf das Dach zu steigen.

»Willkommen in meiner Welt«, erklärte Eathen großspurig, als ich in die wenigen Sonnenstrahlen blinzelte.

»Das hier ist auch meine Welt«, entgegnete ich. »Dieses Haus ist schließlich mein Zuhause, und auch wenn ich ein paar Jahre lang die Augen vor dieser Welt verschlossen habe, gehöre ich trotzdem hierher.«

»Auf unser Hausdach?«, verstand mich Eathen absichtlich falsch.

»In gewisser Hinsicht schon«, bestätigte ich.

»Das freut mich zu hören, Püppie«, sagte er kurz darauf ernsthaft, bevor ein lauter Pfiff durch die Luft schnitt. Ich erschrak und dachte, ich würde ins Schlingern geraten, doch Eathens Hände hatten bereits auf meiner Hüfte gelegen, bevor ich überhaupt zusammengezuckt war. Er zuckte kurz arrogant mit der Augenbraue, um zu betonen, wie toll sein Reaktionsvermögen war und wie sehr er mitdachte.

»Kommt hoch«, rief er dann und im nächsten Moment schwangen sich gleichzeitig zwei Wölfe über die Dachkante und gleich darauf zwei weitere. Auch ohne coole Hintergrundmusik, wie sie in Filmen zu solchen Szenen gehörte, war ich beeindruckt.

»Hey, Püppie«, begrüßte mich Elijah und küsste mich, nachdem er das Dach hinaufgelaufen war.

»Was macht ihr denn alle hier?«, fragte ich in die Runde der vier Wölfe, die bis auf Nathan alle nur eine Unterhose trugen und nun auf unserem Hausdach standen.

»Wenn Nathan und Jamie am Montag den Keller beziehen sollen, dann haben wir an diesem Wochenende alle Hände voll zu tun«, erklärte Mathias.

»Dann solltet ihr vermutlich anfangen«, entgegnete ich und lächelte meinen Bruder an. Ich würde nicht mehr versuchen, mit ihm über mein Mitwirken bei den Umbauarbeiten zu diskutieren. Darin waren die Wölfe einfach schneller und besser als ich. Für mich würde es sicher andere Aufgaben geben. Dankbar sah mich Eathen an, bevor er nach meinem Arm griff, mich auf seinen Rücken hob und synchron zu Elijah vom Dach sprang. Nach der Landung setzte er mich wie selbstverständlich ab und ging ins Haus, als würden wir mehrmals täglich gemeinsam von unserem Dach springen. Doch als ich in mich hineinhorchte, bemerkte ich, dass es sich tatsächlich nicht mehr besonders anfühlte. Jeglicher Adrenalinstoß blieb aus und vermutlich hatte Eathen dieses Gefühl schon bemerkt, bevor es mir selbst gerade klar geworden war. Inzwischen war dies also wirklich meine Welt.

Zwar hatte ich eingesehen, dass ich mich aus den Umbauarbeiten heraushalten musste, aber ich wollte unbedingt wissen, was sich in den Kisten befand, die seit geraumer Zeit in unserem Keller standen. Doch in den ersten Kistenstapeln fanden wir nur altes Geschirr, Vasen und anderen Trödel, bei dem sich keiner von uns erklären konnte, warum mein Vater die Sachen gekauft und dann hier eingelagert hatte. Außerdem dokumentierte der Staub, dass über viele Jahre niemand diese Kisten angerührt hatte. Schließlich bekam ich die hoheitsvolle Aufgabe, den Inhalt der Kisten im Wohnzimmer zusammen mit Nathan im Detail durchzusehen und zu entscheiden, was wir noch für kleines Geld verkaufen könnten und was definitiv auf den Müll gehörte. Die anderen begannen in der Zeit schon damit, die alte Tapete von den Wänden zu reißen und den Teppich zu entfernen. Nathan hatte entschieden, dass ich die Waschküche behalten könnte und mehrmals beteuert, dass ihm und Jamie der riesige Raum, der abzüglich der Waschküche so groß war wie das ganze Erdgeschoss, problemlos reichen würde. Während wir im Keller gewesen waren, hatte ich mir schon überlegt, wie man in dem Raum mit verschiedenen Elementen, Regalen und Farben geschickt mehrere separate Bereiche schaffen könnte. Doch die Frage der Finanzierung war noch nicht geklärt worden und danach richteten sich die Möglichkeiten.

Um im Wohnzimmer etwas Platz zu schaffen, luden die Jungs am frühen Nachmittag einen Teil der Kisten ins Auto, um sie zum Schrottplatz zu fahren – inklusive der Teppich- und Tapetenreste.

Auf den letzten drei Kisten, die wir am Abend öffneten, stand groß der Hinweis *Vorsicht Glas* und ich hoffte wirklich, darin etwas Wertvolles zu finden, aber letztendlich enthielten sie nur in Zeitungen eingewickelte Biergläser.

»Was wollte Dad denn mit Biergläsern?«, fragte ich verständnislos.

»Was wollte er mit all dem anderen Zeug? Denn das sind alles nicht unbedingt Dinge, auf die Wölfe abfahren«, meinte Elijah.

»Zumal einige dieser Sachen nicht mal aus Amerika oder Europa zu sein scheinen. Weiß jemand, was das hier für Schriftzeichen sind?« Ich hielt eines der Zeitungspapiere, in die die Gläser eingewickelt waren in die Runde.

»Das ist indonesisch«, erklärte Mathias. »Euer Vater war mal beruflich in Indonesien, als ihr ein halbes Jahr alt ward. Da muss er die Zeitungen mitgenommen haben.«

»Die Zeitung ist aber von 1988. Da waren wir noch gar nicht auf der Welt«, bemerkte ich mit einem Blick auf das Datum.

Die Wölfe beugten sich darüber, während ich weiter in der Kiste stöberte, in der Hoffnung irgendetwas zu finden. Die Biergläser ganz unten in der Kiste waren nicht in Zeitungspier eingewickelt sondern in Pergament, das sich spürbar anders anfühlte. Ich holte eines der Biergläser heraus und packte es aus.

»Und was ist das?«, fragte ich in die Runde.

Nathan nahm mir das Blatt ab und betrachtete es nur eine Sekunde, bevor er entgegnete: »Das ist Inuinnaqtun.«

Wie im Bund der Familie

Die indonesische Zeitung war mit einem Mal vollkommen uninteressant, weil sich nun alle Wölfe über das Schriftstück beugten. »Könnt ihr es lesen?«, fragte ich.

»Klar«, meinte Karl. »Und ich kenne diese Worte. Das ist die verlorene Schöpfungsgeschichte unserer Art – beziehungsweise ein Teil davon. Schaut mal die Kisten durch, ob ihr noch mehr dieser Seiten findet.«

Wir wickelten alle Gläser dieser Kiste und der zwei weiteren mit der Aufschrift *Vorsicht Glas aus* und fanden exakt die sieben verschwundenen Seiten vom Anfang des Buches.

»Das sind sie«, erklärte Karl und schien nicht recht zu wissen, ob er sich freuen oder wundern sollte.

»Ich verstehe das nicht. Warum kauft mein Vater unendlich viel Zeug, für das er keine Verwendung hat und wickelt Biergläser in die Buchseiten ein, die als verschollen gelten.«

Mathias betrachtete die Kisten und all die Gegenstände, die verstreut in unserem Wohnzimmer lagen.

»Das ist ein Versteck«, verkündete er dann. »All die Sachen dienen nur dem Zweck, die Geschichte zu verstecken, weil er sich sicher sein konnte, dass sich niemand die Mühe macht, all diese Kisten zu durchsuchen.«

»Das heißt dann wohl, dass nicht die Amerikaner die Geschichte aus dem Buch gerissen und gestohlen haben, sondern unser Vater. Nur ergibt es dann überhaupt keinen Sinn, dass er sie so aufwendig versteckt hat. Würde sie tatsächlich irgendeinen Inhalt enthalten, der Eathen und mir gefährlich werden könnte, hätte er die Seiten einfach vernichten können.«

»Vielleicht hat er es nicht übers Herz gebracht«, spekulierte Mathias. »Schließlich war ihm das Buch immer wichtig. Andererseits weiß ich inzwischen nicht mehr, was ich glauben soll. Denn ich hätte Peter auch niemals zugetraut, dass er diese Geschichte klaut.«

Diese Erkenntnis schien ihn traurig zu machen, und wenn Mathias schon so dachte, was sollte ich dann erst glauben. Ich erinnerte mich nur an den Mann, den ich als Kind immer in meinem Vater gesehen hatte. Jemand, der sich die größte Mühe gegeben hatte, für seine menschliche Tochter ein guter Vater zu sein, und gleichzeitig seinem Sohn alles Wölfische beizubringen.

»Vielleicht sollten wir uns mal anschauen, was wirklich auf diesen Seiten steht. Könnt ihr die Geschichte vorlesen?«, fragte ich besonders an Karl und Mathias gewandt.

»Ich kann das zwar verstehen, aber nicht flüssig übersetzten«, erklärte Karl.

»Was hältst du davon, wenn du dir etwas zu Essen machst, und danach kannst du die Übersetzung hören«, schlug Eathen vor.

Erst jetzt bemerkte ich, dass sich mein Bruder in der ganzen Debatte kein einziges Mal ereifert hatte, was ungewöhnlich war, wenn er tatsächlich erst jetzt davon erfahren hatte. Das legte den Verdacht nah, dass Eathen schon länger von dem Zweck des Kistenlagers in unserem Keller wusste. Vielleicht kannte er sogar die Hintergründe dazu. So viele Geheimnisse wie mein Bruder zu hüten schien, würde mich das nicht verwundern.

Als ich seinen Blick auffing, wandte er sich nicht ab, sondern lächelte mich an, woraufhin ich mir vornahm, ihn heute Abend, wenn wir allein waren, auf die versteckte Geschichte anzusprechen.

In der Zeit, in der ich mir mein Abendbrot zubereitete und aß, leistete mir Elijah Gesellschaft, dessen Blick immer wieder zu dem freien Hautstreifen an meinem Bauch wanderte, was ich ziemlich süß fand.

»Woher wisst ihr, welche Buchstaben ein Wort ergeben? Es gibt doch keine Lücken zwischen den Zeichen?«, fragte ich nach dem Essen, als ich Karl und Mathias über die Schulter schaute. Elijah stand hinter mir und streichelte zuerst kaum sichtbar immer wieder über meine Unterarme, bevor er schließlich seine Hände vor meinem Bauch verschränkte. Ich grinste ihn an und er gab mir einen Kuss auf die Stirn, was Mathias, der sich uns zugewandt hatte, mit einem Grinsen kommentierte.

»Wenn man die Wörter kennt, kann man sie gedanklich trennen, so wie man auch einen englischen Text lesen kann, dessen Wörter ohne Lücken und Satzzeichen geschrieben sind. Es ist nur etwas beschwerlich. Deshalb wurden ja irgendwann Satzzeichen und Lücken eingeführt. Außerdem gibt es mehr als diesen einen Grund, warum die Sprache ausgestorben ist.«

Da Karl und Mathias noch etwas Zeit brauchten, gingen Nathan, Eathen, Elijah und ich runter und schauten uns den leeren Kellerraum an.

»Viel ist hier nicht mehr zu machen«, meinte Nathan zufrieden.

»Naja, tapezieren, Parkett verlegen, Möbel kaufen und aufbauen«, wandte ich ein.

»Wir sind zu fünft, Püppie. Das ist in einem halben Tag erledigt«, bemerkte Eathen großspurig.

»Wie ist das eigentlich mit der Finanzierung?«, wollte ich wissen, nachdem ich meinen Bruder kopfschüttelnd angelächelt hatte.

»Na wie wohl?«, entgegnete Elijah. »Nathan hat quasi überhaupt kein Geld und ihr braucht all euer Geld für andere Dinge. Also bezahlt das natürlich mein Vater. Und bevor du dich darüber aufregst, denk einfach mal darüber nach, dass es ihn beleidigen könnte, wenn du ihm immer wieder verbietest, seiner Familie, die ihm am meisten auf der Welt bedeutet, mit ein paar hundert Dollar auszuhelfen«, fügte er hinzu, als ich gerade für meinen Einspruch Luft geholt hatte. Doch sein entwaffnendes Lächeln und die wirklich gute Begründung erstickten meinen Protest. Zumal ich mit der Anschaffung der Möbel im Grunde gar nichts zu tun hatte. Es war eine Sache zwischen Mathias und Nathan.

Ich ließ meinen Blick durch den großen rechteckigen Raum wandern und versuchte, ihn mir mit Wandfarbe und Parkett auf dem Boden vorzustellen. Würde man dann noch ein paar Spiegel aufhängen, hätte man ein Tanzstudio.

»Woran denkst du?«, fragte Elijah mit seiner melodischen Stimme.

»Ist nicht so wichtig«, winkte ich mit einem Blick auf Nathan und Eathen ab. Mein Bruder tauschte nicht mal einen Blick mit mir, bevor er Nathan aufforderte, mit ihm nach oben zu gehen. Kaum war die Kellertür hinter den beiden geschlossen, schaute Elijah mich fragend an und ich erzählte ihm von meinem Gedanken an ein Tanzstudio.

»Hast du dir früher mal gewünscht, hier ein Tanzstudio einzurichten?«, fragte er.

»Nein. Sie ist mir gerade erst gekommen, als ich gesehen habe, wie groß der Raum eigentlich ist.«

»Was hältst du denn davon, aus dem Raum spontan ein Tanzstudio zu machen, auch wenn hier noch kein Parkett liegt?«

Er bot mir seine Hand an, als würde er mich auf die Tanzfläche führen wollen. Lächelnd griff ich danach, woraufhin er in einer schnellen Bewegung das Licht im Raum ausschaltete. Zwar besaß das Zimmer Fenster, die bis zur Mitte der Wände reichten, sodass tagsüber viel Licht in den Raum fiel, doch draußen war es inzwischen stockfinster und so konnte ich nur seine leuchtenden Augen sehen. Schätzungsweise in der Mitte des Raumes schob er zärtlich seine freie Hand in meinen Rücken und dann tanzten wir beinahe nur auf der Stelle eng umschlungen zu einer Musik, die keiner von uns hörte. Trotzdem war es ein schöner Moment. Zufrieden lehnte ich meinen Kopf an seine Schulter. Doch Elijah ließ mich nur kurz zur Ruhe kommen, dann drehte er mich unter seinem Arm hindurch, bevor er mich hochhob, und sich mit mir auf dem Arm schnell im Kreis drehte. Ich spürte den Wind der Bewegung und sah dennoch nur seine leuchtenden Augen wenige Zentimeter von meinen entfernt.

Als wir hochkamen, saßen alle Wölfe auf dem Sofa und unterhielten sich so gedämpft, dass ich Mühe hatte, sie zu verstehen. Elijah und ich setzten uns dazu, woraufhin Karl nach einem Stapel an Zetteln griff, die vor ihm auf dem Tisch lagen.

»Soll ich sie vorlesen?«, fragte mich Karl und ich nickte.

»Sonne und Mond standen sich am Himmel gegenüber, liebend und doch nicht vereint, weil sie der gleichen Hand entstammten«, begann er. »Mond war eine Frau, Sonne hingegen ein Mann von großer Stärke, nur sein Herz wurde weich, wenn er das Antlitz seiner Ebenbürtigen erblickte.

Mond hingegen war ein zartes Kind, doch ihr Lächeln war ebenso stark, wie das ihres Bruders. Sie herrschten eine Weile gemeinsam über das Land, das ihnen eigen war. Menschen, Pflanzen und Tiere sprossen daraus und freuten sich ihres Daseins auf Erden. Aber wie es geschah, sollte die Freude der Geschöpfe auf Erden nicht ewig weilen. Denn es gab das Schlechte in der Welt, das ihre Körper bersten ließ und bald darauf quälten sie sich, konnten aber der Aufsicht unter Sonne und Mond nicht entfliehen.

Der Anblick des Lebens auf der Erde stach den Göttern in ihr Herz. Sie wollten alles Leben von ihrem Leiden erlösen und von da an bestimmte der Tod das Geschehen auf der Erde.

Einst kam es, dass ein Mann mit einem wunderschönen Lächeln der Erde sehr nah kam. Als er hinter der Mondherrin aufragte, verlor sie sich in seinem Schein und ihm erging es ebenso. Jedoch konnte er nicht lange verweilen. Daher gab er ihr das Versprechen, im nächsten Jahr wieder diesen einen Tag mit ihr zu teilen. Schwelende Gefühle wuchsen daraufhin in dem Herrn der Sonne. Er erkannte, dass er seine Geliebte, die Herrin des Mondes, nie erreichen könnte, auch wenn sie sich noch so nah standen. Zorn nagte an seinem Antlitz. Daraufhin fegten Feuerstürme über die Erde und löschten mit ihrer gleißenden Lava viele tausend Leben aus. Der zarten Mondherrin missfiel dies und sie bat den Herrn der Sonne um Mäßigung. Da sprach er zu seiner Schwester über die Wogen aus weißen Wolken am Himmelszelt:

„Liebste Schwester, vermagst du es, gegen mich anzutreten, oder fürchtest du den Wettkampf gegen mich, dessen Einsatz unser Licht sein wird? Die Prüfung wird sein, das schnellste und zugleich stärkste Geschöpf der Erde zu töten. Sieh, es verbirgt sich in den dichten Wäldern. Spüre es auf mit List. Ich werde es dir gleich tun.“

Die Sonne jedoch hatte die Gewissheit des zarten Herzens seiner Schwester. Träte sie an, könnte sie nicht bestehen und würde ihr Lächeln verlieren, das dem Konkurrenten so gut gefiel. Sie wäre dann so schwach, dass der Konkurrent sie nicht mehr erblicken könnte und nie mehr zu ihr fände.

Die Herrin des Mondes ließ die Prüfung geschehen, obwohl sie wusste, dass ihr Herz es nicht ertragen würde, einen Wolf zu töten. Der Wolf hatte die Vollkommenheit aus Schnelligkeit, List und Stärke wie kein anderes Tier oder gar der weniger vollkommene Mensch, obwohl er es als einziger vermochte, den Wolf zu töten.“

Mein Bruder warf mir ein überhebliches Denk-immer-daran-Lächeln zu.

»Die Sonne hatte ihr Opfer schnell gefunden und ihm den Tod gebracht. Die Mondherrin war ebenso schnell gewesen. Auch sie wollte ihr Opfer töten, aber als sie die Qualen des verwundeten Tieres sah, brachte sie es nicht übers Herz. Sie heilte den verwundeten Wolf und schenkte ihm, aus einem Fehler heraus, ewiges Leben, so wie es den Geschöpfen der Erde einst eigen gewesen war, bevor sich Sonne und Mond ihrer Qualen erbarmt hatten. Gleich darauf verlor der Mond ihr Licht, ihren Liebhaber jedoch nicht. Jedes Jahr war es ihnen vergönnt, sich an einem einzigen freudigen Tag zu treffen.

Lange Zeit gab es keine Möglichkeit, den Irrtum an dem Wolf zu beheben, und so überwachte die Herrin des Mondes ihn nach ihrer Schmach stets viele Jahre lang. Er wurde unglaublich alt und bekam doch keine Schmerzen, wie all die anderen Geschöpfe der Erde, weil er von seiner Herrin ebenso die Fähigkeit geerbt hatte, sich vor Krankheiten zu hüten. Die Mondherrin taufte ihren Schützling Mondauge, weil seine Augen in der Nacht ebenso hell leuchteten wie der Mond selbst. Mondauge verehrte seine Herrin und genoss es, in ihrem Schein durch die kühle Nacht zu laufen. Die Hitze der Sonne jedoch war ihm zu wieder.«

Auch dieses Detail ebenso wie die leuchtenden Augen des Wolfes kam mir sehr bekannt vor.

»In seinem unnatürlich langen Leben sehnte sich Mondauge zusehends nach mehr und so kam es, dass er oft aus dem Verborgenen die Menschen auf ihrer Jagd durch den Wald beobachtete, denn er verstand ihre Worte ebenso wie die Sprache der Wölfe. Nach vielen Jahrzehnten begegnete Mondauge im Wald einer Herrin und ihrer Dame. Die Pferde bäumten sich auf, als sie den großen Wolf erblickten, und die Herrin wurde aus dem Sattel geworfen. Mondauge sorgte die ganze Nacht für sie, leckte ihre Wunden und beschützte sie vor anderen wilden Tieren, während er die Bewegung ihrer Finger in seinem Fell und ihre Worte in seinen Ohren genoss. In dieser Nacht entstand eine Verbindung zwischen beiden, die es ihm unmöglich werden ließ, sie nie wieder zu sehen. Er wollte sie bis zu ihrem Tod beschützen, doch er musste zusehen, wie sie ihn am Morgen verließ. Ohne Sinn wandelte er durch den Wald, und als sich die Nacht darüber legte, heulte er den großen, runden Mond an. Nur ihm war es vergönnt, das

Geheimnis der ewigen Wiedergeburt seiner Herrin zu kennen. Durch die Verbindung zu ihr wusste er von den drei Lebensfäden: Der Schöpfung, der Erhaltung und der Zerstörung, die in der Vergangenheit, der Gegenwart und der Zukunft herrschten. Denn in ihm lebte die Erkenntnis, dass ohne die Zerstörung nichts Neues entstehen konnte, ebenso wie in Mond und Sonne, die das Leben der Erde vor langer Zeit ihrem Schein unterworfen hatten und damit die Erlösung vom Leiden in die Welt gebracht hatten.

Als er nun da saß und seine Göttin besang, weckte er erneut ihr Mitgefühl und sie schlossen einen Pakt miteinander, denn nur so war es der Mondgöttin möglich, ihm die Unsterblichkeit zu entziehen, die keinem Wesen auf Erden gehören sollte. Er band sein Leben an das seiner Geliebten. Im Gegenzug schenkte die Mondherrin ihm den Wechsel in eine menschliche Gestalt, sodass er zu seiner Geliebten gehen konnte, wann immer er wollte, um so für den Schutz ihres Lebens Sorge zu tragen. Nur unter dem Licht des Vollmondes, das sein Fell streichelte wie die Küsse seiner Geliebten seine menschliche Haut, sollte er ein Wolf sein, im Gedenken an seinen Ursprung.

»Jade verliert sich, Gold löst sich auf, Quetzalfedern brechen. Nichts ist für immer auf dieser Erde: Nur für eine begrenzte Zeit. Nun bist auch du ein Teil dieses ewigen Kreislaufes von Tod, Auferstehung und Wiedergeburt. Denn Menschen, Tiere und Pflanzen erlöschen wie Funken in der Nacht, aber dennoch ist nichts wirklich verloren. Ihre Geschichten, Gedanken und Gefühle wie Trauer, Freude, Glück oder Liebe wiederholen sich, ebenso wie der Regen aus dem Boden steigt, um dann erneut aus den Wolken zu fallen. So wie die toten Pflanzen wieder zu Erde werden, aus denen dann erneut das Leben sprießt. Und ebenso wie ich meine Phasen von Geburt, Wachsen und Sterben am Himmel zeige. Ich werde immer in dir und deinen Nachkommen weiterleben und ihr werdet dem Verfall nicht untergeordnet sein. Dennoch müsst ihr nach einer Zeit Platz für das neue Leben schaffen. Und irgendwann wird sich auch meine Geschichte wiederholen und dann werden deine Nachkommen bei ihrer Geburt keiner Frau mehr den Tod bringen. Aber bis dahin hüte dich davor und gebe dieses Wissen an alle weiter, denen du das Leben schenkst", sagte sie zum Abschied.«

Die Worte lösten ein Prickeln auf meiner Haut aus, was Eathen und Elijah nicht entging. Es waren alte Worte, die trotz der Übersetzung immer noch eine prophetische Wirkung hatten. Auch wenn es fragwürdig war, ob dies tatsächlich eine Göttin gesagt hatte.

»Mondauge wandte sich dankbar um. Die Unsterblichkeit aufzugeben, war dieses Glück, das er nun vernahm, vollends wert. Sein ganzer Körper verzehrte sich in freudiger Erwartung nach seiner Geliebten.

„Dieses Gefühl, das du nun spürst, soll dich bis zum Tod begleiten und deinen Nachkommen soll es genauso widerfahren. Immer am Tag meines Glückes, wenn ich mit meinem Geliebten vereint bin, sollt auch ihr euch an jemanden binden, mit dem ihr gemeinsam altert und schließlich sterben müsst."«

Karl legte die Papiere mit der Übersetzung zurück auf den Tisch.

»Das war die Geschichte. Unsere Übersetzung war etwas holprig, aber wir wollten so nah wie möglich am Originaltext bleiben, falls sich darin doch noch eine wichtige Information verbirgt.«

»Soweit ich das verstanden habe, beschreibt die Geschichte nur allgemeine Wolfsgrundsätze wie die Unverwundbarkeit, die Prägung, die Unverträglichkeit des Blutes bei der Entbindung. Und diese wagemutige Prophezeiung, dass sich die Geschichte der Mondgöttin wiederholen wird, aber wie glaubhaft ist das?«

»Nicht zu vergessen die Beschreibung eines besonderen Bruder-Schwester-Verhältnisses«, ergänzte Nathan.

»Man muss aber auch bedenken, dass es in alten Indianerstämmen früher nichts Besonderes war, wenn ein Bruder sehr stark auf seine Schwester achtgegeben hat und nicht wollte, dass sich jeder X-beliebige Typ an sie ranmacht. Außerdem müssen Sonne und Mond natürlich der gleichen Hand entstammen, weil es nur einen großen Geist gibt, der zur Schöpfung von Himmelskörpern fähig ist«, warf mein Bruder ein.

»Können wir uns vielleicht darauf einigen, nicht an eine Mondgöttin zu glauben?«, fragte ich in die Runde. »Sondern stattdessen überlegen, welche Informationen der Verfasser dieser Geschichte haben konnte, die in die Geschichte eingeflossen sind?«

»Niemand von uns glaubt, dass es tatsächlich ein Gespräch zwischen einer Mondgöttin und einem unsterblichen Wolf gab«, betonte Karl. »Anderseits ist es auch sehr unwahrscheinlich, dass sich jemand eine solch detaillierte Prophezeiung frei ausgedacht hat, zumal sie mit Eathen und dir als erfüllt betrachten werden könnte?«

Das müsste in der Tat ein recht großer Zufall sein.

»Deshalb haben wir uns genau die gleichen Fragen auch schon vor achtzehn Jahren gestellt«, fuhr Karl fort.

»Und was ist damals herausgekommen?«, wollte ich wissen.

»Wir haben ewig überlegt, doch es gab absolut keine Anhaltspunkte, um herauszufinden, was der Schreiber dieser Geschichte wusste. Es ist nicht mal klar, wie viele Leute bei der Entstehung der Geschichte mitgewirkt haben oder wann sie verfasst wurde«, erklärte Karl.

»Wir wussten das *damals* nicht. Aber ich glaube, dass Peter das Rätsel gelöst hat, und da ich davon überzeugt bin, dass Peter kein einziges seiner Geheimnisse mit ins Grab genommen hat, gibt es jemanden in diesem Raum, der die Hintergründe der Prophezeiung kennt.« Mathias schaute Eathen auffordernd an.

»Ich weiß nichts darüber«, behauptete mein Bruder.

Mathias schnaubte wütend. »Das war gelogen und das weißt du auch.«

»Mag sein«, entgegnete mein Bruder mit einem gelassenen Lächeln. »Du kannst ja versuchen, in meinen Gedanken eine Antwort zu finden.«

Mathias schüttelte den Kopf, öffnete seine vor Wut geballten Fäuste, atmete tief durch und lehnte sich schließlich zurück.

»Ich denke nicht, dass wir so weiterkommen«, erklärte ich schließlich. »Und wir können auch erst morgen die weiteren Materialien für den Keller einkaufen gehen, also solltet ihr jetzt vermutlich nach Hause gehen. Das war ein langer Tag.«

Ich streckte mich und stand auf. Auch die anderen erhoben sich. Gleich darauf verabschiedete ich Karl, Mathias und Elijah an der Terrassentür und sah zu, wie sie im Wald verschwanden.

»Cat, wir müssen Alana möglichst bald die Wahrheit sagen«, meinte Nathan, als ich ihn gerade ebenfalls verabschieden wollte. »Ich kann sie nicht länger hinhalten.«

»Ich weiß. Was hältst du davon, wenn ich am Dienstag früher

Schluss mache und sie bitte, nach der Arbeit mit hierher zu kommen.«

»Das wäre klasse«, sagte Nathan, doch ihm war anzusehen, was für ein mulmiges Gefühl er beim Gedanken, Alana von seiner wölfischen Seite zu erzählen, hatte.

»Sie wird dich danach immer noch mögen«, versuchte ich ihn aufzumuntern.

»Das hoffe ich«, entgegnete er mit einem Lächeln, bevor er sich ebenfalls von mir verabschiedete.

Nachdem ich die Tür hinter Nathan geschlossen hatte, sah ich meinen Bruder lange an.

»Was ist los?«, fragte er irritiert und konnte sich offensichtlich nichts aus meinen Gefühlen zusammenreimen.

»Sind wir allein?«, fragte ich, nachdem ich mich auf die Couch gesetzt hatte und deutete an meinen Kopf. Im selben Moment sah ich, wie Eathen begriff, was ich mit ihm bereden wollte, aber er wandte sich nicht ab.

»Ja, im Moment sind wir allein.«

»Gut. Dann behalt die anderen mal im Blick und sag mir Bescheid, wenn uns jemand zuhört.«

»Wird das jetzt eine Verschwörung?«, fragte mein Bruder grinsend.

»Sicherlich nicht. Ich möchte einfach nur wissen, seit wann du weißt, dass diese Geschichte bei uns im Keller liegt?«

»Wie kommst du darauf, dass ich es schon länger wissen könnte?«, fragte Eathen, doch seine Stimme war nicht ablehnend oder trotzig. Ihn interessierte wirklich, wie ich es erfahren hatte.

»Du hättest dich viel mehr aufgeregt, wenn du es wirklich erst heute durch Zufall erfahren hättest, aber du warst vollkommen gelassen. Und ich weiß, dass ich dir versprochen habe, keine Fragen zu stellen. Ich will auch nicht alles wissen und vertraue dir nach wie vor, aber ich würde gerne ein bisschen mehr erfahren. Denn inzwischen habe ich keine Ahnung mehr, wer Dad war und was er eigentlich gemacht hat. Ich war noch ein kleines Mädchen, als er starb, und vielleicht kannte ich nur eine Seite von ihm. Möglicherweise war er in Wahrheit jemand anderes, als ich immer dachte. Oder er hat diese Dinge wirklich nur für sich behalten, um uns zu schützen. Nur warum hat er dir dann alles erzählt und mir gar nichts. Meine Gedanken sind schließlich noch sicherer als deine.«

»Ach, Püppie«, sagte Eathen liebevoll und wollte mich in seinen Arm ziehen, doch ich musste nicht getröstet werden. Eathen akzeptierte das und legte nur seine Hand auf meinen Oberschenkel. Doch bei der Berührung blieb sein Lächeln aus. Er unterdrückte es, weil er es in dieser Situation unpassend fand, sich über die Berührung zu freuen.

»Dad war genau der, den du immer in ihm gesehen hast. Er hat uns beide über alles geliebt und seine oberste Priorität war es, dafür zu sorgen, dass wir glücklich alt werden. Er hat die Verbindung zwischen uns in den ersten Tagen nach unserer Geburt entdeckt und sofort alles in den Gang gesetzt, um möglichst viele Informationen darüber zu finden. Seine ersten Erkenntnisse hat er noch mit den anderen Rudelmitgliedern geteilt, doch nachdem er begriff, in welche Richtung sie dachten und dass sie uns für ihre Zwecke benutzen wollten, hat er jede weitere Erkenntnis für sich behalten. Er hat einen Weg gefunden, die Gedanken vor ihnen zu verbergen, und es mir beigebracht. Ich behalte all die Erkenntnisse über unsere Verbindung nur für mich, weil ich weiß, dass Elijahs und Mathias Gedanken nicht sicher sind. Außerdem möchte ich die Entscheidungen zu deiner Sicherheit alleine treffen und nicht mit ihnen diskutieren.«

»Das bedeutet, es gibt eine Erklärung für die präzise Prophezeiung in der Geschichte?«

»Ja. Und es ist keine Magie, denn niemand kann in die Zukunft sehen. Aber ich werde dir das nicht erzählen aus dem gleichen Grund, aus dem Dad dir nichts gesagt hat. Du musst das nicht wissen. Vorläufig reicht es, wenn du alles nur unterbewusst spürst.«

»Wie meinst du das?«

»Dad hat dir unter anderem nicht von seinen Erkenntnissen erzählt, weil ich ihn darum gebeten habe. Denn ich wollte nicht, dass du von meinen Gefühlen für dich erfährst. Aber unterbewusst hast du immer gewusst, dass du dich auf mich verlassen kannst, genauso wie du dir intuitiv natürlich Elijah als Freund ausgesucht hast. Tief in deinem Inneren weißt du also bereits all diese Dinge, die dich unglaublich überraschen würden, wenn ich sie dir jetzt erzähle.«

»Jetzt fühle ich mich schon viel besser«, meinte ich sarkastisch.

»OK, vielleicht war das zu geheimnisvoll formuliert«, gab mein Bruder zu.

»Ein bisschen«, bestätigte ich.

»Vergiss, was ich dir gesagt habe. Wichtig ist, dass Dad genau derjenige war, den du in Erinnerung hast. Und zu deiner ursprünglichen Frage: Die Geschichte hat er aus dem Buch gerissen, um sie als Beweisstück zu beseitigen, weil Max seine Argumentation darauf aufbaute. Gleichzeitig brauchte er sie für seine Forschungen. Es ist ihm zwar nicht leicht gefallen, die Seiten aus diesem alten Familienerbstück herauszureißen, aber wir waren ihm immer wichtiger als die Tradition oder irgendeine Regel.« Eathen lächelte mich an und allmählich fühlte ich mich besser. »Als wir fünf waren und er die Geschichte nicht länger brauchte, wollte er die Seiten wieder ins Buch einkleben. Auch weil Mathias und Karl die Amerikaner verdächtigten, die Geschichte geklaut zu haben, und darüber ein Streit mit ihnen ausgebrochen war. Peter wollte die Wogen glätten, doch ich habe ihn angefleht, es nicht zu tun, falls du jemals dieses Buch finden würdest.«

»Eathen, ich kann diese Sprache überhaupt nicht lesen. Außerdem konntest du dir jahrelang sicher sein, dass ich dieses Buch niemals anrühren würde.«

»Das stimmt zwar, aber Dad hatte mir erklärt, dass irgendwann der Tag kommen würde, an dem du einen Blick hineinwerfen wirst, weil du dir nicht anders zu helfen weißt. Dann hättest du entweder auf eigene Faust versucht, das zu übersetzen, oder einen anderen Wolf gefragt, und ich wollte nicht, dass du je von unserer Verbindung erfährst. Damals wusste ich noch nicht, dass es die beste Entscheidung meines Lebens sein würde, dir die Wahrheit zu sagen. Ich war nur davon überzeugt, dass du verschwinden würdest, sobald du davon wüsstest.«

»Das bedeutet, du weißt seit über zehn Jahren, dass diese Geschichte dort unten im Keller liegt und all die Kisten als Versteck dafür dienen?«, fasste ich zusammen, woraufhin Eathen nickte.

»Lagerten dort unten noch weitere Unterlagen?«

Eathen grinste mich an. »Ja, zeitweilig waren noch weitere Dokumente in den Kisten versteckt.«

»Wo sind die Sachen jetzt?«

»Ich hab sie auswendig gelernt und verbrannt, weil es mir sicherer erschien. Und könntest du jetzt bitte aufhören, mich auszufragen.«

»Das hast du gerade nicht nur zu mir gesagt, oder?«, erkannte ich.

»Nein, Mathias hat sich gerade eingeklinkt. Er hofft schon Ewigkeiten, dass du mehr aus mir herauskriegst. Aber ich würde diese Dinge nicht mal jemandem erzählen, wenn ich sturz-betrunken wäre, denn hier geht es um deine Sicherheit und alles, was damit zusammenhängt, läuft bei mir quasi auf Reflexebene mit Gehirnbeteiligung ab.«

»Das ist neurologisch unmöglich«, bemerkte ich.

»Ist doch egal. Ihr habt beide verstanden, was ich meinte.«

Und da auch ich zu einem kleinen Teil wölfisch bin

Am Sonntagmorgen fuhren wir mit zwei Autos in den Baumarkt und von dort aus weiter ins Möbelhaus, um alle Materialien zu kaufen, die wir für den Ausbau des Kellers benötigten. Danach waren die Wölfe den ganzen Tag mit den Renovierungsarbeiten beschäftigt, wobei ich nicht helfen konnte.

Als Mathias und Karl um neun Uhr abends gingen, war der Raum fertig eingerichtet. Eine Wand hatten sie grün gestrichen, die anderen waren weiß und sowohl in dem kleinen Flur als auch in dem großen Raum lag Parkettboden. Außerdem hatten wir den Raum durch mehrere verschiebbare Sichtvorhänge mit Waldmotiven in unterschiedliche Bereiche eingeteilt, sodass Jamie sein eigenes abgetrenntes Zimmer erhielt, ebenso wie Nathan und zusätzlich ein gemeinsamer Wohnbereich mit einem Sofa in der Mitte entstand. Zwar hatte keiner der beiden nun wirklich seine Privatsphäre, aber Nathan behauptete, dass Wölfe auch keine Privatsphäre brauchten. Genauso wie sie nur eine spärliche Einrichtung benötigten. So besaß jeder von ihnen nur ein breites Bett, einen Kleiderschrank und ein Regal. Einen Fernseher würde Nathan sich selbst kaufen, sobald er ausreichend Geld dafür zusammen hatte. Durch die hellen Möbel wirkte der Raum schon ohne Tageslicht viel größer als zuvor. Außerdem war erkennbar, dass hier zwei Wölfe leben würden.

Als Nathan alle Fenster aufriss, um den Geruch der frischen Farbe und des frischen Parkettbodens zu beseitigen, gingen Elijah und ich zurück in unsere Wohnetage. Doch kaum hatte mein Freund die Kellertür hinter uns geschlossen, hob er mich auch schon auf seinen Arm und küsste mich, während er sich mit dem Rücken gegen die Kellertür lehnte. Doch mit dem Babybauch war auch das nicht so einfach wie zuvor und deshalb lagen wir schon bald zusammen auf der Couch.

»Warte mal«, unterbrach ich ihn nach kurzer Zeit. »Ich will hier nicht rummachen, wenn Eathen uns jederzeit über den Weg laufen kann.«

»Dein Bruder ist im Wald. Aber wir müssen trotzdem nicht rumknutschen, wenn du nicht willst. Mir reicht es auch, dich einfach nur zu berühren. Aber das brauche ich jetzt nach so langem Werkeln als Belohnung.«

Ich lächelte ihn geschmeichelt an, bevor ich ihn erneut küsste. Dabei glitt seine Hand unter mein T-Shirt und streichelte liebevoll über meinen Bauch. Es war wirklich echte Freude, mit der er unser Kind erwartete. Als ich kurz darauf in seinem Arm lag, krempelte er mein T-Shirt vollständig hoch und betrachtete begeistert meinen Babybauch.

»Hey, schau mal«, rief er nach wenigen Sekunden, woraufhin ich eilig meinen Bauch betrachtete und gerade noch die kleine Pfote sah, mit der mein Baby von innen gegen die Haut trat. Einen Augenblick später war sie verschwunden. Überrascht sahen wir uns an, bevor ich ihn zu mir zog und ihn küsste. Nur wenn man von einem Wolf schwanger war, konnte man so etwas erleben.

»Hast du das schon mal gesehen?«, fragte er anschließend.

»Nein. Aber Nathan hat mir erzählt, dass sie sich ab dem sechsten Monat verwandeln können und so etwas wohl häufiger vorkommt.«

»Nur sind wir vermutlich die ersten, für die es nicht bedeutet, sich bald voneinander verabschieden zu müssen«, fügte Elijah hinzu.

»Vermutlich«, bestätigte ich und wollte Elijah gerade küssen, als mir der Kleine erneut heftig gegen die Bauchdecke trat. Sofort schauten wir beide auf meine Haut und diesmal sahen wir eine winzige Hand.

»Dann ist es jetzt wohl offiziell, dass er ein Wolf ist und sich bereits verwandeln kann«, meinte Elijah und wirkte sehr glücklich. Trotzdem betrachtete er mich aufmerksam, um meine Gefühle abzuschätzen.

»Ein magisches Wolfsbaby in sich zu tragen, ist schon ziemlich cool«, sagte ich und das gab Elijah noch mehr Grund zur Freude, als die Pfote seines Sohnes durch meine Bauchdecke zu sehen.

Elijah übernachtete bei mir und weckte mich am nächsten Morgen, wie vereinbart, schon um vier Uhr in der Früh. Da wir gestern Abend nicht unbedingt zeitig schlafen gegangen waren, war ich hundemüde, als ich auf den Rücksitz von Mathias Auto stieg und mich neben Elijah setzte. Aber es war nötig, so früh aufzustehen, da wir circa fünf Stunden fahren mussten, um Jamie in der ersten Pause auf dem Schulhof abfangen zu können.

Als ich um acht Uhr von gleißendem Sonnenlicht geweckt wurde, war das Einsteigen ins Auto nur eine kurze Unterbrechung meines Schlafes gewesen. Müde blinzelte ich, bis ich etwas erkennen konnte. Vor dem Fenster war ein langer Highway zu sehen und wir flogen förmlich auf der linken Spur an den anderen Autos vorbei.

Elijah hielt mich im Arm, Eathen saß neben mir, Karl auf dem Beifahrersitz, Nathan hinter uns im Kofferraum und Mathias fuhr den geräumigen Familienvan.

»Hey, kleine Schlafmütze«, begrüßte mich Elijah und gab mir einen Kuss auf die Wange.

Noch immer verschlafen, strich ich mir die warm gelegenen Haare aus dem Gesicht, was meinem Bruder ein Lächeln entlockte, und an seinem Gesichtsausdruck erkannte ich, dass er mich gerade mal wieder für besonders süß hielt.

»Wo sind wir?«, fragte ich, nachdem ich vergeblich versucht hatte, meiner Umgebung eine geografische Region zuzuordnen.

»Kurz hinter der Grenze«, antwortete Mathias.

»Wir brauchen noch in etwa eine Stunde, bis wir da sind«, beantwortete Eathen meine eigentliche Frage, ohne dass ich sie stellen musste.

Müde kuschelte ich mich erneut in Elijahs Arm, während leise Radiomusik zu uns auf die Rückbank drang und das eingebaute Navigationsgerät hin und wieder den Weg erklärte.

»Weiß Jamie inzwischen, dass wir kommen?«, wollte ich wissen, als wir eine Kleinstadt erreichten.

»Er weiß es und unsere restliche Familie mittlerweile auch. Genau deshalb holen wir ihn ja von der Schule ab, weil sie dort keinen Aufstand machen werden. Sie haben ihm zwar schon aufgetragen, sofort krank zu tun, damit sie ihn abholen können, aber er hat sich partout geweigert, und ohne dass Fragen gestellt werden, können sie ihn nicht einfach aus dem Unterricht rausholen«, erklärte Nathan.

»Und wie verhindern wir, dass sie ihn in der Pause einfach schnappen und mit ihm nach Hause fahren?«

»Wir werden rechtzeitig vor dem Pausenbeginn an seiner Schule sein. Und während einige Lehrer und ein paar hundert Schüler zusehen, können sie ihn zu nichts zwingen. Jamie weiß, dass er sich die ganze Zeit unter Menschen aufhalten muss. Also dürfte es kein sonderliches Problem sein, ihn zu unserem Auto zu bringen.«

»Aber werden sie ihn danach einfach gehen lassen?«

»Tatsächlich haben sich Laurel und Max inzwischen damit abgefunden, dass Jamie bei uns leben wird. Sie vertreten jetzt die Auffassung, dass Jamie ohnehin nur eine Last für jeden darstellt, der sich um ihn kümmern muss. Das haben sie ihm mehrfach deutlich gesagt und diese freundlichen Abschiedsworte seiner Familie wird er sicher immer im Gedächtnis behalten. Die einzigen, die jetzt noch etwas dagegen haben, dass Jamie zu uns zieht, sind Aiden und Josh. Ihnen geht es tatsächlich darum, ihren Bruder nicht zu verlieren. Denn beide mögen zwar Arschlöcher sein, die sich kein einziges Mal zu Jamies Schutz gegen Laurel oder Max aufgelehnt haben, aber dennoch haben sie ihn gern. Sie waren es auch, die Jamie getröstet haben, nachdem ich weggegangen bin.«

»Also werden Aiden und Josh an der Schule auf uns warten?«

»Ja, das werden sie. Wenn wir angekommen sind, steige ich aus, und regle das mit ihnen, während Eathen mir Rückendeckung gibt. Alle anderen passen hier im Auto auf dich auf.«

»Sollte ich nicht doch besser mitkommen? Wölfe lassen sich so leicht von anderen Wölfen provozieren.«

»Kommt gar nicht in Frage«, sagte Eathen und ausnahmslos stimmten ihm alle zu.

»Ich glaube, du vergisst, dass es dein Blut ist, das sie haben wollen«, meinte Nathan. »Zwar haben die beiden den klaren Auftrag bekommen, dich in Frieden zu lassen, aber sie haben es Laurel nicht geschworen und ich weiß nicht, was geschieht, wenn sie dich direkt vor ihrer Nase sehen. Wir wollen keinen Ärger heraufbeschwören, also bleibst du im Auto. Und selbstverständlich wird sich die Wiedersehensfreude mit meinen Brüdern in Grenzen halten, aber ich kenne Aidens Psychospielchen, und wenn Eathen dabei ist, hat mein Bruder keine Macht mehr über mich. Also wird es keine Probleme geben.«

Das klang sehr optimistisch. Fast schon ein bisschen dämlich, sodass es mir schwerfiel zu glauben, dass es tatsächlich so einfach werden würde.

»Püppie, Laurel und Max sind davon überzeugt, dass sie das, was sie wollen, auch bekommen. Deshalb müssen sie nicht zuschlagen, wenn du direkt vor ihnen stehst, sondern können ihrer Auffassung nach, einfach warten, bis du die Geburt überlebt hast und dann durch unsere Vordertür spazieren, um dein Blut abzuholen«, erklärte Eathen.

In den meisten Fällen vertraute ich Eathen zwar, dass er mich beschützen konnte, aber ich hatte keine Ahnung, wie mein Bruder verhindern wollte, dass es dazu kommen würde. Hoffentlich hatte er ein paar sehr gute Trümpfe im Arm, mit denen wir unsere Familie beschützen könnten. Ansonsten würde mein Baby nicht lange in den Genuss kommen, eine Mutter zu haben.

Mathias parkte das Auto ganz hinten auf dem Parkplatz der Schule, der ungefähr drei Mal so groß war, wie der Parkplatz unserer ehemaligen Schule, von dem riesigen Schulgebäude, das ich durch die getönten Scheiben von Mathias Wagen erkennen konnte, ganz zu schweigen.

Eathen und Nathan stiegen aus und liefen wie ein Mordkommando in schnellen, gleichförmigen Schritten auf das Schulgebäude zu. Noch hatte es nicht zur Pause geläutet und weit und breit war auch nichts von Aiden und Josh zu sehen. Doch ich konnte nicht glauben, dass sie noch nicht hier waren. Deshalb wagte ich einen Blick in Eathens Gedanken. Er hatte die beiden fremden Wölfe bereits wahrgenommen. Sie standen am anderen Ende des Schulhofes neben ihrem Auto und schauten finster zu Nathan und meinem Bruder hinüber, bevor sie einen Blick auf unser Auto warfen. Eathen und Nathan am Schuleingang, Aiden und Josh bei ihrem Auto und unser Auto bildeten ein Dreieck, sodass beide Parteien theoretisch gleichschnell hier sein könnten. Auf einmal war ich froh, nicht ausgestiegen zu sein, sondern, von einem Haufen Wölfe umgeben, in Mathias Auto zu sitzen.

Als es endlich läutete, war Jamie einer der ersten, der das Schulgebäude verließ. Doch kaum hatte Nathan seinen Bruder in den Arm genommen, tauchten Aiden und Josh neben ihnen auf. Für mich war es unbegreifbar, wie sie in der kurzen Zeit, in der ich mich auf Jamie konzentriert hatte, zu ihnen gelangt waren. Doch weder Eathen noch Nathan erschraken sich bei ihrem Auftauchen. Das bewies einmal mehr, wie viel sensibler Wölfe ihre Umwelt im Gegensatz zu Menschen wahrnahmen. Aus näherer Entfernung sahen sich die drei erwachsenen Brüder zum Verwechseln ähnlich. Auch wenn Josh ein bisschen kleiner war als Aiden und Nathan, die sich jetzt auf Augenhöhe gegenüberstanden. Ich konnte nicht hören, was sie sagten, doch sie diskutierten wild, schubsten sich und zerrten an Jamie herum, der die ganze Zeit kein Wort sagte, aber doch sehr aufgebracht aussah und nicht von Nathans Seite weichen wollte. Diese Auseinandersetzung war zwar nur von kurzer Dauer, doch in der Zwischenzeit hatten sie bereits die Aufmerksamkeit von immer mehr Schülern auf sich gezogen. Von einem Moment auf den anderen war der Streit jedoch beendet und ich war mir sicher, dass Eathen etwas damit zu tun hatte, denn gleich darauf konnte ich Aidens Stimme über seine Gedanken hören. Das bedeutete, dass Eathen nun wollte, dass ich ihrem Gespräch zuhörte.

»OK, ich sag euch mal etwas«, erklärte Aiden schließlich mit gedämpfter Stimme, trotzdem war ihm anzusehen, wie wütend er war. »Nehmt den Psychowolf mit. Wir können ihn hier sowieso nicht gebrauchen, und wenn ihr denkt, ihr seid mit ihm stärker, könnt ihr gerne für ihn sorgen. Uns hilft er ohnehin nicht, sondern kostet uns nur eine Menge Mühe, die er gar nicht wert ist. Er kann ja noch nicht mal richtig sprechen. Aber eins will ich euch sagen: Sobald eure Püppie, die dort hinten im Auto sitzt, ihr Balg zur Welt gebracht hat, kommen wir und holen sie uns, damit sie unsere Kinder austrägt. Denn es wird ganz und gar nicht schwer werden, euch alle zu unterwerfen, weil ihr nämlich überhaupt keine Kontrolle über euren Körper habt.«

Aiden stieß Eathen hart gegen die Brust, doch mein Bruder wich kein Stück zurück.

»Das hat ja schon mal so gut geklappt, richtig?«, konterte Eathen. Er stand Aiden mit verschränkten Armen gegenüber und schaute ein wenig belustigt und gelangweilt zugleich zu ihm herab.

»Jeder hat eine Schwachstelle und deine sitzt dort hinten im Auto.« Aiden zeigte in unsere Richtung und durch Eathens Augen konnte ich mich selbst mit verängstigtem Blick im Auto sitzen sehen. Sofort überließ ich Eathen seine Gedanken, doch das Gespräch war ohnehin beendet.

Vage wurde mir bewusst, was für Menschen meine Cousins waren. Zwar hatte Aiden Jamie vermutlich nur so übel beleidigt, weil er wütend war, aber selbst in diesem Fall waren das zu scharfe Worte. Nur ansatzweise konnte ich mir vorstellen, was Jamie als jüngster Wolf der Familie in den letzten Jahren durchgemacht hatte. Außerdem hatte ich nun auch von einem aus ihrer Reihe gehört, was sie mit mir vorhatten. Falls ich die Geburt meines Sohnes also überlebte, war mein Leben, das meines Kindes und unserer ganzen Familie danach in noch größerer Gefahr, als wenn ich starb, und die Hälfte der Familienangehörigen mit in den Tod riss.

Meine Gedanken wurden unterbrochen, als mein Bruder mit einem Ruck die Autotür aufzog und sich zu Elijah in den Kofferraum setzte. So war es vereinbart gewesen, damit Nathan und Jamie auf der Rückbank nebeneinander sitzen konnten. Neugierig betrachtete ich den Jungen, der, halb hinter Nathan versteckt, einen unsicheren Blick ins Auto warf.

Er war einen ganzen Kopf kleiner als Nathan, sah aber aufgrund seiner Größe trotzdem nicht wie ein Dreizehnjähriger aus, obwohl er noch deutlich schmaler war als die anderen Wölfe. Auch wenn er andere Gesichtszüge hatte, erinnerte er mich augenblicklich an meinen Bruder in dem Alter. Außerdem hatte er natürlich dunkle Haare und dunkle Augen so wie alle Wölfe.

Bei dem Versuch, ins Auto einzusteigen, stolperte Jamie überraschenderweise. Doch Nathan fing ihn sofort auf und half seinem Bruder anschließend, bevor er sich zwischen uns setzte.

Aus der Nähe erkannte ich nun auch, warum es Jamie so schlecht ging: Er litt unter massiven Prägungsnebenwirkungen, so schlimm, dass er sich kaum noch aufrecht halten konnte.

»Cat, ich glaube, du musst mal ein gutes Werk tun«, bat mich Nathan mit einem bedeutungsvollen Blick auf seinen Bruder. »Er hat jetzt fast dreizehn Stunden Berührungsentzug und es geht ihm nicht so gut.«

»So lassen sie ihn in die Schule gehen?«, fragte ich entgeistert.

»Er hätte nach dem zweiten Block Schluss gehabt und Laurel wollte ihn abholen, bevor er zusammenbricht. Außerdem kennt er alle Tricks, um das wie eine einfache Erkältung aussehen zu lassen.«

Erst jetzt fiel mir auf, dass Jamie gar nicht so stark schwitzte wie die anderen Wölfe, die ich bisher unter Berührungsentzug gesehen hatte. Außerdem hatte er kaum sichtbare Augenringe.

»Ist das Make-up?«, fragte ich und deutete auf seine Stirn.

»Puder und Concealer«, korrigierte Nathan und reichte mir Jamies Hand, der mich gespannt ansah.

Vorsichtig berührte ich sein Handgelenk und erschrak, als er einen schnellen Atemzug machte.

»Entspann dich, Püppie. Ich hab schon alles Wichtige mit ihm geklärt. Er kann dir nichts tun«, meinte Eathen, doch das machte es nicht gerade besser. Wenn ich so offensichtlich Angst vor meinem kleinen Cousin hatte, gab ihm das sicherlich nicht das Gefühl, willkommen zu sein. Um meine dumme Reaktion wieder gutzumachen, berührte ich seine Hand ein zweites Mal. Diesmal schloss er die Augen und atmete tief durch, während sich seine verspannten Muskeln langsam entspannten, die schwach sichtbaren Augenringe verschwanden und sein Gesicht unter dem Puder wieder eine gesunde Farbe annahm. Nach ungefähr fünfzehn Sekunden öffnete er die Augen und sah mich zum ersten Mal richtig an. Kurz betrachtete er mich, bevor sich sein einer Mundwinkel zu einem winzigen, schüchternen Lächeln hob.

»Darf ich vorstellen«, begann Nathan und nannte Jamie der

Reihe nach unsere Namen, während Mathias langsam vom Parkplatz fuhr. Nach der kurzen Vorstellungsrunde blieb Jamies Blick wieder an mir hängen. Mit interessierten Augen sah er mir lange ins Gesicht und wagte dann einen kurzen Blick auf meinen Bauch, den er aber gleich wieder hob. Dennoch war mir sein intensiver Blick unangenehm, zumal ich keinen Schimmer hatte, was er dachte. Leider bemerkte er meine Verlegenheit sofort und wandte gleich darauf betreten den Blick ab, was mir wieder total leidtat.

»Möchtest du noch mal?«, fragte ich, um die unangenehme Situation zu beenden, und streckte ihm meine Hand entgegen.

»Mich hast du das noch nie gefragt«, beschwerte sich mein Bruder aus dem Kofferraum.

»Du nimmst dir auch einfach, was du haben willst.«

Jamie grinste jetzt ein kleines bisschen, sodass es niemandem aufgefallen wäre, der nicht wie ich darauf achtete.

Während er seine Finger an meine legte, beobachtete er die ganze Zeit meine Reaktion, ebenso wie ich seine. Doch das typische Prägungslächeln erschien nicht auf seinem Gesicht. Stattdessen wagte er nach einigen Sekunden ein dankbares Lächeln, bevor er seine Hand zurückzog. Ich lehnte mich wieder an meinen Sitz an und kam nicht umhin, mich zu fragen, was man einem Jungen antun musste, der von Natur aus eigentlich total überheblich war, um ihn so einzuschüchtern. Und Eathen hatte es sicher nicht besser gemacht, in dem er gleich auf dem Weg zum Auto einen Schwur von ihm verlangt hatte. Hinzu kam, dass er gerade mit einem Haufen älterer Wölfe und einer schwangeren Frau in einem Auto saß, in dem Bewusstsein, dass er nie wieder in die vertraute Umgebung zu seiner alten Familie zurückkehren könnte, die ihn gerade verstoßen hatte.

Deshalb beschloss ich, ihm eine Menge Zeit zu geben, ihn nicht zu drängen, und ihn vollkommen normal nebenher laufen zu lassen, ohne besondere Rücksicht auf ihn zu nehmen. Vielleicht würde es ihm so leichter fallen, sich einen Überblick von unserem Alltag zu verschaffen.

Zu Hause zeigte Nathan Jamie zunächst grob die Räume in unserer Wohnetage und dann verschwanden beide im Keller.

Mathias verabschiedete sich ziemlich schnell, da er noch einen geschäftlichen Termin am Nachmittag hatte, den er nun, wo alles so glimpflich abgelaufen war, gerne wahrnehmen wollte, und fuhr zusammen mit Karl nach Hause.

Schließlich stand ich mit Eathen und Elijah im Flur, die sich erst angrinsten, bevor beide gleichzeitig mit diesem nichts Gutes verheißenden Gesichtsausdruck zu mir heruntersahen.

»Was ist so lustig?«, fragte ich nervös, weil ich Angst hatte, dass mich einer der beiden jeden Moment schnappen und irgendwo hin entführen würde. Wäre ich in der Lage, die Schwerkraft zu verstärken, hätte ich das in diesem Moment gemacht, nur um mit Sicherheit die Bodenhaftung nicht zu verlieren.

»Was habt ihr vor?«, fragte ich erneut misstrauisch.

»Wir wollen den beiden etwas Privatsphäre gönnen. Die Decke ist zwar halbwegs schalldicht, aber wir dachten uns, dass sie vielleicht gerne ein paar Stunden ihre Ruhe hätten. Und da wir von dir gelernt haben, wie wichtig es ist, die Privatsphäre anderer Menschen zu achten, kannst du nichts dagegen einwenden«, erklärte Elijah großspurig.

»Was auch immer ihr vorhabt, es geht euch nicht um Nathans und Jamies Privatsphäre.«

»Stimmt«, bestätigte Eathen. »Zieh dir feste Schuhe und warme Kleidung an, sodass du ein paar Stunden durch den Wald laufen kannst.«

Nun, Ende November, stieg die Tageshöchsttemperatur in der Regel nicht über null Grad und die Sonne, die heute schien, hatte kaum noch wärmende Kraft, sodass der Schnee dauerhaft liegen blieb. Deshalb war ich dankbar, dass ich inzwischen nicht mehr so übermäßig schnell fror wie zum Beginn der Schwangerschaft.

Als ich die Treppe von meinem Zimmer im Dachgeschoss herunterkam, lagen Eathen und Elijah bereits als Wölfe in unserem Flur und schauten beide demonstrativ gelangweilt zu mir hoch.

Bist du endlich fertig? – fragte mein Bruder, als er geschmeidig auf die Füße sprang.

»Ich habe echt nicht lange gebraucht«, verteidigte ich mich.

Wir haben in der Zeit unsere komplette Gestalt gewechselt und mussten dann noch ewig warten.

»Ihr wechselt eure Gestalt auch innerhalb weniger Sekunden. Da ist es wesentlich langwieriger, sich mehrere Schichten warmer Kleidung anzuziehen.«

Auch darin bin ich schneller als du – behauptete mein Bruder.

Lass dich nicht aufziehen, Püppie – meinte Elijah, streifte um meine Beine und leckte über meinen Handrücken, bis ich anfing, seinen Kopf zu kraulen. Daraufhin verzog Eathen seine Lefzen zu einem stummen Knurren, öffnete mit dem Kinn die Tür und sprang in den Garten. Elijah verdrehte die Augen und begleitete mich nach draußen.

Wir liefen querfeldein durch den kanadischen Nadelwald, in dem nur vereinzelte, kahle Laubbäume standen. Wie schon im Sommer ging Eathen voran, während Elijah an meiner Seite lief. So navigierten sie mich sicher durch den Schnee. Zwar hatte ich hier im Wald absolut keine Orientierung, aber mir fiel auf, dass wir viel bergab liefen. Außerdem führte uns der Weg an drei kleinen, von Eis bedeckten Seen vorbei, deren Ufer kahle, verschneite Birken säumten.

Für mich vollkommen unvorhergesehen, traten wir nach gar nicht allzu langer Zeit auf eine große Lichtung, die von einem winzigen Bach geteilt wurde – nur kaum größer als der in unserem Garten. Der Bachlauf war in kunstvollen Eiszapfen gefroren, doch viel beeindruckender war die Umgebung des Baches. Auf der ganzen Lichtung wuchsen hüfthohe Rispen, deren abwechselnd stehende Blätter in ein kräftiges Weinrot verfärbt waren. Zusammen mit dem weißen Schnee, der auf dem Boden lag, sah das unglaublich hübsch aus, zumal einige Blätter bereits abgefallen waren und nun wie große Blutstropfen im weißen Schnee lagen.

»Warum verlieren sie erst jetzt ihre Blätter?«, fragte ich die beiden Wölfe, während ich ihnen durch die roten Blätter zum Bachlauf folgte. Dabei rieselten von jeder Pflanze, die ich auf meinem Weg anstieß, ein paar Blätter in den Schnee.

Es ist eine Laune der Natur. Jedes Jahr werfen sie ihre Blätter erst Ende November oder Anfang Dezember ab – erklärte Eathen.

Im Sommer sind das total unscheinbare Pflanzen mit grünen Blättern.

Sie verfärben sich erst im Herbst und bleiben an den Pflanzen, bis der Boden tagsüber nicht mehr auftaut – ergänzte Elijah.

»Was ist das für eine Pflanze?«

Das weiß keiner von uns so genau – meinte Eathen. *Denn sie taucht in keinem Biologiebuch oder im Internet auf. Aber sie folgt jedes Jahr aufs Neue ihrem persönlichen Jahreslauf. Das wiederum legt die Vermutung nah, dass sie nur an diesem Ort dieses Verhalten zeigt, weil hier besondere Umweltbedingungen herrschen, die ihr dieses Wachstum ermöglichen.*

Sowohl Elijah wie auch Eathen waren mitten in den roten Pflanzen, die nur knapp niedriger waren als ihre Rücken, stehen geblieben und sahen zu mir hoch. An jedem anderen Ort im Wald waren die Wölfe zwischen den graugrünen Gewächsen und den eng stehenden Bäumen gut getarnt. Selbst jetzt, wo der Wald kahl war, war es schwer, sie zu entdecken, doch hier stachen sie deutlich sichtbar hervor.

Elijah schaute immer noch aufmerksam zu mir hoch und sah dabei so süß aus, dass ich ihn unbedingt berühren wollte. Mit meinen behandschuhten Händen streichelte ich ihm über den Kopf, bevor ich meine Hand an seine Wange legte, woraufhin er kurz die Augen schloss. Als er sie wieder öffnete, lächelte er mich an, streifte meinen Oberschenkel und bedeutete mir auf diese Weise, ihm zu folgen.

Eathen stand bereits am Bachlauf und blickte grinsend, mit heraushängender Zunge, zwischen Elijah und mir hin und her. So als würde er unser beider Gedanken ganz genau kennen und sich darüber königlich amüsieren. Nicht sonderlich liebevoll strich ich meinem Bruder erst über die Stirn und dann über die Augen, damit er diesen doofen Gesichtsausdruck verlor. Von einem eindeutigen Protestton begleitet, tauchte er mit dem Kopf unter meiner Hand hervor, bevor er zurück auf die Wiese lief. Auf seinem Weg folgte ihm dabei eine Spur roter Blätter im Schnee.

Wenig besorgt um meinen Bruder und sein Verbleiben im Wald drehte ich mich zu Elijah um. Der graue Wolf hockte nehmen einem niedrigen Stein am Ufer des Baches und bedeutete mir, mit seinem Kopf, darauf Platz zu nehmen. Sobald ich saß, schmiegte er seinen Kopf in meine Hand. Schmunzelnd kam ich der wortlosen

Aufforderung meines Freundes nach und streichelte über sein weiches Fell, bevor ich mich nach kurzem Überlegen traute, ihm einen Kuss auf die Stirn zu drücken. Definitiv positiv überrascht, sah Elijah zu mir hoch, bevor er seinen Kopf wieder in meinen Schoß legte.

Seid ihr fertig mit eurem Quasi-Rummachen? Ich hab nämlich Durst und würde gerne etwas trinken – dachte mein Bruder, der in dem Moment aus dem Wald auf die Wiese trat. Mit ein paar wenigen großen Sprüngen war er bei uns.

»In dem Bach fließt aber kein Wasser mehr«, bemerkte ich.

Trotzdem habe ich Durst. Also muss ich das Eis eben lutschen, wofür ich es aber erst mal zerhacken muss. Durch einem gewaltigen Tritt meines Bruders und unter ohrenbetäubendem Lärm barst die Eisfläche des Baches, während Eathen leichtfüßig zur Seite sprang.

Was denn? – bemerkte Eathen auf meinen genervten Gesichtsausdruck hin. *Ich hab wirklich Durst. Und da du als einzige, die mit einer Berührung etwas gegen meinen Durst machen könntest, in fünf Schichten Kleidung eingewickelt bist, muss ich mir eben anders helfen. Tut mir leid, wenn es eure kuschlige Romantikstimmung zerstört hat.*

»Es sind minus zehn Grad, Eathen. Das ist nicht kuschlig.«

Sechsundsechzig Komma sechs Prozent der Anwesenden ist das egal. Uns macht die Kälte schließlich nichts aus.

Seufzend sah ich zu, wie mein Bruder noch einmal auf das Eis eintrat.

Insgesamt blieben wir nur eine halbe Stunde auf der kleinen Lichtung, denn sobald ich anfing zu frieren, wollten beide Wölfe unbedingt den Rückweg antreten.

Püppie, darf ich dich tragen? Dann können wir nämlich schneller laufen und sind in einer halben Stunde zu Hause. Bittend sah mich Eathen an.

Eigentlich würde ich gerne selber laufen – wandte ich ein.

Beiden Wölfen schien diese Antwort nicht zu gefallen.

»Werdet ihr etwa gerade nervös, weil ich ein bisschen friere?«

Keiner der beiden antwortete, was ich als Zustimmung auffasste.

»Leute, ein bisschen zu frieren, ist überhaupt nicht schlimm. Und bisher war das doch auch kein Problem.«

Bisher hast du aber auch noch kein Baby erwartet – antwortete Elijah.

»Sind das deine väterlichen Beschützerinstinkte?«

Elijah antwortete wieder nicht, was ich erneut als Zustimmung wertete.

»Und was ist es bei dir?«, fragte ich meinen Bruder. »Das allgemeine Sie-könnte-an-einer-Lungenentzündung-sterben, wenn sich ihre Körpertemperatur um 0,3°C abkühlt?«

Schon möglich. Ist das so wichtig? – entgegnete mein Bruder ein wenig gereizt.

»Nein, im Grunde ist es das nicht und von mir aus darfst du mich tragen.«

Danke – dachte Eathen und wirkte zufrieden.

Gleich darauf setzte sich Elijah in Bewegung und ich folgte ihm, um Eathen einen unbeobachteten Moment zur Verwandlung zu ermöglichen. Nur zwei Sekunden später versetzte mir mein Bruder einen Schlag in die Kniekehle und fing meinen zurückfallenden Oberkörper mit der anderen Hand auf. Wütend schaute ich in sein grinsendes Gesicht.

»Ich hasse es, wenn du mir die Beine wegschlägst. Denn jedes Mal hab ich eine unglaubliche Angst zu fallen und mir den Kopf aufzuschlagen und das weißt du ganz genau.«

»Ach, Püppie«, entgegnete Eathen mit einem vergnügten Glucksen. »Du solltest inzwischen wissen, dass du dir niemals in meiner und Elijahs Nähe den Kopf aufschlagen wirst. Außerdem war dies die einzige Möglichkeit, wie ich dich schnell in meinen Arm bekommen konnte, ohne dass du einen Blick auf mein gut bestücktes Gemächt wirfst oder dir einfällt, dass ich nichts an habe.«

Damit hatte Eathen es geschafft, jegliche Diskussion zu beenden, denn daran würde ich sicher nicht anknüpfen, was er mit einem selbstzufriedenen Grinsen hinnahm. Demonstrativ versuchte ich, mehr Platz zwischen seinem Oberkörper und mir zu schaffen und somit mein Unwohlsein auszudrücken. Doch zu meinem großen Bedauern ließ sich Eathen nicht täuschen. Er konnte spüren, wie geborgen und sicher ich mich in seinem Arm fühlte, während er durch den verschneiten Wald joggte und ich die Gelegenheit hatte in den grauen Himmel und die Baumwipfel über mir zu schauen. Dass er keine Kleidung trug, machte mir dabei, wenn ich ehrlich war, überhaupt nichts aus, was mich selbst ein wenig verwunderte. Offenbar hatte das grenzenlose Vertrauen, das ich meinem Bruder während dieser Zeit der ganzen Geheimnisse entgegen bringen musste, etwas zwischen uns verändert. Oder das Vertrauen, dass er mir geschenkt hatte, als er mir seinen Bauch offenbart hatte, hatte etwas in mir bewirkt. In jedem Fall kam es mir nun vollkommen unbedeutend vor, ob Eathen Kleidung trug oder nicht, solange ich nicht hinschauen musste. Eher machte ich mir Gedanken darum, ob es für Elijah in Ordnung war, wenn nicht er mich trug sondern Eathen.

Als der Wald lichter wurde, setzte Eathen mich ab und kaum dass ich stand, war Elijah wieder an meiner Seite. Wenige Sekunden später streifte auch Eathen meinen Oberschenkel mit seiner Flanke, als er gemächlich an uns vorbeiging und für die letzten paar Meter wieder die Führung übernahm. Da mein Bruder ungefähr zehn Schritte vor uns ging, suggerierte mir das ein bisschen Privatsphäre und ich brachte ausreichend Mut auf, Elijah auf die Situation gerade eben anzusprechen.

»War es komisch für dich, neben uns zu laufen, während Eathen mich getragen hat?«

Der graue Wolf schaute grinsend zu mir hoch. *Nein, Püppie. Wenn mich das, was zwischen Eathen und dir ist, tatsächlich stören würde, dürfte ich wohl keine Zeit mehr mit euch verbringen. Aber es stört mich nicht. Außerdem hatten wir doch mal ein Abkommen, dass niemand auf die Geschwister des anderen eifersüchtig wird.*

»Danke«, murmelte ich.

Erst als ich das warme Haus betrat, bemerkte ich, wie kalt mir war. Elijah sah sich fragend nach mir um, doch ich bedeutete ihm, dass er mich ruhig allein lassen konnte. Als Wolf ging er ins Badezimmer und gleich darauf hörte ich das Wasser rauschen.

Ich hatte mir gerade meine Stiefel ausgezogen, meine Jacke an der Garderobe angehangen und die vom Schnee nasse Jeans ausgezogen, unter der ich noch zwei Thermostrumpfhosen trug, als er bereits nur in Boxershorts aus dem Bad kam. Grinsend kam er zu mir und nahm mich in seinen Arm. Seine Haut war so warm, dass sie bei der Berührung meiner kalten Hände und Wangen schon fast brannte. Doch diese Phase hielt zum Glück nur kurz an. Danach war es einfach nur herrlich.

»Möchtest du, dass ich dir einen heißen Tee koche, oder willst du deine ganzen Kleidungsschichten ausziehen und dich neben mir auf dem Sofa unter eine Decke kuscheln?«

»Was für eine doofe Frage. Ich wähle natürlich den Tee«, antwortete ich ironisch.

Einen Augenblick später hatte er mich hochgehoben, trug mich zum Sofa und breitete eine Decke über mir aus. Doch bevor ich meine Kleidung hergab, erkundigte ich mich kurz nach Nathans, Jamies und Eathens Aufenthaltsort. Alle drei waren im Keller und würden da auch vorerst bleiben.

Zuerst fiel es mir zwar schwer, mich von meinen ganzen Schichten aus Pullis und Hosen zu trennen, aber es dauerte nicht lange, bis sich die Hitze von Elijahs Haut auf mich übertrug, während ich nur in Unterwäsche und Top auf seiner Brust lag, meine inzwischen nicht mehr ganz so kalten Hände auf seiner Brust und meine Füße an seiner Wade.

»Wie heiß hast du eigentlich geduscht, um in so kurzer Zeit so warm zu werden?«, fragte ich Elijah und richtete mich auf, um ihn ansehen zu können.

»Heiß«, antwortete er. »Eathen hatte in weiser Voraussicht schon vor unserem kleinen Ausflug den Brenner eurer Heizung zur maximalen Arbeit überredet. Deinen Tee könntest du dir im Moment also aus der Leitung aufgießen.«

»Schön, dass deine Haut noch dran ist«, meinte ich und fuhr mit dem Finger darüber, dem eine feine Fellspur folgte. Überrascht sah ich Elijah an. Das war schon längere Zeit nicht mehr passiert.

»Ich bin glücklich, dich in meinem Arm zu halten und das Baby bei mir zu wissen. Außerdem berührst du mich mit einer ziemlich großen Fläche und diese feinen Berührungen haben mir schon immer einen Schauer durch den Körper gejagt. Außerdem darfst du nicht vergessen, dass wir in letzter Zeit fast immer unter Silbereinfluss zusammen waren.«

Als ich nichts außer einem Lächeln entgegnete schloss er mit einem zufriedenen Gesichtsausdruck die Augen und lud mich somit quasi dazu ein, Muster aus Fell auf seiner Haut zu zeichnen.

Am frühen Nachmittag beschlossen Elijah und ich, zusammen zu kochen, und das wurde mal wieder sehr lustig. Teilweise krümmten wir uns vor Lachen, dabei gab es nichts, das wirklich lustig war. Aber es war ein wunderbares Gefühl, mal wieder ausgelassen mit ihm Zeit zu verbringen. Und zum Essen servierte er mir dann einen Tee, den er mit dampfendem Wasser aus der Leitung aufgegossen hatte.

»Du sollst nicht darauf verzichten müssen«, erklärte er anzüglich und setzte sich mit einem roten Stück Fleisch auf seinem Teller zu mir. Da es keine unappetitliche Innerei war, hatte ich nichts dagegen, wenn er mit mir zusammen aß, zumal er sogar Messer und Gabel benutzte. Allerdings war das Messer kein Gewöhnliches sondern ein riesiges Fleischmesser, was am Tisch einen komischen Anblick ergab. Daraufhin entstanden eine Reihe Geschichten zu möglichen Morden, die vermutlich nur wir beide in diesem Moment lustig fanden. Wir hörten erst auf zu lachen, als Eathen zu uns stieß, und ich es endlich schaffte, meinen letzten Bissen hinunterzuschlucken.

»Was habt ihr denn unten gemacht?«, fragte ich ihn, als er sich zu uns setzte.

»Nichts Weltbewegendes. Aber ich finde es klasse, dass Nathan und Jamie jetzt hier wohnen, weil ich dann immer zu ihnen gehen kann, wenn ich in den anderen Etagen des Hauses unerwünscht bin.«

»Für uns hat es allerdings den Nachteil, dass wir dich ziemlich häufig ertragen müssen«, entgegnete Nathan, der dicht gefolgt von Jamie in diesem Moment ins Zimmer trat.

Ich war gerade noch damit beschäftigt, Nathans Satz zu erfassen, während Eathen bereits einen Gegenstand vom Tisch gegriffen hatte, der nun, nicht weit von mir entfernt, durch die Luft zischte. Doch erst als Nathan den Gegenstand fing, konnte ich erkennen, dass es sich um das scharfe Messer handelte, mit dem Elijah vorhin sein Fleisch geschnitten hatte.

»Du hast ein Messer nach ihm geworfen?«, fragte ich ungläubig.

»Er hat mich beleidigt«, verteidigte sich Eathen. »Außerdem ist nichts kaputt gegangen, weil er es sofort gefangen hat. Deine Einrichtung ist also unversehrt.«

Eigentlich hatte ich mir weniger Sorgen um die Einrichtung gemacht, als um Nathan, obwohl ihm selbst dieses Messer keine Verletzungen zufügen konnte.

»Man wirft aber keine Messer nach Menschen«, meinte ich dennoch.

»Er ist ja auch kein Mensch«, entgegnete Eathen gelassen und ich wunderte mich, warum ihm nicht auffiel, wie unangenehm mir die ganze Situation war.

Und was soll Jamie jetzt von uns denken? Er ist schon total verschüchtert und eigentlich wollten wir ihm doch zeigen, dass Wölfe auch einen netten Umgang miteinander pflegen können. *Deine Messerattacke auf Nathan hingegen war nicht gerade ein Paradebeispiel dafür.*

»Erstens ist es vollkommen albern, mit mir über Gedanken zu reden, wenn alle anderen im Raum ebenfalls Gedankenlesen können. Man sieht dir nämlich an, wenn du mir einen gedanklichen Vortrag hältst, also hören sie mit. Zweitens ist Jamie bereits vollständig davon überzeugt, wie nett wir sind, und versteckt sich nur hinter Nathan, weil er nicht weiß, wie er dir begegnen soll. Und drittens weiß er bereits von mir und von Nathan, dass du keine Schlampe bist, also findet er es auch nicht seltsam, wenn ich dich und Elijah mal für eine gewisse Zeit allein lasse, worüber du dir ja auch schon Sorgen gemacht hast. Also entspann dich, Püppie.«

Ich blickte erst Eathen, dann Nathan und schließlich Jamie an, der halb von Nathans Schulter verdeckt verhalten lächelte.

»Jetzt hast du es geschafft, uns alle in Verlegenheit zu bringen«, sagte ich in gedämpften Tonfall zu Eathen.

»Nein, Püppie. Nur dir ist es unangenehm, weil du gerade deinen vorhin im Auto aufgestellten Grundsatz vergisst. Du hattest dir vorgenommen, den Alltag ganz normal weiterlaufen zu lassen, auch wenn Nathan und Jamie jetzt hier wohnen. Dazu gehört, dass du Zeit mit Elijah verbringst und ich verschwinde, genauso wie kleinere Kabbeleien. Wenn wir alle entspannt wir selbst sein können, dann fühlen wir uns wohl, also hör auf, irgendwem ein perfektes Leben vorspielen zu wollen, denn

Perfektion ist der sicherste Weg ins Unglück.«

Bei Eathens letztem Satz sah er nacheinander mich und dann Elijah an, bevor er sich wieder Nathan und Jamie zuwandte.

»Wie wär's, wenn du dich auch mal entspannen würdest, Kleiner? Das hier ist jetzt auch dein zu Hause. Also darfst du dich hier auch zeigen«, sagte Nathan zu Jamie, während er mich unauffällig an der Schulter berührte. Weil ich ihm noch eine längere Berührung gönnte, legte ich für einen Moment meine Hand auf seine, wofür er sich mit seinem Prägungslächeln bedankte. Jamie hingegen wirkte nicht sonderlich glücklich darüber, die Deckung seines großen Bruders verloren zu haben. Fast ein wenig genervt darüber verdrehte Nathan die Augen.

»Möchtest du auch eine Berührung?«, fragte ich Jamie, bevor Nathan ihn noch einmal zu mehr Mut aufforderte.

Er nickte und das verhaltene Lächeln kehrte auf sein Gesicht zurück. Allerdings wagte er es erst, auf mich zuzukommen, als ich ihm meine Hand entgegenstreckte. Wir legten vorsichtig unsere Finger aufeinander, so wie ich es in den ersten Wochen auch mit Nathan getan hatte. Doch nach einer kurzen Berührung zog er ohne ein sichtbares Prägungslächeln seine Hand zurück und eilte wieder an Nathans Seite. Nathan verdrehte daraufhin erneut die Augen und nahm seinen Bruder in einen Schwitzkasten, während er ihm durch die Haare wuschelte. Grinsend sah ich den beiden zu, und als Nathan Jamie losließ, erwiderte er mein Lächeln sogar. Sein Charakter war eine seltsame Mischung. Wenn ich ihn ansah, konnte ich die typisch wölfische Unverschämtheit unter der Oberfläche flackern sehen, aber sie brach nicht hindurch, um sein Verhalten wirklich zu beeinflussen.

»Übrigens darfst du auch mit ihr reden und musst in ihrer Gegenwart nicht vollkommen auf deine Sprache verzichten«, erklärte Nathan. »Außerdem kannst du dir sicher sein, dass sie dir absolut nichts anhaben kann. Falls jemals ein Messer auf dich zufliegt, dann war das sicher nicht von ihr.« Eathen fing das Messer, das Nathan nach diesem Kommentar auf ihn geworfen hatte, woraufhin ich zu meinem Bruder eilte, und es ihm aus der Hand nahm.

»Das macht ihr nicht noch mal! Es ist toll, dass ihr alle nicht verletzlich seid, aber mir machen herumfliegende Messer Angst. Also reißt euch zusammen, Jungs!«

»Ist ja gut«, entgegnete Eathen beschwichtigend. »Kannst du das Messer bitte aus der Hand legen? Du machst *mir* Angst, wenn du damit so herumfuchtelst.«

»Sei nicht albern«, meinte ich und behielt es in der Hand. Daraufhin sprang mein Bruder auf, griff das Messer an der Schnittfläche und zog daran. Keine menschliche Hand hätte das ohne Verletzungen überstanden.

»Püppie, lass bitte los. Es macht mich wirklich nervös.«

Genervt ließ ich los, räumte mein Geschirr zusammen und trug es in die Küche.

Elijah folgte mir mit seinem Teller und half mir beim Aufräumen der Küche, während sich Jamie und Nathan etwas zu essen aus dem Kühlschrank in der Garage holten und Eathen das Messer zelebrierend langsam in die Geschirrspülmaschine räumte.

»Wenn wir mit Besteck essen, dürfen wir uns dann zu euch setzen?«, fragte Nathan, der mit zwei weißen Plastiktüten in der Hand in die Küche kam.

»Hängt davon ab, was da drin ist?«, meinte ich mit einem Blick auf die Tüten, während ich die Gewürze zurück in den Schrank räumte.

»Wild.«

»Welches Tier und welcher Teil dieses Tieres?«

»Das ist Reh«, erklärte Eathen. »Und es ist Muskelfleisch, also ist es Püppie-tauglich.«

Jamie wirkte ziemlich erstaunt, als Nathan zwei Teller aus dem Schrank holte und ihnen beiden das rohe Fleisch auftat. Um ehrlich zu sein, war auch ich erstaunt, wie wichtig den beiden unsere Gesellschaft sein musste, wenn sie dafür sogar mit Messer und Gabel aßen.

Wenig später saßen wir alle zusammen im Wohnzimmer. Nathan fing mit seinem Teller auf dem Schoß an zu essen, Jamie hingegen schaute ihn kurz irritiert an, bevor er es seinem Bruder gleich tat.

Das ist echt cool – sagte er nach dem ersten Bissen zu Nathan und das war das erste Mal, dass ich seine Stimme in meinem Kopf hörte. Er schien wirklich begeistert darüber zu sein, mit uns im Wohnzimmer sitzend essen zu dürfen, wenn er sich sogar traute, das zu kommentieren. Einerseits freute ich mich natürlich darüber, anderseits war es ziemlich traurig, wenn ein kleiner Junge dreizehn Jahre seines Lebens nie in Gesellschaft gegessen hatte.

An diesem Abend war Jamie noch recht ruhig, dennoch wirkte er aufgeschlossen und auf Fragen, die wir ihm direkt stellten, antwortete er mit mehr als einem einfachen Ja und Nein.

Irgendwie führte uns das Gespräch zu Lehrer- und Schulanekdoten. Nathan erzählte so einiges aus seiner Schulzeit, unter anderem auch von ein paar kuriosen Geschichten, die er mit Mädchen erlebt hatte. Ähnliches konnten Eathen und Elijah natürlich auch beisteuern. Peinlich wurde es erst, als sie anfingen, von meinen Verehrern zu erzählen, und was diese getan hatten, um meine Aufmerksamkeit zu bekommen.

»Zum Glück war es damit vorbei, als ich mit dir zusammen gekommen bin«, sagte ich zu Elijah, um dieser Debatte einen Riegel vorzuschieben, und Elijah ließ sich glücklicherweise darauf ein.

»Ja, wir haben uns beide ziemlich geschickt aus der Affäre gezogen, Püppie«, bestätigte er und küsste mich auf die Stirn.

Schließlich mussten wir unvermeidlich auch noch die Frage erörtern, wie wir Alana am nächsten Tag am besten die Wahrheit sagen würden, und obwohl wir eine ganz gute Idee hatten, wachte ich am nächsten Morgen mit einem mulmigen Gefühl auf. Noch schlimmer wurde es, als Alana mir in der Mittagspause erzählte, dass sie genug von Nathans Verhalten habe und ihm das auch sagen würde, wenn sie ihm am Nachmittag bei mir begegnete. Dummerweise hatte Nathan das mitangehört, woraufhin Eathen und Elijah ein paar gute Argumente brauchten, um ihn davon zu überzeugen, dass es für Alana und ihn immer noch ein Happy End geben konnte.

Kann ich mich glücklich schätzen

Meine Nervosität stieg mit jedem Meter, dem wir am Nachmittag unserem Haus näher kamen, während sich Alana unentwegt über Nathan aufregte. Doch zum Glück hielt ihr Ärger nur exakt so lange an, bis sie Nathan neben Eathen, Elijah und Jamie im Wohnzimmer sitzen sah.

»Hey«, rief Eathen und hob zum Gruß die Hand, stand aber nicht auf. Elijah grinste sie nur an.

»Hey«, entgegnete sie verwirrt, bevor sie mich fragend ansah. »Habe ich irgendetwas verpasst?«

»Setz dich«, forderte Eathen sie auf, noch bevor ich antworten konnte. Alana warf mir einen weiteren fragenden Blick zu. Doch ich nickte und nahm dann neben ihr Platz, wobei ich unauffällig Eathens Bein mit meinem berührte, um ihm eine Berührung zu ermöglichen. Da Nathan und Jamie langen Berührungsentzug gewöhnt waren, konnte ich mir noch ein paar Minuten Zeit lassen, bevor ich zu ihnen ging. Das Gespräch mit Alana hatte erstmal Vorrang, zumal die beiden noch keinerlei sichtbare Prägungsnebenwirkungen zeigten.

Theoretisch saß sie auf der anderen Seite neben Nathan, doch faktisch trennte sie ein ganzer freier Platz.

»Ich sage Cat in solchen Situationen immer, sie soll versuchen, nicht durchzudrehen sondern ruhig bleiben. Versuch das auch mal«, forderte Eathen sie auf und ich war dankbar, dass er die Gesprächsführung übernommen hatte.

Mein Bruder tätschelte Alanas Schulter und sah mich erwartungsvoll an. Ich nickte, woraufhin er sich sein T-Shirt über den Kopf zog und seine Hose abstreifte. Wir hatten entschieden, dass es am besten war, wenn wir Alana gleich mit den Fakten konfrontierten, weil sie uns sonst womöglich nicht glauben würde.

»Was …?«, fragte Alana verwirrt, als er nur noch in Boxershorts vor uns stand.

Er suchte noch einmal meinen Blick, bevor er die Verwandlung hervorrief. Sie war geringfügig langsamer als sonst, damit Alana annähernd die Chance hatte zu begreifen, was hier passierte. Sobald Eathen als Wolf vor ihr stand, schrie sie auf und zog erschrocken die Knie an, bevor sie angsterfüllt meinen Blick suchte.

Ich zuckte nur mit den Schultern. Etwas anderes fiel mir nicht ein.

»Wie zur Hölle …?«, stotterte sie, brachte aber keine vollständige Frage zustande.

Immerhin schien sie sich etwas zu entspannen, als sie sah, wie Eathen einen großen Bogen um sie machte, zu mir kam und mit der Schnauze gegen meine Hand stupste, um gestreichelt zu werden. Daraufhin setzte sie sich aufrechter hin und beobachtete die Situation argwöhnisch.

»Darf ich vorstellen«, begann ich mit einem weiteren Schulterzucken. »Das ist die andere Version meines Bruders. Mindestens genauso nervig wie die Menschliche aber trotzdem harmlos.«

»Eathen ist …?«, brachte Alana stotternd heraus.

»… so etwas wie ein Werwolf«, vollendete ich den Satz.

Und bei dem Begriff, der definitiv der Fantasywelt entstammte, weiteten sich ihre Augen.

»Werwölfe gibt es nicht«, erklärte sie, aber es klang wie ein Mantra, das sie vor sich hin sprach, um sich von seiner Richtigkeit zu überzeugen.

»Hier schon«, entgegnete ich.

»Ich fass es nicht. Wie … ? Und das habt ihr mir die ganze Zeit verheimlicht?«, fragte sie. Nun kam der Part, vor dem ich mich die ganze Zeit am meisten fürchtete, schon viel früher als ich gehofft hatte.

»Wir haben es nicht nur vor dir geheim gehalten«, beeilte ich mich zu sagen. »Sondern vor allen Menschen. Denn die meisten Menschen haben eine große Angst vor allem, was ihnen nicht vertraut ist. Und diese Angst kann für uns alle zur Gefahr werden.«

»Aber ihr wisst …? Oder seid ihr auch …?«, fragte sie vollkommen irritiert und betrachtete alarmiert die anderen Jungs.

Es kostete Nathan sichtlich Überwindung, ihre Frage zu beantworten: »So etwas in der Art«, bestätigte er seufzend.

Alana ließ sich nach hinten gegen die Sitzlehne fallen. »Na super!«, bemerkte sie und es klang wenig begeistert, während sie Nathan ansah.

»Nicht unbedingt das, was du dir als Freund erhofft hattest, oder?«, fragte er.

»Nein, nicht wirklich«, gab sie zu und ließ nun auch den Kopf zurückfallen. Was danach folgte war so etwas wie ein hysterischer Lachanfall. »Ich kann einfach nicht glauben, dass ich euch schon so lange kenne und keine Ahnung davon hatte.«

Sie deutete auf Eathen.

»Wir sind ganz gut darin, unser Geheimnis zu schützen«, meinte ich.

»Das seid ihr wirklich. Aber ich denke, jetzt müsst ihr mir mal so einiges erklären.«

»Oh ja«, gab ich zu, bevor ich mich an meinen Bruder wandte. »Sieh zu, dass du wieder menschlich wirst. Du kannst das alles am besten erzählen.«

So brav wie noch nie, trottete er in sein Zimmer und kickte mit dem Hinterfuß die Tür zu.

»Versteht er dich?«, fragte Alana.

»Ja. Er behält seinen menschlichen Verstand, wenn er sich verwandelt. Aber das erklärt er dir gleich.«

»Wo ist er jetzt hingegangen?«

»In sein Zimmer, um sich zurückzuverwandeln.«

»Warum macht er das nicht hier?«

»Weil das« – ich hob einen Stofffetzen von Eathens Hose auf. »– das einzige ist, was von seiner Unterhose noch übrig ist. Deshalb ist er nackt, wenn er sich zurückverwandelt und diesen Anblick erspart er uns netterweise.«

»Ich habe keinen Grund, mich für irgendetwas zu schämen«, betonte Eathen, der in dem Moment zurückkam, und kniff mir im Vorbeigehen in den Oberschenkel, bevor er sich uns gegenüber in den Sessel setzte.

»Hast du irgendwelche Fragen?«, fragte mein Bruder Alana rein rhetorisch.

»Welche Rolle spielst du in der ganzen Sache?«, fragte Alana überraschender Weise zuerst an mich gewandt. »Du kannst dich nicht verwandeln, oder?«

»Nein. Woher weißt du das?«

»Ich habe es geraten. Sie sind sich alle irgendwie ähnlich. Nur du passt nicht in das Muster.«

Ich lachte schnaubend. »Es gibt keine weiblichen Wölfe.«

»Womit wir gleich zum ersten Punkt der Tagesordnung kommen«, erklärte Eathen.

Alana wandte sich ihm mit ungeteilter Aufmerksamkeit zu. Zwar betrachtete sie ihn etwas befremdet, aber hatte zum Glück keine Angst vor ihm. Ich entschied, dass das wahrscheinlich normal war, wenn man etwas, das eigentlich gar nicht sein konnte, von jemanden erfuhr, den man schon fast sein ganzes Leben lang kannte.

»Dass es keine weiblichen Wölfe gibt, hat den Nachteil, dass wir uns auf menschliche Frauen einlassen müssen, um Nachkommen zu zeugen und unser Erbgut ist immer dominant. Bis zur Geburt ist das kein Problem. Doch wenn sich bei der Geburt der Blutkreislauf der Mutter mit dem des Kindes vermischt, kommt es zu einer Antikörperbildung im Blut der Mutter. Daraufhin verklumpt das Blut der Mutter und die Frau stirbt daran. Deshalb sind wir alle ohne Mütter groß geworden.«

»Warte«, zog Alana sofort die richtigen Schlüsse. »Dein Kind ist von Elijah und Elijah ist … ein Wolf. Das bedeutet, dass du …?« Angsterfüllt sah sie mich an. »Erzählt ihr mir jetzt davon, weil du bald stirbst?« Ihre Stimme brach und ich sah Tränen in ihren Augen stehen.

»Nein, ich werde nicht sterben, weil es so aussieht, als wäre ich die erste menschliche Frau, die wölfisches Blut hat.«

»Du hast wölfisches Blut?«, fragte sie ungläubig. »Deshalb wirst du die Geburt überleben?«

Ich nickte.

»Gott sei Dank!«, rief sie erleichtert. »Aber was ist mit Alice? Wenn du die erste menschliche Frau bist, die wölfisches Blut hat, wie konnte sie dann Elijah zur Welt bringen?«

»Alice ist nicht meine leibliche Mutter«, korrigierte Elijah. »Sie ist diejenige, die mich großgezogen hat, weil meine leibliche Mutter bei meiner Geburt gestorben ist. Genau genommen ist Alice deshalb meine Stiefmutter und April eigentlich nur meine Halbschwester.«

Die Verwirrung war ihr nun deutlich ins Gesicht geschrieben. Eathen nahm sich viel Zeit, Alana erst über die Besonderheiten von uns Geschwistern aufzuklären, wobei er den entscheidenden Punkt, dass er mich liebte, erst mal außer Acht ließ. Anschließend erzählte er ihr von den allgemeinen Besonderheiten der Wölfe wie den Prägungen, den Schwüren und den Halbverwandlungen, wobei er es nicht ausließ, auf Elijahs und mein erstes Mal zu sprechen zu kommen. Von ihrer Fähigkeit, Gedankenlesen zu können, erzählte er Alana als letztes, und genau wie wir erwartet hatten, gefiel ihr das gar nicht.

»Du wusstest also genauso lange wie ich selbst, dass ich dich *mochte?*«

Eathen nickte, woraufhin sie sich an Nathan wandte. »Und du weißt auch, was ich denke?«

Er nickte ebenfalls.

»Na toll«, meinte sie und es klang für einen Moment so, als wären Nathans Bedenken nicht unbegründet gewesen. Einen Freund zu haben, der die eigenen Gedanken lesen konnte, war sicher nicht leicht. Zwar konnte Elijah meine Gedanken nicht direkt hören, aber über Eathen und das, was er anhand meiner Körpermerkmale sah, war er in der Lage, sich viel zu erschließen. Bei uns trug das zwar eher dazu bei, die Barriere, über etwas zu reden, zu senken, aber ich konnte mir gut vorstellen, dass es gerade in der Anfangsphase einer Beziehung sehr unangenehm sein konnte.

»Ich sage ja, dass ich bestimmt nicht derjenige bin, den du dir als Freund vorgestellt hast. Deshalb habe ich bisher auch die Finger von dir gelassen.«

»Und weil er Angst vor Halbverwandlungen hat«, fügte Eathen hinzu.

»Moment, du hast gesagt, dass passiert nur, wenn man jemanden liebt«, zog sie wieder die richtigen Schlüsse und ich war beeindruckt, wie sehr sie mitdachte.

Nathan wich ihrem Blick erst aus, bevor er sich traute, sie anzusehen.

»Ja!«, bestätigte er.

Sie strahlte ihn an, woraufhin er ein Stück näher zu ihr heranrutschte und zögerlich nach ihrer Hand griff.

»Worum ging es wirklich bei der Entführung?«, stellte sie die Killerfrage, doch ihre Stimme hatte einen weichen Klang.

»Das erzähle ich dir später. Es ist nichts, worauf ich annähernd stolz wäre«, antwortete Nathan. »Unser Plan war scheiße und die Umsetzung auch. Laurel war in Wirklichkeit meine erste Geprägte und ich habe mich von ihr erpressen lassen, bei diesem Mist mitzumachen, weil ich nicht ohnmächtig werden wollte.«

Zu meiner Überraschung lächelte Alana Nathan an und streichelte mit ihrem Daumen über seinen Handrücken, bevor sie sich Eathen erneut zuwandte.

»Vorerst gibt es nur noch eine Sache, die du dringend wissen solltest. Nicht weil es so wissenswert ist, sondern weil es nicht so gut kommt, das zu verheimlichen. Das ist schon mal ziemlich schief gegangen.« Eathen sah mich auffordernd an. »Kannst du das vielleicht erzählen? Ich möchte das nicht noch mal erklären müssen.«

»Es lag nicht an dir, dass Eathen nichts von dir wollte, sondern eher an ihm«, begann ich.

»Bist du schwul?«, fragte sie erstaunt.

»Nein«, antwortete Eathen lachend. »Aber eine Zeit lang hätte ich viel dafür gegeben, schwul zu sein, weil das immer noch leichter gewesen wäre als das.«

Er deutete auf mich und irgendwie fand ich es süß, dass Eathen immer noch nicht frei heraus erzählen konnte, was er für mich empfand.

»Ausformuliert will Eathen dir sagen, dass er lieber etwas mit einem Kerl hätte, als akzeptieren zu müssen, dass er mich von Geburt an liebt.« Ich sah ihre Gesichtszüge entgleiten und beeilte mich weiterzureden. »Es ist nicht so, dass zwischen Eathen und mir irgendetwas laufen würde. Ich bin mit Elijah zusammen, und selbst wenn er nicht wäre, würde da nichts zwischen mir und meinem Bruder sein. Der entscheidende Punkt ist aber, dass Eathen das auch überhaupt nicht will. Sein ganzes Leben ist von Anfang an darauf ausgerichtet gewesen, mich zu beschützen. Und damit er diese Aufgabe optimal erfüllen kann, ist er so fixiert auf mich, dass er nur begrenzt in der Lage ist, überhaupt etwas für andere Menschen zu empfinden.«

»Also liebt er dich, ohne dich anfassen zu wollen?«, fragte Alana halb an mich, halb an Eathen gerichtet.

»Naja, mich im Sinne von einfachen Berührungen anzufassen, ist eine seiner Lieblingsbeschäftigungen. Denn wenn er mich berühren kann, hat er sozusagen die Sicherheit, dass er in meiner Nähe ist und mich beschützen kann. Trotzdem muss er nicht zwangsläufig immer bei mir sein. Da ich seine Gedanken lesen kann, können wir auch darüber miteinander reden, egal wie weit wir voneinander entfernt sind. Es ist also kein Kontrollwahn und nichts Einnehmendes. Viel eher ist es so etwas wie absolut reine, bedingungslose Liebe, die es so zwischen Menschen gar nicht gibt. Er möchte einfach immer, dass es mir gut geht, und würde dafür vermutlich so ziemlich alles tun.«

»Das heißt, diese Liebe beruht nicht auf Gegenseitigkeit?«, hakte Alana nach und klang dabei so, als redeten wir über einen einfachen naturwissenschaftlichen Sachverhalt, den es nur zu verstehen galt.

»Naja, ich kann nicht diese vollkommen übermenschlich starke Liebe wie Eathen fühlen, aber wenn einem solche Gefühle entgegengebracht werden und man das durchmacht, was Eathen und ich erlebt haben, ist es vermutlich unausweichlich, denjenigen, der einen immer wieder aufgefangen hat, wenn man gefallen ist und immer schützend direkt hinter einem stand, auch zu lieben. Ich zumindest wüsste nicht, wie ich ohne Eathen leben sollte, weil ich mich schon bei dem Gedanken, dass er nicht mehr da ist, total leer und ausgelaugt fühle.« Ich sah niemanden an, als ich das gestand, während es ziemlich still im Raum geworden war. »Nichts desto trotz können wir uns ziemlich gut streiten«, fügte ich lachend hinzu, um die Stimmung wieder aufzulockern. »Und dann ist er keinesfalls immer meiner Meinung.«

Alana lächelte verständnisvoll und drückte meine Hand, bevor sie Nathan anlächelte. Er sah wirklich glücklich aus. Auch Elijah wirkte sehr zufrieden, während Jamie seinen großen Bruder nur aufmerksam beobachtete. Ich konnte Nathans Glück vollends verstehen, denn bisher hatte Alana das alles wirklich gut aufgefasst.

Als letztes wagte ich es, Eathen anzusehen. Er erwiderte meinen Blick offenherzig, sodass ich für einen kurzen Moment seine tiefen Gefühle erkennen konnte. Ich lächelte ihn an und berührte flüchtig seinen Oberschenkel, bevor ich aufstand, und ihm und Elijah bedeutete, mir zu folgen.

Im Vorbeigehen gab Eathen mir einen Kuss auf die Stirn und ich konnte spüren, wie dankbar er für das war, was ich gesagt hatte. Eathen und Jamie verschwanden im Zimmer meines Bruders, während Elijah und ich es uns oben in meinem Zimmer auf dem Bett bequem machten, um Alana und Nathan einen kurzen Moment allein zu gönnen.

»Hey, hör auf, dir seine Gedanken anzuschauen«, meinte ich, als ich sah, wie Elijahs Blick verschwamm.

»Och, komm schon, Püppie! So ein erster Kuss ist cool. Außerdem weiß er, dass wir uns seine Gedanken anhören.«

»Das bedeutet doch nicht, dass es ihm weniger unangenehm ist. Außerdem ist das für Alana alles ganz neu. Also gönn ihnen ein bisschen Privatsphäre.«

»Na gut. Ich bleibe mit meinen Gedanken bei dir, aber nur, wenn du mich qualifiziert ablenkst.«

Natürlich verstand ich die Anspielung, zumal wir bereits auf meinem Bett lagen, aber so leicht wollte ich es ihm nicht machen.

»Das sollte zu machen sein«, erklärte ich und sprang auf. »Mein Computer hat seit gestern irgendeine Macke und ich bin mir sicher, dass du das repariert bekommst«, meinte ich vom Schreibtischstuhl aus.

Zuerst sah er wenig begeistert aus, doch dann kam er zu mir, nahm mich auf seinen Schoß und begab sich in die Untiefen meiner Systemsteuerung, während ich es nicht schaffte, ihm dabei nicht wenigstens durch die Haare zu streicheln.

Elijah grinste mich an, konzentrierte sich aber weiterhin auf den Bildschirm, bevor er sich nach einer halben Stunde zurücklehnte, mich kurz betrachtete und dann meine Lippen langsam zu seinen führte.

»Dich auf dem Schoß zu haben, während ich irgendetwas Ernsthaftes machen soll, ist eine echte Herausforderung. Aber da ich ja der Hammer bin, habe ich das Problem gelöst.« Er machte einen letzten Klick, woraufhin der Desktop wieder gewohnheitsgemäß mit dem Foto von Elijah, Eathen und mir bei der Abschlussprüfung anzeigt wurde.

Ich bedankte mich mit einem weiteren Kuss bei ihm. Doch natürlich blieb es nicht dabei.

»Wie war denn dein gestriger Abend?«, fragte ich Alana, als wir am Morgen gemeinsam zu ihr nach Hause fuhren. Sie hatte spontan bei Nathan übernachtet.

»So schön«, meinte sie mit einem breiten Lächeln.

»Heißt das, ihr seid jetzt offiziell zusammen?«

»Jap«, erklärte sie stolz.

»Und die ganze Wolfssache macht dir wirklich nichts aus?«

»Es ist natürlich ungewohnt und die letzten vierzehn Stunden haben sich angefühlt, als wäre ich komplett aus meiner Welt herausgerissen worden, aber ich möchte gerne mit Nathan zusammen sein. Außerdem finde ich das alles ganz schön cool. Ich weiß nur nicht, wie ich jetzt da weitermachen soll, wo ich gestern aufgehört habe. Mein kleines bescheidenes Leben ist nichts im Vergleich zu dem, was ich jetzt über euch weiß.«

»Falls du dir Sorgen darüber machst, dass Nathan dich langweilig finden könnte, sind diese Sorgen vollkommen unbegründet. Jeder Wolf verliebt sich in eine menschliche Frau und für ihn bedeutet es schon das ganz große Glück, dass du nicht schreiend davon gelaufen bist.«

Alana lachte. »Ich war kurz davor«, meinte sie ironisch. »Aber dann habe ich mir auf der Schwelle doch überlegt, dass ich den Wolf lieber küsse, als vor ihm wegzulaufen.«

Jetzt musste auch ich lachen.

»Das heißt, du bist kein bisschen sauer?«

»Nein, natürlich nicht. Nathan hat mir erzählt, dass du Angst hattest, ich würde nichts mehr mit dir zu tun haben wollen, wenn ich es wüsste, aber ich verstehe total, warum ihr es geheim gehalten habt. Und ich werde es auch auf jeden Fall als Geheimnis bewahren.«

»Danke«, meinte ich. »Das ist wirklich wichtig.«

»Das ist selbstverständlich und ich bin dir ehrlich dankbar, dass du es mir jetzt erzählt hast. Ich weiß zwar auch, dass Nathan das unbedingt wollte, aber du hattest es schon so lange vorbereitet, mir irgendwann die Wahrheit zu sagen. Und ich weiß es wirklich zu schätzen, dass du immer versucht hast, mich möglichst wenig anzulügen. Klar machen jetzt einige Dinge mehr Sinn, wo ich die Hintergründe kenne, aber es hat sich nichts Entscheidendes geändert. – Außer dass ich jetzt ein Mitglied in der coolsten Geheimloge der Welt bin!«

»Übertreibst du nicht ein bisschen? Mein Bruder kann sich in einen Wolf verwandeln. So cool ist das nun auch wieder nicht.«

»Klar übertreibe ich, aber ich habe das Gefühl, noch nie glücklicher gewesen zu sein.«

»Das liegt aber wohl eher an Nathan.«

»Natürlich liegt das auch an Nathan. Schließlich ist er der Hammer, aber es bedeutet mir auch für unsere Freundschaft viel.«

Wir umarmten uns, als wir in diesem Moment vor Alanas Haus hielten und beschlossen, nach meiner Arbeit weiterzureden.

An diesem Abend führten wir das Gespräch, dass ich mir schon hundert Mal ausgemalt hatte, in dem ich ihr von all den Situationen, die wir gemeinsam erlebt hatten, die wahre Geschichte erzählte. Außerdem hatte sie noch einen Haufen Fragen zu Wölfen allgemein und zu Nathan im Speziellen, obwohl sie fast die ganze letzte Nacht mit ihm geredet hatte. Dabei wirkte sie so glücklich, dass es ansteckend war, und als ich nach Hause fuhr, hatte ich das gute Gefühl, das Richtige getan zu haben.

Am Freitag holten mich Nathan und Jamie von der Arbeit ab. Ich zeigte Jamie, wo ich die Stunden bis zum frühen Abend verbrachte. Auch Alana gab sich Mühe, einen Draht zu Jamie aufzubauen, aber das war nicht so leicht, da sich Jamie nach wie vor weigerte, auch nur ein einziges Wort verbal auszusprechen, und Alana seine Gedanken nicht hören konnte. Ich hatte in den letzten Tagen einige Streitgespräche diesbezüglich zwischen Jamie und Nathan mitgehört. Nathan war, wie ich fand, zurecht der Auffassung, dass Jamie, wenn er ab Montag hier zur Schule ging, nicht dauerhaft schweigen könne, aber Jamie hatte zu große Angst davor, dass ihn jemand wegen seines Stotterns auslachen könnte. Also weigerte er sich standhaft, verbal zu reden, und der Blick, den Nathan seinem Bruder in diesem Moment zuwarf, vereinte all die Streitgespräche der letzten Tage in sich.

Um Jamie ein bisschen aus der Affäre zu ziehen, beeilte ich mich, mit ihm aufzubrechen. Wir wollten in die Mall fahren, um dort Schul- und Anziehsachen für ihn zu kaufen, denn bisher besaß er nur das, was er am Tag seines Ankommens getragen hatte. Seitdem trug er Eathens T-Shirts, die ihm sichtlich zu groß waren, und immer die gleiche Hose.

»Warte Kleiner«, meinte Nathan, holte sein Portemonnaie heraus und reichte Jamie seine Kreditkarte.

»Gib nicht alles aus. Ich brauche noch ein bisschen Geld für andere Dinge.«

»Kennst du denn die Nummer?«, fragte ich Jamie, als wir in meinem Auto saßen. Nathan würde den Abend bei Alana verbringen und später mit dem Motorrad nach Hause fahren.

Klar. Ich kenne doch seine Gedanken.

Im Grunde hätte ich mir diese Frage selbst beantworten können, aber ich hatte bisher nicht daran gedacht, dass in unserer Familie nicht nur alle die persönlichen Gedanken der anderen kannten, sondern eben auch so etwas wie Kreditkartennummern kein Geheimnis waren.

Bist du dir sicher, dass du nicht zu müde bist, um einkaufen zu gehen? – fragte Eathen in meine Gedanken hinein.

Nein, es geht mir gut.

Ganz sicher? In den letzten Tagen warst du immer ganz schön fertig, wenn du nach Hause gekommen bist.

Weil die Arbeit anstrengend ist. Trotzdem musst du dir keine Sorgen machen. Ich weiß, was ich tue.

Da bin ich mir nicht so sicher. Schließlich willst du nicht zugeben, dass dich die Schwangerschaft inzwischen ganz schön viel Kraft kostet, und du hast noch nicht mal etwas gegessen.

Für normale Menschen sollte die Nahrungsversorgung in einer Mall geregelt sein – erklärte ich meinem Bruder, während ich an einer Kreuzung nach rechts abbog.

Na gut. Dann pass gut auf sie auf, Jamie.

Hör auf, so einen Quatsch zu reden. Ich kann auf mich selbst aufpassen.

Da habe ich erhebliche Zweifel, aber ich wünsche euch trotzdem viel Erfolg. Er dachte ein Lächeln und ich wusste durch seine Gedanken, dass er es sich gerade auf dem Sofa gemütlich gemacht hatte.

Redet ihr eigentlich immer so miteinander? – fragte mich Jamie.

Da meine Schwester immer alles besser weiß, lassen sich solche Diskussionen leider nicht vermeiden – erklärte Eathen ungefragt.

Hör auf, von dir auf andere zu schließen – entgegnete ich und fügte dann an Jamie gewandt hinzu: »Wenn ich ihn nicht hin und wieder mit seinen Bedenken ignorieren würde, dürfte ich im Moment wahrscheinlich gar nicht mehr aus dem Haus gehen. Dabei bin ich im Gegensatz zu ihm sehr selbstständig.«

Wie bitte? – fragte Eathen.

Abschlussklausuren, Führerscheinprüfung, Prägungsberührungen – zählte ich auf.

Gebrochenes Bein, Hemmatome am ganzen Körper, Selbstüberschätzung, wenn es in der Schwangerschaft um die Wahrung der Selbstständigkeit geht – konterte mein Bruder.

Du übertreibst. Ich weiß einfach, dass es mir gutgeht.

Du trägst zehn zusätzliche Kilos mit dir herum. Da ist es klar, dass du schneller ermüdest und weniger leistungsstark bist.

»Tust du mir einen Gefallen und redest richtig mit mir? Er muss nicht alles mithören, sonst werden wir ihn heute gar nicht mehr los«, bat ich Jamie und hörte den Gedanken meines Bruders nicht länger zu.

Jamie schaute mich überrascht an, bevor er langsam den Kopf schüttelte.

»Bitte«, bat ich.

Er schüttelte wieder den Kopf. Das Grinsen, das während Eathens und meiner Diskussion auf seinem Gesicht gestanden hatte, war verflogen.

Tut mir leid. Aber ich kann das nicht.

»Natürlich kannst du mit mir reden«, entgegnete ich nachdrücklich.

Ja, aber niemand versteht es und ich brauche ewig, um die Worte zu formulieren.

»Na und? Wir haben doch Zeit.«

Verwundert sah er mich an und lächelte schüchtern, bevor ich seine Stimme zum ersten Mal mit meinen Ohren hörte.

»N-ein, n-icht so l-ange.«

Zwischen den Anfangsbuchstaben und den Endsilben entstanden Lücken, in denen er versuchte, die Laute zu bilden. Seine Lippen taten sich dabei so schwer, dass sich die Laute entweder wiederholten oder seine Unterlippe unkontrolliert bebte und er gar keinen Ton herausbrachte. Aber er war zu verstehen. Es dauerte nur eben etwas länger.

Ich lächelte ihn an. »Wir nehmen uns die Zeit einfach. Eathen und Nathan sind ja noch ein paar Stunden mit Berührungen versorgt.«

Mein Bruder war heute in der Mittagspause vorbeigekommen, sodass es ihm noch lange gut gehen würde.

»Bekk-omme ich dann n-och eine B-erühr-ung?«, stammelte er, grinste aber.

»Klar«, sagte ich und legte meine Hand auf seine.

Er hatte mich nicht nur um eine Berührung gebeten, sondern zeigte mir nun auch zum ersten Mal sein Prägungslächeln.

»Es ist nicht einfach, um Hilfe zu bitten. Das weiß ich aus eigener Erfahrung«, erklärte ich mit einem kurzen Blick auf meinen Bauch. »Aber das Spiel, das wir hier spielen, heißt *gegenseitiges Geben und Nehmen.*«

Er lächelte mich wieder an und wirkte wirklich glücklich – in erster Linie vermutlich, weil er sich endlich überwunden hatte zu sprechen.

»Bereust du es schon, hergekommen zu sein?«, fragte ich Jamie, als wir das erste Geschäft verließen und unsere Ausbeute relativ gering war. Im Verhältnis zu seiner Größe war er viel zu dünn, sodass ihm kaum Kleidung passte.

»Nein, auf gg-gar kei-nen Fall.«

Ich lächelte ihn an und war mehr als zufrieden mit dieser Antwort. Natürlich verstand ich es, dass es ihm unangenehm war, vor anderen zu stottern, aber gar nicht zu reden, machte die Barriere nur noch unüberwindbarer. Deshalb ermutigte ich ihn, während wir durch die Geschäfte gingen, immer wieder, mit mir zu reden.

Im Gegenzug berührte ich ihn häufiger scheinbar zufällig, doch er durchschaute es jedes Mal und grinste mich an.

»Ddd...« er atmete tief ein und versuchte es noch mal. »Danke«, sagte er, als wir aus einer weiteren Umkleide traten und nur eine Hose gefunden hatten, die ihm passte und gefiel. Ich hatte ihn unauffällig am Oberarm berührt, doch Wölfen konnte man nichts vormachen.

»Warum nn-nervt es d-ich nicht, wenn ich die Ww-örter nicht hinbekk-omme? Alll-le anderen st-ört das immer.«

»Ich kann mir vorstellen, dass es manchmal zu lange dauert, wenn man sich kurz absprechen will. Aber es wird nur dann weniger werden, wenn du dich traust, auch mit anderen zu sprechen.«

»Glaubst du wir-klich, ddd ass es weggg-eht?«

»Klar. Aber nur, wenn du keine Angst hast zu sprechen. Natürlich wird es nicht von heute auf morgen verschwinden, aber bestimmt wird es auf längere Zeit weniger werden, sodass es irgendwann nur noch dann auftaucht, wenn du aufgeregt bist, bis du irgendwann gar keine Sprachprobleme mehr haben wirst.

»Ddd-das wäre schön. D-enn ich kommmm-me mir so dummmmm- vor.«

»Du bist aber ganz sicher nicht dumm«, wandte ich ein, doch er schwieg daraufhin und wirkte niedergeschlagen.

»Mach dich einfach nicht unsichtbar, sondern rede mit den Leuten. Und jedes Mal, wenn du Probleme hast, ein Wort zu formulieren, zeigst du einfach dieses Wolfslächeln, bis es wieder geht. In der Schule werden zumindest die Mädchen davon hingerissen sein. Und das macht dich auch für die Jungs interessant.«

Meine Taktik schien ihn nicht zu überzeugen, aber er widersprach auch vorerst nicht.

»Welche Buchstaben sind denn am schwersten?«, fragte ich, nachdem ich mir chinesische Nudeln gekauft hatte, und wir uns an einen der zahlreichen Tische vor den Läden setzten.

»M, n, und k. Be-sonders am Anff-ang von Wörtern.«

»Ich bin zwar keine Logopädin und mir ist auch klar, dass ich dich nicht überreden kann, zu einer zu gehen, aber möglicherweise gibt es irgendwelche Tricks, um es dir leichter zu machen. Ich meine rein physische Hilfestellungen.«

»Du d-enkst auch, dass das Prrr-oblem in meinem K-opf sitzt?«

Ich nickte. »Mit deinen sprachbildenden Organen ist vermutlich alles in Ordnung. Aber das heißt nicht, dass du dir das bewusst antust oder einbildest. Es ist ein ernstzunehmendes Problem.«

Er lächelte. Doch ich beschloss, dass wir nun genug über seine Sprachprobleme geredet hatten.

»Jetzt arbeiten wir erst mal daran, dass du etwas zum Anziehen bekommst.«

Etwas ungelenkig stand ich auf und entsorgte die leere Pappschachtel in einem nahegelegen Mülleimer.

»Ich kaufe mir noch einen Saft, dann geht es weiter«, sagte ich zu Jamie und reihte mich in die kurze Schlange vor dem kleinen Stand ein. Als ich an der Reihe war, bestellte ich bei der mir gut bekannten Verkäuferin meinen Lieblingssaft. Sie fragte Jamie, ob er ebenfalls einen Saft haben wolle, aber er schüttelte nur stumm den Kopf.

»Er ist mein Cousin und genau so ein Saftmuffel wie mein Bruder«, erklärte ich ihr.

Sie lachte und richtete mir Grüße an Eathen und Elijah aus, bevor sie den nächsten Kunden bedienen musste. Jamie grinste mich an und nahm mir alle Tüten ab, obwohl sie mit den paar Klamotten als einzigem Inhalt nicht sonderlich schwer waren.

»Was ist?«, fragte ich ihn. »Willst du doch einen?«

»N-ein ganz b-estimmt nicht. N-athan hat mir n-ur erzählt, dd-dass du gut l-ügen kk-kannst.«

»Ich lebe seit achtzehn Jahren mit einem Wolf zusammen, das schult in Punkten, in denen man sonst nicht so viel Übung bekommt. Außerdem habe ich nicht gelogen. Sie geht nur von anderen Tatsachen aus als ich.«

Jamie schien zu merken, wie wichtig mir dieser feine Unterschied war. Schon auf dem Weg zum nächsten Geschäft hatte ich den kleinen Saftbecher ausgetrunken und wir setzten unseren Einkauf fort. Nachdem wir dann das siebte Geschäft verlassen hatten, war unsere Ausbeute akzeptabel, zumal wir die meisten Sachen von der Länge her auf Zuwachs gekauft hatten, damit wir nicht übermorgen noch mal losziehen mussten. Es reichte zwar noch nicht für eine ganze Kleiderschrankauswahl, aber zu weiteren Läden fehlte uns beiden um kurz vor acht die Motivation. Nur die Schulsachen besorgten wir noch, bevor wir uns ins Auto setzten und nach Hause fuhren.

»Und, ward ihr erfolgreich?«, fragte Eathen, als wir ins Haus kamen.

Eigentlich beantworteten die großen Tüten, die Jamie vor der Theke abstellte, die Frage bereits.

»Hm. Sieht gut aus«, stellte mein Bruder fest, als er sie entdeckte. Dann kam er zu mir und nahm mich in den Arm. Meine Erschöpfung konnte ich dabei nicht vor ihm verbergen.

»Lass mich raten: Du bist vollkommen fertig.«

»Ich fand Shoppen noch nie so anstrengend wie heute«, gab ich zu.

»Das könnte an den zusätzlichen zehn Kilo liegen«, wandte Eathen grinsend ein.

»Halt die Klappe, sonst fühle ich mich fett!«

»Das bist du aber nicht. Du hast nach wie vor eine schlanke Talie, schlanke Beine und Arme, also mach keinen Aufstand. Ruh dich einfach in bisschen aus.«

»Ist sie k-rank?«, fragte Jamie unsicher.

»Nein«, antwortete Eathen, bevor ich auch nur Luft holen konnte. »Sie hat es nur etwas übertrieben. Das einzige, was passieren kann, ist nun, dass die Wehen früher einsetzen.«

»Das ist Blödsinn!«, rief ich.

»OK, das ist unwahrscheinlich«, gab mein Bruder zu und setzte sich neben mich, während sich Jamie die Tüten schnappte und im Keller verschwand. »Aber wie wäre es, wenn wir mal darüber reden würden, wie du dir die Geburt vorgestellt hast?«

»Das ist unnötig. Ich habe noch über zwei Monate Zeit.«

»Realistisch gedacht, kannst du froh sein, wenn es das Kind noch ins neue Jahr schafft.«

»Das kannst du doch gar nicht wissen«, meckerte ich.

»Doch. Was denkst du, warum du jetzt schon so viel zugenommen hast, wie eine Frau am Ende der Schwangerschaft oder warum du so schnell ermüdest? – Genau weil dieses Problem alle zukünftigen Mütter haben, gibt es Mutterschutzfristen. Wie wäre es also, wenn du tatsächlich mal einen Gang runterfahren würdest?«

Ich entgegnete nichts, weil ich darüber nicht nachdenken oder gar reden wollte. Ich fürchtete mich unglaublich vor der Entbindung, nicht zuletzt, weil eine Hausgeburt immer Risiken in sich barg und mir hier ganz sicher niemand eine schmerzlindernde Spritze gegen die Wehen verabreichen würde.

⚜

All diese Menschen an meiner Seite zu haben

Als ich am Samstagmorgen die Augen aufschlug, schaute ich in Jamies Gesicht, der erschrocken zurückfuhr, weil er wohl nicht mit meinem Aufwachen gerechnet hatte.

Tut mir leid, wenn ich dich aufgeweckt habe – entschuldigte er sich voller Scham.

»Ich bin von allein wach geworden«, erklärte ich und lächelte ihn an. »Wie spät ist es denn?«

Die Sonne strahlte bereits durch die Löcher der Jalousie ins Zimmer.

Acht – antwortete er.

»Das ist eine gute Zeit, um aufzustehen«, stellte ich fest und schlug meine Decke zurück. Unsicher betrachtete mich Jamie, als ich sehr unbeholfen aufstand. Doch sobald ich in meiner Schlafkleidung vor ihm stand, schlug seine Unsicherheit in Verlegenheit um, und wenn er ein Mensch gewesen wäre, hätten sich seine Wangen sicher rot gefärbt. Es hatte ihn bestimmt schon einige Mühe gekostet, überhaupt in mein Schlafzimmer zu kommen, um sich eine Berührung zu holen, da er mit dreizehn sicher noch nicht in den Schlafzimmern vieler Mädchen gewesen war, und jetzt war ich auch noch aufgewacht und hatte das mitbekommen.

Dennoch beschloss ich, dass an der Situation eigentlich nichts komisch war. Ich war seine Cousine, und wären wir zusammen aufgewachsen, wäre ihm die Situation sicherlich nicht peinlich gewesen. Deshalb ging ich wie jeden Morgen zu meinem Kleiderschrank und suchte mir etwas zum Anziehen heraus.

Eigentlich hatte ich angenommen, Jamie würde in der Zwischenzeit runtergehen, aber als ich die Schranktüren schloss, stand er immer noch in der Mitte des Zimmers und sah mich an. Dabei fiel es ihm sichtlich schwer, mir nicht auf den Bauch zu starren, aber auch das machte mir nichts aus.

»Lass uns runtergehen«, sagte ich gelassen zu ihm, woraufhin er meine Zimmertür öffnete, und vor mir die Treppe hinabstieg.

Nachdem ich aus dem Badezimmer kam, saß Nathan auf der Theke und unterhielt sich mit Eathen, der vor der Spüle stand, über irgendeine Musikgruppe, die ich nicht kannte. Jamie stand daneben und verfolgte das Gespräch der beiden, ohne allerdings auch etwas dazu zu sagen

»Hey, Püppie«, begrüßte mich Eathen. »Ausgeschlafen?«

Ich nickte.

»Runter da«, sagte ich zu Nathan. »Das ist mein Platz zum Frühstücken.«

»Ich verschwinde, wenn ich eine Berührung bekomme«, erklärte er und streckte mir seine Hand entgegen.

»So etwas nennt man Erpressung«, entgegnete ich, während ich nach seiner Hand griff und ihn von der Theke zog.

»Tja, bei uns ist es eben anders herum als bei Laurel. Hier erpressen wir unsere Geprägte«, sagte Nathan zu Jamie. »Darf ich?«, fragte er mich gleich darauf und legte seine Hände auf meine Hüfte.

»Bitte«, gestand ich ihm zu, woraufhin er mich auf die Theke hob.

Eathen reichte mir, ohne dass ich ihn vorher darum gebeten hatte, meine Cornflakes und ich begann zu frühstücken.

»Habt ihr schon gegessen?«, fragte ich die Jungs nach zwei Bissen.

»Schon längst«, sagte Eathen, als wäre es eine vollkommen absurde Vorstellung, jetzt erst zu frühstücken.

»Früher bist du auch nie aus dem Bett gefallen«, wandte ich ein.

»*Früher* musste ich auch noch mehr als eine Stunde pro Nacht schlafen. *Jetzt* nutze ich gerne die Zeit.«

»Ich schätze meinen Schlaf«, erklärte ich

»Ich auch. Nur eben nicht so lange«, war Eathens Kommentar dazu.

»Wie sieht denn dein Plan für heute aus?«, fragte mich Nathan, um unsere sinnlose Diskussion zu unterbrechen.

»Ich fahre nachher zum Training und du und Jamie holt mich mittags ab, damit ich ihm anschließend die Schule zeigen kann.«

Muss ich wirklich schon Montag zur Schule gehen? – fragte er.

»Keine Diskussion, Kleiner«, entschied Nathan und wuschelte seinem Bruder durch die Haare.

Lass das – beschwerte sich Jamie und wich aus Nathans Reichweite.

Muss das wirklich sein, Cat? –wandte er sich an mich.

»Hey, was soll das werden? Das Spiel, wenn Papa *Nein* sagt frage ich Mama? Ich habe gesagt, es gibt keine Diskussion darüber«, tadelte Nathan seinen Bruder. »Jedes Kind in deinem Alter muss zur Schule gehen.«

»Spul dich nicht so auf«, versuchte ich die Wogen zu glätten.

»Was spricht denn dagegen, Montag zur Schule zu gehen?«, fragte ich Jamie anschließend.

Ich kann das nicht.

»Aber denkst du denn, dass es in einer Woche anders sein wird?«

»Natürlich nicht«, antwortete Nathan an Jamies Stelle. »Er hat Angst davor, in eine fremde Klasse zu kommen oder überhaupt in der Schule etwas sagen zu müssen. Nur daran ändert sich in einer Woche gar nichts, und solange er nicht mal mit uns redet, wird es auch nicht besser werden.«

Ich musste Nathan Recht geben, wollte Jamie aber auch nicht dazu zwingen, schon diesen Montag in die Schule zu gehen.

»Das letzte Wort hat zwar dein Bruder, aber ich schlage dir einen Deal vor: Du musst erst in einer Woche zur Schule gehen unter der Bedingung, dass du hier zu Hause verbal mit uns redest. Und damit meine ich nicht, dass du gar nichts mehr sagst, weil wir dir nicht erlauben, über Gedanken mit uns zu reden, sondern dass du alles sagst, was du sagen willst.«

»Einv-erstand-en«, meinte Jamie lächelnd und streckte mir seine Hand entgegen. Ich tauschte einen kurzen Blick mit Nathan und sah, wie er einknickte, bevor ich meine Abmachung per Handschlag mit Jamie besiegelte.

»Pass auf, dass dich dein Baby später nicht auch so um den Finger wickelt«, sagte Nathan, schnappte sich seinen kleinen Bruder und zog ihn aus der Küche, wobei er ihm wieder gegen seinen Willen durch die Haare wuschelte.

»Ich kann echt nicht glauben, dass du ihr das aus den Rippen geleiert hast«, hörte ich Nathan sagen. Gleich darauf schlug die Kellertür zu und Eathen und ich waren allein. Mein Bruder musterte mich mit einem liebevollen Gesichtsausdruck.

»Du wirst eine gute Mutter sein, Püppie.«

»Ich hoffe, ich bekomme die Gelegenheit, es unter Beweis zu stellen«, wandte ich ein.

»Das wirst du!«, versprach Eathen vollkommen gelassen. Bewusst schob ich die negativen Gedanken an die Geburt und alles, was mein Leben danach verändern würde, zur Seite. Aber nach Eathens Blick zu urteilen, wusste er, woran ich gedacht hatte. Doch er schien sich absolut sicher zu sein, dass es niemand schaffen würde, unser Leben zu zerstören. Außerdem glaubte ich, dass mein Bruder in letzter Zeit nur häufig über die Zukunft mit meinem Baby sprach, um mit mir über die Geburt zu reden. Doch das wollte ich absolut nicht. Die ganze Sache totzuschweigen, erschien mir sinnvoller, als vor Angst daran zu sterben. Denn trotz Eathens Zuversicht fürchtete ich mich unglaublich vor der Geburt und allem, was uns danach erwartete.

»Ich mache mir Sorgen um Jamie«, sagte ich das Erstbeste, was mir in den Sinn kam. »Wenn er in der Schule nichts sagt, können wir ihm kaum helfen.« Eathen ließ sich glücklicherweise darauf ein.

»Er ist über Jahre zu dem Menschen geworden, der er jetzt ist. Alles, was geschehen ist, kann man nicht von einem Tag auf den anderen wieder rückgängig machen. Er braucht noch ganz viel Zeit, aber es wird besser werden. Schließlich ist er erst dreizehn. Außerdem tust du wirklich alles, was in deiner Macht steht, um ihm zu helfen, und das weiß er zu schätzen. Er vertraut dir und hat dich gern, sonst hätte er nie angefangen, mit dir zu sprechen. Du hast eben diese besondere Wirkung auf Leute und auf Wölfe im Speziellen. Doch auch du kannst nicht zaubern und Magie gibt es bekanntlich nicht. Außerdem sagt man ja, dass es tatsächlich Lehrer gibt, die nicht nur ihre festgefahrenen Bilder von Schülern bewerten, sondern deren tatsächliche Leistung. Vielleicht wird er in den ersten Wochen ein paar Probleme haben, aber es wird nicht ewig so weitergehen. Schließlich ist er ein Wolf und selbst stotternd kommen wir an das obere Ende der Schulnahrungskette.«

Mein Bruder grinste mich an. Dabei musste Jamie gar nicht Eathens und meine Position in der Schulgemeinschaft einnehmen. Er sollte nur nicht untergehen und ewig bei allem vom Rand aus zusehen, sondern seine Highschoolzeit genießen.

»Er hat sich heute morgen furchtbar erschrocken, als ich aufgewacht bin«, erzählte ich.

Eathens Grinsen verstärkte sich.

»Wundert dich das? Er wollte sich unauffällig eine Berührung abholen und hat nicht damit gerechnet, dass du aufwachst. Aber falls du es bemerkt hast, ist er nicht gleich abgehauen. Er ist da geblieben, weil er gern in deiner Nähe ist.«

»Aber du warst mit dreizehn noch unverschämter als jetzt«, entkräftete ich sein Argument, auch wenn der Großteil von mir längst wusste, dass Eathen recht hatte, aber ich wollte meinem Bruder nicht die Chance geben, das Thema zu wechseln.

»Ich musste auch nicht das durchmachen, was er erlebt hat, sondern hatte das Glück, einen Vater zu haben, der mir zwölf Jahre lang beigebracht hat, wie klasse es ist, ein Wolf zu sein. Außerdem hatte ich mit dreizehn das schon oft erwähnte Problem, die Aufmerksamkeit meiner Schwester erlangen zu müssen, ohne mich wie ein Depp zu verhalten.«

»Das ist dann aber ganz schön schiefgegangen.«

»Nein. Wir haben nur unterschiedliche Vorstellungen von *Sich zum Depp machen*. Ich wollte nicht, dass du etwas von meinen Gefühlen für dich erfährst, alles andere war und ist mir nach wie vor egal.« Er zwinkerte gekonnt mit dem linken Auge und vollführte dann ein albernes Balancekunststück mit einem der scharfen Küchenmesser. Zugegeben, die Spitze eines Messers auf seiner Fingerkuppe zu balancieren, war beeindruckend, aber für einen Wolf ein Kinderspiel.

»Pack es weg«, sagte ich deshalb schlicht. »Du bist nicht mehr dreizehn.«

»Dafür gibt es keine Altersgrenze.«

»Nein, aber es gibt meine persönliche Toleranzgrenze, die du gerade erreicht hast, und wenn du eine Berührung willst, solltest du das Messer weglegen. Außerdem, was hast du immer in letzter

Zeit mit scharfen Küchenmessern?«

»Ich fühle mich intensiv zu ihnen hingezogen und liebe den Hauch der Gefahr, der sie umgibt«, erklärte Eathen, wobei er theatralisch seine Hand auf die Brust legte.

»Das ist mein Stichwort zu gehen«, erklärte ich, woraufhin Eathen endlich das Messer wegpackte. Schwungvoll sprang ich von der Theke und freute mich, dass ich es runter immer noch allein schaffte, als Eathen mir in den Weg trat, mich wortlos kurz umarmte und den Weg erst dann wieder freigab.

Offenbar hatte er heute einen seiner schwierigen Tage – dachte ich auf dem Weg in mein Zimmer.

Um elf Uhr fuhr mich Eathen zum Training und lief den Weg wieder zurück, um zwei Stunden später mit Jamie auf Nathans Motorrad zurückzukommen.

»Wie war's, Püppie?«, wollte er wissen.

»Nicht so gut wie sonst, weil ich nicht mehr richtig mitmachen kann«, erklärte ich wahrheitsgemäß. Dennoch war ich darüber nicht enttäuscht. Denn falls mein Leben nach der Entbindung nicht vollkommen aus den Fugen geriet, würde ich schon in ein paar Monaten wieder jede Figur springen und erklären können.

»Du armes Kind«, heuchelte Eathen etwas Mitleid und streichelte mit der flachen Hand über meinen Bauch.

»An wen genau richtete sich das jetzt?«, hakte ich nach. »An das Baby, weil es mich als Mutter hat, oder war ich gemeint, weil ich ohne deine Hilfe keine Saltos mehr springen kann?«

»Such es dir aus«, sagte er grinsend, startete das Motorrad und rauschte davon.

Nathan hatte Jamie nicht bringen können, weil Alana spontan vorbei gekommen war, und die beiden es genossen, das Haus für sich allein zu haben, während Eathen im Wald war – berichtete mir Jamie auf dem Weg über den Schulhof.

Ich zeigte ihm grob von außen die drei Gebäude unserer Schule, bevor wir die breiten Stufen zum Haupteingang hinaufstiegen. Noch immer stolz über meine Schlüsselgewalt schloss ich die Haupttür auf. Jamie folgte mir in das menschenleere Gebäude und ich schloss die Tür hinter uns, damit niemand Unbefugtes die Schule betreten konnte.

»Willkommen an der Eagle High«, erklärte ich und breitete die Arme im Foyer aus. Es war ein hoher Raum, von dem vier Gänge und zwei Treppen abgingen. Alle Flure waren lichtdurchflutet von der Sonne, die heute schon den dritten Tag in Folge schien.

Als wir in die Sporthalle kamen, die durch den Keller mit der Schule verbunden war, war ihm die Begeisterung sichtlich anzusehen. Wir waren so spät dran, dass die Basketballer bereits mit dem Training fertig waren, und wir auch hier vollkommen allein waren.

»D-arf ich?«, fragte er und griff nach einem Basketball, der noch unter einer der Bänke lag.

»Klar«, sagte ich und setzte mich mitten in der Halle auf den Boden. Das Stehen und viele Laufen war inzwischen wirklich anstrengend für mich geworden. Jamie nahm Anlauf und warf in einwandfreier Technik ein paar Körbe. Kein einziger Ball flog am Korb vorbei und Jamie blühte richtig auf. Einen Moment glaubte ich, er hätte mich tatsächlich vergessen, doch dann kam er zu mir, reichte mir seine Hand und zog mich auf die Beine.

»Jetzt b-ist du ddd-dran«, verkündete er.

»Äh nein. Ich kann das nicht«, erklärte ich. »Jede Sportart, die mit einem Ball zu tun hat, ist nichts für mich.«

Davon schien er nichts hören zu wollen, sondern übergab mir den Ball und schaute mich erwartungsvoll an.

»Ich kann das wirklich nicht«, beharrte ich. »Ich kann noch nicht mal einen einfachen Ball fangen oder zielsicher werfen.«

»Vers-uch es dd-och einf-ach mal. Ich lll-ache auch n-icht.«

Ich entschied, dass es vollkommen egal war, ob ich mich vor Jamie blamierte. Außerdem überwand er sich auch, mit mir zu reden, also war es nur fair, wenn ich auch etwas machen musste, dass ich nicht so gut konnte. Deshalb stellte ich mich vor den Korb und warf, ohne zu springen, weil ich mich das mit dem Babybauch nicht traute. Wie erwartet, verfehlte ich den Korb, traf aber immerhin den Rahmen, woraufhin der Ball zurückprallte und mir nichts Schlaueres einfiel, als mich zu ducken. Das war leider eine meiner absolut klischee-mädchenhaften Angewohnheiten bei Ballsportarten. Nur bei Volleyball war es etwas besser, was ich Eathens und Elijahs Training zu verdanken hatte.

Souverän sprang Jamie hoch, fing den Ball und landete grinsend neben mir.

»Ich gl-aub-e, du kkk-annst d-as wirkkk-lich nicht.«

»Hab ich ja gesagt«, entgegnete ich. »Aber da ich mit der Schule fertig bin, muss ich auch nie wieder Basketball spielen, also ist es egal, ob ich das kann oder nicht. Aber du solltest dir mal überlegen, in welches Team du gehen willst. Beim Sport muss man schließlich nicht reden und es ist gerade für Wölfe leicht, gute Noten zu bekommen. Außerdem erhöht es den Beliebtheitsgrad und ich gehe fest davon aus, dass es niemanden gibt, der dir in irgendeiner Sportart, die hier angeboten wird, etwas vormachen kann.«

Jamie wirkte nicht sonderlich überzeugt, außerdem schien ihm der Gedanke, in einer Woche Schüler dieser Schule zu sein, noch immer nicht zu gefallen.

Eathen war nicht zu Hause, als Jamie und ich zurückkamen, dafür war Alana immer noch da. Wir aßen zusammen zu Mittag und ich freute mich, für zwei Personen kochen zu dürfen. Nach dem Essen legte ich mich erschöpft auf mein Bett und las, während ich versuchte, die Schmerzen in meinem Rücken zu ignorieren. Der Babybauch zwang mich in ein unnatürliches Hohlkreuz und nach Stunden der Belastung ertrugen meine Muskeln das nur noch schmerzend. Gerade als ich versuchte, eine bequemere Position zu finden, stand Eathen unangemeldet in meinem Zimmer, frisch geduscht, mit noch nassen Haaren und einem grauen T-Shirt, auf dem *Meine Motivation ging heute morgen winkend an mir vorbei!* stand.

»Hatte ich dich hereingebeten?«, fragte ich ihn ein wenig gereizt, weil ich mich beim Kaschieren meiner Schmerzen ertappt fühlte.

»Nein, aber ich habe auch nicht angeklopft«, entgegnete Eathen frech und setzte sich auf meine Bettkante.

»Was willst du?«

»Ich wollte schauen, wie es dir geht, und fragen, wie es mit Jamie in der Schule war?«

»Nett«, antwortete ich schlicht.

»Kriege ich einen Versuch, das wieder hinzukriegen?«, fragte mein Bruder mit einem Blick auf meinen Rücken und wirkte, als hätte er mir gar nicht zugehört.

»Nein. Bekommst du nicht und jetzt raus hier.«

Ich wollte aufstehen und ihn aus dem Zimmer schmeißen, doch blöderweise war dies das erste Mal, dass ich es nicht allein schaffte, vom Bett aufzustehen.

»Kann ich dir vielleicht helfen, damit dein Protest theatralischer wirkt?«, fragte Eathen, während er mir lächelnd zusah.

»Du würdest mir helfen, wenn du gehen würdest«, meckerte ich. Nach dem ersten gescheiterten Versuch hatte ich mich gegen die Wand gelehnt und demonstrativ wieder mein Buch aufgeschlagen. Jeder andere Mensch hätte das als Rausschmiss verstanden, nur mein Bruder nicht.

»Püppie, dir tut der Rücken weh und ich kann dir helfen, also lass es mich versuchen. Oder muss ich ernsthaft Elijah Bescheid sagen, damit er herkommt und dich massiert?

»Nein, es ist alles in Ordnung.«

»Püppie, du hast Jamie erst gestern erklärt, dass es absolut kein Problem ist, um Hilfe zu bitten, weil unser Zusammenleben auf gegenseitigem Geben und Nehmen beruht«, erinnerte er mich. »Also halte dich auch daran, sonst glaubt er dir so etwas in Zukunft nicht mehr.«

Jetzt war es ihm mal wieder gelungen, meine eigenen Waffen gegen mich zu richten. Wenn ich dem, was ich Jamie am Tag zuvor erzählt hatte, nun widersprach, würde er mich nicht mehr so häufig nach Berührungen oder anderen Dingen fragen. Anderseits wollte ich mich weder von Eathen noch von Elijah massieren lassen, weil ich dann zugeben müsste, wie viel mir die Schwangerschaft schon jetzt abverlangte.

»Leg dich hin«, trug Eathen mir nach einem stillen Blickduell zwischen uns auf. Ich kam seinem Befehl nach, war aber fest davon überzeugt, meine Muskeln so sehr anzuspannen, dass Eathen nichts ausrichten konnte. Zu meinem großen Bedauern waren die Hände meines Bruders vom Duschen allerdings unglaublich warm, sodass ich meine Anspannung schon aufgab, bevor ich überhaupt richtig damit angefangen hatte. Außerdem wusste er tatsächlich, was er tat, und irgendwie gelang es ihm, das wie eine medizinische Behandlung zu gestalten, zumal ich all meine Kleidung anbehielt. Auf diese Weise war es kein bisschen erotisch oder anzüglich. Es half schlicht gegen meine Schmerzen.

»Ich werde das nicht kommentieren und mich auch nicht dafür bedanken«, bemerkte ich, als ich mich schließlich aufsetzte.

»Musst du auch nicht«, entgegnete er zufrieden. »Aber du könntest mit in die Küche kommen. Alana möchte nämlich mit dir reden.«

»Na gut«, willigte ich ein, und bemerkte, dass ich nun ohne die Schmerzen deutlich bessere Laune hatte.

»Oh Cat, gut dass du kommst. Ich muss dich etwas fragen«, sagte Alana, während sie sich eine Tasse Tee aufgoss. Ich entschied, mir aus dem restlichen heißen Wasser auch einen zu machen, bevor ich mich Alana zuwandte. Doch ihre Unbeschwertheit war verschwunden und sie suchte offensichtlich nach den richtigen Worten, was mich misstrauisch werden ließ. Wenn sie zögerte, es auszusprechen, was wollte sie dann von mir?

»Nathan hat mir die Hintergründe der Entführung erzählt, und dabei auch erwähnt, welche Fähigkeit dein Blut höchstwahrscheinlich hat«, erklärte sie schließlich.

Ich ahnte, worauf dieses Gespräch hinauslaufen würde und das gefiel mir gar nicht.

»Niemand weiß, wozu mein Blut genau fähig ist«, bemerkte ich deshalb, in der Hoffnung, die Diskussion verhindern zu können, doch Alana blieb hartnäckig.

»Würde es sich dann nicht lohnen, es einmal zu testen?«, entgegnete sie.

»Das ist ein Spiel mit dem Feuer und nichts, was man leichtfertig ausprobiert. Denn wir haben keine Ahnung, was aus einem Menschen wird, dem wir mein Blut spritzen. Vielleicht hat er unerträgliche Schmerzen, wenn die Verwandlung nicht vollständig funktioniert, oder wir erschaffen irgendeine Spezies, die es nicht geben darf. Im günstigsten Fall stirbt derjenige vermutlich.«

»Nein, im günstigen Fall wird der Mensch zum Wolf«, wandte Alana ein.

»Vielleicht. Trotzdem werde ich niemandem mein Blut geben!«

»Nicht einmal deiner besten Freundin, wenn es ihr allergrößter Wunsch wäre?«

»Meine beste Freundin weiß seit noch nicht einmal einer Woche überhaupt erst, dass es Wölfe gibt, ist zudem in einen Wolf verliebt und meiner Meinung nach von einer sehr ungesunden Form der Begeisterung ergriffen.«

»Ich habe dich nicht nach einer Bewertung meines psychischen Status gefragt«, entgegnete Alana allmählich sauer.

»Du hast mich aber nach meinem Blut gefragt und meine Antwort lautet *NEIN*.«

Ich zog die Schublade mit dem Mülleimer auf und schmiss meinen Teebeutel hinein, bevor ich ihr einen etwas zu kräftigen Stoß gab, woraufhin sie zuknallte.

»Hast du dafür auch eine ernsthafte Begründung oder sind das deine Schwangerschaftshormone?«

»Ich will nicht ausschließen, dass ich im Moment schnell gereizt reagiere, ...« Eathen nickte und Nathan grinste. » ... aber genau aus diesem Grund sollte ich gerade keine Entscheidungen treffen, die mein Leben und das meiner Freunde nachhaltig verändern. Außerdem habe ich das Gefühl, dass du die ganze Sache auch noch nicht zu Ende gedacht hast.«

Alana seufzte. »Warum glaubst du mir nicht, dass ich mir das gut überlegt habe?«

»Weil du erst seit fünf Tagen weißt, dass es so etwas wie Werwölfe überhaupt gibt. Du kannst die ganzen Konsequenzen und all die Probleme, die solch ein Leben mit sich bringt, überhaupt nicht überblicken.«

»Was denn für Probleme?«, fragte Alana.

Entschlossen, meine Gedanken nicht in Eathens und Nathans Gegenwart auszusprechen, schwieg ich. Doch Eathen begriff sofort, dass wir das weitere Gespräch alleine führen mussten.

»Komm Nathan, wir sollten die beiden mal alleine lassen«, erklärte mein Bruder, bevor sie in den Garten gingen.

Was ist mit Elijah? – fragte ich Eathen.

Er ist beschäftigt, aber ich pass auf, dass euch kein Wolf zuhört. Ihr seid also ungestört.

Danke – entgegnete ich.

»Also, was sind das für Probleme?«, wollte Alana wissen.

»Mal angenommen, du würdest zum Wolf werden, würdest du nicht nur ihre ganzen körperlichen Fähigkeiten bekommen, sondern wahrscheinlich auch ihre Selbstzweifel und all ihre Ängste, denn Wölfe haben starke Emotionen. Bist du dir sicher, dass du das möchtest? Denn übermenschliche Fähigkeiten zu haben, bedeutet immer auch, dass die Probleme größer werden. Das siehst du in jedem Spielfilm oder kannst es in jedem Buch aus dem Fantasygenre nachlesen. Jeder Held, der zaubern kann, muss gegen einen Bösen antreten, der auch zaubern kann. Und genauso ist es auch bei uns. Nach der Geburt meines Kindes werden unsere Verwandten herkommen und mein Blut einfordern, doch ich werde es auch ihnen nicht überlassen und wir können uns vermutlich nicht mal ausmalen, was dann geschehen wird. Ich kann mir nicht vorstellen, dass du ein Teil dieses Konfliktes sein möchtest, mit dem du bisher rein gar nichts zu tun hast.«

»Siehst du denn nicht, dass ich bereits mitten drin stecke?«, erwiderte Alana. »Ich war schon beim ersten Mal, als sie hergekommen sind, beteiligt, und nun als Nathans Freundin, die obendrein über alles Bescheid weiß, werden sie mich doch nicht einfach ignorieren. Aber dass ich daran beteiligt bin, ist nicht deine Schuld, genauso wie es nicht deine Schuld ist, dass ich im Mai zu ihrer Zielscheibe wurde. Du konntest nichts daran ändern. Aber du könntest mir jetzt die Möglichkeit geben, mich selbst zu verteidigen, damit ich nicht als verwundbarer Mensch darauf hoffen muss, von Nathan beschützt zu werden.«

»Er würde das aber liebend gern machen.«

»Das weiß ich.«

»Wenn es darum geht, dass du Angst hast, als Mensch nicht genug für Nathan zu sein, dann musst du dir keine Sorgen machen. Erstens liebt er dich, egal ob als Mensch oder als Wolf, und zweitens funktionieren Beziehungen zwischen menschlichen Frauen und Wölfen seit Jahrhunderten wunderbar.«

»Mit der Ausnahme, dass in etwa jede zweite Frau irgendwann ungewollt schwanger wird und bei der Geburt stirbt«, wandte sie trocken ein, bevor sie weicher hinzufügte: »Ich weiß, die Geburt ist nicht unbedingt dein Lieblingsthema und diese Aussage war auch gar nicht auf dich bezogen, aber wenn ich eine Wölfin wäre, würde das einiges in Nathans und meiner Beziehung einfacher machen.«

Sicher würde es diesen Punkt vereinfachen und weder ich noch Nathan müssten sich in Zukunft Sorgen um Alanas Leben machen, weil sie als Wölfin eine ungewollte Schwangerschaft überleben würde. Dennoch war ich dagegen, weil ich mir nicht vorstellen konnte, sie als Wölfin zu sehen. Außerdem hielt ich es nach wie vor für zu riskant.

»Warum hast du denn überhaupt gar keine Angst vor der Veränderung? Ich meine, es könnte doch alles passieren, und selbst wenn die Transformation zur Wölfin klappt, bist du danach jemand ganz anderes.«

»Warum sollte ich denn jemand anderes sein? Natürlich bin ich auch davon überzeugt, dass einem die Verwandlung in einen Wolf nicht nur ihre körperlichen Fähigkeiten verleiht, sondern auch mentale Veränderungen bewirkt, aber so wie ich das verstanden habe, sind wölfische Emotionen nur verstärkte Menschliche. Ich kann mir also sicher sein, dass mir die Menschen, die ich jetzt liebe, auch danach noch wichtig sein werden, und all die Leute, denen ich schon jetzt nur mit Höflichkeit begegne, kann ich auch nach meiner Verwandlung nur knapp grüßen.«

»Was ist mit der Prägung? Hast du keine Angst, dass du dich aus Versehen auf die falsche Person prägen könntest?«

»Klar, kann das passieren. Aber ich kenne ja jemanden, der Prägungen übernehmen kann.«

»Aber wir wissen nicht, ob ich das auch noch nach dem Ende der Schwangerschaft kann.«

»Wenn ich mich als Wölfin unvorhergesehen auf eine andere Person prägen würde, habe ich immer noch die Möglichkeit, die Prägungen in derselben Nacht zu übertragen.«

Überrascht stellte ich fest, wie gut sie inzwischen informiert war, was bedeutete, dass sie diese Entscheidung doch nicht vollkommen leichtfertig traf.

»Was ist mit deiner Mum? Du müsstest ihr eine Menge verheimlichen, wenn du eine Wölfin wärst, und könntest nicht mal zu Hause du selbst sein. Mal abgesehen davon, könntest du nie wieder mit deiner Familie zusammen essen, weil dir nach der Transformation nur noch rohes Fleisch schmeckt. Wie soll sie das verstehen?«

Alana seufzte. »Ich hatte gehofft, nach der Verwandlung hier einziehen zu dürfen. Nathan sagt, dass es für einen Wolf wichtig ist, mit seinem Rudel zusammenzuleben, und meine Mum würde sicher damit klarkommen. Sie würde verstehen, dass ich gerne mit meinem Freund zusammenwohnen möchte und hätte bestimmt nichts dagegen, wenn ich in das Haus meiner ältesten Freundin einziehe. Die eigentliche Frage lautet also, ob du damit klarkommen würdest?«

Es blieb offen, ob sie von der Transformation allgemein oder von der Wohnsituation sprach, doch es war unerheblich, weil meine Antwort auf beide Fragen die gleiche war.

»Ich bin dagegen. Es ist viel zu früh, um eine solche Entscheidung zu treffen. Außerdem halte ich es für zu riskant.«

Ihre Reaktion offenbarte, dass sie keine andere Antwort erwartet hatte.

»Hast du über das Risiko mal mit Eathen gesprochen? Schließlich weiß er eine Menge und vielleicht auch etwas darüber.«

Das konnte gut möglich sein. Zumal Eathen zu der Frage noch nicht eindeutig seine Meinung geäußert hatte, und so zurückhaltend war er in der Regel nur, wenn er mehr Informationen besaß als wir anderen.

»Selbst wenn Eathen sagen würde, dass die Transformation mit hundertprozentiger Sicherheit funktioniert, und du daran weder verstirbst noch Qualen erleiden musst, wäre ich dagegen.«

»Aber warum denn?«

»Weil eine Transformation kein Tattoo ist, dass du dir im Zweifel wieder weglasern lassen kannst.«

»Aber wir haben nicht unbegrenzt viel Zeit! Sobald dein Baby auf der Welt ist, stehen sie hier vor der Tür und dann ist es zu spät, weil ich nicht weiß, ob ich diese Begegnung überleben werde.«

»Hast du so große Angst davor?«

»Ich habe Angst davor, solange ich noch ein Mensch bin und rein gar nichts gegen Wölfe ausrichten kann. Trotzdem möchte ich mich nicht aus Angst verwandeln lassen. Ich möchte einfach unbedingt zu dieser Person werden, die ich als Wölfin wäre. Dabei ist mir natürlich klar, dass ein Wolfsdasein nicht immer toll und perfekt ist. Wie bei allen Dingen, gibt es auch hier die andere Seite der Medaille. Dennoch bin ich davon überzeugt, dass ich als Wölfin und Mitglied eurer Familie alles hätte, was ich mir immer gewünscht habe. Das wäre genau das Leben, das zu mir passt.«

Langsam begann ich zu verstehen, wie ernst ihr die Sache war. Dennoch konnte ich diese Entscheidung nicht jetzt treffen.

»Was passiert, wenn du mit fünfunddreißig plötzlich kein Wolf mehr sein willst? Wenn du es nur toll findest, solange du jung bist?«

»Ich glaube nicht, dass es so kommen wird. Aber falls das geschieht, bin ich einer der vielen Menschen, die mit den Entscheidungen, die sie als junge Erwachsene getroffen haben, leben muss. Ich meine, wir entscheiden uns doch alle in diesem Alter mit unseren Ausbildungen für einen Lebensweg, und ich würde eben gerne als Wolf durch den Wald laufen.«

»Aber du warst doch bisher nie so übermäßig natur- und freiheitsliebend.«

»Ich habe immer davon geträumt, alle Seile durchzuschneiden und einfach frei das tun zu können, was ich möchte. Deshalb male ich ja so gerne, weil es dabei keine Regeln gibt. Aber die Option, eine Wölfin zu werden, bietet mir noch viel größere Freiheiten. Und natürlich bin ich als Kind nicht einfach in den Wald gerannt. Schließlich kannte ich mich dort gar nicht aus. Doch die Vorstellung, als Wolf durch den Wald zu laufen, so viel zu riechen, zu hören und sich naturgegeben orientieren zu können, finde ich gigantisch. Klar, weiß ich von all dem erst seit fünf Tagen, aber seit ich diese Welt betreten habe, lässt sie mich nicht mehr los, und ich habe das Gefühl, dass ich hierher gehöre. Denn im Grunde habe ich mich auch nur für den Kunststudiengang angemeldet, weil ich wirklich gerne male und weil meine Mum mich an irgendeiner

Uni sehen möchte, wenn ich schon nicht ihre Firma übernehme. Aber mal ernsthaft, wie hoch ist die Wahrscheinlichkeit, dass ich jemals eine erfolgreiche Künstlerin werde? Zumal ich auch noch malen kann, wenn ich eine Wölfin bin – nur dann vielleicht mit mehr Inspiration und potentiell erfolgreicher.«

Einen kurzen Moment lang betrachtete sie mich aufmerksam, bevor sie fortfuhr: »Das Bild, das ich von Eathen und dir als Kinder gezeichnet habe, hat einen ziemlichen Eindruck bei den Professoren der Kunsthochschule gemacht. Nur dadurch habe ich das Angebot für das Stipendium bekommen. Also bringt mich die Wolfswelt auch weiter, wenn ich als Malerin erfolgreich werden möchte. Aber auf einem öden Campus in einem College-Zimmer festzusitzen und zu lernen, bringt mich meinen Wünschen und Träumen sicher nicht näher.«

»Das heißt, du willst alle Pläne über den Haufen werfen? Nicht studieren, sondern den ganzen Tag als Wolf durch den Wald laufen?«

»Das habe ich nicht gesagt. Alle Wölfe müssen arbeiten gehen, um ihr menschliches Leben zu finanzieren, und das werde ich auch tun. Ich möchte nur nicht studieren, weil nicht ich diese Entscheidung getroffen habe. Bisher wurden alle Entscheidungen in meinem Leben immer von anderen Leuten getroffen. Doch jetzt ist es an der Zeit, dass ich diese erste große Entscheidung selbstständig treffe. Ich möchte zur Wölfin werden! Und dafür brauche ich dein Blut.«

Schweigend betrachtete ich sie einen Moment lang und nahm mir vor, wenigstens mit Eathen die Risiken zu erörtern.

»Wie sieht Nathan das eigentlich?«

»Er würde sich natürlich freuen, wenn ich zur Wölfin werden würde, weil es vieles einfacher macht und mehr Möglichkeiten für uns beide bietet. Aber er sagt, dass er mich sowohl als Mensch wie auch als Wolf gleichermaßen liebt. Genauso wie du hat er mich auch gefragt, ob ich mir das gut überlegt habe, weil er nicht möchte, dass ich die Entscheidungen irgendwann bereue. Auch er hat mich davor gewarnt, dass das Leben als Wolf nicht immer toll ist. Doch wessen Leben ist das schon? Und letztendlich meinte er, dass ich das tun soll, was mich glücklich macht, und er mich bei allem unterstützen wird.«

Obwohl Nathans und Alanas Beziehung ebenfalls erst fünf Tage alt war, schien sie schon jetzt ähnlich intensiv zu sein, wie bei anderen Paaren erst nach mehreren Jahren. Auch bei Elijah und mir war das damals längst nicht so schnell gegangen, aber wir hatten in dem ersten Jahr auch nicht offen miteinander reden können und jetzt bekamen wir bereits ein Kind.

Gedankenverloren strich ich den Stoff über meinem Bauch glatt. Alana beobachtete mich dabei und lächelte schließlich verständnisvoll. Obwohl wir in dieser Debatte vollkommen verschiedene Ansichten hatten, vergaß keiner von uns beiden, wieviel der andere uns bedeutete.

»Die Entscheidung eine Beziehung mit Nathan zu beginnen, war definitiv und vielleicht sogar naturgegeben richtig.«

Fragend sah ich sie an, woraufhin sie schmunzelte.

»Nathan hat mir erzählt, dass sich Wölfe immer in das Mädchen aus ihrer Umgebung verlieben, mit dem sie rein evolutiv die gesündesten und widerstandsfähigsten Nachkommen zeugen können. Für diese Rolle gibt es natürlich mehrere Frauen, aber da sich Wölfe in die erste Frau verlieben, die diese Kriterien erfüllt und den Schmerz einer Trennung nie vollkommen überwinden, verlieben sie sich eben nur einmal. Nathan hat sich für mich entschieden und damit ist die Entscheidung, dass ich zum Studieren nicht wegziehen werde, doch schon getroffen. Er muss wegen der Prägung und Jamie hier bleiben, und selbst wenn es nur die Nachbarstadt ist, kann ich nicht von ihm verlangen, dass er ständig zu mir läuft. Zwar wird meine Mum nicht begeistert sein, wenn ich nicht studiere, aber ich bin volljährig und darf meine Entscheidungen alleine treffen. Außerdem wird sie unglaublich stolz auf mich sein, falls ich es mit meinen wölfischen Fähigkeiten schaffe, eine berühmte Künstlerin zu werden.«

»Sie wäre stolz auf dich«, bestätigte ich, bevor ich zu ihr ging und meine Freundin in den Arm nahm.

»Bedeutet das, dass du es dir überlegst?«, fragte sie, als ich wieder einen Schritt zurücktrat.

»Das bedeutet, dass ich erstmal mit Eathen darüber reden muss, denn mein Bruder hat ja seit neustem auf alles eine Antwort.«

Fürs Erste schien sie mit meiner Antwort zufrieden zu sein.

»Vielen Dank übrigens, dass du den Job bei meiner Mum angenommen hast. Das hat für mich so einiges einfacher gemacht und sie ist begeistert von deiner Arbeit.«

»Kein Problem«, entgegnete ich und freute mich über das Lob.

Wieder standen wir uns einen Moment schweigend gegenüber, doch mit Alana war es nicht unangenehm, mal nichts zu sagen. Wir hatten auch früher schon ganze Nachmittage nur mit Hörspielen verbracht, ohne uns zu unterhalten.

»Cat, ich würde mich wirklich freuen, wenn du es dir anders überlegen würdest und ich verspreche dir, dass sich an unserer Freundschaft nichts ändern wird. Du bedeutest mir jetzt als Mensch viel und das wird sich auch mit der Transformation nicht ändern.«

Ich lächelte sie auch an.

»Du bedeutest mir auch viel und ich hoffe, dass ich dich nicht verlieren werde.«

Denn so kann ich mit Gewissheit sagen

»Falls ich davon überzeugt wäre, dass es eine tolle Idee ist, Alana mein Blut zu geben, würde sie es dann überleben und würde die Transformation wirklich funktionieren?«, fragte ich Eathen wenig später, während ich auf der Theke in unserer Küche saß. Er stand mir gegenüber an den Küchentisch gelehnt. Also war es ein ganz gewöhnliches Gespräch zwischen mir und meinem Bruder.

»Es würde funktionieren.«

»Wie sicher ist es?«

»Totsicher.«

»Es gibt keine Nebenwirkungen und nichts, was man falsch machen kann?«

»Nein.«

»Weißt du, was genau zu tun wäre?«

»Ja. Und wir brauchen auch nicht viel von deinem Blut. Also wäre es für euch beide total ungefährlich.«

»Und was denkst du, wie unsere Verwandten darauf reagieren werden? Ich meine, wenn uns die Transformation gelingt, wollen sie mein Blut dann nicht umso mehr.«

»Sie wollen dein Blut, unabhängig von dem, was wir machen, unbedingt. Wenn wir es also nicht ausprobieren, dann machen sie das. – Oder besser gesagt werden sie versuchen, an dein Blut ranzukommen. Ich bin ja ziemlich entschlossen zu verhindern, dass es fließt, aber das ist eine andere Geschichte.«

»Also hältst du es für eine gute Idee, Alana in eine Wölfin zu verwandeln?«

»Natürlich freue ich mich über jeden weiteren Wolf in unserer Familie und für ihr Leben wäre es wirklich sicherer, wenn sie ein Wolf wäre, aber solange du dir nicht sicher bist, dass du das möchtest, werde ich nicht mein OK zur Umsetzung ihrer Idee geben.«

Diese Antwort überraschte mich.

»Püppie, du solltest inzwischen wissen, dass ich dich lieber glücklich als weinend sehe. Also würde ich mich im Moment immer gegen diese Aktion aussprechen, weil du zur Zeit das Gefühl hast, mit der Verwandlung deine beste Freundin zu verlieren, und ich dir das nicht antun möchte. Außerdem hast du – theoretisch gesehen – noch jahrelang Zeit, diese Entscheidung zu treffen.«

»Warum nur theoretisch gesehen?«, fragte ich, woraufhin sich Eathen offensichtlich über seine unbedachte Formulierung ärgerte.

»Sag's mir«, bat ich, als mein Bruder keine Anstalten machte, meine Frage zu beantworten.

»OK, aber ich hoffe, dir ist klar, dass du mich, was deine Gefühle angeht, nicht belügen kannst. Also merke ich es, wenn du dich mal wieder aufopfernd für unsere Familie für Alanas Transformation aussprichst.«

Obwohl das Thema ernst war, lächelte ich meinen Bruder an.

»Vom Grundsatz her hat Alana Recht, dass es schlau wäre, sie vor der Ankunft unserer Verwandten zu verwandeln. Zwar hat sie körperlich überhaupt keine Chance gegen unsere Cousins, sondern würde in einem Kampf sofort unterworfen werden, aber sie könnte immerhin keine Verletzungen davontragen. Und da unsere Verwandten mit allen Mitteln kämpfen werden, ist es vermutlich nicht schlecht, wenn wir ihnen ein Druckmittel weniger überlassen. Was nicht bedeutet, dass wir die ganze Stadt verwandeln sollten. Denn sie werden niemand Unschuldigen und Unwissenden in unsere Auseinandersetzung hineinziehen, das verspreche ich dir.«

»Also denkst du, wir sollten Alana sofort verwandeln?«

»Ich weiß, dass wir dir ganz sicher keinen einzigen Tropfen Blut abnehmen werden, solange du noch ein Wolfsbaby im Körper trägst. Du hast zwar inzwischen wieder so viel Blut, dass das Baby versorgt werden kann und noch etwas für dich übrig bleibt, aber in dieses fein balancierte System werden wir ganz bestimmt nicht eingreifen. Es sei denn, wir wollen, dass du vor Blutmangel ohnmächtig wirst, aber ich würde das gerne verhindern.«

»Wann sollen wir es denn sonst machen? Ich dachte, sofort nach der Geburt stehen unsere Cousins vor der Tür.«

»Püppie, sie warten erst einmal, ob und in welchem Zustand du die Geburt überlebst, und dann machen sie sich auf den Weg.

Da würde theoretisch noch etwas Zeit für eine Transformation bleiben, denn das dauert nur wenige Stunden. Aber wir müssen darüber nicht nachdenken, solange du dich beim Gedanken an Alana als Wölfin nicht besser fühlst. Übrigens möchte sie diese Verwandlung zwar unbedingt, aber nicht zu jedem Preis. Das bedeutet, sie würde den Erhalt eurer Freundschaft einer Verwandlung vorziehen.«

»Das heißt, die ganze Sache steht oder fällt nur mit meinen Gefühlen?«

Mein Bruder zuckte mit den Schultern, bevor er dezent nickte, woraufhin ich hörbar ausatmete.

»Aber ich kann meine Gefühle nicht beeinflussen. Ich möchte einfach nicht, dass sie zur Wölfin wird.«

»Weil du bisher nur männliche Wölfe getroffen hast und aus irgendeinem Grund denkst, dass sich Alana als Wölfin genauso verhalten würde, wie wir es tun. Aber das ist natürlich totaler Quatsch. Sie wird sich verändern und sicher selbstbewusster werden, was mit unseren Hammer-Fähigkeiten auch vollkommen natürlich ist, aber sie wird nicht zum Jungen werden.«

Er grinste mich an und auch ich musste lächeln, als ich erkannte, wie albern meine Vorstellung war.

»Überleg mal, wie viele gutaussehende Jungs du schon getroffen hast, die genau wie wir blöde Sprüche gemacht oder dir hinterhergepfiffen haben?«

Da erinnerte ich mich an zahlreiche Begegnungen und das waren nur die, die mein Kurzzeitgedächtnis nicht sofort gelöscht hatte.

»Und jetzt überleg mal, wie sich selbstbewusste Mädchen verhalten. – Definitiv anders. Also stell dir Alana nach der Verwandlung nicht als Jungen vor. Sie bleibt ein Mädchen und sie wird auch ihre blonden Haare behalten, weil wir uns nämlich nur, ob der direkten Verwandtschaft und der indianischen Abstammung alle so ähnlich sehen.«

Ich konnte meinem Bruder für diese aufmunternden Worte nur danken, die tatsächlich ziemlich viel verändert hatten. Nun stand ich Alanas Bitte um mein Blut definitiv aufgeschlossener gegenüber, auch wenn ich mich noch nicht dazu durchringen konnte, ihr eine Zusage zu machen. Aber laut Eathen hatte ich auch noch bis nach der Geburt Zeit, eine endgültige Entscheidung zu treffen, und ich hoffte nach wie vor, dass sich dieser Zeitraum noch auf mehrere Monate bezog. Auch wenn ich Eathen zustimmen musste, dass mein ganzes Erscheinungsbild inzwischen stark nach den wenigen letzten Wochen einer Schwangerschaft aussah.

Zum Dank hatte ich Eathen gerade eine Berührung gegeben, als Nathan zur Tür hereinkam, nachdem er Alana nach Hause gebracht hatte.

»Werde ich jemals ein anderes Bild sehen, wenn ich zur Tür herein komme?«, fragte er und grinste süffisant, als er mich auf der Theke sitzen sah, bevor er mich kurz umarmte, um eine Berührung zu bekommen.

»Es wird zumindest schwierig, weil sie die Hälfte des Tages auf dieser Theke verbringt«, entgegnete Eathen.

»Habt ihr auf dem Weg noch mal über die Transformation gesprochen?«, fragte ich anschließend.

»Da es sich Alana wirklich wünscht, zur Wölfin zu werden, hat sie es natürlich noch mal angesprochen, aber ich habe beschlossen, mich da vollkommen rauszuhalten, weil ich euch beide gut verstehen kann. Was ich allerdings beeindruckend finde, ist, dass ihr beide die Seite des anderen auch gut nachvollziehen könnt. Das hat man selten bei Streitgesprächen. Außerdem weiß ich, dass sie sich über deine Meinungsänderung sehr freuen würde.«

Nathan sah erst zu Eathen, in dessen Gedanken er gerade davon erfahren hatte, bevor er mich anlächelte.

»Kannst du es bitte vorerst für dich behalten? Ich bin mir noch nicht sicher, ob ich das wirklich zulassen will, und möchte vorerst noch die Chance haben, meine Meinung wieder zu ändern.«

»Kein Problem. Ich wollte mich ja sowieso aus der Diskussion raushalten, also kannst du ihr die freudige Botschaft gerne selbst überbringen, wenn du dich definitiv dafür entschieden hast.«

»Kann ich dir trotzdem noch eine Frage dazu stellen?«

»Klar«, meinte er grinsend.

»Warum würde es dir so gut gefallen, wenn Alana zur Wölfin würde?«

»Ich stelle es mir einfach klasse vor, mit meiner Freundin durch den Wald zu laufen«, entgegnete er mit einem freudigen Lächeln im Gesicht. »Außerdem müsste mir dann nichts mehr peinlich sein, weil ich nicht der Einzige wäre, der sich beim Rummachen halb verwandeln würde. Sie hätte mehr Verständnis für meine Ernährung und dafür, dass ich alle acht Stunden aufspringe und nach Hause fahre, um mir eine Berührung von dem Mädchen zu holen, an dem mein Leben hängt. Zwar ist es nicht so, dass Alana im Moment kein Verständnis für all diese Dinge hätte. Aber ich mache mir Sorgen darüber, dass es ihr irgendwann auf die Nerven gehen könnte. Und wenn sie selbst wüsste, wie es ist, ein Wolf zu sein, hätte sie vielleicht mehr Verständnis dafür, denn es ist immer etwas anderes, wenn man es selbst empfindet.«

Damit hatte Nathan wohl recht.

»Du könntest dir nicht mal annähernd vorstellen, eine Wölfin zu sein, oder?«, fragte mich Nathan, nachdem ich kurz in Gedanken versunken war. Ich hatte mich gefragt, ob Elijah wohl ähnlich dachte und ob er sich vielleicht sogar wünschte, dass auch ich eine Wölfin wäre.

»Nein«, antwortete ich, ohne überlegen zu müssen.

»Und warum nicht? Ich meine, du liebst einen Wolf, lebst mit uns allen zusammen und erwartest ein Wolfsbaby, das du richtig toll findest. Trotzdem würdest du nicht gerne zur Wölfin werden?«

»Ich ... das passt einfach nicht zu mir«, erklärte ich, während sich mein Bruder nur schwer beherrschen konnte, nicht laut zu lachen.

»Was ist denn?«, fragte ich Eathen.

»Du hast vollkommen Recht. Das passt überhaupt nicht zu dir, weil du dich schon vor einem Windhauch im Geäst erschreckst. Außerdem hätte ich ja gar keine Lust darauf, eine Wölfin als Schwester zu haben. Also bin ich der Natur wirklich dankbar, dass wölfisches Blut durch deine Adern fließt, ohne dass du dich verwandeln kannst.«

»Dann trifft es sich ja gut, dass ich mit meinem Leben als gewöhnlicher Mensch total zufrieden bin.«

»Du bist kein gewöhnlicher Mensch«, wandte Eathen ein. »Und das weißt du auch.«

»Aber Alana ist es eigentlich ...«, entgegnete ich. » ... nur seitdem sie von der Wolfssache weiß, verhält sie sich ganz anders.«

»Ihr von der Wolfssache zu erzählen, hat in ihr einen unglaublichen Wunsch nach Freiheit geweckt. Diese Veränderung ist nicht nur dir aufgefallen, sondern auch ihrer Mutter. Doch ich glaube, dass die Idee, vollkommen frei tun und lassen zu können, was einem gefällt, schon lange in ihr geschwelt hat. Nur bisher hatte sie nie den Mut, sich von den Fesseln des Zögerns loszureißen«, meinte Nathan. »Denn so wie ich das verstanden habe – und das ist kein Vorwurf – stand Alana die ganze Schulzeit über in deinem Schatten. Eine Zeit lang hat sie sogar versucht, so zu sein, wie du – vermutlich auch um Eathen zu gefallen. Aber sie ist einfach ein anderer Mensch, der nur zum Teil deine Vorlieben teilt. Und jetzt nach der Schulzeit will sie endlich ihren eigenen Weg gehen. Bei ihr ist es genauso wie bei mir. Sie hat sich jahrelang eingeredet, jemand anderes zu sein, weil sie diese Person für jemand Besseren hielt, und jetzt ist ihre eigene Persönlichkeit erwacht. Trotzdem ist sie immer noch dieselbe – nur hast du sie bisher anders erlebt. Wenn man es genau nimmt, hat sich die Sicht von Alana auf Eathen und dich also genauso verändert wie deine Sicht auf sie. Trotzdem bin ich der festen Überzeugung, dass eure Freundschaft immer noch genauso stabil ist wie zu jeder anderen Zeit. Denn alles, was Alana mit dir gemacht hat, wenn ihr euch getroffen habt, hat ihr Spaß gemacht. Sie hat nie versucht, dir irgendetwas recht zu machen. Nur gab es eben auch immer den Teil in ihr, der sich Freiheit und Kreativität gewünscht hat.«

Nathan hatte das wirklich gut erklärt. Dabei hätte ich nie gedacht, dass die Wahrheit über meine Familie so eine Wandlung in Alana bewirken würde. Obwohl es natürlich gut war, wenn sie nun mehr sie selbst sein konnte. Und wenn sie gerne eine Wölfin sein wollte, sollte ich ihr bei diesem Vorhaben vermutlich nicht im Weg stehen. Für einen Moment entstand ein Bild von Alana als Wölfin in meiner Fantasie, in dem ich mich darüber freute, ein Mädchen unter den Wölfen zu haben, das meine menschliche Sicht auf einige Dinge vielleicht besser verstehen konnte als die Jungs, die von Geburt an Wölfe waren. Möglicherweise würde es mir also sogar gefallen, wenn Alana eine Wölfin wäre.

Als das Schweigen anhielt, verabschiedete sich Nathan in den Keller, um nach Jamie zu sehen, während ich noch einen Moment länger meinen Gedanken nachhing. Eathen schaute in der Zeit ebenfalls gedankenverloren aus dem Fenster, bis ich ihn ansprach.

»Eine Sache ist mir noch nicht ganz klar«, begann ich. »Wenn ich wölfisches Blut habe, warum verklumpt menschliches Blut dann nicht, wenn wir es mit meinem in Kontakt bringen?«

»Du hast ein wölfisches Immunsystem aber keine Blutzellen mit den typisch wölfischen Merkmalen. Also reagiert das menschliche Immunsystem auf dein Blut nicht, aber durch das Hormon in deinem Blut wird trotzdem die Verwandlung ausgelöst. Wenn du dich gerne mit eigenen Augen davon überzeugen möchtest, können wir auch gerne dein Blut und Alanas vor der Übertragung in einer Schale zusammengeben. Dann wirst du sehen, dass es nicht verklumpt. Und da du praktischer Weise Blutgruppe Null hast, können wir dein Blut auch jedem Empfänger spritzen, ohne mit den Blutgruppen Probleme zu bekommen. Deine ganze Existenz ist von der Evolution ganz schön gut durchdacht. Beziehungsweise war es ein großer Zufall, dass du genau mit all diesen Eigenschaften in der einen möglichen Konstellation geboren wurdest.«

»Was meinst du damit genau?«, fragte ich interessiert. Bei neuen Erkenntnissen zu wölfischer Biologie wurde ich immer hellhörig und ich war mir sicher, dass Eathen noch eine Menge Informationen besaß, die er uns bisher verschwiegen hatte.

»Wir haben dir ja schon mal erklärt, dass fast jeder Mensch auf dieser Welt Wolfsgene in sich trägt, aber sie keine Bedeutung für den Menschen haben. Sie sind nur ein Teil der riesigen Abschnitte im menschlichen Gensatz, für die es im Körper keine Funktion gibt und die vom Körper einfach ignoriert werden. Denn um Energie zu sparen, befasst sich der Körper immer nur mit den Genen, die er gerade für irgendetwas braucht. Deshalb gibt es ganz viele Botenstoffe im Körper aller Organismen, die nur dafür zuständig sind zu regulieren, welche Gene für den Körper gerade von Bedeutung sind. Und die wölfischen Gene, die uns unsere besonderen Fähigkeiten ermöglichen, sind im menschlichen Körper solange ohne Bedeutung, bis das Hormon aus deinem Blut über das Blut des Menschen, dem wir es spritzen zu jeder einzelnen Zelle gelangt und sie über Genregulation verändert.«

Eathen machte eine kurze Pause, um sicher zu sein, dass ich ihm folgen konnte, doch für mich war es nicht schwer, seine Erklärungen zu verstehen. Denn den Großteil dieser biologischen Prozesse hatten wir in der Schule gelernt.

»Neben den Wolfsgenen gibt es auch noch haufenweise Gene von anderen Arten, die Menschen in ihren Zellen tragen«, fuhr er fort. »Diese *Genreste* sind vollkommen normal und sind vermutlich von unseren Vorfahren übriggeblieben. Zum Beispiel hat jeder Mensch noch die Anlage für einen Schwanz in seinen Genen. Aber Menschen bilden trotzdem keinen Schwanz aus, weil diese Gene nicht aktiv sind. Außer in der Embryonalentwicklung geht etwas schief. Dann kann es in ganz seltenen Fällen passieren, dass Menschen mit einem Schwanz geboren werden.«

Wieder machte er eine kurze Pause, um mir die Gelegenheit für Fragen zu geben.

»In unserer Embryonalentwicklung müssen einige Besonderheiten zusammengekommen sein. Zuerst einmal muss deine Keimzelle unglaublich stark gewesen sein, obwohl du ein Mädchen ohne Wolfsmerkmale bist, denn sonst wäre es nicht zu einer Befruchtung gekommen. Außerdem müssen sich unsere befruchteten Keimzellen sehr nah beieinander in der Gebärmutterschleimhaut eingenistet haben, sodass ein paar meiner wölfischen Botenstoffe, die wenigen wölfischen Gene, die du besitzt, aktiviert haben. Und zuletzt hattest du ein riesiges Glück, dass dir ein paar Gene fehlen, sodass du dich weder vollständig verwandelt hast, noch dass du in einem späteren Stadium mit deinem Immunsystem auf mich reagierst hast. Denn im ersten Fall wären wir beide und unsere Mutter schon kurz nach der Befruchtung gestorben, weil es keine Frau schafft, zwei Wolfskinder gleichzeitig auszutragen, das weißt du ja bereits. Im anderen Fall, wenn dein Immunsystem wie das jedes anderen Menschen auf meine Gene reagiert hätte, wärst du entweder als Fehlgeburt abgegangen oder tot geboren worden. Diesen Fall gab es häufiger, wenn das zweite Kind ein Mädchen war und die Keimzellen zu Anfang weit voneinander entfernt in der Gebärmutterschleimhaut lagen. Doch die Botenstoffe, die du an unserem ersten oder zweiten Tag nach der Befruchtung von mir abbekommen hast, haben verhindert, dass dein Immunsystem Antikörper gegen unsere Blutbestandteile bildet. Genauso wie wir selbst natürlich keine Antikörper gegen unsere eigenen Zellen bilden. Das ist der Grund, warum wir beide überlebt haben, warum du Wolfskinder austragen kannst, ohne zu sterben und wir mit deinem Blut Menschen in Wölfe verwandeln können.«

Eathen grinste mich an und ich erwiderte sein Lächeln.

»Ist meine Annahme richtig, dass du mir nicht verrätst, woher zu das weißt?«, fragte ich meinen Bruder, denn seine Erklärungen klangen wirklich plausibel.

»Nein, du liegst falsch. Dad hat das bei seinen Untersuchungen herausgefunden.«

»Aber wie konnte er denn mein Blut und meine Zellen so detailliert untersuchen oder nachstellen, wie unsere Embryonalentwicklung abgelaufen ist? Ich meine, dafür braucht es wirklich teure Geräte in einem gut ausgestatteten Labor.«

»Du kennst doch die Geschichten von dem vertrauenswürdigen Labor«, entgegnete Eathen grinsend und mir wurde klar, dass ich an dieser Stelle mit keiner Frage weiterkommen würde. Doch vorerst konnte ich es auch darauf beruhen lassen, da ich fürs Erste alle Information bekommen hatte, die ich brauchte.

»Hast du Lust, Elijah heute Abend noch zu sehen?«, fragte Eathen offensichtlich, um mich auf andere Gedanken zu bringen.

»Klar, möchte ich ihn sehen«, antwortete ich.

»Das trifft sich gut, denn er ist schon hier«, sagte Eathen und deutete zur Haustür, die sich in diesem Moment öffnete. Tropfnass und nur mit einer schneebedeckten Unterhose bekleidet, betrat Elijah das Haus. Ich sprang von der Theke, weil ich ihn eigentlich begrüßen wollte, doch so wie er aussah, überlegte ich mir das nochmal.

»Hey, Püppie«, sagte er liebevoll lächelnd. Der Blick, mit dem er mich dabei ansah, stand einer Umarmung mit einem Kuss in nichts als Begrüßung nach.

»Hey«, begrüßte ich ihn, während ich ihn amüsiert musterte.

»Ich geh mal kurz duschen«, sagte er nach einem Blick an sich herab.

»Das ist eine gute Idee«, bestätigte ich. Denn obwohl draußen herrliches Wetter war, hatte er es irgendwie geschafft, komplett nass zu werden.

»Brauchst du nicht ein bisschen Auslauf?«, fragte ich Eathen, der mich grinsend ansah, nachdem Elijah die Badezimmertür hinter sich geschlossen hatte.

»Ich bin schon weg«, meinte Eathen. »Denn wenn hier gleich das passiert, was er sich gerade wünscht, dann muss ich das wirklich nicht miterleben.« Er zog alles bis auf seine Unterhose aus und lief zur Haustür. »Sagt Bescheid, wenn ihr fertig seid.«

Mein Bruder zuckte noch einmal anzüglich mit der Augenbraue, bevor er das Haus verließ.

Elijah brauchte nicht lang im Bad, doch während ich, im Wohnzimmer sitzend, auf ihn wartete, schien die Zeit sehr langsam zu vergehen. Dass ich es kaum erwarten konnte, mit ihm zusammen zu sein, lag vermutlich daran, dass wir uns zuletzt vor fünf Tagen gesehen hatten. Es war der Tag gewesen, an dem wir Alana von der Existenz der Wölfe erzählt hatten. Seitdem hatte ich kaum etwas von ihm gehört, da Elijah unentwegt für sein Studium arbeitete. Die Anforderungen waren nicht gering und er musste sich vieles eigenständig erarbeiten, was selbst für Wölfe zeitaufwändig war.

»Na, konntest du dich von deinem Computer lossagen?«, fragte ich, als er aus dem Badezimmer kam.

»Ich musste«, meinte er, grinste mich an und küsste mich dann, bevor er mich hochhob und zum Sofa trug. Dort setzte er mich ab und beugte sich erneut über mich. Zum Glück war Eathen bereitwillig in den Wald gegangen, sonst hätten wir nicht auf unserer Couch rummachen können.

»Jetzt, geht's mir besser«, sagte Elijah schließlich und atmete seufzend aus, bevor er seinen Kopf auf meine Brust legte.

»Ging es dir vorher nicht gut?«, fragte ich ernsthaft, während ich mit einer seiner Haarsträhnen spielte.

»Wenn ich noch eine weitere Zeile programmiert hätte, wäre ich vermutlich gestorben.«

»Klingt nicht gut.«

»Es ist so unglaublich viel und immer, wenn ich gerade denke, dass ich fertig bin, schicken sie mir eine neue Aufgabe zu. Und irgendwie hab ich es noch nicht so richtig raus, wie ich die richtige Balance zwischen Pflicht und Freizeit finde. Schließlich habe ich dich und das Baby in den letzten Tagen viel zu selten gesehen und das kann nicht gut für mich sein.«

Lächelnd krempelte er mein T-Shirt hoch und streichelte über meinen Babybauch.

»Püppie, ich weiß, dass du nicht darüber reden willst, aber ich muss dich das fragen: Wie hast du dir die Geburt vorgestellt?«, fragte Elijah nach ein paar Minuten.

»Ich versuche es mir gar nicht vorzustellen«, entgegnete ich und hörte, wie meine Stimme ein wenig entglitt. Sie klang schroffer, als ich beabsichtig hatte.

Kurzzeitig schwieg Elijah und ich vermutete schon, ihn verletzt zu haben, doch als ich ihn ansah, lächelte er, woraufhin ich ihn küsste. Somit war die unangenehme Diskussion um weitere fünf Minuten aufgeschoben, auch wenn das zuerst gar nicht meine Absicht gewesen war.

»Also, wenn du es dir vorstellen müsstest. Wie würdest du es dann am liebsten haben? Soll ich dabei sein? Oder soll nur Eathen dabei sein?«

»Wie kommst du darauf, dass ich meinen Bruder dabei haben will?«

»Ich weiß, dass ihn niemand von uns festhalten oder KO schlagen kann, deshalb wird er wohl dabei sein.«

»Ich will aber nicht, dass irgendwer dabei ist«, erklärte ich. »Ich mache das alleine.«

»Gegen Eathens Gesellschaft wirst du dich wohl nicht wehren können, weil er dich das ganz sicher nicht alleine durchstehen lässt. Es sei denn, du wendest diesen kleinen Trick mit der absoluten Berührungssperre an. Das könnte ihn möglicherweise davon abhalten.«

»Ich habe ihm aber versprochen, das nie mehr zu tun.«

»Ich weiß. Deshalb wirst du ihn auch dulden müssen und eigentlich wäre ich auch gerne dabei.«

Wieder streichelte er liebevoll über meinen nackten Bauch.

»Ich halte das für keine so gute Idee«, wandte ich ein und sein Gesicht nahm kurz einen enttäuschten Ausdruck an, bevor er sachlich fragte: »Und warum nicht?«

»Wenn du siehst, dass es mir schlecht geht, fühlst du dich doch nur wieder schuldig, weil du glaubst, dafür verantwortlich zu sein. Willst du dir das wirklich antun?«

»Ich weiß, dass sich meine Gefühle nicht ändern, nur weil ich zu Hause oder in einem anderen Zimmer bin. Also kann ich auch direkt zusehen und vielleicht kann ich sogar helfen. Oder ich unterstütze dich nur mental, aber ich würde dich ungern allein lassen.«

Ich konnte seine Sichtweise eigentlich ganz gut verstehen, außerdem wollte ich ihn nicht zurückweisen, indem ich ihn ausschloss. Doch ganz so wohl war mir bei dem Gedanken nicht, Elijah dabei zu haben. Allerding war mir bei keinem Gedanken an die Geburt wohl, und wenn es ihm so wichtig war, würde es sicher für mich keinen Unterschied machen.

»Dann sei von mir aus dabei, wenn du das unbedingt sehen möchtest«, sagte ich und küsste ihn erneut, diesmal allerdings wirklich, um das Thema zu beenden.

Als ich Eathen am nächsten Morgen in der Küche begegnete, trug er ein T-Shirt auf dessen Vorderseite in schwarzen Buchstaben auf weißem Grund stand: *Wer ist charmant, äußerst gut aussehend und hat ein rotes Kreuz auf dem Rücken?* Auf dem Rücken in Höhe der Schulterblätter befand sich dann das besagte Kreuz.

Wie üblich leistete mir mein Bruder beim Frühstücken Gesellschaft, bevor ich zu Kate fuhr. In der Mittagspause bekam ich dann von Alana die Einladung zu ihrer obligatorischen Silvesterparty. Da sie am ersten Januar Geburtstag hatte, bot es sich an, in diesen Tag hinein zu feiern, und so hatte ich jedes Silvester, seit ich sie kannte, bei ihr verbracht. Über die Jahre hatte sich dann aus unserem Freundinnengeburtstag eine richtige Silvesterparty entwickelt, zu der alle aus der Schule kamen, mit denen wir näheren Kontakt hatten, und dieses Jahr freute ich mich ganz besonders darauf, alle wiederzusehen. Außerdem fragte sie mich, während wir am Tisch saßen, wie wir Weihnachten feiern würden, worüber ich mir noch gar keine Gedanken gemacht hatte, obwohl es unweigerlich näher rückte.

Am ersten Dezember standen auf unserem Wohnzimmertisch vierundzwanzig kleine Papphäuschen auf einem Tablett in einer Winterlandschaft aus Watte. Es war ein Adventskalender, den Elijah für mich gebastelt und in der Nacht hier vorbeigebracht hatte. Ich fand das ungeheuer süß, zumal ich seit Tante Tilneys Tod keinen Kalender mehr bekommen hatte.

Jeden Morgen freute ich mich nun, eines der Häuschen, von denen keines einem anderen glich, anheben zu dürfen. Darunter fand ich nicht nur Süßigkeiten, sondern auch Lebensweisheiten oder Zitate von klugen Menschen und an manchen Tagen sogar winzige Geschenke. Außerdem hatte Elijah eine Lichterkette in der Watte zwischen den Häusern versteckt, sodass man abends jedes Haus beleuchten konnte.

Am zweiundzwanzigsten Dezember zogen wir dann alle los, um zwei Weihnachtsbäume im Wald zu schlagen. Da es wirklich bitterkalt war und überall Schnee lag, war ich so dick angezogen, dass ich durch die vielen Kleidungsschichten noch mehr von meiner ohnehin eingeschränkten Bewegungsfreiheit verlor. Doch das war unbedeutend, da ich sowieso nur zuschauen durfte. Trotzdem war es ein Erlebnis, denn wir waren mit vier Schlitten losgezogen, die die Wölfe wie Schlittenhunde über den vereisten Waldboden zogen, sowie über einen zugefrorenen See. In Decken und unzählige Jacken eingepackt, saßen Alana und ich jeder auf einem Schlitten. Die beiden anderen waren auf dem Hinweg noch frei, bevor später die Weihnachtsbäume darauf festgebunden wurden. Passend dazu war an diesem Tag ein Glöckchen in meinem Adventskalender gewesen, das jetzt unentwegt läutete, während Elijah als Wolf meinen Schlitten zog.

Am vierundzwanzigsten Dezember fand ich einen Gutschein für

ein besonderes Weihnachtsgeschenk in meinem Adventskalender. Während wir zum Abendessen bei Alice am Tisch saßen, rätselte ich unentwegt, was dieses besondere Geschenk sein könnte. Doch Elijah schaffte es, lückenlos dafür zu sorgen, dass wir keine Minute allein waren, sodass ich ihn nicht danach fragen konnte, sondern mich leider gedulden musste.

Nach dem Abendessen saßen wir noch lange im Wohnzimmer der Roths zusammen, bis Alice und ich müde wurden und wir ins Bett gingen. Doch selbst dabei war ich nicht mit Elijah allein, denn Eathen verwandelte sich und legte sich auf den Boden vor Elijahs Bett. Wir waren erst um drei Uhr schlafen gegangen, aber bereits um sechs Uhr, als es noch stockfinster war, weckte mich Elijah wieder und führte mich ins Wohnzimmer. In Schlafkleidung betraten wir das Festzimmer wie Kinder, die es am Weihnachtsmorgen kaum erwarten konnten, in ihre Strümpfe zu schauen. Die Kerzen am Weihnachtsbaum brannten im ansonsten dunklen Zimmer und leise Musik drang aus den Lautsprechern neben dem Fernseher.

»Kannst du mal bitte aufhören, so geheimnisvoll zu tun«, beschwerte ich mich, obwohl ich die Atmosphäre in diesem Weihnachtszimmer unglaublich gemütlich fand. Dafür verzichtete ich gerne auf meinen Schlaf, zumal ich gerade überhaupt keine Müdigkeit verspürte.

Elijah lächelte. »Schau doch in deinen Socken.«

Tatsächlich hingen am Kamin der Roths haufenweise Socken, darunter auch der, den ich in der ersten Klasse genäht hatte.

»Wo hast du den denn her?«, fragte ich überrascht.

»Ich bin ein Wolf, Püppie. Glaubst du wirklich, vor mir würde irgendetwas verborgen bleiben?«

»Nein, eigentlich hätte ich das wissen müssen. Soll ich wirklich schon jetzt hineinschauen?«

»Kommt ganz darauf an, ob du deinen Gutschein für ein besonderes Weihnachtsgeschenk jetzt einlösen willst.«

Das wollte ich. Vorsichtig griff ich in den Socken und zog ein kleines Päckchen heraus, das ich nach einem aufmunternden Nicken von Elijah neugierig auspackte. Es war eine Schmuckdose, die schon von außen ahnen ließ, wie teuer ihr Inhalt gewesen war.

Fragend schaute ich zu Elijah hoch, dessen Gesicht im warmen Kerzenlicht so vertraut und glücklich aussah, als würde er selbst ein Geschenk bekommen. Bevor ich die kleine Dose öffnete, küsste ich ihn. Anschließend hob ich unter seinem liebevollen Blick den Deckel der Schmuckdose ab. Darin lag im dunkelblauen Samt ein silberner Ring, dessen Bögen sich zu einem Unendlichkeitszeichen öffneten, verschränkten und auf der anderen Seite wieder schlossen.

Erstaunt und gerührt sah ich ihn an.

»Du hast gesagt, dass du dich nicht mehr mit mir verbunden fühlst, seit bei unserem ersten Mal alles schief gelaufen ist. Deshalb hoffe ich, dass dir dieser Ring das Gefühl gibt, zu mir zu gehören, solange du das möchtest.«

Mit verschwommenem Blick sah ich ihn an. Er lächelte zufrieden, nahm den Ring aus der Schachtel und steckte ihn mir an den Finger.

»Ich habe lange überlegt, ob ich einen silbernen oder einen weißgoldenen nehme. Aber letztendlich habe ich mich für Silber entschieden, weil ich mir dachte, dass es dir lieber ist. Außerdem funktioniert unsere Beziehung ja leider nicht ohne Silber, also kann auch das Symbol für unsere Beziehung nur aus Silber sein, obwohl Weißgold natürlich edler gewesen wäre.«

»Silber ist perfekt, mein Wolf«, sagte ich und küsste ihn.

»Wirklich?«, fragte er danach vermeintlich irritiert. »Ich dachte, du hast generell etwas gegen teure Geschenke und hättest lieber Modeschmuck gehabt, weil es ja sowieso nur um die Symbolik geht und dir das schon ausreichend bedeutet. Eigentlich hatte ich mich schon auf diese Diskussion vorbereitet.«

»Möchtest du sie gerne führen?«, bot ich an. »Das ist kein Problem. Ich kriege das hin.«

»Nein. Ich finde es schön, dass du dich ausnahmsweise mal nur über ein Geschenk freust und wir nicht über die Finanzierung diskutieren müssen. Und nur, falls du dir diese Frage in den nächsten Tagen stellst: Ich habe den Ring von dem Geld bezahlt, das ich in der elften Klasse bei meinem Job an der Tankstelle verdient habe, bevor ich auf April geprägt wurde. Es ist also nicht Mathias Geld.«

»Danke«, flüsterte ich lächelnd und betrachtete das Unendlichkeitssymbol an meinem Ringfinger. Elijah streichelte mir daraufhin eine Haarsträhne aus dem Gesicht und schaute mich einen Moment lang sehr intensiv an. Mit einem Gesichtsausdruck, der definitiv verriet, wie sehr er mich liebte, aber auch mit dem Glauben, dass ich eigentlich zu gut für ihn sei. Doch dieser Ausdruck blieb nur wenige Sekunden, bevor er ihn mit einem Grinsen von seinem Gesicht wischte.

»Eigentlich hatte ich ja vorgehabt, dir eine Packung Kondome zu schenken – sogar leuchtende, aber dann fand ich die Idee mit dem Ring doch besser«, meinte er scherzhaft.

»Der Ring ist besser«, bestätigte ich.

»Beide Sachen haben aber in gewisser Hinsicht die gleiche Bedeutung, denn in Zukunft werde ich mich nicht mehr verweigern.«

Erstaunt sah ich ihn an.

»Wir wissen, wie wir eine Wolfsschwangerschaft verhindern können, also ist es unendlich unwahrscheinlich, dass nochmal etwas schief geht. Schließlich sind wir die ersten, die die Chance haben, aus ihren Fehlern zu lernen, und diese Chance würde ich gerne nutzen, um alles, was beim ersten Mal schief gelaufen ist, zu korrigieren.«

Vorsichtig aber mit einer eindeutigen Botschaft streichelte er über mein Schlüsselbein.

»Also falls du nicht zu müde bist, könnten wir die leuchtenden Kondome testen. Ich habe es nämlich nicht fertig gebracht, an den Dingern vorbeizugehen.«

»Ist das dein Ernst?«, fragte ich lachend.

»Klar«, sagte er mit diesem verführerischen Augenzwinkern und spätestens ab dem Moment war es um mich geschehen.

Als Kind hatte ich jeden Weihnachtsmorgen geliebt. Ich war schon am Abend vorher aufgeregt gewesen, hatte mich am Morgen neben Eathen im Wohnzimmer auf dem Sofa in eine Decke eingekuschelt und gewartet, bis mein Vater endlich aufgewacht war, damit wir in unsere Socken schauen durften, die ich dann meist schon stundenlang angeschaut hatte. Danach hatten Eathen und ich unser neues Spielzeug noch im Schlafanzug auf dem Boden im Wohnzimmer ausprobiert, ich hatte im Arm meines Vaters gefrühstückt und überall war der Zauber von Weihnachten gewesen. Doch dieser Weihnachtsmorgen stellte jede noch so tolle Kindheitserinnerung in den Schatten, denn die Verbundenheit, die ich mit Elijah verspürte, als wir zurück in sein Zimmer kamen, aus dem Eathen bereits verschwunden war, war definitiv magisch. Es war der Zauber von Weihnachten zusammen mit dem allumfassenden Gefühl der Liebe und dieses Mal lief alles reibungslos und wunderschön.

»War das ein gutes zweites erstes Mal?«, fragte Elijah, nachdem die Sonne aufgegangen war.

Ich fand die Frage so doof, dass ich lachen musste und bewusst keine ernstzunehmende Antwort gab: »Na, so ein bisschen Optimierungsbedarf sehe ich da schon noch. Aber wir haben ja auch noch eine Menge Zeit, daran zu arbeiten.«

Elijah sah mich zweifelnd an, bevor er mich küsste.

»Mal ehrlich, fühlst du dich jetzt stärker mit mir verbunden als zuvor?«

»Ja, irgendwie schon«, bestätigte ich, denn obwohl er mir vorher immer wieder zu verstehen gegeben hatte, wie gern er mich mochte, hatte die letzte Nacht etwas verändert. Er erschien mir nun noch vertrauter. Zumal es ganz und gar nicht selbstverständlich gewesen war, dass er sich schon vor der Geburt dazu entschlossen hatte, mit mir zu schlafen. Es bedeutete eine Menge Vertrauen und Glauben in unsere Beziehung.

»Dann habe also nicht nur ich gemerkt, dass da gerade etwas zwischen uns stand, das definitiv die beste Einheit aus uns beiden ist«, fragte er doppeldeutig, während er zärtlich über meinen Babybauch streichelte.

Wir redeten noch eine Weile, bevor ich in seinem Arm mit dem Gefühl, von der ganzen Welt behütet zu sein, einschlief.

Als ich um die Mittagszeit allein in Elijahs Bett aufwachte, zog ich mich eilig an und lief nach unten, wo die ganze Familie in der Küche zusammen saß. Sogar Alana war da. Ich wünschte allen eine frohe Weihnacht und setzte mich an den gedeckten Frühstückstisch. Wie viel unsere letzte Nacht verändert hatte, wurde mir erst klar, als ich bemerkte, dass ich Elijah an diesem Tag nicht ansehen konnte, ohne zu lächeln. Außerdem fiel es mir wirklich schwer, ihn nicht ständig zu berühren. Eathen konnte sich seinen dummen Spruch dazu natürlich nicht verkneifen, genauso wie die anderen Wölfe jedes Mal anzüglich grinsten, sobald ich nach Elijahs Hand griff, doch ich nahm es gelassen hin. In dieser Familie gab es eben keine Geheimnisse, aber wenn das der Deal war, um mit den Wölfen zusammenzuleben, war ich bereit, darauf zu verzichten.

Nach unserem ausgedehnten Frühstück durfte ich zum zweiten Mal in meinen Socken am Kamin schauen und diesmal fand ich darin Süßigkeiten und einen Einkaufsgutschein. Auf dessen Vorderseite hatte Mathias geschrieben: *„Dann bekommst du das Geld eben auf diesem Weg. Frohe Weihnachten."*

Er war auf eine gute Art einfach unmöglich. Trotzdem freute ich mich sehr über das Geschenk. Am schönsten war es allerdings, April zuzusehen. Sie fand unter ihrem Stiefel ein großes Paket mit Barbiemöbeln darin und freute sich riesig darüber, ähnlich wie ich mich als Kind über solch ein Geschenk gefreut hatte. Während ich sie beobachtete und Elijah einen Arm um mich gelegt hatte, stellte ich zufrieden fest, dass ich immer noch genauso begeisterungsfähig war wie früher. Nur waren es jetzt keine Barbiemöbel mehr, die mich in diese Stimmung brachten, sondern der Mensch, den ich glücklicherweise meinen Freund nennen durfte.

Die Jungs hatten in ihren Socken natürlich keine Süßigkeiten, sondern entweder CDs mit Technomusik oder DVDs mit irgendwelchen grusligen Horrorfilmen. Jeder wollte unbedingt das Geschenk des anderen sehen und sicher hätten sie die CDs auch gleich eingelegt, wenn Alice nicht sofort deutlich gesagt hätte, dass sie das an Weihnachten in ihrem Haus vergessen konnten. Daraufhin entstand eine große Diskussion, ob unser Zusammenleben auf einer Demokratie beruhte, womit die Wölfe uns vier Frauen überstimmt hätten, oder es wichtig war, dass alle Familienangehörigen zufrieden waren. Als diese Debatte irgendwann zu dämlich wurde, schickte Alice die Wölfe in den Wald, was sie ohnehin vorgehabt hatten. Doch sowohl Elijah wie auch Jamie gingen nicht mit. Elijah meinte, dass es ihm hier im Haus im Moment besser gefiel als im Wald, und küsste mich lächelnd auf die Stirn, wofür Eathen und Nathan nur wenig Verständnis hatten.

Immerhin respektierten sie ohne Diskussion, dass sich Jamie nicht verwandeln wollte. Dafür bemerkte Alana, dass sie als Wölfin gerne mitgekommen wäre, sich aber noch nicht verwandeln konnte. Meistens hielt sie sich ziemlich zurück mit solchen Äußerungen, aber es schien Momente zu geben, in denen sie einfach unbedingt eine Wölfin sein wollte, sodass sie nicht umhinkam, mich noch einmal um mein Blut zu bitten. Doch auch wenn ich mich eigentlich bereits dafür entschieden hatte, sagte ich immer noch *nein*.

»Hast du wirklich keine Lust, durch den Winterwald zu laufen?«, fragte ich Jamie, nachdem die Wölfe gegangen waren.

»Nein. Ich mmm-öchte mich n-icht v-erw-andeln.«

»Nicht mal hier im Haus?«

Ich konnte ihm ansehen, wie er darüber nachdachte, und das schienen auch alle anderen zu sehen, denn Alice fragte Alana, ob sie ihr nicht in der Küche bei den Vorbereitungen für das Abendessen helfen könnte, und nahm April mit. Nur Elijah blieb bei mir.

»Ich würde es dir empfehlen, Kleiner«, sagte Elijah. »Und glaub mir, ich weiß, wie unangenehm es sein kann. Aber wenn man sich erst einmal getraut hat, fühlt es sich danach richtig gut an.«

»Bei mir n-icht«, meinte er kopfschüttelnd.

»Klar. Solange es dir peinlich ist, wird es sich nie gut anfühlen, aber es ist nicht schwer, sich auch als Wolf wohl zu fühlen. Du musst dich nur hinlegen, ruhig atmen und dich darauf konzentrieren, was du fühlst. Dann vergisst du alles andere und dein Innerstes, das darauf programmiert ist, es toll zu finden, wird nicht von deinem Verstand gebremst. Außerdem kann es gar nicht schlimm sein, wenn deine Geprägte neben dir sitzt und dich streichelt.«

»Gerade d-as ist m-ir ja unanggg-enehm.«

»Es ist dir unangenehm, weil du dir nicht eingestehen möchtest, dass du es angenehm findest. Aber das verändert sich von allein, wenn du dich hin und wieder darauf einlässt«, erklärte Elijah und sprach dabei definitiv aus eigener Erfahrung. Jamies Blick nahm daraufhin einen verbissenen Ausdruck an.

»Du musst dich nicht verwandeln, wenn du das nicht möchtest«, sagte ich, um ihn zu besänftigen. »Es war nur eine Idee.«

Doch nun sah mich Jamie mit einem unergründlichen Gesichtsausdruck an und erst als Elijah lächelte, wurde mir klar, dass ich Jamies Blick falsch gedeutet hatte. Er hatte sich nicht über Elijahs Worte geärgert, sondern über seine eigene Angst, die er jetzt offenbar überwinden wollte.

»Willst du es versuchen?«, fragte ich, nur um sicher zu gehen, dass ich ihre nonverbale Kommunikation richtig verstand.

Jamie nickte und stand, von plötzlicher Euphorie ergriffen, schwungvoll vom Sofa auf, zog sich sein T-Shirt über den Kopf und legte seine Hose ordentlich gefaltet über die Lehne der Couch. Ich gab mir Mühe, nicht seine Körperformen zu mustern, auch wenn es mir schwerfiel, weil er gerade in dieser unglaublich süßen Phase war, in der er einerseits noch schmächtig wie ein Kind war, aber anderseits schon langsam die ersten Muskeln sichtbar wurden. Zum Beispiel hatte er bereits sechs dezente Linien auf dem Bauch, obwohl seine Schultern immer noch kindlich schmal waren. Als Eathen in dem Alter gewesen war, hatte ich das komisch gefunden, doch jetzt fand ich es niedlich.

Kurz sah er mich fragend an, dann atmete er einmal tief durch und rief die Verwandlung hervor.

Wenige Sekunden später stand vor mir ein unglaublich süßer Wolf, der sich unsicher im Raum umsah, wobei er irgendwie unglücklich aussah. Scheinbar hatte er schon eine ganze Weile nicht mehr durch seine Wolfsaugen gesehen. Ich stand auf und setzte mich etwas mühsam neben ihm auf den Boden.

»Geht's dir gut?«, wollte ich wissen.

Er schüttelte den Kopf.

»Mach es so, wie Elijah gesagt hat. Leg dich auf den kalten Boden, atme tief durch und achte darauf, was du fühlst. Konzentrier dich zuerst auf deine eigene Atmung und deinen Herzschlag. Und sobald sie ruhig sind, überlegst du dir, was du siehst, aber frag dich nicht, was wir möglicherweise denken. Zumal es niemand von uns komisch findet, dass du ein Wolf bist, also musst du es auch nicht seltsam finden.« Ich gab meiner Stimme bewusst einen beruhigenden Ton und Jamie kam meiner Aufforderung nach.

»Hey, hör bitte nicht ganz auf zu atmen«, meinte ich, nachdem er bestimmt eine halbe Minute lang keine Luft mehr geholt hatte. Das brachte sowohl Elijah wie auch Jamie zum Lachen, wodurch er zum Glück wieder atmen musste.

Genauso wie Nathan war Jamies Fell beige, wenn auch allgemein ein bisschen dunkler. Aber auch ihm fehlte der lange, dunkle Streifen über der Wirbelsäule, den die meisten Wölfe trugen.

»Geht es jetzt besser?«, fragte ich Jamie, als seine Schultern eine deutlich entspanntere Haltung einnahmen.

Er nickte.

»Und wie fühlt es sich an?«

Erst nach ein paar Sekunden, in denen ich auf seine Antwort gewartet hatte, wurde mir klar, dass Eathen von alldem nichts wusste und ich deshalb Jamies Stimme nicht in den Gedanken meines Bruders finden konnte.

»Kannst du dolmetschen?«, fragte ich Elijah.

»Klar«, sagte er und setzte sich hinter mir auf den Boden. »Er hat gesagt, dass er sich, wenn er die Augen schließt, zum ersten Mal wohl in seiner Wolfsgestalt fühlt. Außerdem fühlt er alles viel intensiver: Jeden Windzug, deine und meine Körperwärme und er riecht ganz andere Dinge.«

»Das war sicher nicht das erste Mal«, sagte ich zu Jamie. »Als Kind hast du dich bestimmt hundert Mal verwandelt und es klasse gefunden. Warum solltest du auch nicht? Das bist ja schließlich du selbst.«

»Er sieht ein, dass du Recht hast. Trotzdem glaubt er nicht, dass er all das, was er verpasst hat, so schnell nachholen kann.«

»Was hast du denn verpasst?«, fragte ich Jamie verwundert. Er lag immer noch als Wolf auf dem Boden vor mir und sah mich mit erhobenem Kopf an.

»Mir hat nie jemand beigebracht, wie man als Wolf durch den Wald läuft, wie man sich orientiert oder jagt. Denn schon bevor Laurel bei uns eingezogen ist, mochte ich es nicht, mich zu verwandeln. Einfach weil ich mit meinen Brüdern überhaupt nicht mithalten konnte.«

Wieder einmal wurde mir klar, wie viel mehrschichtiger Jamies Problem war, als ich anfangs angenommen hatte. Er zweifelte nicht nur als Mensch an sich, sondern war auch mit allen Wolfsdingen nicht vertraut.

»Warum bringt ihr ihm dann nicht das bei, was er wissen muss, jetzt, wo er hier ist?«, fragte ich Elijah.

»Nathan kennt das Problem und hat ihm mehrmals angeboten, mit ihm in den Wald zu gehen, aber er hat es immer abgelehnt.«

»Ich will nicht, dass sich jemand so viel Zeit für mich nimmt, denn eigentlich müsste ich das alles längst können«, fuhr Elijah für Jamie fort. »Ich bin einfach nicht für ein Leben als Wolf geschaffen.«

»Du bist definitiv dafür geschaffen!«, wandte ich ein, als mir ein Gedanke kam. »Was wäre, wenn du nicht der Einzige wärst, der den ganzen Wolfskram lernen müsste, sondern jemand, der noch älter wäre als du, mitkommen würde?«

Elijah grinste mich breit an, als er meine Gedanken erriet.

»Ich dachte, du bist dagegen, dass sich Alana verwandeln lässt«, fragte Elijah für Jamie. Er machte das wirklich gut. Anhand des Klanges seiner Stimme konnte ich mühelos erkennen, wer von beiden etwas sagte. Außerdem konnte Jamie auf diese Weise glauben, dass die anderen von unserem Gespräch nichts mitbekamen. Ob das wirklich so war, war ein ganz anderes Kapitel, denn auch wenn Eathen unserem Gespräch nicht zuhörte, bedeutete das noch lange nicht, dass mein Bruder nicht wusste, was wir gerade machten.

»Ich habe mich noch nicht entschieden. Aber die Liste der Pro-Argumente wird immer länger«, wich ich aus.

»Wenn sie mit dabei wäre, würde ich auch mit Nathan in den Wald kommen«, erklärte Jamie nach einer kurzen Schweigepause.

»Dann ist das ein weiteres Pro-Argument.«

»Gibt es überhaupt Gegenargumente?«, fragte Elijah.

»Ein paar«, antwortete ich erneut ausweichend. »Na gut. Im Grunde gibt es nur ein Gegenargument, aber haufenweise Pro-Argumente«, gab ich dann zu.

»Und wie lautet das Gegenargument?«, wollte Elijah wissen.

»Ich will meine beste Freundin nicht verlieren. Ich weiß zwar, dass sie mich auch als Wölfin noch mögen wird, aber im Moment passiert so viel auf einmal, dass ich mir ein bisschen Normalität wünsche. Und Alana war immer mein Rückzugspunkt. Wenn mir alles Wölfische zu viel wurde, bin ich zu ihr gefahren und habe vollkommen normale Dinge mit ihr unternommen. Aber wenn sie zur Wölfin wird, verliere ich meinen Anker in die normale Welt. Stattdessen habe ich dann eine beste Freundin, die auch auf Technomusik und Horrorfilme abfährt, anstatt mit mir einen Mädelsabend zu machen und Liebesfilme zu schauen. Aber es ist selbstsüchtig so zu denken.«

»Nein, Püppie. Das ist einfach nur deine altbekannte Angst vor dem Unbekannten. Dabei wissen wir überhaupt nicht, wie sich ihr Geschmack verändert, wenn sie zur Wölfin wird. Das sind alles nur Spekulationen und das einzige, was uns Klarheit verschafft, ist, es einfach auszuprobieren. Es könnte zum Beispiel auch sein, dass ihr, durch ihre verstärkten wölfischen Gefühle, eure Mädelsabende plötzlich so viel bedeuten, dass sie weiterhin gerne Liebesfilme schaut, weil es dir etwas bedeutet und es sie an ihr altes, menschliches Leben erinnert, was ihr möglicherweise auch wichtig ist. Nach der Transformation muss nicht alles ganz anders sein. Aber ich kann dir auch nicht genau sagen, wie stark sie sich verändern wird, das können wir nur ausprobieren.«

Elijah gab mir einen Kuss auf die Wange, als ich nichts mehr entgegnete, bevor wir uns wieder Jamie zuwandten. Während unserer kurzen Debatte hatte Jamie unauffällig seinen Schwanz an mein Bein gelegt, sodass er mich flüchtig berührte. Das hatte dazu beigetragen, dass er nun deutlich entspannter und fast glücklich aussah.

Mit seiner Ruhe war es allerdings schlagartig vorbei, als die anderen Wölfe zurückkamen. Unangemeldet waren sie ins Haus gekommen, sodass Jamie keine Zeit geblieben war, sich zurückzuverwandeln, und vor den Älteren war es ihm unangenehm, ein Wolf zu sein.

»Hey, wie hast du das denn geschafft?«, fragte Nathan anerkennend und deutete auf seinen Bruder, der in Windeseile auf die Füße sprang. Im selben Moment kamen auch Alice, Alana und April zurück ins Wohnzimmer, woraufhin Jamie mit eingeklemmtem Schwanz zuerst immer weiter rückwärts ging, bevor er sich schließlich wie ein verängstigter Welpe unter der Treppe verkroch. Mir war klar, dass ihm diese Reaktion vermutlich gar nicht bewusst war. Es fiel ihm nur schwer, in dieser Gestalt seine Gefühle zu kontrollieren und nun kam eindeutig sein Fluchtinstinkt zum Tragen. Ich hatte das dringende Bedürfnis, mich schützend vor ihn zu stellen, um die Blicke auf ihn abzuschirmen, während ich hilfesuchend Eathen ansah. Das alles war definitiv anders geplant gewesen und ich hoffte, dass der Ausgang dieser Situation Jamie nicht wieder ewig davon abhalten würde, sich zu verwandeln.

Geistesgegenwärtig wie immer, übernahm Eathen die Führung und scheuchte alle unter einem Vorwand in die Küche. Sobald sie weg waren, hockte ich mich zu Jamie und bat ihn, unter der Treppe hervorzukommen. Er folgte meiner Einladung im selben Moment, in dem Elijah mir eine seiner Unterhosen zuwarf. Ich fing sie natürlich nicht, was er mit einem schadenfrohen Grinsen zur Kenntnis nahm, bevor er zu den anderen in die Küche ging.

»Verwandle dich zurück«, trug ich Jamie auf und lehnte mich ans Sofa, wobei ich starr in eine Richtung schaute, bis mir mein kleiner Cousin auf die Schulter tippte. Ich hatte erwartet, dass er traurig aussehen würde, doch er lächelte.

»Wie geht's dir?«, fragte ich ihn ein wenig besorgt.

»Es war w-eniger schl-imm al-s ich erwww-artet hatte.«

»Was um alles in der Welt hast du denn erwartet?«

»Schlimmeres.«

»Das heißt, du wirst dich nochmal verwandeln?«

»W-eiß ich nnn-och n-icht.«

Das war eine sehr zufriedenstellende Antwort, zumal Jamie fröhlich aussah, was sicher einiges mit der Überwindung zu tun hatte.

Als die anderen zurück ins Wohnzimmer kamen, lobten Eathen, Nathan und Mathias Jamie für seinen Mut. Glücklicherweise war ihm diese Anerkennung nicht unangenehm, sondern ließ ihn ein wenig stolz aussehen. Alles in allem war es also kein Fehler gewesen, Jamie zu der Verwandlung zu überreden. Und ich hoffte wirklich, dass er noch so einige positive Erfahrungen als Wolf sammeln würde, um damit seine schlechten Erinnerungen zu überschreiben. Genauso wie es Elijah an diesem Morgen im Kerzenschein neben dem Tannenbaum gelungen war, meine Erinnerung an unser misslungenes erstes Mal verblassen zu lassen.

Dass ich trotz aller Schwierigkeiten

Bis zu Alanas jährlicher Geburtstags-Silvesterparty sah ich Elijah jeden Tag, weil er keine Lust hatte, in den Collegeferien zu lernen. »Hast du eine Idee, was ich anziehen könnte?«, fragte ich Elijah am einunddreißigsten Dezember. Alanas Party würde in drei Stunden beginnen und als ihre beste Freundin musste ich überpünktlich sein. Zumal wir alle zusammen fahren wollten und Nathan ihr noch beim Anbringen einer Girlande helfen sollte. Außerdem konnte ich es kaum erwarten, zu Alana zu kommen, um meine alten Schulfreude wiederzusehen. Ganz besonders freute ich mich auf Owen, der zwar schon seit Weihnachten wieder in Kanada war, aber noch keine Zeit gefunden hatte, sich mit mir zu treffen.

Owen gehörte zu meinen engsten Freunden, mit dem ich zusammen mit Alana, Eathen und Elijah in der Schule die meiste Zeit verbracht hatte. Geboren und aufgewachsen war er in Kenia und zur siebten Klasse über ein Stipendium an unsere Schule gekommen. Nach dem Schulabschluss war er nach Kenia zurückgekehrt, wo er eine Ausbildung in einem Labor für Humangenetik begonnen hatte. Zwar gab es in Kenia keine Weihnachtsferien, aber er hatte sich extra frei genommen, um alle ehemaligen Mitschüler, die über Weihnachten zu ihren Familien zurückkamen, hier zu treffen. Außerdem war ich gespannt, was all meine Freunde von ihren Colleges erzählen würden – gerade weil ich selbst vorerst nicht die Chance bekommen würde, ein College zu besuchen.

Elijah lag auf meinem Bett und sah nicht so aus, als hätte er vor, sich in der nächsten Zeit von dort weg zu bewegen oder sich etwas Festliches anzuziehen. Ich hingegen stand vor meinem geöffneten Kleiderschrank und hatte das Problem, dass zu meiner Umstandsmodenkollektion nichts Partytaugliches zählte. Seelenruhig griff mein Freund nach meiner Handcremedose, die auf meinem

Nachttisch stand, und warf sie immer wieder in die Luft, bevor er mir antwortete.

»Zieh einfach irgendetwas Kurzes und Enges an, dann bequatschst du Eathen, dass er deine hohen Schuhe wieder rausrückt und fertig ist dein Partyoutfit«, meinte Elijah pragmatisch. Nur *so* einfach war das bei Weitem nicht.

»Ich kann nichts Kurzes und Enges anziehen, weil dann noch mehr Leute auf meinen Bauch starren.«

Überraschenderweise stand er nun auf und stellte sich hinter mich.

»Püppie, dass man schwangeren Frauen auf den Bauch starrt, passiert jedem. Das sagt dir aber nicht, dass es jemand komisch findet, und selbst wenn das der Fall sein sollte, wird niemand schlecht über dich urteilen, solange du Zufriedenheit ausstrahlst. Du hast vor der Schwangerschaft gerne diese kurzen, schwarzen Kleider auf Partys getragen, also zieh sie jetzt bitte auch an. Zumal die, soweit ich mich erinnere, ziemlich elastisch sind.«

Er nahm eines dieser Kleider aus dem Schrank und zog den Stoff in die Breite. »Ich denke, das müsste passen. Und es sieht bestimmt toll und sexy aus. Mal abgesehen davon, dass du nicht wie eine typische schwangere Frau aussiehst, sondern eher so, als hättest du einen Fußball verschluckt, und das wird *jeder* unglaublich süß finden.«

Er gab mir einen Kuss auf den Haaransatz.

»Du meinst echt, ich sollte das anziehen?«, fragte ich zweifelnd.

Elijah nickte. »Ich bitte darum. Und da du, laut Alice, zu der Gruppe der wenigen Frauen gehörst, die bei voll erhaltener Bewegungsfähigkeit wirklich nur am Bauch zu nehmen, kannst du auch immer noch wunderbar elegant auf hohen Schuhe laufen oder tanzen. – Und lass den Widerspruch, Püppie! Ich weiß auch, dass du nicht mehr allein aufstehen kannst, aber das könnte ich auch nicht, mit einem Fußball im Bauch.«

Ich wusste nicht, warum ich Laufschwierigkeiten haben sollte, aber sicher gab es Frauen, bei denen das so war.

»Also lass den Aufstand Püppie, mach dich so wie immer für eine Party fertig und überrede Eathen, dass er dir für diesen Abend deine hohen Schuhe zurückgibt. Ich bleibe auch den ganzen Abend bei dir und passe auf, dass du nicht umknickst.«

Ich drehte mich zu Elijah um und bedankte mich mit einem Kuss bei ihm, bevor ich im Bad verschwand, wo ich den Lockenstab und meine Schminktasche hervorholte.

Die Jungs gingen in schlichter Kleidung. Dabei trugen sie durch Zufall alle schwarze Jeans und ein einfarbiges T-Shirt. Dazu hatten alle vier ihre schwarzen Lederjacken an, und als ich in ihrer Begleitung den Weg zu Alanas Haus entlang ging, fühlte ich mich wie eine Frau in einem Actionfilm, umringt von Bodyguards. Diese Rolle als schützenswerte Frau wurde ich auch nicht los, als wir im Haus waren, denn während sie gleich mehrere Girlanden anbrachten, Getränke in den Garten trugen, wo sie vom Schnee gekühlt wurden, und sonstige Arbeiten erledigten, hatte ich nichts zu tun. Zu meinem großen Glück war Owen der erste offizielle Gast, und sobald er da war, fühlte ich mich schlagartig besser. Es war wirklich lustig mit ihm und genauso wie Elijah fand er meine Schwangerschaft klasse, was dazu führte, dass ich mich schließlich sogar traute, meinen Blazer auszuziehen, der bis dahin noch etwas meinen Bauchumfang kaschiert hatte.

Im Laufe des Abends unterhielt ich mich auch mit meinen anderen ehemaligen Schulfreunden. Ich fand ihre Erzählungen von den Colleges super-interessant und überraschenderweise fragten mich auch viele nach meinem Leben. Nicht wenige wollten sogar wissen, ob mein Baby ein Junge oder ein Mädchen wird, und einige baten mich sogar, einmal ihre Hand auf meinen Bauch legen zu dürfen. Überrascht über so positive Reaktionen war ich nach zwei Stunden wirklich glücklich. Sie alle waren genauso nett zu mir wie in Schulzeiten. Doch die meiste Zeit verbrachte ich wie früher mit Elijah, Eathen und Owen. Alana war entweder permanent beschäftigt oder sie tanzte mit Nathan, weshalb sie bei unserer kleinen Gruppe fehlte. Trotzdem lachte ich mit Eathen, Elijah und Owen so viel, dass ich ernsthaft befürchtete, am nächsten Tag Muskelkater im Bauch und in den Wangen zu haben.

Das Drama auf dieser Party nahm erst seinen Lauf, als Kevin – auch ein ehemaliger Mitschüler von uns – Eathen und Elijah kurz vor Mitternacht ein Sektglas in die Hand drückte. Dies war die erste Party, zu der wir alle zusammen in einem Auto gefahren waren und da Nathan bereits unter dem Vorwand, er müsse Autofahren, abgelehnt hatte, konnten Eathen und Elijah diese Ausrede nicht mehr verwenden.

Leute bitte holt euch Wasser. Das geht sonst schief – flehte ich sie in Gedanken an.

Das geht jetzt nicht mehr. Sonst stehen wir doch wie die totalen Weicheier da – meinte Elijah.

Lieber Weicheier als Wölfe – argumentierte ich.

Wir trinken das Glas nicht aus, OK? Dann werden wir uns schon nicht gleich verwandeln, und wenn wir merken, dass der Alkohol wirkt, gehen wir eben. Der Wald ist ja von hier aus nicht so weit – versuchte mich Eathen zu beruhigen, doch das gelang ihm absolut nicht.

Erinnerst du dich noch daran, wie es war, als du mit vierzehn ein Bier getrunken hast, weil du Dad nicht glauben wolltest, wie Wölfe auf Alkohol reagieren? – fragte ich Eathen.

Damals war ich vierzehn, Püppie. Das wird ja jetzt wohl anders sein.

Das glaube ich nicht. Ihr beide seid absolut keinen Alkohol gewöhnt.

Uns bleibt jetzt aber nichts anderes mehr übrig, als das zu trinken – sagte Eathen und setzte das Glas um Punkt Mitternacht an, während alle anderen Alana hochleben ließen.

Ich gratulierte Alana, wurde dann noch in ein Gespräch mit Jason verwickelt und schaffte es deshalb zu spät, Nathan zu erreichen, um ihn um Hilfe zu bitten. Dass Eathen und Elijah Alkohol getrunken hatten, hatte er bisher noch gar nicht mitbekommen. Außerdem war er absolut nicht begeistert davon. Zurecht, wie sich herausstellte, als ich höchstens fünf Minuten nach Mitternacht wieder bei Eathen und Elijah war. Doch in dieser Zeit hatte die Wirkung des Alkohols bereits eingesetzt. Beide lallten und konnten nicht mehr gerade stehen. Außerdem wollte Elijah mich immer wieder küssen oder andere Dinge mit mir machen, die er auch noch lauthals erklärte. Hinzu kam, dass ich bereits feines Wolfsfell auf ihrer Haut erkennen konnte.

»Wie zur Hölle kann man denn so schnell betrunken werden?«, fragte mich Kevin und die gleiche Frage stellte ich mir auch. In fünf Minuten konnte der Alkohol ja wohl kaum durch den Magen in den Darm gelangen, ins Blut aufgenommen werden und im Gehirn seine Wirkung entfalten.

»Lass uns Sex haben, Püppie, bis ich mich verwandle ohne das doofe Silber«, lallte Elijah und versuchte erneut, mich zu küssen, aber ich stieß ihn weg, was nicht besonders schwer war, da seine Gegenwehr gar nicht mehr existierte. Wirklich beunruhigend fand ich, dass er die Verwandlung bereits in breiter Öffentlichkeit erwähnt hatte, was bedeutete, dass er nicht mehr wusste, was er sagen durfte und was nicht. Ein weiteres Problem war, dass Eathens Instinkte leider noch ausreichend gut funktionierten, um ihn echt wütend zu machen, weil Elijah mich zu etwas drängte, das ich nicht tun wollte. Das verstärkte einerseits seine Verwandlung und anderseits griff er daraufhin Elijah an, was nun auch Elijah wütend machte. Zudem hatte sich inzwischen die gesamte Partygesellschaft um die beiden versammelt. Wenn ich noch ein paar Minuten wartete, würden sie sich vor aller Augen komplett verwandeln. *Wie um alles in der Welt war es denn möglich, so schnell betrunken zu werden?*

Alana warf mir und Nathan sorgenvolle Blicke zu und auch ich wusste nicht, ob ich wirklich zwischen die sich schlagenden Wölfe gehen sollte. Zwar waren sie betrunken, aber in den Fausthieben, die sie austauschten, lag immer noch eine Menge Kraft. Nathan zumindest bekam einen ziemlich kräftigen Tritt von Eathen ab, als er ihn wegstieß.

»Halt du dich daraus«, sagte Eathen und dummerweise wirkte auch noch im betrunkenen Zustand die Befehlsgewalt, die mein Bruder über Nathan hatte, sodass er nicht noch einmal versuchen konnte, die raufenden Wölfe auseinanderzubringen. Dasselbe Verbot erteilte Eathen auch gleich prophylaktisch Jamie, der vollkommen verunsichert am Rand der Partygesellschaft stand, bevor mein Bruder Elijah erneut angriff. Während ihre Koordination dabei immer schlechter wurde, nahm ihre Verwandlung immer weiter zu.

»Was ist los mit denen?«, fragten mich lauter Leute, während einige besorgt nach Nathan schauten, der aber schnell wieder auf den Beinen war.

»Geh zwischen sie«, trug er mir auf.

»Bist du bescheuert? Wenn ich einen ihrer Tritte oder Schläge abkriege, gehe ich zu Boden, falls sie mich nicht gleich umbringen.«

»Dir wird nichts passieren. Eathen kann dir nicht wehtun und wenn Elijah versuchen sollte, dich zu treffen, geht Eathen automatisch dazwischen. Egal, wie betrunken dein Bruder ist, dieses Gesetz gilt immer.«

Das klang überzeugend. Ich atmete einmal tief durch und drängte mich dann genau zwischen die beiden kämpfenden Wölfe. Tatsächlich legte Eathen sofort schützend seine Arme um mich und blockte Elijahs Schläge nun nur noch ab.

Jetzt schaff sie hier raus – trug mir Nathan auf, und da sich Eathen auf nichts mehr speziell konzentrierte, konnte ich Nathans Stimme über seine Gedanken hören.

Wie denn?

Spiel mit ihren Instinkten.

Mangels einer besseren Idee, holte ich aus und boxte Elijah mitten ins Gesicht. Eigentlich hatte ich seine Nase treffen wollen, aber da er sich in dem Moment bewegte, erwischte ich sein Auge. Kurzzeitig tat mir das wirklich leid, aber er trug ja zum Glück keine Verletzung davon. Doch jetzt hatte ich seine und Eathens volle Aufmerksamkeit – genauso wie die aller anderen Partygäste.

»Ich habe dir gesagt, du sollst dich nicht so abschießen!«, schrie ich Elijah an. »Und jetzt hast du es wieder gemacht, dabei solltest du nur einmal verantwortungsbewusst handeln. So wirst du nie in der Lage sein, ein Kind großzuziehen. Dein Verhalten reicht mir ein für alle Mal! Das war's jetzt mit uns!«

Obwohl es nicht ernst gemeint war, stiegen mir die Tränen in die Augen, weil es wehtat, überhaupt so etwas zu ihm zu sagen. Andererseits waren die Tränen hilfreich, um meine Glaubwürdigkeit zu erhöhen.

»Nein, Cat, nein!«, rief er verzweifelt, als ich aus dem Haus rannte. Auf der Straße erkannte ich erleichtert, dass mir tatsächlich sowohl Eathen wie auch Elijah gefolgt waren. So waren sie zumindest schon mal aus dem Haus raus.

»Lasst mich in Frieden!«, rief ich und lief weiter bis zum Waldrand am Ende der Straße. Der dunkle Wald jagte mir eine ziemliche Angst ein, zumal ich wieder hohe Schuhe trug und ich inzwischen begriffen hatte, dass hohe Schuhe und ein dunkler Wald keine gute Kombination waren.

»Püppie, bleib stehen«, bat Elijah. Dabei klang er so verzweifelt, dass es mir erneut einen Schwall Tränen in die Augen trieb.

»Lass endlich meine Schwester in Ruhe!«, schrie Eathen ihn daraufhin an und versetzte ihm einen heftigen Stoß gegen die Brust. Elijah flog durch die Luft und landete als Wolf. Wütend knurrte er meinen Bruder an, der ein paar Sekunden später als Wolf die Fetzen seiner Kleidung abschüttelte. Er setzte gerade zum Sprung an, als ich erneut zwischen die beiden Wölfe trat, eine Position, die ich weder in der Wirklichkeit noch im übertragenen Sinn gern einnahm.

»Wenn ihr mich je wieder berühren wollt, dann lauft ihr jetzt so weit in den Wald hinein, dass euch kein Mensch sehen wird, meidet jeden Menschen, jede menschliche Siedlung, fügt dem Wald und seinen Bewohnern keinen Schaden zu und kommt erst wieder nach Hause, wenn ihr wieder nüchtern seid.«

Beide Wölfe blickten mich einige Sekunden verdutzt aus ihren glasigen Augen an, bevor sie friedlich nebeneinander in den Wald torkelten und schon nach wenigen Sekunden aus meinem Blickfeld verschwunden waren.

Ich atmete einmal tief durch und erschrak, als ich im nächsten Moment begriff, was ich gerade getan hatte. Natürlich hatte ich diese Dinge nur zu Elijah gesagt, um ihn in den Wald zu locken. Aber ein stückweit stimmte das, was ich gesagt hatte. Von beiden war es verantwortungslos gewesen, den Sekt zu trinken. Als ich mir die Tränen aus dem Gesicht wischte, wusste ich nicht, ob ich wütend oder enttäuscht sein sollte.

»Cat, bist du OK?«, fragte Nathan, der kurze Zeit später zusammen mit Jamie zum Waldrand gelaufen kam.

»Was denkst du denn? Die beiden Idioten hätten gerade beinahe unser Geheimnis verraten und uns damit alle umgebracht.

Außerdem bin ich jetzt für all meine ehemaligen Schulfreunde nicht nur eine Schlampe, die mit achtzehn ein Kind erwartet, sondern auch noch ein Mädchen, dass mit einem saufenden Idioten zusammen ist, der überall herumposaunt, was er gerne mit mir, über mir oder in mir veranstalten möchte. Dabei ist es doch wirklich nicht so schwer zu begreifen, dass es mir nicht vollkommen egal ist, was meine Mitmenschen von mir denken. Aber anscheinend können Wölfe so etwas nicht verstehen, sonst würden sie doch nicht solch einen Mist bauen ... Vielleicht sollte ich wirklich mehr Kontakt zu anderen Leuten haben und nicht immer nur mit euch rumhängen. Aber nein, das geht ja leider nicht, weil ich mich nach dieser Aktion gerade nirgendwo mehr blicken lassen kann, obwohl ich mich praktischer Weise ja schon von meinem Freund getrennt habe.«

»Komm her, Püppie«, sagte Nathan und zog mich in seinen Arm. Das war die einzig richtige Reaktion, denn natürlich meinte ich das, was ich da gerade gesagt hatte, nicht ernst. Ich war einfach nur wütend und enttäuscht.

Mein Kopf lag an Nathans Brust, während ich vor mich hin schluchzte und immer wieder die Frage wiederholte, warum Eathen und Elijah das gemacht hatten. Dabei war ich so sehr mit den Gedanken an die beiden beschäftigt, dass mir erst nach einiger Zeit auffiel, was meine Wange berührte. Wie im Mai flossen meine Tränen in Nathans Lederjacke, während er mir genau wie damals über den Kopf streichelte. Kurz überlegte ich, ob es mir unangenehm sein sollte, im selben Moment, in dem auch ihm auffiel, wie bekannt diese Situation für uns beide war. Augenblicklich ließ er mir mehr Platz, doch ich wollte nicht von ihm wegrücken. Es tat so gut, getröstet zu werden, und es war schön, einen älteren Cousin zu haben, der nicht so dämlich war wie mein Bruder oder mein Freund. Dass ich diese Entscheidung getroffen hatte, musste Nathan spüren, denn nun legte er seine Arme wieder um mich.

»Eathen und Elijah ist es auch nicht vollkommen egal, was eure Freunde von euch denken, sonst hätten sie den Sekt einfach abgelehnt. Außerdem weißt du doch, dass sich Wölfe immer beweisen müssen und dass es uns schwerfällt, mit unseren Schwächen umzugehen.«

»Ja, aber ich dachte immer, dass es ihnen nur vor den Leuten, die ihnen etwas bedeuten, schwerfällt, Schwächen zuzugeben. Aber all diese Menschen dort drin, sind Eathen und Elijah eigentlich vollkommen egal. Trotzdem haben sie das getan, obwohl sie wussten, dass es uns im Zweifel alle umbringen würde. Wenn normale Menschen auf einer Party sehen, wie sich ihre ehemaligen Mitschüler vor ihren Augen in Wölfe verwandeln, dann steht diese Stadt und die ganze Welt danach Kopf und wir haben vielleicht noch drei Stunden zu leben. Denn Menschen, die in Panik geraten, werden schnell herausfinden, wie es gelingt, euch zu töten und das wissen sie. Mathias hat es Elijah genauso häufig erklärt, wie mein Vater Eathen und mir. Also warum tun sie so etwas Dämliches? Das verstehe ich nicht.«

»Weil sie sich wünschen, es wäre anders. Denn wenn man sich etwas wirklich wünscht, vergisst man für einen Moment die Realität und hofft, dass schon alles gut gehen wird. Nichts anderes hat Elijah gedacht, bevor ihr dein Baby gezeugt habt, und dementsprechend kannst du dir vorstellen, wie sich die beiden morgen fühlen werden. Mal abgesehen von dem mörderisch schlimmen Kater, den sie haben werden.«

»Klingt ganz so, als hättest du es bereits ausprobiert.«

»Natürlich habe ich das. Kein Wolf glaubt seinen Eltern oder Geschwistern, wenn er gesagt bekommt, dass man keinen Alkohol verträgt. Jamie hat das auch noch vor sich.« Nathan umarmte seinen Bruder, der die ganze Zeit knapp hinter uns am Waldrand gestanden hatte.

»Ja, aber die beiden haben es schon ausprobiert. Jeder mit seinen Eltern, um genau so etwas zu vermeiden.«

Nathan sah mich aufmerksam an.

»Da ist doch noch mehr, Püppie, oder? Ich meine, ja, sie waren dämlich. Aber jeder ist mal dämlich und wir haben es ja geschafft, die Situation zu retten. Deshalb regst du dich sicher nicht so auf, oder?«

Natürlich wusste ich, dass das eigentliche Problem woanders lag, aber ich wusste auch, dass ich anfangen würde zu weinen, wenn ich jetzt darüber sprach. Deshalb war ich dankbar, dass

Alana in dem Moment aus dem Haus auf uns zugerannt kam. Sie reichte mir meine Winterjacke, woraufhin mir überhaupt erst auffiel, wie kalt mir im Partykleid mit dünner Strumpfhose hier draußen eigentlich war.

»Wo sind die beiden?«, fragte Alana.

»Im Wald. Da können sie keinen Schaden anrichten.«

»OK. Das war echt heftig. Aber außer, dass alle mitbekommen haben, wie sturzbesoffen sie waren, ist niemandem etwas aufgefallen.«

»Was denken sie, wo wir jetzt hin sind?«

»Sie glauben, dass du nach Hause gefahren bist und die beiden dir nachgelaufen sind, was bestätigt wurde, weil Nathan ziemlich geistesgegenwärtig sofort euer Auto umgeparkt hat.«

»Dankeschön«, sagte ich zu Nathan. »Dann werde ich mich jetzt mal tatsächlich auf den Weg machen. Tut mir leid, dass es dir deine Party so verhagelt hat.«

»Dafür kannst du doch nichts. Und ich bin auch nicht sauer auf Eathen und Elijah. Es war einfach nur dämlich von ihnen.«

»Schön, dass du das so siehst«, entgegnete ich gereizt. Dabei war es unfair, dass nun Alana meinen Ärger abbekam. Doch sie reagierte genauso besonnen wie Nathan und ignorierte meinen scharfen Ton einfach.

»Meinst du, es ist so eine gute Idee, wenn du allein nach Hause fährst? Vielleicht solltest du lieber hierbleiben«, fragte sie stattdessen besorgt.

»Nein, ich möchte wirklich nach Hause.«

Ich wusste, dass ich meine Tränen nicht mehr lange zurückhalten konnte. Aber ich wollte den anderen auch nicht den restlichen Abend verderben.

»Dann fahre ich dich«, erklärte Nathan. »Und komme danach wieder her.«

Ich wollte gerade widersprechen, als Owen meinen Namen rief. Er war ohne Jacke auf die Straße gelaufen und blieb nur wenige Meter von unserer kleinen Gruppe entfernt am Waldrand stehen.

»Geht's dir gut?«, fragte er und kniff die Augen zusammen, um in der Dunkelheit meine Gesichtszüge erkennen zu können.

»Den Umständen entsprechend«, meinte ich, da auch mir klar war, dass ich ein *Es-geht-mir-gut* nicht glaubwürdig rüberbringen würde. »Woher wusstest du, dass ich noch hier bin?«

»Ich kenne dich«, antwortete Owen schulterzuckend. »Deshalb weiß ich, dass du nie einfach so abhauen würdest. In so einer Situation bist du nämlich nicht gerne allein.«

Vermutlich schauten wir ihn alle ziemlich überrascht an.

Nathan war der Erste, der sich regte: »Stimmt das, Püppie? Möchtest du nicht allein sein?«

Ich wollte tatsächlich nicht gern allein sein, aber ich wollte auch niemandem die Party endgültig ruinieren. Außerdem wusste ich, dass ich ganz dringend weinen musste. Doch ich konnte niemandem den Grund dafür verraten.

»Wenn du willst, bringe ich dich nach Hause«, meinte Owen. »Ich bin mit dem Auto hier und habe nichts getrunken. Ich bin sowieso nur gekommen, um euch zu sehen. Also macht es mir nichts aus, jetzt schon zu gehen.«

Nathan sah kurz zwischen Owen und mir hin und her. »Das klingt nach einem guten Plan«, sagte er dann. »Ist das in Ordnung für dich, Cat?«

»Ja«, meinte ich und es klang schon fast wie ein Schluchzen. In meiner emotional aufgewühlten Stimmung war ich Owen ziemlich dankbar für sein Angebot, was dazu führte, dass ich schon aus Dankbarkeit fast anfing zu heulen.

Wenig später saß ich in Owens Auto auf dem Beifahrersitz, nachdem mir Nathan mehrmals versichert hatte, dass er sich für uns alle eine glaubhafte Geschichte ausdenken würde. Jamie saß hinter mir, denn auch er hatte keine Lust mehr auf die Party. Ohnehin war er nur Alana und Nathan zuliebe mitgekommen. Zuhause angekommen, bot Jamie mir an, jederzeit für mich da zu sein, bevor er sich in den Keller verabschiedete. Auch diese Geste fand ich unglaublich rührend.

»Und was machen wir jetzt?«, fragte ich Owen, als wir uns gegenüber voneinander ins Wohnzimmer setzten.

»Cat, du musst mich nicht beschäftigen und mir auch nichts vormachen. Erzähl mir einfach, was dich so sehr an Eathens und

Elijahs Verhalten stört.«

Ich atmete tief durch und beschloss, so nah wie möglich an der Wahrheit zu bleiben.

»Die beiden wissen, dass sie Alkohol nicht so gut vertragen. Das liegt bei uns in der Familie. Sie haben zwar schon lange nichts mehr getrunken, aber sie hätten sich denken können, dass es so kommt. Natürlich habe ich gelogen, als ich Elijah gesagt habe, ich würde mich von ihm trennen. Ich wollte ihn aus dem Blickfeld der Leute herauszubringen. Nur wie stehe ich jetzt da? Wenn mich die Leute in den nächsten Tagen wieder mit Elijah zusammen treffen, dann sieht es doch so aus, als würde unser Kind in eine On-Off Beziehung hineingeboren werden.«

»Püppie, lauter Leute haben sich heute riesig gefreut, dich zu sehen. Von denen hält dich keiner für eine Schlampe. Die meisten wünschen sich sogar, einen Freund wie Elijah zu haben, denn keiner von ihnen ist seit drei Jahren in einer festen Beziehung. Wenn man sein Leben miteinander teilt, ist es doch klar, dass es mal knallt. Aber wenn ihr euch nach einem heftigen Streit wieder vertragt, spricht das doch nur für die Stabilität eurer Beziehung. Außerdem hast du riesiges Glück, schon in deinem Alter einen aussichtsreichen Job zu haben, eine tolle Großfamilie und einen festen Freund, der sich riesig auf euer gemeinsames Baby freut. Das ist vermutlich mehr, als die meisten je bekommen werden. Also glaub doch nicht, dass es nicht wenigstens ein paar Mädchen gibt, die gerne in deiner Situation wären, und ein paar Jungs, die einiges dafür geben würden, der Vater deines Kindes zu sein.«

»Woher willst du das wissen?«

»Ich sehe es an den Blicken der Leute und das würdest du auch sehen, wenn du dich mal von deiner Fantasie lösen würdest, in der dich alle verachten. Hinzu kommt, dass ich immer noch nicht glaube, dass das dein wirkliches Problem ist.«

»Hast du gehört, was Elijah in seinem Rausch gesagt hat?«, fragte ich nach kurzem Zögern.

»Ja. Das haben alle gehört.«

»Ja, richtig. Naja auf jeden Fall dachte ich, dass wir es inzwischen schaffen würden, über alles miteinander zu reden. Aber scheinbar gibt es da einen Teil in ihm, den er nüchtern immer ganz gut unterdrückt. Mal abgesehen davon, dass mich diese Angewohnheit nervt, sich immer beweisen zu müssen. Außerdem haben sie sich betrunken wieder gestritten. Dabei hatte ich geglaubt, wir hätten all diese Dinge hinter uns gelassen.«

Owen lächelte mich an.

»Ich glaube, dass dich sowohl dein Bruder wie auch dein Freund über alles lieben – nur auf eine andere Art und deshalb streiten sie sich. Eathen hatte schon immer ein wachsames Auge auf dich und möchte nicht, dass Elijah dich nochmal zu etwas überredet, und Elijah will nicht, dass Eathen sich ewig einmischt. Deshalb streiten sie sich.«

»Er hat mich damals nicht überredet«, wandte ich ein.

»Das hat Eathen aber behauptet.«

»Wann hast du denn mit Eathen darüber gesprochen?«

»Irgendwann mal. Kurz nachdem du schwanger geworden bist, hatten wir telefoniert, weil ich hören wollte, wie es euch so geht. Ich hatte sogar Grüße an dich ausgerichtet, aber die hat Eathen dann offenbar nicht übermittelt.«

»Nein, das hat er nicht«, bestätigte ich.

»Auf jeden Fall wollte ich sagen, dass es nicht so schlimm ist, wenn sie sich betrunken streiten. Und trotz allem, was du mit Elijah in den letzten Monaten erreicht hast, gibt es natürlich Dinge, über die er nicht gerne mit dir redet. Aber das heißt nicht, dass er in eurer Beziehung unzufrieden ist.«

»Warum ist das denn alles so kompliziert?«, stöhnte ich. »Sollte es nicht eigentlich so sein, dass man sich trifft, sich verliebt und alles gut ist?«

»Ist das der Stoff, aus dem die großen Geschichten sind?«

Ich verneinte.

»Eben. Große Geschichten bestehen immer aus einer Idee, einem Auftrag oder einer Passion, einem Versuch der Umsetzung, dem Scheitern und einem erneuten Versuch. Zumal du dich doch auch gar nicht mit einem einfachen Leben zufrieden geben würdest. Du willst doch alles vom Leben haben. Das ganz große Kino und dazu gehören auch solche Momente. Außerdem hast du längst begriffen, dass Freunde und Glück größer werden, wenn man vorher gefallen ist. Das alles gehört dazu und deine Liebesgeschichte wird ein fantastisches Happy End haben.«

Im Grunde wollte ich wirklich nichts Einfaches. Ich wollte ein spektakuläres Happy End, das zwangsläufig ein großes Drama verlangte. Nur davor fürchtete ich mich.

Später schalteten Owen und ich den Fernseher ein und ich versuchte, mich durch lauter Silvesternacht-Klassiker von der Sorge um die beiden Wölfe abzulenken. Nach kurzer Zeit gesellte sich auch Jamie zu uns, und da an Schlafen gar nicht zu denken war, schauten wir die ganze Nacht einen Film nach dem anderen. Eigentlich war es sogar ganz schön, mit Owen und Jamie die ganze Nacht hindurch Fernsehen zu schauen. Doch noch schöner wäre es gewesen, wenn mir nicht immer wieder die Sorge um Eathen und Elijah in den Sinn gekommen wäre.

Zwischendurch sah ich mir immer wieder Eathens Gedanken an, aber sie blieben lange wirr. Trotzdem konnte ich spüren, wie schlecht es ihm ging, auch wenn er selbst immer noch zu benebelt war, um es zu spüren. Er und Elijah fanden es Ewigkeiten lang unglaublich witzig, durch den Wald zu torkeln, sich zu balgen oder anderen Quatsch zu veranstalten. Aber aufgrund meines Verbots schadeten sie dabei niemandem und liefen auch niemandem über den Weg.

Irgendwann musste ich eingeschlafen sein, denn am Morgen des ersten Januars wachte ich eingekuschelt in eine Sofadecke auf der Couch auf. Jamie saß neben mir und grinste mich an.

»Wo ist Owen?«, fragte ich.

»Er ist n-ach Hhh-ause ggg-efahr-en. Aber er h-at d-as für dich daggg-elassen.«

Jamie reichte mir einen Brief, den Owen auf einem einfachen, gefalteten Zettel hinterlassen hatte.

Liebe Cat,
ich wünsche dir ein wunderschönes neues Jahr, dass du gesund bleibst und glücklich wirst. Du bist ein wunderbarer Mensch und ich glaube an dich.
Happy New Year
Owen

Eilig bedankte ich mich per SMS bei ihm und wünschte ihm ein ebenso frohes neues Jahr. Den ganzen Morgen schrieben wir immer wieder hin und her und das lenkte mich davon ab, dass Eathen und Elijah immer noch nicht aufgetaucht waren. Nachdem ich gefrühstückt hatte, kamen Nathan und Alana vorbei. Sie hatten erstmal das Haus aufräumen müssen, bevor sie herkommen konnten.

»Sind sie immer noch unterwegs?«, fragte mich Alana in dem Moment, als es an der Terrassentür klopfte.

»Nein, sind sie nicht«, antwortete Nathan, als er meinen Bruder, an die Hauswand gelehnt, davor stehen sah.

»Eathen«, rief ich und öffnete eilig die Tür, bevor ich meinen vollkommen verkaterten Bruder umarmte und anschließend ins Haus führte.

»Ist es in Ordnung, wenn ich erst schlafe und du mich dann zusammenscheißt?«, fragte er und sah so mitleiderregend aus, dass ich meine aufgestaute Wut in diesem Moment vollkommen vergaß.

»Leg dich hin«, bat ich ihn. Er ging zum Sofa, ließ sich darauf fallen und schloss sofort die Augen.

Da ich in der letzten Nacht auch nur drei Stunden Schlaf bekommen hatte, legte ich mich zu ihm. Ich hörte noch, wie Nathan und Alana im Keller verschwanden, dann war auch ich eingeschlafen.

Alles habe, was ich brauche

Wie auch immer Eathen das anstellte, er schaffte es, auch an diesem Tag vor mir aufzuwachen, und war schon frisch geduscht in der Küche beim Essen, als ich um drei Uhr nachmittags aufwachte.

»Wie geht's dir?«, fragte ich meinen Bruder schlicht, wobei ich meine Stimme absichtlich ein wenig schroff klingen ließ. Wenn er aufrecht auf der Theke sitzen konnte, ging es ihm vermutlich nicht mehr allzu schlecht. Also konnte ich meine Wut nun auch wieder zulassen.

»Gut. Neben dir zu schlafen hat meinen Regenerationsprozess unglaublich beschleunigt. Vielleicht hätte ich schon vorher herkommen sollen.«

»Hättest du nicht. Denn so betrunken, wie du warst, hätte ich dir gar nicht helfen können.«

»Du kannst mir immer helfen und du kannst mich, gerade wenn ich betrunken bin, auch ziemlich leicht herumkommandieren, weil ich dann nämlich mein Hirn ausschalte und nur noch auf basaler Ebene funktioniere.«

»Wird das jetzt ein Vorwurf, weil ich dich nicht richtig beim Auskomern betreut habe und es dir zeitweise ein bisschen schlecht ging? Daran bist du selbst Schuld, Eathen.«

Mein Bruder sprang von der Theke und stellte sich vor mich.

»Das weiß ich und das sollte auch kein Vorwurf sein. Ich wollte mich eigentlich bei dir bedanken. Dafür, dass du uns gerettet hast, im Wald immer wieder nach mir gesehen hast und dann heute Morgen nicht gleich eine riesige Szene veranstaltet hast.«

»Keine Ursache. Ich verstehe nur immer noch nicht, warum du das getan hast? Du wusstest doch, dass es dämlich ist.«

»Ich dachte, es würde schon nicht so schlimm werden. Auf gar keinen Fall wollte ich, dass irgendwer in Gefahr gerät! Verdammt, diese Familie bedeutet mir so unglaublich viel, ich wollte wirklich niemanden gefährden! Ich wollte einfach nur ein ganz normaler Typ sein, der auf einer Party Alkohol trinkt.«

»Aber warum? Ich dachte, du liebst es, so zu sein, wie du bist. Und vor allem dachte ich auch, dass du Elijah inzwischen als meinen Freund akzeptiert hättest. Aber du hast dort vor aller Augen angefangen, dich mit ihm zu prügeln.«

»Ich bin eigentlich gerne derjenige, der ich bin. Nur manchmal eben nicht und ich mag Elijah. Ich mag ihn wirklich. Aber wenn ich vergesse, was für einen Spaß ich mit ihm haben kann, ist er erstmal wieder nur der Typ, der dich geschwängert hat. Natürlich ist es total dumm, in diese alten Muster hineinzurutschen, und ich hatte auch selbst gedacht, dass ich mich inzwischen voll und ganz mit ihm arrangiert habe, aber mein betrunkenes *Ich* sagt leider etwas anderes. Es tut mir schrecklich leid, Püppie.«

»Das ist gut, weil du jetzt hoffentlich nie wieder irgendeine Art von Alkohol anrührst. Aber damit ist es nicht getan, Eathen.«

»Was erwartest du denn von mir?«, fragte er wie ein unterwürfiger Wolf.

»Versuch nicht mehr, irgendwelchen Leuten zu beweisen, was für ein harter Typ du bist, sondern überzeuge mich davon, dass ich dir vertrauen kann. Und bring dein Unterbewusstsein dazu, Elijah zu mögen, denn sonst wirst du in einem ewigen inneren Zwiespalt stehen. Weil ich mich nämlich nicht von ihm trennen werde. Und ich bin es leid, immer wieder die gleiche Diskussion mit dir führen zu müssen. Ich dachte, wir wären als Team schon viel weiter. Aber mein Team besteht aus zwei idiotischen Prahlern und darauf habe ich keine Lust.«

»Warte Püppie! Wo willst du hin?«

»Ich packe meine Sachen zusammen, fahre zu Elijah, versuche, ihn mit ein paar Berührungen wieder auf die Beine zu bringen und dann werde ich ihm auch sagen, was mich stört.«

»Warte Püppie. Du musst nicht losfahren. Er ist schon auf dem Weg hierher.«

Kurz blieb ich auf der Treppe stehen, weil ich von Sam einen ziemlich kräftigen Tritt gegen die Bauchdecke bekam. Überhaupt war er heute unglaublich lebendig. Aber das lag vermutlich an meinem Stress, der sich auf ihn übertrug.

Oben in meinem Zimmer angekommen, legte ich mich auf mein Bett und versuchte, tief durchzuatmen. Gleichzeitig streichelte ich über meinen Bauch in dem Versuch, Sam zu beruhigen. Doch er trat weiterhin mit seinen kleinen Wolfstatzen gegen meine Bauchdecke.

»Macht er dir Ärger, Püppie?«, fragte Eathen, der plötzlich im Zimmer stand.

»Ich habe dich nicht hereingebeten«, entgegnete ich schroff.

»Darf ich trotzdem reinkommen?«

»Was willst du denn?«

»Wissen, was mit dir und mit ihm los ist?«

Eathen setzte sich auf die Bettkante und musterte mich. Eilig zog ich mein T-Shirt herunter, um die Dehnungsstreifen, die ich in den letzten paar Wochen bekommen hatte, zu verstecken.

»Der ganze Ärger überträgt sich auf ihn. Und wenn er so viel Adrenalin von meinem Blut in seins bekommt, wird er hyperaktiv.«

»Dann solltest du mal einen Schritt kürzer treten, Püppie. Ich kann Elijah auch sagen, dass er wieder gehen soll, wenn dir das zu viel wird.«

»Er soll nicht wieder gehen. Aber ich sollte den Streit mit ihm vertagen.«

Elijah wartete im Wohnzimmer auf mich und wirkte müde. Wortlos ging ich zu ihm und umarmte ihn. Er schmiegte seine Wange an meine Haare, bevor er mir einen Kuss auf die Stirn gab.

»Wie geht's dem Baby?«, fragte er und legte seine Hand auf meinen Bauch.

»Ich schätze, er wird ein Januarkind«, antwortete ich.

»Hast du Angst?«, fragte Elijah.

Ich nickte und fing auf einmal wieder an zu weinen. Einen Streit zu vertagen, schien nur schwer möglich zu sein, wenn man so emotional war, wie ich seit Stunden. Und jetzt drehte auch noch Sam durch. Erneut bekam ich einen Tritt, diesmal in die Blase. Darauf folgte ein stechender Schmerz und dann wurden meine Beine mit einem Mal nass. Da Sam meine Blase getroffen hatte, wurde mir erst, als ich Elijahs Blick sah, klar, dass die Flüssigkeit kein Urin war.

»Ist es das, was ich denke?«, fragte Elijah mehr Eathen als mich.

»Jap. Genau das ist es.«

»Nein! Nein! Nein! Ich kann das nicht. Das ist ein miserabler Zeitpunkt«, kreischte ich hysterisch.

»Es ist sein Kind. Da hättest du kein gutes Timing erwarten dürfen«, bemerkte mein Bruder vollkommen entspannt.

»Was tun wir denn jetzt?«, fragte ich vollkommen überfordert.

Eathen zog mich an sich und drückte meinen Kopf an seine Brust. Ich ließ mich auf seine Nähe ein, schloss die Augen und atmete tief durch. Er hielt mich fest an sich gedrückt und ich hatte das Gefühl, in seinem Arm in einer anderen Welt zu sein – einer besseren Welt.

Diese Illusion konnte ich genau solange aufrechterhalten, bis die erste Wehe einsetzte. Es tat furchtbar weh, aber zum Glück war es schnell wieder vorbei. Doch ich konnte mir nun in etwa ausmalen, wie viel schlimmer es noch werden würde. Bei diesem Gedanken fing mein Körper wieder an zu beben und Tränen rollten mir übers Gesicht.

»Schsch, Püppie. Alles wird gut«, murmelte Eathen, aber ich war viel zu aufgeregt, um mich noch einmal von ihm beruhigen zu lassen.

»Na komm«, meinte mein Bruder und hob mich hoch. »Wir holen dir jetzt erst mal eine neue Hose, denn ich schätze, Fruchtwasser an den Beinen zu haben, ist nicht besonders angenehm, und dann überlegen wir, was wir machen.«

»Sterben«, schlug ich vor.

»Ich bin dagegen«, sagte Eathen entschlossen. »Also muss ein besserer Plan her.«

In meinem Zimmer streifte ich die nasse Hose ab und zog eine frische an, während eine Schauerfantasie nach der nächsten durch meinen Kopf jagte.

»Du schaffst das, Püppie«, beteuerte Elijah. »Außerdem bist du nicht allein.«

Ich war dankbar, dass die beiden da waren, und wollte mir gar nicht ausmalen, was passiert wäre, wenn die Wehen ein paar Stunden früher eingesetzt hätten. Trotzdem hatte ich Angst. Zwar sprach einiges dafür, dass mein Blut nicht mit dem meines Kindes reagieren würde, aber niemand von uns wusste, was darüber hinaus passieren würde. Schließlich würde dies eine Geburt ohne Arzt und ohne Hebamme sein.

Eathen betrachtete mich kurz, bevor er mich erneut in seinen Arm zog. Dabei hielt er mir seinen Unterarm so vor das Gesicht, dass ich nichts mehr von meiner Umgebung sehen konnte und das einzige, was ich hörte, war sein Herzschlag.

»Püppie, ich weiß, dass das unglaublich viel verlangt ist, aber es wäre hilfreich, wenn du dich entspannst. Dann tut es weniger weh und es geht schneller.«

»Aber ich will …«

»Du musst es nicht hinauszögern, weil dir nichts passieren wird, das schwöre ich dir.« Auch wenn das kein bindender Schwur war, weil Eathen mir nicht in die Augen gesehen hatte, hatten diese Worte eine Bedeutung für mich. »Deshalb wäre es gut, wenn du dich mal darauf konzentrieren würdest, ruhig zu atmen. Hör einfach meinem Herzschlag zu und träum dich in irgendeine andere Welt. Denk an das Meer, die Brandung, die Sonne, die das Wasser glitzern lässt, Felsen, vereinzelte Bäume am Rand des einsamen Strandes, die Schatten auf den Sand werfen, Vogelspuren im Sand.«

Eathen zeichnete mit seinen Worten ein immer detailgetreueres Bild von einem Ort, den ich noch nie gesehen hatte. Es war nicht die Bucht, an der wir im Sommer gewesen waren. Es war ein anderer Ort aus einer anderen Welt und mit der Hilfe meines Bruders gelang es mir, in diese Welt einzutauchen, was in dieser Situation unglaublich hilfreich war.

Natürlich spürte ich die Schmerzen bei den nächsten Wehen noch. Schließlich lag ich nicht in einer tiefen Meditation, aber ich verlor nach und nach meine Angst.

Schon zum Anfang der Erzählung hatte mein Bruder mich hochgehoben, sich mit mir auf mein Bett gesetzt und das Licht ausgeschaltet. Seitdem erzählte er immer weiter. Berichtete von Möwen, die über der Bucht kreisten, Schildkröten, die im Sand ihre Eier vergruben, und schilderte in wunderschönen Worten, wie es sich anfühlte, in das glasklare Wasser einzutauchen, und was ich am Meeresgrund vor dem Strand alles entdecken konnte. Mein Bruder machte das richtig gut und es half mir solange, bis die Wehen im zwei-Minuten-Abstand auftraten. Dann ließ mich Eathen aus der Trance erwachen und deutete an, dass es nun langsam Zeit wäre, meine Hose gegen einen Rock zu tauschen und runter ins Badezimmer zu gehen. Mein Bruder trug mich nach unten, was auch gut war, denn ich krümmte mich in seinen Armen vor Schmerzen, als die nächste Wehe einsetzte.

Irgendwer – vermutlich Nathan und Alana – hatten unser Bad bereits mit Handtüchern ausgestattet. Sie lagen großflächig auf dem Boden verteilt. Eathen legte mich darauf ab und streichelte mir eine schweißfeuchte Strähne aus dem Gesicht, als die nächste Wehe einsetzte.

»Bitte erzähl die Geschichte weiter!«, bat ich Eathen.

Elijah war mit uns ins Badezimmer gekommen, kniete nun aber hilflos neben mir. Bis eben hatte ich ihn gerne in meiner Nähe gehabt, aber jetzt störte er mit seinem besorgten und von Selbstzweifeln geplagten Blick meine mühsam aufgebaute Ruhe, mit der ich versuchte, die Schmerzen zu überstehen, die dabei waren, meinen Unterleib zu zerreißen. Sein gesamter Gesichtsausduck schien zu sagen: *Es tut mir leid, dass ich dir das angetan habe.* Aber in meinem derzeitigen Zustand konnte ich ihm diese Selbstvorwürfe nicht ausreden.

»Willst du nicht lieber draußen warten?«, fragte ich ihn.

»Eigentlich würde ich gerne hierbleiben, auch wenn ich dir nicht wirklich helfen kann.«

Da gerade die nächste Wehe einsetzte, hatte ich keine Kraft für weitere Diskussionen. »Bitte geh einfach, Elijah! Du musst dir das nicht antun.« Ich kniff die Augen zusammen und biss mir auf die Unterlippe. Als ich sie wieder öffnete, war Elijah nicht mehr da.

Eathen saß auf dem Boden, hielt meinen Kopf auf der Höhe seines Herzens im Arm, und da im Badezimmer nur Dämmerlicht herrschte, leuchteten seine Augen ein wenig. Durch den Tränenschleier, der sich um meine Augen gebildet hatte, sahen sie aus wie Sterne. Ich schloss die Augen und Eathen fuhr fort, seine Erzählung von diesem Ort am Meer auszuschmücken.

Richtig furchtbar wurde es, als die Schmerzen zwischendurch gar nicht mehr aufhörten. Doch dank Eathens Geschichte gelang es mir, keine Angst vor der Zukunft zu haben. Ich wollte einfach nur noch, dass es endlich vorbei war.

»Wie lange dauert es denn noch?«, schluchzte ich.

»Hm. Ich denke, zwanzig Minuten wird es noch dauern. Ich würde dir auch wirklich gerne helfen, aber ich kann das leider nicht für dich übernehmen.«

»Eathen … das ist … nicht lustig! ... Das tut verdammt weh!«

»Ich weiß, Püppie.«, meinte mein Bruder und streichelte mir eine weitere Haarsträhne aus dem Gesicht.

Mit geschlossenen Augen überstand ich die nächsten paar Wehen, die so heftig waren, dass ich mir einen solch starken Schmerz niemals vorher hätte vorstellen können. Auch wenn ich überzeugt davon war, nicht sterben zu müssen, hatte ich doch das Gefühl, mit jeder Wehe dem Tod ein Stück näher zu kommen.

Erst als ich spürte, wie der Kopf des Kindes im Geburtskanal steckte, zog ich meine Unterhose aus und spätestens jetzt war es mit der Gelassenheit vorbei. In dieser Situation konnte ich mich auf keine Geschichte mehr konzentrieren und wollte nur noch, dass es aufhörte. Deshalb versuchte ich, so sehr ich konnte, meine Bauchmuskeln anzuspannen, damit das Kind endlich den Weg nach draußen fand. Aber das war unglaublich anstrengend.

»Bitte mach, dass es aufhört!«, wimmerte ich. »Ich kann nicht mehr!«

»Entspann mal kurz deine Bauchmuskeln, dann rutscht es einfach durch. Es ist schließlich ein zwanzig Zentimeter großer Wolf und kein menschliches Kind.«

»Warum tut es dann so scheiß-doll weh?«

»Weil Wolfsgeburten kurz und heftig sind, ohne lange Vorbereitungswehen. Bei menschlichen Geburten werden der Geburtskanal und der Muttermund erst durch die Kontraktionen geweitet. Bei Wolfsgeburten gibt es diese Vorphase nicht und da alles so unvorbereitet und schnell gedehnt wird, tut es so sehr weh, obwohl das Kind ziemlich klein ist. Das ist wie …«

Ich atmete keuchend aus und spürte warme Nässe an meinen Beinen. Der Schmerz war schlagartig vorbei oder zumindest deutlich weniger, wofür ich sehr dankbar war. Dankbar dafür, dass es endlich vorbei war!

Als ich die Augen aufschlug, erhaschte ich einen kurzen Blick auf etwas Kleines, Schwarzes, das auf den Handtüchern lag und ein Quaken von sich gab. Also atmete er.

Eathen war meinem Blick gefolgt und lächelte mich an. »Du hast es geschafft, Püppie«, sagte er glücklich.

Ich wollte das Lächeln gerade entgegnen, als noch eine Wehe durch meinen Körper fuhr. Es wurde erneut nass und klebrig an meinen Beinen und als ich mich aufrichten wollte, um zu sehen, ob die Plazenta mit der Nachwehe vollkommen rausgekommen war, wurde die Welt um mich herum schwarz.

Um in meinem Leben glücklich zu sein

Ich fand mich an einem weißen Strand wieder, ohne zu wissen, wie ich dorthin gekommen war. Es wehte ein lauer Wind und Möwen schwebten ruhig über dem Meer. Sie riefen etwas, das im Rauschen des Windes wie Namen klang. Außerdem sah ich graue Schiffe, die von einer weit entfernten Landzunge aufbrachen …
ins Leben! Ich wollte leben! Mit aller Macht versuchte ich, mich zurück an die Oberfläche zu kämpfen und mein Bewusstsein wieder zu erlangen, um auf gar keinen Fall an diesem Ort zu bleiben, auch wenn er ruhig und friedlich war. Aber ich gehörte nicht dort hin. Die Reise auf einem grauen Schiff zum Horizont lag erst in weit entfernter Zukunft vor mir.

Mit den letzten Luftreserven, die noch in meiner Lunge waren, durchstieß ich keuchend die Wasseroberfläche und … sah in Eathens Gesicht.

Ich konzentrierte mich auf jedes einzelne Detail seines Gesichts und versuchte sogar zu sprechen, nur um unter allen Umständen wach zu bleiben, obwohl der Rand meines Blickfeldes immer noch flimmerte.

»Wenn wir jetzt noch nicht tot sind, dann sterben wir auch nicht mehr, richtig?«, fragte ich ihn und spürte Tränen der Erleichterung auf meinem Gesicht. Ich war so dankbar, dass ich weiterleben durfte.

»Nein«, bestätigte er und wirkte unendlich glücklich, als er mir einen Kuss auf die Stirn gab.

Dann musste ich die Augen wieder schließen.

Eathen, ich bin so müde, aber ich habe Angst, dass ich wieder ohnmächtig werde, wenn ich der Müdigkeit nachgebe.

»Du wirst nur schlafen, Püppie. Beschützt in meinem Arm, kann dir gar nichts passieren.«

Dieses Versprechen gab mir ein so sicheres Gefühl, das es

mir möglich machte, beruhigt in die Welt des Schlafes einzutauchen.

Nach einer unbestimmten Zeit wurde ich von gleißendem Licht geweckt. Ich öffnete die Augen nur einen Spaltbreit, um festzustellen, dass ich in meinem Bett lag und mir die helle Morgensonne ins Gesicht schien. Außerdem war ich nicht allein. Eathen lag neben mir, aber nicht unter meiner Decke. Außerdem war er vollständig angezogen, weshalb sich seine Nähe nicht komisch anfühlte.

»Guten Morgen«, sagte er lächelnd und streichelte mir über die Wange.

»Guten Morgen«, murmelte ich und schloss erneut die Augen. Ich war noch immer zu müde, um mit Eathen zu reden oder aufzustehen. Außerdem wollte ich noch für einen kurzen Moment mit der Ungewissheit leben, was mich erwarten würde, wenn ich mein Zimmer verließ. Denn ich war mir ziemlich sicher, dass mein Leben nach diesem Morgen an keinem Tag mehr so sein würde wie zuvor. Schließlich hatte ich jetzt ein Baby und das erschien mir als riesige Herausforderung. Außerdem lag noch eine Auseinandersetzung mit Elijah vor mir und Eathen hatte mehrmals erklärt, dass ich nur solange vor unseren Verwandten sicher war, wie ich noch schwanger war. Aber ich hatte die Geburt überlebt, was alle Vermutungen über mein Blut bestätigte, und sie würden sicher nichts unversucht lassen, um an mein Blut heranzukommen. Doch daran wollte ich jetzt nicht denken. Solange ich noch keinen Fuß aus dieser Tür gesetzt hatte, war die Welt noch genauso wie zuvor.

»Püppie?«, fragte Eathen nach einer Weile.

»Hm«, gab ich leise zurück.

»Wie geht es dir?«

»Ich schätze mal, ich lebe.«

»Schön, dass wir uns in diesem Punkt einig sind«, meinte er und ich hörte das Lächeln in seiner Stimme.

Langsam öffnete ich meine Augen und sah meinen Bruder an.

»Tut dir irgendetwas weh?«

Ich horchte in meinen Körper hinein und tatsächlich bemerkte ich Schmerzen, aber nur, wenn ich mich bewegte.

»Mein Bauch tut weh«, sagte ich und hob die Decke an. Ich hatte immer noch eine Kugel vor dem Bauch, auch wenn sie nicht mehr ganz so dick wie vor der Geburt war. Jetzt hatte mein Bauch wirklich ziemlich genau die Größe eines Fußballs, was mich zum Schmunzeln brachte, als ich an Elijahs Kommentar dachte.

»Das ist Muskelkater. Der ist in ein paar Tagen weg.«

Das klang beruhigend.

»Dann erzähl mir jetzt auch alles andere«, bat ich meinen Bruder. »Haben Nathan und Jamie schon ausprobiert, ob die Prägung noch funktioniert?«

»Willst du wirklich schon deine wunderbare Insel der Unwissenheit verlassen?«

»Ja, will ich. So schlimm wird es ja wohl nicht sein, oder?«

»Nein, ist es nicht. Die Prägung hat die Entbindung überstanden, genau wie ich gesagt habe.«

»Mein weiser, kluger Bruder«, höhnte ich.

»Dir scheint es ja schon wieder richtig gut zu gehen.«

Es ging mir tatsächlich gut. Ich war sogar fast ein bisschen überdreht, jetzt, wo mich die Müdigkeit nicht mehr festhielt.

»Du hast uns allen einen ziemlichen Schrecken eingejagt, als du nach der Entbindung ohnmächtig geworden bist, zumal du diesen komischen Traum hattest.«

»Das wollte ich nicht.«

»Das ist mir klar. Vor allem weil ich mir deine Gedanken angesehen habe, als du ohnmächtig geworden bist. Also habe ich mitbekommen, wie du ganz bewusst versucht hast, wieder aufzuwachen. Außerdem befürchte ich, dass ich an diesem Traum nicht ganz unschuldig bin, weil ich dir vorher von einem Strand erzählt habe.«

»Glaubst du … also hast du im Traum auch mitbekommen, dass diese grauen Schiffe ins Jenseits fuhren? Ich wusste das aus irgendeinem Grund und wollte dort nicht sein.«

»Püppie, manchmal träumt man unerklärliche Dinge. Man träumt von Orten, an denen man nie war, sehr real oder von Situationen, die noch in der Zukunft liegen. Das sind die Untiefen unseres Gehirns und du wusstest, dass alle Wolfsmütter vor dir in diesem Moment gestorben sind, also ist es doch klar, dass du kurz abtauchst und von solch einem Ort träumst. Das war zum einen die Anstrengung, aber sicherlich zu einem großen Teil auch die Angst. Auf jeden Fall musst du dir keine Sorgen darum machen. Du bist dem Tod nicht von der Schippe gesprungen. Dein Kreislauf war die ganze Zeit stabil.«

Das waren gute Neuigkeiten.

»Wie geht's Elijah?« Eathens Lächeln verschwand.

»Ihn hat das alles ganz schön mitgenommen. In ihm brodelt im Moment eine Mischung aus Schuldgefühlen, Selbstverachtung, Erleichterung und Ungewissheit. Also sei ein bisschen vorsichtig, wenn du mit ihm redest.«

»Na, dann ist ja alles so wie immer«, meinte ich sarkastisch und schlug die Decke zurück. »Wo sind die anderen?«

»Sie warten alle im Wohnzimmer.«

Ich warf einen kurzen Blick in den Spiegel und stellte fest, dass ich eigentlich sogar ganz gut aussah. Irgendwer hatte mir saubere Kleidung angezogen, die Haare gekämmt und mein Gesicht gewaschen.

»Hast du mich umgezogen?«, fragte ich Eathen.

»Nein, das hat Elijah gemacht, weil ich mir sicher war, dass du etwas dagegen hast, wenn ich dich nackt sehe. Habe ich übrigens auch, während der ganzen Geburt, nicht. Der Rock hat seinen Job gut erfüllt, auch wenn wir ihn danach leider wegschmeißen mussten, genauso wie wir jetzt ein paar Handtücher weniger haben.«

Das war ein auszuhaltender Vermögensverlust. Und dass Elijah mich umgezogen hatte, beruhigte mich, zumal ich mir ziemlich sicher war, dass in meiner Unterhose eine Binde klebte und das etwas war, was mein Bruder nun wirklich nicht mache musste.

Irgendwie hatte Eathen es geschafft, meine Gedanken zu erraten, denn er grinste wie ein Achtklässler.

»Unten läufst du inzwischen schon weniger aus, was gut ist, weil mich dein Blut nervös macht. – Natürlicher Schutzinstinkt. Aber dafür hast du in den letzten paar Stunden angefangen, oben herum auszulaufen. Alice musste dir sogar Einlagen in den BH kleben.«

Tatsächlich waren in meinem BH Einlagen, die feucht waren.

Großartig – dachte ich.

»Wir haben dem Kleinen auch schon ein bisschen zu trinken gegeben, weil er einen ziemlichen Hunger hatte, aber das war nicht so leicht, während du geschlafen hast. Anderseits konnten wir ihn auch keine vierzehn Stunden hungern lassen.

»Vierzehn Stunden? Ich habe vierzehn Stunden geschlafen?« Erschrocken sah ich auf meinen Wecker. Es war zwölf Uhr mittags. Also kam das in etwa hin.

»Habt ihr noch irgendetwas Peinliches mit mir veranstaltet, während ich geschlafen habe?«, fragte ich betont beiläufig.

»Das war alles und nichts davon ließ sich vermeiden. Außerdem waren alle unglaublich erleichtert, dass du überlebt hast und die Prägungen geblieben sind. Deshalb wäre jeder von uns bereit gewesen, alles für dich zu tun. Mal abgesehen davon, war es zum Beispiel Jamie in etwa genauso peinlich, sich vor dir zu verwandeln, wie es dir peinlich ist, dass Alice dir Einlagen in den BH gepackt hat.«

Als er das sagte, tauchte wieder dieses Achtklässler-Grinsen auf dem Gesicht meines Bruders auf.

»Gotteswillen, Eathen! Werde erwachsen!«

»Ich versuch's ja«, beteuerte mein Bruder, konnte aber kaum sprechen, weil er kurz davor war, in ein echtes Lachen auszubrechen.

Kopfschüttelnd öffnete ich meine Zimmertür und trat in mein neues Leben hinaus.

Mit Eathen hinter mir stieg ich die Treppe hinunter und ging an der Küche vorbei ins Wohnzimmer, wo sie tatsächlich alle auf mich warteten. Ich hatte kaum einen Blick auf sie geworfen, als Alana schon bei mir war und mich umarmte.

»Ich hatte solche Angst um dich!«, rief sie. »Aber zum Glück geht es dir gut. Ich weiß echt nicht, was ich gemacht hätte, wenn du das nicht überlebt hättest«, redete sie weiter, als sie ihre Umklammerung löste.

»Das wissen wir alle nicht«, sagte Nathan, der jetzt schräg hinter Alana stand. »Und du hast uns ganz schön auf Trab gehalten, kleine Püppie. Wir hatten eine *Scheißangst* um dich!«

Nathan nahm mich in den Arm, hob mich dabei hoch und drehte mich einmal um sich, bevor er mich wieder absetzte. »Und das Beste ist, dass die Prägung erhalten geblieben ist. Das verschafft uns so einen Vorteil, wenn …«

»Das ist jetzt nicht das richtige Thema«, unterbrach Mathias ihn. »Lass sie erst mal zur Ruhe kommen. Außerdem ist da jemand, der schon die ganze Zeit aufgeregt nach dir sucht.«

Mathias gab den Blick auf Alice frei, die mein Baby im Arm hielt. Aufregung ergriff mich, als ich den kleinen Wolf in ihrem Arm sah.

»Er hat die ganzen vierzehn Stunden kein Auge zugedrückt. Und das ist ziemlich ungewöhnlich für kleine Wölfe«, erklärte Alice. »Willst du ihn mal halten, oder brauchst du noch einen Moment?«

Angespannt streckte ich meine Arme nach meinem Baby aus und Alice legte ihn mir in den Arm.

Es war eigenartig. Ich traute mich zuerst kaum, ihn zu berühren, doch nach wenigen Sekunden ergriff mich eine unglaubliche Freude und Erleichterung. Alle Aufregung der letzten Monate, all die Zweifel fielen von mir ab, als er mich erkannte, seinen Kopf an meine Brust schmiegte und fordernd nach etwas zu Essen suchte.

»Hey, kleiner Wolf«, sagte ich und suchte dann Elijahs Blick. Dieses kleine Etwas in meinem Arm war aus unser beider Erbgut entstanden und ich empfand schon jetzt eine einzigartige Liebe für mein Baby. Außerdem fand ich es klasse, dass er ein Wolf war. Es erschien mir wie ein Wunder, dass ich als menschliche Frau mein kleines Wolfsbaby im Arm halten durfte – und das war es vermutlich auch.

Elijah beobachtete mich einfach nur und wirkte skeptisch.

»Komm her«, bat ich ihn von allumfassender Liebe erfüllt.

Er machte ein paar wenige Schritte um das Sofa herum, blieb dann aber mitten im Raum stehen.

»Nein, Nein! Nein! Nein! Tu das nicht«, rief Eathen auf einmal.

»Doch, das werde ich. Cat, ich kann das nicht mehr.«

»Was kannst du nicht mehr?«, fragte ich, in dem Moment, in dem mein Baby in meinen Armen unruhig zu quengeln anfing. Alice nahm ihn mir ab und ich ging zu Elijah. Ich wollte nach seiner Hand greifen, doch er zog sie hastig zurück.

»Lass das!«, meinte er eindringlich. »Ich kann das nicht tun, während du mich berührst.«

»Was kannst du nicht tun?«

»Cat, ich kann nicht mehr dein Freund sein. Ich bin dafür nicht gemacht. Du willst einen Märchenprinzen, aber der bin ich nicht und der werde ich auch nie sein. Ich bin der andere Typ im Märchen. Der Verwegene, der aus dem Wald kommt und sich in die schöne Prinzessin verliebt, aber den hast du dir nie gewünscht. Du willst einen Prinzen in einem Schloss, aber ich fühle mich in einem Schloss eingesperrt. Ich habe es wirklich versucht, weil ich dich gern habe und weil ich dich nicht verlieren wollte. Aber wir beide machen uns nur etwas vor, wenn wir denken, dass wir eine gemeinsame Zukunft hätten. Wölfe haben es immer schwer mit menschlichen Frauen, aber man kann es schaffen – allerdings nur, wenn man sich irgendwie ähnlich ist. Bei meinen Eltern klappt es und bei Nathan und Alana wird es auch klappen, weil Alice und Alana ebenso freiheitsliebend sind wie wir Wölfe. Sie verstehen den Reiz, durch den Wald zu laufen, und auch alles andere. Nur du wirst das nie verstehen. Du bist einfach nicht der Typ dafür. Du warst schon immer eine Prinzessin und du verdienst einen Prinzen.«

Er machte eine winzige Pause, während er mich ansah und ich durch Tränen zu ihm hochblickte.

»Natürlich liebe ich dich. Aber möglicherweise tue ich das nur, weil uns unsere Gene zueinander ziehen. Wir können zusammen Wolfsnachwuchs bekommen. Das haben wir nun zu genüge unter Beweis gestellt. Trotzdem stelle ich mir ständig die Frage, ob das von der Natur eigentlich ein schlechter Scherz ist. Warum muss das Mädchen, das Wolfsgeburten überleben kann, ausgerechnet der menschlichste Mensch des Jahrhunderts sein? Viele Menschen haben wenigstens ein paar *‚tierische‘* Eigenschaften – falls man das so sagen kann. Aber du hast einfach nur ein Herz aus Gold mit purer Menschlichkeit darin. Du hast so viele wunderbare Eigenschaften, mehr als genug, um dich dafür zu lieben, trotzdem treiben sie mich in den Wahnsinn. Ich kann keine Beziehung mehr führen, in der ich mich neben dir immer schlecht fühle. Außerdem gibt es so viele Dinge, über die ich anders denke als du, und ich glaube, dass du meine Sichtweise nie verstehen wirst. Hinzu kommt, dass ich mich zwar daran gewohnt habe, dich immer mehr zu brauchen als du mich, aber ich hätte mir trotzdem hin und wieder gewünscht, dass du mich genauso sehr vermisst wie ich dich. Aber für dich ist das Leben schon in Ordnung, wenn Eathen bei dir ist und ich will nicht immer nur das Sahnehäubchen sein. Natürlich könnt ihr beide nichts für eure Verbindung, deshalb ist das auch kein Vorwurf, aber es ist ein Problem für mich. Ich finde es nämlich schrecklich, dich nicht zu sehen, und genau deshalb muss ich jetzt gehen. Ich muss mein eigenes Leben leben. Trotzdem bin ich nicht dieser Vollidiot, der dich mit dem Baby allein lässt. Wenn du meine Hilfe brauchst, bin ich da. Außerdem wird meine Familie eh immer bereit stehen. Sie finden das, was ich hier gerade mache nämlich total dämlich.«

»Ist es ja auch«, hörte ich Mathias leise sagen, woraufhin Elijah ihm einen bösen Blick zuwarf.

»Sie werden dir immer helfen, und wenn du mich als Vater brauchst, komme ich vorbei. Aber ansonsten sollten wir ab jetzt getrennte Wege gehen, denn das funktioniert mit uns einfach nicht.«

Während ich ihn weinend ansah, gab ich keinen Ton von mir. Das war also das Happy End, von dem Owen noch gestern gesprochen hatte. Was für eine Ironie des Schicksals: Ich hatte überlebt, nur um dann zu erfahren, dass ich mein weiteres Leben ohne Elijah verbringen musste.

»Püppie, glaub mir, es tut mir furchtbar leid, dass ich dir so sehr wehtun muss, aber ich muss jetzt gehen und irgendwann wirst du einsehen, dass es die richtige Entscheidung war.«

»Das glaube ich nicht«, sagte ich und war stolz, dass meine Stimme dabei einen festen Klang hatte.

»Doch, das wirst du.«

»Und was ist mit dir? Was hast du jetzt vor?«

»Ich gehe dahin, wo ich mich schon immer am wohlsten gefühlt habe.«

»In den Wald? Wirst du da glücklich werden?«

»Vielleicht nicht glücklich, aber frei und das wird mich irgendwann glücklich machen. Mach's gut, Püppie.«

Er drückte mir einen letzten schnellen Kuss auf die Stirn, bevor er aus der Tür rannte. Ich blieb zurück und konnte die Welt nicht mehr begreifen.

Doch da war ich nicht die Einzige. Kaum hatte Elijah die Haustür hinter sich ins Schloss geworfen, stürmte Mathias schon mit leerem Blick an uns vorbei, während er sich im Laufen das T-Shirt über den Kopf zog. Scheinbar redete er auf Elijah ein und wollte ihm nach, doch ich glaubte kaum, dass er etwas bewirken könnte. Elijah hatte diese Entscheidung ziemlich gut begründet getroffen. Außerdem war auch mir in den letzten Monaten nicht entgangen, dass wir immer wieder an den gleichen Punkten auf Probleme stießen. Doch bis gestern hatte ich geglaubt, dass wir schon ein gutes Stück weitergekommen waren. Aber dem war wohl nicht so und von dem ewigen Versuch, es für uns beide angenehm zu gestalten, hatte er jetzt offenbar endgültig genug. Eine Beziehung mit mir zu führen, belastete ihn scheinbar so sehr, dass er ging, obwohl er mich liebte. Außerdem rückten seine Worte jede einzelne Situation, die wir in menschlicher Umgebung miteinander erlebt hatten, in ein anderes Licht. Vielleicht hatte Elijah nur mit mir Fernsehen geschaut oder gekocht, weil er dachte, das sei seine Pflicht als guter Freund. Möglicherweise waren ihm all diese Dinge wie ein Zwang erschienen. Und jetzt hatte er die Fesseln durchgeschnitten.

Im Kontext dieser Trennung erhielt alles eine neue Bedeutung. Keine schöne Erinnerung blieb mir als schön zurück. Alles schrieb sich um, weil ich nun glauben musste, dass er nie wirklich glücklich mit mir gewesen war.

Vielleicht war es ja wirklich nur ein ironischer Streich der Natur, die uns zusammengeführt hatte, weil wir Wolfskinder bekommen konnten, woraufhin wir krampfhaft versucht hatten, eine Beziehung am Leben zu erhalten, die von Anfang an zum Scheitern verurteilt war. Zwar hatte Elijah gesagt, dass ich wunderbare Eigenschaften hatte, aber wie wunderbar waren diese Eigenschaften wohl, wenn sie es für ihn unangenehm machten, mit mir zusammen zu sein.

In diesem Moment wäre ich gerne ein anderer Mensch gewesen. – Mehr wie Alana oder Alice. Dann würde das mit Elijah und mir vielleicht klappen. Aber als der Mensch, der ich war, funktionierte es nicht.

Ich kam nicht umhin, mich auch zu fragen, ob ich für immer mit Eathen, Nathan und Jamie zusammen leben konnte, wenn ich wirklich kaum wölfische Eigenschaften besaß?

»Nun übertreib mal nicht gleich, Püppie«, sagte Eathen, woraufhin ich zurück in die Realität fand. Weinend stand ich in der Mitte des Wohnzimmers. Alice versuchte, mein Baby zu beruhigen, das herzzerreißende Töne von sich gab, während mich Nathan, Alana und Jamie bemitleidend ansahen.

Mein hilfesuchender Blick fand Eathens, woraufhin mich mein Bruder in den Arm nahm. An seiner Brust weinte ich weiter, bis ich das Schreien meines Babys nicht mehr ertrug. Da er ein Wolf war, war es kein Babyweinen und auch nicht annähernd so laut, sondern eher ein regelmäßiges Protest-Quaken.

Ich wischte mein Gesicht trocken und ging zu Alice.

»Was hat er denn?«

»Hunger.«

»Soll ich ihm dann mal etwas geben?«, fragte ich.

»Möchtest du das denn?«, fragte sie und schaute mich besorgt an.

»Dann ist wenigstens er zufrieden«, entgegnete ich und unterdrückte die aufsteigenden Tränen.

Kurz darauf saß ich in meinem Zimmer auf dem Bett und Alice legte mir mein Baby in den Arm. Sie wollte mir gerade erklären, wie das mit dem Stillen ging, als Sam schon von sich aus meine Brustwarze fand und begierig anfing zu trinken, wobei er seine kleinen Pfoten an meine Brust legte, um sich daran festzuhalten.

»Offenbar können Wolfskinder das allein«, sagte Alice. »Sag Bescheid, wenn du irgendetwas brauchst.«

Ich nickte und sie ließ mich mit meinem Baby und meinem Kummer allein.

Kurzzeitig, während ich mein Baby stillte, ging es mir besser, doch dann fing ich wieder an zu weinen, weil er so unverkennbar

Elijahs Kind war.

»Darf ich reinkommen?«, fragte Eathen nach wenigen Augenblicken und ich gestattete es ihm. Aller Scham war mir im Moment egal. Ich brauchte Eathen einfach in meiner Nähe, um diese Situation zu überstehen. So war es schon immer gewesen. Streiten über Kleinigkeiten konnten wir, solange die Welt in Ordnung war, doch sobald sie ins Wanken geriet, brauchten wir einander.

Schweigend setzte sich mein Bruder zu mir. Er war einfach nur da und somit bereit für alles, was ich brauchte. Es war ein gutes Gefühl, diese eine ewige Konstante in meinem Leben zu haben.

Als mein Baby auf beiden Seiten getrunken hatte und eingeschlafen war, lehnte ich meine Wange an Eathens Schulter und fing wieder an zu weinen.

»Glaubst du immer noch daran, dass es für Elijah und mich ein Happy End gibt?«, fragte ich ihn.

»Klar. Du liebst ihn, er liebt dich. Er verhält sich zwar wie ein Idiot, aber das hat sein Vater auch gemacht und es gibt sich mit der Zeit.«

»Und wie lange wird das dauern?«

»Das kann ich dir nicht sagen. Aber ich arbeite schon an einer Technik, die Zukunft voraussehen zu können.«

»Du bist so ein Idiot, Eathen«, sagte ich, aber mit meiner Betonung klang es eher wie: *Es ist schön, dass du da bist.* Und das verstand auch mein Bruder.

Oder es wieder zu werden

Den ganzen Tag saß oder lag ich auf meinem Bett und beschäftigte mich mit meinem Baby, auch wenn es die meiste Zeit über schlief.

Seine Nähe konnte zu einem kleinen Teil das Loch flicken, dass Elijahs Gehen in meine Brust gerissen hatte. Denn es war ein wunderbares Gefühl, wenn er auf meiner Brust liegend einschlief und er war unglaublich süß, wenn er an meinem Finger nuckelte. Dabei fand ich es auch überhaupt nicht komisch, dass er ein Wolf war, auch wenn ich gerne mal gesehen hätte, wie er als Mensch aussah. Doch Eathen behauptete, dass ihn der Stress der Geburt noch ein paar Tage ein Wolf sein lassen würde, bevor er sich zurückverwandelte. Darauf freute ich mich schon, denn auch wenn ich ihn als Wolf unglaublich niedlich fand, erinnerte er mich viel zu sehr an Elijah. Doch irgendwann konnte ich nicht mehr weinen. Ich war einfach nur noch so traurig.

Eathen verließ das Zimmer nur, wenn er irgendetwas für mich holte. Ansonsten saß er still am Ende des Bettes und machte zumindest sichtbar ebenfalls nichts.

Draußen war es längst dunkel, als Nathan klopfte und Eathen ihn hereinbat.

»Wie geht's dir?«, fragte er mich.

»Den Umständen entsprechend«, antwortete Eathen an meiner Stelle.

»Weshalb bist du hergekommen?«, fragte ich Nathan, um die Debatte zu meinem Seelenheil nicht in die Länge zu ziehen.

»Wir müssen seine Geburt beim Amt melden«, erklärte Eathen.

Nathan zeigte mir ein Blatt aus festem Papier. Es war eine Geburtsurkunde, verriet die Überschrift.

»Wo hast du die her?«, fragte ich Nathan.

»Ich habe sie aus dem Internet ausgedruckt.«

»Ist das legal?«

»Ja. Du bist schließlich nicht die einzige Frau, die ihr Kind zu Hause zur Welt bringt. Jetzt müssen wir sie nur beim Amt einreichen und dafür braucht er einen Namen.«

Ich erkannte, dass Größe, Gewicht, Geschlecht und die Namen der Eltern bereits eingetragen waren. Nur die oberste Zeile für den Namen war noch frei.

»Also, wie soll der Kleine heißen?«, fragte Nathan und griff nach einem Kugelschreiber, der auf meinem Schreibtisch lag.

Während ich überlegte, stießen mir erneut die Tränen in die Augen. Ich wusste, wie er von mir aus heißen sollte. Ich hatte ihn die ganze Schwangerschaft über so genannt und immer mit diesem Namen an ihn gedacht. Aber er war genauso Elijahs Kind und er hatte mir eindeutig zu verstehen gegeben, dass ihm *Sam* nicht gefiel, weil sich der Name von Samuel ableitete und er ihn für altmodisch hielt.

»Püppie, welchen Namen willst *du*?«, fragte Eathen, der meinen Gedankengang erraten hatte.

Aber meiner Meinung nach spielt es keine Rolle, was ich allein wollte. Er war mein *und* Elijahs Kind.

»Ich kann das nicht allein entscheiden«, schluchzte ich.

»Mal angenommen, Elijah wäre hier, wie würdest du ihn dann nennen wollen?«, fragte Eathen.

»Ich würde ihm vorschlagen, dass er den zweiten Namen aussuchen darf, und ihn von mir aus auch so rufen kann, aber ich möchte, dass er Sam heißt.«

»Dann schreibt Nathan jetzt *Sam* auf die Urkunde und morgen fragst du Elijah, wie sein zweiter Name lauten soll.«

Morgen?

Danksagung

Der zweite Teil der Wolfsliebe-Trilogie war in der Rohfassung schon fertig, bevor ‚Nach jedem Regen' erschienen ist. Als es dann jedoch darum ging, das Buch veröffentlichungsfertig zu machen, habe ich mich dazu entschieden, noch einiges umzuschreiben, die Handlung des dritten Teils grundlegend zu ändern und im zweiten Band viele Hinweise auf die Geheimnisse einzubauen, die Eathen von Cats verstorbenem Vater übernommen hat und seitdem bewahrt. Obwohl die Überarbeitung eine große Herausforderung war, hatte ich häufig Spaß daran, kleine Hinweise in Eathens Reaktionen oder Äußerungen zu verstecken, sodass der Leser dieses Buches manches vielleicht erst verstehen wird, wenn er den dritten Teil bereits kennt. Darüber hinaus finden sich in diesem Buch bereits viele realistische Erläuterungen welche, an echte biologische Prozesse angelehnt, die besonderen Fähigkeiten der Gestaltwandler erklären könnten. Falls dir als Leser einige der Wörter fremd waren, du manche Erklärungen nicht so gut nachvollziehen konntest oder du wissen möchtest, bei welchem Lebewesen zum Beispiel die Fähigkeit der Verwandlung in der realen Welt vorkommt, findest du ausführliche Schilderungen der biologischen Fakten in der Geschichte auf meiner Webseite (www.smagoetze.com). Doch letztendlich stammt nur der Text in diesem Buch von mir als Autorin. Damit das Buch in dieser Form im Buchhandel erscheinen kann, ist noch die Mitarbeit vieler anderer nötig.

Ein besonderer Dank gilt daher meinem Grafiker Stefan Liefländer, der nicht nur den Buchsatz übernommen hat, sondern auch die Cover sowie einen Großteil der Werbekarten und Plakate zur Wolfsliebe-Trilogie gestaltet hat.

Darüber hinaus möchte ich dem Fotografen Jens Bremeyer danken, der es mir ermöglicht hat, meine Bildidee für das Cover umzusetzen. Genauso wie ich Frau Vogelsang und dem Wisentgehege in Springe (Niedersachsen) danken möchte, dass wir mit den drei dort lebenden nordamerikanischen Timberwölfen die Fotos für das Cover machen konnten. Und zuletzt möchte ich mich bei Christine Stolberg bedanken, die meine Bücher nicht nur lektoriert, sondern auch mehrfach korrigiert hat.

Schulaktionen

Rund um die Wolfsliebe-Trilogie gibt es inzwischen ein vielfältiges Programm für Schülerinnen und Schüler (vorwiegend der fünften bis siebten Klassenstufe aller Schulformen). Neben dem begleitenden Arbeitsheft zu ‚Nach jedem Regen' stelle ich die Geschichte gerne im Rahmen einer Unterrichtsstunde vor oder erarbeite mit den Jugendlichen in einem Workshop die Grundsätze des kreativen Schreibens. Nähere Informationen zu meinem Programm für Schulklassen finden Sie auch unter www.smagoetze.com.

S.M.A. Goetze
Fantasy-Roman
Wende dein Gesicht
der Sonne zu
Wolfsliebe

S.M.A. Goetze

Wende dein Gesicht der Sonne zu

Wolfsliebe

Das Finale der Wolfsliebe-Trilogie.

Cats Glück könnte perfekt sein, denn wie durch ein Wunder hat sie die Geburt ihres Sohnes überlebt. Doch leider bekommt sie nicht die Gelegenheit, sich über dieses Glück zu freuen, denn ein Teil ihrer Familie hat große Pläne mit Cats besonderem Blut – Pläne, vor denen ihr Vater seine Tochter unbedingt beschützen wollte, bevor er starb. All die Intrigen und Hinterhalte ihrer Verwandten durchzustehen, würde Cat sicher nicht ganz so hoffnungslos erscheinen, wenn ihre große Liebe Elijah noch immer an ihrer Seite wäre.

Paramon
S.M.A. Goetze
Fantasy-Roman
Nach jedem Regen
Wolfsliebe

S.M.A. Goetze

Nach jedem Regen

Wolfsliebe

Der Beginn der Wolfsliebe-Trilogie:

Wenn man das einzige menschliche Mitglied einer Werwolffamilie ist, ist das Leben nicht so einfach wie das manch anderer Menschen.
Wenn man dann über seine Freunde und die eigene Familie in den ungünstigsten Situationen noch lauter Dinge erfährt, von denen man bisher nichts ahnte, wird es noch erheblich komplizierter.
Und wenn man dann noch zum Spielball eines Familienkonflikts wird, ist man im Leben der siebzehnjährigen High-School-Absolventin Catherine Beneton angekommen.

Alle Informationen zu meinen aktuellen Buchprojekten und Veranstaltungseinladungen finden Sie unter anderem hier:

www.smagoetze.com

www.instagram.com/smagoetze/

www.facebook.com/smagoetze/

Es würde mich sehr freuen, wenn wir uns einmal bei einer meiner Veranstaltungen begegnen würden.